友情よここで終われ

ハウス

刑事ピアは作家デビューした元夫ヘニングの依頼で、出版社の元文芸部長ハイケの家へ向かった。彼女と数日間連絡がつかず、ドアに血の跡があるという。家に入ると、二階に鎖でつながれた老人がいた。捜査が始まり、老人は彼女が介護していた父親だと判明、血痕はハイケのものと断定された。ハイケに作品の剽窃《ひょうせつ》を暴露されたベストセラー作家が被疑者に浮かぶが、ハイケが勤めていた出版社の社長をはじめ、疑わしい人物が増えていく。さらにハイケの友人が昏睡《こんすい》状態で発見されて……。出版業界をめぐる泥沼の事件に、刑事オリヴァー＆ピアが挑む！

登場人物

オリヴァー・
　フォン・ボーデンシュタイン……ホーフハイム刑事警察署
　　　　　　　　　　　　　　　　第一首席警部、捜査十一課課長
ピア・ザンダー（旧姓キルヒホフ）……同、首席警部
ニコラ・エンゲル……同、署長、警視
カイ・オスターマン……同、首席警部
ケム・アルトゥナイ……同、首席警部
カトリーン・ファヒンガー……同、上級警部
ターリク・オマリ……同、上級警部
クリスティアン・クレーガー……同、鑑識課課長、首席警部
ヘニング・キルヒホフ……法医学研究所所長。ピアの元夫。
　　　　　　　　　　　　ミステリ作家
フレデリック・レマー……法医学者
ロニー・ベーメ……法医学研究所助手

コージマ・フォン・ボーデンシュタイン……………オリヴァーの前妻
マリー＝ルイーゼ・
　フォン・ボーデンシュタイン……………オリヴァーの弟の妻
クヴェンティン・フォン・ボーデンシュタイン……オリヴァーの弟
ゾフィア・フォン・ボーデンシュタイン…………オリヴァーの末娘
カロリーネ・アルブレヒト…………………………オリヴァーの妻
グレータ・アルブレヒト……………………………オリヴァーの義理の娘
クリストフ・ザンダー………………………………ピアの夫
マリア・ハウシルト…………………………………ヘニングの文芸エージェント
ユーリア・ブレモーラ………………………………ヴィンターシャイト出版のヘニング
　の担当編集者
ゼヴェリン・フェルテン……………………………ベストセラー作家
ハイケ・ヴェルシュ…………………………………ヴィンターシャイト出版元文芸部長。
　フェルテンの担当編集者
マルセル・ヤーン……………………………………ヴェルシュ家の隣の土地の施主
カール・ヴィンターシャイト………………………ヴィンターシャイト出版社長
ドロテーア（ドーロ）・
　ヴィンターシャイト＝フィンク…………………カールのいとこ。
　ヴィンターシャイト出版営業部長

シュテファン・フィンク……………………ドロテーアの夫。
　　　　　　　　　　　　　　　　　　　フィンク印刷所社長
アンリ・ヴィンターシャイト…………………ドロテーアの父親。
　　　　　　　　　　　　　　　　　　　ヴィンターシャイト出版の前社長
マルガレーテ・ヴィンターシャイト…………アンリの妻。ドロテーアの母親
カタリーナ・ヴィンターシャイト……………カールの母親。故人
アレクサンダー（アレックス）・ロート……ヴィンターシャイト出版の編集部長
パウラ・ドムスキー……………………………ジャーナリスト。アレクサンダーの妻
アーニャ・デラムーラ…………………………ヴィンターシャイト出版のアートディ
　　　　　　　　　　　　　　　　　　　レクター
ヴァルデマール・ベーア………………………ヴィンターシャイト家の使用人
ヨーゼフ・モースブルッガー…………………フェルテンの文芸エージェント
ヘルムート・エングリッシュ…………………文学賞を多数受賞している作家
ヨゼフィン・リントナー………………………〈ハウス・オブ・ブックス〉のオーナー

友情よここで終われ

ネレ・ノイハウス
酒寄進一訳

創元推理文庫

IN EWIGER FREUNDSCHAFT

by

Nele Neuhaus

Published in 2021 by Ullstein Verlag
This book is published in Japan by TOKYO SOGENSHA Co., Ltd.
Published by arrangement through Meike Marx Literary Agency, Japan

友情よここで終われ

すばらしい担当編集者
マリオンに捧ぐ
絶妙な共同作業に感謝

本書は小説です。たくさんの小説がそうであるように、登場人物の多くにはときに伝記的部分を採用したモデルや原型が実在します。しかし小説の登場人物とその特徴と行動、作品内で起きる事件や状況はわたしが自由に考えたフィクションです。存命の方、亡くなった方と類似点があるのはあくまで偶然で、わたしの意図したことではありません。

プロローグ

一九八三年七月十八日　ノワールムティエ島

なんてこと、こんなにここに夢中になるなんて！　この魔法のような島に恋をした！　ヨーンが話していたとおり本当に魅力でいっぱい！　見るほどに美しくなる荒涼とした風景。六日経っても雲ひとつない、果てしなく広い空。平坦な大地。光もすばらしい。ノワールムティエ島が「光の島」と呼ばれているのもうなずける。空色のよろい戸とオレンジ色の屋根のある白い家も好き。どの家屋にも、とてもかわいらしい名前がついている。「あなたとわたし《トワ・エ・モワ》」「海の星《ステラ・マーリス》（聖母マリアの異称）」「愛の巣《ニ・ダムール》」「ホタル《ルシオール》」。ゼニアオイの花がほころぶ狭い路地、昼の熱気の中に漂う松のにおい。そして海！　変に聞こえるかもしれないけれど、この島はわたしの心の琴線に触れた。前世にここにいたような気がするほど。永遠にここにいられたらいいのに。日の光をキラキラ反射させる塩田も好きだ。そこでできる塩の精華《フルール・ド・セル》がどの街角でも売られている。

別荘もすばらしいのひと言に尽きる！　部屋が十二に、テラスが三箇所。二階からは砂丘と真っ白な砂浜越しに海の眺めが楽しめる！　敷地には小さな家がもう一棟あって、家政婦のフィネットと旦那さんが住み込んでいて、いろんな世話をしてくれる。本当に夢のようだ。それなのに、特別扱いされ、甘やかされ放題のあの人たちはなんとも思っていない！　あの人たちにはこれが普通なんだ。聞いたところでは、すでにいろんなところでバカンスを楽しんでいる。バハマ諸島、ズュルト島、カリフォルニア、マヨルカ島、ポルトガル！　わたしは生まれてはじめて海を見た！　でもそのことはだれにもいわない。あの人たちが知る必要はないから。

今日はゲッツ、シュテファン、ミアの三人といっしょにシトロエンのレジャーカー、メアリに乗って、島にある唯一の森ボワ・ド・ラ・シェーズまで行った。海水浴場があって、十九世紀に作られたという白い更衣室がずらりと並んでいた。帽子をかぶり、フープスカートをはいた貴婦人が昔そこで水着に着替えていたのね。そこには岩だらけの小さな入り江があって、その陰にベルエポック時代の美しい邸《やしき》が建っている。海に長く突き出た桟橋には釣り人が数人いて、海に釣り糸を垂らしていた。そのあと、島の中心地ノワールムティエ＝アン＝リルの屋内市場を訪ねた。わたしはあらためてここは楽園だと思った。

でも楽園には蛇《へび》がつきもの。ここも例外ではない。あの人たちがどんなに意地の悪いエゴイストかわかっていたら、ヨーンといっしょに遅れて合流したのに。みんなといっしょに行くとゲッツに約束したのは軽率だった。そのことが悔やまれてならない。ミアは自分の役どころをうまく演じているけれど、みんなにはばればれ！　ゲッツはどうしてハイケ、アレックス、ヨージー、ミアを招待したんだろう。そこが謎だ。ゲッツの親にそうするようにいわれたのかな。あの人たちは、もう四回か五回はここの別荘で夏を過ごしている。ちょっとした伝統になっている。あるいは、もしかしたらゲッツは力を行使できるのがうれしくて、あの人たちを顎《あご》で使ったり、意地悪をしたりしているのかもしれない。本人は否定しているけど。とにかく、あの人たちがゲッツにおもねって、お互いに競いあう姿の見苦しさといったらない。ゲッツにとってはすべてが遊びだ。でもわたしは危険なことだと思う。あの人たちがどれだけ本気か、ゲッツは気づいていないから。まったくとんでもない仲間もいたものだ。みんな、ありもしないものに必死にしがみついているんだから。ヨーンが来るまでまだ三日もある！　わたしは指折り数えて……。

追伸　今日はわたしたちが市場で買ってきた採りたてのカキが食卓に出る。夏が終わらなければいいのに。行列だけは玉に瑕《きず》だけど。

二〇一八年九月三日（月曜日）

男のキャリアが台無しになり、人生が終わって一週間ほどになる。メールにも応えず、電話にも出ない。怒った人々が自宅に押し寄せてきても、家の中でじっと息をひそめる。巣穴の中で怯えるネズミの心境だ。住居の外には、リポーターやテレビクルーや失望したファンがたむろしている。ドアからちょっと顔をだそうものなら、連中が群がってくるだろう。それにしても、とんでもない間違いをしたものだ。あんなインチキをしてしまうとは。

だがインチキをしろ、その必要があるとせっついたのは彼女だ。そして押し切られてしまった。いけないことだとわかっていたのに。たぶん名誉欲がそうさせたのだ。金も必要だった。気づかれるはずがない、と彼女は保証した。チリの物故作家のまったく注目されなかった作品なんて、だれも知らないはずだ、と。それなのに彼女は断りもなく彼を世論の餌食《えじき》にした。彼女が世に送りだした、もっとも成功した作家である彼に引導を渡したのだ。はじめに感じた不安と自己憐憫《れんびん》はしだいに苛立ちへと姿を変えた。それがやがて怒りに変わり、今ではこれまで感じたこともないほどの憎しみを覚えている。破滅。世間でよく知られた彼の名が汚辱《おじょく》にまみれた。どうして裏切られたのかまったくわからない。

今夜、彼女と面と向かい合って話をすることにした。昔なら電車で向かったものだ。だれかしらが彼に気づき、興奮してひそひそしゃべったり、視線を向けてきたりしても、気づかないふりをするのが密かな楽しみだった。インタビューなどでは、注目されるのは好きではないといったが、女性が目をキラキラさせてはにかみながらツーショットを所望したり、サインを求めてきたりすると、じつは天にも昇るような心地になる。だが剽窃《ひょうせつ》がばれてしまった以上、人目を避けるほかない。リポーターもファンもさすがに待つことに飽きたようだ。これなら家から出て、車に乗ることができそうだ。

三十分後、男は赤く塗られた鉄の門の前に立った。郵便受けの横にベルがある。そこに取りつけてあるかなり傷んだ表札を見たとき、彼の手はひどく汗をかいた。数日前から頭の中で繰り返してきた話し合いをもうすぐ実行するのかと思うと、勇気が萎《しぼ》んだ。

家はバラとシャクナゲの茂みで見え隠れし、醜《みにく》い大きな樹木に囲まれている。道路に面した側には、モダンな樹脂製のシャッターがついた二台用ガレージがある。だが家自体は一九三〇年代に建てられたもののようだ。白い桟《さん》のついた窓、色褪《いろあ》せてしまった赤いよろい戸、二階の真ん中の窓に取りつけられた洒落《しゃれ》たバルコニー、屋根にはアーチ状のドーマー窓がふたつある。元は瀟洒《しょうしゃ》な家だったのだろうが、手入れが行きとどいた近所の家と比べると見劣りがする。その家のオーナーと同じだ。

男は最近まで彼女を都会人だと信じて疑わなかった。よく深夜まで電話で話し込んだものだ。フランクフルトのグリューネブルク公園の近くにあるエレガントな豪邸にもよく招かれたので、彼女がそこに住んでいるものと思い込んでいた。十二年間もいっしょに仕事をしてきたのに、個人的なことをほとんどなにも知らないなんて奇妙で仕方がない。それにこの十二年間、彼女の自宅を一度も訪ねたことがなかった。彼女のプライバシーはなにひとつ知らないというのに、彼女のほうは彼のすべてを知っている。彼が抱える不安と空想、好きなものと苦手なもの。

彼の最初の原稿を評価したのも彼女だ。三十社以上に売り込んで、断られつづけた末のことだ。彼女が発見し、ヴィンターシャイト出版の作家に育ててあげてくれた。ごくわずかな最高の作家しか得ることができない名誉も与えてくれた。結婚が破綻《はたん》したあと、彼女は間違いなく何年にもわたって腹を割って話せるもっとも大切な人だった。彼が作りだしたキャラクターについて、まるで実在の人物ででもあるかのように、ふたりして議論したものだ。彼が書いた文章も一行ごとに納得がいくまでいっしょに推敲《すいこう》した。うまく書けなくて、途中で投げだしそうになるたび、彼女の叱咤激励に助けられた。十二年前、デビュー作『しなやかな羽根』がベストセラーリストに上がったと電話で教えてくれたのも彼女だ。昨日のことのようによく覚えている。小さなキッチンにある、水の輪染みと、焼け焦げた痕が残る食卓、『しなやかな羽根』が生まれたその食卓で天にも昇るような心地を味わった。

販売部数よりもずっと大事なのは、自分の本への評価だ。ベストセラーリストの一位、ドイツ書籍賞やビューヒナー賞（ドイツ語圏の代表的な文学賞）受賞、映画化、二十四ヶ国語への翻訳、書評の賛辞など、あれから何度も素晴らしいニュースに接したが、あの電話連絡は絶対に忘れられない。これまで朗読会も無数にこなしてきた。はじめは小さな書店だったが、のちには大きなホールになった。それからインタビュー、トークショー。フランクフルト・ブックフェアでは、出版社のブースに特大の肖像写真がかけられた。ドイツ文壇の寵児《ちょうじ》となった。

十年間で七タイトル。思うがまま作品が書けた。このままずっとやっていけると思っていた。ところが『川の左岸に』を脱稿したあとスランプに陥《おちい》った。突然、頭が空っぽになり、真っ白な画面に点滅するカーソルを何ヶ月も見つめる日々がつづいた。十行か十五行ほど書いてはみるが、どうにも満足できず、もう自分に書けるものはない、なにもアイデアが浮かばないと認めるほかなかった。

はじめのうちは、みんな、辛抱強かった。彼をせっつく者はいなかった。真摯《しんし》な作家は流れ作業のような乱作をしないものだからだ。出版社の社長はあいかわらず誕生日やクリスマスにシャンパンを贈ってくれたし、出版社が所有する豪邸でひらかれる伝説の〈暖炉の夕べ〉にも招待されたし、金になる朗読会ツアーもやった。しかし夜は眠れなくなった。小説を書くという夢は潰れたように見えた。しかも銀行口座の預金がみるみる目減りし、ベストセラーになった『しなやかな羽根』と『頭あるいは数』がスーパーの廉価本コーナーに並んでいるのを見るに至って、また日銭を稼ぐ仕事につくほかないと気づき、パニックになった。なんという敗北だ！　なんという転落人生だ！

　だがこの赤いよろい戸の家に住む女性は、それを黙って見てはいなかった。彼のジレンマを解決するため一計を案じたのだ。忘れ去られた中編小説を掘りだし、彼がそれを使って『片脚の鶴』を書きあげるきっかけを作った。はじめはあまり気のりがしなかったが、他の作家の物語にインスピレーションを受けても、できあがった小説はまぎれもない自分の作品だと思った。その小説はライプツィヒ・ブックフェアに合わせて三月に出版され、いきなりベストセラー一位に躍りでた。文芸評論家と読者の評価も上々で、印税も入って、彼はパニック発作を起こさなくなった。これでひと息つける。数年間はドイツの人気作家という人生が保証された。出版社は満足し、文芸エージェント（著者に代わって出版社と契約の交渉などを行う代理人）は喜び、書店と文芸評論家と読者が歓喜した。なのに、こんな青天の霹靂《へきれき》があるだろうか！

　二階の窓に人影が見えた。彼女は在宅だ。感動を与えてくれて、愛してやまなかったのに、今は心の底から憎んでいるあの女性。彼は深呼吸し、勇気を奮い起こしてベルを押した。反応がない。シャクナゲの茂みで二羽のクロウタドリが喧嘩をしている。下の幹線道路をときおり車が走り抜ける。近所の庭から話し声が聞こえ、たまに笑い声が上がる。バーベキューでもしているのだろう。家の前の道の反対側を犬を連れて散歩する男性が通ったが、こっちには目を向けなかった。

男はフェンスの前にたたずみ、諦めようかと思った。いや、だめだ！　尻尾を巻いてすごすご帰るなんて。自分の存在、名声、信用がかかっているんだ！　あいつのせいで、人生が台無しだ。どうしてなんの断りもなく盗作であることを公表し、いっしょに築きあげたものをすべて破壊したのか問い質《ただ》さなくては。彼は膝《ひざ》をがくがくさせながら、通りから見えないところを選んでフェンスを乗り越え、芝生を横切って家に向かった。

一日目

二〇一八年九月六日（木曜日）

「十分で出るぞ」オリヴァー・フォン・ボーデンシュタインはサンドイッチを入れたランチボックスを娘に渡し、まな板を流し台に置いた。

「美術の宿題の絵を取ってこなくちゃ」ゾフィアはいった。「パンにはなにがはさんであるの？」

「パストラミハムとチキンの胸肉だ」オリヴァーが答えた。弁当作りは父娘の朝の儀式になっていた。本当は、コージマが撮影旅行に出ていないとき、ゾフィアはコージマのところで暮らし、オリヴァーのところには二週間おきに週末を過ごしに来るだけのはずだった。だがコージマが病気になって、いつ退院できるかわからないため、ゾフィアはオリヴァーのところに完全に移ってきていた。

「バターと肉だなんて、不健康で、環境破壊だわ」オリヴァーの義理の娘グレータが口をはさんだ。薄汚れたパジャマを着たまま食卓につき、ミューズリ（押麦にドライフルーツやナッツをまぜたもの。ミルクやヨーグルトをかけて食べる）をスプーンですくいながらスマートフォンを見ている。「タバコを吸わなくても、充分癌《がん》になるわよ」

ゾフィアは青い顔になって、不安そうに父親を見た。

「あら、いけない、口にしちゃいけない言葉だったわね！」

グレータはぱっと口を手でふさいで、くすくす笑った。だがその目は悪意に満ちていた。

「ごめーん」

「絵を取ってきなさい、ゾフィア」オリヴァーは脈が速くなるのを感じた。十八歳になる義理の娘の絶え間ない挑発を相手にしないようにしていた。下手に反応すれば、グレータの母親であるカロリーネと喧嘩になる。カロリーネはグレータの側について、グレータがどんな嫌がらせをしようが目をつぶる。グレータもそのことがわかっているから調子に乗っていた。いっしょに暮らすようになった最初の日から、オリヴァーを露骨に拒絶し、やきもちを焼いた。あらゆる手を使って自分の母親の生活からオリヴァーを追いだそうとしている。その巧妙さには舌を巻くほどだ。たとえば、グレータが印刷インクのにおいで息が詰まるというので、朝食の席で新聞も読めなくなった。祖母を思いだすといってグレータが泣きだすので、家ではクラシック音楽が聴けなくなった。そしてゾフィアがいっしょに暮らすようになると、もうすぐ十九歳だというのに、悪夢にうなされるといって母親のベッドの横にマットレスを置いて寝るようになった。

グレータは寄宿学校で過ごした数ヶ月を除いて、この五年間、性格はよくなるどころか、悪くなる一方で、家族生活は薄氷を踏むような状態がつづいた。

「口がすべっちゃった」グレータはオリヴァーに向かってにやっと笑い、うなじにかかった汚れた髪を結わえた。

「そうだろうな。うっかりしてたんだ」オリヴァーは皮肉っぽく答えると、汚れた食器を食洗機に入れた。口喧嘩はしたくない。底意地の悪い娘に意見をして、結婚生活がうまくいかなくなるのはごめんだ。だが、自分の十二歳の娘に穏やかな暮らしをさせてやれないことには忸怩《じくじ》たる思いがあった。ゾフィアにはほっとできる環境が必要だというのに。

「本当よ！」グレータが声を荒らげた。「別れた相手が癌になったからって、本当のことをいっちゃいけないなんてね」

オリヴァーは黙って十数えた。

「無視するわけ？」

ゾフィアがキッチンに戻ってきた。この一週間ずっと描いて、自信作だといっている水彩画を手にしていた。ふさふさの褐色の髪はオリヴァー譲りだ。緑の瞳とすらっとした体形は母親譲り。その瞳と体形に、ここ数年太る一方のグレータはひどく嫉妬していた。

「それ、なに？」グレータが嘲笑《あざわら》った。「幼稚園児だってもっとうまく描けるんじゃない？」

「そうよね。あなたは幼稚園の経験が豊富だものね」ゾフィアはオリヴァーがなにかいう前に皮肉をいった。「保育施設ではどのくらい働いていたんだっけ？　一日？　それとも二日？」

「うるさいわね！」グレータが顔を紅潮させた。

グレータは社会性が欠如し、成績も芳《かんば》しくなかったため、学校をいくつも転校した。去年の夏には、不登校生徒専門の寄宿学校の最終学年に入った。だがそこでも二度にわたって赤点をとって落第し、大学入学資格試験を受けそびれ、企業の実習生になることもできず、定職につけずにいた。見かねた実父がバート・ゾーデンの保育施設で実習生になる機会を作ったが、リノリウムにアレルギーがあり、子どもの叫び声に偏頭痛がするといって一日で辞めてしまった。このことがあった直後、グレータは両親が買い与えてくれた馬にも興味を失ったため、カロリーネは馬の世話をしてもらうために毎月無駄な出費をしている。

カロリーネがキッチンに入ってきた。黄色いサマードレスに金色のハイヒールサンダルという出で立ちで、細い体と日焼けした肌を強調し、輝くような褐色の髪を後ろで結んでいる。以前のオリヴァーなら、誉め言葉のひとつもかけて、やさしくキスしたはずだ。だがカロリーネは歯を食いしばり、唇を引きしめ、オリーヴァーを無視して目を怒らせている。

「ふたりとも、ひどいのよ！」グレータが叫んだ。スイッチを押したかのように、目に涙までたたえている。

「いったいどうしたの？」カロリーネはいらついてたずねた。

「お母さんの旦那があたしを馬鹿にしたの！」グレータは泣きべそをかきながらいった。

「パパはなにもいってないわ」

ゾフィアが腹を立てていったが、グレータの声のほうが大きかった。

「ふたりとも最低！　あたしが太ってるって、馬鹿にするのよ！」

「そんなこと、いってない！」あまりにひどい嘘にゾフィアはかっとしていった。よせばいいのに、父親と違って、正義感が許さないのだ」

「いったわよ！　あんたたちがあたしを見て、にやにやしたことに気づかないと思うの？」毎度のごとく、グレータは自分が不当に扱われていると思って、ヒステリーを起こした。

「落ち着いて、グレータちゃん」カロリーネは大人同然の娘をなだめるために抱きしめようとした。だが、グレータはそんな母親をつっぱねた。

〝グレータちゃん！〟オリヴァーは内心むかっとした。この馬鹿げた呼び方と猫なで声。聞くに堪《た》えない！　だがグレータはカロリーネのアキレス腱だ。昔、仕事にかまけて娘をなおざりにしたと思って、いまだに罪悪感を抱いているのだ。オリヴァーはカウンセリングを受けるべきだとずっとアドバイスしてきた。グレータがこうなったのも、六年前に彼女たちがこうむったトラウマのせいだからだ。当時十三歳のグレータはキッチンで祖母が狙撃されるのを目の当《ま》たりにした。オリヴァーははじめのうち、それほど深刻に受け止めていなかった。カロリーネは、母親の見る影もない死体を目にしたというだけでなく、著名な臓器移植外科医であった父が無期懲役になるという体験までしている。オリヴァーは、この狙撃事件（既刊『生者と死者に告ぐ』）の捜査を指揮したので、この恐ろしいできごとがふたりのあいだの地雷原で、踏み込むべきではないとわかっていた。グレータは何度もセラピーを受けたが、オリヴァー以外だれもそこに問題があると考えなかった。そしてグレータの教育は自分に任せろ、とカロリーネにはっきりいわれてから、オリヴァーも諦めて、距離を置くようになった。ところが肝心のカロリーネも罪の意識とグレータの怒りの発作への怯えから、グレータに正面から対処するのを避けた。その結果が今の状態だ。十八歳のナルシストに支配されて、足音にも気をつける暮らしがつづいている。

「こんなのもう耐えられない！」グレータは金切り声を上げて、オリヴァーを指差した。「あたしはパパのところへ行く！　今日にも！」

オリヴァーはため息をつくほかなかった。実体のない脅迫だ。グレータは実の父親の家族からも歓迎されていない。父親の妻にもオリヴァーに対するのと同じような無理難題を押しつけるからだ。

「あんたなんか嫌い！」グレータはオリヴァーにそういうと、キッチンから飛びだした。「みんな、大嫌い！」

「なんであの子を怒らすようなことをするの？」カロリーネがオリヴァーとゾフィアを非難した。「あの子はいろいろ問題を抱えているのよ！」

「わたしだって問題を抱えてるわ」ゾフィアが答えた。「忘れているようだけど、わたしの母さんは癌なのよ」

二階でドアがバタンと閉まり、すぐに音楽がものすごい音で家じゅうに鳴り響いた。

「忘れるわけがないでしょ」カロリーネは苦々しげにそういうと、自分こそ被害者だといわんばかりにオリヴァーを見た。「あなたのお父さんは、わたしよりあなたのお母さんと長い時間を過ごしているんだから」

カロリーネは背を向けると、グレータをなだめるために二階に上がった。オリヴァーは彼女を見送り、今の言葉が満杯の樽を溢れさせる最後の一滴になったと思った。

「さあ、行こう」オリヴァーはゾフィアにいった。ふたりはガレージへ行き、ポルシェに乗り込んだ。オリヴァーは出勤しないですむときだけ、元妻の母親からプレゼントされたこの車に乗るようにしていた。ニコラ・エンゲル署長は、刑事警察署の職員用駐車場にこのポルシェが止めてあるのを快く思わないからだ。三分後、市の中心へ向かってガーゲルンリング通りを走った。

「グレータが嘘ばかりついて、パパにひどいことをいうのに、カロリーネおばさんが全部信じるなんてありえない！」ゾフィアはまだ腹を立てていた。「グレータはママのことを〝ミセス肝臓癌〟なんていうのよ！　酒浸りだと肝臓癌になるって本当？」

オリヴァーは指関節が白くなるほど強くハンドルを握った。カロリーネには、ゾフィアにコージマの病気のことを詳しく話さないように頼んであったのに、どうやらたっぷり話して聞かせたようだ。

「母さんの病気はお酒とは関係ない」オリヴァーはできるだけ淡々と話すように努めた。「何年も前に取材旅行中に肝炎にかかったんだ。医者はそれが遠因だろうといってる」

「ママは死んじゃうの？」

「まさか、先生たちは全力で助けようとしている。きっとすぐに元気になるさ」

「そうなの」ゾフィアはちらっとオリヴァーを見た。「グレータがいってたけど、ママが死んだら、わたしたち、お金がなくなるの？　パパは警官だから、たいして稼げないっていっていってた」

「なんだって？」オリヴァーは信じられない思いで娘を見た。

「それからあの家はあの子の母さんのものだから、グレータのいうとおりにしないと、わたしたちは追いだされるともいってた。そうなの、パパ？　わたしたちはどこかのアパートに引っ越すの？」

オリヴァーは殴られたような衝撃を受け、心臓がつぶれるかと思った。

「そんなことはないさ」

「グレータなんて嫌い。二度と顔も見たくない」

〝わたしもだ〟オリヴァーも思った。〝本当に見たくない！〟

オリヴァーはウィンカーをだして、学校の前の駐車スペースに車を止めた。ゾフィアは人目を気にするほうなのに、オリヴァーの首に腕をまわして頬にキスをした。

「大好きよ、パパ！」

「わたしもだ」

「わたしの絵だけど、ママのお見舞いにいったときに渡してくれる？」

ゾフィアはオリヴァーから離れると、目くばせした。

「美術の授業で提出しなくていいのか？」

「平気よ」ゾフィアがにやっとした。「先週提出して、優をもらったもの。グレータにそのことをいわなかっただけ」

「さすがだ！」オリヴァーは微笑《ほほえ》んだ。「母さんに渡すよ。絶対に喜ぶ」

ゾフィアは車を降り、リュックサックを背負うと、もう一度オリヴァーに微笑みかけて、登校する生徒たちの波の中に消えた。

オリヴァーはふたたび車の流れに乗った。スマートフォンが鳴ったが無視した。どうせカロリーネからだ。ごめんなさいといわれるにきまっている。同じことの繰り返しはもううんざりだ。喧嘩になり、ひとしきり嫌味をいったあとは、きまって涙ながらに詫《わ》びを入れ、愛している、グレータのせいでふたりの関係をだめにしたくない、と彼女は訴える。だが三日もすれば、またふりだしに戻る。オリヴァーは電話に出て、今ゾフィアから聞いたことをカロリーネにいおうかとも考えたが、やめておくことにした。心の目に自分の半生が見えた。そしてそこに見えたものに憂鬱《ゆううつ》になった。オリヴァーはまたしても、自分の幻想の虜《とりこ》になったのだ。カロリーネとの関係ははじめから複雑で、壊れやすかった。どうして同じ過《あやま》ちを繰り返すのか、自分でもわからない。学習能力がないのだろうか。五十代半ばで二度目の結婚が破綻《はたん》しようとしているのは紛《まぎ》れもない事実だ。赤信号で車を止めたとき、カロリーネがすでにふたつの伝言を残し、五通のショートメールを送ってきていることに気づいた。オリヴァーが諦めて反応するまで、メールと電話による攻勢が一日じゅうつづくのだろう。だが今回は折れる気がなかった。メールを読まないし、電話に出ない。どうせ彼女がなにをいい、なにを書いてくるかわかっていたし、応じてもなにも変わらない。

＊

ピア・ザンダーは、自由に走りまわる二頭のワイマラナーに遠くから気づいていた。朝の犬の散歩で果樹が生えた草地と小川のある絵のように美しい緑地ジューセス・グリュントヒェンを歩いて、ザウアーボルンの駐車場に戻るところだった。

「まいったわね」そうつぶやくと、ピアはベックスのリードを絞って、すぐそばにいるようにした。ベルジアン・シェパード・ドッグ・マリノアのベックスも、草地で用を足した二頭の犬をうかがっていた。体を強《こわ》ばらせ、うなじの毛を逆立ててうなっている。

「静かに」

二頭の飼い主である女性は草地を抜ける道で携帯電話を耳に当てて、のんびり歩いている。二頭はベックスに飛びかかってきそうだ。

「犬をリードにつないでくれませんか？」ピアが声をかけた。

「この子たちはなにもしないわ！」女性は携帯電話を耳から離すことなく、遠くから返事をした。

「わたしの犬はそうはいかないんですけど！」そう答えて、ピアはベックスの首輪をつかんだ。ふだんはおとなしいベックスだが、他の犬からちょっかいをだされるのがなにより嫌いだ。二頭のワイマラナーもベックスに気づいて走ってきた。しかもベックスがリードにつながれていて、不利な立場だと見透かすと、短距離ミサイルのように突進してきた。二対一。とくに二頭のうちの一頭がやる気満々だ。だがベックスも身を守るのに長《た》けていた。ものの数秒で、自分よりも体格がよく、重量もあるワイマラナー一号の喉にかみついた。

「エディ！　ビリー！　こっちに来なさい！」女性が甲高《かんだか》い声を上げた。両手を振り、背の高い草につまずきながらこっちにやってくる。だがいくら叫んで、口笛を吹いても、二頭の犬はいうことを聞かなかった。

「なんとかしてちょうだい！」女性は怒鳴った。「うちの犬がかみ殺されちゃうでしょ！」

「自分でなんとかしたらどうですか！」ピアも腹が立った。ぶつかりあっている犬のあいだに素手で割って入るなんてとんでもないことだ。「わたしの犬はリードにつないでいます。つないでないのは、あなたの犬のほうでしょう！」

ベックスに耳をかまれたワイマラナー二号は強い敵と戦うよりも森に入るほうがよくなったのか、下草にもぐって小さくなった。ワイマラナー一号は悲鳴を上げて仰向けになった。ベックスはすぐ一号から離れた。

「訴えてやる！　高くつくわよ！」女性は携帯電話を上げて、ピアを撮影した。「これが証拠よ！」

「なんなら」ピアは肩をすくめた。「電話番号も教えますけど」

「こういう攻撃的な犬には口輪をつけるべきよ！」

「うちの犬は攻撃的じゃありません。身を守っただけです。あなたが自分の犬をリードにつなぐか、よくいいきかせていれば、こんなことにはならなかったでしょう」ピアはきつくいった。

「自分の犬を自由に走らせることのどこが悪いのよ！」女性は四十代で、金髪をボブカットにしていて、きつい感じの顔立ちだ。タウヌスに住む典型的な金持ち女性だといえる。女性は自分の犬の怪我の様子を見た。「ここ！　血が出てる！　あなたの犬がかんだのよ！」

「自業自得です」ピアはいった。「ちなみにこの谷は自然保護区。そこに立て札があるでしょう。野生動物保護のため犬はリードにつなぐことと書いてありますよ」

ベックスはぶるぶるっと身ぶるいしてから、勝ち誇ったように後ろ脚で地面をかいた。ワイマラナーの飼い主はまだ悪態をついていたが、ピアはこれ以上口論しても時間の無駄だと思って立ち去った。

「よくやったわ、ベックス」ピアは誉めた。「尻尾を巻いてはだめ」

五十メートルほど離れると、相手がまた、人権侵害になりそうなひどい言葉を吐いた。ピアはベックスのリードをはずして、その女性にけしかけたくなったが、無視することにした。

去年の秋、ピアは妹のキムやその娘フィオーナとゆっくり過ごす時間が欲しくて三ヶ月の休暇を取った。ところがいつものことだが、キムは面倒ごとに耐えきれず、プロファイラーのデーヴィッド・ハーディングの誘いに乗って逃げだした。フィオーナはがっかりしてチューリヒに帰ってしまった。することのなくなったピアは、ベックスをミュールハイムの警察アカデミーに連れていって、警備犬の訓練を受けさせた。ベックスは優秀な成績で訓練を終了した。前の飼い主テーオドール・ライフェンラートが去年の春に死んで、本当は隣人がベックスを引き取るはずだった。だが、その家の子のひとりが犬の毛アレルギーであることが判明して、動物保護施設に入れられることになったベックスを、気の毒に思ったピアが自分で飼うことにしたのだ。以来、ピアは本当に幸せだった。犬のいない生活は空虚にしか思えなかったからだ。

出勤前の朝の散歩は一日のはじまりにちょうどいい。ニコラ・エンゲル署長はベックスを職場に連れてくることを許可してくれた。ベックスはそもそもホーフハイム刑事警察署で伝説的存在になっていた。なんといっても、シリアルキラーを逮捕するきっかけを作った犬だからだ（既刊『母の日に死んだ』の事件）。捜査十一課の面々も、この四本足の新入りに大喜びした。食い意地が張っているベックスはとくにカイ・オスターマンと仲よしになった。カイがデスクの引き出しになにかしら食べものを入れていて分けてくれるからだ。

ピアはザウアーボルン・スポーツ施設の駐車場に辿《たど》り着いた。ピアのボルカニックオレンジ色のミニコンバーチブル以外には黒いSUVが一台止まっているだけだ。ピアはその車のナンバープレートを撮影してから、ベックスを助手席のフットスペースにすわらせて、ハンドルを握った。ルーフをひらいて涼しい風を受ける。空気はまだひんやりしていたが、空は雲ひとつなく、ラジオの天気予報は、今日も乾燥した晩夏の一日になり、例年よりも温度が上がると告げていた。この何ヶ月かつづいた熱波と異常な乾燥のせいで、いつもは緑が瑞々しく、小川のせせらぎが聞こえ、深い森に囲まれているタウヌスの草地が、太陽に焼かれたアンダルシアの大地のようになっていた。ヨーロッパ全域が数ヶ月前から記録的な猛暑に喘《あえ》いでいて、今週頭の激しい嵐も焼け石に水だった。井戸や貯水池が干上がり、地下水位が劇的に低下して、タウヌス地方のいくつかの村では消防団が給水をしなければならなくなったほどだ。少しばかり嵐になったところで、どうにもならない。

「……六月から八月にかけて、すでに七十五日も二十五度以上の夏日がつづき、三十度を超える日も二十日以上ありました」ラジオのニュースキャスターが熱波の記録とドナルド・トランプのニュース以外伝えることがないとでもいうようにいった。「一八八一年に気象記録を取りはじめてからこんなことは……」

ピアはオークの森に沿って車を走らせ、病院の手前でクローンベルク通りに曲がった。昨日はクリストフとのあいだに少し不協和音が生じたが、クリストフが今朝、ヨーロッパ動物園水族館協会の総会に出席するために家を出たため、仲直りをしそこねていた。クリストフはピアに負けず劣らず頑固なところがあるから、土曜日に戻るまでなにも連絡してこないだろう。そもそも喧嘩の理由が馬鹿げているので、ピアは自分から折れる気もなかった。クリストフは嫉妬したのだ。それもピアの元夫であるフランクフルト法医学研究所所長のヘニング・キルヒホフに。

ヘニングは去年の秋、驚いたことにミステリのデビュー作で大成功し、さっそく二作目を書きあげた。主人公はフランクフルトの法医学者と別れた妻である首席警部のふたりで、現実の事件を元にした難事件に挑むという内容だ。フィクションとリアルがないまぜになっているところが、読者のあいだで評判になり、メディアにも受けた。タイトルは『悪女は自殺しない』。ヘニングは自分の小説の宣伝にも余念がなかった。熱心に数々の朗読会をこなし、インタビューにも応じ、さらに大学院生に協力してもらって、フェイスブック、インスタグラム、ユーチューブにアカウントを作り、自分名義のウェブサイトも開設した。デビュー作は昨年のクリスマス直前、ペーパーブックのベストセラー一位に輝き、アマゾンで十一月に一番売れた本になった。テレビ局も注目し、現役の法医学者でミステリ業界の寵児《ちょうじ》となったヘニングをカメラに収めようと、ドイツの主だったトークショーが次々に彼をスタジオに招いた。

「きみの元旦那はベルネ教授（ドイツで人気があるテレビドラマ『事件現場』に登場する法医学者）並みの活躍だな！」クリストフは当時、馬鹿にしたが、二作目もできあがって、十月はじめのフランクフルト・ブックフェアに合わせて出版されることになっている。ヘニングは数ヶ月前、クリストフが長年園長を務めるオペル動物園をミステリの舞台にし、脇役に動物園園長を登場させるがいいかとクリストフに申し入れた。クリストフは軽い気持ちで承諾し、すぐにそのことを忘れた。ヘニングが『死体は笑みを招く』の校正紙《ゲラ》をピアのところに送ってきて、それをクリストフが読んだのが三日前だ。ピアとクリストフが出会うきっかけになった事件がモチーフなのは疑いようがなかった。クリストフははじめ笑っていたが、すぐにその笑顔は凍りつき、今は激昂している。

　ちょうどハインリヒ＝ハイネ通りに曲がったとき、電話がかかってきた。

「ザンダーです」

「おはよう、ピア」ヘニングだった。ピアが彼のことを考えていたのがわかったかのようだ。

「おはよう、ヘニング」ピアは冷ややかに答えた。「やっと電話がもらえてうれしいわ。本気で怒ってるんだけど！」

「どうして？」ヘニングがびっくりした。

「あなたの新作のせいで、クリストフと大揉めしちゃったのよ。あなたの小説を読んで、逆上しちゃったの！」

「ちょっと待った！」ヘニングが叫んだ。「許可は取ったぞ！　設定も悪くないはずだ！　動物園園長は最後に女性刑事とくっつくし」

「あのねえ、ヘニング！　その女性刑事だけど、本の中で元夫とセックスするじゃない。あれって必要？」

「その時点で動物園園長とはまだいい仲になっていない」ヘニングは愉快そうにいった。「それに元夫が女性検察官といちゃついているところも目撃する」

「わたしを結婚の危機に追い込むつもりがないのなら、すくなくとも献辞を変更して。〝ピアに捧ぐ〟で充分でしょ。愛を込めて、はないわ」

「そうかな？　わかった。変更できるかやってみる。ゲラはもう印刷所に行ってしまってるんだ。それより、きみに電話をしたのはほかでもない。ちょっと頼みがあるんだ。さっきマリアから、ああ、わたしのエージェントのハウシルトだが、彼女から電話をもらったんだ。たしか会ったことがあるよな？」

「ええ、会ってる。去年の出版記念パーティでね」ピアはエージェントの名前を言い直したことに引っかかりを覚えた。ヘニングらしくない。ふたりのあいだになにかありそうに感じた。五十代半ばでできあがった人生にあえて新しいことをやる気にさせたのがその女性だからだ。あれからヘニングはずいぶん変わった。人間嫌いの皮肉屋はどこへやらという感じだ。

「で、どうかしたの？」

「問題は彼女じゃない。じつはもうすぐ講義をすることになっていて、わたしは動けないんだ。

それで、きみに電話をすると彼女にいった」

「どうして？」ピアはガレージの前に車を止め、リモコンでゲートを上げた。

「彼女は今、友だちの家の前にいる。ここ数日、音信不通だったので寄ってみたら、ドアに血痕があって、なにかあったんじゃないかと心配している」

「そうなの」ピアは啞然とした。あのヘニングが、時間があったらエージェントの憶測だけで、朝の八時半に駆けつけるつもりだったとは。「わかった。行ってみる。でも、献辞を変えるのが条件よ」

「すぐ出版社に電話をかけて、担当編集者と話す。誓うよ」

「わかった。わたしはまだ自宅。それで、どこに行けばいいの？」

「ブルクベルク通り七四番地だ。ありがとう、ピア。愛してるよ！」

ピアはガレージのゲートを上げて、バックで道に出た。

「だからそういうのをやめてといってるのに！」そういうと、ピアは通話を終了させた。

＊

「おはよう、オリヴァー」コージマは病室に入ってきたオリヴァーを見て、うれしそうに微笑んだ。といっても、昔の輝くような笑顔はもう影を潜めてしまった。そんな彼女を見て、オリヴァーは一瞬、息をのんだ。癌はコージマのオーラと元気を蝕《むしば》んでいた。化学療法はかなりきついようだ。狭いベッドに横たわるコージマはまるで抜け殻だ。彼女と結婚していた頃も、育ち盛りのふたりの子どもといっしょに、いつあとに遺されても不思議はないといつも不安を抱えていたものだったが。

コージマがドキュメンタリー映画を撮るために世界の僻地《へきち》へ命がけの冒険に出ると、オリヴァーはいつも眠れない夜を過ごした。昔は携帯電話も通じず、生きているかどうかもわからず、何日も、いや、何週間もやきもきしながら、仕事と子育てを綱渡り状態でなんとかこなしていた。そして眠れない夜を過ごすうちに、コージマを絶対に見捨てないと心に誓ったものだ。だが帰ってきても冒険の熱が冷めやらぬ彼女と、旅先で拾ってきた犬や猫をもらって喜ぶ子どもを見ると、少しのあいだだけ、オリヴァーの不安が解消された。彼は、コージマがまた旅をしたくなり、次の撮影プロジェクトを計画するまでのあいだ彼女を腕に抱けるだけで満足するようになった。

コージマは恋をしたときから、気性が激しかった。だから自由を愛するコージマが、オリヴァーの求める整然とした、波風立たない生活に満足できないことはわかっていた。それでもオリヴァーは歯を食いしばり、彼女の探検や、何週間も家に居候するおかしな映画関係者に耐え、コージマが編集作業で長時間スタジオにこもったり、世界中のフィルムフェスティバルを行脚《あんぎゃ》したりするのを受け入れてきた。だが十年前に彼女が冒険家で登山家のロシア人と浮気したときは、さすがに心が折れた。彼女を許せるようになるまで長い時間がかかった。だが最終的に許したのは子どもたちのためだった。ふたりの関係はこの数年間、結婚していたときよりも良好だった。

「やあ、コージマ」オリヴァーはいった。「具合はどうだい？」

「いい感じよ」そう答えて、コージマは上体を起こした。といっても、声質が変わり、かすれている。皮膚は羊皮紙のように黄ばんで、薄くなっている。化学療法のせいで美しかった赤い髪は抜け、まつ毛と眉毛もなくなっている。

「これ、ゾフィアがきみのために描いたんだ」オリヴァーは丸めていた絵を広げて、高く掲げてみせた。「優をもらったらしい」

「フランクフルトの眺望ね。うまく描けてる！」コージマは微笑んだ。「あとで看護師にいって、いつでも見えるところにかけてもらうわ」

オリヴァーはテレビの下のテーブルにその絵を置いた。

その部屋は病室としては豪華な造りで、小さな専用バルコニーときれいなバスルームがついていて、カウチとすわり心地のいい椅子からなる応接セットとミニバーまであった。

「なにかしてあげられることはあるかな？」オリヴァーはたずねた。「なにか必要なものは？本は充分にあるかい？」

「ありがとう。間に合ってる。でも、無性にタバコが吸いたい」コージマはいたずらっぽく笑った。「持ってる？」

「いいや。この数週間禁煙している」オリヴァーは腕時計を見てから、椅子にすわった。まだ三十分は余裕がある。それから心電計、胸部レントゲン、MRIによる血管造影と肝臓のボリューム撮像、肝生検などのマラソン並みの検査メニューがはじまる。「理由は知ってるだろう」

「もちろん」

ふたりは顔を見合わせた。

「顔色が悪いけど、どうしたの、オリヴァー？　面倒をかけることになってごめんなさいね」

「いいってことさ」オリヴァーはため息をついた。コージマに気を使わせたくはなかったが、彼女はオリヴァーのことをよくわかっている。隠しごとはできない。

「カロリーネの嫉妬がひどくてね」そういって、オリヴァーは今朝のひと幕をコージマに話した。「これ以上は無理だ。いつか好転すると思ったんだが。それにゾフィアがかわいそうで。解決策が見つかるまで、両親か弟に預かってもらおうと思ってる」

「大変ね」コージマが答えた。「ゾフィアをあなたの家族に預けるのはもちろん賛成よ。しばらくはそれが一番いいと思う」

「ああ、そうだな」オリヴァーはうなずいた。

治療に関してはもうさんざん話をしていたので、ふたりはそれ以外のことを話題にした。オリヴァーはヘニング・キルヒホフの新作ミステリの話をした。署の人間はみんな興味津々だが、ピア・ザンダーの夫はヘソを曲げている、と。ふたりは屈託なく笑った。

コージマが発病したことで、オリヴァーは、人生は短いのだから、無駄にするのはよくないと自覚した。そして、いざこざを起こす人間といっしょにいるのは無駄だ。人生は唐突に終わりうるのだ。

二ヶ月前、コージマはスーパーで買いもの中に倒れて、病院に搬送《はんそう》された。ステージが進行している肝細胞癌と診断された。偶然の発見で、家族には青天の霹靂《へきれき》だった。生存するには肝移植しかなかった。リンパ節などへの転移がないのが不幸中の幸いだった。臓器移植ネットワーク、ユーロトランスプラントの待機リストに登録し、適応する肝臓が提供されるまで癌の成長を抑えるために肝動脈化学塞栓《そくせん》療法がはじめられた。もちろんいつ肝臓が提供されるかはだれにもわからない。そこでローレンツとロザリーがドナーになれるか検査を受けたが、いくつかの要素で適応しなかった。臓器移植法は厳格で、存命の人間で臓器が提供できるのは、家族か配偶者かそれに準じる者に限られている。そういうこともあって、オリヴァーも検査を受けた。その結果、すべてのパラメーターが合致し、ドナーになれることが判明して、オリヴァーは手術を受ける決意をした。詳細な病歴と社会歴を提出した結果、生体臓器提供委員会が青信号をだした。オリヴァーは今日、別の検査を受けることになっている。とにかく時間との勝負だ。コージマの病状は悪化の一途を辿っている。だが彼女に手術に耐えるだけの力さえあれば、癌に打ち勝てるだろう。

「九時十分前」オリヴァーがいった。「行かなくては」

「カロリーネには話したの？」コージマがたずねた。

「いいや。話すつもりはない。明日からマリー＝ルイーゼのホテルに逗留する。そうすれば、ゾフィアのそばにいられるし、静かに暮らせる」

「そうなの！」

「とっくにそうすべきだった」

「あなたはいい人だわ、オリヴァー」コージマがささやいた。「本当に感謝してる。今回のことがうまくいかなかったとしてもね」

「大丈夫、また元気になるさ」

「残念だけど、そうならない可能性もある。わかってるでしょ」コージマは穏やかにオリヴァーを見た。「だめだったとしても、わたしはすばらしい人生を歩めた。その大部分はあなたのおかげよ、オリヴァー。わたしたちにはすてきな子どもが三人いて、かわいい孫が四人いる。仕事の面でも幸せだった。このまま治療がうまくいかなくても、人生に悔いはないわ」コージマの声はかすれていた。オリヴァーは喉が詰まった。

「わたしがこれだけやっているんだ。やすやすと死なせはしない。それにしても、肝生検なんてぞっとする」

コージマは笑ったが、すぐに真顔になった。

「感謝してる。あなたはなにより注射が苦手だものね」

＊

ピアはヘニングのおかげで出勤が遅れる言い訳ができたことがうれしかった。数件の傷害事件とATM窃盗事件一件と放火が二件起きているくらいで、最近は大きな事件で振りまわされることがなかった。そこでエンゲル署長は全職員に研修を課した。

「日頃自信を持てているか、市民への配慮は充分かなどの行動評価、および捜査上の駆け引きや組み立てなどを状況に合わせて行えているかなどの方法論的評価」というなんとも大げさな企画だった。最初の一斉メールでは、参加は任意という話だったが、申し込み者がたったの三人だったために、次のメールでは「義務」という言葉が太字になっていた。

緊急の用事があるときだけ、この研修の義務から解放されるとあったので、ピアとしては、元夫のエージェントの友人の消息を確かめることになったのは渡りに船だった。

ピアは旧温泉公園の北を走る公園通りを進み、ブルクベルク通りに曲がり、ヘニングから教わった番地を探した。その家は数本のごつごつした赤茶色の大きな針葉樹に囲まれていた。敷地と道路の境にある低い塀にすわって、女性が電話をしていた。フランクフルトナンバーの白いスマートの後ろに車を止めると、ピアはリュックサックをつかみ、ベックスの首輪にリードをつないで車から降りた。塀にすわっていた女性が電話を切って腰を上げ、サングラスをはずした。ベックスを見て笑みをこぼしたが、その笑みはすぐに消えた。

「おはようございます、ハウシルトさん」ピアはヘニングのエージェントに挨拶をした。

「おはようございます、キルヒホフさん」女性が答えた。

「ザンダーです。キルヒホフは昔の姓です」ピアは微笑みながら訂正した。

「ああ、そうでした。ごめんなさい。すぐに来てくださってありがとうございます」

マリア・ハウシルトは近くで見ると、もうそれほど若くはないが、いまだに魅力のある女性だ。ヘニングはこの人とベッドに入ったのだろうか、とピアは考えた。

「かまいません。近くにいましたし」

ハウシルトは白いリネンのブラウスを着て、七分丈のジーンズと蛍光グリーンのスニーカーをはいていた。髪はシルバーグレーで、顎《あご》まであるボブカットだ。目尻と上唇のあたりにしわがなければ、四十代終わりといっても通りそうだった。

「きれいな犬ですね」ハウシルトはいった。「名前は？」

「ベックス」ピアが答えた。「ビールの銘柄と同じです」

自分の名前が出たので、ベックスは首を傾げ、期待を込めて尻尾を振った。

「ヘニングの話では、知り合いのことが心配とのことですが」

クリストフと仲直りしそこね、おまけにワイマラナーの飼い主とひと悶着《もんちゃく》あったあとだったので、ピアは気持ちの余裕がなく、さっそく本題に入った。

「ええ、そうなんです。ここ数日、友だちのハイケに連絡しているのですが、電話に出ないし、メールやメッセージにも返事がないんです」ハウシルトはあきらかに心配している。「わたしたち、四十年来の付き合いですが、こんなことははじめてです。彼女、少し前に職を失ったんです。だから、もしかして……なにかあったのではと思いまして」

「なにかというのは？」ピアは眉間《みけん》にしわを寄せた。「その人がなにかしたかもしれないということですか？」

「わかりません」ハウシルトは肩をすくめた。「でも、何日も連絡がないなんて普通じゃないです。このあいだ起きたことを考えるととくに」

訊き返すことを期待しているような物言いを、ピアは嫌っていた。本当に事件性があると判明しないかぎり、無闇に足を踏み入れる気はなかった。

「ヘニングの話では、ドアに血痕があったそうですね」

「ええ。来てください。お見せします」ハウシルトは赤い塗装がはがれかけている門を開けて、敷地に足を踏み入れた。ピアはガレージの小さな窓に視線を向けた。二台用ガレージで、中に黒っぽい車が入っている。

「彼女の車です」ハウシルトがいった。「見てみました」

「旅行中ということはないですか?」ピアはたずねた。「列車か飛行機で出かけたとか。親戚か友だちを訪ねているとか。失職した人は気分転換をしますが」

「ハイケに親戚はいません。友だちもごくわずかです。それからまったく旅行をしません。長い時間、タバコを吸えないのが耐えられませんから、列車に乗るはずがありません。長年付き合っていましたから、彼女のことはよく知っています」

ピアはリードでつないだベックスを連れ、ハウシルトに従って、苔《こけ》とモミの落ち葉に覆われた上り坂のアプローチを辿り、家に向かった。

庭はあまり手入れがされていなかった。小木や花がこの数週間の熱気でしおれている。芝刈りもしばらくしていないのか、草原のようだ。家の前のテラスは長いあいだ使われていないらしく、ガーデンチェアが六脚あるが、たたんでテーブルに立てかけてある。その横には老朽化したハリウッドブランコと、折りたたんだパラソルと、錆《さ》びたバーベキューコンロがある。

大きさも形も異なる植木鉢に植えられた植物は、いまさら水やりをしても手遅れなようだ。かつてストロベリーレッドだったと思われる日よけは、色褪《いろあ》せてピンクになっていて、開閉ハンドルがぶらさがっている。化粧壁もあちこち傷んでいて、片側の壁は雨樋《あまどい》のところまでツタに覆われている。

「お友だちと最後に話したのはいつですか？」ピアがたずねた。

ハウシルトの返事は耳をつんざく丸ノコギリの音にさえぎられた。右隣の敷地で最近人気のガラスとコンクリートでできた大きな住宅が建築中だった。犬と散歩していて、ピアはそういう住宅を何軒か見かけ、地区整備プランの規制はどうなっているんだろうとよく首を傾げていた。

かつてガレージと庭のある一戸建てが建っていたところに、ガラスの防空壕が建築されようとしている。多くの場合、地下駐車場を作って複数の車を所有し、建築許容範囲ぎりぎりまで建てる。三階建てのガラスの家に日照を奪われ、隣人は愕然《がくぜん》とするほかない。

ピアは質問を繰り返した。

「先週です」ハウシルトはいった。「変に聞こえるかもしれませんが、急に心配になったのは、ハイケが火曜の夜、大事なライブトークショーに出ることになっていたからなんです。長年、彼女自身その番組のレギュラーだったんです。ところが断りもなく出演しなかったんです」

「なるほど」

ふたりは白いドアの前にたたずんだ。ドアのペンキには亀裂が走り、一部がはがれていた。

「このドアはキッチンに通じています。ハイケは玄関よりここを使うことが多いです」ハウシルトはドアの前の外階段についている数滴のシミと、ドアについた液体の垂れた痕を指差した。

「ここを見てください。血痕ですよね？」

ピアはベックスに、しゃがんで待つように命じてから腰を落とし、その茶色のシミを見た。

「たしかに血痕のようですね。でもだからって、最悪の事態を想定するのは禁物です。庭仕事で怪我をしただけかもしれませんし」

鼻血かもしれないし、バーベキューをするために牛肉を運んでいて血が垂れただけかもしれない。ピアはドアにはめられた窓ガラスから中を覗いた。食器戸棚と冷蔵庫が見える。そしてリュックサックのサイドポケットからラテックスの手袋をだしてはめて、ノックをした。

「わたしがもう試しました」ハウシルトがいった。

「どうやったら家に入れますかね？」ピアはたずねた。「鍵は持っていませんよね」

「警察なら開けてもいいのだと思いました」

「それはそうですが」ピアはハウシルトのほうを向いた。「緊急事態というわけではないですから。お友だちは成人で、どこにいようと、だれにはばかる必要もありません。今ドアを壊せば、不法侵入になります」

「でも本当に心配なんです。怪我をしていて、家の中で動けずにいたらどうするんですか？ヴィンターシャイト出版はハイケの家族同然でした。三十年以上も。仕事と担当している作家がすべてなんです。それを奪われたんですよ」

ピアは聞き耳を立てた。

「ヴィンターシャイト？　ヘニングの本をだしている出版社ですよね？」

「ええ、そのとおりです」ハウシルトはうなずいた。

「だれか家の鍵を持っている人はいませんかね？　お隣とか？」

「知りません」ハウシルトは眉間にしわを寄せ、いきなり唇を引きしめると、まくっていたブラウスの右袖を下ろし、ピアが制止する間もなく、肘《ひじ》でドアの窓ガラスを割った。

「なにをするんですか？」ピアは驚いて叫んだ。「不法侵入になります！」

「責任は取ります」ハウシルトは割れた窓に腕を入れ、ドアの内側に差さっている鍵をまわしてドアを開けた。「ドアが開いたんですから、中に入って、彼女がどこにいるか見てもかまわないでしょう？

　ハイケ？」ハウシルトは家に踏み込もうとした。

「待ってください！」ピアが制止した。「あなたはここにいてください。まずはわたしひとりで見てみます。もしなにかあったら」

「ああ！　当然です」ハウシルトはあわててあたりを見まわした。

　人間は失業ほど深刻ではない理由でも命を絶つ場合がある。ハウシルトの友だちが本当に命を絶って、この暑い盛りに数日間横たわっていたら、かなりすごいことになっているはずだ。キッチンに足を踏み入れると、ガラスの破片が靴底でこすれる音がした。ピアはくんくんとにおいを嗅いだ。タバコのにおいはするが、チーズとアンモニアのような死臭はしない。ニコチンと汚れがこびりついている窓からうっすらと外光が差し込んでいる。冷蔵庫の大きな作動音が聞こえる。ピアは広々したキッチンに視線を這わせた。コンロには鍋やフライパンがのっている。蓋《ふた》を取ってみると、カラカラに干からびた食べ残しが入っていた。コーヒーメーカーのガラス容器には半分ほどコーヒーが残っていて、フィルターに入ったままのコーヒー滓《かす》はすでにかびている。分厚い木材でできた食卓は仕事机としても使っているらしく、ノートパソコンのまわりに書類や本や開封した郵便物や未開封の郵便物が積んであった。吸い殻があふれんばかりにたまった灰皿とカビが浮いている磁器のマグカップの横に、タバコの箱とライターが置いてある。ピアは冷蔵庫の中を確かめた。ワインが数本とバターとハムとチーズがあった。それから卵の六個パック。大量のできあいのサラダ。いろいろなものが詰めてある保存容器。

つづいてキッチンから玄関に通じる廊下に出て、隣の部屋を覗いてみた。隙間という隙間に本と雑誌と新聞が積みあげてある。キッチンの隣は寝室らしい。ベッドは整えていない。ハンガーラックにワンピースが数着かけてある。ナイトテーブルには薬のパックと本がのせてあり、ベッド脇の床に、吸い殻でいっぱいの灰皿とワイングラスがあった。グラスには飲みかけの赤ワインが注いである。枕元には、読んでいた人がちょっと立っただけとでもいうように、本が一冊ひらいた状態で裏返してあった。椅子にはハンドバッグがあった。ハンドバッグの中身をあらためてみると、いろいろなものに交じって使い古された財布が見つかった。その財布には現金の他、クレジットカードやECカード、身分証明書、自動車登録証、免許証が入っていた。

マリア・ハウシルトの勘は当たっていたようだ。なにかおかしい。数日旅行に出るのなら、大事なものをハンドバッグに入れたまま置いていくわけがない。クリスティアン・クレーガーを呼ぶためにスマートフォンをだしたとき、ピアはベックスの吠え声に気づいた。廊下に出てみると、黒猫がすごい勢いで駆け抜け、ベックスが目を血走らせて追いかけていた。ピアが飼っている以外の猫を見ると、ベックスは本能をくすぐられる。ピアはベックスが引きずっているリードをつかもうとしたが、間に合わなかった。猫は階段を駆けあがり、ベックスもそのあとを追った。

「なんてこと！」ピアも追いかけた。「ベックス！ ストップ！ 戻れ！」

二階でベックスがまた吠えた。ヒステリックな吠え声だ。ピアはなにかあると警戒した。ベックスの声の違いはよくわかっている。今聞こえているのはよくない知らせだ。死体でも見つけたのだろうか。ピアは一気に階段を駆けあがり、ぎょっとして立ち止まった。薄暗い廊下に、縦縞《たてじま》の寝巻きを着た老人が壁に背中を預けるようにしてしゃがんでいた。ベックスは警備犬の訓練で習ったとおりに、その老人の前に立って、吠えていた。

「やめなさい！ よくやったわ！」ピアはベックスの首輪をつかんで、後ろにさがらせた。ベックスは吠えるのをやめ、尻尾を振った。

「犬が驚かせたのならごめんなさい」ピアはしゃがんだ。「ホーフハイム刑事警察署のピア・ザンダーといいます」

老人はピアを見つめた。裸足《はだし》で、髭《ひげ》は伸び放題、白い髪もぼさぼさだ。

「お願いだ」老人は声をふるわせながらいった。「助けてくれ」

老人が足を動かすと、ガチャガチャと音がした。ピアは老人の右足首につながれた鎖に気づいた。

＊

「次の停車駅はハウプトヴァッヘ（フランクフルトの中心にある都市鉄道や地下鉄の主要駅）！」コンピュータ音声のアナウンスがあった。プレゼンテーションの練習をしていたユーリア・ブレモーラは、タブレットをバッグにしまって、立ちあがった。

午前九時四十分。昨晩は遅くなったが、目覚まし時計は必要なかった。ヴェストエントのイタリアンレストランでひらかれたパーティは大成功だった。彼女が担当する作家がその晩のスターだった。文豪とまではいえないミステリ作家が今年の営業会議のゲストになったことで、古参の編集者から陰口を叩かれるのは覚悟の上だ。それでも問題ばかり起こすあの魔女のごときヴェルシュがしばらく前にクビになっただけでもよかった。社内の雰囲気は格段によくなった。昨晩のヘニング・キルヒホフ教授のスピーチは秀逸だった。法医学者としてのエピソードをまじえて、新作ミステリの一部を朗読した。反社長派の人たちも、何度か笑みをこぼしたほどだ。結果として拍手喝采だった。ベートーベン風の髪型をして、三十年前にはモダンだった丸メガネをかけている編集部長のロートにも受けていた。そのうえユーリアは他の同僚や販売代理人の前で社長からお誉めの言葉をもらった。ユーリアはうれしいやら、誇らしいやらで舞いあがってしまった。あなたは言葉のセンスがよく、作品の内容や時代精神や書籍市場に鼻が利く、とカール・ヴィンターシャイト社長はいった。社長に見つめられて、彼女は膝《ひざ》ががくがくしてしまった。もちろん同僚は笑みを見せながらも、悔しそうに歯を食いしばっていた。だが嫉妬されるくらい平気だ。新しい作家を発掘し、しかもデビュー作で、その年一番の売れっ子作家にすることができた編集者はほかにいない。ヘニング・キルヒホフの二作目『死体は笑みを招く』は初版十五万部。三週間で一作目の売れ行きを超え、ベストセラーリストの上位に食い込むはずだ。もちろんヘニング・キルヒホフが、ギュンター・ガンテンベルクやアルフリート・ケンパーマンのようにノーベル文学賞やビューヒナー賞といった文学賞を受賞することはないだろう。マリーナ・ベルクマン＝イッケスやロベルト・ザハトレーベン、ゼヴェリン・フェルテン、ゲーザ・リヒター、ファビアン・マリア・ノルといった書評家に人気の作家にもならないだろうが、彼の作品はたくさんの読者を獲得するはずだ。

『悪女は自殺しない』は昨年のダークホースだった。「シュピーゲル」誌とアマゾンのベストセラーリストを席捲《せっけん》し、文芸作家とその担当編集者が夢に見るような販売実績を記録した。カール・ヴィンターシャイトが一年半前に社長になり、経営戦略を刷新して、債務超過に陥《おちい》っていたヴィンターシャイト出版を救ってから、良好な販売実績や商業的成功をけなす風潮は消えた。

電車が停車し、シューと音を立てて自動ドアが開くと、客車からホームに人があふれだした。ほとんどの人がスーツ姿だ。一日を銀行やオフィスや弁護士事務所で過ごすのだろう。ユーリアは足早に階段を上り、ビーバー横丁を横切って、シラー通りに入った。今日は営業会議の二日目だ。ユーリアは春のラインアップとして四つの新作をプレゼンテーションすることになっている。もう何週間も前からこの日を楽しみにしていた！

出版社が見えてきて、ユーリアは微笑んだ。社屋《しゃおく》は新古典主義の堂々たるビルで、凹凸《おうとつ》のある正面壁はなかなか見かけないものだ。正面玄関には大きな円柱があり、左右にたくさんの天使像があしらわれている。

このビルは第二次世界大戦期の激しい空襲でも無傷で残った数少ない市内の建物のひとつだ。ユーリアは毎朝、正面玄関からロビーに入り、壁面や階段に飾られた有名な作家の肖像写真を見るたび、うれしさがこみあげ、誇らしい気持ちになる。彼女はこの仕事を愛していた。新しい出版企画を立ちあげ、週に一度の編集会議でその企画のために闘うのは刺激的でならない。ユーリアは作家たちとプロットを練ったり、国内外のエージェントと電話で打ち合わせをしたり、宣伝文を書いたり、印刷所にまわす前にゲラをチェックしたりするのも好きだった。それに、あと数週間で出版業界でもっとも重要なフランクフルト・ブックフェアがはじまる。今回は関係者だ。もう名もない編集助手ではない！　ドイツミステリの新しい売れっ子作家を発掘した編集者として業界では知る人ぞ知る存在だ！　彼女のフランクフルト・ブックフェア中のスケジュールにはまったく空きがない状態だ。三十分間隔でイギリス、フランス、イタリア、アメリカのエージェントに会い、版権交渉をする。夜は出版社主催のパーティで同業者と会い、情報交換をし、パーティの賑《にぎ》わいを楽しむことになる。

ちょうどロビーに足を踏み入れたところで、彼女のスマートフォンが鳴った。ヘニング・キルヒホフだ。

「おはようございます！」ユーリア・ブレモーラは明るい声で挨拶した。

「おはよう、ブレモーラさん」ヘニングの声は他人行儀だった。「寝込みを襲っていなければいいんだが」

「まさか。もう社にいます」ユーリアはガラス張りのエレベーターに乗って、四階のボタンを押した。「昨晩はすばらしかったですね。みんな、感激していましたよ！」

エレベーターが上昇しだした。

「ああ、すばらしかった」ヘニングはおしゃべりをする気分ではないらしく、すぐに咳払いをした。「ところで、ブレモーラさん、原稿を少し変更する必要が生じたんだ」

「あら、それは難しいかもしれません。先週、校了してすでに印刷所にまわっています」

「本当に重要でなければ、頼んだりしない。元妻に献辞を変更すると約束したんだ。〝ピアに捧ぐ〟とだけにする」

献辞だけ。本文でなくてよかった！　ユーリアはほっとした。だがどうして急にそんなことをいいだしたのだろう。検討する時間は充分にあったはずなのに！

「やってみます」

エレベーターが止まった。ユーリアは急いで自分の小さなオフィスに向かった。

本当はそんなことをしている時間はなかった。だがヘニング・キルヒホフはユーリアにとってもっとも重要な作家だ。不興を買いたくない。

「最近解雇された編集者がいただろう。なにか聞いてないかな？」ヘニングがたずねた。

「ヴェルシュさんですか？」ユーリアは驚いた。「いいえ。なぜですか？」

「わたしのエージェントのハウシルトさんが、数日連絡が取れないので、気になってその人の家を訪ねたんだ。そしてハウシルトさんのために元妻に協力を求めた。その交換条件が献辞の変更なんだ」

ユーリアは背筋が寒くなり、息をのんだ。元妻というのはキルヒホフのミステリのモデル、イナ・グレーフェンカンプと同じホーフハイム刑事警察署のピア・ザンダー首席警部だ。刑事をハイケ・ヴェルシュの家に行かせたなんて、ただごとではない。

「なるほど」ユーリアは無造作にバッグを床に落とし、デスクに向かってすわった。急に膝の力が抜けたからだ。両手がふるえている。「先生の……元奥さんからなにか連絡があったんですか？」

「いいや、それはない。だがハウシルトさんからついさっきメールがあった」ヘニングは無造作に答えた。「どうも様子がおかしいらしくて、鑑識の到着を待っているそうだ」

「そうなんですか！」ヘニング・キルヒホフと仕事をするようになって、死体が発見されたときにどういう行程を辿るか、ユーリアはかなり詳しくなっていた。刑事警察が鑑識を出動させた以上、なにかあったことになる。それも、なにかひどいことが。そしてもしかしたらユーリア自身にも責任があるという話になるかもしれない。有頂天だったところに冷や水を浴びせかけられたようなものだ。

「……なんとかしてくれると助かる、ブレモーラさん」

ヘニングの声が遠くに聞こえた。

「わかりました」ユーリアは口ごもりながらいった。「すぐ製作担当者にメールを送ります」

ユーリアとしては、できることならヴェルシュの件がどうなったか逐一教えてほしいと頼みたいところだが、そんなことをいったら疑われてしまう恐れがある。ヘニング・キルヒホフは自分が担当する作家で、気心が知れている。だが鑑識をヴェルシュの家に出動させた女性刑事の元夫でもある。

ユーリアは通話を終えると、コンピュータの黒々としたモニターを見つめた。ヴェルシュは不快な人物だ。傲慢《ごうまん》で、ずけずけものをいってすぐ人を傷つける。ユーリアは彼女が好きになれず、本気で嫌いだと思うこともあった。週に一度の編集会議やヴェルシュ本人との打ち合わせで意見が合わず、何度もぶつかった。それでも敬意をもって接していた。なんといっても、ドイツ語圏現代文学のアイコンであり、二十年以上もの長きにわたってヴィンターシャイト出版の屋台骨だった。けれども即時解雇され、今度はなにかの事件に巻き込まれた可能性がある。なんてことだろう！　ユーリアは唇をかみしめ、湧きあがる罪悪感と闘った。どうして口をつぐまなかったのだろう。なぜ偶然耳にしたことを自分の胸にしまっておかなかったのだろう。

＊

ピアはマリア・ハウシルトに二階へ来てくれと声をかけた。ハウシルトは愕然として両手で口をふさいだ。ピアは彼女に救急医を呼ぶように頼んだ。階段の上り口にある小机に足枷《あしかせ》の鍵がのっているのを見つけ、ピアは老人の枷をはずしたところだった。老人はピアが取ってきたコップの水を感謝しながら飲み干し、ハイケとギゼラはどこだとたずねた。ピアははじめ、ハイケ・ヴェルシュが父親と思われる老人の自由を奪っていたと思ったが、いたるところに張られたメモを見て、考えをあらためた。「洋服ダンス」「室内履きをはくこと！」「蛇口《じゃぐち》、左が冷水、右が温水」「トイレは水を流す！」「水の補給を忘れないこと！」「照明を消す」。

鎖は二階を自由に歩ける長さがあったが、階段から下りられないようになっていた。ハイケは家を留守にするとき、実用的だが、倫理的には問題のある方法で父親の安全を確保していたのだ。廊下の小机の上には空っぽの水のボトルが何本もあり、高齢者向けのボタンが大きい電話機が置いてあって、その側面に電話番号を三つ書いたメモが貼ってあった。一番上が「ハイケ」の携帯の番号。次が「シュニーホッタ（ホームドクター）」、三つ目は「ヴィーデブッシュ（隣人）」。

「どなたですか？」ヴェルシュ氏がマリア・ハウシルトにもう一度たずねた。今は椅子にすわって、ベックスの頭をなでている。

「ハイケの友人、公証人モリトールの娘です」マリア・ハウシルトはもう一度名乗った。「ハイケとケルクハイムの学校に通って、大学もいっしょでした。以前はよくここにお邪魔していました」

「公証人モリトール氏の娘さん？　そんな馬鹿な」ヴェルシュ氏はハウシルトの頭から爪先までじろじろ見た。「彼女はまだ若い。それに引き換え、あなたは……だいぶ年配だ」

ピアは笑いをこらえながら、電話の側面のメモをスマートフォンで写真に撮って、ハイケの番号にかけてみた。「おかけになった電話は電源が入っていないためつながりません」というコンピュータ音声が聞こえた。つづいてホームドクターにかけてみた。留守番電話だったので、電話をくれるようメッセージを残した。そのあと鑑識課課長のクリスティアン・クレーガーと同僚のケム・アルトゥナイに連絡した。血痕を調べてもらう必要がある。

救急医と救急車が到着した。ハウシルトが救急医たちを案内するために下りていった。老人のことは救急医に任せることにして、ピアも一階に下り、行方不明のハイケ・ヴェルシュについてもっと詳しくハウシルトに訊くことにした。ハウシルトはテラスの錆びついたガーデンチェアにすわっていた。顔面蒼白で、かなりショックを受けているようだ。

「お父さんの世話をしているなんて、ひと言も聞いていませんでした」ハウシルトは力なくいうと、二本の人差し指で目の下をこすり、それから肩をすくめた。「そういうことを話してくれないなんて、なんのための友人なんでしょうね？」

ピアも同じ疑問を抱いていた。

「それじゃ、敷地の外で待ちましょう」ピアはいった。「鑑識を呼びました」

「じゃあ、やっぱりハイケになにかあったと思うんですね？」ハウシルトは心配そうにいうと、ピアのあとについて外階段を下りた。

「その可能性を排除できません」そう答えて、ピアはベックスを自分のミニの助手席のフットスペースに乗り込ませ、車内が暑くならないように、ルーフを半分開けた。そのあと同僚のカイ・オスターマンにメールを送り、最近見つかった身元不明の女性死体を警察のデータバンクで検索するように頼んだ。

「ではあなたのお友だちについてうかがわせてください」ピアは手帳を塀の支柱に当ててメモを取ろうとして、ガレージの前の歩道にある一般ゴミ用コンテナーにふと目をとめた。そのゴミコンテナーを膝で塀のほうに動かし、蓋にリュックサックを置いて、手帳とボールペンをだした。

「手帳とボールペンを使うんですか？」ハウシルトが驚いた顔をした。

「古風な人間なもので」

「いいですね」ハウシルトは気を取りなおしたのか、青白い顔に笑みを浮かべた。

「お友だちは失業したということですが、理由はご存じですか？」ピアがたずねた。

「ハイケは新しい社長と馬が合わなかったんです。二十年間出版企画の責任者である文芸部長でしたが、一年半前にすべてが変わったんです。ハイケは簡単な人ではなくて、すぐに人とぶつかってしまうんです。衝動的で、好戦的な性格で、人一倍傷つきやすいんです。新しいボスと何度もやりあって、二、三ヶ月前にクビをいいわたされました。三十年以上会社に尽くしてきたのに！　即座に労働裁判所に訴えました。ハイケは経営協議会のメンバーだったので、解雇手続きに不備があると判断される見込みがありました」

「即時解雇とは穏やかじゃないですね。なにかそれなりの理由があったのですか？」

「自分の出版社を立ちあげて、ヴィンターシャイト出版の作家と従業員を引き抜く計画が会社に知られてしまったんです」

それはクビになるのもうなずける。

「その計画を知っている人は？」ピアはたずねた。

「わたしです」ハウシルトは考えながらいった。「それとハイケの長年の同僚アレクサンダー・ロート。前の社長のアンリ・ヴィンターシャイトとその夫人。たぶんアレクサンダーの奥さんのパウラ・ドムスキーも。それからハイケが引き抜こうとしていた作家とその作家のエージェント。かなりの人が知っていたと思います」

「ヴェルシュさんにはあなた以外にどんな友人や仕事仲間がいますか？」

「友人はそう多くありません。でも編集部長のアレクサンダー・ロートは友人です。それからヨゼフィン・リントナー。彼女は夫婦でマイン＝タウヌス・センターで本屋をやっています。ハイケ、アレクサンダー、ヨゼフィン、わたしの四人は高等中学校《ギムナジウム》時代からの友だちです。大学もいっしょでした」

ピアはさらにメモを取った。

「あとはフランクフルトで文芸エージェントをしているヨーゼフ・モースブルッガーも友人のひとりでしょう。トスカーナのシエナの近くにある彼の別荘で、ハイケは何年も前から作家志望者を集めてライティングセミナーをひらいています。といっても」

「なんですか？」

「いえ、なんでもありません」

ハウシルトは親指と人差し指で鼻の付け根をもんだ。日焼けした肌からまた血の気が引いた。額《ひたい》には汗がにじんでいる。急に落ち着きを失ったようだ。

「大丈夫ですか、ハウシルトさん？」ピアは全員の名前をメモしてから顔を上げた。

「大丈夫です」ハウシルトはバッグから水筒をだして、何口か飲んだ。「お父さんの世話を自分でしていることを、ハイケがわたしたちのだれにも話していなかったかと思うと。友人だったのに。それも長年！」

ピアはそのことには踏み込まなかった。親友だった、隠しごとはなかったはず、というその手の主張は聞き飽きていた。人を傷つけ、法医学研究所送りにする自称友人が多すぎる。

「ヴェルシュさんに敵はいますか？」

ハウシルトが答える前に、カイから電話がかかってきた。連邦刑事局のデータバンクには、過去三日以内にドイツ国内で発見された身元不明の女性死体はなかった。

「わかった。ありがとう」ピアは礼をいった。そのあとすぐ別の電話がかかってきた。ヴェルシュ氏のホームドクターだった。

シュニーホッタ医師は、自分がゲルノート・ヴェルシュ氏のホームドクターであることを認めた。ピアは状況を手短に説明し、知らせるべき親族がいるかどうかたずねた。

「わたしの知るかぎり、親族は娘さんだけです。奥さんは何年も前に亡くなっています。息子がいましたが、子どものときに亡くなりました。ヴェルシュ氏はおよそ十年前にアルツハイマー型認知症を発症しましたが、娘さんが父親を介護施設に入れるのを望まなかったのです。娘さんは手厚い介護をしています。娘さんが仕事で出張するときは、バート・ゾーデンにある聖エリーザベト養護老人ホームにショートステイさせていました」

ハイケ・ヴェルシュが家を留守にするときに、父親を鎖でつないでいることを知らないのだろうか。

「ホーム長を知っていますので、ヴェルシュ氏のために空室があるか問い合わせてみます」シュニーホッタ医師はつづけた。

「よろしくお願いします」ピアは礼をいって、電話を切った。救急医が外階段を下りてきて門を開けた。つづいて救急隊員たちがヴェルシュ氏をストレッチャーに乗せて家から出てきた。夫が歩行器を使っている年配の夫婦がそばでその様子を見ていた。

「どうですか？」ピアは顔見知りの救急医にたずねた。

「脱水症状と低血糖を起こし、意識の混濁《こんだく》がありますが、命に別状はありません。ひとまず病院へ搬送します。連絡する親族はいますか？」

「今、ホームドクターと電話で話しました。親族については知らないといっています」ピアは救急医に名刺を渡した。

「だれが責任を担うかはっきりするまで、連絡を絶やさないように担当医に伝えてください」救急車はドアを閉めると走りだした。救急医も車に乗って去っていった。ピアはまたハウシルトのほうを向いた。

「わたしはまだいないといけませんか？」ハウシルトが恐る恐るたずねた。

「いいえ、結構です」ピアが答えた。「知らせてくれたことを感謝します。さらに情報が必要なときは連絡します」

「わかりました。それから……あの」

「なんですか？」

「ハイケのことが気になるのですが、親族でないとそういう情報はもらえないものですか？」

「ええ、通常は。でもヴェルシュさんの居場所がわかったらお知らせします」

「ありがとうございます」ハウシルトはほっとしているようだった。「よろしくお願いします。ハイケの無事を祈っています」

ハウシルトは別れを告げた。ピアは道を横切って白いスマートに乗り込む彼女を見送った。

「すみません」歩行器を使っている老人が丁寧に声をかけてきた。「クラウス・ヴィーデブッシュといいます。こっちは妻のゲルダです。わたしたちはゲルノート・ヴェルシュの隣人でして。つかぬことをうかがいますが、あなたがだれで、ゲルノートになにがあったか教えてもらえますか？　それからハイケはどこにいるのでしょうか？」

「わたしはホーフハイム刑事警察署のピア・ザンダーです」ピアは身分を名乗った。隣人はたいていの場合、重要な情報源になる。「ハイケ・ヴェルシュさんの友人から、ここ数日、連絡が取れないという通報を受けまして」

日頃、刑事警察と関わりを持たない人の例に漏れず、夫妻も困惑を隠せなかった。

「ハイケ・ヴェルシュさんを最後に見かけたのはいつでしょうか？」ピアは親しげにたずねた。

夫妻は顔を見合わせた。

「そうですねえ」夫人がためらいがちに答えた。「土曜日だったと思います。ええ、土曜日でした。ゲルノートがテラスにすわっていて、フェンス越しにおしゃべりをしました。ハイケもその場にあらわれました」

「ヴェルシュ氏はアルツハイマーなのですか？」ピアはたずねた。

「ええ、そうです」夫人がうなずいた。「意識がはっきりしている日には、わたしのことをわかってくれて、お天気や庭の話をします。ハイケはよくお父さんの世話を焼いています。彼女がいなかったら、ゲルノートはとっくの昔に介護施設に入っていたでしょう」

「わたしは月曜の午後、ハイケを見かけました。男性が訪ねてきていましたね。長くはいませんでしたが」夫が思いだしながらいった。「わたしは前庭にいて、花が終わったウスベニアオイの剪定《せんてい》をしていたんです。日が暮れてから嵐が来るという予報だったので、その前に済まそうと思いまして」夫は手のひらで歩行器を叩いて笑った。「これを使うのは遠くへ行くときだけです。自宅ではこれがなくても平気です。ゆっくり歩けばね」

「訪ねてきた男性はどんな感じの人でしたか？」ピアはたずねた。

「そうですね。灰色の巻き毛を肩まで伸ばして、メガネをかけていました。芸術家肌の人物でした。もう若くはありませんでした」

ピアはまた手帳をだして、メモした。

「わたしたち、ハイケを少女の頃から知ってるんです」夫人がいった。「お母さんが生きていた頃は、わたしのところでピアノのレッスンを受けていました」

「お母さんになにがあったんですか？」

「あれは悲しいできごとでした」刑事警察にびくつく様子はなくなり、夫妻はどんどん話すようになった。「ハイケの弟ダニエルが通学路でバスにはねられたんです。市庁舎の前で。七つでした。ギゼラはそれから酒浸りになって、数年後に亡くなりました。一九八〇年頃のことです。ゲルノートは長いあいだひとり暮らしをしていました。でも、あの人が病気になったので、ハイケは同居することにしたんです」

「つまりハイケ・ヴェルシュさんは結婚していないんですね？」ピアは手帳から目を上げた。

「子どももいないのですね？　いとことかは？」

ヴィーデブッシュ夫妻はまた顔を見合わせてから首を横に振った。

「わたしたちは日頃いっていました。ハイケに夫はいらない。仕事と結婚したから。彼女は本の世界では知る人ぞ知る存在なんです」夫がいった。

「ゲルノートの具合があれほど悪くなる前は、ハイケが出張をしたり、帰りが遅くなったりするとき、わたしたちがよく面倒を見ていました。ハイケはよく本をくれました。それも作家の自筆サイン入りのを」夫人が自慢そうにいった。「日曜日の文芸番組『パウラが読む』に出演していた頃は、彼女が他の専門家といっしょに新刊本について談義するのをよく観ていました。ハイケの発言は皮肉が効いていました。彼女が出演しなくなってから、あの番組は面白くなくなりました」

それからヴィーデブッシュ氏が、だれと話しているか思いだした。

「ハイケになにかあったのですか？　そうなると、ゲルノートは大変なことになります」

「まだわかりません」ピアは正直に答えた。「しかしその可能性を排除することはできません。わたしが見つけたとき、ヴェルシュ氏は意識が混濁していて、脱水症状を起こしていました。

ですので、ひとまず病院に搬送されました」

「そういえば、ハイケのゴミコンテナーが外にだしっぱなしでした。おかしいですね」夫はピアがメモを取るときに使ったゴミコンテナーを指差した。夫人もうなずいた。

「ひとまずここまでにしましょう」ピアはまた名刺を差しだした。「この三日のあいだに目撃したことで、なにか重要と思われることを思いついたら電話をください」

「そうします」夫妻は約束した。「ハイケに何事もなく、無事に帰ってくるといいのですが」

「わたしもそう期待しています」だが内心そうはいかないだろうとわかっていた。ハイケ・ヴェルシュはむずかしい性格だが、老いた父親をしっかり世話するだけの責任感があるようだ。そういう人が父親の今後を考えず、バカンスに行ったり、自分の命を絶ったりするはずがない。

＊

三日前に思いがけない変身を遂げてから、水分を補給するときとトイレに立つとき以外、机を離れることがなかった。シャッターを下ろしたまま、スマートフォンの充電もせず、食事も睡眠もとらず、今が昼か夜かもわからない状況だ。だがそんなことはどうでもいい。ついにまた書けるようになった。三日前からノートパソコンに向かいっぱなしだ。指がキーボードの上で躍り、ものに憑《つ》かれたように文章をつづっている。生まれてはじめて生きていることを実感している。人間だ。男だ。書きたいことのある者。頭に浮かんだことを感じるままに書くだけの適当な奴とは違う。これまでは受け身の観察者でしかなかった。他の人間の行動を「人生」と呼んで、カーテンに隠れて窓から覗いていただけだった。彼の小説も大差なかった。二番煎じの拙《つたな》い描写。言い回しを決めるのに苦労し、いたずらに長い文章を書き連ね、ときには副文をつなげて何ページもある文章をこしらえたが、一度として本来いいたかったことを表現できたためしがなかった！　ところが今はどうだ。すべてが流れるように頭から指へ伝わる！　翼を得たように心も軽く、幸せな気分だ。自分をがんじがらめにしてきたコルセットから解放されたのと同じだ。彼女の催促する声は永遠に消えた。彼女が形容詞を使うなと禁じることは二度とない！　自分が造形したキャラクターが切り刻まれ、生気のないただのシルエットになることもないのだ！

ゼヴェリン・フェルテンはこの数日で自分に起きたとんでもない変化が理解できなかった。いつもためらい、怯えていた昔の自分は、たしかに車に乗って彼女を訪ね、家の前で車を降りてフェンスを乗り越えた。そして臆病で世間知らずの昔の自分をそのフェンスに引っかけたままにした。蛇《へび》が脱皮するように古いゼヴェリンを脱ぎ捨て、新しいゼヴェリンが彼女の家に入り、自意識を持ち、怒りに任せて抗議した。外見は昔と同じだということに思い至らなかった彼の新しい自分は、彼女になにをいわれても怯《ひる》まなかった。自分がなにをして、どういう責任を取ることになるかよくわかっていた。言い訳をするつもりはない。自分がやったことの後始末を男らしく堂々とする心づもりだ。だがその前に、この本を書きあげたい。いや、書きあげねば。ゼヴェリン・フェルテンにしては三流すぎるといって、彼女が書くのを禁じたものだが、彼はその物語も登場人物もこよなく愛していた。登場人物たちと喜怒哀楽を共にして、人を殺した。彼らは、彼が自分の手でしたのと同じように容赦がなかった。彼女や書評家が愛している複雑でわかりづらい言葉の羅列をまき散らすのはもうやめた。そうだ、今の文章は単刀直入で、解釈に幅を持たせるのではなく、いいたいことを的確に表現していた。ようやく自分が書いたものが本物になった。自分自身と同じものになったのだ。

もしかしたら彼女が剽窃《ひょうせつ》を白日の下に晒《さら》したことに感謝すべきかもしれない。自分の過ちはいつの日か許され、理解されるだろう。そして別の作家の言葉やアイデアを盗むようにそのかしたのがだれだったのかもわかるだろう。だが今はそんなことはどうでもよかった。今大事なのは、ふたたび書けるようになったことだ。それも以前よりはるかにうまく。

＊

隣から聞こえていた工事の音が消えた。まるで死んでしまったかのように静まりかえっている。鑑識班を待つあいだに、ピアはスマートフォンでインターネットにアクセスし、ハイケ・ヴェルシュについて検索した。驚いたことに数秒で数百件もヒットし、しかもその多くがここ数日のうちにアップされたものだった。

最初にウィキペディアのコンパクトな記事に目を通した。

〝一九六二年フランクフルト・アム・マイン生まれ、ケルクハイムのフリードリヒ＝シラー高等中学校《ムナジウム》で大学入学資格取得。テュービンゲン大学とフランクフルト大学で文学理論、ドイツ文学、英文学を専攻。ヴィンターシャイト出版の編集者、翻訳家、文芸評論家として活動し、二〇〇四年から二〇一六年までジャーナリストで出版評論家のパウラ・ドムスキーと共同で隔月の文芸番組「パウラが読む」の司会を務めた〟

次に画像検索をして、ヴェルシュの写真をスクリーンショットで保存した。本棚を背にして、少し皮肉っぽい笑みを浮べている。赤毛にカールがかかり、四角い黒枠の目立つメガネをかけている。タバコを指にはさんでいて、それが彼女のトレードマークらしい。ピアはリンクされていた記事の見出しに興味を覚えてざっと目を通した。〝利益を求める有象無象に対峙《たいじ》する文芸の真珠〟〝根っからの完璧主義者〟〝なぜならあの人は自分のすべきことを知らないから〟そしてヴェルシュは泣き寝入りせず、即時解雇されたことを労働裁判所に訴え、八月はじめにカール・ヴィンターシャイト社長に対するネガティブキャンペーンを展開した。ざっくりと読んだだけで、ヴェルシュが歯に衣《きぬ》着せぬ論客で、敵は相当の数に上ることがわかった。

下の道を鑑識課の青いフォルクスワーゲンバスが三台、パトカー二台とケム・アルトゥナイ、ターリク・オマリ、カトリーン・ファヒンガーが乗る警察車両を引きつれて走ってきた。鑑識課課長のクリスティアン・クレーガーがさっそく部下全員と共にワーゲンバスから降りた。ピアは読書用メガネとスマートフォンをしまって、階段を下りた。

「これはまた大勢でのお出ましね」ピアはいった。「ひょっとして研修と関係してる?」

「だって、あんなの最低でしょ!」捜査十一課で最年少のターリクが目をくりくりさせて訴えた。

「研修の講師は百歳近いおじいさんで、講義中に寝ちゃいそうなんですよ」カトリーンもいった。「天使《エンゲル》さんは、あの化石をどこで発掘したのやら!」

「きみがわたしたちのために仕事を見つけてくれたと思ってね」ケムは四週間、家族でトルコへ行き、バカンスを楽しんで帰ってきたばかりだ。日焼けをし、髪も短くして、まるで刑事役のハリウッドの映画俳優のようだ。

「どうやら本当にそうみたい」はじめはマリア・ハウシルトが大げさに騒いでいるだけだと思っていたが、今はかなり深刻だと考えていた。部外者から見ると、人が殺人犯になるきっかけは嫌になるほどくだらないが、ピアは二十年も刑事をやっていて、人間はなにをやるかわからないということをさんざん体験し、見てきた。映画やサスペンス小説の中とは違って、被害者と接点のない犯人は逆にめずらしい。事件の九十九パーセントで被害者と加害者は知り合いだ。殺人の動機は人間関係が一番多い。

「この家の住人ハイケ・ヴェルシュは月曜日からなんの消息もない。連絡が取れないために心配した友だちが今朝になって、キッチンに通じるドアに血痕を見つけ、その人から電話をもらったヘニングがわたしに様子を見るように頼んだのよ」

「なんでその人は法医学者に電話をかけたんですか？　警察ではなく」ターリクがたずねた。

「知り合いだからよ」ピアが答えた。「友だちというのはヘニングの文芸エージェント、マリア・ハウシルトなの。わたしははじめ、ヴェルシュが旅行中じゃないかと思ったんだけど、ベックスが二階で鎖につながれた認知症の父親を見つけた。だから旅行の線はないと思う。自殺もね。父親は脱水症状と低血糖を起こしていた。救急医に診《み》てもらって、病院に搬送中」

「女性の名前はなんだっけ？　アニー・ウィルクス（サスペンス映画『ミザリー』の登場人物）？」ケムがふざけていった。

「茶化さないでくれ」日頃から犯行現場が荒らされる前にいち早く臨場したがっているクレーガーが眉間にしわを寄せた。「最初は犬、それから救急医と救急隊員が家の中を歩きまわった。証拠は台無しだ！」

「ねえ、ハイケ・ヴェルシュっていいました？　以前日曜の午前に放送されていた文芸番組に出ていた人じゃありません？」カトリーンがたずねた。「五十代半ばから終わりくらいで、赤い髪をカールにしていて、声がハスキー」

「ええ、その人よ」ピアはいった。「インターネットで写真を確保して、スクリーンショットをみんなに送っておいたわ」

「日曜の午前に文芸番組なんか観てるんですか？」ターリクが信じられないとでもいうようにカトリーンにたずねた。「本当に？」

「いけない？」カトリーンがいい返した。「ヴェルシュがレギュラーだった頃は本当に面白かったんだから。彼女が降板してからはつまんなくなっちゃったけど」

ターリクとケムは愉快そうに目を見合わせた。

「だめな人たち！」カトリーンが腹立たしそうにいった。「日曜日はどうせサッカーやF1のレースを観て過ごしてるんでしょ！」

クレーガーたち鑑識班は白いつなぎを着て、仕事道具を下ろした。ピアはパトカーで来た巡査に、敷地周辺を立入禁止にするように指示した。刑事と鑑識班があらわれただけで、すぐに野次馬が群がることは経験からよくわかっていた。そのあとまた捜査十一課の面々を見た。

「お隣のヴィーデブッシュ夫妻にはすでに事情聴取しておいた。周辺に聞き込みをして。ハイケ・ヴェルシュが最後に目撃されたのがいつか知りたい。だれかと喧嘩をしていたかどうかもね」

仲間が散ると、ピアはクレーガーといっしょに家へ歩いていった。まずキッチンのドアにこびりついている血痕をクレーガーに見せ、ガラス片が床に散らばっている理由を説明した。もし家の中に暴力行為の痕跡があれば、鑑識班は見つけだすだろう。

＊

明るい日の光が縦長の窓から差し込み、本社の三階にある図書室のガラス扉つきの本棚を照らしていた。その本棚には一九一九年の創立以来出版されたすべての書籍が収まっている。その多くが現代ドイツ語文学の重要な作品に数えられている。営業会議のために机がU字形に並べてある。ユーリアはU字のひらいたところにある演台に立って、販売代理人や営業部と編集部の同僚の顔をざっと見渡した。カール・ヴィンターシャイト社長は会場の一番後ろに陣取って、励ますようにユーリアにうなずいた。ジルヴィア・ブランケ、クリスティーネ・ヴァイル、マーニャ・ヒルゲンドルフもその場にいたので、ユーリアはびっくりしていた。編集部のこの三人はハイケ・ヴェルシュの取り巻きで、社の新しい方針に異を唱え、エンターテインメントとノンフィクションの春のラインアップに対しても露骨に興味なさそうにしている。それから編集部長のアレクサンダー・ロートは口に手を当ててあくびをし、さっきからちらちら腕時計を見ている。ハイケ・ヴェルシュが行方不明になったことを知っているのだろうか。

ユーリアは、プレゼンテーションに集中しろ、五月に偶然耳にしたロートとヴェルシュの口喧嘩も忘れろ、と自分にいいきかせた。喧嘩の内容は、ヴェルシュが自分の出版社を設立して、ヴィンターシャイト出版の重要な作家と同僚を引き抜くというものだった。これまで協力してきたロートに迷いが生じ、ヴェルシュが腹を立てていた。ユーリアは盗み聞きする結果になったその内容に衝撃を受け、仕事を終えたあとによくいっしょに食事をしている社長秘書のアレア・シャルクにこのことを打ち明けた。アレア・シャルクはその足で社長に注進した。ただし情報源がユーリアであることは伏せた。翌日、ロートは編集部長に抜擢《ばってき》された。カール・ヴィンターシャイトのおじであるアンリの下で二十年間、ヴェルシュが務め、この一年空席だったポストだ。その後、抗議を繰り返したヴェルシュは週に一度の編集会議中に即時解雇された。ヴェルシュは社長監視の下、デスクを片づけ、鍵を返さなければならなかった。ヴェルシュにとっては屈辱的なことだった。その結果、分裂していた社員の溝はさらに深くなり、さまざまな噂が飛び交うことになった。

ヴェルシュは即座に会社と社長に対して報復に出た。怒りにまかせて、自分が担当する作家の前でも口汚く罵《ののし》り、ベストセラーになっているゼヴェリン・フェルテンの新作が剽窃だと暴露したのだ。メディアは大騒ぎになって、このスキャンダルに飛びついた。カール・ヴィンターシャイトが一年半前に社長に就任してからくすぶっていたヴィンターシャイト出版の裏事情がついに明るみに出たからだ。個人攻撃はきつかっただろうが、社長はなにをいわれても沈黙を通した。そしてヴェルシュは労働裁判所から即時解雇が不当であるという判決をもらうことに成功した。

ユーリアはこの一連の騒動に罪悪感を覚えていた。自分が黙っていて、社長秘書になにもいわなければ、こんなことにならなかったはずだ。だが、口をつぐんでいたら、雇用主に対して罪を犯すことになるだろう。社長には忠誠を尽くす必要がある。

「さあ、はじめて、ブレモーラさん」社内で「ミセスＷｉ－Ｆｉ（姓の綴りがWinter-scheid-Fink）」と渾名《あだな》されているドロテーア・ヴィンターシャイト＝フィンク営業部長がやさしくいった。

ユーリア・ブレモーラは深呼吸して、ヴェルシュの家を捜索している鑑識とヘニング・キルヒホフの元妻のことを頭から追いだし、プレゼンテーションをはじめた。

「今日は若い女性作家とその新作をみなさんに紹介させていただきます」ユーリアはしっかりした声で話しだした。「シャノン・シュヴァルツさんをわが社に迎えられたことを誇りに思っています。シュヴァルツさんはドイツの自費出版の世界でもっとも成功した作家のひとりです。この三年で経済サスペンスと、しっかり者の女性を登場人物にした今後が楽しみな推理小説シリーズを二作出版しました。そのすべてが電子書籍のチャートでトップ五十に入りました。ソーシャルメディアではすでに評判になっていて、大きなファンコミュニティが形成されています。その意味で、マーケットでも強い立ち位置にいるといえるでしょう」

いろいろ質問が飛んできて、営業部長がうれしそうに微笑んでいる。販売代理人たちがこの新人作家を歓迎しているのを、ユーリアは肌で感じた。『氷の姉妹』のカバーラフも評判は上々だった。ただタイトルにあまり訴求力がないという販売代理人もいた。議論が戦わされていると、いきなりドアが開いて、空色のストライプが入ったシアサッカー生地のスーツを着た白髪の男性が会場にずかずか入ってきて、みんなをねめまわした。そのあとからアンリ・ヴィンターシャイトとその妻マルガレーテがつづいた。ノルトライン・ヴェストファーレン州とニーダーザクセン州を担当する販売代理人が発言の途中で口をつぐみ、他のみんながびっくりして振り返った。白髪の男性は目を吊りあげて、カール・ヴィンターシャイトに詰め寄った。

「俺が電話をかけたときに居留守を使うとはどういう了見だ？」男性は怒りも露《あら》わに怒鳴った。

「おまえはおもらしをしていたチビのときによく俺の膝に乗ったものだ。そのおまえがこの俺をないがしろにするとはな」

怒鳴り声はフローリングの床に響いた。

「こんにちは、エングリッシュさん」カール・ヴィンターシャイトは丁重にいって、腰を上げた。そのときになって、ユーリアもこの闖入者《ちんにゅうしゃ》がだれか気づいた。ビューヒナー賞を受賞している世界的な作家ヘルムート・エングリッシュだ。だが階段にかけられている温厚そうに微笑む肖像写真とは似て非なる人物だった。

「これはなんだ！　この場で謝罪してもらうぞ！」顔を紅潮させたエングリッシュは一枚の紙を投げた。「ちゃんと契約しろ！」

エングリッシュは肩で息をした。

「ヘルムート、落ち着いてくれ！」アレクサンダー・ロートがいきなり席を立つと、エングリッシュの広げた腕をつかもうとした。だがエングリッシュはロートを振り払った。

「おまえはなんなんだ?」エングリッシュが毒づいた。「操り人形になりさがりやがって。おまえが軟弱でなけりゃ、こんなことは許せないはずだ……このろくでなしは俺を虚仮《こけ》にした!」

ひどい物言いに、ロートは顔を真っ赤にした。

「落ち着くんだ」アンリ・ヴィンターシャイトの太い声はエングリッシュの興奮したファルセットと対照的だった。「カール、個人的に話そうとしたヘルムートを秘書に門前払いさせるなんて、失礼極まりない」

アンリはカール・ヴィンターシャイトのおじで、前の社長だ。ユーリアははじめて顔を見た。写真で知っているだけで、古くからいる同僚からは神さまのように崇められている。壮年の頃はたしかに存在感があっただろう。背が高く、銀髪がふさふさしている。角張った顔で、目つきが鋭く、鷲鼻《わしばな》。どこか貴族のような雰囲気がある。だが今では杖に頼っていて、年老いた感じは否めない。それでも気温が高いことをものともせず、びしっと服装を決めている。グレーのスーツにワイシャツ、ネクタイ、ピカピカにみがいた靴。

「エングリッシュのような作家との契約をこのような形で破棄するなんてひどすぎるぞ! 無能ぶりを晒しているようなものだ!」アンリはもったいぶってそういった。彼の妻も、そのとおりだというように冷たい笑みを浮かべてうなずいている。

「ここで話すことではないでしょう、父さん」ドロテーア・ヴィンターシャイト=フィンクが腹立たしそうに割って入った。「わたしたちは今……」

「どこで話すか決めるのはわたしだ、ドロテーア！」アンリがいった。ドロテーアがなにかいおうと口を開けたとき、カールが先にいった。

「不満をいう権利はもちろんありますよ、おじさん。あなたはまだ出資者なのですから」

「まだってなに？」ドロテーアがたずねたが、カールはそれには答えなかった。気持ちを顔にださず、口調もいたって丁寧だ。ヴェルシュを編集会議で追放したときとそっくりだ。

「あなたが倒産させかけたわが社をわたしは十八ヵ月でなんとか救いました。そのことは忘れないでいただきたい」

「この会社を倒産させてなどいない！」アンリが吐き捨てるようにいった。

「全員の雇用を守った上で、拡大することもできました。そして結果が伴わない作家の方々にも印税を払ってきました」カールは淡々と話しつづけた。「わたしの考えでは、よい本とは多くの人に読まれ、たくさん売れた本のことをいいます。評論家に書評欄で誉められても、そのあと本棚でほこりをかぶるようではだめでしょう。わが社が在庫を持つ一千タイトルの既刊本の中で二〇一七年度に二千部以上売れたのがどの本かご存じですか、おじさん？　どうですか？　わたしはタイトルの数をいうことができます。既刊本は八タイトルです。その八冊は学校で必読書になっているからです！」

「くだらん！」アンリがいった。

「わたしたちはエングリッシュさんの新作を七年待って、そのあいだ前払金を払いつづけています！　これでは前払金を回収できないではないですか。経営状態がよほどよくなければ、このような贅沢《ぜいたく》はできません。わたしの戦術は、商業的に成功するタイトルによって、おじさんのいうところの良書を出版するというものです。しかしそのためには無駄を省き、重荷を減らさなければならないのです」

ヘルムート・エングリッシュは顔を引きつらせながら、このやりとりを聞いていた。

「つまり俺の作品は重荷だっていうのか？」エングリッシュは声を荒らげ、カール・ヴィンターシャイトに拳を向けた。「この青二才が、何さまだと思ってるんだ？　俺はお前が生まれる前からノーベル文学賞を取るといわれていたんだぞ！」

「ですからエングリッシュさんの版元であることを誇りに思っています」カールは平然といってのけた。どんな罵声《ばせい》も、彼にはまったく効き目がなかった。「しかし過去に黒字になっていないタイトルは増刷せず、今後は電子書籍で供給します。背表紙にどんな名前があろうと例外はありません」

「後悔させてやるからな！」エングリッシュが怒鳴った。「俺は文壇の重鎮だ！　ヴィンターシャイトに戻ってくれとおまえが俺に頭を下げる日が来る。だがそれはしない！　絶対だ！　おしまいだ！　もう後の祭りだからな！」

そのときエングリッシュはようやく営業会議に紛れ込んでいることに気づいた。いらつきながら春のラインアップのカバーラフが貼ってあるホワイトボードを見つめ、それからその一枚をはがして、怒りにまかせてくしゃくしゃにした。

「なんだこのゴミは？」エングリッシュは口から唾を飛ばしながらいうと、アンリのほうを向いて、腕を広げた。「恋愛小説？　ミステリ？　低俗だ！　アンリ、なんでこんなことを許しているんだ？　俺の名前がこんなものを書く奴らの名前と……並ぶのか？」

ユーリアは信じられないという気持ちで、見て見ぬふりをしている同僚たちを見た。自分が何ヶ月もかけて作ったものを、型の崩れたスーツを着たこの狼藉者《ろうぜきもの》がゴミ呼ばわりし、自分が担当する作家を侮辱したのに、社長と営業部長までが黙っている。ユーリアは失望を通り越して憤慨《ふんがい》し、怒り心頭に発した。ノーベル文学賞候補者かなにか知らないが、こういう不当で傲慢な言動には我慢がならない。ユーリアは演台の前に出てきていった。

「わたしが担当する作家と作品をよくも侮辱しましたね」ユーリアは食ってかかり、カバーラフを奪いとって、平らに伸ばした。「すばらしい本を書く若い作家たちを貶《けな》す権利は、あなたにはありません！」

会場がしんと静まりかえって、針を落としたら聞こえそうなほどだった。エングリッシュは唖然として、水色の目でユーリアを見つめた。

「このうるさい娘は何者だ？　俺がだれか知らないのか？」

「あなたがだれかはよく知っています、エングリッシュさん！」ユーリアは腰に手を当てた。

「恥を知りなさい！　敬意の欠片《かけら》もないあなたの態度には愕然とします。わたしのプレゼンテーションを邪魔して、詫《わ》びのひとつもいえないとは。ルンペルシュティルツヒェン（『グリム童話』五十五番に登場する慢心した小人の名前）と同じじゃないですか。思いあがっていて、滑稽《こっけい》なだけ！　そうやって罵声を浴びせれば、みんないうことを聞くと本気で思っているんですか？」

エングリッシュは血の気が引き、それから顔を紅潮させた。ほんの一瞬、ユーリアに対して敬意のようなものを見せたかと思ったが、それも束の間、さっと身を翻《ひるがえ》すと、足音を響かせながら会場から出ていった。ジルヴィア・ブランケとマーニャ・ヒルゲンドルフがそのあとを追った。アンリ・ヴィンターシャイトとその妻マルガレーテもそれにつづいた。騒ぎは収まった。ドアが閉まると、全員の緊張が解け、あちこちで話し声が聞こえた。アレクサンダー・ロートは蒼い顔で呆然としてすわっている。ユーリアは三つ編みにした髪を勢いよく背中にまわして演台に戻った。見ると、カール・ヴィンターシャイトが腕を組んで机にもたれかかり、氷のような目でじっとユーリアを見ていた。ユーリアは急に胃のあたりがもやもやした。ユーリアに警告を与えるか、このままクビにするか考えているみたいだった。

「静粛に！」営業部長のドロテーアが咳払いをしてそういうと、笑みを作って見せた。「思いがけず中断してしまい申し訳なかったです。ブレモーラさん、どうぞつづけて」

　家族の絆という言葉がユーリアの脳裏をよぎった。生まれた村にとどまって、庭師の仕事を継ぐと両親にいわなくてよかった、と何度思ったかしれない。

＊

　鑑識班は家宅捜索をし、ピアの同僚たちは近所で聞き込みをした。ピアは急いで家に帰って、着替えることにした。今日は長い一日になりそうだ。犬の散歩用の古いジーンズと、かかとがすり減ったスニーカーをはいているせいで、署長に小言をいわれるのはごめんだ。ピアとエンゲル署長はピアの妹キムを誘拐したシリアルキラーを追い詰めたときに意気投合して、友情のようなものが芽生え、ピア、ニコラと名前で呼び合うことにした。だからこそ適切とはいえない服装をして、署長を不必要に挑発したくなかった。

道路の反対側の歩道にはいつものように野次馬が集まっていた。近寄らないように制止していているのは、ヴェルシュの家の前に立つ巡査たちだけだった。なにか事件があったらしいという噂で閑静な住宅地はハチの巣を突《つつ》いたような状態だった。斜め前に建つ高層住宅の住人たちがバルコニーや窓から様子を見ている。家の中は見えないのに、恰好の被写体とばかりにスマートフォンで映像を撮り、望遠レンズで恐ろしい場面を激写しようと意気込んでいる者もいる。ぞっとすることに興味を惹かれるのは、大昔からの人間の性《さが》だ。中世の人々は絞首刑や火あぶりを見て楽しんだ。今はその代わりに血腥いミステリを読み、暴力的な映画を怖気《おぞけ》をふるいながら鑑賞する。

四十五分後、ピアはシャワーを浴び、着替えて戻ってきた。ほんの少し化粧もした。車の中は犬にとって暑すぎるので、ベックスをリードにつないで、道路を横切った。ベックスがゴミコンテナーのにおいをかいだ。ピアはゴミコンテナーの取っ手をつかんで門の中に引き入れ、ガレージの横にある青と茶色のコンテナーの横に置いた。ベックスはリードを引っ張って、クンクン鳴いた。

「ピア!」ターリクがピアのところにやってきた。「いくつか面白いことがわかりました! ヴェルシュは隣の敷地に新しい家を建てている施主ともめていて、建築中止を求めて裁判で争っているんです。建築指定位置からはみだしていることと、計画されている地中熱源ヒートポンプを巡るものです」

「だけど午前中ずっと工事をしていたわよ。丸ノコギリの音も三十分前からしている」

「あれは工事じゃないです。あきれた話ですが、施主はヴェルシュに嫌がらせをするために人を雇って騒音を立てているんです」

「その施主の名前はもうわかっているんでしょう?」ピアはリードに引っ張られた。「なんなの、ベックス。引っ張るのをやめなさい。車に戻すわよ!」

「名前はわかっています。工事看板を撮影しておきました」ターリクはスマートフォンをだして、写真をひらいた。「ほら、これ。施主はマルセル・ヤーン。バート・ゾーデン在住。日曜の午後、ヤーン夫妻とヴェルシュは大声で口論していたそうです。新築のひとつ向こうの隣人から聞きました。相当口汚く罵りあったようで、証言してくれた隣人は子どもによくないと思って割って入ったそうです。すると施主の夫人は、その隣人のことまで侮辱したそうです」

そのときベックスがハアハアいいながら、ピアに前脚をかけた。

「どうしたんですか?」ターリクがたずねた。「なんか変ですね」

「さあ、いったいどうしたのかしら」ピアはベックスを押さえようとした。そのとき、ポルシェ911のエンジン音が聞こえてきた。

「ボスです!」ターリクが驚いていった。「どうしてここに来たんでしょう?」

オリヴァーは、いつもは同僚の目にとまらないようにしている愛車をピアのミニの前に止めて、降りてきた。オリヴァーは感情を表にださないタイプで、しかも今回はサングラスまでかけていた。それでもピアは、様子がおかしいと直感した。運に見放されて意気消沈しているというのとは違う。もっと深刻なことがあったようだ。オリヴァーは最近、十キロも痩せ、ふさふさの褐色の髪に銀髪が目立つようになっていた。ピアはこの数年、品行方正が服を着て歩いているようなオリヴァーが私生活の問題でしだいに精神を蝕まれていくのを見てきた。オリヴァーには同じタイプの女性に惚れてしまう傾向がある。心理的な問題を抱え、オリヴァーのやさしさにつけ込むキャリアウーマンタイプの女性だ。ニコラ・エンゲル、コージマ・フォン・ボーデンシュタイン、アニカ・ゾマーフェルト、インカ・ハンゼン、そして六年前に不幸にも捜査の過程で知り合ったカロリーネ・アルブレヒト。彼女が難題を抱えているのは明らかだったのに。そしてそこに追いうちをかけるように数ヶ月前、コージマが癌にかかっていることが発覚した。オリヴァーは話題にしないが、自分の子の母親であるコージマを気にかけている。浮気相手と別れたコージマはひとり暮らしをしていたので、オリヴァーは義務感から入院後のコージマの世話をし、十二歳の娘ゾフィアと嫉妬深い妻とろくでもないその娘をいっしょに暮らせるようにしようと腐心している。他の人間だったら、とっくの昔に降参しているだろう。だが貴族としての矜持《きょうじ》がオリヴァーを英雄的な自己犠牲へと駆りたてていた。

「どうも、ボス」ピアが挨拶をした。「今日は休みでは?」

「休みだった。だが出動した十二人が本当に捜査をしているか確認するよう、エンゲルに頼まれてね。研修は延期になった。中止にはなっていない」

「なんてことだ」ターリクが不満そうにいった。

「鑑識班がどんな具合か見てみましょう」ピアが歩こうとしたが、なぜかベックスが脚を突っ張って、ついてこようとしなかった。突然、ピアの頭の中で歯車が動きだし、リードを伸ばしてみた。ベックスはゴミコンテナーに向かって走っていき、鼻をクンクンさせて吠えた。ピアは身を乗りだして、黒いゴミコンテナーの縁《ふち》と側面に赤褐色のシミを見つけて、胸がどきどきした。

「これを見て」オリヴァーとターリクにそういうと、ピアは気持ちを落ち着けようとした。

「血じゃないかしら」

オリヴァーはサングラスを取った。オリヴァーの目に隈《くま》ができていたので、ピアはびっくりした。オリヴァーとターリクはシミをよく見て、うなずいた。

「ターリク、クレーガーを呼んでくれ」オリヴァーはいった。「血液検査の簡易テストキットを持ってくるようにいうんだ」

「わかりました」ターリクが家のほうへ姿を消した。ピアはベックスを誉めて、褒美に好物のビスケットを片手いっぱい食べさせた。

「大丈夫ですか?」ピアはさりげなくボスにたずねた。

「大丈夫とはいえない」

「コージマですか? 具合が悪くなったとか?」

「いいや、コージマはなんとかなってる」

オリヴァーは自分の感情を表にだすタイプではない。その意味ではピアとオリヴァーは火と水だ。自分から話さないかぎり、オリヴァーを問い詰めても無駄だ。

「カロリーネと別居しようと思ってる」オリヴァーがいった。

オリヴァーがほっと安堵したようにいったので、ピア自身、驚いた。「ようやく」と口が滑りそうになったが、口元まで出かかったその言葉をのみ込んだ。

「それは残念ですね」ピアはその代わりに当たり障りなくいった。

「そうでもない。もっと早くそうすべきだった。それで、どうなってるんだ？」

ピアはボスに状況を説明した。わかっているのは、今のところハイケ・ヴェルシュという女性が行方不明だということと、その行方不明者が旅行に出たり、命を絶ったりした可能性が低いことだ。

「なんだって？　どこで働いている女性だ？」オリヴァーがたずねた。

「偶然ですが、ヘニングの本をだしている出版社です。ヴィンターシャイト出版」

「だから名前に聞き覚えがあったのか」オリヴァーは眉間にしわを寄せた。「勘違いでなければ、一、二週間前、かなりひどいスキャンダルを暴露したはずだ」

「ええ、ついさっきインターネットで確認しました。解雇されたことへの意趣返しですね」

「なにせ作家のゼヴェリン・フェルテンが盗作をしたとばらして、彼の名声とヴィンターシャイト出版の評判をひどく傷つけたわけだからな。フェルテンは重要な現代作家のひとりで、彼の小説はありとあらゆる文学賞に輝いている。盗作問題はメディアを大きく揺るがした。最新作の『片脚の鶴』はこの春に出たばかりで、何週間もベストセラー一位だったからな」

「『片脚の鶴』？」ピアは首を横に振った。「なんですか、そのいかれたタイトルは」

「暴露したのがフェルテンの担当編集者で、長年ヴィンターシャイト出版の文芸部長を務めて、最近解雇されたばかりだから、さらにスキャンダラスだ。盗作については、フェルテンは別の作家から文章の一部を写しただけでなく、プロットをそっくり真似たらしい。そのため、彼のすべての作品が盗作ではないかと疑われている。出版社には説明責任がある」

ピアは時間の余裕があると好んでミステリを読むが、書店に並ぶ大量の本がどうやって生まれるか一度も考えたことがなかった。エージェントという言葉を聞いても、作者と出版社をつなぐ仕事というよりも、スパイやジェームズ・ボンドのほうを連想してしまう。ヘニングが作家の仲間入りをしてからはじめて、出版業界や本の世界に少し目が向くようになっていた。

「つまりその作家はヴェルシュを殺したいくらい怒っているということですね」ピアはオリヴァーの言葉から結論づけた。髪からヘアバンドをとって、十本の指で肩まである髪をなでつけ、あらためて髪を結んだ。オリヴァーはふと自分の妻のことを思った。ヘアスタイルや服や化粧に満足するまで、朝、どれだけ長く浴室にこもっていることか。

「いずれにせよ事情聴取すべきだな」オリヴァーはいった。「出版社の上層部の人間にも」

ターリクは白いつなぎを着たクレーガーを連れて戻ってきた。

「作業の邪魔をするほど重要なことなんだろうな？　やあ、オリヴァー。ここにはいつ来たんだ？」

「ついさっきさ。こんなに人数を割く必要が本当にあるか調べるようにと署長にいわれてね」

「実際、このくらい人数が必要さ！」クレーガーが答えた。

ピアはゴミコンテナーについているシミを指差した。

「血液だな」クレーガーはすぐにそういって、簡易テストキットの袋を破り、試験紙でゴミコンテナーのシミをなぞると、その試験紙を試薬液の入った小さな容器に入れて振って、古紙コンテナーの蓋の上に置いた。

「ところで」クレーガーは結果が出るのを待つあいだにいった。「キッチンは血の海だったはずだ。へたくそな奴が証拠隠滅を図《はか》っていた。だが血痕を完全に消すつもりなら漂白剤が必要だということを知らなかった。それに食器戸棚に飛んだ血痕を見落としていた」

「数年前の事件を思いだすわね。ほら、恋人を絞め殺して、死体をゴミコンテナーに押し込んだ奴がいたでしょ」ピアはいった。

「ああ」オリヴァーはうなずいた。「四年前にフランクフルトで起きた事件だ」

「ヴィッカーの最終処分場に運ばれた焼却残渣《ざんさ》の温度が下がるまで捜索を六週間待たされた」クレーガーも覚えていた。「だけど被害者の骨の残骸《ざんがい》を発見した」

「ターリク」ピアはいった。「ここの一般ゴミが収集されたのがいつか調べて」

「わかりました」

クレーガーが簡易テストキットを調べた。

「赤い線が二本」クレーガーはピアとオリヴァーを見た。「あきらかに人間の血液だ」

「わかった。車は調べた？」ピアはたずねた。

「まあ、そう急《せ》くな」クレーガーは部下に声をかけ、キッチンのキーハンガーから黒いBMWのキーを持ってくるようにいってから、ガレージの裏口を開けた。オリヴァーとピアはついていって、車をぐるっと一周して仔細に見ているクレーガーを見守った。

「トランクからなにか滴《したた》り落ちているわね」嫌な予感がして、ピアは車内を覗いたが、そこには特段あやしいものはなかった。クレーガーの部下が戻ってきて、リモコンで車を解錠した。冷えたタバコのにおいにまじって、車内から腐臭があふれだした。

「それじゃ、見てみよう」クレーガーがトランクの前に立った。「鼻が曲がりそうなにおいだな」

トランクの蓋が上がった。オリヴァーとピアは身を乗りだしたが、いっせいに飛びたった蠅《はえ》の群れに驚いてあとずさった。

＊

ユーリアの三タイトルのプレゼンテーションは、同僚と販売代理人たちからの拍手のうちに終わった。お気に入りのタイトルは午後にとってある。ブラックユーモアに満ち、同時にいろいろ伏線が張られたミステリには特別な趣向を凝《こ》らしていた。作家本人に作品の一部を朗読してもらう予定なのだ。そのことを伝えてあるのは営業部長とヴィンターシャイト家使用人のベーアのふたりだけで、ベーアには作家のトルステン・ブッセを会場まで案内するように頼んであった。しかしヘルムート・エングリッシュの闖入が、ユーリアのハイな気分に水を差してしまった。

ユーリアのスマートフォンが鳴った。エンターテインメント部門の同僚カルラからのメッセージだった。〝あなた、最高よ、ユーリア〟そして親指を立てた絵文字。他にもテーブルの下でこっそり書いたらしいメッセージが数通届いていた。感激したり、評価したりする内容だったが、ユーリアはそういうことをこっそりやる連中が面白くなかった。さっき味方についてくれなかった同僚たちにも腹が立っていた。怯えたネズミみたいに、あんなエゴまるだしの老いぼれに好き勝手させるなんて。これまで働いてきた出版社も似たり寄ったりだったが。ユーリアは短期間に二度も転職していて、環境が変わるたびに不安を覚えたり、やっかみの対象になったりした。しかし数週間もすれば、そうした緊張状態は収まり、平常運転になった。

しかしここは違った。だれも自分の切り札を見せず、社員は二派に分かれていた。一方に社内の変化に批判的だったり、拒否反応を起こしたりしている古株、もう一方にユーリアのように新社長の方針に応じた若手たち。表面的には波風は立っていないが、古株は昔ながらのやり方に固執し、まるでエリートクラブのように固まって、若手を蚊帳《かや》の外に置く。典型的なのが、社が所有する豪邸でひらかれる集まりだ。アンリ・ヴィンターシャイトとその妻が毎月第一木曜の晩に主催しているもので、かつてドイツの知的エリートが集った伝説的な〈暖炉の夕べ〉を彷彿《ほうふつ》とさせた。

ユーリアの目がロート部長にとまった。部長はスマートフォンをタップすることに夢中で、ノンフィクション部門の編集者が紹介している、腸に関する若い女性医師の本を無視している。ゲームでもしているのだろうか。ロートは解雇されたヴェルシュのせいで、二十年ものあいだ日陰者のような存在だった。ヴェルシュがいなくなってしめしめとでも思っているのだろうか。カール・ヴィンターシャイトも放心しているように見える。胸元で腕を組んでじっとすわっている。ユーリアは、ヴェルシュの行方不明に社長が関係しているかもしれないとちらっと考えた。動機はある。

好意的な拍手が上がり、ミセスWi-Fiが下の階にビュフェが用意されていると案内した。話し声や椅子を引く音がして、人々は三々五々散っていった。だれにも話しかけられたくなかったユーリアは急いで会場から出ようとした。食欲はなかったし、歯の浮くような言葉をまくしたてられるのもごめんだった。それにシャノン・シュヴァルツに電話をかけて、『氷の姉妹』が販売代理人たちに受けたことを伝えたかった。シャノン・シュヴァルツは春に、もっと大きな出版社のほうが宣伝に金をかけてくれるとエージェントにいわれ、あやうく別の出版社と契約を交わすところだった。幸運にも彼女と気心が知れるようになり、ユーリアは社内の部長クラスのだれかがライバル会社に行ったほうがいいとエージェントにすすめたという話を聞いた。ユーリアはすぐヴェルシュの差し金だとにらみ、タバコの煙で充満しているヴェルシュのオフィスに乗り込み、卑劣な妨害はやめろと談判した。

「意見を求められたからいったまでよ」ヴェルシュはニコチンで黄ばんだ指に火のついたタバコをはさみながらこともなげに口にした。黒くて四角いフレームの瓶底メガネは『ハリー・ポッター』の映画に登場するトレローニー先生を連想させる。「長年付き合いのあるエージェントに、うちが若い女性のミステリ作家に向いているか訊かれたから、他の版元のほうがいいと答えた。それだけのことよ」

「そのせいでこの数ヶ月やってきた交渉が水泡に帰《き》すところだったんですよ」ユーリアは非難した。

「でもなんとかなったんでしょ」ヴェルシュはあざけった。「作家がエージェントのアドバイスに乗らなかったんだから、あなた、うまくやったじゃない」

「今後はそんなアドバイスをしないでください」ユーリアは冷ややかにいった。「ミステリはあなたのジャンルではないはずです。エージェントからそういう問い合わせを受けたら、ぜひわたしにまわしてください」

今になってみると、文壇の伝説となっているヴェルシュによくあんな口が利けたものだ。だが効き目はあった。ヴェルシュは一瞬、黙ってユーリアを見てから、ふっと笑みを浮かべた。

「立派な啖呵《たんか》だったわ」ヴェルシュにそういわれて、ユーリアはびっくりした。「あなたのいうとおりね。今後はそうする。編集者は作家と良好な関係を作ることがなにより大事だって勉強になったでしょう」

ユーリアは階段を上りながら、スマートフォンで製作担当者のメッセージを確認した。『死体は笑みを招く』の献辞の変更はぎりぎりで間に合った。ユーリアはヘニング・キルヒホフにこの朗報をすぐに伝えるつもりだったが、思いとどまった。今晩か、明日伝えれば、そのときにヴェルシュがどうなったか聞きだせるかもしれない。もうすぐ四階に着こうとしたとき、バッグを会場に忘れてきたことに気づき、自分を罵りながら会場に戻った。ちょうど会場に入ろうとしたとき、ユーリアはドロテーアの興奮した声を耳にした。

「もちろん腹立たしいわよ！　それもめちゃくちゃにね！　わたしの立場だったら、あなただってそうでしょう？　どうして前もって話してくれなかったの？　あいつがここまで小賢しいとはね。今すぐ電話をしてみる！」

ユーリアは足を止めた。盗み聞きはしたくないが、使用人のヴァルデマール・ベーアがトルステン・ブッセを裏口から入れる前にどうしてもバッグが必要だ。

「今朝、労働裁判所にあらわれなかった」カール・ヴィンターシャイトの声だ。一日に二度も変なところを見られるのはまずい。ユーリアがその場から離れようとしたとき、社長が会場のドア口にあらわれた。「弁護士が何度か彼女に連絡を取ろうとしたが、電話の電源が切られていた。裁判官はご機嫌斜めで……」

カールはユーリアに気づいて、口をつぐんだ。

「すみません。あの……バッグを忘れてしまって」ユーリアは口ごもった。ふたりはヴェルシュのことを話していたようだ。ということは、彼女が行方不明で、友だちのマリア・ハウシルトが警察に相談したことをまだ知らないことになる。社長の後ろからドロテーアがあらわれた。

「あら、ユーリア、さっきのプレゼンはすばらしかったわ」いましがた怒っていたことなどおくびにもださず、ドロテーアは微笑んだ。「ヘルムートをやりこめるとはたいしたものだわ！　いっしょに昼食をとりにいく？　ベーアに電話をして、午後二時過ぎに彼の部屋で会うことにしてあるわ」

ドロテーアは会場から出て、階段へ向かった。

「今晩話そう」カールは、いとこでもあるドロテーアにそういってから、ユーリアのほうを向いた。「少しいいですか、ブレモーラさん」

「ええ、もちろんです」ユーリアはさっきすわっていた席へ行って、バッグを取ると、どきどきしながら会場の外に出た。一年半経っても社長をどう評価したらいいかわからずにいる。はじめて面会したあと、社長についていろいろ調べてみた。ソーシャルメディアのアカウントは持たず、インターネットにはキャリア情報しかなかった。社内でも、恋人のこととか、結婚のこととか、はっきり知っている者は皆無だ。早朝から夜遅くまで最上階の社長室にいて、従業員とは一定の距離を置いている。そしてご多分に漏れず、実際のところがわからないと噂が雑草のようにはびこるものだ。アメリカ合衆国に奥さんがいるという人もいれば、早くに奥さんを亡くしていて、だから近寄りがたい雰囲気があるのだと想像を逞《たくま》しくする人もいる。はっきりしているのは、カール・ヴィンターシャイトがその若さにもかかわらず、アメリカのメディアコンツェルン、ペガサス社で部長になり、大きな成功を収めたあと、ペガサス・メディア・ヨーロッパ社のCEOになる可能性を捨てて、祖父が共同設立者に名を連ねていた、倒産寸前のヴィンターシャイト出版の経営を引き受けたということだけだ。

二、三週間前の土曜の朝、ユーリアは小さな屋内市場で偶然社長と出会った。意外なことに社長からコーヒーに誘われ、そのあとプロセッコもいっしょに飲んだ。ふたりは買いものそっちのけでおしゃべりをして午前を過ごし、お互いにこの町には会社以外の知り合いがいないことを知った。

ユーリアはザールラント出身で、エアランゲン、ミュンヘン、パリの大学で学び、ミュンヘンのピーパー社で研修し、ついでベルリンのウルシュタイン社に就職した。はじめは育児休業中の編集者の代わりとして、そしてそのあと正式に編集者として雇われた。ユーリアとしてはそのまま働きつづけたかったが、二年前にプライベートで問題を抱え、それを機にフランクフルトにあるヴィンターシャイト出版が新設したエンターテインメント部門に応募した。

カールはフランクフルト生まれだが、両親が亡くなったあと、グリューネブルク公園近くにある会社所有の豪邸でおじのアンリとその妻マルガレーテに育てられた。学齢期になると、寄宿学校に入学して、フランクフルトの学校に通わなかったため、旧友といえる存在がいないのだ。

おしゃべりをするうちに、ふたりにいくつか共通点があることがわかった。仕事が楽しくて、よく働くこと。フィットネススタジオよりもジョギングが好きなこと。アジア料理、クロスワードパズル、南アフリカの赤ワインが好みで、ネットフリックスの「ハウス・オブ・カード　野望の階段」にはまっていること。

あのまたとない午前中を過ごしたあとも、ふたりは丁寧な言葉使いをつづけた。ユーリアもそれを変えるつもりはなかった。過去に一度、完璧に気が合うと思った人に気を許し、あやうく人生を台無しにしそうになったからだ。

「さっきのは本当に強烈でした」ドロテーアの足音が聞こえなくなると、カールはにんまりしながらいった。「ルンペルシュティルツヒェンと呼ばれたときのエングリッシュの顔といったら! あなたが自分が担当する作家のために行動したことはすばらしいと思います」

「いいえ、やりすぎました。なんだかんだいってもエングリッシュ氏は」

「……節操を知らない恐竜ですよ」カールの言葉にユーリアは笑いを禁じえなかった。彼は戦後ドイツを代表する作家や哲学者の多くを子どものときから個人的に知っている。彼の祖父、伝説の出版人カール・アウグスト・ヴィンターシャイトはそうした作家や哲学者と友人だったからだ。

「自我が肥大した作家仲間の多くと同じで、エングリッシュも現実感覚を完璧に失っています。過去の栄光にしがみついて、自分の時代は過ぎ去ったのだということを受け入れられずにいるんです。彼らはたしかに数十年にわたってドイツ語圏のもっとも重要な作家でした。しかしゲーテやシラーとは比ぶべくもありません。時代精神は変わります。読者の嗜好《しこう》も。アルフリート・ケンパーマン、ファービアン・マリア・ノル、マリーナ・ベルクマン=イッケス、フォルカー・ベームといった作家をいまさら読む人などほとんどいないでしょう」

カール・ヴィンターシャイトの顔が曇《くも》った。

「わたしのおじはそのことが理解できず、作家への忠誠心からこの出版社を潰しそうになったのです」カールが口をつぐんだ。ふたりは顔を見合わせた。「あなたの働きかけで、シャノン・シュヴァルツがうちと契約したことをうれしく思っています」

「ええ、わたしも」ユーリアは微笑んだ。「あやうくヴェルシュさんのせいで交渉が決裂するところでしたが。販売代理人たちはシャノンの本を気に入るでしょう。すばらしい作品です！」

「それが読めるのを楽しみにしています。それからヘニング・キルヒホフ教授の新しいミステリも。昨晩の講演には好奇心をくすぐられました」

ユーリアはスマートフォンをちらっと見た。午後一時五十分。昼食をとるにはもう遅すぎる。だがかまわなかった。ヘニング・キルヒホフから聞いたことを社長に伝えようとしたとき、社長のスマートフォンが鳴った。

「ではまたあとで」カール・ヴィンターシャイトはちらっと画面を見てから、エレベーターのボタンを押した。「このあとのあなたのプレゼンテーションを楽しみにしています！」

＊

「これはなに？」ピアは腐臭とトランクから漏れだしている液体の出どころをいやいや捜した。サッカーボール大の塊《かたまり》が日中の熱気で腐り、原形をとどめないほどぐしゃぐしゃになっていて、そこに蛆《うじ》がわいていた。どんなものにも免疫のあるクレーガーがその物体を指先で突いた。

「もとはオーガニックチキンだったようだ。一・三キロ。内臓込み。パックは破れているが、食品表示ラベルは読むことができる」

「買ったあと、トランクに置き忘れたのか」オリヴァーがいった。「消費期限は？」

「待ってくれ」クレーガーはトランクに頭を突っ込んだ。「冷蔵保存で二〇一八年九月五日」

「加工日は月曜日ね。九月三日だから」ピアはいった。チキンのおかげで、ヴェルシュの最後の足取りがわかりそうだ。

クレーガーはふたりの部下に車を調べるように指示した。オリヴァーとピアはクレーガーといっしょに家に向かった。だれかがキッチンの窓のシャッターを下ろしたので、内部は暗かった。

ルミノールを塗布したテーブルとコンロのあいだの床が一面、空色に光っていた。そしてキッチンのドアのほうへ引きずったような血の痕があり、流し台の下の部分とドア枠とドアの横の壁にも血痕が確認できた。鑑識班のひとりがちょうど床の血の痕を撮影していた。

「鼻血じゃなさそうだな」オリヴァーはいった。これだけの証拠があれば、エンゲル署長に弁解することができるだろう。

「ヴェルシュが暴力犯罪の被害者になったのはどうやら間違いないですね」ピアはいった。

「怪我をしたようだ。抗凝固薬を服用していて、出血が止まらなかったのだろう」クレーガーは今わかっている事実に基づいていった。「それに血痕がこの家の主のものかどうかもまだはっきりしていない」

「ボス、ちょっといいですか?」鑑識班のひとりがキッチンのドア口にあらわれた。「ゴミコンテナーの内部からも人間の血液が検出されました。車のブレーキペダルと内側のドアハンドルにも血液らしいものが見つかりました」

「これでどう?」ピアはたずねた。「鼻血がひどいからって、ゴミコンテナーにかがむ人がいるかしら?」

クレーガーはピアのコメントを無視して、部下にいった。

「わかった。すべてのサンプルをラボに運べ。それからバスルームと寝室からDNAを比較できるサンプルを持ち帰るのも忘れるな。大至急、分析結果がほしい。できれば今日のうちに」

「わかりました。ラボの連中をせっついておきます」クレーガーの部下が姿を消し、少しのあいだその場は静寂に包まれた。

「これはどうやら一般ゴミの中からヴェルシュの死体を捜すことになりそうね」ピアはみんなが考えていることを口にだしていった。「検出した血液がヴェルシュのものかまだはっきりしていないけど、高齢の父親をひとり残して旅行するとは思えないし、自分の命を絶つはずもないでしょう」

「わたしもそう思う」オリヴァーはうなずいた。

「バート・ゾーデン市内の一般ゴミはどこに運ばれるのかしら?」ピアはたずねた。

「エッシュボルンの廃棄物発電所だ。そこで焼却される」クレーガーがいった。

「ではこの家と合わせて廃棄物発電所の捜索令状を取る必要があるな」オリヴァーが答えた。

「冗談だろう！　どれだけ金がかかると思ってるんだ?!」クレーガーが騒ぎだした。「明らかな証拠もないのに廃棄物発電所の操業を停止させて、膨大《ぼうだい》な量のゴミを漁るなんて署長にいったら、首を引っこ抜かれるぞ！　うちの課の年間予算が底をつく。それをするには申請書を何十枚も書くことになる」

「わたしがなんとかする」オリヴァーがクレーガーをなだめた。「DNAの比較結果が出て、ゴミコンテナーの血痕がヴェルシュのものだと判明すれば、明白な証拠になるだろう」

「すったもんだするぞ」クレーガーがいった。「目に見えてる」

「だとしても」オリヴァーはあっさりといった。「それで世界が終わるわけじゃない」

「どうしたんだ?」クレーガーは腹を立てるというよりも、むしろ驚いてたずねた。「俺に負けず劣らず規則にうるさいはずなのに!」

むろんオリヴァーも知っている。署では、規則にうるさいことで通っていた。しかし自分のまわりの世界が崩壊してしまったのに、いまさら勤務規則を守ってどうなるだろう。だれにも死んでほしくはないが、コージマのことと二度目の結婚の破綻を忘れるには、複雑な捜査はもってこいだ。

オリヴァーはクレーガーの肩を叩いてから、自分のスマートフォンをちらっと見た。カロリーネは連絡を取るのをあきらめたようだ。

ターリクが小走りにやってきた。

「ここの通りのゴミは火曜の午前中に収集されています」ターリクは息せき切って報告した。「隣人がいってましたが、ヴェルシュがゴミコンテナーを引っ込めていないので不思議に思っていたそうです」

「ゴミコンテナーに触ったとんまがいないといいがな」そういうと、クレーガーはピアをじろっと見た。「あんたの指紋を除外しないといけないだけでうんざりだ」

「わたしをとんまといったわけではないわよね。ゴミコンテナーを足でどかして、取っ手に触っただけよ」

「バート・ゾーデンの一般ゴミを担当しているのはリーダーバッハの企業です」ターリクがいった。「カイが連絡を取って、火曜日にゴミを収集した担当者を調べてもらっています」

ケムとカトリーンも近隣の聞き込みから戻ってきた。

「向かいに住んでいる女性によると、ヴェルシュはやはり月曜の午後四時半、灰色の巻き毛の男性の訪問を受けたそうです」カトリーンはメモを確かめながらいった。「男性は門の前で数分うろうろしてから、敷地に入りました。その男性がいつ立ち去ったかは見ていないそうです」

「別の隣人が月曜日から火曜日にかけての夜にヴェルシュを見かけている」ケムがいった。「遅い時間で、真夜中を過ぎていたらしい。嵐が少し収まるのを待って、犬の散歩に出たときに見かけたそうだ。ヴェルシュはガレージから車をだしたところで、夜遅く車で出かけて、すぐに帰ってくることが多いらしい。たぶんタバコか酒を買いにでたのだろう」

「とにかくヴェルシュはここにひっそり暮らしていて、だれともほとんど付き合いがなかったという話です」カトリーンはいった。「彼女を悪くいう隣人はいませんが、よく知る人もいませんね。彼女が父親の世話をしていることを知っていたのは数人で、多くの人がテレビの文芸番組でしか彼女を知りませんでした」

「隣で住宅を建築している施主はヴェルシュを憎んでいる」ケムがいった。「この一年半、ヴェルシュが訴えをだして民事訴訟になり、建築が差し止められている。週末に施主とヴェルシュが路上で口論になり、施主の妻がヴェルシュの車を蹴《け》って、つばを吐いたそうだ」

「施主に事情聴取しよう」オリヴァーはいった。

「そうだ、さっきヴェルシュと親しいという文芸エージェントのヨーゼフ・モースブルッガーと電話で話しました」ピアはいった。「マリア・ハウシルトから教えてもらったんですが、その人がたまたま『片脚の鶴』のエージェントです」

「そうなのか！」オリヴァーが驚いた。

「だれのエージェントだって？」ケム、カトリーン、ターリクがいっせいにたずねた。

ピアはヴェルシュが暴露したという盗作スキャンダルのことをみんなに話した。

「モースブルッガーも昔、ヴィンターシャイト出版で働いていて、それでヴェルシュとは面識があるという。ふたりは年に一、二回、作家になって有名になれるなら大金を注ぎこんでも平気だという人を相手にトスカーナでライティングセミナーを開いていたそうよ。ただ、今は『片足の鶴』の件で疎遠になっているらしいけど」

「ピアとわたしは、鑑識班がキッチンと車を調べ終わるまでここに残って、廃棄物発電所に向から」オリヴァーが指示をだした。「ターリク、きみはこのあたりのガソリンスタンドを片端から調べて、ヴェルシュが月曜日から火曜日にかけての夜、どこかでタバコを買ったかどうか調べてくれ。ケム、きみはリーダーバッハのゴミ収集業者を訪ねて、ゴミ収集車の乗員に事情聴取してくれ。そのあとはまだ会えていない近所の人への聞き込みだ。行方不明者の写真はあるか？」

「ええ、チャットでみんなに送ってあります」ピアはいった。

「カトリーン、きみは署に戻って、ヴェルシュについて調べてくれ。今のところヴェルシュが本当に死んだかどうかはっきりしていないので、カイには、飛行機か列車の予約をしていないか調べるようにいってくれ。それからヴェルシュのスマートフォンの通話記録と、位置情報が欲しい」

「許可が取れますか？」カトリーンがたずねた。

「取れるわよ」ピアがボスの代わりにいった。「この状況なら間違いなく」

今朝はまだただの行方不明者だったが、今はあきらかに暴力事件に巻き込まれた証拠がある。自動的に初動捜査の対象となり、諸官庁、銀行、プロバイダーに情報提供を求めることができるようになる。

「よし、みんな、仕事にかかってくれ」オリヴァーはいった。「午後六時に署で会議をする」

「カトリーン、ベックスを連れていってくれないかしら？」ピアはいった。「車の中は暑くなりそうだから」

「わかったわ」カトリーンはリードとドッグフードを預かった。

「ええと、こっちは車が一台なんだが」ケムがいった。

「カトリーンを署に乗せていって、降ろしたらいいだろう」オリヴァーがいった。

「あなたはわたしの車を使って」ピアはターリクに車のキーを渡した。「わたしはボスを運転手にするから。でも速度違反探知機には気をつけてね！　ミニは意外と速いから」

三人は犬を連れて出発した。ピアはマリア・ハウシルトの名前をサーチエンジンで検索し、同名の文芸エージェントのウェブサイトをひらいた。

〝本エージェントは一九八九年にエーリク・ハウシルトが設立したもので、ドイツでは草分けのひとつ。フィクションとノンフィクションの両方で、ドイツの作家だけでなく、外国の依頼人や出版社の代理人をしている〟ピアはオリヴァーのために読みあげた。〝ドイツの作家にはダニエル・クレー、ゲオルゲ・ドラゴン、アンドレ・グレンダ、クリスティーナ・ヤーゴフ、ペトラ・マリア・マイヤー＝ビューヘレ、マティーアス・ハース、ヘニング・キルヒホフが名を連ねている〟

「ひゃあ！　有名作家ばかりじゃないか！」オリヴァーはひゅうと息を吐いた。「文芸エージェントがどのくらい儲かるか知らないが、この作家たちの印税の何パーセントかはもらえるんだろうな」

ボスの前で無知をさらけだしたくなかったピアは、今列挙された作家名を急いでグーグルで検索し、ウィキペディアの記事に目を通して圧倒された。クレーガーが家から出てきて、つなぎのフードを後ろに払い、手袋を脱いだ。

「キッチンは済んだ。入ってもいいぞ。これからガレージと車に取りかかり、それから敷地に移る」

「ゲオルゲ・ドラゴンだけで三千万部以上売れていますね」ピアはいった。「すごい部数です！　びっくり！」

「きみの元旦那がそこまで部数を伸ばすには、相当頑張らないといけないな」クレーガーがからかい半分にいった。

「新作はもう読んだのか?」オリヴァーがクレーガーにたずねた。

「当然だ! 俺にもゲラを送ってよこした。あとで文句をいわれたくないんだろう。ヘニングと俺が張り合っているのは秘密じゃない。だがお互いにプロとして敬意を払っている。俺をモデルにしたキャラクターはなかなかいい。鑑識のトップ、クリス・クリューガーは偏屈な奴で、隠れた主要人物だ。ブーフヴァルト男爵や法医学者グレーフェンカンプにもひけをとらない!」

オリヴァーは首を横に振りながらにやっとした。はじめのうちはヘニングがエンターテインメント文学に手を染めたことを笑って見ていたが、今となっては作家の才能があると認めざるをえない。人間嫌いで皮肉屋の法医学者グンナール・グレーフェンカンプというヘニングの分身の描き方が秀逸だ。医学部長や大学の理事会もはじめはヘニングの副業にいい顔をしなかったが、彼が一夜にしてベストセラー作家になり、テレビのトークショーの人気者になると、大学の宣伝になることに気づいて、手のひらを返すように喜んだ。ホーフハイム刑事警察署の捜査官たちも、自分たちの職場がミステリによって永遠に書き記されたことを自慢した。エンゲル署長までが、作中でナタリー・トイフェル、つまり天使《エンゲル》ならぬ悪魔《トイフェル》として登場することを、ユーモアがあると歓迎した。

ピアのスマートフォンが鳴った。

「あら、噂をすれば」ピアはそういって、電話に出た。

「もしもし、ヘニング。約束は守ってくれた?」

「とっくに処理した。あれからすぐ担当編集者に電話をかけたよ」

「それで？」

「手配してもらった」

「献辞のあの部分を削除できないと、本当にクリストフが機嫌を直してくれないのよ」ピアは話の内容をオリヴァーとクレーガーに聞かれないように少し離れた。「作中で彼のことを滑稽に描写したから、そもそもへそを曲げているんだから」

「そんな馬鹿な！　どこで滑稽に描写したというんだ？」

「動物園園長が死体を見て吐いたじゃない」

「それがどうした？　実際にそうだったじゃないか」

ヘニングは愉快そうにいった。

「それに女性刑事が小太りの癇癪《かんしやく》持ちに惹かれていることに、上司のトリスタン・フォン・ブーフヴァルトが懸念を抱く場面もいただけないわ。あそこも変更してといったはずだけど」

「創作の自由って聞いたことがないかな？」そういって、ピアをからかってから、ヘニングは真面目《まじめ》な話に話題を変えた。「それよりマリアの友人がどうなったかわかったかい？」

「いいえ」

「なにもわかっていないのか？　それとも、わたしにはいえないということか？」

「両方よ」

「わたしは蚊帳の外か」

ピアは、ヘニングとマリア・ハウシルトが降りしきる雨と雷鳴の中、ハイケ・ヴェルシュの死体をゴミコンテナーに押し込み、ふたりしてキッチンを拭くところを想像してしまった。だがそんな空想は早々に捨てた。ヘニングなら、こんなお粗末なことはしないはずだ。血痕を完璧に消し去る方法くらい知っている。だがそれでも、変なわだかまりが心に残っていた。そこでたずねた。

「あなたとマリア・ハウシルトはどうなっているの？」

「どうなっている？　なにもないさ！　マリアはわたしのエージェント。それだけだ。仕事上の関係さ」

「そういうなら信じるけど。あなたは彼女をどのくらい知っているの？」

「どういう意味だ？」

「マリア・ハウシルトは親友だといっていたわりに、ヴェルシュが父親を自宅で世話していることを知らなかった。それに、わたしがいるところで、ドアのガラスを割って、家に入り込んだのよ！」

「心配だったんだろう。友だちを心底心配する人間だっているさ」

「なにがいいたいの？　わたしにだって友だちくらいいるわ！」

「わたしにはいない。わたしになにかあったら、気づいてくれるのは同僚か学生くらいのものだ」

そういわれて、ピアも身につまされた。クリストフがいなかったら、ピアもヘニングと同じだろう。

「ハウシルトがあなたに問い合わせてきたら、今のところなにもわかっていないといって」

ピアは通話を終えて、オリヴァーのあとから家に入った。

＊

カール・ヴィンターシャイトは電話を終えると、天井まである本棚にはさまれた壁に目をやった。祖父である、伝説の出版人カール・アウグスト・ヴィンターシャイトの肖像写真がそこにかかっている。大家族の家長、と両親は呼んでいた。そのくらいカリスマがあり、商才に長けた傑物、文学に対するすばらしい嗅覚があり、夢想家であると同時にすぐれた商売人だった。一方、本当の設立者で共同経営者だったユダヤ人のアブラハム・リープマンは視野の広い人物で、ドイツがどうなっていくか早くから気づいていた。一九三二年には家族と共にドイツを離れ、アメリカ合衆国に移住した。そういうわけで、カール・アウグスト・ヴィンターシャイトがひとりで出版社の経営を引き継いだ。一九三四年にナチ政権の圧力を受けて、社名を自分の姓に変えたが、ナチの思想には染まらず、自分のところの作家や従業員をずっと気にかけつづけた。その点、長男のアンリとはまるで違っていた。アンリは文学についても、会社の経営についてもセンスがなく、会社を倒産の危機に追いやった。

＊

カールはよく頭の中で祖父と会話をする。怒濤《どとう》の五十年間、ヴィンターシャイト出版の経営に携《たずさ》わり、戦後ドイツでもっとも重要な文芸出版社のひとつに育てあげた人物だ。この数ヶ月は祖父ならどうするかとカールは自問自答ばかりしてきた。会社を立て直すために断行した改革には批判が多いし、伝統を埋める墓掘り人だと陰口を叩く者もいるが、祖父なら認めてくれると思っていた。

ノックの音で我に返った。

「どうぞ」

いとこのドロテーアが社長室に入ってきた。

「お邪魔かしら？」

「いいや、平気だ」カールは体を起こした。「満足かい？」

「なにに？」ドロテーアはドアを閉めた。

「営業会議にだよ」

「それはもう大満足よ。春のラインアップはよくできている。販売代理人たちも感激していた。エンターテインメント部門も、ノンフィクション部門も、すばらしいラインアップよ。なにか飲みたいんだけど、いいかしら？」

「もちろん」カールは腰を上げ、デスクをまわり込んだ。「わたしが注ごう」

「その必要はないわ」ドロテーアは戸棚に組み込まれたバーへ歩いていった。彼女の父親で、カールのおじにあたるアンリ・ヴィンターシャイトが社長のときに作らせた遺物だ。「あなたもなにか飲む？」

「ああ、スコッチをもらおう」

ドロテーアは酒瓶とグラスを持って、冷蔵庫を開けた。

「どうしたんだい、ドーロ？」カールは物心ついた頃からよく知るドロテーアを見た。母親が死に、六歳で孤児になったカールがおじの世話を受けたとき、ドロテーアは二十代はじめで、よくカールと遊んでくれた。カールがアメリカにいる代父（キリスト教で、洗礼等に立ちあい保証人になる存在）のところに移り住んだときも、ドロテーアは夫といっしょによく訪ねてきた。彼女はドイツ最大の書店チェーンで働いたあと、S・フィッシャー社の営業部に在籍した。はじめは外勤、それからキーアカウントマネージャーとなり、最後は営業部の副部長を務めた。そして五年前、父親に請われてヴィンターシャイト出版に移ってきた。カールは彼女に営業部の采配を任せ、執行役員のひとりにした。この決断を後悔したことは一瞬たりともない。ドロテーアははじめからカールの改革案に賛同した最強の同志だ。しかも個人経営の書店からチェーン店まで熟知していて、賢く精力的に立ちまわり、なにごとにも動じることがない。そのドロテーアが今回ばかりは怒り心頭に発していた。

「それにしても腹立たしかった！　あやうく爆発するところだったわ！」

カールはスコッチがかかってぱきぱきと割れるアイスキューブの音を耳にした。ドロテーアは戸棚の扉を閉めて、カールにグラスを差しだした。

「あのあと父に電話をして、父とヘルムートの今朝の振る舞いを恥ずかしいと思っているといってやったわ」ドロテーアはスコッチをぐいっとあおった。「それから父が持ち株を売る気になっている理由と、事前になんの相談もしなかったことを問い詰めた。十年前、会社が倒産しかけて、フランツ・ベアラオホが買収しようとしたとき、父は断固拒否したでしょ。自分の持ち株の十パーセントすら売ろうとしなかった。父は言葉を濁《にご》したけど、わたしが引き下がらなかったので、最後には根負けして、持ち株を売って得た資金をハイケの新しい出版社に投資するつもりだと打ち明けたわ！　社名はヴィンターシャイト&ヴェルシュだそうよ」

「なんだって？」カールは耳を疑った。「どうしてそんなことを？」

「わたしたちのやり方が気に入らないんでしょう」ドロテーアは皮肉混じりにいった。「あなたが成功していることが妬《ねた》ましいのよ。ところでヘニング・キルヒホフの新作は今日印刷に入ったけど、早くも二刷が決まったわ」ドロテーアはカールを見た。「わたしの記憶では、発売と同時にこれだけの部数が出るのはわが社はじまって以来ね！　父はますます機嫌を損ねるでしょう」

「おじさんが持ち株を売らないとなにもはじまらない」

カールは、落胆すべきなのか、笑うべきなのかわからなかった。カールが成人する前、おじとおばは、いつも彼を出版社から遠ざけていた。十一歳のときにカールを寄宿学校に入れたのも、それが狙いだったろうし、十四歳のカールがアメリカに行きたいといったとき、ふたりはきっとほっと胸をなで下ろしたはずだ。実際にはカールは会社の株の四十パーセントを相続していたというのに、会社に関わらないようにしたのだ。

「だれに持ち株を売るつもりかいったかい？」

「いいえ」ドロテーアは首を横に振った。「フランツ・ベアラオホは去年死んだから違うわね。でもだれが名乗りを上げようと、わたしの承諾が必要になる。わたしの持ち株はわずか十二パーセントだけど、少数株主権がある」

「絶対に売却を承諾しないでくれ。きみのおやじさんの持ち株はきみが受け継ぐものだ。ヴィンターシャイト家の一員で、ひとり娘なんだからね」

「父がそんなことを気にするかどうか」

「アンリは、持ち株を売却したらどうなるかわかっているのかな？　邸《やしき》に住む権利を失うことになる。あの邸は社の所有だからね。それにヴァルデマール・ベーアを執事代わりに使うこともできなくなる。給金を自分で払うなら別だが」

「そんなこと、考えてもいないでしょうね」ドロテーアはさげすむように笑った。「新しい出版社の所在地をあの邸にする気だもの」そこでいきなり笑みを消した。「まったくハイケは癪《しゃく》に障るわ！　フェルテンにした仕打ちを考えると許せない。卑劣もいいところよ」ドロテーアは来客用のテーブルにグラスをどんと置いた。「ところで小説二タイトルの出版が来週に延期されたでしょう。二タイトルもよ！　あの女が自分の出版社に横取りするためにわざと出版時期を遅らせたのは間違いないわ！　アレックスはハイケほどうまく立ちまわれないわね。うちの大事な作家をライバル会社に引き抜かれないように、大至急人事を検討しないと！　しかもあの女にまだ金を払わなければならないかと思うと、本当に腹立たしい！」

「その必要はないさ」カールはスコッチを飲み干した。「ハイケは今朝、労働裁判所の和解手続にあらわれなかった。彼女の顧問弁護士は指が傷つきそうなほど何度も電話をかけたけど、一向に出なかった。裁判官の心証を悪くしただろう」カールは思いだし笑いをした。「即時解雇は撤回するしかないが、これで正式に解雇することができるし、補償金を払わずにすむ」

「それはせめてもの朗報ね！」ドロテーアの顔が少しだけ明るくなった。デスクの前のすわり心地のよい椅子に腰を下ろして、パンプスを脱いだ。

「あら、それはなに？」ドロテーアが身を乗りだして、キーボードの横に置いてある空色のミニカーを見た。

ドロテーアがにっこり微笑んだ。「それ、まだ持ってたのね！　散髪のときにあなたがおとなしくしていたから、わたしがあげたものじゃない。あなたは五歳だった」

「そうだったかな？」カールはまたデスクに向かってすわった。「記憶にない」

「ほら、後部座席に白い犬がすわっているって気に入っていたじゃない」ドロテーアはミニカーを手に取ってしみじみ見つめた。「ずいぶん時間が経ったわね！」

「たしかに。だけど奇妙なんだ。それはすこし前に届いたんだ。差出人不明。きみが送ってきたのかと思った」

「なんでわたしがそんなことをする必要があるの？」ドロテーアは驚いて眉を上げた。彼女のスマートフォンが鳴った。バッグからスマートフォンをだすと、ミニカーを元に戻した。「ちょっと失礼」

カールはうなずいた。

「まだ社にいるわ」ドロテーアの声が聞こえた。「ええ……営業会議……いいえ、まだやることがあって。ええ……わかった……でも八時前に社を出るのはむりね」

カールは傷だらけのミニカーのルーフに人差し指を置いて、書類の山とキーボードのあいだの狭い空間を前後に走らせた。このミニカーはいままでどこにあったのだろう。送って寄越したのはだれだろう。そして、どうして今頃になって……。

＊

「火曜日にバート・ゾーデンをまわったゴミ収集車の乗員に話を聞いてきた」ケムがいった。夕方の捜査会議をするため、十一課の面々がホーフハイム刑事警察署二階の会議室に集まっていた。エンゲル署長も顔をだしていた。研修に出たくなくて、ただの行方不明事件を大げさにしているだけだと勘繰っているのだ。

「ゴミの収集をした者は、ヴェルシュのゴミコンテナーがいつもより重い印象はなかったといっている。本を一般ゴミにだすことが多く、彼女のゴミコンテナーはたいていあふれんばかりにゴミが詰まっているそうだ。それから血痕にも気づかなかったといっている」

「わたしたちはマイン＝タウヌス・ゴミ処理場で責任者と話してきた」ピアが発言した。「エッシュボルンの廃棄物発電所では、この周辺とフランクフルトの一部から出た一般ゴミを焼却しているそうよ。そして焼却残渣はヴィッカーの最終処分場に運ばれる。ゴミ収集車には計量券が発行されるので、火曜日のゴミがどの焼却炉に入っていて、どのくらいの深さにあるかがわかるという話よ」

「ゴミコンテナーに死体が入っていたというのはどのくらい確実なの？」エンゲル署長がピアを見た。そのときベックスが会議机の下のお気に入りの場所から立って、署長のところへ歩いていくと、なでてもらおうと署長の膝に頭を乗せた。

「百パーセント確実とはいえません」ピアが正直にいった。「簡易テストではキッチン、車のトランク、ゴミコンテナーから検出した血液は同一女性のものでした。今はDNAの比較解析の結果を待っているところです」

「ヴェルシュが旅行に出ていたり、自分の命を絶ったりしている可能性はないと思われます。認知症の父親をひとり残すことになるからです」ターリクがいった。「一日か二日家を留守にするときは、父親をショートステイに預けていたという証言を近所の人から得ています。ホームドクターとバート・ゾーデンの聖エリーザベト養護老人ホーム長にも確認を取りました」

「これが殺人事件なら経費についてとやかくいわないけど、廃棄物発電所の作業を停止させて、一般ゴミを漁るために大量の人員を投入するとなると、大事《おおごと》になるわ。そうした捜査を認めるには証拠が欲しいわね」エンゲル署長はいつになく穏やかにいって、ベックスの頭をなでた。ベックスがいると、場が和《なご》むだけではない。署長はビジネススーツを着るのをやめて、最近はよくジーンズをはいてくる。「DNA解析の結果を待ちましょう」

「火曜日のゴミを入れた炉はひとまず立入禁止にした」そういうと、オリヴァーはカイのほうを向いた。「なにかわかったことはあるか？」

「ハイケ・ヴェルシュを捜索中です」カイが答えた。「連邦刑事局と州刑事局のデータバンクと行方不明者／身元不明死体のデータベースに当たっていますが、該当する女性死体はヒットしていません。鉄道や旅客機の予約記録にも名前は確認できませんでした。ヴェルシュのスマートフォンの移動記録は、過去数週間の接続記録と共に提出要請をしているところです。運がよければ、明日入手できるでしょう」

つづいてケム、ターリク、カトリーンが順に近所で聞き込みをした結果を報告した。

「ヴェルシュは月曜の午後から夜にかけて男性の訪問を受けているということね」ピアは報告をまとめた。「それから夜中に車に乗ってガレージから出るところを目撃されている。しかし近辺のガソリンスタンドでタバコなどを買ったことは確認されていない」

「そうなんです」ターリクはうなずいた。「それと、ヴェルシュが未明の一時半頃ゴミコンテナーを道端にだすところを見たという人がいます」

「とすると、死体がゴミコンテナーに入っていたという推理と矛盾するわね」エンゲル署長がいった。「車のトランクと車内の血痕もそうでしょ。彼女が歩いていて、事故にあったという線はどうなの？」

「周辺の病院すべてに問い合わせました」カイが答えた。「ハイケ・ヴェルシュという名の女性も、外見が一致する身元不明の女性も搬送されていません」

「もちろんまだ発見されていないだけかもしれません」カトリーンがいった。

「どこかに監禁されている可能性もあります」ターリクがいった。

「そうね！　もしかしたら片脚の鶴が彼女を誘拐して自宅の地下室に監禁しているかもしれない」ピアはターリクの推理に触発されていった。「ヴェルシュに腹を立てているでしょうから」

「片脚の鶴？　だれのこと？」エンゲル署長がたずねた。

「ゼヴェリン・フェルテン、『片脚の鶴』の作者だよ」オリヴァーがなぜそういう呼び方をしているか説明した。

「あら！　行方不明の女性はゼヴェリン・フェルテンの担当編集者なの？」エンゲル署長が目を大きく見開いた。「あの人の小説を愛読しているんだけど！」

「でも他の作家からアイデアを盗んだのでしょう」ケムがさげすむようにいった。「犯罪です」

「それはまだ完全に証明されたわけではないわ」エンゲル署長がいった。「仮に本当だとしても、映画なんてざらにリメイクをしているじゃない」

「その譬えには無理がありますよ、署長」ケムが首を横に振った。「映画製作では、リメイクするために映画化権を買いますから」

議論が著作権絡《がら》みの権利とモラルの話に移りそうだったので、オリヴァーは行方不明の女性についてわかったことを報告してくれとカトリーン・ファヒンガーに頼んだ。

「ハイケ・ヴェルシュ、五十六歳、フランクフルト生まれ。編集者、文芸評論家、テレビ司会者、翻訳家。ジャーナリストのタキス・ヴュルガーが数年前、『シュピーゲル』誌に彼女のポートレートをのせていて、ドイツ文壇でもっとも影響力のある人物だと書いています。陰の実力者として尊敬されつつ、恐れられてもいます。作家を偉大にするのも、破滅させるのも、彼女次第だからです」

「そうか！　その人なら知ってる！」エンゲル署長が口をはさんだ。「日曜日の文芸番組に出演しているのを以前よく見たわ！」

「わたしもです！」カトリーンはケムとターリクを馬鹿にしたようににらんだ。

「今日の午後」カイがいった。「YouTube にアップされている昔の『パウラが読む』を見てみましたけど、あれじゃ、ハイケ・ヴェルシュは毎回、殺意を呼んでも不思議はないですね」カイはメモを見ながらつづけた。「歯に衣着せぬ発言で、作品をこてんぱんにのしている。ミステリ作家のスヴェン・クリツェクのことなんて、とんまで無能だと評して、たとえば〝決まり文句ばかりの救いようのないゴミ〟〝お粗末〟〝ぞっとする〟〝読むのが苦痛〟〝読者に失礼〟とあんまりな言葉を連発してます。ホセ・クエーニョの新作についても、それを読むか、腐った魚を食べるか選択を迫られたら、腐った魚を選ぶとまでいってます」

「そんなことで人を殺す？」ピアは首を傾げた。

「いや、聴衆のいる生番組で、何ヶ月、何年もかけて書いた自分の本を貶されて、ゴミ箱に捨てられたら、腸《はらわた》が煮えくり返ると思うな」カイが答えた。

「わたしはあの人が誉めた本より、貶した本のほうが好きです」カトリーンはいった。

「ちょっと待った。そのゴミ箱ってなんなんだ？」スマートフォンをしきりにタップしていたオリヴァーが顔を上げた。

「ハイケ・ヴェルシュは気に入らなかった本を放送後にゴミとして捨てたのよ。それも番組のコンセプトだったの」エンゲル署長が説明した。

「それってすごいですね！」ケムがにやっとした。「腹を立てた作家が、彼女が本にした仕打ちと同じことを彼女にしたってことですか！」

「面白い説だ」オリヴァーがいった。

「本が殺人の動機ってことですか」ターリクがいった。

「そのまま本に書けるな」ケムが軽口を叩いた。

「ゴミコンテナーでトリック」カイがにやにやしながらいった。「断新なミステリですね」

「いいかげんにしなさい、みんな！」

エンゲル署長がブレーキをかけた。「ファヒンガー、報告をつづけて」

「ヴェルシュはヴィンターシャイト出版で三十年以上働いてきましたが、六月末に即時解雇されました。そのあと受けたインタビューで、ヴェルシュはカール・ヴィンターシャイト社長をものすごく悪くいっていて、あらゆる新聞がそのことを大々的に取りあげています。インターネットでも話題になっています」カトリーンは自分の書類の中から、プリントアウトを探して、その箇所を読みあげた。「〝フランクフルトの有名な出版社、ヴィンターシャイト出版は、伝説の出版人カール・アウグスト・ヴィンターシャイト（一九八九年没）の孫カール・ヴィンターシャイト（三十四歳）が二〇一七年一月に経営不振だった同社の社長に就任してから社内が騒然としていたが、今また屋台骨が揺らいでいる。古株の社員が新社長の方針に真っ向から反旗を翻したからだ。長年同社で部長を務め、ノーベル文学賞受賞者アルフリート・ケンパーマンやヘルムート・エングリッシュ、フランツィスカ・マンスフェルトといったトップクラスの作家を担当してきたハイケ・ヴェルシュ（五十六歳）がいっている。『カール・ヴィンターシャイト社長は文学のことをなにもわかっていない。儲けのことしか頭にない俗物で、いい本を出版するセンスも能力もない。彼にかかったら、ドイツの文芸出版社もその他多数の粗製濫造《らんぞう》する出版社のひとつになってしまう。細かいことにこだわる、肝っ玉の小さい小物だからしょうがない』〃」カトリーンが顔を上げた。「これは二週間前のインタビュー記事です。その数日後、ゼヴェリン・フェルテンがチリの無名作家の作品をそっくり書き写して自分の作品にしたと暴露しました。メディアは報復と呼んでいます」

「ふうむ」エンゲル署長は唇をなめながら、左手でベックスの耳の後ろをかいた。「それじゃ、ヴェルシュが暴力犯罪の被害者だと判明したら、メディアがいっせいに飛びつくわね」

大がかりな記者会見や、フラッシュの嵐が好きだった前任者と違って、エンゲル署長は注目されるのをあまり好まない。有名な文芸評論家が世界的な作家に殺され、ゴミコンテナーに詰め込まれたとなれば、しばらくドナルド・トランプやブレクジット（イギリスの欧州連合からの脱退）や夏の干魃《かんばつ》のことばかり報道しているメディアにとってはいい気分転換になるだろう。ピアは署長をちらっと見た。ゼヴェリン・フェルテンを愛読しているというそれだけの理由で、捜査に介入してこないかと心配になった。

「今回の事件について、州内務大臣と警視総監に報告する必要があるわね」エンゲル署長は立ちあがると、ジーンズについた犬の毛を払った。「捜査には慎重を期すこと。オリヴァー、逐一報告してちょうだい」

「承知した」オリヴァーはうなずいた。

「それからゴミコンテナーのことでジョークを飛ばすのは禁止よ、みんな」そういうと、署長はケム、ターリク、カイの三人をじろっと見た。会議室を出かけたエンゲルがドア口で振り返った。

「ピア、ヴェルシュの身長はどのくらい？」

「さあ、わかりません」ピアは不意をつかれてそう答えた。「どうしてですか？」

「背が高ければゴミコンテナーに押し込むのは無理じゃない」

「楽に入るでしょう」ターリクがピアに助け船をだした。「ヴェルシュ家のゴミコンテナーは二百四十リットル入るものですから」

二日目

二〇一八年九月七日（金曜日）

「パパ、ここにいたんだ！」

オリヴァーはだれかに乗られて深い眠りから叩き起こされた。はじめは自分がどこにいるのかわからなかったが、すぐに地下の客間にいることを思いだした。

「なんでこんなところで寝ているの？」ゾフィアが抱きついて、首にかじりついたので、オリヴァーは窒息するかと思った。「あっちこっち探したのよ、パパ！　パパがカロリーネおばさんに追いだされたってグレータにいわれたの！」ゾフィアは小さい頃のように、興奮してしゃっくりをはじめた。

「馬鹿なことをいうな」そうつぶやくと、オリヴァーは娘を腕に抱いた。「なにもいわずに、おまえを置いていくわけがないだろう」

ゾフィアはすすり泣いて離れようとしなかった。捨てられるのではないかと不安なのだ。オリヴァーにもゾフィアの気持ちが痛いほどよくわかった。ゾフィアは小さい頃から不安と隣り合わせで育ってきた。きちんとした我が家というものがなく、コージマのところと、オリヴァ一のところを行き来させられ、週末も同様だった。そのうえ、コージマは長期の撮影旅行に出ることもある。オリヴァーにも仕事があったので、そういうときはローレンツやロザリーや祖父母、さらには友だちの家に厄介になった。十二歳になったゾフィアはもう慣れたもので、いつでも移動できるように持ち物をバッグに詰めて、どこでも暮らせるようにしていた。だがそれは表面上のことで、心の中はまったく違っていた。そしてコージマが入院してからは、以前にも増して甘えてくるようになった。

「何時だい？」ゾフィアが少し落ち着くと、オリヴァーはそうたずねながらスマートフォンに手を伸ばし、画面が真っ黒なことに気づいた。

「七時二十分よ」ゾフィアはいった。

「よく起こしてくれた」オリヴァーはゾフィアの額《ひたい》にキスをした。「スマートフォンの電池が切れている。だから目覚ましが鳴らなかったんだ」

「だけど、なんで客間に寝ていたの？」ゾフィアがあくびをしながらたずねた。

オリヴァーがメッセージに応答しなかったといって、カロリーネが反抗期の十代のように泣いて、寝室の鍵を内側から閉めてしまった。ゾフィアに教えていいものだろうか。だがゾフィアは十二歳なのだから、真実を知る権利がある。どうせ遅かれ早かれ知ることになる。自分の父親と継母の関係がぎくしゃくしているのが自分のせいだとゾフィアが思わないようにするには、どう説明したらいいだろう。オリヴァーが悩んでいると、ゾフィアがたずねた。

「ねえ、パパの歯ブラシを使ってもいい？」

「どうして自分のを使わないんだ?」オリヴァーは驚いて訊き返した。

「グレータがバスルームの鍵をしめて、お風呂に入っているのよ」

「この時間に? 一日じゅう暇なくせに」

「わたしを困らせようとしてやっているのよ。たいていはわたしのほうが早いんだけど、今日は廊下で追い越されたの」ゾフィアは顔をしかめた。「わたしが出かけたら、またベッドに入って、Netflixを観るにきまってる。それに、カロリーネおばさんにいわれたわ。あのバスルームはグレータのので、わたしはお客だから、もっと早く起きればいいって」

オリヴァーはそれを聞いて、アドレナリンが噴きだすのを感じた。頭からも、体からも、疲労感が吹き飛んだ。ズボンとソックスと靴をはいて、ドアを開けた。

「どこへ行くの、パパ?」ゾフィアは心配そうにたずねた。「どうするつもり?」

「バスルームからおまえの歯ブラシを取ってくる」

オリヴァーは本来、穏やかな性格で、どんなに大変な状況でも平常心を失わないことを誇りにしている。だが今は怒りに体がふるえていた。バスルームのドアを蹴破《けやぶ》り、この六年間、面倒ばかり起こして結婚生活を破壊したあの性悪娘をバスタブから引っ張りだして、階段から突き落としたいと思った。

「パパ、やめて。お願い! 歯を磨かなくてもいいんだから!」ゾフィアが訴えた。

だが怒り心頭に発したオリヴァーにその声は聞こえなかった。二階まで階段を上ると、バスルームのドアを拳骨で叩いた。

「グレータ、すぐにゾフィアに歯を磨かせて、髪にブラシをかけさせるんだ」オリヴァーは声を抑えていった。「さもないと学校に遅刻する」

「それは残念ね。今バスタブに浸かっているの」グレータがいった。

「またあとでバスタブに浸かればいい」オリヴァーは両手の拳を握りしめた。「ドアを開けてくれ！」

「パパ、もういいから、お願い！」ゾフィアが叫んだ。声がふるえ、目に涙をたたえている。それを見て、オリヴァーはさらに激昂した。もはや歯ブラシだけの問題ではない。人間として許せない。グレータはオリヴァーだけでなく、ゾフィアにまで嫌がらせをしている。ゾフィアをグレータから守ってやれなかった。

「さっさとドアを開けろ。さもないと蹴破るぞ！」オリヴァーは怒鳴った。すると、カロリーネが廊下にあらわれた。シャワーを浴びたのか、髪が濡れているが、すでに服を着ていた。

「朝っぱらからなんの騒ぎ？」カロリーネがオリヴァーに喰ってかかった。

「きみの娘がバスルームの鍵をしめてしまった。風呂にはいつでも入れるだろうに。ゾフィアが歯を磨けるように中に入れてくれと頼んだんだ」

「だからなに？　ここはグレータのバスルームよ」カロリーネが答えた。「いつ、どのくらい使おうと、あの子の勝手でしょう」

オリヴァーは急に静かになった。

「本気でいってるのか？」オリヴァーはカロリーネのほうを向いて見つめた。だが妻を見ても、なにも感じなかった。目の前にいるのは見知らぬ女性だった。「ゾフィアとわたしは、きみの家の客ってことか?」

バスルームでバシャバシャという音がして、鍵がまわり、ドアが開いた。グレータは素っ裸でそこに立っていた。体から水が滴《したた》っている。グレータはわざとにやっと笑うと、オリヴァーの胸に歯ブラシを投げつけた。

「ほら、歯ブラシよ、バカヤロー! これで満足?」そしてまたオリヴァーの目の前でドアをバタンと閉めた。

「よくわかった」オリヴァーはそういうと、かがんで歯ブラシを拾い、泣いているゾフィアの手に押しつけた。

「よくわかったってどういうこと?」カロリーネがたずねた。

「下で待っていてくれ」オリヴァーはゾフィアにいった。「服を着たら、出発する」

オリヴァーは寝室に入った。カロリーネが追いかけてきた。

「なんでなにもいわないのよ? オリヴァー! なんでなの?」

オリヴァーがさっと振り返ったので、カロリーネはぶつかりそうになった。

「きみはわたしを寝室から閉めだした。きみの娘がわたしをバカヤローといっても、ほうっておいた。この数ヶ月、わたしが頼んだことを無視した。きみはゾフィアのことも気にかけてくれると約束したが、なにもしなかった。理由としては充分じゃないか?」

「グレータは難しい子なのよ」カロリーネがいいだした。だがオリヴァーは聞き飽きていた。

「やめろ！」

カロリーネの目がうるんだ。彼女は四月の天候のようにすぐ気分を変える。以前はそれほどひどくなかった。彼女との生活が嫉妬と後悔のジェットコースター状態になったのは、コージマが入院して、ゾフィアがいっしょに暮らすようになってからだ。オリヴァーにはもう限界だった。カウンセラーにいわれたことをすべて試した。妻をやさしく包み、思いやりをもって、忍耐強く対処した。それでも事態は悪化の一途を辿《たど》った。カロリーネは一日に三十回は電話をかけてきて、オリヴァーを不誠実だとなじったり、泣きだしたり、愛していると訴えたり、オリヴァーがどこにいて、だれといっしょにいるのか問いただしたりした。それでも三十秒後にはオリヴァーの言葉を疑い、文句をいった。

オリヴァーはクローゼットから新しい服をだして、身につけた。

「話し合いましょう」カロリーネがいった。「わたし、ちゃんと……」

ナイトテーブルの固定電話が鳴りだした。カロリーネはワイヤレスの子機を手に取った。

「アルブレヒト」といって、電話の向こうの言葉を少し聞いていた。「いいえ、今は話せません。あとで夫のスマートフォンにかけてください」

そういって、カロリーネは電話を切った。

「わたしが話せないってどういうことだ？」オリヴァーは腹を立ててたずねた。「だれだったんだ？」

「ザンダーよ。あなたのピア。いつだってわたしよりも彼女のほうが大事なんだから。コージマヤもニコラもそう。あなたの女たち！　あとで電話をかければいいでしょう。話があるのよ、オリヴァー。今ここで！」

「話なら昨日の夜できたはずだ。きみが寝室の鍵をかけなければな」そういうと、オリヴァーは手を伸ばした。「電話をしなくては。子機をくれないか」

その瞬間、電話がまた鳴った。オリヴァーは黙ってカロリーネを見た。カロリーネはあきめて、しぶしぶ子機をオリヴァーに渡し、オリヴァーの脇をすりぬけて、バスルームに入った。

「ボス、昨日の夜から電話をかけていたんですよ！」ピアの声がオリヴァーの耳に響いた。

「どうしたんですか？　もう家を引き払ったんですか？」

「いいや」オリヴァーはちらっとバスルームを見た。ピアの言葉はカロリーネに届いていなかった。

「スマートフォンを充電するのを忘れたんだ」

「わかりました。そのまま聞いてください。ターリクとわたしで昨日の夜、もう一度バート・ゾーデンに行って、日中に会えなかった近所の人に聞き込みをしたんです。ひとりが月曜の夜七時頃、男がひとりヴェルシュの家の前の路上に立っているのを目撃していて、他にも目撃者がいました。男は少しのあいだ家を見ていて、それからフェンスを乗り越えたそうです。その目撃者が男の人相をよく覚えていて、ターリクが片脚の鶴の顔写真を目撃者に見せたんです」

「ゼヴェリン・フェルテンか？」オリヴァーはハンガーからジャケットを取ると、クローゼットの扉を閉めた。「写真はどこで手に入れたんだ？」

「インターネットでいくらでも手に入ります。かなり有名ですから。フェンスを乗り越えたのはフェルテンに間違いないと目撃者が証言しました。ただし別の人がもっと遅い時間にヴェルシュを目撃しているので、鶴は」

「ゼヴェリン・フェルテンだな」

「ええ、そうですけど、名前が覚えづらいので。とにかく彼はヴェルシュを殺していませんね」

「わかった。わたしはゾフィアを学校に送って、三十分後には署に行く。フェルテンがどこに住んでいるか調べるようにカイに指示してくれ。事情聴取する必要がある。じゃあ、あとで！」

「他の人とは話すのね！」カロリーネが押し殺した声でいった。「わたしとは話さないのに！わたしがなにをしたというの？」

「行かなくては」オリヴァーは彼女にキスをすることなく寝室から出た。自分の妻と実りのない会話をするよりも死体を捜すほうがいい。

＊

カイ・オスターマンは大きなホワイトボードに、月曜日の目撃情報を時系列にして書きだしていた。時間帯も証言もあいまいで、主観的なところが目立ち、矛盾しているところもあった。つまりまだ穴があったが、それでも全体のイメージはつかめた。捜査はいつもトリッキーな謎に似ている。重要とは思えない、ささいな情報が真実のドアを開ける鍵になることがある。オリヴァー以外の全員がすでに集まっていた。ニコラ・エンゲル署長もいた。

ピアはホワイトボードの前で署長と並んですわり、月曜日にハイケ・ヴェルシュの家で起きたことを想像した。午後四時半頃、メガネをかけた灰色の巻き毛の男性がハイケ・ヴェルシュの敷地に入った。ターリクはタウヌス貯蓄銀行にあるヴェルシュの口座の出金記録からヴェルシュが九月三日午後七時四分、バート・ゾーデンのスーパーで百八十六ユーロ八十八セントの買いものをし、ECカードで支払ったことを突き止めた。ただし父親を鎖につないだのがこの買いもののためだったのかどうか、そしてオーガニックの鶏肉以外の買いものをどうしたのかは不明のままだった。それから午後七時から七時半のあいだに別のもう少し若い男性がフェンスを乗り越えた。しかし芸術家肌の人物とフェルテンがどうやってそこまで来て、また去っていったのかを目撃した者はいなかった。目撃者に確認したところ作家のゼヴェリン・フェルテンであることが判明した。午前一時三十分、隣人がゴミコンテナーを道端にだすヴェルシュを見ている。また別の隣人が、ガレージから車で出ていく彼女を目撃している。

「なんか釈然としないわね」ピアはみんなにいった。「他の買いものはどこへ行ったのかしら？　他にも買ったはずでしょ」

「ゴミが収集された時間はわかっているの？」エンゲル署長がたずねた。

「火曜の午前十一時頃です」ターリクが答えた。

「芸術家肌の巻き毛の男はだれかしらね？」ピアは考えた。

「アレクサンダー・ロートではないかな」さっきから別の机でノートパソコンに向かっていた

カイがピアのほうを向いていった。「ヴィンターシャイト出版の編集部長で、ハイケ・ヴェルシュの後任だ。出版社のウェブサイトで顔写真を見つけた」

「ほう」エンゲル、ピア、ケム、カトリーン、ターリクが、カメラに向かってにこやかに笑っている男性の写真を見た。

「ヘニングのエージェント、マリア・ハウシルトは彼がハイケ・ヴェルシュの友人だといっていた」ピアがそのことを思いだしていった。「学校に通っていた頃からの知り合いらしいわ」

「今日のうちに事情聴取して」エンゲル署長がいった。「社長と同じようにね」

「ゼヴェリン・フェルテンと先に話したいのですが」ピアはいった。「昨夜、カイといっしょにインターネットでいろいろ調べたんです。評価の高い作家ですね。文学賞をいくつも受賞しています。剽窃《ひょうせつ》が暴露されてから、非難の嵐が吹き荒れています。ベルリン大学の客員教授の職も解かれ、作家連盟も彼と距離を置いています。評判は地に堕ち、キャリアはぼろぼろ。本人のウェブサイトとフェイスブックは目下、閉鎖されています。ハイケ・ヴェルシュを地獄に突き落としたいと思う人間がいるとしたら、彼でしょう」

エンゲル署長は唇をなめながらしばらく考えた。

「そのとおりね。そんなことをするとは思えないけど」

知っている人間が殺人犯だと信じたがらない人間はいるものだ。だが署長が例外でないことに、ピアはショックを受けた。

署長はあたりを見まわした。「そういえば、オリヴァーは?」

「こっちへ向かっています」ピアは答えた。

「彼は最近どうなってるの？　どうも心配なんだけど」

「わたしに上司のことをチクれというんですか？」

「なにか知っているのね？」署長は目をすがめて、ピアを見つめた。「なにか聞いているの？」

「答えないといけませんか？　それよりヴェルシュ家のホームドクターから連絡がありました。ヴェルシュの父親は病院を退院したら、バート・ゾーデンの介護施設に入所するそうです。事情聴取しましょうか？　もしかしたらなにか覚えているかもしれません」

「アルツハイマーなのでしょう？」署長は話題を変えることを受け入れた。

「はい。重度の認知症です」

「やるだけやってみて」署長は承諾した。

「アルツハイマー症候群の患者も記憶が正確なときがあります」

「ゴミコンテナーをだしたり、車で出かけたのが別人で、ハイケ・ヴェルシュはすでに死んでいたというのはどうでしょうね？」ターリクが推理を働かせた。

「近所の人が目撃しているんだぞ」ケムは懐疑的だった。

「でも母の日事件（既刊『母の日に死んだ』）の犯人を思いだしてください。被害者やわたしたちをまんまと騙《だま》したじゃないですか！」

「暗かったし、雨も降っていましたものね」カトリーンがいった。「近所の人はハイケ・ヴェルシュを見たと思い込んだかもしれませんね」

初動捜査ではいろいろな角度から検討するものだ。最初からいいアイデアがひとつだけというのは捜査活動ではほぼありえない。捜査は思考ゲームと同じだ。さまざまな可能性を取捨選択し、正しい答えを導きだす。

「みんな、聞いてくれ！」クレーガーが会議室に入ってきた。ベックスがすかさず机の下から出てきて、クレーガーに尻尾を振った。「ラボからの報告書が届いた。キッチン、車のトランク、ゴミコンテナーから採取した血痕のDNA型は、予想したとおりバスルームから押収した歯ブラシとヘアブラシから検出したDNA型と一致した」クレーガーは身をかがめて、ベックスのうなじをかいた。「ハイケ・ヴェルシュの血液で間違いない」

何者かがヴェルシュを殺して、遺体をゴミのように捨てたのかと思うと、みんな、いい気がしなかった。

「ゴミの山を掘りかえさずにすめばいいと思っていたけど」エンゲル署長はため息をついた。「フォン・ボーデンシュタインが出勤したら、わたしのところに来るように伝えて。それからヴェルシュのスマートフォンの移動記録はどうなってる？」

「今日のうちに入手できると思います」カイが答えた。「せっついているところです」

「廃棄物発電所での捜索はこっちで調整します」クレーガーが口をはさんだ。「これまでの経験がありますから、なにが必要かわかっています。捜査十一課から数人助っ人が来れば、機動隊に出動要請する必要はないでしょう。経費は大幅に削減されます」

「それは助かるわ、クレーガー。それとザンダー、捜査状況は逐一報告して。これから警察本部に行く用事があるけど、電話は通じるわ」そういって、エンゲル署長は会議室から出ていった。

「カイ、ゼヴェリン・フェルテンがどこに住んでいるか突き止めた?」ピアはこの質問をあえて最後に取っておいた。さもないと、署長が用事をキャンセルして、お気に入りの作家の事情聴取に同席するといいだすかもしれない。

「もちろん」ピアの思惑に気づいていたカイがにやっと笑った。「フランクフルトだ。西港地区のバッハフォレレン通り」

＊

ユーリアは寝不足で、デスクであくびばかりしていた。去年の秋、他社と競合してやっとのことでドイツ語版の出版権を獲得したフランスの小説の翻訳を読んでいて、眠ったのは未明の二時頃だった。原稿を今日じゅうに組みにまわす必要があったので、なんとしても原稿のチェックを終わらせなければならない。フランス語のオリジナル原稿が予定よりも遅れて届き、翻訳者を新しく手配する羽目に陥《おちい》った。だがこの小説は四週間後のブックフェアの目玉にするので、もう時間がない。こういう「早撃ち」は緊張を伴うし、ありえないミスを残す恐れもある。普通なら集中できるはずなのに、ついつい他のことを考えてしまう。ハイケ・ヴェルシュが気になって、ヘニング・キルヒホフが元妻からなにか聞いていないか確かめてみたくて仕方がなかった。ヴェルシュになにかあったらどうしよう。そもそもなにかわかっただろうか。おじの家に空き巣が入ったことを除けば、ユーリアの知り合いや家族はまだ一度も犯罪に巻き込まれたことがない。ユーリア自身も、警察と関わったのは、免許証を取得したばかりの頃に車の街頭検査を受けたくらいのものだ。

いきなり電話が鳴ったので、ユーリアはびくっとした。あいにくヘニング・キルヒホフではなく、アートディレクターのアーニャ・デラムーラだった。ゲーテ広場の日本料理店〈モシュモシュ〉でランチをいっしょにとりながら、明日、会社所有の豪邸で行う写真撮影について打ち合わせをすることにしていた。営業部が、これまでドレーマー出版を販元にしていたミリー・フィッシャーの新しい肖像写真が欲しいといってきていて、マーケティング部門はそのために有名な女性写真家とメイクアップアーティストを手配していた。

撮影は三、四時間を予定しているので、ユーリアはそのあとミリー・フィッシャーをすてきなレストランに招待し、由緒ある社屋《しゃおく》も案内することにしていた。ユーリアは営業部長のドロテーアに案内役を頼んでいた。撮影の日取りは土曜日だったが、営業部長は引き受けてくれた。

ふっとため息をつくと、ユーリアはまた翻訳原稿に向かい、ヘニングにはなにかにかこつけてあとで電話することにした。

＊

オリヴァーは髭《ひげ》もそらず、前日よりもくたくたな様子で、ピアの部屋に入ってきた。ベックスがカイのデスクの横にあてがわれたクッションから立って、オリヴァーに尻尾を振った。

「おはようございます！」ピアが目を上げた。昨日ハイケ・ヴェルシュの家の中とその周辺であったことを捜査支援システムのヴァーチャル・プロファイルに入力しているところだった。

「署長が顔をだすようにいっていましたよ」

「もう済んだ」オリヴァーが答えた。「廊下で会った。他のみんなはどこだ？」

「廃棄物発電所に向かってます」ピアはキーを打ちながらいった。「クリスティアンが仕切るそうです。ケム、ターリク、カトリーンが同行しました。わたしもすぐ作業が終わります」

「コーヒーが必要そうですね、ボス」カイがモニター越しに覗いた。「さっきいれたばかりですから、どうぞ」

「ありがとう。だが別のコーヒーを飲む。おまえのは濃すぎる」オリヴァーが断った。

「そんな！」カイは手で払う仕草をした。大昔のコーヒーメーカーでいれたカイのコーヒーは、タールのようにどろっとしていることで有名だ。エスプレッソのカップでそれを飲むケム以外、だれも飲もうとしない。

「ドアを閉めてください」ピアがボスにいった。

「どうしてだ？」オリヴァーはそう訊きながら、いわれたとおりにした。

「署長がスニーカーをはくようになって、歩いてきても聞こえないもんでね」カイがそういって、くすくす笑った。「それに、例のお気に入りの作家に事情聴取するとき、署長が同席するというんじゃないかとピアは心配なんだ」

「ちなみに片脚の鶴の住所を、カイが突き止めました」ピアがいった。「フランクフルトに住んでいます。西港の近くのバッハフォレレン通り。ヴェルシュを訪ねているし、動機もあります。彼に事情聴取することは、署長も許可しました」

「そいつの小説がお気に入りだという理由だけで、事情聴取に反対するほうが彼女らしかったな」オリヴァーはうなるようにいった。「ゴミ処理場へ行く前に事情聴取をしよう。カイ、フェルテンの住所にパトカーを向かわせてくれ。逮捕したら、そのパトカーで署に運んでもらう」

それからしばらくして、オリヴァーとピアは警察車両で高速道路六六号線をフランクフルトに向けて走った。朝の捜査会議の様子をピアから聞いたあと、オリヴァーはスマートフォンをしきりにタップした。西ジャンクションでフランクフルト西港の出口へ向かい、グートロイト通りを走る。そのあいだは沈黙がつづいた。ふたりは長い付き合いなので、四六時中しゃべる必要がなかった。二十五分後、ピアはツァンダー通りに曲がり、フェルテンが住むマンションの近くで駐車スペースを見つけた。そこは八階建てのマンションがヨットハーバーに向かって十二棟建っている界隈《かいわい》で、パトカーはすでにマンションの入り口の前に止まっていた。日の光がキラキラ輝くマイン川の川面に、アップルワインのグラスを連想させるヴェストハーフェンタワーが映っていた。西港は以前重要な貨物積み替え所だったが、一九八〇年代の終わり頃に経済的価値が失われ、数十年にわたって空き地同然だったのを、市役所の知恵がまわるだれかが、再開発で高級化して、新たな居住空間を創出しようというアイデアを持った。こうしてウォーターフロントで、しかもフランクフルト市の中心に位置する人気の居住区に生まれ変わった。

「そういえば、ここの反対側のアパートで犯人を逮捕したことがありましたね」ピアがボスにいった。「白雪姫事件（既刊『白雪姫には死んでもらう』）。覚えてるでしょう？」

「いいや、このあたりに来るのははじめてだ」オリヴァーは答えた。

ピアはそういわれて、逮捕したとき、ひとりだったことを思いだした。あのときオリヴァーは事故を起こし、高速道路の見本市会場出口にみじめな姿でしゃがんでいた。あれからもう十年になる。あの頃のオリヴァーはコージマとの結婚が破綻《はたん》して、今と同じように落ち込んでいた。

ピアたちは車から降りると、巡査に挨拶して、マンションの玄関に向かった。だが何度ベルを鳴らしてもだれも出ない。ピアは別の住人のベルを鳴らしてみた。そちらも反応がなかった。

「みんな、不在なのも無理ないですよ。こういうマンションに住める人は金曜の午前中に家にいるわけがないです。あっちに出かけているんでしょう」巡査のひとりがそういって、銀行街の高層ビルを指差した。最後のベルでようやく女性の声がした。ピアは刑事警察であることを告げ、身分証をカメラに向けてから、ようやく表玄関のドアを開けてもらった。ピアたちはその女性から、ゼヴェリン・フェルテンがバッハフォレレン通りの住人の不評を買っていると教えられた。剽窃そのものよりも、そのせいで失望したファンや報道陣が何日もマンションを取り巻いていたせいだった。テレビクルーまでやってきて、住人は表玄関から一歩出ただけで、すぐマイクを突きつけられるという。作家の真向かいに住んでいるその女性はすっかり腹を立てていた。彼女自身は、報道陣の取材合戦がはじまった先週の月曜日からフェルテンを見かけていないという。フェルテンは小さなスーツケースとバッグを持って、うつむきながらろくに挨拶もせず、エレベーターに乗り込み、彼のせいで住人に迷惑がかかっているというのに、詫《わ》びの言葉もなかったらしい。

「片脚の鶴は高飛びしたようですね」車に戻りながら、ピアはいった。

「どこにいるのか、彼のエージェントに問い合わせよう」オリヴァーが提案した。

「そんなことをしたらすぐ鶴に電話をかけて警告しますよ。それでは不意打ちになりません」

ふたりはパトカーで来てくれたふたりの巡査に礼をいって、自分たちの車に乗り込み、エッシュボルンの廃棄物発電所へ向かった。今回はオリヴァーが運転した。高速道路五号線をめざしてグートロイト通りを走っていたとき、ピアはカイに電話をかけて、ゼヴェリン・フェルテンがどこに身を隠しているか突き止めるように頼んだ。

「わかった。まずは車を所有しているか調べよう。車を持っていれば捜索させることができる」

「それがいいわ。ありがとう。あとでまた連絡する」そう答えて、ピアは通話を終えた。オリヴァーがカロリーネとどうなったか気になっていたピアがそのことを質問しようとしたとき、ハンズフリー電話が鳴った。オリヴァーのスマートフォンがブルートゥース経由で車載コンピュータとつながっていた。ナビの画面に〝アイヒェンドルフ校ケルクハイム〟という通知が表示された。

「ゾフィアの学校だ」オリヴァーは落ち着かなげにいった。「すまない。出ないと」

「フォン・ボーデンシュタインさんですか？　アイヒェンドルフ校事務室のメルツァーと申し

ます」やさしい女性の声がどこにあるか見えないスピーカーから聞こえた。「お嬢さんは今、わたしのところにいます。腹痛を訴えています。迎えにこられないでしょうか？」

オリヴァーはピアを問いたげに見た。父親の義務を果たすことに異存はない。ピアはうなずいた。

「もちろんです」オリヴァーはいった。「三十分で行きます」

＊

マイン＝タウヌス廃棄物発電所はエッシュボルンの町はずれにあり、高さが百メートルはある煙突が周囲の工業団地を睥睨《へいげい》している。ピアがクレーガーとふたりでなんとかなるといったので、オリヴァーは発電所の門の前でピアを降ろすと、娘を迎えにケルクハイムへ向かった。そのあと娘を両親に預けるという。ピアは子どもがいないことを残念に感じることもあったが、こういう状況を見るたび、子どもがいなくてよかったとも思った。ピアは、廃棄物発電所の所長と数人の職員と話しているクレーガーたちを見つけた。廃棄物発電所の職員は膨大《ぼうだい》な量のゴミを漁ることに暗澹《あんたん》たる思いのはずだが、きわめて協力的だった。警察が一般ゴミの中で死体捜しをするのははじめてではなかったから、廃棄物発電所全体の操業を止めずに、捜索に対処するコツをわきまえていた。

「発行した計量券に基づいて、火曜日のゴミ収集車がどの炉にゴミを入れたかわかりましたので、そこだけすぐに操業を停止しました」所長がいった。「それでも六メートルくらい掘りますので、二日はかかるでしょう」

ピアはたずねた。「捜査官は炉に入る必要がありますか？」

「とんでもない！」所長は首を横に振った。「こちらへどうぞ。どのようにするかお見せします」

全員がヘルメットをもらうと、所長に従って巨大なホールに入った。ゴミ収集車が列をなしていて、順番が来ると、ピーピーと警告音を出しながら全部で十基ある炉のひとつにバックしていく。鼻が曲がりそうな悪臭とゴミ収集車からゴミが落ちる騒音でほとんど耐えがたい環境だった。

「これがうちのゴミ焼却炉です」所長は声を大きくしていった。「全長六十五メートル、全幅十三メートル、深さ二十四メートル。炉は十基に分かれています。一日におよそ百三十台のゴミ収集車が集まります。そして週に五日操業しています。ここにはおよそ二万立方メートルの家庭ゴミと産業廃棄物が搬入《はんにゅう》されます。重さにしておよそ一万トン。レールで移動するショベルバケットが一度に最大五トン、つまりトラック一台分の重さのゴミを焼却炉に入れます。最初の炉がおよそ千二百度まで上がったとき、最後の炉は八十五度くらいに落ちるという寸法です。焼却後の残滓《ざんし》は熔岩のような状態になります」

ピアたちは九号炉の縁《ふち》に立った。ゴミ処理場を見学するのがはじめてだったピアはその巨大な設備に圧倒され、悪臭を放つ地獄の釜を覗き込んで背筋が寒くなった。ここのどこかにハイケ・ヴェルシュの死体があるのだろうか。考えただけで変な気持ちになった。人が激情に駆られて殺人を犯すことは理解できないが、そういうことが起こりうるとは思う。だが絶対に納得がいかないのが、犯行後にこういうことをする心理だ。こういうことができてしまうのはどういう人間なのだろう。他人への敬意の欠片《かけら》もなく、人間性が完全に欠如しているという事実は、犯行自体よりもショックなことだ。

「九号炉のゴミはクレーンで引きあげ、保管スペースに移します」所長がいった。「火曜日のゴミがまだ燃やされていなくてよかったです」

クレーガーは保管スペースを見せてもらい、膨大なゴミの山を効率よく捜索する方法についてみんなで議論した。保管スペースのまわりに立って、何時間、いや何日も双眼鏡でゴミの中にまじっている死体を捜すことになる同僚が、ピアは気の毒でならなかった。所長は、同じような事件の捜査でフランクフルト刑事警察署は高速度カメラを使って、ショベルバケットがゴミを落とすところを撮影し、必要とあれば何度も見直せるようにしたと教えてくれた。

クレーガーが、ここは任せろ、どうせ時間がかかるといったので、ピアはここにいる必要がなくなった。そこでハイケ・ヴェルシュの人となりをもっと詳しく知るために彼女が勤めていた出版社の社長や関わりの深い社員に話を聞くことにした。美意識が高いケムに同行するように声をかけると、この気が重くなる作業から解放されることがうれしいのか、ふたつ返事でついてきた。ターリクとカトリーンはどちらかというとここにとどまりたがっていた。死んだかもしれない行方不明者の過去をほじくるよりも、ゴミ漁りのほうが面白いようだ。ホールから出て車に向かうあいだ、ケムは寡黙だった。

「ぞっとするところだったわね」ピアは沈黙を破った。「あの悪臭と騒音、わたしは一日も耐えられないわ」

「ああ、そうだな」ケムは運転席にすわった。「だけど、それが恥ずかしい」

「どうして？」ピアは驚いてたずねた。

「おやじは死ぬまでゴミ収集の仕事についていたんだ。一九六一年に二十一歳でガズィアンテップ（トルコ東南部の都市）からドイツに来てからずっと。俺や俺の妹たちがいい教育を受けられるように、がむしゃらに働いた。一日も病欠をしなかったほどだ。そして五十一歳で倒れてそのまま死んでしまった。俺は高等中学校《ギムナジウム》に進んで、家族で最初に大学入学資格試験を受け、大学に進学した。おやじのおかげさ。おやじは俺のことをめちゃくちゃ自慢した。だけど俺はおやじがゴミ収集の労働者なのがいやでならなかった」

「でも今は違って見えて、お父さんを誇りに思っているんでしょ」ピアはケムを元気づけようとした。「わたしも若い頃、自分の父親がいやでしかたなかった。わたしのクラスメイトの父親って、医者や社長や銀行員や建築家や起業家だった。なのに、わたしの父親はヘキスト社のぺいぺいだったんだもの」

「俺の息子たちは、俺が刑事なのを友だちの前で恥じている。パイロットとかサッカーのトレーナーみたいなかっこいい職業じゃないから」ケムは苦笑いした。「子どもが親を誇りにしてくれると期待するほうが間違いなのかもな」

「そうね。それは無理な相談。子どもはあとになってから気づくものなのよ」

＊

ケルクハイムへ行く途中、オリヴァーは急いで三箇所に電話をかけた。ゾフィアが腹痛を訴えた原因は火を見るよりも明らかだったからだ。そして学校の事務室で青い顔の娘を引き取ったときには、これからどうするか心が決まっていた。

「パパのオフィスに連れていってくれる？」ゾフィアがたずねた。「仕事の邪魔はしないから」

「それはむりだ」オリヴァーはゾフィアのために助手席のドアを開けた。「おじいちゃん、おばあちゃんのところへ連れていく」

「本当？」ゾフィアが顔を輝かせた。

「だけど、その前にカロリーネの家に置いてあるおまえのものを取りにいく。段取りはついている。おまえのお母さんとも話した。当面はクヴェンティンとマリー＝ルイーゼのところで世話になる。充分広いし、ふたりはおまえが来るのを楽しみにしている」

「本当？」ゾフィアはにわかには信じられないようだった。「グレータと顔を合わせないでいいの？」

「ああ、その必要はない」

するとゾフィアは安堵の涙を流し、オリヴァーの腰に腕をまわして胸に顔を押しつけた。

「ありがとう、パパ！　ありがとう」ゾフィアがすすり泣いた。「もう耐えられなかったの」

「わかってる」オリヴァーはため息をついて、ゾフィアの髪をなでた。娘には家族の温もりが必要だと思い、最善のことをしているつもりだったが、最善と思ってしたことが本当にいいとは限らないということだ。

＊

カロリーネの家に着くまでにゾフィアは腹痛だったことを忘れた。ゾフィアはボーデンシュタイン家とそこに住む人々が大好きだった。祖父母におじさん夫婦、それになにより、今年の一月に母親になって、夫のジャン＝イヴ・サン＝クレアといっしょに古城レストランの経営を任された姉のロザリーがいる。

「それじゃ、登校前に毎朝厩舎《きゅうしゃ》に行って、馬や犬や猫におはようっていえるのね」ゾフィアはうきうきしながらいった。「それにスクールバスで親友といっしょに登校できる！」

もちろんゾフィアを弟夫婦に預けるのは、コージマがどうなるかわかるまでの暫定《ざんてい》措置だ。オリヴァーは昨夜、寝ずに考えた。彼女に肝臓を提供してもうまくいかなかったらどうしよう。彼女の命が尽きる可能性はある。コージマのいない世界など考えられないが、いくら無視したくても、現実を直視しなければならない。奇妙で矛盾したことだが、愛情をなくしてからのほうが、彼女といて気が楽だと思えていた。コージマも同じ心境だった。ふたりのあいだにあるのは、ごく自然な親愛の情だが、ぎすぎすした日常という砂利で愛情や情熱が削られたあと、オリヴァーの心に残されたこの感情を手に入れたのがコージマだったのだから、カロリーネが嫉妬するのもわからないではない。

五分後、ガラスとコンクリートでできた家の前に着いて、ガレージのシャッターを上げた。とうとう一度も我が家と思えなかった家だ。だが家を見ただけで脈が上がるのは、はじめてのことだ。このまま通り過ぎたいと思うなんて。この結婚がどういう結末を迎えるか推して知るべしだ。

オリヴァーはポルシェを地下駐車場に入れた。ゾフィアは荷物をまとめるために自分の部屋へ駆けあがった。リビングのブラインドは下りていて、テレビがついていた。グレータがカウチに横たわっていた。オリヴァーはグレータを無視して、自分の書斎に向かい、デスクにしまってあった大事な書類をすべて、大きなパイロットケースに放り込んだ。そのパイロットケースはかつてカロリーネがプレゼントしてくれたもので、まだ一度も使ったことがなかった。ノートパソコンと、ケーブルなど引き出しに入れてあったものをそのパイロットケースに収めた。

「こんな時間になにをしてるの?」グレータがリビングのドア口に立って、パイロットケースを運んでいくオリヴァーに声をかけた。オリヴァーは返事をしなかった。グレータを見ただけで胃が痛くなった。ちらっとキッチンを見た。戦場のような有様だ。

「ほら、小言をいってみなさいよ!」グレータは胸元で腕を組んでいったが、オリヴァーは相手にしなかった。そのときゾフィアが階段を下りてきた。パンパンにふくれたリュックサックとバッグを持っていた。

「いいわよ!」ゾフィアは息せき切っていった。

「はあ?」グレータのふてぶてしい笑みが消えた。腰に手を当てていった。「これはどういうこと? 出ていくわけ?」

ゾフィアは無視した。オリヴァーも返事をせず、家を出た。

＊

ヴィンターシャイト出版はフランクフルト証券取引所からそう遠くないシラー通りにある。車で移動中、ピアはインターネットでカール・ヴィンターシャイトの情報を集めた。たくさんの新聞記事はすでに知っていたのでどんどんスクロールするうちに、LinkedIn（ビジネス特化型SNS）のプロフィールを見つけた。ケムからアカウントのパスワードを教わって、中に入った。

〝カール・アウグスト・ヴィンターシャイト、一九八四年三月十七日フランクフルト・アム・マイン生まれ〟ピアはデータを読みあげた。〝スタンフォード大学とイェール大学で経営学と文学を専攻〟

「ひゃあ！」ケムが口笛を吹いた。「どっちもアメリカのトップクラスの大学じゃないか」

「その後の経歴もすごいわ。ペガサス・メディア・グループで異例の出世をし、ペガサス・メディア・ヨーロッパ社の副支社長に就任。でもそのあとドイツに戻って、中堅出版社の社長となる。経営者としてはずいぶん変わった転職ね」

「たぶん感情が絡《から》んでいるんだろう」ケムはユングホーフ通りからノイエ・マインツ通りに曲がった。「その出版社は一族が経営していて、彼の祖父が共同設立者だった」

ピアはサーチエンジンでヒットした最新の情報をクリックした。

「ちょっとこれ！　カール・ヴィンターシャイトは火曜の夜、テレビ番組『パウラが読む』にゲスト出演しているわ。ハイケ・ヴェルシュも出演予定で、あらわれなかった番組でしょ」

「それで？」ケムがたずねた。

「カール・ヴィンターシャイトはヴェルシュを即時解雇してる。ヴェルシュは社長をこきおろして、そこからだしている本の作家の盗作を暴露しているのよ。マリア・ハウシルトはヴェルシュが衝動的で、好戦的な性格だといっていた。もしヴェルシュが出演していたら、カール・ヴィンターシャイトと和《なご》やかにおしゃべりしたと思う?」

「なにがいいたいんだ?」

「ヴェルシュは以前、この番組の司会を務めていた。プロデューサーをよく知っているはずだから、他にだれが番組に招待されているか事前にわかったはずよ。たぶんテレビの生放送で復讐することを考えていたはず。問題はカール・ヴィンターシャイトがそこでヴェルシュと会うことを知っていたかどうかね。知らなかったら、不意打ちを食らったはずよ」

「つまり知っていたら、出演しなかったということか?」ケムはウィンカーをだして証券取引所通りに曲がり、証券取引所の立体駐車場に入った。

「そうよ。だけど出演した。ヴェルシュが出演予定なのを知らなかったか、あらわれないことを知っていたかどちらかね」

「ヴェルシュを殺して、死体をゴミコンテナーに入れたから」ケムはウィンドウを下ろして、駐車券発行機から赤いコインを抜くと、ゲートが上がった。

「社長は浮世離れした本の虫ではなく、タフな経営者」ピアはサーチエンジンで見つけたカール・ヴィンターシャイトの顔写真を見つめた。「アメリカのメディアコンツェルンのキャリアを捨てて、ドイツの中堅出版社の再建を引き受けた。目的のためならなんでもするんじゃないかしら」

「そうはいっても」ケムは反論した。「賢いビジネスマンなら、元社員を殺して、無事でいられるなんて思うかな」

「まあ、様子見ね。この社長と片脚の鶴に強い動機があるのはたしかよ」

ふたりは立体駐車場の五階で空いている駐車スペースを見つけ、エレベーターで地上に降りて、証券取引所通りを横切った。晩夏の気持ちのいい天気に誘われて、たくさんの人が繁華街を歩いていた。昼時ということもあってか、どこのレストランでも店の前にだした席がすべて埋まっていた。フランクフルト証券取引所の外階段にも若い人たちがすわって日光浴をしている。スーツにネクタイという出で立ちの証券マンや銀行員だ。なにか食べたり、スマートフォンを見たり、あるいはその両方を同時にしたりしている。牡牛《おうし》と熊のブロンズ像に数人の子どもがよじのぼっていて、近くで母親が見ていた。そして日本人観光客の一団が、高値と安値を象徴するそのブロンズ像を撮影していた。服装を気にしない人たちも多い廃棄物発電所や刑事警察署と違って、ここではワイシャツに薄灰色のびしっと決まったスーツを着たケムがよく溶け込んで見えた。

数分歩いて六階建ての出版社に到着し、ふたりはロビーに足を踏み入れ、その広さに感銘を受けた。ピアはまず男性のブロンズ像に目をとめた。ガラス張りのエレベーターと幅広い階段のあいだで台座にすえられ、威風堂々としている。その上の壁には標語が書かれている。

〝専門を持つ男は、なにがあっても自分の専門に身を捧げるべし〟

「こんにちは。どのようなご用件でしょうか？」ロビーの右側にある褐色の木でできた質素な受付カウンターに若い受付嬢がすわっていた。真っ黒に染めた髪を上げて、丸くまとめている。一見して強気に見えるので、ケムが日頃、「怒れるヤシの木」といってばかにしている髪型だ。

「こんにちは」ピアが答えた。「壁の標語はだれのものでしょうか？」

「それは存じません」受付嬢が答えた。「でも、毎日腹立たしい思いをしています」

「そうなんですか？　どうしてですか？」ケムがなにげなくたずねた。

「専門を持つ男。当社の社員の九割が女性なのに、差別的ですし、女性を蔑視《べっし》しています」

「これはニーチェです」ケムがいった。「差別意識はしかたないでしょう」

「でも今の時代には合っていません。だめです！」受付嬢はようやく相手の身だしなみに気づいて、少し顔を赤らめた。「あのう……あなたを……どこかで見たことがあるような」

「勘違いです」ケムはハリウッドの俳優みたいな笑みを浮かべて、刑事章を呈示した。「ケム・アルトゥナイといいます。こちらは同僚のピア・ザンダー。社長に会いたいのですが」

受付嬢は目を丸くして、なにもいわず受話器を取ってだれかと話した。

「五分ほどお待ちください」ピアとケムにそういうと、受付嬢はまた自分の仕事に戻った。若い女性が数人笑いながら連れだってロビーに入ってきて、受付嬢に会釈してエレベーターに乗った。ケムは受付カウンターの正面にある新刊本をカバーを見せて並べた背の高い本棚へ行き、ピアはブロンズの胸像をしげしげと見た。

〝アブラハム・リープマン、創業者、一八七二－一九五四〟という銘板が台座にはめ込まれている。インターネットで調べたときは、現社長の祖父が設立したと書いてあったはずだが。

「ピア、見てみろ！」ケムが一冊の本を本棚から取って振っていた。「ヘニングの新作ミステリがあるぞ！」

「本当？」ピアはケムのところへ歩いていった。「どういうことかしら？　献辞を変更するって約束したのに！」

ピアはケムの手から本を取ってカバーを見つめ、裏表紙の内容紹介を読んだ。そのときまた正面玄関がひらいて、女性が数人、昼休みから帰ってきた。ピアは興味を覚えて本をひらいたが、中身が前作『悪女は自殺しない』だったので面食《めんく》らった。

「なにかミスがあったようね」ピアはさらにページをめくって、やはりヘニングのデビュー作であることを確認した。「カバーも安っぽく感じるし」

「それはダミーですから」バリトンの心地よい声がした。「最終段階がどのように見えるかわかるように、別の本に新しいカバーをつけているのです」

「なるほど」ピアはすぐ相手が社長だと気づいた。ネット上に出回っている写真よりも魅力的だ。背が高く痩せていて、顔は角張っていて、うっすら髭を生やしている。褐色の髪は癖毛《くせげ》で、口は大きくて、唇が薄く、ピアの好きなビターチョコレートのような目をしていた。ワイシャツは袖をまくり、首元のボタンをはずし、ジーンズをはき、手首に地味な腕時計をはめていた。

「ヴィンターシャイトです。わたしに用があると聞きましたが」

「ええ、そうです」ヴィンターシャイトが直々に出迎えると思っていなかったピアは、ケムと自分の身分を告げた。「元社員のハイケ・ヴェルシュさんの件で来ました」

「わかりました」ヴィンターシャイト社長は心配しているというよりも好奇心を覚えているようだった。「わたしのオフィスにおいでください」

ピアたちは、誘うような仕草をした社長に従ってエレベーターに向かった。

「あなたのおじいさまがここの創業者だと思っていたのですが」

エレベーターの扉が開くのを待つあいだ、ピアはブロンズ像を指差した。

「それは違います。わが社は一九一九年、アブラハム・リープマンとわたしの祖父によって設立されました。リープマンは当時、ドイツでもっとも重要な出版人のひとりでした。祖父は彼から出版について学びました。ただリープマンはドイツがどうなっていくか予見して、一九三一年に家族でアメリカ合衆国に移住したのです。ナチは政権を掌握すると、社名をヴィンターシャイトに変えるように強要し、祖父に会社経営を任せたのです。リープマンは二度とドイツに戻りませんでしたが、ドイツの偉大な作家たちとは文通していました。祖父とも死ぬまで友人でした。あいにく社史のこういう一面は忘れられています。そこで地下に保管していたリープマンの胸像のほこりを払って、そこに置くことにしたのです」

「ニーチェの言葉を壁に掲げたのもあなたですか？」

エレベーターが来た。ヴィンターシャイトはピアとケムに先に乗るようにすすめた。

「ええ」社長の顔に若々しい笑みが浮かんだ。「祖父はニーチェの信奉者で、あれは祖父の座右の銘なのです。ただ社員からは不評なので、一部修正を施すつもりです。〝専門を持つ女は、なにがあっても自分の専門に身を捧げるべし。ニーチェの言葉からアレンジ〟なかなかいいでしょう。そう思いませんか？」

「別に〝専門を持つ男〟でも一向にかまいません」ピアは笑みを浮かべることなく答えた。「口だけのジェンダー意識なんてアリバイでしかありません。わたしの仕事では、そんなことを気にしている余裕もありませんから」

「興味深いですね」ヴィンターシャイトはさぐるような目でピアを見た。「女性が警察で働くのは大変だと思いますが」

「たしかにそうです」ピアは答えた。「でも、言葉を換えるだけで、人間の考え方まで変わると思いますか？　わたしは以前、だいぶいじめられましたが、今は刑事です。女に警官は務まらないといっていた男たちの多くが、制服警官にとどまる中で」

ガラス張りのエレベーターは音もなく上昇した。ガラスを通して階段が見える。階段の壁に作家のモノクロ肖像写真がいくつもかけてある。ピアはヘニングの写真を探してみたが、まだその栄誉には浴していないようだ。

社長室に入り、応接セットにピアといっしょにすわると、ケムは勧められた飲みものを丁重に断って、こう切りだした。

「わたしたちのために時間を割いてくださり、ありがとうございます。以前こちらに勤めていたヴェルシュさんが数日前から行方不明なのです。どうも事件に巻き込まれたようでして」

「なんですって？」ヴィンターシャイトがいきなりそういった。反応は本物だった。ピアはすぐ社長を被疑者のリストの下のほうに移した。「ほ……本当にショックです！　でもまだ確実ではないのですね？」

ヴィンターシャイトはあきらかに衝撃を受けたが、すでに気を取りなおしていた。

「ヴェルシュさんが最後に目撃されたのは月曜の夜でして」ケムが答えた。「以来、行方不明なのです」

「お父さんはどうなりますか？」ヴィンターシャイトはたずねた。「彼女はお父さんを自宅で世話しているはずですが」

「介護施設に入れるようにホームドクターが手配しています」ピアは友人だというマリア・ハウシルトよりも、社長のほうがヴェルシュのプライベートな事情に詳しいことに驚いた。ピアは目の前の男性を評価してみることにした。あるインタビューで、ヴェルシュは社長が冷酷で、共感力がまるでないと評し、利益ばかり追求して、なにもわかっていない小物だから出版社をだめにするだろうと批判していた。だがそういう印象はまったくない。もちろん犯罪者の外見やしゃべり方が犯罪者然としていると思うのが間違いなように、ピアが関わったたいていの人殺しはいたって平均的な普通の人間に見えた。人は見かけによらないものだ。

「それでここにはどういう用件で来られたのですか？」ヴィンターシャイトがたずねた。

「ヴェルシュさんがどういう方か調べています」そういうと、ピアは手帳をだした。「知り合いや隣人、元同僚に話をうかがいたいのです。あなたはヴェルシュさんをどう思っていますか？」

「わたしがヴェルシュさんを即時解雇したことは耳にされていると思います。あの人はすぐれた部長でした。文学のセンスは並大抵のものではありません。わたしとしては今後もいっしょに働きたいと思っていましたが、あの人は新しい企画に見込みがないと判断したのです」

「どうしてですか？」ケムがたずねた。

「ヴィンターシャイト出版は九十年以上にわたって、文芸出版社としての格式を持っていました。しかしずっと成果を上げてきたコンセプトが機能しなくなっていたのです。前の社長であるわたしのおじは二十一世紀の流れに乗ることができませんでした。読書のあり方や時代精神や読者の嗜好《しこう》が変化したことが理解できなかったのです。ほとんどのタイトルの販売部数が一年に一千部未満になり、倒産の危機を迎えたのです。そこでわたしが社長を引き受け、文芸部にエンターテインメント部門とノンフィクション部門を加え、全体を編集部としたのです。ヴェルシュさんにとってはこれが冒瀆《ぼうとく》行為だったのです。これは侮辱するつもりでいうわけではないですが、おじはわが社の看板みたいなものでした。カリスマがありますが、決して文学通ではなく、企画は文芸部長だったヴェルシュさんに丸投げされていました。エージェントや作家との契約もヴェルシュさんが自由にできたのです。しかしわたしが社長になってからは、それが変わってしまったわけです。そうした権限の制限を、ヴェルシュさんは嫌がらせだと感じていたようです」

「ヴェルシュさんは即時解雇されたあと、会社を批判し、あなたを個人攻撃していますね」ピアはいった。「腹立たしいと思っていたのではありませんか？」

「わたしが彼女になにかする動機があるとお考えですか？」ヴィンターシャイトは真剣な顔に

なったが、あざけるような目をしていた。

「そうといってもいいでしょう」ピアは微笑《ほほえ》んだ。対等の相手とつばぜりあいするのは新鮮でいい。

「もちろん気分がいいものではありません。しかしそれは覚悟の上でした。ヴェルシュさんは直情的な方で、この一年半、彼女は社員のあいだに不和をまき散らしていました。新しい企画を公然と批判し、わたしの権威を揺るがそうとしてきたのです。編集部の重責を他の社員に任せるというわたしの決断は、彼女にとってひどい侮辱だったようです。ですから彼女の反応に驚きはありませんでした。顧問弁護士と会社役員たちはヴェルシュさんに対して法的措置をとるよう迫りましたが、わたしはそれを望みませんでした。不必要に注目される恐れがありますので」

社長の言葉に傲慢《ごうまん》なところはあるだろうか。それとも賢明だろうか。ピアは過去に会社の社長や重役と関わった経験がある。権力と野心を持つ男たち。たとえばドイツ証券商業銀行CEOのフリチョフ・ライフェンラートや汚職スキャンダルで足をすくわれたカルステン・ボック、ジークベルト・カルテンゼー、フリートヘルム・デーリング、クラウディウス・テアリンデン。彼らには共通点がある。表向きは上品に振る舞っていても、得になることしか考えず、なかなか負けを認めない、不道徳で傍若無人《ぼうじゃくぶじん》なエゴイストだ。カール・ヴィンターシャイトは人なつこく見えて、やはりそういう人間なのだろうか。

「労働裁判所では負けましたね」ピアがそうコメントしても、社長は態度を変えなかった。もちろんトップに立つ者であれば、そのくらいで動揺するはずがないし、どんな批判にも耐えられなくてはいけない。

「必ずしも負けとは思っていません」

「あなたへの個人攻撃を気にしていないということですね。しかしヴェルシュさんはあなたの出版社で一番成功している作家のひとりを傷つけ、結果として出版社に損害を与えたのではありませんか？」

「フェルテン先生の件はヴェルシュさんの復讐に間違いありません。でも、自分と自分の将来計画に損害を受けたのは、わが社よりも、あの方のほうでしょう」

「というと？」

「作家と編集者の関係というのは特殊なものなのです。作家は信頼感を欲しますし、作家や版元の期待に応えなければならない編集者は細かい心遣いが求められます」ヴィンターシャイトは咳払いした。「ヴェルシュさんは経験豊富な編集者です。何十年も担当している作家がおおぜいいました。その中には極めて重要な作家もいます。しかしすらすら本が書ける人はほとんどいないでしょう。なかなか書けず、ひと息入れる必要がある場合もあります。フェルテン先生の場合がまさにそれでした。それまでに書いた七冊はすべて大ヒットし、いくつもの賞に輝きました。しかしヴェルシュさんは彼をせっついたのです。わが社の春のラインアップにどうしても売れ筋となる新作が欲しかったからです。そしてチリの物故作家の中編小説を彼に与えて、そこからインスピレーションを受けたらいいとまでいったのです。フェルテン先生は作品の舞台をドイツに移したものの、プロットや人物像、さらには会話までそっくり同じにしたのです。そのままだったらだれも気づかなかったでしょう。ところがヴェルシュさんがそれを暴露したのです。とんでもないスキャンダルになりました。『片脚の鶴』はセンセーションを巻き起こし、ドイツ書籍賞などの賞に輝くと呼び声も高かったからです。ヴェルシュさんはわが社に損害を与えようとしたわけですが、じつはそうなりませんでした。スキャンダルのおかげでその小説は逆に飛ぶように売れたのです。フェルテン先生の過去の作品をはるかに凌駕《りょうが》するほどに。わたしたちは本を書店から引きあげようとしましたが、書店は大喜びで売りつづけました。チリの作家の著作権者ともすでに和解しています」

「それで……あの……肝心のフェルテンさんはなんといっているのですか？」ピアがたずねた。

「騒ぎが大きくなってから、フェルテン先生は身を隠してしまいました。それまで書いてきたすべての作品に盗作の嫌疑がかけられて、耐えられなくなったのでしょう。しかし読者はいつか彼を許すと信じています」

ピアはエンゲル署長を念頭に置いてうなずいた。

「フェルテン先生はやってはいけない過《あやま》ちを犯しました。しかるべきときに公《おおやけ》に謝罪するでしょう。しかしヴェルシュさんは評判を台無しにしてしまいました。暴露事件で、作家への誠実さと忠誠心に疑問符がつきましたから。だから自分のところに引き抜こうとしても、ほとんどの先生が残るはずです」

ヴィンターシャイトの話は納得がいくものだった。彼の慎重で丁寧な態度はオリヴァーを連想させる。それでも我を忘れることはあるだろうか。自制することがうまい人がひとたび限界に達して、気持ちを制御できなくなったらなにをするかわからないものだ。ヴェルシュは、死体をゴミコンテナーに詰めさせるほどヴィンターシャイトを怒らせたのだろうか。だがそんなことをして彼になんの得があるだろう。

「火曜の夜、『パウラが読む』に出演しましたね」ピアはいった。「ヴェルシュさんも招かれていたことをご存じでしたか?」

「いいえ」ヴィンターシャイトは驚いた顔をした。「知りませんでした」

「知っていたら、出演しましたか?」

ヴィンターシャイトは一瞬ためらってから、首を横に振った。

「出演しなかったでしょう」

「出版社を起こすというヴェルシュさんの計画はどうやって知ったのですか?」ケムがたずねた。

「そのことを偶然耳にした者からです」

「氏名は?」ピアはたずねた。

「いいたくありません」

「念のためにうかがいますが」ピアは手帳を閉じた。「月曜の夜はどこにいましたか?」

「ここにいました」

「証人はいますか?」

「いいえ、いません。真夜中近くまでいました。わたしはよく夜遅くまでここにいます」

「もうひとつうかがいます」ケムがいった。「アメリカのエリート大学で学んでいますね。そしてかなり若いのに、すばらしいキャリアを築きました。どうしてドイツに戻って、倒産寸前の出版社を引き受けたのですか？」

ヴィンターシャイトの顔にはじめて笑みが浮かんだ。

「理由はいろいろあります。まずは気持ちの問題です。わが社はわたしの一族が経営しています。祖父の遺産として持ち株を贈与されています。それに、困難に立ち向かうのが好きなのです。ペガサスのようなメディアコンツェルンでは、CEOになると、本の製作や著者との接点がなくなります。ただの経営者なのです。しかしわたしは本の近くにいたいんです。読者に読まれるいい本のそばに。そして父と祖父が遺したこの出版社をふたたび成功に導きたいのです」

ピアが見たいと思っていた情熱がようやく垣間見えた。ヴィンターシャイトは理想主義者であると同時に現実主義者なのだ。全体を把握して、怯《ひる》まず決断し、問題に対処する。ヴェルシュは問題児で、ヴィンターシャイトは巧みな戦術と合法的な手段で問題を解決したのだ。そのために彼女を殺害する必要はない。

＊

ヴィンターシャイトはピアたちをアレクサンダー・ロート部長のところに案内した。五階にあるロートのオフィスははるかに狭かった。はじめて出版社を覗いたピアは興味津々で部屋を見まわした。本、本、どこを向いても本だらけだ！　どの部屋にも天井まである本棚があり、壁にはブックカバーやベストセラーリストや作家の朗読会のポスターがかかっていた。そしてほこりをかぶった本のにおいが部屋に充満していた。ピアが子どものときに兄や妹と週に一度は訪ねていた公共図書館に似ている。五十代半ばの小太りの男性は灰色の髪がぼさぼさで、古くさい丸メガネをかけていた。ピアは見るなり、カイの勘が当たったと思った。ロートの無精髭を生やした顔は赤く、酒を飲んでいるか、高血圧に違いない。そして月曜の夕方、ヴェルシュの家のそばで隣人が見た人物に間違いない。ロートはヴェルシュを訪ねたことを否定しなかった。

「なぜ訪ねたのですか?」ケムがたずねた。

「それは……気になったからです。電話をかけてもぜんぜん出ないので、元気かどうか知りたくなりまして」オフィスは涼しかったのに、ロートは汗をかいている。「ハイケ、つまりヴェルシュとわたしは親友で、三十年以上にわたって同僚でした」

ピアはスマートな社長と対照的なこの男を観察した。神経質で、罪の意識でもあるのか、しきりに指をもみ、ピアの視線から目をそらすまいとしている。夏の熱気が残っているというのに、シャツは長袖で、ジーンズは黒だった。

「本当はなにが目的で訪ねたのですか?」ピアは親しげにたずねた。

「ど……どういう意味でしょうか?」喉仏がしきりに上下している。ロートはじっとしていることができず、腰をもぞもぞさせ、指関節を鳴らし、足を小刻みに動かすと、メガネを外して、赤くなった目をこすった。

「ヴェルシュさんは自分の出版社を起こそうとして即時解雇されました。ご存じですね？　もしかしたら支援を求められるか、新会社に誘われるかしたのではありませんか？」

ロートは咳払いをして、またメガネをかけた。

「そ、それは。ハイケはたしかにアンリ、前の社長のアンリ・ヴィンターシャイトさんとわたしに出版社設立に参加するように声をかけていました。でもわたしが断ったので……まあ、その……かなり腹を立てていました」

「それはそうですよね」ケムは笑みを作った。「あなたは部長になられた。評価の高い出版社のほうがたしかですし」

「ええ、そのことでも彼女は怒っていました」ロートはため息をついて髪をなでた。「新しい役員会がわたしを部長に任命したわけで、怒るのはお門違いです」

「断ってもよかったのでは？」ケムが重ねて訊いた。「旧友で人生を共にした仲間の手前」

「わたしは五十六歳です。ここでの仕事が気に入っています。新しいコンセプトも気に入っています。わたしは変化を求めるタイプじゃないんです」ロートは不必要に弁解し、顔をさらに赤らめた。今にも気を失って椅子から転げ落ちそうだ。メガネが光を反射し、どんな目つきをしているかよく見えない。

「月曜日にヴェルシュさんとはどんな話をしたんですか？」ピアはたずねた。

「わたしの妻パウラ・ドムスキーが火曜の夜、自分の番組にハイケを招いていまして、行かないように頼みにいったんです」

「どうしてですか？」

「どうしてかというと……」ロートはそこで言葉を途切れさせ、窓の外を見てから、しぶしぶピアとケムに視線を戻した。「妻はカールのことも番組に招いていたからです。わたしはハイケをよく知っています。直情的な彼女が、なにをいいだすか想像できたからです。そ……それにハイケが来ることをカールが知らないのはあんまりだと思いまして。放送局の人間はカールを不意打ちしようとしたんです」

社長への忠誠心だろうか。それとも自分の地位が大事、つまり自分がかわいいからだろうか。

「あなたは社長を名前で呼ぶんですか？」ケムがたずねた。

「ええ、社長からそうするようにいわれています。生まれたときから知っていますから。カールの母親とは友だちでした。カールの洗礼式にも出席しましたし」ロートの口元に笑みが浮かんだ。「ずっと会っていなかったのですが、二年前、突然目の前にあらわれたんです。はじめはだれだかわかりませんでした。あの小さな少年がわたしの社長とは」

その言い方には、そもそも保護を必要としない人間を自分は保護しているという自負のようなものがうかがえた。

「ヴェルシュさんは月曜日に、あなたの頼みを聞いてどう反応しましたか？」

ロートは笑い声と荒い鼻息がまじったような音を立てた。

「笑い飛ばされましたよ」ロートはおどおどしなくなり、両手を腹部に置いた。「ゼヴェリンの件についても話そうとしました。あれはまずいと思いましたので」

「しかし作家が別の作家の知的財産を盗んだことを公にするのはいいことではないですか」ケムがいった。

「それはそうです。あそこまで大々的な盗作は不道徳です」ロートの態度が変わった。「微妙なのは、ゼヴェリンに盗作をすすめたのが他ならないハイケだったことです。そのことが知られてから、彼女は業界で相手にされなくなりました。わかってください。この歳では冒険したくないし、彼女の新しい出版社に移る気もありませんが、かといって彼女がどうなろうとかまわないと思っているわけではないのです。わたしたちは三十年以上もいっしょに働いて、成果を上げてきました。それに友人だったのです」

「月曜の夜はそのあとどうなりましたか？」ピアは肝心なことに話をもどした。

「それが記憶にないんです」ロートの返事に、ピアは驚いた。ロートはまた指をもみだした。

「そのあと酒場に寄りまして。わ……わたしはアルコール依存症なのです。十五年以上酒を控えていたんですが、ストレスに負けてしまいました。火曜の朝、妻がニーダーヘーヒシュタット署にわたしを引き取りにきました」

「わたしたちがなぜあなたに事情聴取しているかわかりますか？」

「いいえ、ちゃんとは」

ピアは、ロートの視線が一瞬虚《うつ》ろになって、すぐに元どおりになるのを見逃さなかった。

「ヴェルシュさんは火曜の朝から行方不明なんです」

「行方不明？　どうしてですか？」ロートが驚いてたずねた。「旅行に出たのかと思っていました」

「どうしてですか？」

「それはその……火曜の夜の番組をすっぽかしたので」ロートはしどろもどろになった。「それに……いろいろあったからほとぼりを冷ましたいといっていました」

ピアは、ロートがまたおどおどしていることに注目した。

「ヴェルシュさんの旧友が連絡が取れないといってきたんです。その人も心配していました」

「旧友？」

「エージェントのマリア・ハウシルトさん。ご存じでしょう？」

「マリアですか。ええ、もちろん。長い付き合いですから」

「あなたはヴェルシュさんのお父さんをご存じですか？」ケムがたずねた。

「ヴェルシュのお父さん？」ロートは訊き返した。考える時間が欲しかったようだ。「いいえ……いや、もちろん知っています。でもずいぶん前に介護施設に入ったはずですが。それとも亡くなったんですか？」

「いいえ、亡くなってはいません。認知症にかかっていて、ヴェルシュさんといっしょに暮らしていました。ヴェルシュさんがずっと介護していたんです」

ロートはマリア・ハウシルトと同じで、ヴェルシュを昔からの友人と呼びながら、私生活についてほとんど知らないようだ。

「ヴェルシュさんが数日旅に出て、そのあいだ父親をひとり家に残しておくなどということがあるものでしょうか。どう思われます？」

「いや……それは……ないでしょう。そんなことを……するはずがありません」ロートは口ごもり、目を白黒させた。

「DNA鑑定のために口腔内の粘膜を採取したいのですが」ピアはいった。「指紋も採取させてください。ご心配なく。鑑識であなたが無関係であるとはっきりさせるためですので」

「わかりました」ロートは汗をかきながらささやいた。「い……異存はありません」

*

オリヴァーはゾフィアを両親のところに預けた。ゾフィアはすぐオリヴァーの弟クヴェンティンを探しに出かけた。クヴェンティンの息子たちは農場や林業、家畜などにあまり関心がないが、ゾフィアは農場とそれに関連した仕事が大好きだ。だからゾフィアがいつの日か弟の跡を継ぐことになるだろう、とオリヴァーは思っていた。

オリヴァーはすぐに暇乞《いとまご》いをしようとしたが、母親からなにか食べていくようにいわれた。この三日まともに食事をしていないとうっかり漏らしてしまったためだ。ボーデンシュタイン家では基本的に感情を表にださない。言葉は感情の吐露《とろ》よりも、行動と連帯をあらわすものだった。だからオリヴァーは母親に見られながら、手作りのグリーンソースであえた冷製牡牛の胸肉を立って食べた。オリヴァーの家族はみな、コージマが病気なのを知っている。だがコージマの希望で、病状が思わしくないことはローレンツとロザリー以外には黙っていた。

「あなたが心配だわ」オリヴァーの母親がいきなりそういって、一家のタブーを破った。「顔色が悪いわよ、オリヴァー。どうしたの？　わたしにできることはない？」

「ゾフィアを預かってくれるだけで大助かりだよ」そう答えて、オリヴァーは流し台に皿を置いた。「いろいろ難しいことだらけでね」

「おまえったら」母親は心配そうにそういうと、手を伸ばしてオリヴァーの頬をなでた。母親はそういう心のこもった仕草をめったに見せたことがないので、オリヴァーは深く感動した。だが一瞬、小さな少年のように母親の膝《ひざ》に頭を乗せて、慰《なぐさ》めの言葉をかけてほしいと思った。だが八十歳の母親に自分の問題で心配させるわけにいかない。それに母親にはどうにもならないことだ。オリヴァーの生活はブラックホールと同じだ。持てるすべてのエネルギーと自信を吸収してしまう。以前にも困難な状況には何度も遭遇してきた。だがその頃はまだ若く、楽観的だった。今では仕事だけが心の慰めだ。しかし手術が間近に迫っていることと、私生活の状況についてエンゲル署長とピアにぼちぼち話す必要があることはわかっていた。そうなれば、ブラックホールが職場にまで黒い影を落とすことになる。

「ありがとう、母さん」オリヴァーはしゃがれた声でそういうと、微笑んで見せた。「なんとかなるよ」

「気をつけるのよ」母親は答えた。「わかってるでしょう。なにかあったら、いつでも頼ってかまわないのだから」

オリヴァーは黙ってうなずいた。感謝の気持ちを込めて母親を抱き、頬にキスをした。車に乗り込み、消音設定にしたスマートフォンを確認すると、カイから電話が入っていた。オリヴァーはさっそく電話をかけた。

「ボス」カイはすぐ電話に出た。「ハイケ・ヴェルシュのスマートフォンの移動記録が手に入ったところです。金曜の夜から火曜の真夜中の零時五分までバート・ゾーデンの同じ基地局につながっていました。そのあと移動して、木曜の午前中十一時二十二分まで二キロ離れた基地局の圏内にいました」

「そのあとは？」

「不明です。電源が切れたようです」

「つまり今もそこにいるかもしれないということだな」オリヴァーはシュナイトハイン方面に車を左折させた。

「そういうことです。エッシュボルンのゴミ処理場じゃありません。たぶん、あそこに死体はないでしょう」

「最後に記録されている基地局の正確な場所は？」オリヴァーはたずねた。

「ケーニヒシュタインとマンモルスハインとノイエンハインのあいだです」

つまり森の中ということか。何者かが手がかりを消すために、スマートフォンを下草の中に捨てたのだろう。ということは、ヴェルシュの死体も森の中かもしれない。オリヴァーは、機動隊に協力要請をし、死体捜索犬を手配したときの費用を、ゴミ処理場を捜索した場合と比較して即決した。

「クレーガーにゴミ処理場での捜索を中止するように電話で伝えてくれ。森を捜索しよう」みじめな私生活を忘れることができて、オリヴァーは密かに喜んだ。「それからチャットにメッセージを流してくれ。一時間後、署で捜査会議をする。クレーガーにも来るように伝えてくれ」

＊

アレクサンダー・ロートは自分のオフィスの窓際に立ち、シラー通りを見下ろしていた。ふたりの刑事が出版社のビルから出て、証券取引所のほうへ歩いていくのが見えた。ワイシャツは汗でびっしょりになっている。体じゅうがウォッカを求めていた。ひと口飲めば、体のふるえが収まるだろう。ジョージ・クルーニー風の刑事とたえずメモを取っていた金髪の女性刑事には本心を見抜かれただろう。さもなければ粘膜と指紋を採取するはずがない。ハイケの家でなにか触っただろうか。なにか痕跡を残しただろうか。ロートは演技が苦手だ。長年同僚だった親友が心配で、バート・ゾーデンの自宅を訪ねたという話を、刑事たちは真に受けないだろう。なぜ嘘をついたのだろう。反射的に嘘をついてしまった。月曜の夜、どこにいたか、警察は突き止めるだろうか。最悪なのは、ハイケと別れたあと自分がなにをしたか本当に記憶にないことだ。ハイケとはひどい口論になった。そのことは覚えている。ロートはがっかりし、怒り心頭に発した。そして、あのことをばらしてやるとハイケに脅《おど》されて……。

ドアをノックする音がした。ドロテーアがドアの隙間から顔を覗かせた。

「アレックス。カバーの検討会に来るといっていたでしょう。みんな、集まっていたのよ」

ドロテーアは言葉を途切れさせてロートを見つめ、デスクに置いてある受話器を見た。「どうしたの？　なにかあったの？　顔が青いじゃない！」

ロートは深呼吸し、デスクに向かってすわると、邪魔が入らないようにはずしてデスクに置いていた受話器を元に戻した。

「刑事が来ていた」ロートはいった。「ハイケのことで」

「刑事？」ドロテーアが好奇心を露《あら》わにしてたずねた。ドアを閉め、さっきまでピアがすわっていた来客用の椅子に腰を下ろした。「ハイケがどうかしたの？」

「行方不明らしい」

「行方不明ってどういうこと？」

「どこにいるか、だれも知らないらしい」ロートは片手で顔をぬぐい、ドロテーアに出ていってほしいと思った。どうしてもウォッカをひと口飲みたかった。「ハイケが認知症のおやじさんを自宅で世話していたって知ってたかい？」

「えっ？」ドロテーアは目を丸くした。「いいえ、聞いてないわ。でも、わたしはあなたほど仲良くなかったから。話して！」

「なにを話せっていうんだ？」ロートは肩をすくめた。「連絡がつかなかったので、マリアが昨日、ハイケのところに行ったらしい。そして警察に通報したようだ」

「刑事があなたになんの用だったの？」ピンクのメガネの奥で、ドロテーアの目がきらっと光った。どうやら興味をそそられているようだ。「あなたとどういう関係があるの？　あなたにポストを奪われて、ハイケは怒っているんじゃないの？」

「じつは……月曜日に彼女を訪ねたんだ」

ドロテーアはにやにやするのをやめて、唖然としてロートを見つめた。

「なんですって、アレックス！　まさかあなたが殺したんじゃないわよね！」

「まさか！　なにをいうんだ」ロートは笑った。「火曜の夜、パウラの番組に出演しないように説得しただけさ」

デスクの電話が鳴りだした。

「まあ、その目的は達成したわけね」ドロテーアが淡々といった。「あなたがなにをしたかはともかく」

出ていってくれと思いながら、ロートは受話器に手を置いた。ドロテーアも察して、持ってきた書類をテーブルに置くと腰を上げた。

「これ、イスミニ・パパディマコプーロの新作のカバー案よ。データはデラムーラからメールで届くわ。彼のエージェントに送っておいて。それから、送ったらわたしに知らせて。わたしたちは三番と七番の案がいいと思っている」

「わかった。ドアを閉めてくれるかい？」

ドアが閉まると、ロートはさっと立ちあがって、部屋の隅にあるミニ冷蔵庫を組み込んだテーブルのところへ行った。ウォッカを取りだすと、封を切って、ぎんぎんに冷えたウォッカをラッパ飲みした。酒を飲むのは昨日の夜以来だ。目を閉じて、ヒリヒリする喉ごしと中枢神経を落ち着かせる酒の効き目を楽しんだ。電話は鳴るままにした。

＊

「ヴェルシュのスマートフォンは八月三十一日金曜日から九月四日火曜日の零時五分までバート・ゾーデンの基地局につながっていた」カイはそう報告して、基地局の有効範囲を地図上で示した。「つまり、ヴェルシュないしはヴェルシュのスマートフォンは基地局から百五十メートルから二百メートルの範囲内にあることになる。それ以上離れれば、別の基地局につながるので」

「確実とはいえないな」クレーガーが懸念を表明した。「基地局にアクセスが多い場合、別の基地局に飛ばされる」

「たしかにそうだけど」カイはうなずいた。「真夜中にそんなに負荷がかかるとは思えない」

捜査十一課の面々が会議室に集まっていた。クレーガー、カトリーン、ターリクの三人は開けてある窓のそばにすわった。ゴミのにおいが髪の毛や服に染みついていたからだ。

「幸い、GPS機能つきなので」カイは別の地図をホワイトボードに貼った。「電源が切れる前の位置を正確に割りだすことができた」

「森の中か」クレーガーがいった。

「そのあたりなら知ってるわ」ピアはいった。「週に三度はベックスと散歩している」

「明日の朝八時から捜索をはじめる」オリヴァーがいった。「待ち合わせ場所はノイエンハインのゾフィーエンルーエにある食堂〈フベルトゥス〉の駐車場にしよう」

「正確な場所までわかっているなら、なぜすぐ捜索しないんですか？」カトリーンがたずねた。

「死体捜索犬は明日でないと手配できないんだ」オリヴァーが答えた。

「念のため九号焼却炉を封鎖してもらっている」クレーガーがいった。「森で発見できなければ、計画どおりゴミ処理場での捜索を再開することになるからな」

「それでいい」オリヴァーはうなずいた。クレーガーは会議室から出ていった。「ヴィンターシャイト出版はどうだった？」

「社長はビジネスマンですね」ピアは答えた。「雄弁で、腰が低く、冷静で、腹の底が見えません。しかしヴェルシュが事件に巻き込まれたようだといったときは、一瞬驚いていました。ヴェルシュを解雇した理由も話してくれました。それから彼女のせいで面倒を抱えたことも。しかし犯行に及ぶ動機は見られませんね。解雇と労働裁判所を通して合法的に問題を解決していました」

「フェルテンのスキャンダルはあの出版社にとって問題ではないようだ」ケムがそう付け加えた。「スキャンダルが発覚してから、『片脚の鶴』は他の作品よりもよく売れているらしい」

「じゃあ、フェルテンにも、ヴェルシュになにかする動機はないってこと？」カトリーンが口をはさんだ。

「作家は出版社とは違うからな」オリヴァーがいった。「フェルテンが今どこにいるか訊いてみたか？」

「社長は、彼が身を隠したといっていました」ピアはいった。

「居場所がわかるかもしれない」カイがいった。「YouTubeで彼についての情報を探ったんだが、二〇一六年の映像で、フェルテンが文芸評論家と野道を歩いて、新作の話をしているものがあった。自宅拝見という企画で、執筆中はタウヌスの小さな村に引きこもるといっていた」

カイはノートパソコンに向かった。指がキーボードの上で躍り、みんなに見えるように画面をまわした。

「オーバーエムスだ」オリヴァーとピアが同時にいった。

「コメルツ銀行の研修センターが見えるわね」ピアはいった。「それから国道八号線。バート・カンベルクの方角を向いている。その奥はオーバーロートとニーダーロート」

「よくやった、カイ」オリヴァーが誉めた。「フェルテンがそこにこもっているなら、見つけられるだろう」

「ホーホタウヌス郡の地籍局に問い合わせよう。それから……町はどこになるかな?」カイがたずねた。

「グラースヒュッテンよ」ピアが答えた。

「アレクサンダー・ロートについても報告したい」ケムがいった。「ヴェルシュが解雇される前に編集部長になった人物で、ヴェルシュとは長年の同僚で、高等中学校《ギムナジウム》時代からの親友だといっていた」

「それでいて、マリア・ハウシルトと同じで、ヴェルシュが父親の世話をしていることを知らなかったわ」ピアは手帳をめくった。「ところが、ヴィンターシャイト社長は知っていた。ヴェルシュが犯罪に巻き込まれた可能性があると伝えたとき、すぐに父親のことを気にしていた。

本心だったと思う」

「ピアはカール・ヴィンターシャイトのファンだからな」ケムがからかった。

「嘘をつかない人はだれだって好きよ。それと比べると、アレクサンダー・ロートは、月曜日にヴェルシュを訪ねたことをすぐ認めたけど、話の中身はでっちあげね」

「そうそう。火曜の夜、自分の妻が司会をする文芸番組で社長とヴェルシュが鉢合わせするのを避けようとしたとかいっていた」

「それは偉いわね」カトリーンが馬鹿にするようにいった。「信じるの？」

「多少は」ピアは答えた。「でもヴェルシュを訪ねた本当の理由じゃないわね」

「だめな人間だね」ケムがいった。「神経質で、おどおどしていて、おまけにアルコール依存症。十五年禁酒していたのに、また酒を飲みはじめていた。それで月曜の夜、なにがあったか記憶していないと弁解していた。ヴェルシュに会ったあと、酒場に行って前後不覚になり、火曜の朝、ニーダーヘーヒシュタット署で妻に引き取られたそうだ」

「調べればすぐわかるだろう」オリヴァーはいった。「番組の司会者にも事情聴取する必要があるな」

「パウラ・ドムスキー」すぐにインターネットを調べたカイがいった。「ジャーナリストで出版評論家。自分のウェブサイトを持っている」

「みんな、ここにいてもなにも解決しないわ」ピアはいった。「ヴェルシュの死体が見つからないかぎり、暗中模索もいいところ。いろいろな理由でたくさんの人がヴェルシュに腹を立てていることはわかったけど、本当に死んだかどうかわかっていない」

「どこかに監禁されている可能性もありますね」ターリクがまた自分の考えを披露した。

「ロートが神経質だったのは、月曜の夜、彼女を襲って、どこかに監禁したからかもしれない」ケムがターリクの考えを引きとっていった。

「わたしは、死んでいると思う」ピアはいった。「ただの勘だけど。とにかく事情聴取は明日、死体の捜索をしてからにしましょう。犯人が警戒してしまう恐れがあるから」

オリヴァーは咳払いし、「ピアのいうとおりだ」というと、椅子を引いて、立ちあがった。

「今日はここまでにしよう。明日の朝、打ち合わせどおり森に集合する。週末はないと思ってくれ。では、みんな、よく休んでくれ」

「もうひとつあるんだが」カイはいいかけたが、オリヴァーはすでに会議室から出ていた。

＊

オリヴァーは疲れ切っていた。頭が割れそうに痛く、何度か胸が苦しくなって不安を覚えた。一日じゅう、頭がふたつに引き裂かれた状態だった。昨日決心したことを行動に移さないかぎり、この身をすりつぶすような状況がつづくことになるだろう。

一時間半前、癌《がん》病棟の医長から検査結果が出て、ドナーとして問題ないと告げられた。これで医学的には肝臓の提供に障害はなくなった。あとは肝動脈化学塞栓《そくせん》療法のあとコージマの容体が安定して、手術に耐えられるかどうかにかかっている。ゾフィアのことはもう心配がなくなったので、カロリーネと話をし、荷物をまとめて家から出るだけになった。オリヴァーはすでにマリー＝ルイーゼに相談して、新しい住まいが見つかるまで古城ホテルに住まわせてもらうことになった。

できることなら、カロリーネが帰宅する前にひとりでゆっくり荷物をまとめたいと思っていた。だが乗ってきた警察車両を地下駐車場に入れると、ポルシェの横にカロリーネの車があった。まるで虫の知らせでもあったかのように。帰宅して間もないようだ。カロリーネのSUVのエンジンがまだかたかた音を立てていた。オリヴァーは深呼吸してから地下のドアを開け、家に入った。カロリーネはリビングでグレータが散らかしたものを片付けていた。ポテトチップの空袋や空き瓶を無造作に集めている。

「やあ」オリヴァーはいった。

「グレータがいっていたけど、今日の昼、ゾフィアが出ていったそうね。あなたたち、グレータとひと言も口を利かなかったそうじゃない」カロリーネが挨拶もせずにそういって、ちらっとオリヴァーを見た。「あの子、完全に切れちゃって、泣きじゃくって、まともに話もできない状態だった。あなたがわからないわ、オリヴァー！　なんでそんなひどいことをするの？」

「ゾフィアが腹痛を訴えたので、学校に迎えにいった」オリヴァーは答えた。「ここには帰りたがらなかったので、わたしの両親のところに預けた」

「あら、そう」カロリーネはオリヴァーの脇をすり抜けて、キッチンへ行った。そこはまるで子どもたちがパーティでもしたかのような惨状だった。使った鍋やフライパンが置きっぱなしにされ、フードミキサーには緑色のスムージーの残りがこびりついていた。汚れた皿の横には果物の皮が積みあげてあり、アイランドキッチンの上には中身が空っぽの卵のケースとスムージーの材料がほうりだしてあった。食器戸棚も薬入れの棚も開けっぱなしで、コンロには油がべっとりついていた。

「まあ、そのほうがいいかもね。これでグレータも落ち着くでしょう」

カロリーネは食器戸棚を閉め、唇をかみしめながら残飯をゴミ箱に投げ入れた。オリヴァーはそんな彼女の姿を見ながら、六年前に愛した、賢くて、人の気持ちがわかる女性はどこに行ってしまったのだろうと暗澹たる気持ちになった。はじめは誤解をしたり、心ならずも傷つけ合ったりもしたが、それでもふたりは気持ちが通じ合い、カロリーネはオリヴァーに自分の過去と向き合う機会を与えてくれた。カロリーネはオリヴァーが心をひらくことのできたはじめての女性だ。人間としてオリヴァーに関心を持ってくれたと感じたから、そうできたのだ。結婚したあとしばらくはうまくいっていた。ふたりの関係は永遠につづくとオリヴァーは思っていた。

だがグレータが、ふたりのあいだに見事に楔《くさび》を打ち込み、カロリーネはグレータのいいなりになって、しだいに意固地になり、同時にオリヴァーのまわりの人間、とくにコージマとゾフィアに異常な嫉妬心をみなぎらせた。そして頻繁《ひんぱん》に喧嘩をするようになり、オリヴァーが彼女を信じて打ち明けたことを武器にして、オリヴァーをわざと傷つけるようになった。ちょっとした言葉の端々、とげとげしい物言い、不当な非難を浴びるたびに彼女への親愛の情がポロリポロリとはがれ落ちていった。今ではもう残骸《ざんがい》しか残っていない。カロリーネは何度となく泣きながら謝ったが、いったん口から出た言葉は取り消せない。彼女のひと言ひと言が刺《とげ》となってオリヴァーの心に刺さりつづけた。

「ゾフィアから聞いた話に、わたしは心底ショックを受けた」オリヴァーは、グレータが毎日ゾフィアにいったひどい言葉をかいつまんで話した。

「それを信じるわけ！」カロリーネはさげすむように笑った。

「ああ、信じる。ゾフィアが嘘をつくわけがない」

「ナンセンスだわ！　グレータがそんなことをいうわけがないでしょう！」

「きみの娘のことでこれ以上議論したくない」オリヴァーはうんざりだった。「ホテルに移るつもりだ」

「どうして？」カロリーネが手を止めた。本当に驚いていることに、オリヴァーはびっくりした。ふたりの結婚が終わったことに気づいていないのだろうか。

「ここでは歓迎されていないように感じるからさ」

「あら、そう！　けさのことをいっているのね！」カロリーネは笑って、コンロをごしごしこすりながらいった。「グレータは本気でいったわけじゃないわ」

オリヴァーは、話しても無意味だと実感した。カロリーネは問題を直視しようとしない。台所の片付けをカロリーネに任せて、オリヴァーは二階に上がり、廊下の収納庫からトランクと旅行カバンをだして、寝室に運んだ。四年前、ルッペルツハインの家から引っ越してきたとき、家具や引っ越し荷物の箱は広い地下駐車場に置いた。その後家具は、六年間の海外生活を終えて帰国した娘のロザリーが夫といっしょにケルクハイムに家を構えたときにプレゼントした。カロリーネの家は陸屋根で、屋根裏部屋がなかったので、他の引っ越し荷物は少しずつ両親の家の屋根裏に運んであった。オリヴァーはトランクを開けて、ワードローブをひらいた。だがハンガーをつかもうとしたら、そこにあるはずのスーツとズボンがなかった。ハンガーはすべてなくなっていて、その代わりにワードローブの底にスーツとジャケットとズボンがことごとく落ちていた。

「あいつ！」オリヴァーはつぶやいた。グレータの仕業なのはまちがいない。服を持ちあげたとき、オリヴァーは服の状態を見て、脳みそに負荷がかかりすぎたかと思った。だが見間違いではなかった。すべての服が細かく切り刻まれていたのだ。オリヴァーの脈が一気に上がった。チェストの引き出しを開けてみて、唖然とするほかなかった。下着も同じ運命を辿っていたのだ。靴下、下着、Tシャツ、ワイシャツ、古いジョギングパンツ、ジャケット、コート、ひとつとして無事なものはなく、ハサミの犠牲になっていた。今身につけているもの以外、服がなくなった。

オリヴァーはその惨状をスマートフォンで撮影し、旅行カバンをトランクに押し込んでバックルを閉めると、次にバスルームへ行った。鏡に口紅でかかれた言葉を見て、嫌な予感が的中したことがわかった。グレータは歯磨き粉と洗顔クリームを革製の化粧ポーチになすりつけ、アフターシェイブローションとオードトワレの瓶の中身を流していた。グレータの破壊衝動には終わりがなかった。シェーバーのケーブルまで細かく切り刻まれていた。

「どうしたの？」カロリーネはバスルームのドア口にあらわれた。

「だれかがわたしの服をすべて切り刻んだ」怒りをこらえたせいで、オリヴァーの声はかすれていた。「これでもわたしが歓迎されているというのか？」オリヴァーは汚れた化粧ポーチと鏡に口紅で書かれた言葉をカロリーネに見せた。〝くそったれ、バカヤロー〟

「あなたが悪いのよ、オリヴァー」カロリーネがいった。オリヴァーは耳を疑った。「どうしてグレータをほっといてくれないの？　あの子が繊細なのはわかってるでしょう！」

「繊細？　もはや病気だよ。すぐにも専門家に診《み》せたほうがいい。目を覚ませ！」

オリヴァーは空っぽのトランクをつかむと、歩きながらケルクハイムの警察署に電話をかけて、警察車両を引き取るために巡査をよこしてくれと頼んだ。オリヴァーの本とCDも全部消えていたが、もう驚きはなかった。ゴミコンテナーを漁るようなみじめな真似もしたくなかった。昼間に重要な書類をすべて持ちだしておいたのは不幸中の幸いだ。もしかしたらこういう形で終止符を打つのがいいのかもしれない。火事にでもあったつもりで、新しい生活をはじめるのだ。

カロリーネは地下駐車場までついてきた。そこで次なる惨状がオリヴァーを待ち受けていた。グレータがポルシェにまでオリヴァーへの憎悪をぶつけていたのだ。コージマの母親がカロリーネと結婚したときにプレゼントしてくれたポルシェのドアに、バカヤローという言葉が刻みつけてあり、ボンネットにはペニスが描かれていた。オリヴァーは心を引き裂かれる思いがしたが、怒りの言葉は出なかった。ガレージのシャッターを上げて、スマートフォンでそれを撮影した。カロリーネはそれを黙って見ていた。

「車を塗装にだし、新しい服を買って、請求書をきみに送る」オリヴァーはカロリーネにいった。「それを払うなら、告訴はしないでおく」

パトカーがガレージの前に止まった。オリヴァーは巡査に警察車両のキーを渡し、ホーフハイム刑事警察署に返すように頼んだ。そのあとトランクをポルシェの助手席にのせて乗り込むと、エンジンをかけてルーフをひらいた。

「おしまいってこと?」カロリーネが蚊《か》の鳴くような声でいった。

「ああ、おしまいだ」オリヴァーが答えた。「じゃあ」

車で道路に走りだすと、重圧が一気に消えた。残念ではあるが、オリヴァーは心底ほっとした。

＊

アレクサンダー・ロートはオフィスの窓辺に立って、明るく光る銀行街の高層ビルをぼんやりと見ていた。アルコールで朦朧《もうろう》とした意識は過去に戻っていた。昔はアンリ、ハイケそしてロートの三人でよく夜遅くまで過ごしたものだ。原稿と作家について熱く語り合い、販売戦略を練り、さまざまな計画を立てた。三人は酒を飲み、タバコをふかし、笑った。いっしょに食事をしたり、どこかの安酒場で酒を酌《く》み交わしたりしたこともある。三人は話題に事欠かなかった。そう、いいチームだった。三十年以上ものあいだ。

だが今はすっかり変わってしまった。会社が経営不振に陥った責任は三人にある、と多くの社員が思っている。それが辛かった。しかも自分の娘と同じくらいの若い社員たちが、白亜紀の恐竜でも見るような目つきをし、敬意もなにもあったものではない。編集部長に抜擢《ばってき》されたのは、役員会が背に腹は替えられなかったからだ、とだれもが思っている。ロート自身までも。公式には彼が編集部をまとめて、作家たちのケアをするとされた。だがわかっていた。カールはずる賢いキツネ。彼の父親と同じだ。ハイケが出版社の設立を計画していると耳にして、いつも二番手に甘んじていたロートにハイケのポストより上の新しいポストを与えるともちかけてきた。ロートが虚栄心から断らないとわかっていて。だがよく考えてみれば、このポストは彼のライフワークに対するトロフィーみたいなものだ。ついに本当のトップになれなかった者への残念賞。そして業界の人間はみな、そのことを知っている。カールが仕掛けた罠にまんまとかかってしまったと気づいたのは数ヶ月後のことだ。そして災いがひとり歩きをはじめた。新会社へ移るのを断ったロートを、ハイケは許さなかった。

〝手伝ってくれると思ったのに、よくも見捨てたわね、救いようのない臆病者。わたしが破滅するところが見たいんでしょ。いつもわたしに頭が上がらなかったから、復讐のつもりね。三十年以上にわたってヴィンターシャイトという偉大な名前を笠に着てきたけど、それがなかったらなにもできない無能。それがばれるのが恐いんでしょ！〟

彼女になじられて深く傷ついたが、ロートは黙っていた。なにかいい返せば、もっとひどいことをいわれただろう。ハイケは自分の出版社を起こし、最良の作家たちを引き抜いて、カール・ヴィンターシャイトに一矢報いようとしていた。だが彼女の計画はあまりに無謀だった。

だからアンリ以外のだれも話に乗らなかった。シュテファン、マリア、ヨージー、そしてロート自身も。成功体験に彩られたハイケの自我にとっては屈辱以外のなにものでもなかった。声をかけたすべてのエージェントから協力を断られ、自分が担当するもっとも成功した作家からもヴィンターシャイト出版に残るといわれた。逆上したハイケは、その作家を裏切るという編集者としてやってはならない致命的なミスを犯した。

ロートはグラスを飲み干し、午後、刑事が帰ってからボトルを半分飲んでしまったことに気づいた。酒を断って十五年、昔よりも酒の効き目がはるかに早い。頭がクラクラして、軽い吐き気がする。空《す》きっ腹のせいだろう。それに頭がズキズキ痛い。二日酔いでもこんなに痛いことはなかった。酒に弱くなったことが悔しい。酒の助けがなかったら不安を手なずけるのはむりだ。ハイケに脅迫されたことを思いだすだけで、不安という名の小さな鋭い牙が脳を食いやぶる。それより気になるのはしばらく前に届いたあの差出人不明の茶封筒だ。それ以来、冷静にものが考えられず、夜もろくに眠れない。

突然、刑事があらわれたときは、心に重くのしかかるこの恐ろしい重圧から逃れたくて、なにもかも告白してしまいそうになった。だがそんなことをすれば、破滅するのは自分だけではない。なんの罪もない妻や成人した娘たちまで道連れにしてしまう。ロートにはそこまでする勇気がなかった。それに終身刑になるかと思うと、恐ろしくて仕方がなかった。そういう自分が情けないが、罪をあばかれずにすむかもしれないという多少の希望をいまだに持ってもいた。

ロートはデスクマットを上げて、二枚の便箋《びんせん》をだした。手紙の内容はとっくに記憶しているが、ゆっくり一行ずつ読み直した。すべてを知っている者がいる。ロートに対して含むところがあるのはまちがいない。自分でもほとんど忘れかけていたのに。この手紙を寄こしたのは、いったいどこのどいつだろう。ひとつだけはっきりしていることがある。遅かれ早かれすべてが明るみに出るのだ。そしてロートを信頼し、彼がしたことから恩恵をこうむった人たちが、ずっと嘘をつかれていたと知ることになる。

ロートは立ちあがった。デスクに手をついて、立ちくらみが収まるのを待った。それから便箋をシュレッダーにかけた。さっきの女性刑事に電話をかけて、すべて告白すべきだろうか。いいや、無理だ。できっこない。それとも？　〝なに迷っているのよ、意気地なし！〟ハイケの声が頭の中に響く。ロートは決心し、スマートフォンを手に取って電話をかけた。相手が電話に出た。

「わたしだ」ロートは声を押し殺していった。「話がある」

＊

「信じられない」コージマはオリヴァーのスマートフォンに保存した写真をスクロールしながらいった。「とんだ悪ガキね！」

「なにひとつ見逃さなかったんだから、たいしたものさ」オリヴァーはいった。「これを見てくれ。ヘアブラシのピンを根こそぎ切り取っている」

カロリーネの家がバックミラーから見えなくなったとき、グレータへの怒りの炎も下火になった。今では笑うことさえできる。解放感でいっぱいだ。これでもういちいち弁解や説明をする必要がなくなった。終わりのない議論もしないですむ。あの娘には六年間も振りまわされた。すべてがグレータ中心にまわり、いいなりになってきた。それが終わったのだ。

「ただひとつ残念なのは、きみがニューヨークで買ってきてくれた、あのすてきな化粧ポーチがだめになったことだな」そういうと、オリヴァーは自分のスマートフォンを手に取った。

「サッグ・ハーバーの小さな店で買ったやつね。で、これからどうするの？　どこに住むか考えた？」

「いいや」オリヴァーは首を横に振った。「きみの手術が最優先だ。ゾフィアはもう安全だし」

「ニコラとピアには話したの？」

「いいや、まだだ」

「早く話したほうがいいわよ」

「ああ、そうする。新しい事件が発生したんだ。作家のゼヴェリン・フェルテンの担当編集者が行方不明でね」

以前はよくコージマと仕事の話をしたものだ。コージマは興味を持ったし、オリヴァーが木を見て森を見ない状態のときに、適切なアドバイスをしてくれたこともある。

「ハイケ・ヴェルシュ？」コージマが驚いてたずねた。

「知っているのか？」オリヴァーはとくに驚きはしなかった。コージマは顔が広い。

「知っているほどではないけど。わたしの古い友人のパウラと組んで、しばらく第一ドイツテレビジョンの文芸番組をやってた。何度か会ったことがあるわ」

「パウラ・ドムスキーと友だちなのか？　はじめて聞くぞ！」

「あなたに会う前の話だもの」コージマは微笑んだ。「パウラとわたしはハンブルクのヘンリ＝ナンネン・ジャーナリスト学校の初年度にいっしょだったのよ。でも、あなたも会っているかも。彼女、ひとり暮らしをする前、わたしのアパートに数ヶ月いたから」

オリヴァーには記憶がなかった。とくに印象に残らなかったのだろう。それにハンブルク時代は三十八年も前のことだ。

「今でも連絡を取っているのか？」オリヴァーはたずねた。

「いいえ。数年前にマンハイムのドキュメンタリー映画祭で偶然に顔を合わせて、いっしょにワインを飲んだだけ。たしか子どものためにフランクフルトからリーダーバッハのテラスハウスに引っ越したとぼやいていた。クールな都会人のつもりが、郊外に住む母親になって、情けなさそうだった」

コージマが話すのに疲れてきたようなので、オリヴァーは話題を変えることにした。コージマは、オリヴァーとゾフィアの家出劇がどんな様子だったかたずね、ゾフィアからもらったビデオメッセージをオリヴァーに見せた。

「すっかり小さな農婦気取りね」コージマは微笑ましそうにいった。「馬糞《ばふん》の片付けやトラクターの運転ができたと喜んでる」

「一番下の孫が領主の血を受け継いだ、とわたしの父が喜んでいる」

「あの子ならしっかり土地を管理すると思うわ。母には、わたしの分の遺産相続はあなたと子どもたちを指定するように頼んだ」

「コージマ、きっと助かる！　気持ちを強く持たなくては！」

「もちろん生きていたいわ。でもね、鏡を覗くと、肩のあたりでにやにやしている死神が見えるのよ。仮に今回生き延びることができても、相続税を二度支払うことはないでしょう。ものすごく相続税がかかるのよ」

コージマが手を伸ばしてきたので、オリヴァーはその手をつかんだ。

「わたしはひどい母親だった。だめよ、否定しないで！　子どもたちを育てたのはあなた。わたしではなかった。家族を大事にして、子どもにいい価値観を与えた。あの子たちが今あるのは、あなたのおかげよ。わたしは母親失格」

「別れの言葉みたいじゃないか」オリヴァーは不安な気持ちを見せないよう、意識的に軽口を叩いた。だがもちろんコージマはオリヴァーの気持ちを見抜いていた。彼女は二日前よりも顔色が悪い。苦しんでいるコージマを見て、オリヴァーは心臓が引き裂かれそうだった。

「先生の話では、きみの腫瘍《しゅよう》マーカーの数値がよくなり、癌が小さくなっているらしい」そういうと、オリヴァーはコージマの華奢《きゃしゃ》な手をそっと握った。「きっと乗り越えられるよ、コージマ！　いっしょに頑張ろう！」

「感謝するわ。お見舞いにきてくれてありがとう」コージマは頭を枕に沈め、別の手をオリヴァーの手に重ねた。「世界中を股にかけた。とんでもない僻地《へきち》まで行った。でもアイルランドだけは行きそびれた。幼いときから、斑《まだら》の馬に馬車を引かせて、ロマの人たちとあの緑の島を旅するのが夢だったの。カネマラ。ゴールウェイ。コーク。メキシコ湾流が暖かいから、ヤシも育つそうよ。いっしょに行ってみない？」

オリヴァーは胸がつぶれそうだった。忌まわしい病気がこの強い女性の体から生気を奪う様を見るのはあまりに辛かった。本当に別れの言葉のつもりだろうか。病気に打ち勝てないと感じているのだろうか。

「ああ」そうささやくと、オリヴァーは目に涙を浮かべているのを見られないように彼女の手を頬に当てた。「そうしよう、コージマ。約束する」

＊

窓の外はすっかり暗くなっていた。今週は営業会議もあって、みんな、しんどかったのか、ほとんどの社員が早めに退社した。清掃員も仕事を終えていた。ユーリアはあくびをして背筋を伸ばし、目をこすった。遅くまで働くのは苦ではない。社内が静かになり、電話の呼出音が聞こえなくなるときが一番仕事が捗《はかど》る。

だがこの数日はいつもと違っていた。とくに今日の昼は、社長とロート部長が刑事に事情聴取されたという噂が野火のように社内に広まり、さまざまな憶測を呼んだ。ユーリアは午後、受付嬢から耳にしたと編集部の同僚が話しているのを給湯室で聞いた。はっきりしたことはだれも知らなかったが、刑事の来訪はヴェルシュの行方不明と関係があるはずだ。ユーリアは献辞の変更がうまくいったという報告にかこつけて、ヘニング・キルヒホフに電話をかけ、ついでのようにヴェルシュのことを訊いてみた。残念ながら、新しいことはなにも知らないといわれた。法医学者にも守秘義務があるから、知っていてもいわなかっただけかもしれない。時計を見ると、もう九時半になっていた。帰宅する時間だ。明日はミリー・フィッシャーの写真撮影があるから早起きしなければならない。

　ユーリアはコンピュータを終了させ、荷物をまとめながら、またしても社長がヴェルシュの行方不明に関係しているような気がした。屋内市場で社長と偶然出会って、午前中を楽しく過ごしてから、ユーリアはよく社長のことを思った。インターネットで社長について情報を集めたこともある。ストーカーをしているみたいで、少し気が引けたが、社長をめぐる謎は深まるばかりだった。LinkedIn や求人プラットフォームのXING、さらには業界誌の〈ブーフレポルト〉や〈ベルゼンブラット〉誌（ドイツ書籍商組合の機関誌）を通して、社長のキャリアはくまなく知ることができたが、私生活についてはまったくといっていいほど情報がなかった。一年半前に社長に就任したときに詳しい人物紹介がフランクフルター・アルゲマイネ・ツァイトゥング紙に掲載されたが、社長は家族については話しても、交際相手の影が一切なかった。インターネットを検索しても、社長が女性といっしょの写真はなかったし、男性といっしょに写っているものさえ見当たらなかった。ウィキペディアの記事も、わずか数行しかなかった。ハンサムでキャリアもある知的な男性がなぜ独身なのだろう。魅力的な外見の裏になにか秘密が隠されているのだろうか。屋内市場で過ごしたひととき、社長は少しだけ自分を見せた。好きなことや嫌いなことを話してくれはしたが、あくまでユーリアがいったことに反応しただけだ。自分からなにかいうことは一度もなかった。

ユーリアはデスクライトを消して、オフィスを出た。夜遅いときはエレベーターに乗らないことにしている。万が一故障して閉じこめられたら大変だ。非常灯の淡い光に照らされた階段で自分の足音が反響した。

カール・ヴィンターシャイトのことを考えていて、ユーリアは二年前の夏に気が合って交際したレナールトのことが脳裏に浮かんだ。彼は若い頃のレオナルド・ディカプリオにそっくりで、しきりにユーリアにいい寄ってきた。はじめの数ヶ月は信じられないほど幸せだった。それまでそんなに人を好きになって、親密な関係になったことがなかったからだ。だがそれも、レナールトの本性がわかるまでだった。彼が話したことはなにひとつ本当ではなかった。ユーリアは知らず知らずのうちに家族や友人たちと疎遠になった。ユーリアがだれかに会うと、彼がきまって不機嫌になったからだ。彼がすげない態度を取ったり、怒りを爆発させたりすると、ユーリアは何度もあやまり、関係を元どおりにしようとした。彼はそういう不誠実なやり方で、とうとうユーリアの人生で唯一の人間になった。ユーリアは自分に起きていることを認めようとしなかった。三十一歳になっていたし、大学を出て、責任ある仕事についていた。だがレナールトが当たり散らすと、ユーリアは黙ってしまった。やがて彼がユーリアのスマートフォンをチェックし、日に何度も電話をかけて罵《ののし》るようになって、ユーリアはさすがにこれ以上は無理だと思うようになった。まわりの人たちはとっくに気づいていることだった。しかし別れるのは簡単なことではなかった。彼は納得せず、ユーリアにつきまとい、嫌がらせをした。結局、彼から解放されるために、暴力に対する保護支援を申請して、住んでいた町を離れた。いまだにそのときのことが尾を引いていて、男性を信頼できず、人を見る目に自信が持てなかった。

カール・ヴィンターシャイトも同じような体験をしているのだろうか。彼の目にときおり浮かぶ暗い影はどこから来ているのだろう。彼には魅力を感じるが、同時にどう評価していいかわからず、不安を覚える。彼に好かれているだろうか。それとも、考えすぎだろうか。このあいだ屋内市場でおしゃべりに興じたのは、よく働く社員へのただのサービスだったのかもしれない。今頃、だれか女性と夕食をとり、ユーリアのことなどなにも考えていないかもしれない。そんなことを思うなんて、みじめったらしい。けれども、そのせいでさびしい気持ちになった。右も左もわからない都会で、ユーリアはたしかに孤独だった。

一階に着くと、裏口に向かった。金曜日は午後八時以降、表玄関が施錠され、警報装置が作動するからだ。そのとき頭上で、エレベーターの動く音がした。ユーリアはびっくりした。他にもだれか社内に残っていたのだろうか。ユーリアはどきどきしながら、郵便集荷所に通じる廊下にさがった。ロート部長がエレベーターから出るのが見えた。彼はすぐそばを通り過ぎた。すぐに裏口が開く音がした。ところがロートは立ち去らず、だれかを中に入れた。

「来てくれてありがとう」ロートの声がした。重い扉がばたんと閉まった。来訪者の返事がその音にかき消された。こんな夜遅く、いったいだれを出迎えたのだろう。ユーリアは姿を見られないように壁際に身を寄せた。胸の鼓動が激しく高鳴った。なんで隠れたりするの、馬鹿みたい、と自分をしかった。

「わたしのオフィスに行こう」ロートの声がした。いまさら姿を見せるわけにはいかない。ユーリアは、エレベーターが上昇するのを待ってから外に出て、重たい防火扉を静かに閉めた。

三日目

二〇一八年九月八日（土曜日）

ピアはバート・ホンブルク病院の健康増進センターを出ると、リュックサックの横のポケットから駐車券をだして精算機に差した。この一年ほど二週間に一度の割合で病院を訪ね、脊柱《せきちゅう》起立筋のトレーニングマシンにかかっている。その甲斐あって、八ヶ月前から背中の痛みを感じないし、手術や薬や注射の世話にもならずにすんでいる。ピアは何年も背中の痛みに悩まされてきた。ナイフで刺されるような痛みまで感じることがあった。それでトレーニングメソッドを試すようにすすめられた。脊椎《せきつい》の損傷は完治することができず、このトレーニングを実践することでなんとか仕事を含む日常をこなしていた。

精算機は支払いを要求しなかった。ピアはがらがらの駐車場にぽつんと止まっている自分の車へ歩いていった。これもまた早起きの長所だ。リモコンで解錠した。助手席のフットスペースで丸くなっていたベックスが頭を上げ、耳を立ててうれしそうにハアハア息をした。ピアは運転席にすわり、ルーフを開けた。時間も早いし、森での捜索がはじまる前にベックスと散歩することができる。だが発進しようとしたとき、スマートフォンが鳴った。カイが捜査十一課のチャットにメッセージを送ってきたのだ。

〝森林作業員がケーニヒシュタインとマンモルスハインのあいだの森で死体を発見。ヴェルシュかどうか確認を求む〟

〝十五分で行く〟

そう返信して、ピアは出発し、オーバーウルゼルの手前で国道四五五号線に曲がった。クローンベルクのオペル動物園のそばを走って、ケーニヒシュタインに向かう。動物園を通り過ぎるとき、職員用駐車場に置いていった夫のゲレンデヴァーゲンが見えた。ピアは思わず微笑《ほほえ》んだ。ふたりは意地を張ってだんまりを決め込んでいたが、昨晩、ほぼ同時にハートの絵文字を送って、電話で話をした。これで仲直りだ。ピアは今晩、家でクリストフと過ごせるのが楽しみだった。

早い時間帯だったので、ケーニヒシュタインの道は空《す》いていた。ピアは環状交差点の四つ目の出口で曲がり、四十八キロで速度監視カメラの前を通り過ぎた。鉄道病院を過ぎたところで、バート・ゾーデンへ向かう道に左折した。背の高い広葉樹が道路まで枝を伸ばし、日射しをさえぎる緑のトンネルになっていた。道路の左側に止まっているパトカーを見つけて、ピアは速度を落とし、ウィンカーをだして、女性警官のそばで止まった。女性警官は遮断機を上げ、腕組みをして立っていた。

「おはよう！」ピアは挨拶して、サングラスを取った。

「おは……あら、やだ！」女性警官ジルヴィア・ヴィッティヒがびっくりしてあとずさった。

ベックスが体を起こしてあくびをし、鋭い牙を見せたからだ。

「交通規則違反ですけど」ヴィッティヒは充分に距離を置いてピアにいった。「犬はドライブケージに入れる規則になっています。助手席にそのまますわらせておくなんて」

ワン！　ベックスが助手席に乗って尻尾を振った。

「わかってるわ」ピアは苦笑いした。「夫がドライブケージを自分の車に乗せたまま出かけてしまってね。それにいつ帰るかわからなかったので、車に乗せてくるしかなかったのよ」

「二、三週間前にも同じことをいいませんでしたか？」女性警官は苦笑した。「そのときに注意したはずです。甘く見てもらっては困ります、刑事！」

「ごめんなさい」

しかし女性警官は容赦がなかった。

「道路交通法はご存じですね。三十ユーロの罰金です。危険を及ぼした場合は六十ユーロとフレンツブルク加点一（交通違反を警告する加点制度で、五十五ユーロ以上の罰金の場合、一点が加算される）となります。この場で払いますか？　それとも請求書を送ります？」

「すぐ払うわ」ピアはベックスをフットスペースにさがらせると、リュックサックから財布をだし、女性警官にECカードを渡した。「現金は持ってなくて」

「大丈夫です」女性警官がにこっと笑ってパトカーへ行った。女性警官がカードリーダーを持って戻ってくるまで、ピアはじれてハンドルを指で叩いた。じつは自分に腹を立てていた。というのも、ヘニングから去年買い取ったボルボの旧型のＳＵＶにドライブケージを積んで自宅のガレージに止めてあったのだ。健康増進センターの往き来はミニを使い、そのあとそっちに乗り換えるつもりだった。まったくついていない。

女性警官は領収書とECカードをピアに渡した。

「はい、どうぞ」女性警官はこの一件を仲間に話して、一日楽しみそうだ。「林道を直進してください。倒木が多いので気をつけてくださいね。ドライブケージを積んでいない、かわいい車を壊したら大変ですから」

「ご忠告痛み入るわ！　戻ってきたら、また罰金を取られるのかしら？」

「規則どおり犬をリードでつないでおけば、違反になりません」

「わかったわ」ピアは微笑んで見せながら、帰りは別の道を通れないか考えた。「では、ご機嫌よう！」

ピアは砂利を敷いた林道を徐行した。倒れたばかりの木が道端に積まれていて、あたりに樹脂のにおいが充満していた。ベックスは助手席にすわり、片方の前脚をダッシュボードについてキョロキョロしていた。木漏れ日が林道を照らしている。重量級の林業機械が枝を払ったところには無数の枝が落ちていた。ピアは障害物を避けようとしたが、数百メートル走ったところで無理だと判断した。ミニの最低地上高は十五センチしかない。路面の凹凸《おうとつ》や枝に引っかかって立ち往生する恐れがある。

「おいで、ベックス」ピアはルーフを閉じて、首輪にリードをつけ、ベックスを車から飛びおりさせた。それからリュックサックを肩にかけて、徒歩ですすんだ。スニーカーで踏みしめた砂利がきしんで音を立てる。あたりは鳥のさえずりや虫の羽音であふれていた。死体を見るために歩いているのでなければ、散歩を楽しめるところなのに。ベックスのおかげで、バート・ゾーデン、マンモルスハイン、ケーニヒシュタインに囲まれた森林地帯にはずいぶん明るくなっていた。十五分ほど歩くと、黄色い巨大な林業機械が見えてきた。立木の伐倒《ばっとう》に使うハーヴェスターという機械で、崖ぎりぎりに止まっていた。そのまわりに作業員が数人立っている。林道の右側は急な斜面になっていて、岩だらけの峡谷が口を開けていた。その峡谷は数キロ先で緑地のジューセス・グリュントヒェンにつながっている。よく見ると、斜面の一部が崩れている。最近土砂崩れを起こしたようだ。トウヒが数十本、倒れたり、折れたりしていて、峡谷と谷底につづく細い道に折り重なっている。なんだか巨大なミカド（竹ひごを使ったテーブルゲーム）のようだ。

「おはよう！」ピアはベックスを見てあとずさった作業員たちに声をかけた。「ホーフハイム刑事警察署のものです。捜査十一課のピア・ザンダー首席警部」

「ずいぶん遅かったな」森林作業員のひとりがいった。

「もう一時間もここでだらだらしている」別の森林作業員が文句をいった。

ピアは作業員の文句を聞き流してたずねた。

「責任者は？」

「俺だ」上のほうから声がした。ピアとベックスはそっちを見た。道の上手《かみて》の木のあいだにダルタニャンそっくりの男が立っていた。カールのかかった黒髪が肩にかかり、口髭《くちひげ》と顎鬚《あごひげ》を生やしている。歴史映画の撮影をしていたといっても通りそうだ。といっても、身につけているのは胴着とフリルシャツと羽根つき帽子ではなく、なんの変哲もないジーンズと作業靴だったが。足取りも軽く斜面を下りてくると、みんなの前で立ち止まった。年齢は三十代半ばで、がりがりに痩せていて、目つきは鋭いが、チャーミングな笑みを浮かべていた。

「ヘッセンフォルスト（州有林の管理運営を行う公企業体）のヴォータン・ヴェラスケス。ここの管轄主任だ」

「ええと……なんですって？」ピアは聞き間違えたかと思った。だが男はそういう反応に慣れているようだ。

「ヴォータンという名は母がつけたんだ。母は北欧神話が好きでな（ヴォータンは戦争と死の神であるオーディンのドイツ語名）」ヴェラスケスは肩をすくめながらいった。だが子どもに奇妙な名前をつける人間はすくなくない。「父はスペイン人なんだ。ヘッセンフォルストで働いている」

ピアは管轄主任に身分を告げて、死体がどこにあるかたずねた。

「峡谷の底だ。今朝、偶然発見した。週頭に嵐が来たので、重機を森に入れて、倒木を撤去することになっていたんだ。案内する」

ピアはベックスを連れ、管轄主任について小道を登った。そして歩きながら行方不明の女性がいて、その女性のスマートフォンが最後にここの基地局につながっていたことを伝えた。ピアは落ち葉に隠れて見えない根っこや苔《こけ》に足を取られないように気をつけなければならなかった。ヴェラスケスはすいすい歩いた。

森は目も当てられない状態だった。夏のはじめには、うっそうとして薄暗かったのに、今は峡谷のまわりに空き地ができている。背の高いトウヒはふだん深緑色なのに、葉が落ちて、赤みがかった灰色の樹皮が露《あら》わになっている。

「これ、週頭の嵐で倒れたんですか？」ピアはたずねた。「先週はまだこんなじゃなかったですけど」

「ああ、そうなんだ。先月は高温で日照りがつづいたからね。トウヒは弱って、キクイムシに耐えられなかった」管轄主任は片手を振りながらいった。「キクイムシが繁殖しないように、四月からこっちずっと枯死した樹木を森から運びだしている。秋がおだやかで、春が暖かくて、乾燥していると、キクイムシは大量発生する。最近はそういう年が多い。気候変動のせいだ」

倒れたトウヒの巨木の梢《こずえ》が道を塞いでいた。ヴェラスケスは足を止め、崖の下を指差した。

「この下だ。そこの木が道に倒れていなかったら、死体は絶対に見つからなかっただろうな」

「死体にだれか触ったり、動かしたりしました？」ピアがたずねた。

「いいや」ヴェラスケスは首を横に振った。「うちの連中はすぐ作業を中断した。死体や人体の一部をよく見つけるんだ。人骨もよくある。数年前にはアルトケーニヒの森でマウンテンバイクといっしょに白骨死体が見つかったっけ」

ピアはマウンテンバイクの話は、ユッカにたかるクモ（現代の伝説を集めた同名タイトルの本がドイツで出版されている）と同じで現代の伝説だろうと思っていたのでびっくりした。そんなことを思いながら、ピアは目を凝《こ》らしてみたが、上からではなにも見えなかった。いいや、そんなことはない！　下の草むらでなにかがきらっと光った。日の光が金属に反射したようだ。なんだろう？　ベルトのバックルだろうか？

「たぶん足をすべらせて滑落したんだろう」そういって、ヴェラスケスはまた歩きだした。「ちゃんとした靴をはかずに森に入ると、よくそういう目にあう」

谷底までは四、五十メートルあった。死体はどのくらいそこに横たわっていたのだろう。高温の中、何日も戸外に横たわっていた人の死体がどんなことになるかよくわかっていたので、ピアは心構えをし、斜面の残り三分の一を下った。ヴェラスケスはカモシカのように確かな足取りですすみ、シダやブラックベリーやイラクサの茂みをかきわけた。ピアは汗だくになった。ブラックベリーの刺《とげ》がジーンズに引っかかる。一度なにかに足を取られて、転びそうになった。谷底に近づくにつれ、甘い死臭がしだいに強くなった。ヴェラスケスは干上がった川筋に沿ってピアを案内した。何度か岩や倒木を乗り越えて、目的地に辿《たど》り着いた。

「そこの倒木の下だ」ヴェラスケスがいった。

ピアはベックスのリードを倒木の枝に巻いて、ラテックスの手袋をはめた。あたりは腐乱死体に群がるハエの羽音に包まれていた。死臭は強烈で、さすがのピアも吐き気を催し、何度か口だけで呼吸した。しばらくして死臭に慣れると、新鮮な空気もあったので、閉じた室内よりはましだった。ピアはうつ伏せになった死体のそばへ行ってしゃがんだ。服装の感じからすると女性だ。オリーブ色のTシャツの上にベージュの薄いベストを着ている。カーゴパンツも同色で、白っぽいスニーカーをはいている。そして手首にはノルディックウォーキング用ストックの紐がかけてある。さっききらっと光ったのはそのストックだろう。灰色のショートカットから覗く首筋の皮膚はすでに緑がかっている。ピアの期待が急速にしぼんだ。ハイケ・ヴェルシュなら、赤い巻き毛のはずだ！　しかし同じ森の中で死体を二体も見つけるなんてなかなかあることではない。ピアはスマートフォンをだして、まず死体を見つけた状況を記録するため、いろいろな角度から写真を撮った。

「死体を裏返したいんですけど、手伝ってくれます？」ピアはヴェラスケスに頼んだ。

「いいとも」そういって、ヴェラスケスは近くに寄ってきた。

「見るに堪《た》えませんよ」ピアは警告し、ラテックスの手袋をもうひと組、リュックサックからだしてヴェラスケスに渡した。「吐くときは、死体にかからないようにしてください」

「大丈夫だ」ヴェラスケスはピアを安心させた。「死と腐敗は自然のサイクルさ」

「じゃあ、やりますよ」

死体に触り、状況を変えれば、クレーガーとヘニングが怒るだろう。だが機動隊と死体捜索犬が出動する前に確かめる必要がある。ピアは死体のどこをつかんで、どっちに動かすべきかヴェラスケスに正確に指示をだした。ヴェラスケスは一切ためらわず、わずらわしいハエをものともしないで死体を裏返した。死体の顔はひどく膨張し、緑がかっていて、元の顔立ちがほとんどわからないほどだった。そのうえ鼻の穴や口からウジ虫が湧いてでて、顔の左半分が失われていた。おそらく動物に喰われたのだろう。ピアはしゃがんで、死んだ女性の頭部と顔を検視した。

「これが見えます？」ピアは、自分の横で地面に膝《ひざ》をついているヴェラスケスにそう訊いて、死体の頭部を指差した。

「損傷がある」ヴェラスケスが答えた。「滑落したときにできたのかな?」

「そうじゃないですね」ピアはヘニングと結婚していたとき、自宅よりも法医学研究所の解剖室で長い時間を過ごした。それにヘニングはすぐれた教師でもあった。おかげで結婚生活十六年のあいだに、水死体、焼死体をはじめ、腐乱死体のあらゆる腐敗状況を目にしたし、交通事故や銃撃や暴力行為の被害者や一見死因が不明確な死体も見てきた。ときには被害者の骨しか残っていないケースもあったが、法医人類学の専門家であるヘニングの手にかかれば、その骨から隠された秘密が明らかになることもあった。

「陥没《かんぼつ》箇所が左右対称でしょ」ピアはヴェラスケスにいった。「四角い。わたしには四角い鈍器による陥没骨折に見える。正確なことは頭皮を剥《は》いだあとの解剖結果を待つほかないけど」

ピアは死体のズボンの左のポケットにそっと手を入れ、スマートフォンをだした。右のポケットには鍵の束があった。ピアは自分のスマートフォンに保存してあったヴェルシュの写真をだし、死体の顔と見比べた。赤い巻き毛ではないのが謎だが、あれはきっと鬘《かつら》だろう。

「それで?」ヴェラスケスはピアの法医学的な解説に怯《ひる》むことなく、興味津々にたずねた。

「おたくが捜している女性?」

「どう思います?」ピアは彼にスマートフォンの画面を見せた。ヴェラスケスは写真をじっと見てから、死体にかがみ込んだ。

「同一人物だな」ヴァラスケスは自信を持っていった。「左の眉毛の横にあざのある女性がふたりいるとしたら、ものすごい偶然だ」

「わたしもそう思います。協力してくれてありがとう、ヴェラスケスさん」ピアは立ちあがると、チャットグループにメッセージを送った。

〝ヴェルシュ発見。捜索は中止〟

＊

八時少し過ぎ、カール・ヴィンターシャイトはこの二年ずっと泊まっているエッシャハイム門近くのホテルを出て、ブライヒ通りを横切り、五十メートルほど歩いて、シラー通りに曲がった。フランクフルトに帰ってきたとき、おじ夫妻はあまり歓迎しない様子だったが、会社所有の邸《やしき》に空き部屋があるから使うといいといった。だがおじ夫妻と同じ屋根の下で暮らし、家族を演じるのは気が進まなかった。ホテル住まいのほうが気兼ねがないし、独り身には便利だ。家具や絵画といった調度品を揃える必要もないし、家政婦を探す手間も省ける。毎晩、部屋はきれいになって、シーツやタオルは新しいものに替えてくれるし、サウナやスチームバスやフィットネススタジオが使い放題で、ビュフェ形式の豪華な朝食にもありつける。ホテルに長期滞在する客は珍しくない。ウド・リンデンベルク（ドイツのロック歌手）はハンブルクの高級ホテル、アトランティクに三十年近く暮らしているし、ファッションデザイナーのココ・シャネルも生涯、パリのホテル・リッツで過ごしたことが知られている。

カールは自分の車が止めてある会社の裏庭を横切ると、ドアのテンキーに暗証コードを打ち込んで警報装置を解除し、中に入った。彼は六階まで階段を上り、給湯室のコーヒーメーカーのスイッチを入れ、コピ・ルアクをひと匙《さじ》、コーヒーミルにかけた。数年前、インドネシアのスマトラ島に出張したときに知ったこのコーヒー豆を仕事前に一杯飲むのが、自分に許した唯一の贅沢《ぜいたく》だった。

デスクにつくと、コンピュータを起動して、コーヒーを飲んだ。秘書がデスクにのせておいた郵便物を手に取ろうとして、その手が宙で止まった。一番上にクッションつきのクリーム色の封筒がのっていたからだ。宛先はこの前と同じで、黒のフェルトペンで丁寧に書かれていて、〝親展〟と太字で書き添えてある。カールはその封筒を裏返した。差出人は書いてない。一昨日、郵便センター60でだされたことが消印からわかる。差出人が不明であることに、好奇心と腹立たしさが交差した。カールは片手で封筒の重さを確かめてみる。ミニカーが入っていたこのあいだの封筒よりもあきらかに重い。好奇心に負けて、炭疽菌《たんそきん》か神経毒が入っているとでもいうように恐る恐る封を切った。だが中から出てきたのはあやしげな粉ではなく、輪ゴムでとめた紙の束だった。封筒の中を覗いたが、このあいだと同じで他にはなにも入っていなかった。輪ゴムをはずすと、紙のあいだから写真が一枚落ちた。カールはその写真を見た。夏らしい服装の若者が六人、階段に立っている。男性が三人と女性が三人。背後の茂みと高い木のあいだに白く塗られた家の一部が写り込んでいる。写真の裏側にボールペンで〝ノワールムティエ島〟と書いてあった。日付はかすれていて、うまく判読できないが、1983/07だろう。その写真を脇に置くと、次に紙の束を見た。それがタイプライターで打った原稿だとわかって、カールは驚いた。最初の紙に大文字でタイトルが書かれている。『友情よ、永遠《とわ》に』。その下の文字を読んで、一瞬心臓が止まるかと思った。カタリーナ・ヴィンターシャイト作。母親の名だ!

どういうことだろう。悪い冗談だろうか。カールの両手がふるえた。その原稿をそのままゴミ箱に捨てようと思った。カールが学校に初登校する三日前に自殺して、自分を天涯孤独にした母親になど興味はない。母親が死んだとき、カールは小さすぎたため、母親にいい思い出を持っていなかった。母親にはおぼろげな印象しか残っていない。そのあと引きとってくれたおじ夫婦はカールの母親と父親のことをあまり話題にしなかった。そのうちに自分を産んでくれた女性の印象は薄れ、少年時代と孤独な寄宿学校時代には、思いだすのも嫌な存在になっていた。知りもしないし、なんの意味もない人に怒りをぶつけても、時間と感情の無駄でしかないと思った。

カールは原稿を見つめた。カタリーナ・ヴィンターシャイトは数枚の写真とたくさんの本と古い衣類以外ほとんどなにもこの世に残さなかった。まるでこの世に存在しなかったかのように。おばからは、母方の祖母も早くに亡くなっていて、母親は未婚の子で、男親は不明だと聞いていた。これまで母親に興味を覚える理由はまるでなかった。だが突然届いた原稿には好奇心を覚えた。自分の母親がこの紙に触れたと思うだけで、不思議な気持ちがした。ためらいがちに原稿をめくってみる。二枚目の真ん中に一文。献辞だ。

〝いつものように、永遠に。わたしの大事な宝物カールに捧ぐ〟

その一文に、カールは衝撃を受けた。目に涙が浮かび、同時に自分でもびっくりするほどの激しい怒りを覚えた。どうしてこんな献辞を書きながら、自分の命を絶って、幼い子をひとりにしたんだ。原稿を読む気にはなれない！　今は無理だ！　今は頭を整理しなければ。こんなものに心を惑わされてはいけない。原稿を封筒に戻すと、写真もその中に突っ込んだ。そのうち読もう。いつか。たぶん。

＊

自動車が四台、立てつづけにガタガタと林道をやってきて、黄色く塗られたハーヴェスターの後ろに止まった。鑑識班の青いワーゲンバス、ヘニング・キルヒホフの黒いSUV。葬儀会社のワゴンもヴェルシュの遺体を法医学研究所に搬送《はんそう》するためにやってきた。最後に着いた警察車両からオリヴァー、ケム、ターリクの三人が降りた。ピアは、オリヴァーが昨日と同じ服を着ていることにすぐ気づいた。彼らしくない。オリヴァーは身なりにすごく気を使う。ネクタイを毎日替えることは数年前にやめていたが。ベックスがオリヴァーたちをうれしそうに出迎えた。

「前もっていっておくけど、管轄主任とわたしで死体を裏返したわ」ピアは元夫とクレーガーに断った。「機動隊が出動する前に、ヴェルシュかどうか確かめる必要があったのよ。でも現場写真を撮っておいた」

「仕方ない」クレーガーが答えた。

「よくやった」ヘニングはうなずいた。「マリアの友だちに間違いないんだな？」

「ええ、間違いない」ピアはうなずいた。「あいにくだけど」

ヘニングとクレーガーは仕事道具を車から降ろし、つなぎを着た。ふたりはどっちが先に死体発見現場に着いたか言い張らなかった。子どもっぽい競争はすっかり影を潜めていた。ふたりは鑑識の部下ふたりを連れて仲よく管轄主任の後から谷底に下りていった。互いに罵《ののし》ったり、軽口を叩いたりしないとは。

「あのふたり、どうしたの?」ピアは首を横に振りながらふたりを見送った。

「ヘニングに鑑識の仕事を評価されたから、クレーガーはうれしいんだろう」オリヴァーが答えた。それからオリヴァーたちも谷底へ向かった。

「いまさら?」ピアはたずねた。「意外ね」

「ヘニングがうまくやったのさ」オリヴァーがにやっとした。「ミステリに登場する法医学者を通して、モデルのクレーガーをどう考えているか言葉にしたからさ。クレーガーは鼻が高いらしい」

ピアのスマートフォンが鳴った。カイはオーバーエムスにあるゼヴェリン・フェルテンの住所を突き止めたという。

「パトカーを向かわせようか?」カイがたずねた。

「いいえ、ボスとわたしで行くわ」ピアはオリヴァーをちらっと見ながらいった。オリヴァーは黙ってうなずいた。

クレーガーとヘニングも死体を見てすぐハイケ・ヴェルシュだと認めた。ヘニングが死体を見ているあいだに、クレーガーの部下が発見現場の写真を撮った。

「月曜の夜の経過がよくわからないわね」ピアは声にだして考えた。「ヴェルシュは買いものをするために父親を鎖につないだ。帰宅したとき、ゼヴェリン・フェルテンがいた。だから父親の鎖をはずせなかった。ところが、午前零時に近所の人が彼女を見たといっている。でも彼女の遺体は森の中にあって、ストックを手首にかけ、スマートフォンと鍵の束がズボンのポケットに入っていた。キッチンとゴミコンテナーの血はいつついたのかしら？」

「午前零時にはもう生きていなかったはずです」ターリクがいった。「ヴェルシュのスマートフォンは月曜日から火曜日にかけての夜、零時五分に基地局からはずれ、二キロ離れた別の基地局にふたたびつながっています。そして木曜日にそこで電池が切れています」

「真夜中にひとりで森を歩くかな？」ケムがみんなにたずねた。

「あんなに血を流したあとで？」ピアはそう付け加えた。

「それより買ったものはどうなったんだ？」

「あきらかな証拠が出るまでは、午前零時以降も生きていたと考えるべきだな」オリヴァーはいった。「だがターリクの勘は当たっているだろう。犯人がヴェルシュの鬘をかぶったのだろう。外は暗くて雨が降っていた。遠目には隣人でも見間違えるだろう」

「ありがとうございます、ボス！」ターリクは誇らしげににこっとした。

「ちょっといいかな」ヘニングがそういったので、全員が声のしたほうを向いた。「被害者がウォーキングをするつもりじゃなかった証拠がある。当たったら、わたしの新作発表会のＶＩＰチケットをあげよう」

「わたしは謎解きを遠慮するわ」ピアはいった。「もうチケットをもらってるから」

「くれるのなら、二枚お願いします。妻を連れていきたいので」ターリクがいった。

「では、謎を解いてみたまえ、オーマリー」ヘニングがきらっと目を光らせた。「正解だったら、最前列のチケットを二枚あげよう」

「オマリです」ターリクが訂正した。

みんな、ヴェルシュの遺体にかがみ込んだ。ヘニングは講義室にいる一年生を前にした大学教授のように腕組みをして刑事たちを見た。

「ストックが短いままだ」後ろに控えていた管轄主任がいった。「さっきから気になっていた。短いままでは使えない」

「すばらしい！　すごい観察力だ」ヘニングは満足そうに微笑んだ。「よくできた。ところでだれだね？」

「ヴォータン・ヴェラスケス。この森の管轄主任だ」

「興をそぐなよ！」ターリクが文句をいった。「わたしだって気づいたはずだ」

ピアはかがんで、ストックの一本を伸ばしてみようとした。だがきつくしまっていて、伸ばすのにかなり力が必要だった。

「たしかに。だれかが短くしたようね。滑落したときに短くなったとは思えないわ」

「ガレージでだれかが短くしたんだろう」オリヴァーがいった。「死んだヴェルシュを車のトランクに入れて、ここまで走ってきて、事故に見せかけようとしたんだ。だが慌てていて、ストックを伸ばすのを忘れた。それ以外は細かいところまで演出している。スマートフォンと鍵の束、スニーカー」

「ただし靴下ははいていないときた」ヘニングがいった。

「死因はわかるか？」オリヴァーはたずねた。

「頭部外傷のどれかだろう」ヘニングが答えた。「いくつかひどく陥没しているものがある。どれが死ぬ前で、どれが死んだ後か、そして死因かどうかは、解剖しないとわからない。だが死んだのがここでないのは間違いない」

「ありがとう、ヘニング」ピアはいった。「解剖はいつできる？」

「今日の午後にも」ヘニングはため息をついた。「かわいそうなマリア！　ショックを受けるだろうな」

感情を露わにするとはヘニングらしくない。いったいどうしたのだろう。

「よし、ピア、フェルテンのところに行こう」オリヴァーはいった。「ケム、ターリク、きみたちは鑑識の支援をしてくれ。遺体を車から降ろした場所と、谷に落とした場所を正確に知りたい。それからタイヤ跡のサンプルを取って、ラボで詳しく調べてくれ」

「わかった。だが俺の仕事にはあまり口をはさまないでほしいな」オリヴァーの指示を聞いたクレーガーがいった。

「そんなつもりはないさ」オリヴァーはいった。

ピアはターリクにベックスを預け、ベックスの好物と車のキーを渡し、来た道の出口で冥界の番犬ケルベロスのような女性巡査が三十ユーロをせしめようと手ぐすね引いているから、帰りは別の道を行くようにアドバイスした。それからピアはボスといっしょに斜面を登った。

「ヘニングとマリア・ハウシルトはいい仲のようですね」ピアはオリヴァーが乗ってきた警察車両のほうへ歩きながらいった。「本人は仕事上の付き合いだといってますが」

「付き合ったら悪いか?」オリヴァーはふと我に返っていった。

「悪くはないですけど。でもちょっとね」

「最近ヘニングがいっていた。人の目を気にせず、好きなことができてうれしい、と。研究所の寮に住めて、幸せみたいだぞ」

「すぐに結婚するとはいわないでしょうね」ピアは肩をすくめた。「たぶんいっしょに寝るだけなんでしょ」

「エージェントとしてはプロ意識に欠けるといわざるをえないな。それより、わたしも新作のゲラを読んだ。献辞も見た」

「あれは変更されます」ピアは頭に血が上るのを感じた。

「ヘニングにとって女性はきみしかいないんだ、ピア」オリヴァーがいったことは、ピアもヘニングのデビュー作を読んで思ったことだ。二作目の『死体は笑みを招く』でも、そういう気持ちが行間からにじみでている。ピアとしては複雑な気持ちだ。あの本はヘニングのピアへの愛情告白だった。クリストフもそのことに気づいていた。

「なにをいってるんですか! わたしは幸せな結婚をしているし、ヘニングとわたしはなんというか……腐れ縁《えん》みたいなものです」

「コージマとわたしの場合と同じだな。知り合って三十五年。子どもが三人いて、いろいろなことをいっしょに体験した。いろんなことで彼女とつながっている。カロリーネはそこを理解してくれないんだ。コージマが絡《から》むと、すぐに嫉妬する」

「でもコージマのお母さんのところで働いているんでしょ。なかなか微妙ですね」

「たしかに」オリヴァーはため息をついて数秒押し黙った。「じつはコージマに肝臓の一部を提供しようと思ってる」

ピアはびっくりして立ち止まった。

「なんですって？　そんな……知りませんでした……そんなに……悪いんですか？」

「ああ。移植しか助かる方法がない。もう時間がないんだ。癌《がん》は転移していないらしいが、転移したらもう手遅れだ。子どもたちはドナーになれなかった。コージマの母親も歳を取りすぎている。だがわたしがドナーに適していることがわかったんだ」

「それで、いつ……摘出手術をするんですか？」ピアは衝撃からなかなか立ち直れなかった。

「危険はないんですか？」

ピアが持っている生体肝移植の知識は、アメリカの病院を舞台にしたドラマ「グレイズ・アナトミー　恋の解剖学」から得たものだ。だが気軽にドナーになれないことくらいわかる。

「もちろんリスクはある。肝臓の一部を摘出する手術だからな。でも、肝臓は比較的早く元の大きさに戻るらしい。移植された肝臓もな。必要な検査はすべてすませた。五十八歳だから、許可される年齢にもぎりぎりセーフだ。六週間前から酒もタバコもやめている」

「びっくりです。コージマのためにそこまでするとは。カロリーネはなんといってるんですか？」

「カロリーネは知らない。わたしとコージマの家族以外で知っているのは、今のところきみだけだ」

ふたりは車のところに辿り着いて、乗り込んだ。

「カロリーネにはなにもいう権利はない」オリヴァーはシートベルトをしめた。「昨日家を引き払った」

「本当に？　それで服をすべて置き去りにしたんですか？」ピアはエンジンをかけて車をバックさせ、林道の広いところで向きを変えた。

「そのとおりだ」オリヴァーはふっと笑った。「なんでわかったんだ？」

「昨日と同じシャツとズボンだから」

「そして今日も買いにいけなければ、これを着つづけるしかない。グレータにやられた。車に傷をつけられ、服はすべてズタズタに切られてスパゲッティ状態さ」

「なんですって？」ピアはアクセルを踏んで、信じられないというようにボスを見つめた。だがオリヴァーには、クローゼットの中身よりも新しく得られた自由のほうがはるかに大事だった。だから昨日カロリーネの家でなにがあったか話しながら、何度も笑った。

「笑いごとじゃないですよ」ピアは路上に立っているヴィッティヒ巡査に会釈すると、州道に出た。「精神科医にかかるべきです」

「わたしもそう思う。母親もかかるべきだ。だがもうわたしの問題ではない。あらゆる手を尽くしたが、うまくいかなかった。だから終わりにした。最悪の状況を終わらすほうが、終わりなき最悪の状況よりはるかにいい」

＊

午前中もまだ早かったので、国道八号線は週末を郊外で過ごす人の車で混んでいなかった。ピアたちは快調に車を走らせた。オリヴァーは、マイン＝タウヌス・センターにある下着ショップにいるという長女のロザリーになにが欲しいか電話で教えた。ピアはボスの服のサイズに興味はなかった。それよりコージマの病状を知ったときは本当にショックだった。コージマとはじめて出会ったのは、十三年前の夏だ。ホーホハイムのぶどう畑の丘で上級検事の死体が発見されたときだ。ピアが白樺農場《ビルケンホーフ》を買って、刑事に復帰した頃だ。あれはオリヴァーと組んで解決した最初の事件（既刊『悪女は自殺しない』）だった。その後もコージマにはよく会ったし、オリヴァーの結婚生活が破綻《はたん》したのも近くで見ていた。だがオリヴァーとコージマは三人の子どもを接点にしてふたたび近しい間柄になった。それにしても、あの活動的な女性が、自分よりも少し年上なだけなのに、肝臓移植をしなければ死んでしまう状況にあるとは。

グラースヒュッテンの市外に出たところで、オリヴァーは注文を終えた。

「よし、鶴が自宅にいるといいんだが」そういって、オリヴァーは手をもんだ。「死体をゴミコンテナーに突っ込むようなことが作家にできるとは思えないが、自分の犯行を隠すために死体を森に捨てるくらいはするだろう」

「それって差別じゃありませんか？　作家と他の犯罪者のどこに違いがあるんですか？　昨夜

インターネットで調べてみましたが、人殺しをした作家って、意外に多いですよ。妻の遺体をひき肉にして、ハトに与えた作家がオランダにいるようです」

「本当か？」オリヴァーは顔をしかめた。「どうして発覚したんだ？」

「間抜けな話で、その作家は妻の頭骨を庭の四阿《あずまや》の下に埋めて、数年後、その家を売ったんです」ピアはめざす集落に入ったので、車の速度を落とした。ナビによると、集落を通りぬけたあとの道を右折することになっている。道は森に沿って延びている袋小路だ。

「あれですね。四八番地」ピアはエンジンを切った。「住んでいるようには見えませんね」

ふたりは車から降りて、その平屋の家へ歩いていった。窓のシャッターがすべて下りている。明るい晩夏の昼間だというのに、大きなトウヒの陰になって、家は薄暗く、人の気配がなかった。屋根は苔とトウヒの落ち葉に覆われ、敷地を囲む木製のフェンスは腐って、ところどころ壊れていた。

「ユーチューブにアップされているインタビューで、フェルテンはこの家のことを話している。前の所有者がガレージで首を吊った事故物件だそうだ」オリヴァーがいった。

「なるほど」ピアは思わずガレージのほうを見た。「それは鶴にぴったりの巣ですね」

ピアは名前のない錆《さ》びついた郵便受けの横にあるベルを鳴らした。反応がなかったので、ガタのきた小さな門扉を開けて、敷地に足を踏み入れた。

「最近ここを車が通っている」

雑草の中に残っている轍《わだち》はガレージへと延びていた。オリヴァーはかつて前庭だったらしいところを横切って、古ぼけたシャッターを少しだけ上げてみた。

「車がある。フランクフルト・ナンバーだ」

「前の所有者の幽霊が恐くないようですね」ピアは意を決して拳骨でドアを叩いた。「フェルテンさん！　刑事警察です！　ドアを開けてください！」

しばらくなにも起きなかった。ピアが家をひとまわりしようとしたとき、ドアが少しだけ開いた。タバコの煙がピアのところまであふれでた。暗がりから、無精髭を生やした色白の男が覗いていた。華奢《きやしや》な体つきで、裸足《はだし》。そして目が虚《うつ》ろで、シミだらけの白いTシャツと灰色のジョギングパンツという出で立ちだった。

「ゼヴェリン・フェルテンさん？」オリヴァーがたずねた。知っている写真とまるで違う。写真のフェルテンは不遜な感じの人物で、二重顎で、髪をきっちり七三に分け、ワイシャツに袖なしのプルオーバーを着ている。だが今、目の前にいるみすぼらしい人物にその面影はない。自信ありげな表情はすっかり影を潜め、贅肉《ぜいにく》が落ち、若くすら感じられた。

「だれだ？」フェルテンはオリヴァーとピアをじろじろ見た。

「刑事警察の者です」オリヴァーは身分証を呈示した。フェルテンの目がきらっと光った。

「刑事さんか！　よかった、よかった。報道陣のハゲタカどもに見つかったのかと思いました」フェルテンは本当にほっとしているようだった。「入ってください。そろそろ来る頃だろうと思っていました」

＊

九月の空は筋雲が数本あるだけで、他に雲はなく、太陽が笑顔を振りまいていた。午前九時二十分ちょうど、ミリー・フィッシャーはフランクフルト中央駅に到着した。普段はまだ寝ている時間のはずなのに、上機嫌だった。ユーリアは約束どおり彼女を駅で出迎え、タクシーで九時四十分にヴィンターシャイト邸に到着した。アーニャ・デラムーラとカメラマンとそのスタッフがすでに待機していた。作家の写真撮影をよく手配しているアーニャは広い庭園に立つ瀟洒《しょうしゃ》な園亭を撮影場所に選んでいた。何十年にもわたる風雪で園亭の大理石の壁面には亀裂が走り、ツタが丸屋根を覆うほど繁茂していて、儚《はかな》げな魅力をたたえていた。使用人兼庭師兼運転手であるヴァルデマール・ベーアが準備を整え、ちょっとした軽食とコーヒーと冷えた飲みものを用意していた。おかげでユーリアはやることがなかった。メイクアップアーティストは小さなテーブルに化粧道具を広げていた。メイクパレット、メイクブラシ、ペンシルアイライナー。

ミリー・フィッシャーは幸い、世話のかからない作家だ。アーニャやメイクアップアーティストを相手にしておしゃべりに興じながら、メイクやヘアセットをしてもらっていた。そのあいだに女性カメラマンは光の具合を確かめ、試し撮りをした。庭園の少し奥、長い進入路の先に邸がある。石灰砂を蒸圧した黄色いブロックで建てられた豪邸で、十九世紀末の建築物だ。元は初代社長夫妻の私邸で、今は有名なリープマン文庫が収蔵されている。

ユーリアはコーヒーを注いで、チョコレートクロワッサンを取ると、少し離れたところにある大きなイチョウの下の白いベンチに腰かけた。もう一年半働いているが、ここに来るのははじめてだ。エンターテインメント部門の編集者は、アンリ・ヴィンターシャイトが催すこの豪邸での集まりにはお呼びでないらしい。古株だけの特権なのだ。こういうところに住めたらどんな気分だろう。大きな老木のまわりで、小鳥がさえずっている。とても牧歌的で、田舎にいるような気がする。ここが都会の中心地だなんて信じられない。邸と庭園を写真に撮ってもいいだろうか。ユーリアはコーヒーカップを置くと、ショルダーバッグからスマートフォンを取りだした。驚いたことに、九時五十六分にカール・ヴィンターシャイトからメッセージが届いていた。

〝ブレモーラさん、土曜の午前中に申し訳ない。よかったら会いたいと思っています。会社に来ることはできませんか？　もちろんあなたに時間があればですが〟

ユーリアはメッセージを二度読んだ。ぽっと胸が熱くなった。なんの用だろう。どう反応したらいいだろう。社長が土曜日に会社で会いたいなんて。月曜日まで待てないなにか大事なことがあるんだろうか。なんかゾクゾクする。だけど違和感もある。仕事の話ではないのはたしかだろう。まさか……。

「おはようございます、ブレモーラさん。問題はないですか？」背後から声をかけられて、ユーリアははっとして振り返った。

「あら、ベーアさん。ぜ……ぜんぜん気づきませんでした」ユーリアは口ごもって、スマートフォンをポケットにしまった。「ええ、ありがとう。すばらしいです。本当に感謝します！」

「どういたしまして」ベーアは微笑んだ。ユーリアは彼の気取らない丁寧さが気に入っていた。

社内やイベントではユーリアのまわりはいつも目まぐるしいが、彼は決して自分のペースを崩さずに、どんな問題でも解決してくれる。そのうち、園亭で写真撮影がはじまった。ミリー・フィッシャーは園亭の入り口のステップでポーズを取った。すわったり立ったりしながら、これ以上に美しいものなどないとでもいうようにカメラに向かって微笑む。撮影の合間にメイクアップアーティストがさっと近寄って、顔に白粉《おしろい》をつけたり、髪や衣服を整えたりしている。

「ふう！　ああいうのは、わたしには務まりません」ユーリアはいった。「わたしは後ろに控えているほうがいいです」

「同感です」ベーアはそういって、にっこり笑った。

そのとき鍛鉄《たんてつ》製の大きな門がひらいた。深緑色のジャガーが門をくぐり、砂利を敷いた進入路を走って、邸に向かった。

「ああ、来たようですね」ユーリアはベンチから腰を上げた。ドロテーア・ヴィンターシャイト＝フィンクとその夫が車から降りた。営業部長のドロテーアは撮影を見にくるといっていた。実際、ミリー・フィッシャーは出版社の大切な新しい顔だ。彼女を大事にしていると感じてもらう必要がある。ミセスＷｉ－Ｆｉは芝生を横切ってきた。撮影が少し中断し、営業部長が作家やカメラマンと少し言葉を交わす時間を取った。だがどこか無理に微笑んでいるように見える。そのあと営業部長はアーニャとユーリアのほうを向いた。

「あいにくいっしょにランチをすることができなくなったわ」ドロテーアは沈んだ声でいった。「ロートが昨日事故にあったの。夫とわたしはこれから母を連れて、病院へ行く」

「ロート部長が事故？」ユーリアはショックを受けて訊き返した。背筋が寒くなり、嫌な気分になった。ユーリアは昨夜、ロートが会社の裏口でだれかを出迎えるのを見ていた。

「ええ。でも詳しいことはわからないの」ドロテーアは答えた。「なにかあったら、いつでもいいから、わたしのスマートフォンに連絡をちょうだい」

アーニャは、すべてうまくやっておくと約束した。

「また酒に溺《おぼ》れたんじゃないの？」ミセスＷｉ－Ｆｉが離れていくと、アーニャがいった。「飲んだら運転しちゃだめなのに」

ユーリアはなにかいおうと思ったが、ヴェルシュが行方不明になったことをアーニャが知らないことに気づいた。知り合いが同時にふたりも不幸に見舞われるなんて、偶然だろうか。ミセスＷｉ－Ｆｉは邸に入り、はじめて見る夫はジャガーのフェンダーにもたれかかって、ベーアと話をしていた。

「なんで大奥さままで病院に行くのかしら？」ユーリアはアーニャにたずねた。

「ロート部長は家族みたいな存在らしいわよ。なんでも営業部長の亡くなったお兄さんの親友だったんですって。それにヴィンターシャイト家が設立した財団の理事長だし」

「なるほどね」

ドロテーアが母親のマルガレーテを連れて、玄関に出てきた。ベーアが車のドアを開け、マルガレーテが乗り込むと、そっとドアを閉めた。

「ロート部長の容体はどうなんですか？」アーニャが、戻ってきたベーアにたずねた。心配しているというより、好奇心からのようだった。

「よくないようです」ベーアが深刻な様子で答えた。「自転車に乗っていて、事故にあったそうです。今は昏睡《こんすい》状態だとか」

「なんてこと！」アーニャとは対照的に、ユーリアは本当にショックを受けた。ロート部長とはあまり関わりがないが、毎日会社で顔を合わせているし、気に入っていた。せっかくのいい日にケチがついてしまった。園亭から聞こえるミリー・フィッシャーの笑い声が場違いに思えてならなかった。

「本当にショックです」ベーアはうなずいた。「わたしはこれで失礼します。なにか必要なことがあったら、邸の横の入り口のベルを鳴らしてください」

「わかりました。ありがとう、ベーアさん」アーニャがいった。

ユーリアはうなだれて歩いていくベーアの後ろ姿を見た。ロート部長が事故にあったという知らせにユーリアでさえこれだけ衝撃を受けているのだから、三十年来の知り合いであるベーアはどんな気持ちだろう。

「さて、撮影を急がせないと。十二時半に〈オホ・デ・アグア〉を予約しているのよ」アーニャは事故にあったロートのことをもうなんとも思っていないようだ。「ミリーはうまくやってるわね。そう思わない？」

「ええ、そうね」

そのときユーリアのスマートフォンが鳴った。アーニャがミリーたちのところへ行くのを待って、スマートフォンをポケットからだした。ユーリアはどきっとした。社長からだ！

「やあ、ブレモーラさん」仕事向けの口調だ。「急用ができてしまいました。でもあなたと話したいことがあります。まだ撮影中ですか？」

「ええ……そうですが」ユーリアはためらいがちに答えた。

「わかりました」社長がいった。「それでは……十分でそちらへ行きます」

ユーリアが返事をする前に、社長は電話を切った。

＊

ゼヴェリン・フェルテンの家の内部はじつに質素だったが、リビングに案内されて、ピアは思わず歓声を上げそうになった。床まである大きな窓から広い谷とその向こうのオーバーロートとニーダーロートの家並みが見渡せる。すばらしい眺望だ。リビングにある家具はデスクと椅子が一脚だけで、寄木張りの床は傷だらけだった。デスクにはノートパソコンとデスクライトがあり、その横の灰皿は至急吸い殻を捨てる必要に迫られていた。あとは水のボトルが数本のっているくらい。デスクのまわりの床には空になった水のボトルが十数本と握りつぶしたタバコの箱が落ちていた。リビングにはタバコの煙が充満していて、ピアは目と喉が痛くなった。

「どうしてわたしたちが来ると思ったのですか？」ピアはフェルテンにたずねた。

「それはその、わたしがハイケを殺したからです。警察はいつだって、そういうのを突き止めるものでしょう」フェルテンの言葉にピアは驚いた。「新作ができあがったら自首するつもりでした。わたしはようやくまた書けるようになったのです！　しばらくスランプでした。頭が空っぽになって、なんのアイデアも浮かばず、インスピレーションも湧きませんでした。それが突然、指から言葉が流れだすようになったんです！　あれから昼夜問わず書きつづけています。本当に……信じられないです！」

　フェルテンは笑った。ピアはオリヴァーと視線を交わした。わけがわからない。

「あれからというのは？」オリヴァーが質問した。

　フェルテンは答えなかった。両手を伸ばし、手を何度か握ったり、ひらいたりしてから、ピアたちに今気づいたかのようにきょとんとした。

「いままでわたしはこの手で本を書いてきました。でも……その手で人を殺《あや》めたのです」

「フェルテンさん」オリヴァーはもう一度質問した。「このあいだの月曜日にハイケ・ヴェルシュさんを訪ねたのですか？」

「ええ、そうです」フェルテンは両手を下ろして、顔を上げた。「彼女と話がしたかったんです。わたしは絶望していました。彼女のせいでわたしのキャリアは台無しになりました。人生が終わったも同じ。青天の霹靂《へきれき》でした。ある朝、電話が鳴りました。わたしのエージェントからでした。そして、あれは本当のことかと訊かれました。わたしは、なんのことだと訊き返しました。でも内心すでに罪の意識がありました。やりたくてしたことじゃないんです。わかりますか？　わたしは、書けなくなったとハイケに打ち明けたんです。休みを取りたい、なにも浮かばない、と。ところが、春のラインアップにどうしてもわたしの本が欲しいといわれました。でも、無理な相談でした。何週間もなにも思いつかず、ただコンピュータの画面を見て過ごすのが、どんなものかわかりますか？」

それは本当の意味での質問ではなかった。フェルテンは答えを求めていなかった。オリヴァーとピアはフェルテンのおしゃべりに水を差さないようにした。両手でぼさぼさの髪をなでると、フェルテンは放心してタバコとライターに手を伸ばした。

「ある日、ハイケが例の小冊子を持ってきたんです。チリの作家が一九五一年に書いた中編小説『コンドルの羽を盗んだ男』百十二ページ。とにかくこれを読んで、インスピレーションをもらえ、とハイケはいいました。わたしはそのとおりにしました。そうです。わたしは作品を盗みました。でもそこからまったく別の物語を作ったのです。わかりますか？　わたしはハイケのためにしたんです。彼女がわたしの原稿を手に入れて、会社で顔が立つようにするためだったのです。彼女があんな酷《ひど》いことをするなんて思いますか？」

「このあいだの月曜日に話を戻します」オリヴァーはいった。

「ああ、そうそう。話がそれてしまいましたね。すみません」フェルテンはタバコとライターを脇に置いて、後頭部をかいた。彼が動くたびに、むっとする汗臭さがあたりに漂った。「とにかく、わたしのエージェントのヨーゼフが電話をかけてきました。ハイケが新聞のインタビューで、わたしの本が盗作だと明かしたと興奮していったんです。その直後からわたしのスマートフォンが鳴りだして、一日じゅう鳴り止みませんでした。わたしは気が動転してしまいました。マンションの前にはカメラとマイクを持った報道陣が詰めかけて、わたしの言質《げんち》を取ろうとしました」フェルテンは口をつぐんで、椅子に沈み込んだ。暗い顔だった。「もうおしまいだ、こんなに批判をされてはもう立ち直れないと思いました。あの本が出版され、大成功を収めてから、わたしはずっと罪悪感に苛《さいな》まれていたんです。インタビューを受け、批評や書評を読むたび、問題の本との類似性に気づく人がいるのではないかと戦々恐々としていました。それはまずなさそうでしたが、絶対とはいえません。でもまさか、ハイケが裏切るとは思ってもみませんでした」

「ヴェルシュさんはどうしてそんなことをしたんでしょうか？」ピアはたずねた。

フェルテンが顔を上げた。目が赤くなっていた。

「彼女は出版社を設立するつもりだったんです。アンリ・ヴィンターシャイトなどの人たちといっしょに。わたしもそっちに移れと誘われました。でも、わたしにはその気がありませんでした。変化を望んでいなかったんです。ヴィンターシャイト出版に満足していましたし。ハイケがわたしを裏切ったのは、彼女が担当する一番の作家であるわたしが彼女の出版社に移らないといったからなんです。それに、自分を会社から追いだしたカールに復讐したかったのでしょう。焦土にしてやる、と彼女は常々いっていました。ここを立ち去るときは、焦土しか残さない、と」

フェルテンは下唇をかんだ。

「報道陣とファンが何日もマンションの前にたむろしました。わたしは住居から一歩も外に出られませんでした。ハイケに電話をかけ、メールも送りましたが、彼女からはなしのつぶてでした。月曜日になってようやくハゲワシどもがいなくなって、わたしはマンションから抜けだしたんです。車で彼女のところへ行きました。しかし彼女はわたしと話そうとせず、わたしのことを裏切り者と罵りました。わたしとしては、例の本を元ネタにしろと要求したのは彼女だったという真実を話してほしかっただけなんです！」フェルテンは一瞬、虚ろな目をした。

「ヴェルシュさんのところでなにがあったんですか？」オリヴァーはたずねた。

「彼女は聞く耳を持っていませんでした。わたしが彼女のノートパソコンを床に投げつけると、彼女はものすごい形相でわたしに飛びかかってきました。わたしは身を守りました」フェルテンは誇らしげに微笑んだ。

「なるほど。それでどのように身を守ったのですか？」

フェルテンはうつむいて、また自分の両手を見つめた。

「わたしは温和な人間なんです。臆病といってもいいくらいです」オリヴァーにというより、自分に向かっていっているようだった。「人とぶつかりそうになると、いつも避けてきました。人間はとくに好きではないし、軋轢《あつれき》が生まれるのを嫌っていました。傍観者として、人生を遠くから見ていたんです。しかしハイケのところへ行って、彼女と戦うと決めてからわたしになにかが起きたんです」

フェルテンは椅子から立ちあがった。目が異様に光り、青白かった顔が紅潮していた。

「あれから自分が変わったと感じるんです！　暴力、肉体的な対立、情熱、憤怒、充足感。そういうものが頭の中だけのただの理論ではなくなったんです。今は実感できます！　自ら体験し、感じたんです！　これまで水面下で生きていたわたしが、水面に浮かびでて、それまでおぼろげにしか見えていなかった世界を鮮明に見ることができるようになったんです！」フェルテンはまるで薬物を乱用したかのようにハイになっていた。「ハイケに何かをするつもりなんてありませんでした。彼女がどうしてあんなことをしたのか知りたかっただけなんです。そして、事態をなんとか収拾してほしかったんです。でも彼女はわたしを罵倒《ばとう》しました。紙を持っていなかったことが返す返すも残念でなりません。紙があれば、彼女の罵詈雑言《ばりぞうごん》を書き留めることができたんです！」フェルテンはくすくす笑って、首を横に振った。「わたしは彼女のノートパソコンを持ちあげて、口汚く罵る彼女の頭に叩きつけました。そうすれば、大人しくなって、わたしの話を聞いてくれると思ったんです。でも、彼女は……床に倒れ、気づくとあたり一面に血が飛び散っていて、わたしは」

「フェルテンさん」ピアが口をはさんだ。「あなたが今話していることは、あなたに不利に働くと申しあげておきます。あなたには黙秘権があります。そして弁護士と相談する権利もあります」

フェルテンはちらっとピアを見つめた。彼の目には狂気が宿っていた。ピアには、フェルテンが今話していることを自分のことと思っていないように思えた。

「刑務所に入ることはわかっています」フェルテンはいった。「わたしは人を殺めました。わたしのこの手で！　でもあなたにわかりますか？　ノートパソコンで彼女の頭をかち割って、ばきっという音を聞いた瞬間、わたしの心の中でなにかが弾けたんです。突然、書きたいことがはっきりわかりました。ガソリンスタンドでタバコを数カートン買って、フランクフルトにいるエージェントのところに行って、書きだしました！　普通なら執筆は一文ごとに格闘する根気のいる作業なのですが、月曜日からは休みなく書いています。まるで……忘我の境地なのです！　すごいでしょう！　こんなの、はじめてです！　わかってくれますか？」

「タバコを買ったのは、どこのガソリンスタンドですか？」ピアはたずねた。

「重要なことですか？」フェルテンは面食《めんく》らった。

「ええ、そう思います」

「バート・ゾーデンの近くのガソリンスタンドでした。偶然立ち寄りました」

「ズルツバッハですか？」

「ええ、そうだったかもしれません」

ピアはスマートフォンをだして、その場を離れ、ズルツバッハのガソリンスタンドの閉店時間をグーグルで調べた。思ったとおりだった。急に力が抜けた。フェルテンの話が本当なら、仮にヴェルシュを殺害したとしても、キッチンをきれいにして、遺体を森に遺棄する時間はなかったはずだ。なぜならガソリンスタンドの閉店時間は午後十時だからだ。

「あなたの気持ちはよくわかります」オリヴァーがフェルテンにいった。「しかし同行してもらわなければなりません」

「逮捕するんですね？」フェルテンは好奇心いっぱいに質問した。「手錠をかけますか？」

「手錠をかけるとはかぎりません。あなたが抵抗しなければ。それにこれは逮捕ではありません。事情聴取したいのです」

「なるほど、わかりました」フェルテンは鼻をこすって、目をきょろきょろさせた。「いいでしょう。ちょっと考えさせてください。ええと、原稿が書きあがってから出頭してもいいですか？　外国には出ません。あなたが知りたいことはなんでも話します。でも、今調子に乗っているところで、執筆を中断できないんです」

「あいにく今来ていただきます。でもノートパソコンを持ってきてもかまいません」

＊

シャワーを浴びて、服を着替えたフェルテンが刑事警察署に着いたとき、ヘニングからピアに電話があった。一時間後にハイケ・ヴェルシュの解剖をはじめるという。

「オマリとアルトゥナイを行かせる」そういうと、ピアはオリヴァーとフェルテンを先に行かせた。「これから大事な事情聴取をするの。レントゲン写真はすでに撮ってある？」

「ああ。ベーメが撮影した。どうしてだい？」

「ヴェルシュがノートパソコンで殴られて殺された可能性はある？」ピアは外階段の手前で立ち止まった。「それがわかると助かる。じつは被疑者がここにいるんだけど、その人がそう自供しているの」

「きみは懐疑的なのか？」

「ええ。今朝、遺体の後頭部に真四角の陥没があったから。森林の管轄主任とそのことを話したの。あれはハンマーかなにかだった。ノートパソコンはありえない」

「ちょっと待ってくれ」

キーを打つ音がした。レントゲン写真をライトボックスにかける時代はもう過去のものだ。今ではレントゲン写真も撮影機から直接コンピュータに保存される。

「いいかな」ヘニングがしばらくしていった。「後頭部には複数の骨折箇所が見られる。まだ頭蓋骨内部を見ていないから暫定的《ざんてい》だが、きみのいうとおり、陥没骨折が三箇所ある。ノートパソコンでできた骨折とは思えない」

「被疑者は頭蓋骨が割れる音を聞いたといってる。それからひどく出血したらしい」

「頭髪の生え際に裂傷がある。ノートパソコンで殴られたときにできたのはそっちだろう。原則的に頭蓋骨を鈍器で殴れば、重い怪我を負わせる可能性がある。しかし被疑者が聞いたのは、ノートパソコンが壊れた音じゃないかな」

「ありがとう。ひとまずそれで充分よ。解剖が終わったら、電話をくれない？」ヘニングはそうすると約束した。ピアは通話を終えると、チャットに情報を流し、署の建物に入った。

オリヴァーは警備室の前でフェルテンの手錠をはずし、鑑識で必要な手続きを済ますよう巡査にいって、フェルテンの身柄を預けた。

「変なやつですね、片脚の鶴は」ピアはいった。「なんで手錠をかけろと要求したんでしょうね？」

「象牙の塔から本当の世界に転がりでたところなのさ」オリヴァーがいった。「だからなんでも自分で体験したいんだろう」

「取り調べをするとき、ライトを顔に向けろとかいわないでしょうね」ピアはボスのために階段の防火扉を開けた。「彼のエージェントとも話す必要がありますね。フェルテンがガソリンスタンドで午後十時前にタバコを買って、フランクフルトへ向かったのなら、ハイケ・ヴェルシュの遺体を森に運ぶことはできないでしょう」

会議室でオリヴァーが部下の役割分担を決めた。ケムとターリクには法医学研究所で解剖に立ち会ってもらう。カトリーンには留置場にいるフェルテンの世話をするように頼んだ。

「フォン・ボーデンシュタイン」突然、ニコラ・エンゲル署長の声が響いた。「ゼヴェリン・フェルテンを逮捕したと聞いたけど、どうして？」

みんなが振り返った。署長が会議室に入ってきたことにだれも気づかなかったのだ。

「フェルテンがハイケ・ヴェルシュ殺害を自白したからだ」オリヴァーは答えた。「月曜の夜、ヴェルシュと口論したあと、感情に任せてノートパソコンで殴り殺したといっている」

エンゲル署長は顔色を変えなかった。

「手錠をかける必要はあったの？」

「手錠をかけろと本人にせがまれてね」オリヴァーは肩をすくめた。「ところでノートパソコンを持ってきて、執筆することは許可した」

「弁護士は？」エンゲル署長がたずねた。

「要求しませんでした」ピアはいった。「今書いている本のことしか頭にないようです。書き終わったら、すすんで自供するといっています」

エンゲル署長は会議室のドアを閉めた。眉間《みけん》に深いしわを寄せている。この件でどんな問題が生じるか必死で考えているようだ。

「みんな、よく聞いて。フェルテンは超有名人よ。ドイツの重要な作家のひとり。ここしばらく彼の名前がニュースになっている。失敗は許されないわよ。しっかり頼むわね」

「もちろんだ」オリヴァーは表情を変えずに答えた。

「フェルテンにはわたしが対応する」署長がいった。ピアが心配したとおりになった。「取り調べはこれから？」

「いいえ、まずは彼のエージェントに話を聞きます」ピアが答えた。「フェルテンはノートパソコン用の電源と灰皿さえあれば文句はないと思いますよ」

「わかった。欲しがるものはなんでも提供する」エンゲル署長はうなずくと、ドアを開け、音も立てずに姿を消した。

「なんなのかしら」カトリーンが口をとがらせた。「せっかく捕まえた面白いお客を横取りするなんて。わたしはどうしたらいいですか？」

「留置場の火災報知器をオフにして、そのあと月曜の夜にバート・ゾーデンの特定の基地局につながった電話番号を割りだす手伝いをしてほしいな」カイがいった。「何百とある」

「それでなにがわかるの？」ピアは首を傾げた。

「ハイケ・ヴェルシュの遺体を森に遺棄するとき、犯人がご丁寧に自分のスマートフォンを持っていなかったかなと思ってね。探しているのは、深夜零時まで基地局４８７０１Ｅ－３３２につながっていて、そのあと基地局４８７０１Ｗ－３３４に移った番号だ」

「それって違法なことじゃない」カトリーンがいった。「わかってるわよね？」

「そんなのどうだっていいさ」カイはにやっと笑った。「手伝うかい？　それともまだ文句をいっていいたいかな？」

＊

ユーリアは緊張して、社長の到着を待った。アーニャとメイクアップアーティストとミリー・フィッシャーがいつまでもおしゃべりしているので神経に障った。ミリーの不興を買わずにランチを抜けるにはどうしたらいいか考えた。ランチでこのあとも一時間半近く三人のおしゃべりに付き合わされるのはたまらない。十一時二十分、社長のシルバーのアウディが門をくぐってきた。

「ねえ、あれって社長じゃない！」アーニャが素っ頓狂な声を上げた。「社長が来るなんて聞いてなかったわ」

アーニャが髪をなでつけ、服のしわを伸ばし、ミリー用に置いていたミラーで化粧を確かめた。ユーリアは啞然とした。アーニャはさっそく、真っ白な歯を見せながら社長のところへ行った。だが、うまくいっているかと社長にそっけなく訊かれただけだったので、彼女はしゅんとなった。社長はそのあとミリーに挨拶をして、少しおしゃべりをした。社長はいつものようにそつがなかったが、目を見れば、内心動揺しているのが見てとれた。すでにロートの事故のことを知らされているのだろう。

「ブレモーラさん、少しいいですか？」社長がたずねた。

「わたし？　え、ええ。もちろんです」ユーリアは驚いたふりがうまくできたと思ったが、社長と車のほうへ歩くあいだ、背中にアーニャの鋭い視線を感じた。好奇心旺盛でおしゃべりな彼女に、社長とワッツアップ（メッセンジャー・アプリ）でメッセージを交わしていることが知られたら大変だ。すぐに会社じゅうの噂になってしまうだろう。

「最近、ミニカーが差出人不明の封筒で送られてきたんです」社長がそう切りだした。「小さな空色のフィアットで、プラスチックの白い犬が後部座席にすわっています。小さい頃、わたしが大事にしていたものなんです。三十年間、目にせず、思いだすこともありませんでした」

「そうですか」いろいろ想像していたユーリアだったが、ミニカーの話をされるとは意外だった。

「昨日また差出人不明の封筒が届きましてね。今回は一枚の写真とタイプライターで打った小説原稿が入っていたんです」

「原稿ですか？」ユーリアはびっくりして訊き返した。

世の中には作家になりたい人が大勢いる。名声と金を夢見て、客観視することなく自分の作品が有名な作家の作品に匹敵すると思い込む。出版社やエージェントにはそういう原稿が毎日何十本も届く。編集者は実習生に下読みをさせ、検討し、断りの連絡を入れる。そういう原稿の九十九パーセントがダメな作品で、書き手には明らかに才能がないからだ。ユーリアはフェアやパーティに招かれても、職業のことは一切明かさないことにしている。身分を明かすと、決まってすぐにだれか（あるいはその人のおばか隣人か職場の同僚）がベストセラーを生むすごいアイデアがあるといってくるからだ。ユーリアはまったく知らない人間から原稿を渡されたこともある。ブックフェアにも、自分の内面を吐露《とろ》した文章を配ってまわる人が多い。極めつきは、自分の原稿を直接、出版社の社長に送りつける連中だ。

「そうなんです。これから話すことは少し変に聞こえるかもしれませんが」カール・ヴィンタ一シャイトは声をひそめた。「原稿の作者がわたしの母なんです。しかもその小説原稿は……わたしに捧げられている」

たしかにずいぶん変わった話だ。だが同時に、ユーリアは興味を覚えた。

「お母さまが……その、お母さまが小説を書いていたって、ご存じだったんですか？」

「いいや。母親のことはほとんどなにも知らないんです。わたしが六歳のときに死んだので」

社長は唇をぎゅっと引き結び、言葉を探した。「個人的なお願いなのはわかっています。断ってくれても結構です。しかしあなたなら……わたしはあなたを信じているので」社長の生真面目《きまじめ》な顔にふっと笑みが浮かんだ。社長がはじめて見せた笑みだった。「今は自分でこの原稿を読む余裕がないんです。よかったらこの原稿を読んで、あなたの評価を聞かせてくれませんか。もちろんその時間があればの話ですが」

こんなことを頼まれるとは。ユーリアはすぐに断ろうと思った。なんで社長は自分で読まないのだろう。こんなことを頼むなんて、なにが目的だろう。きみだけが頼りだといって、ユーリアをうまく誘惑しようとしているのだろうか。結局、社長もレナールトと同じで、甘い言葉でいいよって、そのあとユーリアを壊すのだろうか。あるいは社長の地位を恥ずかしげもなく利用するのだろうか。二度と人に騙《だま》されてはいけないとセラピストにいわれたことが脳裏に蘇《よみがえ》った。いや、だめだ。そこまで人を疑うなんて、もはや病気だ！　友だちがなにかを丁寧に頼むのは、信頼の証《あかし》だ。それを洗脳だと思うのはよくない。カール・ヴィンターシャイトは明らかにユーリアを信頼している。また人を信頼できるようになるためのいい機会じゃないか。

「わかりました」それが正しいとまだ確信を持てなかったが、ユーリアはそう答えた。「読んでみます」

「ありがとう。本当に助かります。急ぎじゃないです。ブックフェアの準備で忙しいでしょうしね」

「そのミニカーと原稿を社長に送ってきたのはだれなんでしょう？」

「見当もつかないんです」カール・ヴィンターシャイトは肩をすくめた。「なにかのメッセージだと思うんですが、残念ながらわたしには心当たりがなくて」

社長は助手席のドアを開け、座席から封筒を取ると、写真を取りだした。そしてその写真を一瞬見てからユーリアに渡した。六人の若者。全員、二十代はじめのようだ。一九八〇年代のルックスで、白い建物の前の外階段でポーズを取っている。

「みんな、昔からの知り合いだということは知っていました」社長の声にはどこか妙な響きがあった。「だが果たして本当に親しい友人だったかどうか」

「だれのことをいっているのですか？」ユーリアは写真をよく見て、感電したようなショックを受けた。メガネをかけた、褐色の巻き毛の人物は若いアレクサンダー・ロートだ。そして真っ赤な髪を三つ編みにしている女性はハイケ・ヴェルシュじゃないだろうか。ヴェルシュの隣には小麦色に日焼けした女性がいる。ショートパンツをはいて、胸にはビキニをつけている。髪型は一九八〇年代らしいパーマで、指にタバコをはさんでいる。

「マリア・ハウシルトさんでしょうか？」ユーリアはたずねた。

「そうだと思います。それからこれはドロテーアの夫シュテファン・フィンク。それからこれはヨゼフィン・リントナー」

「マイン＝タウヌス・センターにある書店の？」

「そうです」

「もう一人の青年は？」

「これはわたしのいとこゲッツです。この写真の数日後に死にました」

死んだ。その言葉が、ユーリアの心に奇妙な感情を呼び起こした。気の毒にといいたかったが、どんな思いよりも強い魅力の虜《とりこ》になった。きっとサスペンスと秘密が隠されている。

「どういう亡くなり方をしたんですか？」

「海で溺れたんです。遺体が浜辺に打ちあげられました。事故でした。酒に酔っていたらしいです。二十一歳になったばかりでした」

「なんてことでしょう。だれがこの写真を撮ったのでしょうね。ノワールムティエというのは？」

「大西洋に浮かぶフランスの島です。うちの家族は昔、そこに別荘を持っていました。わたしのおじは、ゲッツが死んだあと、売り払いましたが」社長はちらっと腕時計を見た。「そろそろ行かなくては」

「ロート部長を見舞いにいくのですか？」ユーリアはそうたずねてから、自分には関係のないことだと気づいた。だが社長はそうは思わなかったようだ。

「ああ」そういうと、社長はため息をついた。「関係があるとは思いませんが、ロートは……」

社長はそういいかけて、口をつぐんだ。ユーリアは社長の視線を追った。邸の玄関の上のバルコニーに男性がふたり立って、ユーリアたちを見下ろしていた。まるで「マペット・ショー」（一九七〇年代にイギリスで放送されたバラエティ番組）に登場する老人二人組のようだ。カールのおじアンリ・ヴィンターシャイトとヘルムート・エングリッシュだ。

「傲慢《ごうまん》のあとには転落が来る！」エングリッシュはそう叫んで、拳を振った。「いつか思い知ることになるぞ、カール！」

社長は相手にしなかった。

「よろしく頼みます」ユーリアは渡された封筒をショルダーバッグにしまった。「また電話をします。いいですか？」

「わかりました」ユーリアはバッグを肩にかけて、園亭に戻った。だが社長とユーリアを見ていたのはバルコニーのふたりだけではなかった。アーニャ・デラムーラもずっとふたりの様子をうかがっていた。社長がユーリアになんの用だったのか、さっそく訊いてきた。

「なんでもないわ」ユーリアは質問をはぐらかした。

「でも封筒を渡されたじゃない。なにが入っているの?」アーニャは食い下がった。

ユーリアはあたりを見まわした。

「持ち込まれた原稿。でも、だれにもいわないで」

「なにそれ!」アーニャはむっとした。「いうわけないでしょ」

ユーリアは微笑みながら肩をすくめた。真実はしばしばどんな嘘よりも信じがたいものだ。

＊

文芸エージェントのヨーゼフ・モースブルッガーはアルト＝ヘッデルンハイムの閑静な並木道に事務所を構えていた。緑色のよろい戸で飾られた古くて美しい家で、真っ白な壁にグラフィティがペイントされているのが残念だ。家の真向かいには子どもの遊び場を兼ねた小さな公園があり、母親たちと数人の父親がそこで遊ぶ子どもたちを見守っていた。公園の横の草むらでは、数人の少年が歓声を上げながらサッカーボールを追っている。公園に置かれたベンチのまわりには、少し歳が上の若者たちがたむろして、タバコを吸ったり、エナジードリンクを飲んだりしながら、みんな揃ってスマートフォンをいじっている。

ピアは事務所の真ん前に駐車スペースを見つけた。モースブルッガーは夫婦で事務所の上に住んでいる、とゼヴェリン・フェルテンがいっていた。ベルを鳴らしてもだれもドアを開けないと思ったら、モースブルッガーは中庭でゆったりデッキチェアにすわり、分厚い本を読んでいた。そばにある椅子の上で、赤毛の猫がうたた寝をしていた。

「文芸エージェントはいいご身分だな」オリヴァーがうらやましそうにつぶやいた。

「そうですね。仕事選びには気をつけないと」ピアはそっけなくいった。「モースブルッガーさんですか？」

「ええ」男は本を脇に置き、メガネを額《ひたい》にかけると、デッキチェアから立ちあがった。ピアはオリヴァーと自分の身分を告げ、土曜の昼に邪魔することを詫《わ》びた。

「かまいません。わたしは今、一時的に男やもめでして。いつもは一日じゅう働いています」モースブルッガーは六十代前半の体のしまった男性で、鋭い目つきをしていた。いたずらっぽい笑みを絶やさず、少しバイエルン方言の訛《なまり》があり、身振りが大きかった。「夏のあいだは、ここが屋外事務所なんです。ここにいると南イタリアにいる気分になれるんです。とくに隣人がバルコニーに洗濯物を干したときにね」

「ここは本当に快適ですね」オリヴァーがいった。栗石を敷き詰めた中庭の隅にはバーベキューグリル、ブドウ棚の下にはラウンジコーナーがあり、キョウチクトウが咲き誇っているテラコッタの大きな植木鉢のあいだには気温が高いときに気化熱で温度を下げるためか、小ぶりのビニールプールが置いてあった。

「なにか飲みますか？　水かコーラ。よく冷えたリモンチェッロもありますが」

「いいえ、結構です」ピアは断った。「じつはフェルテンさんのことで来ました」

「ああ、ゼヴェリンのことで。今度はなにをやらかしたんですか？」モースブルッガーはため息をついた。「本当はこの時期、妻とトスカーナで過ごすんです。でも剽窃《ひょうせつ》問題で早く戻ることになりました」

モースブルッガーは猫をそっと椅子から下ろしてオリヴァーとピアに座るようにすすめ、タバコに火をつけた。出版業界は本当にスモーカーの最後の砦《とりで》のようだ。

オリヴァーは月曜日にヴェルシュの家で起きたことをフェルテンから聞いたとおりに話した。

「ええ、知ってます」モースブルッガーはうなずいた。「月曜の夜八時半頃、いきなりここにあらわれたんです。それまでまる一週間、家にこもって、電話にも出なかったんです。あれだけの騒ぎになったんですから、気持ちはわかりますけどね」

「ここへ来たとき、フェルテンさんはどんな話をしましたか？」ピアはたずねた。「それから、どんな様子でしたか？」

「ひどく興奮していました。話をつけにハイケを訪ねたといっていました。それ以上のことは聞いていません。というのも、彼はそのままノートパソコンをだして、執筆をはじめたからです。ハイケとは殴り合いの喧嘩になったみたいです。ゼヴェリンがそういうことをすると思っていなかったので、びっくりしました。どちらかというと内気で、なにか嫌なことがあると、たいていわたしを代理に立てていました。ハイケは血の気が多くて、人の気持ちを傷つけることを平気でする人です。ゼヴェリンが彼女の新しい出版社に移籍するのを断ったので、相当頭に来ていました。わたしにまで、ゼヴェリンや他の関係している作家を説得しなければだめだと食ってかかったほどです」

「なぜですか？」オリヴァーはたずねた。

「ハイケとわたしは長い付き合いなんです。エージェントをはじめる前、わたしはヴィンターシャイト出版で働いていました。エージェントになってからは、ハイケが担当する数人の作家の代理人を務めています。ただ作品が思ったように評価されなかったり、読まれなかったりすることがあって、ハイケとわたしはそうした作家と組んで、トスカーナでライティングセミナーをひらいたこともありました。ビューヒナー賞の受賞作家などからアドバイスが欲しいと思っているアマチュア作家は山ほどいますからね。それに、わたしとしても、埋もれた新しい大きな才能を見つけられるかもしれないという期待がありましたし」モースブルッガーは笑って首を横に振った。「実際、何度かうまくいきました」

「フェルテンさんはどのくらいここにいましたか？」オリヴァーはたずねた。

「ひと晩じゅう書いていましたよ。わたしは先に寝ました。翌朝、いっしょにコーヒーを飲みました。事態を収拾するのにどうしたらいいか相談したかったのですが、彼は聞く耳を持ちませんでした。すごいプロットができた。すぐに書きつづけなくては、とそればかりで」

「待ってください！」オリヴァーが口をはさんだ。「フェルテンさんはヴェルシュさんとの喧嘩についてどう話しましたか？」

「ええと、彼女が話を聞こうとしなかったので、彼女のノートパソコンを床に投げつけたといっていました。すると彼女が拳を作って、怒鳴りながらゼヴェリンに殴りかかってきたので、ノートパソコンを取って、彼女の頭に投げつけた、と」モースブルッガーはタバコを灰皿でもみ消した。「彼女が血を流して、悪態をついたので、その場から逃げだしたそうです。わたしは気になって彼女に電話をかけてみましたが、電話に出ませんでした。おそらくわたしからの電話だとわかったからでしょう。そのあとメッセージを送りました。多分もう落ち着いていることでしょう。ゼヴェリンが彼女に説明を求めたのは当然です。ハイケは彼を困った状況に追い込んだ張本人ですから。作家が休みたいというときは、それを受け入れるしかないんです。でも、ハイケはそうせず、問題の小説を彼に渡して、インスピレーションをもらえとせっついたんです。ゼヴェリンは映像記憶能力の持ち主ですから、うっかり他人の文章をそのまま写してしまう危険がつねにつきまとっているんです」

「なるほど。それで、フェルテンさんはいつまであなたのところにいたんですか？」

「火曜の朝、静かな環境で執筆するといって、タウヌス山地にある別宅へ行きました。それっきり連絡はありません。まあ、いつものことです。執筆をはじめると、完全に自分の世界に埋没してしまうんです。なにも食べず、何週間もシャワーも浴びず、スマートフォンの充電を忘れるなんて、しょっちゅうのことでして」

「フェルテンさんはヴェルシュさんをノートパソコンで殴り殺したと思っています」オリヴァーがいった。「あなたはその可能性を考慮しなかったのですか？」

「まさか」モースブルッガーは首を横に振った。「そんなのありえませんよ。ゼヴェリンが人を殺すなんて」

ピアは眉を吊りあげてたずねた。

「月曜日以降、ヴェルシュさんから連絡はありましたか？」

「いいえ」モースブルッガーは眉間にしわを寄せた。「わたしから何度か連絡してみたのですが。わたしたちは長い付き合いですから、意見の相違があってもわかってくれるはずなんです。でも今回、彼女は本気で怒っているみたいですね。わたしのメッセージも見てくれないくらいですから」

モースブルッガーはテーブルに置いてあったスマートフォンを取ると、メガネをかけて、ワッツアップをひらき、それからオリヴァーとピアにスマートフォンを見せた。

「ほら、これ。水曜日に送ったメーセージがグレーのままでしょう」

「ヴェルシュさんがあなたのメッセージを読むことはないでしょう」ピアはいった。「けさ遺体で発見されました」

「なんですって？」モースブルッガーの顔面が蒼白になった。そして体を起こしていった。

「ハイケが死んだんですか？」

「ええ。残念なことです。明らかに暴力犯罪の犠牲になりました」

「そんな馬鹿な！」モースブルッガーはタバコをつかんだ。そして土曜の午後に刑事がやってきた理由に思い当たった。「ゼヴェリンが犯人だというんですか？」

「そんなことはありません」オリヴァーが答えた。「しかしフェルテンさんは、生前のヴェルシュさんに会った最後の人です。今うちの署で取り調べを受けています」

「まさか……彼を……逮捕したんですか？　逮捕だなんて。彼は……これからどうなるんでしょうか？」モースブルッガーは友人の逮捕にショックを受けているようだ。混乱しているらしく、両手をふるわせ、髪をかきむしった拍子にメガネを飛ばしてしまった。「そうしたら……

弁護士が必要ですよね？　彼と話せますか？　今どこにいるんですか？　彼には……家族がいないんです。離婚して、両親ももう亡くなっています。彼にはわたししかいないんです」

保護すべき人を心配するエージェントの姿は涙を誘った。ハイケ・ヴェルシュが死んだことをすぐに言わなかったのは悪かった、とピアは思った。

「ではあなたの連絡先をいただけますか。フェルテンさんに助けが必要になったら、電話をします」ピアは同情して、自分の名刺もモースブルッガーに渡した。「心配はいりません。フェルテンさんは元気です。ノートパソコンを持ち込むことを許されて、熱心に執筆しています」

それを聞いて、モースブルッガーは少し安心したようだが、それでも目に涙をたたえて、必死に気持ちを抑えていたので、ピアは驚いた。

「わかりますか」モースブルッガーは声をふるわせながらいった。「こんなこと、最初に話せるのはハイケだけです。でも、それはもう……できないんですね」

＊

アルゼンチンステーキの専門店〈オホ・デ・アグア〉での昼食がもうすぐ終わりそうなので、ユーリアはほっとしていた。社長にミニカーと原稿を送りつけたのがだれで、なにが目的か気になって、みんなのおしゃべりについていけず、チミチュリソースとパルメザンチーズがかかったカルパッチョも美味しいと思えなかった。社長の母親はハイケ・ヴェルシュ、アレクサンダー・ロート、マリア・ハウシルト、ヨゼフィン・リントナー、そして営業部長の夫とどういう関係があったんだろう。原稿はヴェルシュが行方不明になったこととも関連があるのだろうか？　原稿はなにかを示唆《しさ》しているのだろうか、それとも脅《おど》しだろうか。社長にもなにか後ろめたいことがあるんじゃないか、とささやく声が頭の中で聞こえていた。実際、クビにしたヴェルシュのことや、昨日、刑事が来たことをひと言もいわなかった。やはり距離を置いたほうがいいだろうか。

カメラマンとふたりのアシスタントとメイクアップアーティストがごちそうさまといって、先に帰っていった。アーニャ・デラムーラはもう二十回くらいスマートフォンを覗いている。営業部長がミリー・フィッシャーに社屋《しゃおく》を案内することになっていたが、あれっきり連絡がない。

「まだ病院じゃないかしら」ミリーがトイレに立ったときにユーリアはいった。

「そうね、アレックスはどうなったことやら」アーニャがいった。「ドロテーアに電話をしてみる。わたし、会社の鍵を持っていないの。ベーアさんに頼めば、開けてもらえるかしら。社屋を案内するのも仕事のうちよね」

アーニャは営業部長を名前で呼んだ。というか、社員のほとんど全員を名前で呼ぶ。営業部長がすぐ電話に出た。どんな話になっているのかユーリアにはわからなかったが、アーニャがいきなり目を丸くした。

「そんな！」アーニャは唇だけ動かして、今耳にしたことをユーリアに伝えた。ユーリアには、「死んだ」という言葉しかわからなかったが、血の気が引くには充分だった。「なんてことでしょう。ショックです！　ええ……当然です。はい、わかりました。わかってくれると思います。

……はい……では月曜日に」

「どうしたの？」ユーリアがたずねた。アーニャが身を寄せてきた。

「びっくりよ。ハイケが死んだんですって！」アーニャは興奮して、目を輝かせながらささやいた。「けさ森で遺体が見つかったそうよ！　すごい話よね！　でも、だれかがやるんじゃないかって思ってた」

「信じられない。ひどい話だわ」そうはいったが、ユーリアに驚きはなかった。ヴェルシュが生きて見つかることはないという予感があったからだ。だがそれでも、死んだらいいのにと思っていた人が本当に死ぬというのはあまり気持ちがいいものではない。

「ロートさんのこともいってた？」ユーリアはたずねた。

「昏睡状態らしいわ」アーニャはそう答えたが、この大ニュースをワッツアップのメッセンジャーで広めることに夢中になっていた。アーニャには哀れみの心がないのだろうか。吐き気がする。せめてショックを受けたふりくらいしたらいいのに。

ユーリアはウェイターにクレジットカードを渡し、会社で精算するために領収書をもらった。ミリー・フィッシャーがトイレから戻ってきた。アーニャは本当の理由を隠して、時間が遅くなったため、社屋案内は次回の楽しみにしてほしいとミリーにいった。ミリーは少し残念そうだったが、納得し、十分後、アーニャとユーリアを抱きしめ、写真撮影のロケーションもすばらしかったし、今日は楽しかった、ヴィンターシャイト出版から本がだせて本当にうれしいといって、笑顔で手を振りながらタクシーに乗り込んだ。タクシーが証券取引所通りに曲がって見えなくなると、アーニャが笑みを浮かべた。

「ふう、作家の面倒を見るのは本当に大変。編集者なんてよくやってられると思うわ！　作家なんてみんな自分のことしかしゃべらず、招待されて、お世辞をいわれたいだけの連中よ。ぞっとする」

「わたしは家に帰るわ」ユーリアはアーニャのおしゃべりに付き合う気になれなかった。

「社長から預かった原稿を読まないとね」アーニャがからかった。

「そういうこと！」ユーリアはにやっとした。「いい週末を」

ユーリアはアーニャをレストランの前に残して、ホーホ通りをオペラ座広場に向けて歩いた。タウヌスアンラーゲ駅で都市鉄道に乗るつもりだ。

＊

「すでに腐敗が進んでいるので、死亡時刻の特定は難しかった」ヘニングの声が警察車両のスピーカーから聞こえた。オリヴァーとピアはギンハイム・テレビ塔のそばを高速道路六六号線に向けて走っているところだった。「ハイケ・ヴェルシュは発見された時点で、すくなくとも死後五日が経過していると思われる」

「ということは月曜の夜はありうるわね」ピアは頭の中で計算した。「隣人の証言やわたしたちが突き止めたこととも一致する」

「死因は頭蓋骨骨折による大量の脳内出血だった。凶器は接面が縦横四センチの真四角の道具だ。髄液漏《ずいえきろう》から全部で七箇所の陥没骨折が特定できた。それから肩から頸部にかけて合計十七箇所の血腫があった」

「防御創は？」オリヴァーがたずねた。

「なかった」ヘニングが咳払いした。「ピア、ノートパソコンによる頭部外傷はあるかと気にしていたが、右の前頭骨のあたりに裂傷が認められた。だが脳震盪《のうしんとう》を起こすのがせいぜいの傷だった」

「わかった。出血は多かったみたい？」ピアはフェルテンの証言を思いだしながらたずねた。

「それはもう。人工心臓弁を装着している都合から、定期的に抗凝血剤を服用していた」

「ありがとう、ヘニング」オリヴァーはスマートフォンから顔を上げることなくいった。「大いに助かった」

「いいってことさ。詳細な解剖所見はできるだけ早く送る」ヘニングが答えた。「それからひとつ質問がある。マリア・ハウシルトから電話があって、だれかからヴェルシュが死んだことを聞いたらしい。どこまでならいっていいかな？」

「死因についてはいわないで」ピアはいった。「死体で発見されたことはいっていいわ」

「発見された場所は？」

「構わない」オリヴァーが会話に交ざっていった。

「そうだ、もうひとつ」ヘニングがいった。「マリアの話では、ヴェルシュの元同僚が病院に搬送されたそうだ。けさ意識不明で発見されたらしい」

ピアは聞き耳を立てた。

「それはだれ?」

「マリアはアレックスと呼んでた」

「アレクサンダー・ロート?」ピアはたずねた。「昨日、ケムとわたしが事情聴取した人よ!」

ヘニングはどこの病院に搬送されたか調べるといって、電話を切った。

「モースブルッガーが電話をかけまくっている頃だな」オリヴァーがいった。「こっちの思惑どおりだ。これでなにか動きがあるだろう」

「ロートは昨日かなり妙な態度を取っていました」

「刑事と関わったせいか、そもそもそういう性格なのかどっちだ?」

「後者ですね。なんというか……罪の意識に苛まれている感じでした」ピアはオリヴァーをちらっと見た。「さっきからスマートフォンでなにをタップしてるんですか?」

「コージマの血液検査の値が改善した。つまりもうすぐ手術が行われるだろう。今晩、家族会議を招集した。話さなければならないことがたくさんある」

「それは大変」ピアは頰を膨らませて息を吐いた。

ピアは生体肝移植の話を聞いてから、インターネットでその可能性とリスクについていろいろ調べ、オリヴァーの無私の心を本当に尊敬した。肝臓は臓器の中で唯一、一部を摘出しても完全に再生するという。それでもドナーに負担はかかる。そしてボスはもう若くない。

「署長にはいつ話すんですか?」

「できるだけ早く」オリヴァーはスマートフォンをしまって、メガネをはずした。「臓器摘出手術は急に決まるかもしれない。捜査中に離脱する恐れもある」

「任せてください」歓迎できることではないが、ピアはオリヴァーを安心させた。

「死んだりはしないさ」オリヴァーはピアの気持ちがわかったかのようにいった。「二週間後には復帰する」

「それならいいですけど」

十三年もいっしょに捜査をしていると、もう腐れ縁の夫婦と同じ感覚になる。お互いに考えていることが手に取るようにわかる。仕事上も完璧なコンビだ。だがそれでもよほどでないと越えられない一線がある。たとえば相手の健康とか男女関係とか。

「ところで、フェルテンはヴェルシュを殺していないな」オリヴァーがいった。

話題が仕事の話に戻ったので、ピアはほっとした。

「わたしもそう思います。遺体を遺棄したのも彼じゃないでしょう。釈放していいですね」

そのとき高速道路沿いに白樺農場《ビルケンホーフ》が近づいた。ピアはふと右に顔を向けたが、木が生い茂っていて、家はちらっとしか見えなかった。

「フェルテンのエージェントは、フェルテンがヴェルシュを殴り殺したとは一瞬たりとも信じませんでしたね。フェルテンのことを自分自身よりもわかってるってことでしょうか？」

「ヴェルシュは残忍な殺され方をしていた」オリヴァーがいった。あれほどの暴力、過剰な殺害に至るのはよほどの憎悪と敵意があった証であり、犯人と被害者のあいだに個人的な怨恨があったことを示唆する。そのくらい、プロファイラーでなくてもわかる。「今わたしたちが目をつけている者の中で、あんなに執拗《しつよう》に凶器を振り下ろしそうな人間はいるかな？」

ピアはオリヴァーの問いを自分でも反芻《はんすう》してみた。長年の経験で、人間にできないことはないと学んでいる。普段目立たない人や、平均的な市民や、優しい隣人が身の毛もよだつ行動に出ることはじつはすくなくない。小説や映画と違って、人殺しが内なる声に従う、血に飢えた冷酷なサイコパスだったり、常軌を逸したシリアルキラーだったりすることは逆に珍しい。犯人は被害者の周辺にいることのほうが多い。殺人に及ぶ動機も、復讐、嫉妬、物欲、罰せられることへの不安といった呆れるほど平凡なものだったりする。だから犯人が逮捕されても、腕のいい弁護士は精神鑑定をさせて、難しい子ども時代を過ごしたという理由をつけて依頼人に情状酌量を勝ちとれるのだ。そして犯人は比較的短い刑期ですみ、そのうちに自由の身になる。だが被害者は生き返らない。

「問題はなぜこんなことをしたのかですね」ピアはいった。「動機がまだはっきりしません。ヴェルシュのことをもっと知らなくては。ヴェルシュは憎しみを買うことをなにかしているはずです」

「わたしたちはどうする？」

「署に戻ってヘニングから解剖所見が届くのを待ちましょう。それからロートが入院している病院に行ってみるのはどうですか？　関係者がいれば、ヴェルシュについていろいろ話が聞けそうな気がします」

＊

ユーリアは二間《ふたま》のアパートに帰ると、アイスティーを入れたカラフェと原稿を持って小さなバルコニーに出た。この一年半、バルコニーでよくいろんなものを読んできた。原稿、翻訳原稿、ゲラ、版権の取得を考えている英語やフランス語の本。たいていはコンピュータの画面で読むことが多く、時間に追われながら、誤字や論理的な破綻や冗長な箇所のチェックをする。あるいは作品の独創性や対象の読者層など営業部向けのセールスポイントを集めながら読むこともある。もはや楽しみで読書できるのは長期休暇のときだけだ。

だから、社長の母親が書いたというタイプライター原稿が読めることに、ユーリアはかえってわくわくしていた。紙は最近使われている八十グラムのマルチ紙よりも薄く、経年劣化で黄ばんでいて、下のほうにノンブルが打たれている。全部で百三十四ページ。テキストは狭い行間でびっしり書かれている。印字はプリンターで慣れているものとは違い、均一ではなかった。偶然発見されて、専門家に鑑定してもらうべき歴史的テキストのように見える。タイトルは『友情よ、永遠《とわ》に』。その下に作者名が次のように記されている。

〝©カタリーナ・ヴィンターシャイト、フランクフルト、一九九〇年五月二十三日〟

ユーリアはさらに紙をめくって、献辞を読んだ。

〝いつものように、永遠に。わたしの大事な宝物カールに捧ぐ〟

「いつものように、永遠に」ユーリアはつぶやいた。

いつものように？　どういうことだろう。小さな息子にすでに何度も献辞を書いているように読める。奇妙だ。

アイスティーをひと口飲むと、ユーリアは読みはじめた。最初の三ページで物語の虜になった。若い女性の物語で、母親の埋葬の場面からはじまり、フランクフルトに出てくる様子が語られていた。ヴィンターシャイト家の嫁が退屈しのぎに書いたものとは到底思えない筆力だ。カタリーナ・ヴィンターシャイトは、登場人物に命を吹き込むことができる優れたストーリーテラーだ。ユーリアはびっくりしてしまった。表現が明快で、澱《よど》みがなく、流れるように読むことができる。しかも文章作法の基本を押さえていて、誤字がなく、句読点も的確で、語彙《ごい》が豊富だ。気づくと、心は一九八〇年代末のフランクフルトに飛んでいて、語り手カルラの視点で当時を追体験することができた。カルラは大学の掲示板で手頃なシェアルームの募集を見ていて、ティーナの張り紙を見つける。女子学生だけのシェアルームで、四人目の同居人を探しているとあった。ティーナは良家の娘だったが、父親が自宅のサウナに入っているときに心筋梗塞で亡くなった。ティーナは自分の部屋でヘッドフォンをつけて音楽を聞いていて、そのことに気づかなかった。かなりの現金の他に、遺言状をひらくまで存在を知らなかったマンションを遺産相続した。

ただ、どういうジャンルかわからない。それでも読むのが楽しい作品だ。カルラが同居したシェアルームのいかれた三人の描き方が秀逸だ。カルラと違って教養ある市民階級出身の三人をウィットに富んだ書き方で、少し皮肉も交えながら描いている。はじめのうちは愉快な恋愛小説の趣《おもむき》があったが、突然、えっと思う場面になった。カルラが三人の同居人に誘われて、メルトン地区にある世紀末に建てられた豪邸でひらかれたパーティに出た。パーティの主催者はティーナの友人ルッだった。ルッは偶然か意図的かわからないが、ハーディー・フォーゲルザングという出版社の社長の御曹司という設定だ。ルッの父親はアドルノやホルクハイマーといった哲学者とも親交のある出版人だった。ユーリアは読み進めるうちに、現実との類似点に気づいた。カタリーナ・ヴィンターシャイトの小説が自伝的なものだとわかって、魅了されたり、ショックを受けたり、心を揺さぶられたりした。ユーリアはこの原稿が二十八年も経ってからなぜ突然社長に送りつけられたのか詮索する気も失せて、話がどう展開し、どんな結末を迎えるのか知りたくてページをめくる手が止まらなくなった。これは本来、原稿に対する最高の賛辞だ。

＊

「まさか！　なにかの間違いではないですか？」ゼヴェリン・フェルテンは首を横に振った。両手がふるえ、声もかすれている。「わたしが殺したんです！　間違いありません。彼女の頭にノートパソコンを叩きつけて、彼女の頭蓋骨が砕ける音をたしかに聞いたんです」

「あなたが聞いたのはノートパソコンの筐体《きょうたい》が壊れた音だと考えています」オリヴァーが何度そういっても、フェルテンはぶつぶついいながら首を横に振るばかりだった。

隣の部屋ではケム、ターリク、カトリーン、カイがビデオカメラとマイクを通して、この茶番を観察していた。

「だけど血が！　血が飛び散って、彼女は床に倒れたんです！」フェルテンは興奮して、まるで檻《おり》の中の猛獣のように狭い取調室を歩きまわった。手をもみしだいている。昨日は手錠を要求したが、今回は窓のない部屋で尋問しろといって聞かなかった。はじめのうちは彼の奇矯な言動を面白がっていたピアだが、さすがにいらついてきた。

「訳がわかりません！」フェルテンは壊れたレコードのように繰り返した。「たくさん血が流れたら、人は死ぬでしょう！」

「ヴェルシュさんは抗凝血剤フェンプロクモンを服用していました」ピアは何度もそういった。

「だから傷口からたくさん血が出たのです」

ピアは腕組みをしてドアにもたれかかり、もう十五分は自分が罪人だと訴えつづける男を見ていた。こんな体験ははじめてだ。フェルテンは、そんな重大な罪ではないので帰っていいといわれ、泣きそうになっていた。

「理由がないので、留置場にこれ以上置いておくわけにいかないのです」ピアは説得に努めた。被疑者の扱いや逮捕期間にはいろいろと規則がある。たいていの人間は、早く釈放しろとうるさいからだ。だが留置場から出たくないという人間ははじめてだ。無理矢理追いだしてもいいものだろうか。

「お願いだ！　追い払わないでほしい！」フェルテンは懇願《こんがん》した。

「追い払いはしません。帰ってくださいとお願いしているのです」

「じゃあ、なんでここにいてはいけないのですか？　わたしはだれの邪魔もしていません。牢屋はどっちみちガラガラじゃないですか」

「理由もなく逮捕することはできないからです」

「でも、あなた方はそんなことをしていない。わたしは自分の意志でここにいるんです！」

「税金の無駄遣いになります」

「じゃあ、お金を払います！」

状況は次第にグロテスクな様相を呈してきた。フェルテンは常識破りもいいところだ。ピアは途方に暮れ、オリヴァーの目を見て、外に出ようと合図した。取調室の外の廊下に立つと、ピアは壁に取りつけてある内線電話を取って、エンゲル署長に電話をした。

「フェルテンさんが帰ろうとしないのですが」署長が電話に出ると、ピアはいった。「どうしましょうか？」

「今行く」エンゲル署長はそういって電話を切った。隣の部屋からケムたちも出てきて、冗談を交えながら、フェルテンを帰すためのあまり役に立ちそうにない案をだし合った。署長が廊下に姿を見せたとき、取調室の中で叫び声が上がって、ドアを拳骨で叩く音がした。

「ここを出たい！　助けてください！　ここからだしてくれ！」フェルテンの声だった。

「まったく、なにを騒いでいるんだ？」さすがのオリヴァーも頭に来て、施錠していないドアを勢いよく開けた。「帰っていいといってるじゃないですか！」

「だ……だけど。帰りたくないんです」そういって、フェルテンはあとずさった。

「じゃあ、なんでそんなに叫ぶんですか？」

「それは……その……あれです」フェルテンはうまい言葉を見つけられずにいた。

「留置場でなにを感じるか自分で体験したい。そういうことですね？」署長が助け船をだした。

フェルテンは署長を見つめ、感謝に堪えないとでもいうように笑い、大きくうなずいた。

「そうです。そのとおりです。わかってくれますか？」

「わかりました」署長はふたたびドアを閉め、オリヴァーたちのほうを向いた。「フェルテンさんを好きなだけいさせてあげましょう。わたしが直々に面倒を見ます。それじゃ、みんな、仕事に戻って」

「しかし」ピアがいった。

「つべこべいわない」署長がピアの言葉をさえぎった。「前にもいったとおり、あの人はわが国でもっとも有名な作家のひとりよ。ベストセラー確実の次作をうちの留置場で書きたいなんて、名誉なことじゃない」

署長はそういい残して、取調室に入った。

「いかれてる。鶴と五十歩百歩だわ」ピアは腹立たしげにいった。

「無茶苦茶ですね」カトリーンがくすくす笑った。

「わが国でもっとも有名な作家が作品を自分に捧げてくれると期待しているんじゃないかな」ケムが小馬鹿にするようにいった。

「『ゴミコンテナーの中の死』。ゼヴェリン・フェルテン作」カイがいった。「わたしを崇拝する天使《エンゲル》のニコに捧ぐ」

「さあ、もういいだろう」オリヴァーがいった。「やることは山ほどある。フェルテンはわたしたちのホシじゃない。捜査は振りだしに戻った」

「ハイケ・ヴェルシュはノルディックウォーキング中に森で事故死したわけではありません」

ターリクが数分後、会議室で報告をはじめた。「解剖の結果、後頭部をすくなくとも七箇所、角形の鈍器で殴られて骨折し、髄液《ずいえき》が漏出していました。死因はこれにほぼ間違いありません。それから肩から頸部にかけて全部で十七箇所、血腫が確認できました」

ピアはホワイトボードを見つめた。ヴェルシュのにこやかな顔の下に、死体と発見現場の写真が留めてある。広角レンズでぞっとするほどアップに撮影されている。カイはこれまで捜査線上に浮かんだ人名をすべてホワイトボードに書いていた。

ピアはターリクの報告を上の空で聞いていた。捜査をはじめからやり直し、すべてを検討し直すというのは、どうにも気が重い。だが、死体が見つからないうちはすべて想像の域を出ないが、今度は解剖所見を元に被疑者を絞り込める。頭や上半身を鈍器で何度も殴り、髄液が漏出するほどの頭蓋骨骨折を負わせたというのは、激情に駆られてノートパソコンを頭に叩きつけるのとは次元が違う。ヴェルシュの件は明らかに謀殺だ。だがそういう犯行に及んだ理由がいまだに謎のままだ。事件現場であるヴェルシュの家のキッチンからはほとんど手がかりが得られなかった。鑑識はキッチンとヴェルシュの車からさまざまな指紋やDNAの痕跡を検出したが、警察のデータバンクでは該当するデータは見つからなかった。

ピアは昨年のシリアルキラーの事件で協力してくれたアメリカ人プロファイラー、デーヴィッド・ハーディングのことを考えた。彼ならどのようなアプローチをするだろう。犯人について評価したり、事件の経過を特定したりする他に、被害者学の観点、つまり被害者のパーソナリティに注目するはずだ。日記や予定表や手紙、ショートメール、Eメールは調べる価値がある、と彼ならいうだろう。そうすることで、被害者の生活環境や本当の顔が見えてくる。表面的で短絡的《たんらく》かもしれないが、そこに加害者と被害者の接点がある。被害者学の目的は、従来の犯罪捜査の原則をさらに深化させ、犯人との関係を被害者の視点から再構成することにある。

ピアは会議室がしんと静まりかえっていることに気づいた。

「どうしたの?」ピアはみんなの顔を見た。「ごめんなさい。ちょっと、考えごとをしてて」

「アレクサンダー・ロートのアリバイを調べることにした」カイが教えてくれた。「それからヴェルシュといがみ合っている隣の家の施主に事情聴取する」

「そうなの? ロートが犯人とは思えないんだけど。神経質な人みたいだから、ヴェルシュの遺体を雨の降る深夜に森まで運んで、崖から落とすなんて芸当はとてもじゃないけどできないと思う。犯人は遺体を車のトランクに横たえる前に、用意周到に準備してる。ストックを手に引っかけ、スマートフォンと鍵の束をポケットに入れている。それに遺体を抱えなくちゃならなかった。そういうことって……」ピアはいったん口をつぐんで、うまい言葉を探した。「親密な間柄じゃないとできないわ」

みんなもうなずいた。

「ではどうする?」オリヴァーがたずねた。「今後、捜査をどうつづけたらいい?」

「ヴェルシュの家をもう一度家宅捜索して、手がかりを見つけるのよ。出版社設立を計画したせいであんなふうに残忍に殺されたとは思えないわ。もっとなにかあるはず。わたしたちは被害者のことを知らなすぎる。わかっているのは隣近所の人と会社の人間ふたりから得た主観的な証言だけじゃない。でも、彼女がどういう人間で、なにに動かされ、なにに執着していたかわかっていない。なにか秘密にしていることがあるかもしれないでしょ。だれかを脅していたかもしれない。彼女は三十年以上ものあいだ、あの出版社で働いていた。いろいろあったはずよ」

「たとえば？」カトリーンがたずねた。

「それはわからない」ピアは肩をすくめた。そのときピアのスマートフォンが鳴った。ヘニングからのメッセージだ。アレクサンダー・ロートはバート・ゾーデン病院に入院しているという。マリア・ハウシルトがロートの妻に付き添うために病院へ向かっているそうだ。

「わたしは病院へ行ってみる。だれかついてくる人はいない？」ピアはいった。

「すまない。用事がある」オリヴァーはドアの上の時計を見ていった。

「わたしもだ。息子の大事なサッカーの試合があるんだ。応援すると約束してある」ケムが申し訳なさそうにいった。

「ええと、今日は妻の誕生日なんです」ターリクがいった。「午後にたくさんの人を招待していて、顔を出さないと、あとが大変で」

「うわっ、わたし、いいづらいじゃない」カトリーンが顔をしかめた。「でも、わたしも野暮用があって」

「わたしが行く」カイがいった。「ずっと外勤をしていないからな」

「気にしないで。一人で行くから」ピアは立ちあがって、リュックサックをつかんだ。「すぐ終わることだし、わたしは病院の近くに住んでるから。じゃあ、明日九時にヴェルシュの家で。クレーガーには伝えておく。おいで、ベックス！」

犬はテーブルの下の定位置から出てくると、ぶるっと体をふるわせ、ピアに従った。本当はピアも早く帰宅したかった。今日、クリストフがアムステルダムから戻ってくる。買いものをして、美味しい料理をこしらえておきたかった。だがクリストフなら、ピアの帰りが遅くなってもわかってくれるはずだ。彼も定時に帰宅することはめったにないし、週末も動物園に出向くことが多い。

「ピア、待ってくれ！」オリヴァーの声がした。階段に足をかけていたピアは立ち止まった。

「わたしがついて行く」オリヴァーはいった。「一時間くらいなら平気だ」

「本当に？」

「ああ。家族会議に出る前にショッピングセンターでちょっと服を買いたかっただけだ」オリヴァーはピアと並んで階段を下りた。「でも病院が長くかからなければ、買いにいけるだろう」

「じゃあ、いっしょに行きましょう」ピアは防火扉を開けた。ふたりが出口に向かうと、手荷物検査場の前でニコラ・エンゲル署長に会った。署長はミネラルウォーターの六本パックを二個と、タバコを一カートンと刑事警察署御用達ともいえるタイ料理店のロゴが入った紙袋を提げていた。

「あら、もう帰るの？」署長は皮肉っぽくいった。ベックスは紙袋に鼻を近づけて、においを嗅いだ。

「いいえ。被害者と関係の深い人物が病院に搬送されたんです」ピアはいった。「これからそこへ行って、家族に話を聞こうと思っています」

「いつからタバコなんて買うようになったんだ？」オリヴァーが嫌味ったらしくいった。「それにタイ料理？　自分用じゃないよな」

「鶴さんへの差し入れでしょ」ピアが皮肉をいった。「公共施設は禁煙なのに」

「特別な状況には特別な措置が必要なのよ」署長はひらき直っていうと、立ち去ろうとした。

「そうだ、ニコラ」オリヴァーが呼び止めた。「鶴とおしゃべりしているのか？」

「もちろん話をしているわよ」署長は胡散《うさん》臭そうにオリヴァーを見た。「それがどうかした？」

「よかったら、月曜日にヴェルシュが赤いカールの鬘をつけていたか訊いてくれないかな」

「いいわよ。でも、どうして？」

「なんとなくさ」オリヴァーが答えた。「ちょっと気になってね」

「わかったわ」署長は早くお気に入りの作家のところへ行きたいようだ。「他には？」

「今のところはない」

ピアは手荷物検査場を通り、防弾ガラスの向こうに立っている巡査に会釈してから、外に出てたずねた。

「どうしてあんなことを頼んだんですか？」

「ターリクが言っていたことが気にかかってね」オリヴァーは答えた。「隣人が夜中にヴェルシュを目撃しているだろう。ゴミコンテナーをだしたときと、車に乗ってガレージから出たとき。なにが目印になってヴェルシュだと判断したと思う?」

「顔を知っているからでしょう」ピアは肩をすくめていった。

「みんな、先入観があったからだよ」オリヴァーは外階段の一番下の段で足を止めた。「男だったり、金髪の女だったりすれば、気になって見直したはずだ。ヴェルシュが鬘を自宅でもかぶっていたか、それとも人前でだけだったか、そこが知りたいんだ。殺人犯がヴェルシュになりすましたというターリクの推理が正しければ、ヴェルシュの赤い髪が鬘だと知っていたはずだ」

「それって、犯人がごく近しい知り合いだという証拠になりますね」ピアはボスの考えがわかって、なるほどというようにうなずいた。

「まあ、鶴さんが自分の担当編集者をどこまで知っていたか楽しみだ」

＊

バート・ゾーデン病院に着くと、オリヴァーは受付でアレクサンダー・ロートの病室をたずねた。案内を待つあいだ、ピアはここで最悪の体験をしたことを思いだして、怖気《おぞけ》をふるった。十年ほど前のことだ。目の前でひとりの男性が非常扉のガラスを割って後頭部を切ってしまい、ピアの腕の中で出血多量で亡くなったのだ。この病院に来るたび、うまく対処してあの男性を助けられていたら、と思ってしまう。

「ピア？」

「ああ、ごめんなさい」ピアは深呼吸した。「ここに来ると、ついハルトムート・ザルトリウスのことを思いだしてしまって」

「いつまでも忘れられない嫌な思い出ってあるよな。わたしの場合は、獣医の医療助手に投げ飛ばされたことだ。よし、三階だ」

そのとき、女性がひとり、回転ドアを通ってロビーに入ってきた。シルバーブロンドの髪をボブカットにして、大きなサングラスをかけている。

「ハウシルトさん？」ピアは案内板の前に立ったその女性に声をかけた。ヘニングのエージェントはサングラスを取って、きょとんとしてから、ピアに気づいた。

「あら、ザンダーさん」ハウシルトはいった。厚化粧をしていて、目が赤く腫れぼったい。

「アレックスがどの病院に搬送されたか、あなたが知りたがっているとヘニングにいわれました」

「ええ。教えてくださりありがとうございます。ところで、こっちはわたしのボス、ボーデンシュタイン首席警部です」ピアはあとで、今後そういう内部情報を部外者に伝えないようにヘニングにいわなければと思った。「ロートさんになにがあったかご存じですか？」

「よくは知りませんが、自転車に乗っていて転倒したと聞きました」ハウシルトは髪をなでた。落ち着かない様子だ。「今日はケルンで作家に会って、いっしょに朝食をとっていたんです。そのときドーロから電話があって、アレックスが事故にあって、意識不明だと知りました」

「ドーロというのはだれですか？」ピアはたずねた。

「ドロテーア・ヴィンターシャイト＝フィンクです。ヴィンターシャイト出版の営業部長で、アンリ・ヴィンターシャイトの娘です。電話をもらって、その足でここへ来ました」

「なぜですか？」

「なぜって、旧友ですから。わたしたちは助け合ってきました。ハイケがクビになったあとも。まさかハイケが……もう生きていないなんて、信じられません。若い頃から仲がよかったんです」

ピアが口をひらく前に、オリヴァーがいった。

「お気の毒です、ハウシルトさん。お辛いことでしょう」

「ありがとうございます。本当に辛いです。ハイケがもういないなんて考えられません。最後に喧嘩別れしたことが心残りで仕方ありません」ハウシルトはまた髪をなでた。だが今度は色気を見せながら。彼女の目はオリヴァーの顔に釘付《くぎづ》けだ。こういう場面に、ピアは何度も出くわしてきた。年齢を問わず、多くの女性がボスに色目を使う。オリヴァーはケムのようにハリウッド風の顔ではないが、歳を重ねるごとに魅力が増している。ふさふさした褐色の髪に、銀色のこめかみ、目尻の笑いじわ。そこに貴族の称号と完璧な言葉遣いが加わる。彼の職業や話している理由を人々に忘れさせるには充分だ。ピアはボスのそういうところがうらやましかった。目撃者や被疑者と話すとき、ピアはいつも自分の額に刑事という刺青《いれずみ》が彫られているような気がしてならなかった。

マリア・ハウシルトは首を傾げた。

「だれかに似てらっしゃいますね」とオリヴァーにいった。どうせ昔の友だちを思いだすとでもいうのだろうとピアが思っていると、思いがけない言葉が耳に入った。

「ああ、わかりました！」ハウシルトは微笑んだ。「俳優のティム・ベルクマン（本シリーズ原作のテレビドラマでオリヴァー役を務めている俳優）にそっくりです」

「本当に？　お世辞がうまいですね」人の話に合わせるのがうまいオリヴァーはチャーミングな笑みを浮かべた。「お貴族さまの微笑み」とピアがよくからかっている笑みだ。これで上品にお辞儀をして、手にキスをすれば完璧だ。

「よろしければ、お供いたします」

「もちろんです。どうぞよろしく」ハウシルトは感激しているようだ。「昔の仲間がみんな揃っているはずです。みんなに紹介しますね、フォン・ブーフヴァルトさん」

「ボーデンシュタインです」ピアが訂正した。

「ああ、そうでした。ごめんなさい」ハウシルトが笑った。殺されたハイケのことをしばし忘れてしまったようだ。「キルヒホフ教授とよく小説のプロットや登場人物について話し合っているんです。実際にモデルと会って、フィクションとリアルがごっちゃになってしまったようです」

「一向に構いません。小説のモデルになるのは大変名誉なことですので」オリヴァーはピアに目配せをした。ピアは呆れて首を横に振った。

エレベーターの扉が開いた。オリヴァーはハウシルトとピアを先に入らせた。

「ハイケが遺体で見つかったとヨーゼフから聞いたときは、茫然自失しました」ハウシルトは悲しげな目をした。「長年知っている相手だと、急にいなくなっても想像ができません。しかもアレックスが事故にあったという知らせまで。本当にショックです」

「ロートさんはずっと禁酒していたのに、また酒を飲むようになったそうですね。ご存じでしたか？」ピアがたずねた。

「はっきりとは知りません。でも、ハイケが彼をひどく追い詰めていたことは知っています。どうしても新しい出版社に彼を引き抜きたかったんでしょう。思いついたことは、断固やり遂げる人でしたから。でも、部長に抜擢《ばってき》されて、アレックスは身を引き裂かれる思いだったでしょうね。そういうときに酒に逃げる人は多いです」

「あなたは違うんですね？」ピアはたずねた。

ハウシルトは考え深げにピアを見た。

「ええ、わたしはプレッシャーに強いですから。でも、そうなるまでずいぶん学習しました。嫌われないようにいろいろ工夫します。とくに好きな相手には。あなたならよくおわかりと思いますが」

あいたた、とピアは思った。ハウシルトに一本取られた。

「あなた方は仕事柄、大変なプレッシャーを抱えることが多いのでしょうね」ハウシルトはすかさずそういって、自分の返事を和《やわ》らげた。だが彼女がだれのことをにおわせたのか、ピアに

ピアはいった。「わたしたちの仕事では好きな人を相手にすることがほとんどありませんから」

「でも、たまには好きな人が絡むこともあるのでしょう？　オペル動物園の事件で、あなたはご主人と出会ったわけですから」ハウシルトが逆襲した。「上司は園長に疑いをかけていたのに、あなたは園長を好きになりましたものね」

「ヘニングには今後、登場人物の設定をモデルに近づけすぎないようにいわなければならないようですね。わたしの秘密がすべてばればれですので」

エレベーターが三階で止まった。ピアたちはエレベーターを降りて、集中治療室へ向かった。待合室に人々が集まって、押し黙っていた。ミントグリーンのプラスチックの椅子に背筋を伸ばしてすわっている初老の婦人を除いて、男性ふたりと女性四人はしきりにスマートフォンをいじっている。ピアは、カール・ヴィンターシャイトがいることに気づいて驚いた。だがアレクサンダー・ロートが彼の部下であることを思いだした。そこはヴェルシュと違う。

「マリア！　来てくれたのね！」初老の婦人が椅子から腰を上げ、微笑みながら腕を広げた。マリア・ハウシルトは心を込めてその女性を抱いた。

「マルガレーテ！　できるだけ急いできました。容体は？　なにかわかったんですか？」

「パウラがまだ医者と話している」ショートヘアの黒髪を額に垂らし、フレームが派手な青色の四角いメガネをかけた女性が答えた。「よくないみたい」

「なんてこと！」ハウシルトは大柄の金髪女性から両頰にキスをされた。「本当にショックよ！」

オリヴァーとピアは目立たないようにドアのところにとどまって、ハウシルトがその場にいる人たちと挨拶するのを見守った。みんな、衝撃を受けている様子で、ささやき合っている。葬儀のような雰囲気だ。初老の婦人がハウシルトの腕を取って、隣の席にすわらせると、両手でハウシルトの片手をつかんで、耳元でなにかささやいた。ハウシルトは申し訳ないという目つきでピアを見た。そのときカール・ヴィンターシャイトがピアとオリヴァーのところにやってきた。ハウシルトがさっき彼と抱擁《ほうよう》するのを見て、ピアは少し不思議に思っていた。

「マリアはわたしの代母なんです」カール・ヴィンターシャイトはそういってから、そこにいる人たちを順に紹介した。白い髪の初老の婦人はカールのおばにあたるマルガレーテ・ヴィンターシャイト。カールの前の社長で、マルガレーテの夫のアンリは健康上の理由で来ていないという。青いメガネの女性はカールのいとこにあたるドロテーア・ヴィンターシャイト＝フィンク。いっしょにいる男性は彼女の夫シュテファン・フィンク。そばかすのある金髪の女性は書店を営むヨゼフィン・リントナー。そして目を泣き腫らしてベンチにすわって、羽根をむしられた小鳥のように見えるふたりの若い女性は、ロートの娘だった。

ちょうど紹介が終わったとき、集中治療室の曇《くも》りガラスの扉がシュッと音を立てて開いた。女性がひとり待合室に入ってきた。背が高く、がりがりに痩せている。栗色の髪は肩まであり、ピジョングレーのパンツスーツを着て、シルクのショールを首に巻いていた。総じてエレガントで、辛い気持ちに耐えているようだ。彼女があらわれると、みんな、いっせいにしゃべるの

ったが、ショックで言葉を失っていた。だがその女性はカール・ヴィンターシャイトだけを見ていた。

をやめ、その女性に視線を向けた。だがその女性はカール・ヴィンターシャイトだけを見てい

った。

「アレクサンダーはまだ昏睡状態で、人工呼吸器で生かされています」女性は消え入るような声でカールにいった。「転倒したとき、顔にひどい怪我をし、骨折もしているそうです。先生はいつ意識が戻るかわからないといっています。これから二十四時間が峠だそうです」

若い娘のひとりがすすり泣き、もうひとりが慰《なぐさ》めるように腕をまわした。

その女性はヴェルシュと長年文芸番組の司会をしてきたパウラ・ドムスキーだった。ここに集まっている人たちは、カイが会議室のホワイトボードに名前を書き記した時点では、顔を知るだけの存在だった。だがこうして一堂に介しているのを見ると、それぞれの関係性が見えてくる。意識的か、無意識かわからないが、マリア・ハウシルト、シュテファン・フィンク、ヨゼフィン・リントナーの三人はマルガレーテのそばに集まり、ロートのふたりの娘とカール・ヴィンターシャイトは彼らに距離を置いている。ドロテーアは両者をつなぐ役らしい。

「パウラ、かわいそうに！」ドロテーアが沈黙を破った。「アレックスはきっと意識が戻るわ。そうよね？」

「わからないの」ドムスキーは冷たく答えてから、さらにいった。「カール、ここにいてくれるかしら」それから他の人たちに視線を向けた。「みんな、来てくれてありがとう。アレクサンダーが聞いたら、喜ぶと思う。でも今はここにいてもなにもできないわ。お帰りになって結構です」

「アレクサンダーはわたしの息子も同じよ」マルガレーテがしっかりした口調でいった。「わたしは残るわ。わたしにはその責任がある」

「わたしも残ります」ハウシルトもすぐにいった。

「わたしたちだって」シュテファン・フィンクもいった。ドロテーアも夫の決断にうなずいた。その場にいる人たちの反応は明らかにグループ内の力関係を反映していた。マルガレーテの権威を揺るがすことは何人にも許されないのだ。彼女が残るなら、全員が残るということだ。

「どうぞご勝手に」パウラが答えた。彼女の声の調子には軽蔑するような響きがあった。「いつものことですよね。そうすれば、罪滅ぼしができると思ってらっしゃるのでしょう。アレクサンダーがまた酒に溺れるようになったのは、あなた方のせいです。わたしはあなた方を決して許しません。地獄に落ちるがいい！」

ドムスキーはふたりの娘についてくるように合図を送ると、きびすを返してそこから出ていった。ショックを受けたのはカールだけらしく、他の人々はドムスキーが吐いた呪いの言葉になんの反応も見せなかった。どうやらドムスキーの言葉を真に受けなかったようだ。

ふたりの娘が母親についていくと、オリヴァーとピアもあとを追った。

ドムスキーは数メートル先の廊下で立ち止まり、胸元で腕を組んで、ふたりの娘になにやら小声で話していた。

「すみません」オリヴァーがドムスキーに話しかけた。「こんにちは」

パウラはきょとんとしたが、オリヴァーたちが待合室にいたことを思いだした。

「醜《みにく》いところを見せて申し訳ありませんでした。やはり集中治療室にご家族の方が？」

「いいえ、刑事警察の者です」オリヴァーが丁寧に答えた。「少し時間をいただけますか？」

「刑事さん？」ドムスキーは戸惑いを見せた。「え……ええ、かまいませんが」

オリヴァーが外で話したいというと、ドムスキーもうなずいた。待合室の面々から少しでも遠く離れたいようだ。

「すぐ戻るわね」ドムスキーは娘たちにいった。一階に降りる途中、ピアとオリヴァーは、アレクサンダー・ロートが病院に搬送されたとき、血中からアルコールが検出されたことを知った。おそらく酔っていたせいで、自転車で転倒したのだ。そして普段からヘルメットをつけていなかったので、骨折をはじめとする大怪我になった。

「もっと早く発見されていれば、助かったかもしれません。でも、バスの運転手が偶然気づいて、救急医に連絡するまで、数時間、道路の側溝に意識を失って倒れていたそうです」ドムスキーは驚くほど気をしっかり持っていた。感情を厳しく制御しなければ、心がもたないのだろう。「CTの映像では脳に障害はないようなのですが、覚醒《かくせい》する可能性はほぼないと医者にいわれました。測定可能な脳活動がほぼ認められないそうです」

オリヴァーは先に立って、回転ドアを通り、菩提樹の下のベンチに向かった。ドムスキーとオリヴァーはベンチに腰かけて、ピアは立っていた。

「わたしは昨日の午後、会社でご主人と話をしました」ピアがそういうと、ドムスキーは知らなかったようだ。「月曜の午後、ハイケ・ヴェルシュさんを訪ねたそうです。火曜のあなたの番組に出演しないように頼みにいったといっていました」

「説得が効いたみたいですね」ドムスキーはぶすっとしながらいった。「彼女はあらわれませんでした。もともと彼女が持ちかけたアイデアだったのに」

「アイデアというと？」ピアはたずねた。

「ハイケは視聴者の前でカールを吊るしあげようとしたんです」ドムスキーが真相を明かした。「彼女は不当に扱われたといって、復讐したがっていたんです。プロデューサーのほうも乗り気でした。ハイケが『パウラが読む』のレギュラーをやめてから、視聴率が下がっていまして、局のブラックリストに入っていたんです。だからハイケに出演してもらってちょっとしたスキャンダルになったら、高い視聴率が稼げると期待したんです。でもハイケはあらわれず、プロデューサーは足をすくわれました。事前にキャンセルの連絡もなく、何回連絡しても電話に出ないし、ショートメールにも返信がなかったんです」

「その時点で、ヴェルシュさんはすでに亡くなっていたのでしょう」ピアはいった。「けさ遺体を発見しました」

「ええ、さっき聞きました。ひどいことです」ドムスキーはうなずいたが、それほど衝撃は受けていないようだった。夫の身を案じる気持ちのほうが大きいからだろうか。それともヴェルシュがどうなろうとかまわないのだろうか。さっき待合室で、ドムスキーはほぼカール・ヴィンターシャイトとしか話さず、彼にしか残ってくれと頼まなかった。だが火曜日には、そのカールを視聴率を稼ぐためにカメラの前で人身御供にしようとした。

「ヴェルシュさんをよくご存じだったのですよね？」ピアはたずねた。「長いあいだ組んでいましたね」

「ええ、そのとおりです」ドムスキーはうなずいた。「わたしたち、気が合っていたんです。友人とまではいえないでしょうが、いつもいい関係でした。本当なら、彼女が殺害されたと聞いてショックを受け、彼女の死を悼《いた》むべきなのでしょうが、彼女はあまりにも多くのことを壊したものですから」

「ヴェルシュさんが亡くなったことはだれから聞いたのですか？」オリヴァーがたずねた。

「永遠の友人からです」ドムスキーは病院のほうを顎でしゃくって、吐き捨てるようにいった。「夫の古くからの友人たちを、わたしは永遠の友人と呼んでいるんです。そのくらい長い付き合いなんです」

「なるほど」

「ご主人はヴェルシュさんと諍《いさか》いがあったといっていました」今度はピアがいった。「部長のポストについて、彼女の新しい出版社に移ることを拒《こば》んだせいで、ヴェルシュさんが怒っていたそうですが」

「アレクサンダーが部長になったのは当然の結果です。ハイケは会社の組織改革のあおりで、そのポストから下ろされました。自業自得です。彼女は最初から新しい経営陣に楯突《たてつ》いて、従業員にも同じようにするよう焚《た》きつけていたんです。そういうのはうまかったですから。でも、当てがはずれて転職にも失敗し、自分の出版社を起こす夢に取り憑《つ》かれたんです。担当している作家や同僚を引っこ抜けると確信していました。ところが蓋《ふた》を開けてみて、自分が好かれていなかったことに気づかされたんです。ハイケは昔から、自分が最高で、他のみんなは無能だと信じて、それを公言してはばかりませんでした。彼女が会社を去って、喜んだ人は多かったと思いますよ。すくなくとも、だれも涙を流しませんでした」

「それでもご主人は部長になって幸せには見えませんでしたが」ピアはいった。

「そうですね。幸せではないと思います。厄介なことばかりでしたから」ドムスキーは少し間を置いてから、いいにくそうにしながら話しだした。「夫とは結婚して二十五年になります。すばらしい娘がふたりいますし、お互いの仕事も申し分ありませんでしたし、いつも助け合ってきました。その意味では、満足できる人生を歩めるはずでした。でも、夫にとっては、わたしたち家族よりも出版社と永遠の友人たちのほうが大事だったんです。さっき上でご覧になったでしょう。あれは閉じたサークルです。わたしはずっとアウトサイダーでした。昔の話題、あの人たちだけの共通の思い出、そして思わせぶりな言葉で笑う。わたしは今も話についていけません」

「さっき、ご主人がまた酒を飲むようになったのはあの人たちのせいだといっていましたね。どういう意味なのでしょうか?」ピアはたずねた。

「あの人たちは夫の友人です。夫がアルコール依存症になって、酒を断《た》っていることを知っていました。それなのに、酒を飲むのを止めもせず、逆にプレッシャーを与えたのです。だから夫はまた酒に手を出してしまいました」そういって、ドムスキーは苦々しげに口を引き結んだ。

「夫はほぼ十五年酒を断っていました。ところが数ヶ月前、部長になった直後、わたしはフランクフルトの警察分署に夫を迎えにいくことになったんです。夫は駅で泥酔してふらついているところを保護されました。翌日、夫は後悔して、もう絶対に酒には手をださないと涙ながらに誓ったんです。でも、誓いをまっとうすることはできなかったようです」

ドムスキーはまた少し間を置いた。

「夫は昔、付き合いで酒を飲んでいました。当時は社内で毎晩、酒盛りをしていました。どうしても断れない会合もたくさんありました。でも今回、夫が酒に手を出すようになったのには別の事情があるような気がするんです。数週間前から、夫は人が変わったようになったんです。わたしが話をしようとすると、すぐ拒絶しました」

ドムスキーは咳払いをして、肩に力を入れた。

「夫は月曜の夜、泥酔してまたしても警察に保護されたというのに、火曜の夜にも夫は酔っぱらって家に帰ってきました。遅い時間で、わたしはベッドに入っていました。夫が二階に上がってこないので、様子を見にいくと、ガレージにいました。足腰が立たない状態でした」パウラは夫の負の部分を口にするのが辛そうだった。「フランクフルトからリーダーバッハまでよく自転車に乗ってこられたものだ、とわたしは驚きました。わたしは酒をやめなければ、家から追いだすといったんです。夫は泣きました。そして、自分は価値のない人間で、自分の人生もキャリアも嘘の上に築かれたものだ。それがばれそうで、恐くてならないといったんです」

「どういう意味でしょうか？」オリヴァーはたずねた。

「わかりません。それ以上はいいませんでしたから。夫は死ぬかもしれません。そうでなくても、脳が元に戻ることはないでしょう。夫を苦しめていたのがなにか、わたしは永遠に知ることがないんです。わたしは本当の夫をずっと知らなかったような気がしてなりません」

＊

「半生をいっしょに暮らした相手に秘密があって、じつはなにも知らなかったと知らされるなんて最悪ですね」パウラ・ドムスキーが病院に入っていくのを見ながら、ピアはいった。

「夫の旧友たちに憤《いきどお》りと嫉妬を感じるのも当然だ」オリヴァーが答えた。

「無理もないでしょう」ピアはうなずいた。「永遠の友人たち。自分には入っていけない閉じたサークル。すごくよくわかります」

「ヴェルシュを殺害したのは彼女かもしれないな」オリヴァーは声にだして考えた。「パウラ・ドムスキーがヴェルシュを訪ね、夫がいった嘘というのがなにか問い質《ただ》した可能性がある」

「そしてヴェルシュがなにもいわなかったので殴り殺したというんですか？」ピアは首を横に振った。

「可能性はあるだろう」

「あの人がヴェルシュを殴り殺して、血液や髄液を飛び散らせ、そのあと遺体を森に遺棄して、キッチンをきれいにしたというんですか？　いくらなんでも」

「あの人は気持ちを抑えているが、内側では感情の火山が鳴動している。この二十五年の溜まりに溜まった欲求不満と敵意が爆発したのなら、なんでも起こりうるだろう。表に出さずに耐えつづけた人は、たいてい一番傷ついている」

「月曜の夜のアリバイを確認する必要がありますね。それに指紋とDNA。でも今他の人のいるところでそれをするのはまずいでしょう」ピアは金髪の書店オーナーとシュテファン・フィンクとその妻が回転ドアを通って出てきて、喫煙コーナーへ歩いていくのに気づいた。フィンク夫妻はタバコに火をつけ、金髪の女性は立体駐車場のほうへ去っていった。

「あのふたりと話してみませんか。そのあとカール・ヴィンターシャイトにもう一度事情聴取をしましょう」ピアはいった。「あの社長は永遠の友人たちを全員知っていながら、その仲間ではありません。もしかしたらなにか知っているのに、そのことに気づいていないかもしれません」

「そうしよう。パウラ・ドムスキーは逃げないからな」オリヴァーも同意してから、自分の腕時計をちらっと見た。

「ひとりでやれますよ、ボス。店が閉まる前に、新しい服を買ってください」

オリヴァーは乗ってきた警察車両に向かった。ピアはフィンク夫妻のところへ行って声をかけた。さっきは椅子にすわっていたのでわからなかったが、シュテファン・フィンクは背が高く、肩幅があることにピアは驚いた。顔は角張っていて、花崗岩《かこうがん》から削りだしたかのように見える。目は空色で、まつ毛も眉毛も金色で、歳をとったバイキングの首長という風貌だ。親しい仲間がひどいことになっているのだから当然だが、妻と同じように鎮痛な表情をしている。

「昨日、うちの社に来ていましたね」そういって、ドロテーア・ヴィンターシャイト＝フィンクは金属の灰皿の角でタバコをもみ消した。化粧をまったくしていない。大柄の夫と並ぶと、額に垂らした黒髪とかわいらしくつんとした鼻のせいか少女っぽく見える。

「ええ」ピアが答えた。「社長とロートさんのおふたりに話を聞きました。ハイケ・ヴェルシュさんのことで」

「しかし、とんでもないことになりましたね」シュテファン・フィンクは襟《えり》のところまであるグレーブロンドの髪を片手でなでた。「わたしたちは本当にショックを受けています」

「よくわかります」ピアはうなずいた。「長年の知り合いなら当然辛いことでしょう」

「学校が同じでした」シュテファン・フィンクがいった。「ハイケとわたしは同学年で、ヨゼフィン、マリア、アレクサンダー、妻の亡くなった兄ゲッツもいっしょでした」

シュテファン・フィンクはドロテーアよりも二歳年上で、大学卒業後、両親がやっていた大手印刷会社を継いだ。夫妻は仕事上も関わりが深い。ヴィンターシャイト出版は五十年以上にわたってフィンク印刷所の得意先だ。

「学生時代の友情がそんなに長くつづくなんて珍しいですね」ピアはいった。「わたしは学生時代のほとんどの友だちと音信不通です」

「たぶんみんな、出版業界で働いているからでしょう」シュテファン・フィンクがいった。「出版業界はそれほど広くありません。だからなにかと出会う機会が多いんです。わたしたちだって昔ほど濃い付き合いはしていませんが、ときどき集まっています。アレックスとわたしは何年もテニスをプレーしていました。でも今はもう手首がいうことを聞かなくてラケットを置きましたが。妻とわたしはヨージーと彼女の旦那とよくドッペルコップフ（トランプを使う四人用のゲーム）をします。ハイケとマリアは二、三年前までわたしたちと同じように旧オペラ座でひらかれるコンサートの年間チケットを買っていました」

シュテファン・フィンクは悲しそうに微笑んだ。

「わたしたちはいっしょに祝いごとをしたり、仕事をしたりして、だれかが壁にぶつかると、助け船をだし合います」ドロテーアもいった。「だから今日もここに集まっているんです」

「すばらしいことですね」そういうと、ピアはわざと少し挑発的なことをいった。「パウラ・ドムスキーさんもみなさんに感謝していることでしょう」

「いいえ、それはないです」ドロテーアが答えた。「わたしたちが彼女より長い付き合いなのを面白く思っていませんから。彼女も仲間に入れるように本当にいろいろしたんです。でも水泡に帰しました。わたしたちに価値を置いていないことをいつも態度で示しています。でも今日は彼女のためにここに来たのではありません。友だちのアレックスのためです。パウラがわたしたちのことをどう思おうと関係ありません。彼がまた酒を飲みだした責任は彼女にあります。アレックスは彼女とうまくいってなくて、彼女に四六時中、小言をいわれていたのです。そんなの、だれも耐えられません」

パウラ・ドムスキーの話とずいぶん違う。やはり判断する前に双方から話を聞かなければいけない、とピアは肝《きも》に銘じた。

「ハイケ・ヴェルシュさんについてはいかがですか？　この数ヶ月、会社をずいぶん困らせていたようですが。面白くなかったのではないですか？」

「それはもう！　不愉快きわまりなかったです」ドロテーアは力を込めていった。「カールとわたしたち社員はこの一年半、会社を救うために身を粉《こ》にして働いてきました。それなのにハイケとわたしの父は意地になってカールの足をすくおうとしたんです。わたしは何度も新体制に合わないハイケをクビにしようと働きかけました。彼女が社内の空気を悪くしていることに我慢がならなかったので。しかしハイケは自分がいなければ、会社はアイデンティティを失うと思っていました」ドロテーアの声がふるえ、目が突然、変な光を帯びた。「わたしが彼女を好きではなかったように聞こえるでしょうが、それは違います。ハイケはわたしが知るもっとも頑固な人で、最近はそのせいで振りまわされっぱなしでしたけれど」

ドロテーアは芝居がかっていたが、あまりうまいとはいえなかった。言動がほんの少し大げさだった。良心の呵責《かしゃく》でもあるのだろうか。それともなにか隠しているのか。ピアは注意深く観察した。そこには悼む心もショックもなかった。あるのは自己憐憫《れんびん》のようだ。そしてそれを見透かされるのが恐くて、あえて目に涙をたたえてみせているのだ。

「ヴェルシュさんは自分の出版社を起こすつもりでしたね」ピアはそういってみた。

「ええ、そうです」本心か演技かわからないが、ドロテーアはすぐに態度を変えた。「わたしの父とアレックスを巻き込んで。マリアとヨゼフィンも知っていました。知らなかったのはわたしだけでした。おそらくわたしが知ったら、カールに話すと思ったのでしょう。正解です。そうしたはずですから」

カール・ヴィンターシャイトはそれでも新会社のことを知って、ヴェルシュをクビにした。ピアは彼が情報源を明かさなかったことを思いだした。

「実際に話したのではないですか？」

「とんでもない！　わたしはカールに教えられたんです」

「おまえはどっちにしても新会社に移らなかっただろう」夫は手を伸ばして、妻の腕をなでた。

「そうね。それでもハイケには腹が立ったわ。父の名前とお金が目当てだったのは間違いないもの。父は彼女にあれだけよくしたというのに、最低よ。父には新しい出版社を立ちあげて、経営するだけの力がないことを、ハイケはよく知っていた。父はいまだに自分が偉大な人間だと思っていて、ハイケのアイデアに自尊心をくすぐられたのよ。服を着るのもひとりではできなくて、介護おむつをつけていないと外を歩けないていたらくなのに」ドロテーアは払いのけるような仕草をした。「あの計画が白紙に戻って、母もわたしもほっとしている。父は忸怩《じくじ》たる思いでしょうけど。いい気味よ」

「計画が白紙に戻ったのは、ヴェルシュさんが亡くなったからですか？」ピアは突っ込んでみた。「それとも、どのみちヴェルシュさんは計画を断念していたということですか？」

「正直いって、わたしにはわかりません」ドロテーアはそれが誤解を生む言い方だと気づいて、苦笑した。実際「正直いって」というときはたいてい正直ではないと相場が決まっている。

「ヴェルシュさんを殺害したくなるような事情を抱えているのはだれだと思いますか？」ピアは単刀直入にふたりにたずねた。

「そのことはずっと考えていました」ドロテーアはため息をついた。「ハイケはこの数ヶ月、たくさんのことを壊しましたから。しかし殺害までするかというと。いいえ、だれがやったか想像もつきません」

「まあな。人を自分にけしかけることにかけてはハイケの右に出る者はいなかったからな」夫は新しいタバコに火をつけた。「あいつはいつも人を傷つけていた。屈辱を味わわされた実習生は山ほどいるだろう。将来を潰された作家だって十指にある。罵られたジャーナリスト、侮辱を受けた批評家、頭ごなしにしかられた同僚、タクシーの運転手、ウェイター、ゴミ収集の作業員、店員。ハイケの首を絞めたいと思った人はいくらでもいる」

「そうね」ドロテーアは夫に同意した。「相手の弱点を見つけて、そこを攻めることにかけては天才的だった」

「ハイケはわたしたち友人の前でも歯に衣《きぬ》を着せなかった」夫がいった。「いつも容赦ないほど正直だった。でもわたしたちには、彼女の批判が個人に向けたものでないことがわかっていた。ハイケは基本的にいつも物事を問題にしていた。完璧主義者で、自分のテンポについてこられない人にイライラしていたんだ。ひどいところはあったけど、話し相手としては最高だったし、刺激的だった。彼女がいなくなったのは残念だ」

　ピアは批判が個人に向けたものでないというのは疑わしいと思った。友人の口から出てくる批判であれば尚更だ。多くの友情は不誠実に支えられているものだ。本音をいってばかりいたら、たいていの友情は早々に壊れて、過去のものとなる。

「わたしもそういえたらいいんだけど」ドロテーアはいった。「ハイケはわたしの神経に障ってばかりいた。なんでも壊したがり、陰謀をめぐらしたから。死んでほしいとまでは願わなかったけれど、南アメリカにでも移住して、二度と顔を合わせずにすんだらいいのにとは思った」

夫の物言いよりも、こっちのほうがはるかに正直に聞こえた。

「ヴェルシュさんが認知症の父親を自宅で世話していたことはご存じでしたか?」ピアはたずねた。

「ええ、知ってました」ドロテーアはうなずいた。だが夫が驚いて妻を見たのを、ピアは見逃さなかった。

「マリア・ハウシルトさんは知りませんでした」ピアはいった。「アレクサンダー・ロートさんも知りませんでした。それでも友だちだったんですよね」

「だれかれかまわず触れまわってはいませんでしたから」ドロテーアが答えた。

「ハイケはずっとお父さん子でしたからね」夫がいった。「早くに兄と母親を亡くしているんです。親戚がいるという話は聞いたことがありません。彼女には父親しかいなかったのです」

「ヴェルシュさんには付き合った相手とかいなかったのですか?」ピアがたずねると、夫妻はまた顔を見交わした。

「いましたよ。公《おおやけ》には知られていませんが」ドロテーアはいった。「じつは三十年ものあいだわたしの父の愛人だったんです。父が二年前、脳卒中を引き起こすまでは」

＊

ピアはベックスを連れて、近くの森をひとまわりしてから餌をやり、二階のバスルームに行って、長くてきつかった一日の疲れをシャワーでしっかり洗いながした。クリストフはアムステルダムで飛行機が飛びたつ直前、ピアにハートの絵文字つきのメッセージを送ってきた。飛行機は午後七時五十分にフランクフルトに着陸するという。なにもなければ、午後九時には家に着くとあった。ピアは彼の帰りが楽しみだった。数日ひとりで過ごしても平気だが、やはりクリストフがいないと心が安まらない。いっしょに暮らして十二年近くになるが、今でもお互いに惹かれあっている。その点はだれにも負けない。ヘニングとの結婚が破綻したあと、もう恋に落ちることはないと思っていたが、心境の変化は唐突にやってきた。クリストフとなら笑い合えるし、喧嘩をしてもすぐ仲直りできる。彼は最高の友だ。こんなに信頼が置ける人はいない。とにかくいっしょにいると居心地がいい。

ピアは一階のキッチンに下りてズッキーニを二本とナスを一本、冷蔵庫からだした。ニンニクとタマネギを刻んで、野菜を輪切りにし、それをフライパンで炒めて、パスタをゆでるために湯が沸くのを待つあいだ、ピアは捜査中の事件のことをあれこれ考えた。とにかく腑《ふ》に落ちない点が多い。ゼヴェリン・フェルテンがヴェルシュをノートパソコンで殴ってその場から逃げだしたあと、だれかが来て、フェルテンがやりかけたことをやり遂げたとしか思えない。殺害後の行動から、犯人がヴェルシュと繋がりがあるのは間違いない。ヴェルシュが犯人にとってどうでもいい存在なら、遺体をそのままにしたはずだ。だが殴り殺したあと、事故に見せかけようとした。森に遺棄すれば見つからないと思ったのだろうか。すくなくとも数ヶ月から数年のあいだ。そうすれば白骨死体になる。だがそれなら、どうしてもっと奥深いところに遺棄しなかったのだろう。それでいて、わざわざスマートフォンと鍵の束をズボンのポケットに入れるような真似をした。どうしてだろう。スマートフォンで位置情報が得られることは子どもでも知っているのに！　ここ数年、犯罪心理学から学んだこととどうしても辻褄《つじつま》が合わない。矛盾をいくつか解決しようとしたが、結局、同じところで行き詰まり、意味がなかった。

ピアはヴィーニョ・ヴェルデ（ポルトガルのワイン）をグラスに注いで、キッチンの時計を見た。八時四十分。湯が沸騰《ふっとう》した。塩を入れ、オリーブオイルを少し垂らして、パスタを入れた。それからガラス戸を全開放したサンルームのテーブルにカトラリーや皿を並べた。ちょうどパスタがアルデンテでゆであがったとき、ベックスがクッションから立ちあがって、尻尾を振りながら玄関に走っていった。すぐに鍵をまわす音がして、ドアが開いた。犬に話しかける声が聞こえ、クリストフがキッチンに入ってきた。ピアはうれしくて胸がどきどきした。

「あら、お帰りなさい！」ピアはフライパンをコンロからはずし、クリストフにキスをして、彼の腕に包まれた。「無事に帰ってきてくれてうれしいわ」

「このあいだの口論はどうなったんだ？」クリストフがそうからかいながら、ピアの頬をやさしくなでた。

「人生は短いのよ。喧嘩なんてするのはもったいないわ」

「たしかに」

食事のあと、ふたりはいっしょにキッチンを片づけた。クリストフは会議の話をし、ピアはオリヴァーが元妻のために生体肝移植のドナーになる決意をしたという話をした。ふたりとも疲れていたが、クリストフは二本目のワインの栓を抜いた。今夜はケムとターリクが待機要員だから、ピアももう一杯くらい飲んでも平気だ。ピアがガラスシリンダーの中のロウソクに火をともすと、ふたりはテラスのラウンジコーナーにすわった。

ピアはクロックスを脱ぎ、クリストフはピアの足をマッサージした。少しのあいだ黙って過ごし、その静けさと、ワインと、ビロードのような夜の空気を楽しんだ。まわりの木に止まっている鳥たちがさえずるのをやめた。蛾《が》が数匹、光を放つガラスシリンダーのまわりを飛びまわった。

「仕事はどう？」クリストフがたずねた。

「殺人事件があった。ここバート・ゾーデンで。下のブルクベルク通り」ピアはあくびをしながらいった。「はじめは衝動的な犯行かなと思ったんだけど、今はかなり込み入った事件になってる」

「話してくれるかい？」

事件が複雑なときは、刑事の目で見ないだれかに捜査状況を話すと役立つことがよくある。事実をただ列挙するだけでも、それまで見えていなかった関連性に思い至ることがあるのだ。

「被害者は五十六歳の女性」ピアは話しはじめた。「偶然にもヘニングのエージェントの友だちでね、六月に働いていた出版社を即時解雇された。ちなみに有名な作家ゼヴェリン・フェルテンの担当編集者だった。そして今日、森で遺体が発見された」

「ひゃあ！　すごい話だな」

クリストフはまたワインを注いで、ラウンジチェアに体を沈めた。

ピアはヴェルシュの家でマリア・ハウシルトに会ったところから病院で聞き込みをしたところまで話した。ミステリを愛読し、「トゥルー・ディテクティブ」や「クリミナル・マインドFBI行動分析課」といったアメリカの犯罪ドラマのファンでもあるクリストフはじっと話に耳を傾け、ときどき質問をした。

「でもどうしても辻褄が合わないのよ」ピアは話し終えるといった。「怒りに駆られて殴り殺しそうな人なら十人を下らない。血を見るまで収まらないだろうって人がね。でも、感情に任せて頭を殴るのと、破壊衝動のまま死ぬまで殴りつづけるのとでは次元が違う。腹の虫がおさまらないという程度ではなく、ものすごい憎悪がないとできないわ」

「まだわかってないことがいろいろあるんじゃないかな」クリストフはいった。「その出版社とは関係ないことかもしれないぞ。別の角度で考える必要があるんじゃないかな」

「そうかもね」ピアはまたあくびをした。まぶたが重くなった。二階のベッドまで辿《たど》り着けそうになかった。「明日は被害者の家を捜索するわ。なにか別の手がかりが見つかればいいんだけど」

四日目

二〇一八年九月九日（日曜日）

オリヴァーは八時少し前、まだ閑散としているホテルの食堂に行き、新聞の日曜版を持って席についた。たった二泊だが、弟の妻が采配を振る五つ星ホテルの快適さにはうならされるものがあった。久しぶりに電子版ではない新聞が読める。自己陶酔した十八歳の娘がインクアレルギーだというのでずっと紙媒体で読めなかった。それにここでは仕事熱心なお助け小人が夜のあいだに買い揃えたばかりのシャツを洗濯して、アイロンをかけ、靴を磨いてくれている。硬めのマットレスを使ったベッドも、夢を見ないほど熟睡できてすばらしい。それにゾフィアも農場で暮らせて幸せそうだ。オリヴァーは新居探しを急がなくてもよさそうだと思っていた。

一九八〇年代にプチホテルに改装して、レストランを開店するまで、この城にはオリヴァーの両親と祖父が住んでいた。オリヴァーたち子どもも、一八八四年にチューダー様式で建てられたこの小さな城で育った。城は威風堂々としているが、当時は快適とはいえなかった。

カロリーネはなんの連絡もしてこなくなった。その代わりに、グレータからスマートフォンに大量のメッセージが届くようになった。留守番電話、ショートメール。まったく呆れるばかりだ。だがオリヴァーはメッセージを一切確認しなかった。もはやなんの関心もない。今回、グレータはやりすぎた。思い知るべきだ。愛想のいい給仕がコーヒーを運んできた。そのあと朝食のビュフェで野菜入りオムレツを作ってもらい、新聞に読みふけった。フランクフルター・アルゲマイネ・ツァイトゥング紙の日曜版はモノクロの顔写真つきでハイケ・ヴェルシュの死を伝え、彼女のドイツ文学への偉大な貢献を二段抜きで伝えていた。ゼヴェリン・フェルテンを巡るスキャンダルや即時解雇や死んだ事情など故人にマイナスとなる内容は言及されていない。だから当然、彼女がアンリ・ヴィンターシャイトの愛人であったことなど、昨日判明した興味深い情報も書かれていなかった。

オリヴァーがオムレツを食べ、ミュースリをスプーンですくっていると、スマートフォンに電話がかかってきた。オリヴァーがスマートフォンを手に取ると、隣の席の老婦人がとがめるような目を向けてきた。食堂での通話は禁止だといわれる前に、オリヴァーは立って、ロビーに行った。

「おはよう、ピア」

「あまりいい朝とはいえません」ピアが答えた。「病院から、アレクサンダー・ロートが意識が戻らぬまま死亡したという知らせが届きました」

「それはたしかに悪い知らせだ」オリヴァーはそばを通ったフロント係に会釈し、お返しに愛想のいい笑みをもらった。こんなに気持ちよく朝が迎えられたのは久しぶりだ。「今どこにいる？」

「病院です。担当医が死亡診断書の不自然な死の欄にチェックを入れました。すでに当直の検察官に連絡しました」ピアは声をひそめていった。「ドムスキーさんとふたりの娘が今担当医と議論しています。死亡者の捜査手続きというものがあって、不自然な死の場合、なぜ強制的にその手続きが行われるか、わたしが説明したためです」

　死因が不自然だとか不明瞭だと医師が判断し、刑事があらわれれば、遺族はだれでもショックを受けるものだ。愛する人が解剖されることになる。多くの遺族にとって受け入れがたいことだ。検察局からいつ遺体が返されるかもわからなくなる。

「ヘニングに大至急解剖するように依頼するつもりです」ピアは話をつづけた。「どうも腑《ふ》に落ちないんです」

「わかった」オリヴァーはそれ以上質問しなかった。何年もの付き合いで、ピアの勘に信頼を置いていた。「わたしもそっちへ行く」

　城を出て、テラスを抜け、駐車場に下りると、リモコンで警察車両を解錠した。駐車場から出たとき、オリヴァーはふと顔を右に向けた。少し高いところ、絵に描いたように美しい谷の上部にルッペルツハインの集落が見える。ここに住んで、毎朝、オンドリの時を作る声や馬のいななきで目を覚ますのも悪くない。ゾフィアのため、そして自分自身のためにも、ボーデンシュタイン家の敷地に住むべきかもしれない。

　うまい具合にハイルプラクティカー（ドイツの医療従事者の職業名で、おもに補完代替医療に従事する）の夫婦が住んでいた敷地内の集合住宅の一戸が数ヶ月前から空いている。昨日クヴェンティンから、そこに住んではどうかとすすめられた。テラスのついた四間の住宅で、弟が提示した家賃は、ケルクハイム、ケーニヒシュタイン、バート・ゾーデンにある同等の広さの借家と比べるとびっくりするほど安価だし、それだけの物件が他でうまく見つかる保証もない。

オリヴァーはひとり暮らしが苦手だ。日々の体験をだれかと分かち合えないのが一番辛い。だがボーデンシュタイン農場なら、話し相手になってくれる人がたくさんいる。両親、ゾフィア、クヴェンティンとその妻、娘のロザリーとその夫のジャン＝イヴ。街路樹が作る緑のトンネルを走りながら、今度、コージマとも話し合ってみようと思った。もちろんカロリーネとも、と義理で考えた。けれども、もう将来の計画について話しても意味がないと思い直した。教えたって、なんの役にも立たないだろう。

国道四五五号線まで来ると、シュナイトハイン方面に左折した。オリヴァーはこれから自分を待っていることに思いを馳せた。ロートの妻がヴェルシュを殺害した可能性がある。彼女には人一倍強い動機がある。それに妻は自分をのけもの扱いにした夫の古い友人たちを憎んでいた。のけものにされたというのは本当だろうか。ドロテーアが話した内容とずいぶん違う。だがドロテーアのいうとおりだったら、なぜドムスキーはそれを受け入れなかったのだろう。二十五年ものあいだ、彼女と夫はどうして自分たちの新たな友人関係を築けなかったのだろう。ドムスキーの言葉のすみずみに根の深い恨みがにじみでていた。

人間関係でいつも二の次にされるというのは、けっこう精神を蝕《むしば》むものだ。オリヴァーは自分の体験からもそのことを嫌というほどわかっていた。コージマも仕事第一主義で、家族をあまり顧《かえり》みなかった。自分の撮影チームやテレビ局の人間が家に押しかけてきたとき、あるいはコージマのお伴で映画のプレミアや授賞式に出たとき、オリヴァーはいつも自分が自動車の五つ目の車輪のような気分を味わった。その点はパウラ・ドムスキーと同じだ。オリヴァーは住む世界が違うせいで、コージマが仕事仲間や友人たちと話す内容についていけなかった。だからロートの妻の気持ちがよくわかるし、ちょっとした嫌悪感がいとも簡単に嫉妬に燃える憎しみに変わることも知っていた。パートナーから疎外されると、仕事上の成功も評価もたいした価値を持たなくなる。ピアは懐疑的かもしれないが、パウラ・ドムスキーがヴェルシュを殺害し、森に遺棄した可能性はある、とオリヴァーは思っていた。

＊

〝ハイケ・ヴェルシュの家に何者かが侵入しました〟ターリクが捜査十一課のチャットに書き込んだ。〝キッチンに通じるドアがこじあけられ、立入禁止の封が破られ、家の中は嵐のあとのようです。鑑識に来てもらっています〟

「なんてこと」そうつぶやくと、ピアは木曜日にもっと徹底的に捜索しなかったことを悔やんだ。「やられましたね！」

ピアは、パウラ・ドムスキーと泣きどおしのふたりの娘を車まで送っていったボスが戻ってくるのをもう十分も待っていた。父親が解剖されることに耐えられなかった娘たちが抗議したが、アレクサンダー・ロートの遺体はフランクフルトへ搬送《はんそう》された。ヘニングはできるだけ早く解剖すると約束した。

「パウラ・ドムスキーとなにを話していたんですか？」ピアは立体駐車場から戻ってきたオリヴァーにたずねた。ふたりは病院の敷地の外に車を駐車していた。日曜の朝は駐車禁止ではなく、このほうが駐車料金を取られず、安上がりだからだ。

「少し慰《なぐさ》めていた」オリヴァーが答えた。

「あら、どうやって？」

「パートナーに疎外されたときの気持ちはよくわかる。同情してみせるのはきみのやり方じゃないか。だれかから本音を引きだすには、同じような体験をしたふりをするのがいい。きみがマンモルスハインの獣医にした寝袋の話だよ」

「だけどあれは作り話です」ピアはボスをじろっと見た。「でも、ボスのは作り話ではないのでしょう」

「まあな。彼女の与り知らないことさ。とにかく、慰めにはなった」

「ボス」ピアは立ち止まった。「わたしはかまわないのですけど、パウラ・ドムスキーを好きになったりしないように気をつけてくださいね。一応、被疑者なのですから」

「なにをいいだすんだ」オリヴァーは目を丸くした。「あまりに唐突じゃないか」

「ボスを知ってますから。あなたが惹かれるパターンも。パウラ・ドムスキーは仕事で成功し、自尊心があります。アニカ・ゾマーフェルトとそっくり。カロリーネやインカ・ハンゼンとも」

オリヴァーが顔を少し赤らめた。

「ひどいことをいうな」オリヴァーはむっとしながら歩きだした。「妻と別れたばかりだというのに、そのわたしがもう次を物色しているというのか？」

「忠告しているだけです」

「それならいわせてもらう。被疑者に心を許すなっていうのなら、きみが今の旦那と出会ったときも同じような状況だった。忘れないでほしいな」

ピアはいい過ぎたことに気づいた。

「でもまあ、この職業では仕事以外に人と知り合う機会がありませんものね」ピアは軽口を叩いたが、オリヴァーはそれに乗ってこなかった。ピアは自分のミニのそばで足を止めた。なんてこと！　口は災いの元だ。今ボスに必要なのは、そういう同僚の馬鹿な忠告じゃない。

「すみません」ピアは渋い顔をしていった。「いい過ぎましたね。自分が腹立たしいです」

「わたしは腹を立ててはいない。その逆さ」オリヴァーは真面目《まじめ》に答えた。「きみはわたしを心配してくれている。そうしてくれるのは、あとはわたしの母親くらいだ。わたしのことが気がかりだ、とはみんないうけれど、物事を自分の都合に照らして見ている。コージマはわたしの顔色が悪いと心配してくれる。だけど、本当にそう思ってのことだろうか。わたしがドナーのリストからはずれるのではないかと不安なだけかもしれない。わたしの子どもたち、弟、あるいはニコラ・エンゲルも、わたしが手術で命を落とすかもしれないと心配している。だけど、本当にわたしのことを気にしているのだろうか。じつは自分たちにとって都合が悪いからじゃないだろうか。頼りになる、安上がりな便利屋、運転手、ベビーシッター、その他もろもろだからね」

ピアは唖然として、なにもいえなかった。

「きみは本当にたったひとりの友だちだよ、ピア」オリヴァーはいった。「きみはなんの見返りも求めず、わたしを心配してくれている。感謝するよ。わたしが役に立ちさえすれば不幸になろうがどうだろうが、だれも気にしない」

「わ……わたし……ええと……」ピアはしどろもどろになった。どう答えたらいいかわからず、ただじっとオリヴァーを見た。彼はピアが困惑していることに気づき、笑ってごまかした。

「悪くとらないでほしいが、いっておかなくてはならないことがある」オリヴァーは急に口調を変え、冗談でもいうような軽い話し方になった。「ドムスキーに月曜の夜のアリバイを訊いてみた。そうしたら、アリバイはないというんだ。ひとりで家にいて、翌日の番組の準備をしていたそうだ。もちろん目撃者はいない」

＊

「キッチンのドアはこいつでこじ開けられていた」白いつなぎを着たクレーガーがオリヴァーとピアにバールを見せた。赤と黒に塗られ、一方の先端が九十度折れ曲がっていて、反対側は平らで、少し反っていた。「新品で、ほとんど使用感がない。先端が平らなほうに少しだけこすれた痕がある」

「特別な工具なの？」ピアはたずねた。

「そんなことはない。どこにでもある工具だ」クレーガーは手袋をはめた手でバールの重さをはかるような仕草をしてから首を横に振った。「値札によると、ホームセンターで二十九ユーロ九十五セント」

「どう思う？」オリヴァーはクレーガーにたずねた。「プロの空き巣かな？」

「プロなら、値札をつけたまま使わないだろう」クレーガーはバールを部下に渡した。部下はそれを証拠品の袋に入れた。「立入禁止にした家に侵入されることはよくある」

「入ってもかまわないか？」

「なにをするかによるな。家じゅうの証拠集めをするのなら数時間はかかるだろう」

「そこまでしなくていいと思う」ピアはいった。「ハイケ・ヴェルシュも父親も、空き巣にテレビやアクセサリーを盗まれても気にしないでしょうから」

「犯人が戻ってきたとも考えられる」ケムがいった。

「その場合、新たな手がかりは見つからないでしょうね」ピアが答えた。

「わたしもそう思う」オリヴァーはピアに同調した。

「それでは」クレーガーは肩をすくめて、どうぞという仕草をした。「任せる。地下から屋根裏までご随意に」

ピアはケム、ターリク、カトリーン、そして鑑識官三人に指示をだした。

「ハイケ・ヴェルシュの生活についてもっと知る必要がある。彼女がどういうことに関心を持ち、犯人との関係がどのようにして作られたか再現したいの。そのために重要だったり、役に立ったりしそうなものはすべて押収して」

みんな、空き箱や洗濯かごを持ち、手袋をはめて、家の中の要所要所に散った。一階と二階のテレビはそのままだった。高級なキッチンツールも、銀製のカトラリーも、ピアジェのブリリアントカットダイヤモンドをちりばめた、ローズゴールドのレディース腕時計もなくなっていなかった。ケムによるとその腕時計は数万ユーロの価値があるという。家に侵入した者は明らかになにか別のものを探していたようだ。しかも焦っていたのか、散らかし放題だ。引き出しはことごとく抜いてあり、中身は床に散らばっている。書斎にはかなりの数のファイルがあったが、すべて中身を確かめたまま置きっぱなしだ。正真正銘の紙の洪水が廊下にまで押し寄せていた。アンティークのライティングビューローの引き出しもすべて引いてあり、隠し引き出しも開いていた。絵画は壁からはずされ、ストックシェルフも食器戸棚も中身がすべてだしてあり、ソファ、ベッド、安楽椅子はナイフで引き裂かれていた。

ピアは家の中を見てまわりながら、辱《はずかし》められた死体を見ているような気になった。バスルームの戸棚にも、洗濯かごにも、ゴミ箱にも侵入者は容赦がなかった。プロファイラーのハーディングだったら、この惨状を見て、なんというだろう。どういう解釈を施すだろう。

「どこから手をつけたらいいですかね？」カトリーンが膝《ひざ》の高さまである本の山を前にして途方に暮れていた。侵入者は天井まであるリビングの本棚から本やアルバムを片っ端から床に落としていたからだ。「なにを捜せばいいかわかれば、まだしもですけど！」

「メモ、手紙、日記、予定表、アルバム、預金通帳、そういうものを捜して」ピアはカトリーンにいった。「出版社設立の計画がどこまで進んでいたか知りたいの。それと、だれがそれに関与して、だれが関与しなかったか知りたい」

「オーケー。じゃあ、一丁やりますか」カトリーンはため息をついて、手近な本を積みあげはじめた。

警察の仕事の中でも、テレビドラマや小説ではいつも省略される、見ていても面白くない退屈な場面だ。

〝犯人の気持ちにならなくてはいけない〟ピアの頭の中でハーディングの声が聞こえた。それなら、動機のわからない犯人ではなく、ヴェルシュの気持ちになったらどうだろう。ピアは二階に上がって、部屋を順に見てまわった。自分だったら、本当に大事なものはどこに隠すだろう。時計やアクセサリーはどうでもよかったようだ。すぐ目につくところにあった。

ピアはキッチンでオリヴァーを見つけた。オリヴァーはドアの横の壁にかけてあった月別予定表を見ていた。クレーガーはキッチンのドアの前でつなぎを脱いでいた。

「ねえ、貴重品や秘密にしておきたい書類を一番うまく隠すにはどうするもの？」ピアは鑑識官にたずねてみた。

「動物を囲っておくところ全般ですね」ちょうど食卓で郵便物や書類を見ていた鑑識官がいった「厩舎《きゅうしゃ》、犬のフェンス、モルモットのゲージ、鳥かご、水槽。そういうところでいろいろ見つけてきました」

「税務調査官だったとき、夫を亡くした女性からヒントをもらったことがあります」女性鑑識官がいった。「その人の夫は精肉店をやっていて、大量の現金と秘密にしていた預金通帳をドッグフードの缶にしまって、それをさらに絶対見つからないような場所に隠していました」

「庭の池だな！」ケムが食料庫から叫んだ。

「ビニール袋に入れて、芝生の下に埋める」クレーガーがいった。

「いや、キャビアの缶がいい」

「大型冷蔵庫も人気があるぞ」

「うちの両親は、わたしたち子どもが独立すると、子ども時代の記念の品をすべて引っ越し用のダンボールに入れて、屋根裏にしまった」オリヴァーはそういいながら、壁にかかっていたカレンダーを取って、洗濯かごに入れた。「ヴェルシュ氏ならそうしているだろうな」

スマートフォンが鳴ったので、オリヴァーは電話に出た。

「おーい」そのとき、外で男の声がした。「おーい！」

クレーガーはキッチンのドアのところで声がしたほうを見た。

「あっちの建築現場からだな」

「ああ！　ヴェルシュのせいで建築を差し止めされている施主じゃないかしらね」ピアは電話に出ているボスの脇を通って外に出た。ヴェルシュの家から見ると巨大な砦《とりで》のような建築途中の家がそこにあった。ぽっかり口をあけた掃き出し窓に男性が立って、興味津々にピアのほうを見ている。

「どうも」男性は境界線の金網フェンスに近づいたピアにいった。「警察の人？　魔女が行方不明になったって本当かい？」

「こっちへ来てもらえますか」ピアは首を伸ばして話をする気になれなかった。

「ちょっと待った」男性は一度姿を消した。ピアはその隙に手帳をひらいて、この施主の名前を確かめた。

「電話はヘニングからだった」オリヴァーがそばに来ていった。「ロートの解剖は今日の午後一時だそうだ」

「法医学研究所の屋根裏に住んでいるのは助かりますね。ところでさっきの声の主は施主のマルセル・ヤーンです」ピアはボスに情報を伝えた。

そのとき建設途中の家の一階に男性があらわれ、モルタル用のバケツや、セメントの袋や、繁茂《はんも》しているイラクサを避けながらフェンスのところまで歩いてきた。ヤーンは四十代だ。髪は赤く、贅肉《ぜいにく》がなく、顔のニキビ痕が目立っていた。美男とはいえないが、その姿勢には自信がみなぎっていて、押しが強そうだった。

「投資銀行で働いているか、フランクフルトの大手法律事務所に籍を置く弁護士ですね。わたしのミニを賭けてもいいです。博士号をダブルで持ってはいないかもしれませんが、毎日出勤前にハーフマラソンをしてるでしょう」ピアはささやいた。

「ミニはそのまま持っていていい。わたしも同感だ」オリヴァーは表情を変えずに答えた。男性に名刺を突きつけられても顔色ひとつ変えなかった。名刺には〝マルセル・ヤーン　プライベート・エクイティ・ファンド　チームリーダー〟とあった。おそらく源泉徴収税はオリヴァーの年収に匹敵するだろう。男性の背後に金髪をボブカットにした夫人があらわれた。ピアは自分の目を疑った。このあいだワイマラナーを連れていた女性だ。この夫婦と喧嘩っ早いヴェルシュが路上で口論していたというが、どんな修羅場だったか目に見えるようだ。

「もう一年以上も、ここの人に建築の差し止めをされているんだ」ヤーンがオリヴァーに訴えた。「年中、嫌がらせを受けている」

「今後は心配無用でしょう」オリヴァーは淡々といった。「亡くなりましたから」

「なんと」ヤーンが驚いた。夫人のほうも思いがけない朗報に露骨に喜んだ。

「それは因果応報というものだわ」夫人は薄ら笑いを浮かべた。「あの性悪女、地獄に落ちればいいのよ」

「この土地と家はだれが相続するんだね?」夫のほうも死を悼《いた》む様子はなかった。

ピアは質問に答えずにいった。

「先週の日曜日にヴェルシュさんとひどい口論をなさったと聞きましたが」ピアは手帳をめくった。「近所の人の話では、ヴェルシュさんに対して、〝あばずれ、女狐《めぎつね》〟と罵《ののし》り、複数の子どもがいるところで、〝くたばれ〟といったそうですね」

夫人は恥じるどころか、逆に食ってかかった。

「なんですって? だれがいったのよ?」夫人は腰に手を当てて、顎《あご》を突きだした。「ひどい嘘よ! そんな言葉、わたしが使うわけがないでしょ! いった奴の名前を教えなさいよ!」

「教えられません」ピアは手帳を閉じた。「ヴェルシュさんは暴力犯罪に巻き込まれていて、わたしたちはその捜査をしています。あなた方にも強い動機がありますね」

夫人が目をすがめた。

「あなたを知ってる！」夫人はピアを指差し、夫の腕をつかんだ。「マルセル、うちのエディをかんだ犬を連れていた女よ！　わたしは獣医に二百五十ユーロも払ったのよ！」

「ならば、今後はご自分の犬をリードでつないだほうがいいでしょう」ピアが答えた。「わたしの犬はリードでつないでありました」

「わたしのだってつないでいたわ！　いつだってつないでいる」

平気で嘘をつくとは。しかもここまで堂々と。ピアは仕事柄、嘘をつかれることが多いが、これはひどい。こういう女性を相手にしたとは、死んだヴェルシュが気の毒になった。

「月曜の夜はどこにいましたか？」オリヴァーが質問した。

「失礼なことを訊くわね！」夫人がいきりたった。

だが夫人が嘘をつく前に、夫がいった。

「日曜の晩にはシカゴに出張していた。昨日の朝戻ったところだ。ヴェルシュさんとはいろいろ面倒を抱えていたが、死んでほしいなんて思ったことはない」

「奥さんはいかがですか？　月曜の夜はどこにいましたか？」

「うちのファンドのイベントで〈カメハスイート・フランクフルト〉にいたわ。午前零時頃、タクシーに乗って帰宅した。わたしがあの魔女を殺したと疑う前に、日曜日にあの女を訪ねた年配の男を捜したらどう」

＊

「先週の日曜日にヴェルシュを訪ねたという男はだれでしょうね？　アレクサンダー・ロートでしょうか？」ピアは平和橋を渡って、マイン川の対岸へ車を走らせていた。平日なら、見本市会場から平和橋まで三十分からそれ以上の時間を要するが、日曜日だったので十分もかからず移動できた。

「ロートが日曜日、月曜日と連続で訪ねたとは思えないな」オリヴァーが答えた。「ヤーン夫人の目撃情報では、ロートよりも年配のようだ。元愛人で、ビジネスパートナーになる予定だったアンリ・ヴィンターシャイトという線はどうかな」

ピアは車線を変えて、ケネディアレー通りに曲がった。

「それはないでしょう」ピアはいった。「アンリ・ヴィンターシャイトは健康上の問題を抱えていると、彼の娘がいっていたじゃないですか。それでも、ヤーン夫人の証言がアンリに該当するか、あとでカール・ヴィンターシャイトに訊いてみましょう」

ロートの解剖が終わったら、ふたりはカール・ヴィンターシャイトに会って、いくつか質問をするつもりだった。ヴェルシュ殺害とロートの死には関連があるように思えてならない。長年刑事をやっているふたりは、それが偶然とは信じられなかった。

ケネディアレー通りにある瀟洒《しょうしゃ》な法医学研究所の駐車場には車が二台しか止まっていなかった。「外来者用玄関」と内輪で呼ばれている死体搬入《はんにゅう》口で、法医学者のフレデリック・レマーと助手のロニー・ベーメがタバコを吸っていた。

「それじゃはじめましょうか」ベーメがいった。「頑張れば、少しは週末を楽しむ時間が残るでしょう」

「どうせやることなんてないくせに」レマーはにやっとして、タバコを消した。「今はサッカーシーズンじゃない。ブンデスリーガのテレビ放送はないだろう」

「日曜日だというのに、すみません」ピアはそういったが、大柄の法医学者は手を横に振った。

「気にしないでいい。どのみち待機中だ。ベーメ君も日曜日には超過勤務手当が加算される」

「よくいいますよ。教授でもなければ、ここでもらえる給料なんてスズメの涙ですから」ベーメは文句をいいながら、ピアとオリヴァーのためにドアを開けた。「こう頻繁《ひんぱん》に仕事に呼びだされるのなら、家の賃貸契約を解除して、ここに住んでもいいくらいです。どうせ独り身ですからね。家族がいないと、いつも損をする」

「きみは最高の助手だよ、ベーメ君」レマーがいった。

「最高ねえ。最高のお馬鹿ってことで」ベーメはふてくされていった。みんな、彼に従って廊下を進み、地下にある解剖室へ向かった。第一解剖室のステンレス製解剖台にはすでにアレクサンダー・ロートの遺体が横たわっていた。

ヘニングと結婚した頃、ピアは夜や週末をもっぱらこの地下で過ごしたので、数え切れない死体を見てきた。だが数日前に会ったばかりの人物の遺体を見るのは精神的にかなりきつかった。遺体が生前に知っていた人物だとやはり違う。とはいえ、ロートだと知っていなかったら、本人だとわからなかっただろう。顔や体の血腫や打撲や裂傷はそのくらいひどかった。そして変形した頭部にグレーの髪が貼りついていた。

「やあ、ピア。やあ、オリヴァー」レントゲン写真を見ていたヘニングがキャスターつきのスツールから腰を上げた。

「すぐ対応してくれてありがとう」ピアはヘニングにいった。「今回の事件は謎だらけなのよ」

「謎のひとつは解けそうだ」ヘニングが答えた。「わたしたちはレントゲン撮影と簡易テストを行い、ラボの所見と病院で行われた血液ガス分析でもそれが裏付けられている」

「わたしたちですか。人の提灯で明かりを取るってわけですね」ベーメがぶつぶついった。

ベーメの愚痴《ぐち》に慣れていたヘニングは取りあわなかった。

「病院の担当医によると、ロートの死因は代謝性アシドーシスに起因する心筋梗塞だ」

「それはなんだ?」オリヴァーがたずねた。

「代謝性アシドーシスは体内の酸の増加を意味する。主に糖尿病で起きるが、ひどい飢餓《きが》やショック状態、アルコールによる心臓と血管の誤動作でも起きる。肺循環で血圧が上昇すると、他の部位では血圧が下がる。顔が紅潮したり、結膜が赤く染まったりする。さらに頭痛、倦怠《けんたい》感《かん》、吐き気、食欲減退などの不特定の徴候があらわれる」

「金曜日に彼と話をしたとき、顔が赤かったわ」ピアはいった。「それからしきりに目をこすっていた」

「符合する」ヘニングはうなずいた。「それから情動脱力発作、嘔吐《おうと》、過呼吸、視力障害、呼吸困難、失神などが起きる。命に関わるのは、血中カリウム濃度が高くなる電解質異常、高カリウム血症だ。こうなると、心不整脈や心房細動および心室細動が起きる」

「どうしてそうなるんだ？　ワイン数杯でも起きるのか？」オリヴァーはたずねた。

「今回はメタノール中毒だろう。戦後間もなくの頃とか、旧東独では、よく酒にメタノールを混ぜて、メタノール中毒が起きた。今のドイツでは稀《まれ》にしか起きないので、普通の医師だとなかなか気づけない」

「つまり、ロートはメタノールの混ざった酒を飲んだということか？」

「その可能性がある。メタノール自体にはそれほど毒性はない。毒性が強くなるのはメタノールがアルコール脱水素酵素により酸化されてホルムアルデヒドとなり、それがさらに酸化してギ酸になったときだ。ギ酸は体内でなかなか代謝されないため、潜伏期に代謝性アシドーシスを引き起こす。アルコール脱水素酵素には4-メチルピラゾールというシンプルな解毒剤がある。エタノールの摂取も有効だ。緊急の場合は、度数の高いアルコール飲料でも、体内でのメタノールの代謝を抑えることができる。葉酸を投与してギ酸の代謝速度をあげる方法もある。メタノール中毒は早期に診断し、治療すれば、死に至るものではない。しかし今回の場合は、すべて手遅れだった」

「自転車に乗っていて転倒し、道路の側溝に数時間倒れていたというものね」ピアはいった。

「そういうことだ。そのあいだにおそらく取り返しのつかない脳障害を起こしたのだろう」ヘニングは答えた。「おそらく網膜浮腫が確認できるだろう。ギ酸で視力障害ないしは失明に至っていたはずだ。脳、心臓、肝臓、腎臓などの器官にも異常があれば、わたしの推測の証明になる」

「メタノール入りの酒をいつ飲んだのかな？」オリヴァーはたずねた。

「潜伏期は六時間から三十六時間だ」

「事故を起こしたのは金曜日から土曜日にかけての夜」ピアはいった。「おそらく午後十一時頃」

「金曜日に話したときにはすでに中毒の症状が出ていたということは」ヘニングはいった。

「最初に摂取したのは木曜日になる」

レマーがすでに外貌をチェックし、所見をヘッドセットマイクに向かって録音していた。

ピアは解剖台の上でまぶしい光にさらされた遺体を見ながらため息をついた。

「自転車で転倒しなければ、助かっていたかもしれないのね」ピアはいった。

「いいや、手遅れだった」ヘニングがいった。「すでに神経損傷が進行して呼吸困難になり、意識を喪失したせいで事故を起こしたのだと思う」

＊

しつこく鳴りつづける音に夢から起こされた。自分を囲むいくつもの顔がさっと薄れていき、声が遠ざかる。夢は現実と渾然《こんぜん》一体となった。もう名前を思いだせない。すぐに顔が完全に消えてしまうだろう。もっとこの夢の世界にいたいのに、これでもうここには戻ってこられない。悲しい気持ちになった。少しのあいだユーリアはそのまま目を閉じて、あまりにリアルだったその夢の最後の断片を記憶にとどめようとした。ぼんやりと目を開ける。服を着たままカウチに横たわっていることに気づいた。明るい日の光が窓から差し込んでいる。こんなに寝坊するつもりはなかった。これではバイオリズムが狂ってしまう。

「まいったなあ！」ユーリアはそうつぶやいて、スマートフォンを手探りした。すでに昼近かった。ユーリアを夢から引き離したのはカール・ヴィンターシャイトからの電話だった。欠伸《あくび》をしながら体を起こし、よろよろしながらバスルームへ行く。朝の四時に原稿を読み終わった。というか、原稿は唐突に中断していた。物語の先が気になった。夫が心筋梗塞で急逝し、四歳の息子を抱えて、カルラはこれからどうなるのだろう。高圧的な義理の兄と支配欲旺盛な義理の姉にどう立ち向かうのだろう。夫のおいが仲間の手によってノワールムティエ島の別荘の近くの海で溺死《できし》させられたが、これは発覚するのだろうか。それよりこの物語は空想の産物だろうか。語り手のカルラはカタリーナ・ヴィンターシャイト本人ではないだろうか。

ユーリアは登場人物の名前を書きだし、それぞれ現実のだれに対応するのか考えてみた。だが社長の母親のことを知らなすぎて、どこまでが自伝的なのかよくわからない。だが事実と驚くほど酷似している。アンリ・ヴィンターシャイトの息子は若くして亡くなった。といっても、インターネットで確認できたかぎりでは「事故」とあり、「殺人」とはひと言も書かれていない。それにゲッツ＝ヴィンターシャイト財団のウェブサイトにはこの事故についてぼかして書かれていて、ユーリアには取りつく島もなかった。喉元まで出かかっているのに、口にすることができない言葉のようだった。話の全体には深く感動した。砂丘の中に建つ空色のよろい戸のある白亜の館を夢に見たほどだ。岩場で日没を見ながら厳《おごそ》かに永遠の友情を誓い合う若者たち。大恋愛をしながら、わずか数年で伴侶を亡くすカルラ。小説の内容を夢に見るのはきわめて珍しいことだ。ユーリアはどうしてもそのことを社長に伝えたいという欲求を覚えた。シャワーを浴び、服を着て、コーヒーを飲んだあと、ユーリアは電話をかけた。だが社長は出なかった。数秒してメッセージが届いた。

〝社にいる。緊急会議中だ。アレクサンダー・ロートが昨夜亡くなった〟

「なんてこと」そうささやくと、ユーリアは背中と腕に鳥肌が立つのを感じた。ヴェルシュにつづいてロートまで死ぬとは！　そしてロートを生前最後に見たのは自分だ。

〝ショックです〟ユーリアは返信した。〝原稿を通読しました。ぜひ話がしたいのですが、今はタイミングが悪いですね。でもあとでぜひ〟

〝ああ、ぜひ〟という返事があった。

*

解剖の結果、ヘニングの読みと担当医師の診断が証明された。アレクサンダー・ロートはメタノール中毒による多臓器不全で死んだ。最終的な死因は心筋梗塞。だが脳障害が重篤で、膵臓、肝臓、心臓が機能停止したときにはすでに脳死状態だったと判明した。とはいえ、どうしてそういう死を迎えたのかという疑問は残った。本当にただの事故だったのか。それともロートはわかっていて、あるいは覚悟の上でメタノールを摂取したのだろうか。そして摂取の方法は？

市内に戻るとき、ピアがハンドルを握り、オリヴァーが担当検察官と電話で話し、ロートのオフィスと自宅の捜索令状を請求した。検察官ははじめ逡巡《しゅんじゅん》していたが、オリヴァーはロートがヴェルシュ殺害事件の重要な被疑者で、本人も犯罪の被害者になった可能性があるといって説得した。オリヴァーはつづいてカール・ヴィンターシャイトに電話をかけ、彼が会社にいることを確認した。

「自分で命を絶ったとは思えませんね」ウンターマイン橋に差しかかったとき、ピアはいった。マイン川のザクセンハウゼン側から見える銀行街の絶景もほとんど目に入らなかった。「こんな死に方はしないでしょう。もっと早く効果的に死ぬ方法がありますから」

「それはどうかな。ロートは心理的に追い詰められていた」オリヴァーがいった。「もしかしたら奥さんや娘たちに負担をかけまいとして、自殺に見えない方法を選んだのかもしれない。ああすれば、遺体が見つかっても、事故死扱いされると思ったんじゃないかな」

「わざわざそんな手間をかけますかね」

ふたりは高層ビルのあいだを抜けるノイエ・マインツ通りを進んだ。

「ロートがいっていたという嘘がなにか気になるな」オリヴァーは声にだして考えた。「どうして自分は価値のない人間だといったんだろう？」

「価値のない人間、変な言い方ですね」

「いや、うまい言い方だと思う。勘違いでないなら、ロートは評価され、信頼されるようなことをしていないと思っていたことになる。つまり分不相応だと」

「部長になったことでしょうか？」ピアは具体的に考えてみた。「いきなりトップに立つことになった。大変なストレスだったはずです。だからまた酒に逃げたんでしょう」

「いや、それだけではないはずだ。あくまで仕事なんだから、断ればすむことだ」

「そうともいえないでしょう。ロートはヴェルシュとの友情が壊れるリスクを冒しても、そのポストについたのですから。もちろんあとになって、ヴェルシュがいなければ、自分にそのポストは務まらないと気づいたかもしれませんけど。精神的に不安定な人間には、そういうジレンマがあると逃げようとする傾向があります。酒を飲むとか、自分の命を絶つとかして」

十分後、ピアは証券取引所通りからラームホーフ通りに曲がり、五十メートルほど走ってシラー通りに入った。出版社からそう遠くないところで駐車スペースを見つけ、ふたりは車から降りた。検察からオリヴァーのスマートフォンにメールで捜索令状のPDFが送られていた。

カール・ヴィンターシャイトが会社の玄関を開け、ピアたちはロビーに足を踏み入れた。日曜日だったので、受付に人はいなかった。黒いシャツと黒いジーンズという出で立ちのカールは顔が蒼白く、緊張していた。ロートの死で相当参っているようだ。ピアとオリヴァーはまず哀悼の意をあらわした。カールはオリヴァーが呈示した捜索令状にさっと目を通した。

「必要なことをしてください。拒《こば》みはしません。上へ案内します」

ピアはエレベーターと階段のあいだの壁に書かれたニーチェの名言に目をとめた。

「変更したんですね」

「えっ？　なんのことでしょうか？」カールは面食《めんく》らった。

「標語です」ピアは壁を指差した。〝専門を持つ男は、なにがあっても自分の専門に身を捧げるべし〟という標語の「男」のところに星マークがつけられ、その下にやはり星マークをつけて「女」という言葉が追加されていた。

「ああ、あれですか！」カールの顔にさっと笑みが浮かんで、またすぐに消えた。「アレックスの、あ、いや、ロート部長のアイデアです。なかなかいい折衷案だとみんながいっています」

「いいですね」ピアは微笑《ほほえ》んだ。

そのとき階段のほうから声がして、どこかでドアを乱暴に閉める音が響いた。

「他にも人がいるんですか？」オリヴァーがたずねた。

「ええ」カールは両手をジーンズのポケットに突っ込んだ。「緊急会議を招集しました。役員と課長はみんないます。ロート部長は重要な存在で、みんなから評価されていました。彼の死はわが社にとって痛手です。とくにブックフェアを直前にした今は。もし喪に服す意味で見本市会場への出店をキャンセルすれば、甚大な経済的損失を被《こうむ》ります。しかしキャンセルしなければ、不謹慎だというそしりを受けるでしょう。どうか冷たい人間だとみなさないでください。ロート部長の遺族のことはもちろん頭にあります。しかしわたしは会社を率いる立場にいて、フランクフルト・ブックフェアは一年でもっとも重要な催しなのです」

「わかります」オリヴァーはいった。

部長の死は社長にとっては痛いはずだ。それは顔にあらわれている。内心の衝撃を見せまいとして、かえって饒舌《じょうぜつ》になっている。

「ロート部長が担当していたすべての作家に状況を伝える必要があります。死亡告知をする必要も」カールは唇をかんだ。「ヴェルシュさんはもううちの社員ではありませんが、わが社とは縁《えん》の深い方です。数日のうちにふたりが相次いで亡くなるというのは尋常ではありません。社員はみな、衝撃を受けています」

エレベーターが来て、チンと音を立てて扉がひらいた。

「奥さんの話だと、ロートさんは長いあいだ禁酒をしていたのに、また酒を飲むようになっていたそうですね」オリヴァーは上階へ移動中にいった。「数日前、酔って帰宅して、自分は価値のない人間で、自分の人生もキャリアも嘘の上に築かれたものだといったそうなのですが、どういう意味だと思われますか？」

「わかりかねます」カールは首を横に振った。「もちろんロート部長がまた酒を飲んでいることには気づいていました。なにかできることはないかと声をかけたことがありますが、自分で対処するといわれました」

「職務内容が過重だったのではありませんか？」ピアがたずねた。

「わたしもそうじゃないかと危惧《きぐ》していました」カールは認めた。がっくり肩を落とし、急に落ち込んで見えた。「わたしの人事がこういう破局をもたらしたかもしれないと思うと、辛くてなりません。ロート部長に負担をかけすぎたのではないか、彼を微妙な立場に立たせてしまい、彼が酒に逃げるきっかけを作ったのではないか、と」

「ロートさんは辞退することもできたはずです」ピアはいった。

「そうですが」カールは肩をすくめた。「しかし、断らないという確信がありました。彼は自尊心をくすぐられたはずです。ハイケ・ヴェルシュとわたしのおじの陰から出て、自分がナンバーワンになりたいとずっと思っていたはずですから」

「そうすることで、ヴェルシュさんの新しい出版社に移るのを阻止できると考えたのですね」

ピアは彼の罪の意識を逆なでするような言い方をした。ショックを受けたり、感情が高ぶったりしている人に質問するのは卑怯だとわかっているが、そういうときこそ本音が聞ける。

「そのとおりです」カールは正直に認めた。「だから自分が許せないのです。ロートを抜擢《ばってき》したのは、純粋に下心あっての決断でした。まさかそれが彼の死を招くとは」

それは自分を憐《あわ》れみ、罪の許しを求めるというのとは違う、客観的な評価だった。彼は明らかに危機管理に秀でており、過《あやま》ちを認め、自分の行動に責任を取る覚悟も有している。優秀なリーダーの証《あかし》だ。

ピアたちはエレベーターを出ると、カールについて左の廊下を進んだ。

「社内に防犯カメラはありますか?」オリヴァーがたずねた。

「いいえ。警報器があるだけです。わたしのおじは安全対策にまったく投資しませんでした。時代遅れですが、オフィスのIT化のほうが急務でしたので」カールはロートのオフィスの前で立ち止まり、ドアノブに手を伸ばした。

「触らないでください!」ピアにいわれて、カールはあわてて手を引っ込めた。

オリヴァーとピアは手袋をはめ、ピアがドアを開けた。オフィスの中は金曜日と同じに見えた。ファイルのキャビネット、サイドボード、二脚の椅子とセットのテーブルには本や書類が積みあげてある。だがデスクはきれいに片づいていた。ピアはキャスターつきのデスクワゴンの引き出しを引き開け、デスクマットを持ちあげた。オリヴァーは爪先でデスクの下のゴミ箱を押しだした。中は空だった。ドア口にいたカールの横に、五十代半ばの背の高い痩せた男性があらわれた。グレーのスーツにワイシャツ、黒ネクタイという出で立ちだ。

「ヴァルデマール・ベーアに来てもらいました」カールがその男性を紹介した。「三十年にわたって、会社の雑用をしていて、ここのことはわたしよりも詳しいので。なんでも質問してください」

「ありがたいです」オリヴァーは会釈した。「日曜日なのに時間を作っていただき感謝します、ベーアさん」

「どういたしまして」ベーアは丁寧に答えた。

彼の細い顔は青白く、無表情だった。彫りの深い褐色の目とふさふさの眉毛とよく手入れした口髭《くちひげ》を除けば、平均的な顔だ、とピアは思った。

カール・ヴィンターシャイトのスマートフォンが鳴った。画面を見てから、なにか用があったらいつでも声をかけてくださいというと、小走りに階段のほうへ離れていって電話に出た。

ベーアはドア口に残った。

「中に入ってください」ピアはいった。「なにかいつもと違うところがありますか?」

ベーアはオフィスに入ってきて、しげしげと見まわした。デスク、床、本棚、キャビネットと見ていき、デスクの裏のゴミ箱の横にあるシュレッダーに目をとめた。

「シュレッダーに処理した紙が入っています。清掃係は夕方、ゴミ箱とシュレッダーをきれいにすることになっています」

「何時に？」

「通常、午後七時に清掃作業は終わります」

「あなたは金曜日、何時に退社しましたか？」

「午後五時半です。邸《やしき》ですることがあったので」

ということは、ロートは金曜の夜もっと遅い時間までオフィスにいて、書類をシュレッダーにかけたということになる。それ自体はあやしいことではない。社内の人間なら、理論的にだれでもシュレッダーが使える。だがなぜわざわざ使う必要があるだろうか。ピアは数年前にシュレッダーの中身をスチームアイロンにかけて、こつこつと再現したことを思いだした。ピアはベーアへの事情聴取をオリヴァーに任せた。長年の経験で、相手が自分とボスのどっちに向いているか勘が働くようになっていた。丁寧なベーアはやはり丁寧に話すフォン・ボーデンシュタインが向いている。ピアはシュレッダーのダストボックスをだして、中身がばらばらにならないように気をつけながらそっとビニール袋に入れた。

「ベーアさん、ロートさんとはいつ頃からお知り合いなのですか？」オリヴァーが質問した。

「小さい頃からずっとです。ロートさんは幼稚園のときからゲッツ・ヴィンターシャイトさまとお友だちでした。わたしはヴィンターシャイト家のお邸で育ちました。両親はお邸の使用人でしたので。一九八八年からわたしも使用人になって、会社とお邸の雑用をしています」

「ロートさんを最後に見たのはいつですか?」

「金曜の午後遅くです」ベーアは思いだしながらいった。「わたしの部屋の前を通って、裏口から外に出ました。でも数分後に戻ってきて、わたしの部屋を覗いて、いい週末をといいました。わたしは少し変に思いました」

「なぜですか? 普段はそういうことをいわないのですか?」

「はい。わざわざ声をかけてくれるのは、社長と営業部長と若い編集者のブレモーラさんくらいです。他の人はたまたますれ違ったときでもなければ、そんなことはいいません」

「ロートさんは最近変わりましたか?」

「ええ、変わりましたね」

「どのように?」

「ぶしつけなことはいいたくありません。これはわたしの個人的な意見としてお聞きください」ベーアは親指と人差し指で口髭をなでながらいった。「ヴェルシュさんが辞めたあと、ロートさんには……職場に本当の友だちがひとりもいなくなったようでした。よく物思いに耽《ふけ》っていましたね。気が重いのか、鬱々《うつうつ》としていました」

ベーアはキャビネットや引き出しを次々と開けていくピアに目を向けていた。

「ふたたび酒を飲むようになっていたそうですね」オリヴァーはいった。

「ええ、残念なことです」ベーアはうなずいた。

「いつ頃からですか？」

「六月上旬です。新しいポストについた直後です。ゴミコンテナーにウォッカの空き瓶が捨ててあるのを見つけたんです。ロートさんが飲んだとすぐに気づきました。そのウォッカの銘柄はロートさんのお気に入りだったので」

「そのことをロートさんにいいましたか？　それともだれかにそのことを漏らしましたか？」

オリヴァーがうまく話を引きだしているのを聞いて、ピアはつい笑みを浮かべそうになった。

「とんでもありません！」ベーアは首を横に振った。「そんなことは絶対にしません。わたしはただの使用人です。すべて滞《とどこお》りなくするのがわたしの仕事です」

そのとき、ピアはゴトゴトという妙な音を耳にした。冷蔵庫の作動音のようだ。どこでしているのだろう。

「でもあなたは社内のいろいろな情報に触れますよね？」オリヴァーは率直にたずねた。

「まあ、わたしは影のような存在ですので」ベーアはふっと笑った。「社員の方々はわたしのことを意識せず、普通に話をします。わたしも聞き耳を立てないようにしています」

ベーアは慎重で、英国王室の執事のように沈黙を守ろうとしたが、オリヴァーは、ロートに関して事前に知っていたことについてベーアから裏を取ることに成功した。そのあとオリヴァーがヴェルシュのことを話題にすると、ベーアは表情を硬くしていった。

「ヴェルシュさんには失望していました。長年餌をくれていた手にかみつくものではありません。あくまでわたしの意見ですが」

「ありがとうございます、ベーアさん」オリヴァーはいった。これ以上、使用人から情報を引きだせそうになかった。「このオフィスを立入禁止にします。今日か明日、鑑識班が来ます。ウォッカの空き瓶を見つけたというゴミコンテナーを見せてもらえますか?」

「はい、かまいません」

ピアはそのあいだに、テーブルの下に冷蔵庫があるのを見つけた。オリヴァーとベーアがオフィスから出ていくのを待って椅子をどかし、しゃがみ込んで、ホテルのミニバーより少し大きな冷蔵庫を開けてみた。中にはシャンパン一本、白ワイン一本、ミネラルウォーター三本が入っていた。すべて未開封だ。製氷庫にはブラック・ウォッカの瓶があって、およそ半分なくなっていた。その瓶をそっと抜いたときアイスキューブの袋が落ちた。見ると、その奥になにかある。ピアは覗き込んだ。なにか銀色に光るものがジップロックのプラスチック・バッグに入っている。なんだろう? スマートフォンで数枚写真を撮ってからその袋をだしてみた。ピアの鼓動が高鳴った。ようやくパズルのピースがあるべき場所にはまった感じだ。リュックサックから袋をだすと、そこに日時、場所を書き、プラスチック・バッグごと見つけたものを入れ、冷蔵庫の扉を閉めた。

「ピア?」オリヴァーがドア口にあらわれた。「どこに……」

「見てください。ここに冷蔵庫があって、ウォッカの瓶とその奥にこれを見つけました」ピアはすかさずそういって、ボスに袋を見せた。

「それはなんだ?」オリヴァーはピアが発見したものを見つめた。

「肉たたきだと思います。打撃面が縦横四センチ」

＊

すでに午後も遅い時間だった。オリヴァーとピアは、ヴェルシュの家の捜索から戻った同僚と同時に署に着いた。オリヴァーは最新の情報を共有するため会議を招集した。カイも自動販売機で冷えたコーラを買って合流した。

「地下のBSULはどうしていますか？」ターリクは刑事警察署の二階に向かう途中でたずねた。警察では言葉を省略するのが好まれる。エンゲル署長も例外ではなかった。

「なんですって？」エンゲル署長がたずねた。

「いや、なんでもないです」署長がいっしょに階段を上っていることに気づいていなかったターリクは顔を赤らめ、しどろもどろになった。「内輪の言葉です」

「その略語の意味は？」

「わが国でもっとも有名な作家（Berühmtester Schriftsteller unseres Landes）のイニシャルです」ターリクが答えた。ケム、カトリーン、ピアの三人が署長の背後でくすくす笑った。

「わたしを笑い物にしているわけね」エンゲル署長はターリクにそういって、さっと振り返った。「あなたたちも！」

「それより、ヴェルシュの鬘《かつら》のことを鶴に訊いてくれましたか？」ピアは思いだして、そうたずねながら階段を上がりきった。

「ええ。あの人の名前はフェルテンよ。いいかげんに覚えたらどうかしら。それで、ヴェルシュが鬘をつけていることは、事件の日に知ったそうよ。鬘をつけていないヴェルシュには会ったことがなかったので、ショートカットの髪を見て、驚いたといっているわ」

「今も自分が殺したと思っているのか？」そうたずねて、オリヴァーは階段の防火扉を開けて署長を待った。

「ええ」署長は肩をすくめた。「そう思わせておいたらいいでしょう。それがインスピレーションの元になるようだから」

「味をしめて、スランプになるたびに殺人を犯さないといいですね」そういって、カイは署長にじろっとにらまれた。

みんなは会議室に入ると、テーブルを囲んですわった。まずピアが出版社で知ったことを報告し、カイが使用人の氏名もホワイトボードに書き加えた。

鑑識班は会社の中庭にあったゴミコンテナーでブラック・ウォッカというウォッカの空き瓶を三本見つけて、押収した。オリヴァーとピアはロートのオフィスの捜索をクレーガーのチームに任せて、肉たたきを法医学研究所に届けた。ロニー・ベーメがヴェルシュの遺体を霊安庫からだし、ヘニングが頭蓋骨の陥没《かんぼつ》骨折と肉たたきを照合し、凶器に間違いないという結論を得ていた。

「おめでとう」署長がいった。「これで事件は解決ね」

「うまい具合に犯人はすでに死んでいます」ピアが皮肉っぽい言い方をしたので、署長は眉を吊りあげて、恐い目つきをした。

オリヴァーはコメントを控えた。プレッシャーがかかるのを心配していた署長は、お気に入りの作家の疑いが晴れたことでうれしそうだが、ロートを真犯人とみなすにはまだ引っかかる点があった。たとえば、月曜の夜、泥酔するほど飲んだあとでヴェルシュのところに戻り、あんな残虐なやり方で人を殺せるものだろうか。

「だけどロートはヴェルシュを好きだったわけですよね。ふたりは友人でした」カトリーンが疑問を呈した。

「友人！」ピアは吐き捨てるように叫んだ。「その言葉はもう聞き飽きたわ！ なにを意味するというの？ 長年の知り合いなのはたしかだけど、好意を持っていたという理由にはならないわ。むしろふたりはライバル関係で、犬猿の仲だったはずよ。もし本当に仲がよかったら、自分の父親を家で世話していることを話してもいいんじゃない？」

みんな、肩をすくめたり、うなずいたりした。

「ケム」ピアはいった。「あなたもロートに会って話をした。殺したばかりの血だらけの親友を彼女の車のトランクに積んで森へ行き、崖から落とし、さらにキッチンをきれいに拭くなんてことが彼にできたと思う？」

「いいや。そもそも人を殺せるとは思えない」

「どうして？」エンゲル署長がたずねた。

「そういうタイプじゃなかったからです」ケムが答えた。「痩せた男で、力仕事なんてしたこともないような手をしていました。知的な人間で」

「ナンセンスね」署長が言葉をさえぎった。「酒と怒りが合わさるとどうなるかよくわかっているでしょ」

「夫婦で力を合わせたのかもしれない」オリヴァーが自分の推理を披露した。「パウラ・ドムスキーは夫の仲間たちをものすごく憎悪していて、夫がまた酒に溺《おぼ》れるようになったのは、彼らのせいだといっていた」

「しかしドムスキーは翌日の夜、ヴェルシュを番組に呼んでいましたよ」ターリクが発言した。

「本当にそうだろうか？」オリヴァーは声にだして考えた。「ヴェルシュはその番組で何年もパウラ・ドムスキーのお株を奪っていた。視聴者はヴェルシュが見たくてチャンネルをまわした。番組名にもなっているパウラじゃない。ヴェルシュがレギュラーでなくなると、視聴率は急落した」

「動機は嫉妬か」カイがいった。「過剰な殺人に符合する。アリバイは？」

「それもあいまいだ」オリヴァーは答えた。「月曜の夜は自宅で次の日の番組の準備をしていたと本人はいっている」

「アレクサンダー・ロートの月曜の夜のアリバイは？」署長がたずねた。

「ロートの写真を持ってバート・ゾーデンにある酒場をまわりました」ターリクが答えた。

「午後六時半頃、ヴェルシュの家から遠くないバーでウォッカトニックを二杯飲んで、現金で支払っています。それ以外に、彼を見たという証言は得られていません」

「巡回していたパトカーが火曜の午前二時四十五分、バート・ゾーデンのオットフリート・プロイスラー基礎学校の近くで彼を発見し、家に帰りたがらなかったので、ニーダーヘーヒシュタット署に連れていったとのことです」カイはコンピュータ画面にその署の報告書をだしていった。「酔っていたが、おとなしかったようです。車を運転していたわけではないので、アルコールチェックをしなかったそうです。報告書によると、ショルダーバッグしか所持していませんでした」

「バッグの中身は？」エンゲル署長がたずねた。

「ふうむ」カイはコンピュータ画面を見た。「記載がないですね」

「担当した者に連絡して、バッグの中を確かめたか問い合わせて」エンゲル署長が指示した。「肉たたきがあったら、気づくはずでしょう。そもそもロートはバート・ゾーデンまでどうやって行ったわけ？」

「調べます」カイがいった。「移動手段はおそらく電車でしょう。ロートは酒気帯び運転で二度逮捕されていて、運転免許証は失効しています。そのため自転車通勤をして、たまに電車を利用していたようです」

「彼のスマートフォンの移動記録はどうだ？」オリヴァーはたずねた。

「すでに手配しています」カイが答えた。「土曜の朝、リーダーバッハの事故現場に急行した警官の報告書も」

「ウォッカの空き瓶と冷蔵庫にあった半分残っている瓶はラボで分析している。肉たたきとシュレッダーの中身も」クレーガーがいった。「明日には最初の分析結果が出るだろう」

「ヘニングの話では、ロートが最初にメタノールを摂取したのは木曜日らしいわ」ピアはいった。「事故を起こしたのも、神経損傷が原因で呼吸困難になり意識を喪失したためで、発見されるまでのあいだに、おそらく取り返しのつかない脳障害を起こしたといっている」

「ロートは自分でメタノールを摂取したということ？」エンゲル署長がたずねた。

「わかりません。ただしメタノールを混ぜた酒を飲んだ疑いはあります」ピアは答えた。

「彼はブラック・ウォッカを気に入っていた。アルコール度数は高いが、自家製ではない」クレーガーはいった。

「でも木曜日にどこかで自家製の酒を飲んだかもしれない」オリヴァーはいった。「あるいは自殺に見えるように、自分で飲んだか。メタノールはインターネットのプラモデルショップで簡単に注文できる」

「そんな馬鹿な！」エンゲル署長は首を横に振った。「わざわざそんな苦しい思いをして死ぬなんて、わけがわからないわ」

「ヴェルシュ殺害やもろもろの過《あやま》ちへの罪滅ぼしかもしれない」オリヴァーはいった。「ロートはひどく落ち込んでいた。自分には価値がないと妻に話していたという。こんな死に方をしなくても、いずれもっと確実な方法を取っていただろう」

署長は納得できないという目つきでオリヴァーを見た。

「それでヴェルシュの家の捜索はどうだった？」ピアは同僚にたずねた。

「貸金庫の鍵を見つけました」ターリクは答えた。

「それから出版社設立に関するファイルもあった」ケムが付け加えていった。「ヴェルシュは整理好きなようで、細かいメモまで丁寧に保管していた。お隣のマルセル・ヤーンとの訴訟に絡《から》む文書もすべてファイルしていた。四月にはメインバンクに五十万ユーロの融資を申請したが、自宅を抵当にいれるつもりだったのに却下されていた」

「四月？」オリヴァーが訊いた。

「クビになったのは六月末よ」ピアはいった。

「ああ、そうだった」オリヴァーはまたしても署長からとがめるまなざしを向けられた。

「屋根裏はほこりをかぶった箱でいっぱいだった」ケムはつづけた。「中には古いアルバムや思い出の品が入っていて、大昔のものから最近のものまであった。これから精査する」

「ヴェルシュのノートパソコンはラボから戻ってきた」カイがいった。「凶器の可能性はなくなったので、こちらでデータをチェックする。Eメールへのアクセスをなんとかする」

「家宅捜索でパスワードのメモを入手したわ」カトリーンがいった。「ラボで彼女のスマートフォンを起動できれば、きっと他のメッセージも確認できるでしょう」

「わかった」エンゲル署長が腰を上げた。「なにかあったらすぐ連絡をちょうだい。ボーデンシュタイン、少し時間があるかしら？」

「もちろん」オリヴァーは署長について外に出た。そのあいだにピアは明日の分担を決めた。

*

オリヴァーはそろそろエンゲル署長から、どうなっているのかと質問が飛んでくるものと覚悟していた。学生時代のこととはいえ、ふたりには付き合っていた過去がある。エンゲルはなんとも思っていないようだが、オリヴァーはコージマに恋をしてエンゲルを振った側だ。しかも数ヶ月後に結婚して、すぐに父親になった。三十五年も経つのに、エンゲルはコージマに対してまだわだかまりがある。そのせいでオリヴァーはいまだに今回の事情を話せずにいた。

「最近、気が散っているようだけど」エンゲル署長は執務室のドアを閉めるなりそう切りだした。「どうしたの？」

「コージマが肝臓癌《がん》にかかった」オリヴァーが答えた。「わたしは生体肝移植のドナーになるので、少しのあいだ現場を離れたいと思っている」

「なんですって？」署長は啞然としてオリヴァーを見た。「コージマが癌？　いつわかったの？」

「二ヶ月前。偶然に発見された。数年前に取材先でかかった肝炎のせいらしい」

「なんてこと。それは気の毒に」そういうと、エンゲル署長は本当にショックを受けたらしく胸に手を当てた。もっと冷たい反応が来ると思っていたので、オリヴァーは感動した。

「生体肝移植が唯一助かる方法なんだ。ユーロトランスプラントの待機者リストにはのったがいつ適応する肝臓が提供されるかわからない。臓器移植法ではドナーになれるのは家族だけとされている。だから子どもたちとわたしが検査を受けた。今は化学療法でコージマが手術に耐えられるようになるのを待っている。時間との勝負なんだ」

「なんでもっと早くいってくれなかったの？　生体肝移植だなんて！　あなただって何週間か

入院することになるでしょう！」エンゲル署長は手を下ろした。「わたしたち、お互いに信頼し合えていると思ってたのに」

あきらかに臍《へそ》を曲げている。無理もない、とオリヴァーは思った。

「コージマのことを嫌っていると思ったんだ」

「それはそれなりの理由があったもの。でももう昔のこと。気にしていないわ。それに心配なのはコージマではなくて、あなたよ。危険な手術になるんじゃないの？　こういっちゃ悪いけど、もう若くないのよ」

「もう二年あとだったら、たしかに年齢制限に引っかかっていた。しかし肝臓は元に戻るという。それに健康には自信がある。必要な検査はすべて終わって、医師は青信号を灯らせた」

「奥さんはなんといってるの？」エンゲル署長がたずねた。

「彼女は知らない」オリヴァーはデスクの角に腰かけた。「一昨晩、家を出た。カロリーネとの結婚は終わった」

「どういうこと？」エンゲル署長はまたしてもショックを受けた。「幸せそうだったのに！　一年前、問題はなにもなく、うまくいっているといっていたじゃない」

「あいにく勘違いだった。わたしが自分の家族と過ごすと、カロリーネは嫉妬するんだ。それには納得できない。わたしは孫の成長を見たい。でも集まりがあっても、彼女はいっしょに来ないし、なにかと面倒を起こす」

オリヴァーはなにかのときに不利に働くかもしれないと思ったが、グレータのことも話した。

「コージマとわたしのあいだにあるのは友情と子どもたちだけだということを、カロリーネは理解しようとしない。はじめからわかっていたはずなのに」

「だけど、あの人だって、元夫と連絡を取っているはずでしょう？」

「ああ、もちろんだ。わたしはまったく気にしない」オリヴァーはうなずいた。「再婚すれば、そういうものじゃないか。だれだって過去を引きずっている。問題はカロリーネと彼女の娘が自分たちのトラウマに対処しようとしないことだ。あれだけの事件に巻き込まれたのだから、喪失への不安や嫉妬など、あのふたりが抱える問題はよくわかる。だが、専門家に援助を求めないのは理解できない」

「自分と向き合うのは辛いし、面倒だし、しんどいことだからよ」署長は来客用の椅子に腰を下ろした。「わたしは同じことをキムとの関係で体験した。彼女は過去を克服する覚悟ができず、すべてを放り投げて逃げだした。そっちのほうが楽だからよ。彼女は娘がいることもわたしに黙っていた。そしてフィオーナと向き合うことをしないで、アメリカに行ってしまった。あれっきり音信不通」

「きみも辛抱強く付き合った」オリヴァーはいった。

「ええ、やりすぎたわ」署長はため息をついた。「誤解をし、失敗したことを認めるのは難しいことよね。いつか相手が変わると期待してしまう。でもそれは妄想にすぎない。人間はそうおいそれと変わらない。無理だとわかったら決断するしかない。この歳になったら、改善するのを待つ時間はもうそんなにないものね」

ふたりはお互いの気持ちがわかって顔を見合わせた。

「わたしはひとりのほうが気が楽」エンゲル署長がいった。

「わたしもそうだ」オリヴァーも同意した。

「自分の人生を他人に決められるなんて、もうごめんよ。以前は子どもがいる人たちがうらやましかったけど、今は子どもがいなくてよかったと思ってる」

少しのあいだ、ふたりは黙って物思いに耽った。オリヴァーはエンゲルの横顔を見つめながら、コージマと出会わなかったら、どんな人生だっただろうとしみじみ考えてしまった。それでもエンゲルとは夫婦にならなかっただろう。他の女性に出会ったら、その人と家族を作り、友だちの輪を広げただろうか。コージマとも、それはできなかった。コージマには自分の仕事仲間や知り合いがいた。友情を培《つちか》うには時間をかけなければならない。子どもの世話や家事、そしてオリヴァーの仕事が友情を培う余裕など与えてくれなかった。

全幅の信頼を寄せられる本当の友だち、無二の親友など持ったためしがない。

オリヴァーはヴェルシュとロート、そしてふたりの旧友たちのことを思った。ロートの妻は彼らを永遠の友人たちと呼んで、嫉妬を露《あら》わにした。彼らは高等中学校《ギムナジウム》時代からの知り合いで、結婚し、子どもを持っても疎遠にならなかった。彼らをつないでいるのはなんだろう。若い頃の思い出だけで、生涯友でいられるものだろうか。過去を美化するために古い知り合いを必要としているのだろうか。だがどうして美化するのだろう。すくなくともヴェルシュは仲間にすべてを話してはいなかったし、彼女が助けを必要としたときに、だれも救いの手を差し伸べなかった。

「手術はいつなの？」エンゲル署長がたずねた。

「さっきもいったように、コージマの容体が安定したら行う。徐々にだが、ここ数日は快方に向かっている。日取りが決まったら、もちろん報告する」

「それまで休んだほうがいい？」

「いいや、その必要はない」なにもしないで病院からの電話を待つなんて、想像しただけでぞっとする。「そのときになったら、ピアが課長を代行してくれる」

「彼女には話したんだ」エンゲルの声には少し非難がましさがにじんでいた。

「ついこのあいだ。きみがどういう反応をするかわからなかったので、ずっと話せずにいた。だけど、きみにも知ってもらって、ほっとしている。そして理解してくれてありがとう」

ふたりは腰を上げた。

「わたしたちは友だちだと思っていいかな？」オリヴァーはドアノブに手を伸ばしたエンゲルにたずねた。

「どうかしらね」エンゲル署長はまた手を下げた。「わたしは署長よ。かつてあなたの婚約者でもあった。そういう意味では友だちとはいえないわね。でも、お互い特段の要求や期待を持たないのだから、友だち以上の存在だといえないかしら。どちらかというと、頼りになる同僚ね。定刻に仕事を終えられず、世間で嫌われる刑事、とくに殺人捜査官に友だちがどんな意味を持つかわからないし」

オリヴァーはゆっくりうなずいてから微笑んだ。エンゲルのいうとおりだ。実際に虐待された少女の死体をマイン川からすくいあげたり、罪のない人を次々と狙撃するサイコパスを追ったりしなければ、そのときの気持ちなど他人にわかるわけがない。そういう気持ちを家まで引きずるのを理解できるのは同僚だけだ。夜中まで署にいたり、週末の解剖に立ち会って腐乱死体を見たりしなければならないのを、同僚ならわかってくれる。オリヴァーの人間関係が破綻《はたん》するのは宿命だ。

「夜をゆっくり過ごすのね」エンゲル署長がいった。「明日の朝また会いましょう」

「ああ、きみも。明日また」

「そうだ、オリヴァー」エンゲル署長がまた振り返った。「コージマを好きになれないのは、当時あなたを奪ったから。でもそのことはもう忘れたわ。彼女が元気になることを祈ってる。よろしく伝えて」

＊

ユーリアは午後のあいだずっと社長からの連絡を待っていた。電話があったのは午後五時を過ぎてからだった。ユーリアはそのあいだに百三十四ページある原稿をスキャンした。古いフラットベッドスキャナーだったので、手間がかかったが、これで安心だ。

カタリーナ・ヴィンターシャイトがこの原稿を書き終えずに亡くなったのは本当に残念なことだ。どんな結末を迎えるのか、永遠にわからない。

会社へ行く途中、ユーリアはゲーテ広場の〈モシュモシュ〉に寄って、ピーナッツ・カレー丼を二人前テイクアウトした。以前、屋内市場で会ったときカール・ヴィンターシャイトが好物だといっていたからだ。

彼が喜ぶとしたら、その料理と、それが好物だということをユーリアが覚えていたことのどちらかだろう。だが来客用のテーブルでピーナッツ・カレー丼を食べても、社長の暗い表情は消えなかった。ユーリアは仲のいい友だちと夕食をとっているような気分になった。社長はアレクサンダー・ロートの死についてパウラ・ドムスキーから聞いたことや、刑事がロートのオフィスや中庭のゴミコンテナーを捜索したことを話した。刑事がロートのオフィスの冷蔵庫で凶器らしいものを押収したともいった。

ユーリアは箸《はし》を置いた。

「ものすごく後悔していることがあります。ヴェルシュさんとロートさんの会話を立ち聞きして、社長の秘書に伝えたのはわたしなんです。あんなことをしなければ、ヴェルシュさんは解雇されず、今も生きていたかもしれないかと思うと」

カール・ヴィンターシャイトも食べるのをやめて、ユーリアをじっと見つめた。ユーリアはどきどきした。この視線はなにを意味するのだろう。自分で社長にいわず、秘書に告げ口をしたのはきみだったのかとでも思っているのだろうか。

「秘書から聞く前から知っていました」社長にそういわれて、ユーリアはほっとした。「ヴェルシュさんが引き抜こうとした作家のエージェントが教えてくれたんです。この惨状を引き起こした張本人はわたしですよ。ロートさんを部長に抜擢したのはわたしですから。そうすれば、ヴェルシュが辞職すると期待したんです。しかしそうしてはくれませんでしたが」

ユーリアはふたたび箸を手に取った。ふたりは黙って食事を終えた。料理をきれいに食べ終えると、カールは白ワインの瓶とワイングラスを二客だして、ワインのコルクを抜いてグラスに注ぎ、原稿のことをたずねた。

「いい原稿でした」ユーリアはそう答えて、ワインを口にした。「というか、すばらしかったです！　わたしだったらすぐに出版契約を結びます」

「そんなに？」

「ええ、すっかり引き込まれました」原稿とメモをショルダーバッグからだして、テーブルに置いた。「内容もさることながら、文章が圧倒的でした。緊張感をうまく持続していて、読者はすぐ感情移入するでしょう。会話文も生き生きしていてリアルです。本当に信じられないくらい物語に引き込まれます。だれでも先が読みたくなるはずです。わたしは午前四時まで読みつづけてしまいました」ユーリアはそっと原稿に手を置いた。「このテキストは書き慣れた作家の手によるものです。クリフハンガー（物語の続きを期待させるようなテクニック）の名手といえるでしょう。筋立てにまったく無駄がありません。じつに鮮やかです。社長のお母さまがこの原稿を最後まで書き終えていないことが返す返すも残念です」

「どういう意味ですか？」

「原稿は百三十四ページで終わっているんです。物語の途中で。まだまだいろいろ起きる話だと思います。社長はお母さまが小説を書いていたことをご存じでしたか？」

「いいや、知りませんでした」カールはためらいがちにいった。どこまで明かしていいか考え、正直にいうことにしたようだ。「母のことをほとんど知らないのです。おじの家ではめったに話題にならなかったので。母が命を絶ったのは、わたしが六歳のときです。学校に入学するわずか三日前。わたしはひどい母だと思いました」

「なんですって?」ユーリアは飲みかけていたワインをあやうくこぼしそうになった。カタリーナ・ヴィンターシャイトは事故か病気で早世したと思っていたのだ。自殺とは思いもしなかった。未完の原稿があり、しかもそれを自分の息子に捧げていたというのに。

「母は父が死んだあと、鬱《うつ》病にかかっていたらしいんです」カールがいった。「六階の自宅のバルコニーから飛びおりて即死しました。遺書すら残しませんでした」

ユーリアは腰を抜かしそうになった。なんといったらいいかわからなかった。両親を亡くしたのはさぞかし辛かっただろう。だが自分の母親がなぜ命を絶って、自分をひとりにしたのかわからないのは、もっと辛いことだったはずだ。ユーリアは自殺者はエゴイストだと思っていた。自分のみじめな状況は終わらせられるが、ひとつ間違えれば、遺族や友人や知人に重い十字架を背負わせてしまう。

「そ……それはお気の毒に」ユーリアは口ごもった。数十年経っていても、この重大さを考えたら言葉がまったく足りない。急にいたたまれなくなった。今耳にしたのは、小説のプロットではなく、カール・ヴィンターシャイトの人生だ。それに彼は自分の上司で、友だちではない。そして話題にしているのは、どこのだれかも知らない新しい作家の原稿ではなく、社長の母親が書いたもので、何年も存在が知られていなかったのに、突然送られてきたのだ。カール・ヴィンターシャイトはユーリアを混乱させてしまったことに気づいた。

「母が小説を書いていたことは知りませんでした」といって、話を元に戻した。「といっても、母がタイプライターを打つ音はよく覚えています。毎晩、寝るときに聞いていました。仕事でなにか打っているのだろうと思っていました」視線が内面に向けられ、思いが過去へと飛んだようだ。

「妙ですね」そういうと、カールは顎をなでた。「どうしてタイプライターのことを思いだしたんでしょう？　黄色いタイプライターで、いつも食卓にのっていました。わたしはよくテーブルで絵を描いていました。母がタイプライターを打つたびにテーブルが振動したのを今でも覚えています。うちの猫もそれが好きでした。たいていテーブルに寝転がっていました」

「猫を飼っていたんですか？」最初のショックから立ち直ったユーリアがたずねた。「もしかして黒猫でしたか？」

「ええ。脚が白い黒猫でした」カール・ヴィンターシャイトは頭の片隅で思いだしたのか、ふっと微笑んだ。「どうしてそう思ったんです？」

「名前は塩の精華《フルール・ド・セル》といいませんでしたか？」ユーリアは身を乗りだして、社長を見つめた。

「たしかにそういう名前でした」社長の顔から笑みが消え、ユーリアを探るように見た。「どうしてそれを？」

「じつは」ユーリアは人差し指で目の前の原稿に触れた。「この物語はフランクフルトではじまるんですが、そのあとノワールムティエ島に舞台を移すんです。主人公はその島の港で子猫を見つけ、引き取ります。脚が白い黒猫。愛称はセリ」

「驚いた」カールの声が急にかすれた。「それはうちの猫のことです。その猫はわたしといっしょに邸に移りました。両親を亡くして、わたしはおじ夫婦に育てられたんです」

「作家は自分に関係するものをよく作品に書き込むことがあります」ユーリアは六人の若者が写った写真をだした。「主人公の女子学生は大学で、この人たちと知り合います。その中のルツはフランクフルトで出版社を経営するハーディー・フォーゲルザングの息子です。主人公のカルラはハーディーの弟ダーフィットと恋に落ちます。カルラより十二歳上です」

カールはじっと話を聞くうちに、顔色をなくした。

「若者たちは夏休みにノワールムティエ島にあるフォーゲルザング家の別荘へ行きます。カルラもついていき、ダーフィットは一週間遅れて合流します。はじめは恋愛小説のようですが、それからミステリに変わります。五人の若者が出版社の御曹司ルツを海に沈めて溺死させてしまうのです。そのあと五人は嘘の話をでっちあげて口裏合わせをし、このことは絶対に口外しないと誓い合います。ダーフィットとカルラがセーリングをして戻ると、警察が来ていました」

ユーリアはそこで黙った。

「それから?」カールは顔面蒼白になっていた。ワイングラスをつかむ手に力が入っていて、少し日焼けした手の指関節が白くなっていた。

「ルツの母親マルタは、ダーフィットがいないあいだに、カルラが遊び半分で自分の息子を弄《もてあそ》んだのだと思います。これは他の五人が流した噂でした。マルタは、息子が愛に苦しんで酒を飲みすぎ、岸壁で足を滑らせ溺死したと信じて、息子の死をカルラの責任にします」

「カルラは弁明しなかったんですか？」カールがかすれた声でたずねた。

「だめだったようです。ルッの葬儀から半年後、カルラはダーフィットと結婚し、妊娠しますが、マルタとの関係は険悪なままでした」ユーリアは話の全体像を見失わないように、さっとメモを見た。「しかし義理の父で出版社の創設者のアルノルト・フォーゲルザングとはいい関係が築けます。ただ出版社で働くことはできませんでした。ハーディーとマルタが反対したためです。その代わりにルッの旧友たちが編集部やルッを記念した財団に入ります。ただいくつか謎があります。たとえばルッの妹コリンナの恋人になにがあったか。それからルッは死ぬ数ヶ月前に、信じられないくらい嫉妬深い、やはりこの仲間に入っているミアと別れています。しかしルッがカルラに恋したためではありません。相手はマルクでした。原稿は愛する夫が心筋梗塞で死んだことをカルラが知ったところで、突然終わります」

ずっと聴き入っていたカールが咳払いをした。

「自伝的内容をいくつか織り込んだ話というだけではすまない内容ですね」

ユーリアもそう思っていた。この原稿は紛《まぎ》れもなくモデル小説だ。カタリーナ・ヴィンターシャイトは実際に起きたことをすべて書いたのだ。それならなぜ書き終える前にバルコニーから飛びおりたのだろう。カルラが作者の分身なら、自分と小さな息子の将来のために大きな計画を立てていたことになる。鬱病になどかかっていなかった。しかしこのテキストがカタリーナが書いたものだとだれにいえるだろう。だれだって、こういう物語をタイプライターで打つことはできる。この物語は証拠にならない。ただ謎を残すだけだ。

「マリア・ハウシルトさんとドロテーア部長のふたりと話してみてはどうでしょう」ユーリアは黙って前を見ている社長に提案した。「おふたりはお母さまをよく知っていたはずです。原稿とミニカーを送ってよこしたのがだれか、わかるかもしれません」

「だからあのふたりには話していないんです」

カール・ヴィンターシャイトはズボンのポケットに手を突っ込んで、窓辺に立った。

「わたしは母のことなど知りたくなかったんです。以前は母に怒りを覚えていました……わたしが必要としているのに死ぬなんてエゴイストだと思って、長いあいだ母が許せなかったんです。でも今はそんな思いを乗り越えました。わたしはひとりでやっていける。母には興味がありません」

「わかります」ユーリアはそんなはずはないと思いながらいった。自分だったら、自分を置き去りにした母親のことをもっと知りたいと絶対に思う。心の平安を得て、このことに終止符を打つためにも。「でも原稿とミニカーをだれが送ってよこしたのか知りたくありませんか？そしてなによりその理由を」

カール・ヴィンターシャイトは唇を引き結んで振り返った。他人を寄せつけないような態度だ。ふたりのあいだに距離が置かれたことは、社長の褐色の目を見れば一目瞭然だった。

「少し考えてみましょう」仕事向けの口調だった。

「原稿は置いていきます。社長のものですので」ユーリアはメモだけしまった。「ぜひ読んでみてください。本当にいい作品です。お母さまは他にも書いていたはずです。この原稿を送ってよこした人がまだ持っているかもしれません。社長がご自分の母親の作品を世に出すことを考えてみてください！」

カール・ヴィンターシャイトのスマートフォンが鳴りだした。スマートフォンをだし、画面を見て、彼の顔が曇《くも》った。

「あいにく別の用事が入りました。そのうちに読みます。逃げはしないのですから」

「わかりました」ユーリアはバッグを肩にかけ、空になった料理の容器を捨てようと手を伸ばした。

「そうだ、ブレモーラさん、料理はいくらでした？」そういわれて、ユーリアは面白くなかった。無駄に上司ぶるなんて、失礼にも程がある。ユーリアに話しすぎたと思って、自分に腹を立てているのだろうか。

「社長さえよければ、わたしのおごりです」ユーリアは冷ややかに答えた。「給料はいいから、そこまでお金に困ってはいません。でも社長が困るというなら、八ユーロ九十セントいただきます」

カール・ヴィンターシャイトはスマートフォンを高くかかげて、ぶっきらぼうにいった。

「出なくては。ありがとう。ではまた」

「ええ、それでいいです。ではまた」

こんな扱いを受けるとは。ユーリアは空の容器をそのままにして、社長室をあとにした。腹立たしさと失望を感じながら。だが実際には本気で怒ってはいなかった。忘れたいと思っている過去にこんな形で対峙《たいじ》することになるなんて辛いにきまっている。ユーリアは地下鉄駅に向かってシラー通りを歩いていたとき、金曜の夜にロートが裏口からだれかを招き入れたことを社長にいい忘れたことに気づいた。だがすぐに思い直した。ロートは死んでしまったのだから、いまさら話しても仕方がない、と。

五日目

二〇一八年九月十日（月曜日）

月曜の朝七時、ピアが捜査十一課の会議室に着くと、すでに同僚たちが忙しく立ち働いていた。カトリーンとケムは大きなテーブルの上にヴェルシュ家の屋根裏で発見した箱の中身を広げ、故人の思い出の品や写真や書類に目を通して、捜査に役立ちそうなものを捜していた。カイとターリクも同じようにヴェルシュが残したデジタルデータの手がかりを捜していた。家宅捜索の際に確保したパスワードのメモのおかげで、難なくノートパソコンを起動し、メールソフトをひらくことができ、過去何ヶ月分ものEメールを通読した。

「それで？」ピアはたずねた。「なにか興味深いものはあった？」

「なんともいえない」カイは答えた。「ヴェルシュは大量のメールのやりとりをしていた。仕事絡《がら》みのものがメインだ。それから解雇と労働裁判所と会社設立を巡っての弁護士との連絡。新聞や出版社のニュースレターも大量に定期購読して、有料のオンライン会員にもなっていた」

「複数の作家やエージェントにもメールを送っています」ターリクが付け加えた。「でもことごとく拒絶されています。彼女の誘いに乗って、彼女の新しい出版社に移るかどうか検討すると答えた者はごくわずかです。わたしが理解したところでは、四月にヴィンターシャイト出版との契約延長をして、長期の専属契約をしたから多くの作家が移籍したくてもできないようでした。ヴェルシュは相当怒っていましたね。作家やエージェントは金目当てで罠にはまったとんまだと罵《ののし》っています」

「なるほど」

あの残虐な殺人をするほどの動機とは思えないが、出版社の事情に明るくないピアは念のため、文芸エージェントのマリア・ハウシルトに電話をかけてみてもいいかもしれないと思った。彼女なら、問題の大きさやなにを意味するか説明できるだろう。

「友人たちともメールのやりとりをしていた？」

「ああ、もちろん！」カイはプリントした数通のメールを掲げた。「死ぬ前の週、アレクサンダー・ロートとだけでも二十九通もメールのやりとりをしていた！」

「内容は？」

「それがよくわからないんです」ターリクが答えた。

「ロートはヴェルシュが脅迫していると非難している」カイがいった。「しかしその中身がわからない。きみなら、文面からなにか気づけるかもしれない」

「脅迫？」ピアは聞き耳を立てた。そんなこともあるかと思っていた。脅迫は金銭絡みとはかぎらない。溜飲を下げたいからとか、他人の人生に干渉したい、他人を不安に陥《おとしい》れたいといった理由でも脅迫することはある。そしてヴェルシュは他人を傷つけたり、不安にさせたりすることに執着していたようだ。ピアはデスクについて、ヴェルシュとロートが交わしたメールを読みはじめた。

〝どうしてそんなことをするんだ？　なんという卑劣なエゴイストなんだ？　きみは自分中心に世界がまわっていると思っているようだが、人をチェスの駒のように動かすのは無理だ〟ロートは八月二十三日付のメールに書いている。〝絶対に墓穴を掘るぞ。だれかが支援してくれるなんてよく思えたな。きみにはなにも期待したことがない。きみは自分のことしか考えていないからだ〟

〝あんたこそ、気をつけるのね、この腰抜け！〟ヴェルシュはそう返信している。〝よりによってカールの後ろに隠れるとは。冗談としか思えないわ！　作家たちを補遺で釣れるとそそのかしたのは、あんたでしょう。小心者のささやかな復讐ってわけね！　毒蛇《どくへび》を懐《ふところ》に飼っていることをヴィンターシャイト家が知ったら、どうなることか〟

「これが友だちとはね」ピアはつぶやいた。ロートはケムとピアに見事に嘘をついていた。先週の月曜日にヴェルシュを訪ねたのは、トークショー出演を思いとどまらせるためなどではなかった。まったく別の目的があったのだ。だがなんだろう？　ゼヴェリン・フェルテンの件だろうか？　〝毒蛇を懐に飼っていることをヴィンターシャイト家が知ったら、どうなることか〟これは脅迫以外のなにものでもない。ピアは次のプリントを読んでから、マリア・ハウシルトに電話をかけ、「補遺」というのがなにを意味するのか訊いてみることにした。

＊

「さっきマリア・ハウシルトに電話をして訊いたけど、ヴェルシュはアンリ・ヴィンターシャイト、アレクサンダー・ロート、ヨゼフィン・リントナー、マリア・ハウシルトだけでなく、シュテファン・フィンクにまで新しい出版社への資金援助を求めていたそうよ」ピアは三十分後、朝の捜査会議で報告した。「土曜の午後、フィンク夫妻と話をしたとき、ヴェルシュの出版社が話題になっても、夫はそのことをひと言もいわなかった。妻のほうは、ヴェルシュの出版社の話をカール・ヴィンターシャイトから聞いたといって怒っていた。夫が資金援助のことをなぜ妻に黙っていたのかが気になるわね」

「それが事件とどう関係するの？」そうたずねたときスマートフォンが鳴って、署長は手を伸ばした。

「まだ確信はありませんが」ピアが答えた。「ヴェルシュがなにかでロートを脅迫していたと思われます。おそらくシュテファン・フィンクに対しても。妻のドロテーアはパウラ・ドムスキーがいっていた永遠の友人ではありません」

「ヴェルシュがロートを脅迫した材料がなにか、ハウシルトはいっていなかったか？」オリヴァーがたずねた。

「そこまで具体的には訊きませんでした。今のところただの勘ですので」ピアは手帳をめくった。「しかし『補遺』がなにかわかりました。契約書に補足事項をつけたらしいんです。カール・ヴィンターシャイトはハイケ・ヴェルシュの計画にじつに巧妙に王手をかけていました。

四月末にヴェルシュが声をかけそうなほぼすべての重要な作家の契約を延長して、印税を大盤振る舞いしたんです。そのなかにはゼヴェリン・フェルテンも含まれています。フェルテンの担当エージェントはその時点でまだヴェルシュの計画を知りませんでした。カール・ヴィンターシャイトは作家たちが契約書に署名するのを待って、ヴェルシュを解雇したんです」

「うまい手ね。合法だし」エンゲル署長はいった。

「ヴェルシュはそれをロートのアイデアだと思っていたようです」そういうと、ピアはメールの毒蛇の件を読みあげた。「おそらくそのことがあってロートを脅迫したのでしょう。脅迫の中身を突き止める必要があります」

「ハウシルトはなぜ友だちを支援しなかったのかな?」オリヴァーはたずねた。

「支援するつもりだったようですね」ピアは答えた。「けれども、設立するならもっとよく計画を立てるべきだという考えだったんです。そのことでヴェルシュと口論になったようです。ハウシルトは二十五万ユーロの資金援助をする代わりに、大幅な発言権と出版企画への関与を求めました。しかしヴェルシュは聞く耳をもたなかったそうです」

「資金援助に二十五万ユーロ!」カトリーンは啞然とした。「そんなに必要なのかしら?」

「ハウシルトにいわせると、他の出版社の作家まで引き抜くつもりだったそうね。お金が一番効くのでしょう。納得できる話だと思う」ピアが答えた。「ちなみにシュテファン・フィンクとヨゼフィン・リントナーは資金がないからと断っている。フィンクは自分の印刷所の生き死にがかかっている。ヴィンターシャイト出版が一番の得意先だったけど、カール・ヴィンターシャイトが社長になってから、より安価なチェコやポーランドで印刷するようになったからよ。ヨゼフィン・リントナーの本屋も、マイン＝タウヌス・センターのテナント料や人件費がばかにならないから、そんな余裕はなかった」

「ヴェルシュは他にだれを仲間に入れていたの？」エンゲル署長がたずねた。

「ハウシルトの知るかぎりですが、前の社長アンリ・ヴィンターシャイトと作家のエングリッシュくらいだったようです」ピアが答えた。「でもヴェルシュとエングリッシュのあいだも険悪になっていたようです。というのも、重要な文学賞を総なめにしているドイツを代表する作家にもかかわらず、ヴェルシュには彼の新作をだす考えがなかったからです。カール・ヴィンターシャイトも彼との契約を更新しませんでした。そのためエングリッシュは出版社を失った恰好になっています」

「それはうれしくないだろうな」オリヴァーが口をはさんだ。「先週の日曜日にヴェルシュと口論したのはやはり彼かな？」

「その可能性はありますね。目撃者のヤーン夫人に写真を見てもらいましょう」ピアはいった。

「少しまとめさせてほしい」カイはホワイトボードのところへ行って、マーカーを手に取った。「シュテファン・フィンクは、ヴェルシュから資金援助を求められたことを妻に内緒にしていた。そういうことだね？」

「そうよ」ピアはうなずいた。

「それがどうかした？」エンゲル署長はスマートフォンを見ながらたずねた。

「フィンクが奥さんに黙っていたというのはたしかなんですか？」ターリクがたずねた。

「ドロテーアは、父親がヴェルシュの計画を黙っていたことに腹を立てていた」ピアが答えた。

「夫までそのことを黙っていたとなれば、もっと怒ると思わない？　そしてドロテーアがそれを知っていたら、土曜日に病院の前で話したとき、わたしにいったはずよ。彼女もパウラ・ドムスキーみたいな反応をしたでしょう。やはり永遠の友人たちには属していないわ」

「夫はなぜ黙っていたのかしら？」エンゲル署長が顔を上げて、スマートフォンをテーブルに置いた。

「謎なのはそこです！」ピアは少しいらついた。「ヴェルシュは旧友たちの弱みを握っていたのでしょう。きっとそれをちらつかせて、資金援助を取りつけようとしたんです！」

「フィンクは秘密をばらされたくなかったはずですね。結婚が破綻《はたん》する恐れがありますから。殺人の動機としては充分です」そういうと、カイはホワイトボードに書いたフィンクとヴェルシュの名前を線でつないだ。

「フィンクの身長は一メートル九十センチで、スポーツタイプ」ピアは金髪の大男を思いだしながらいった。「死体をトランクに積んで、森で下ろすのなど造作もない」

「よし」オリヴァーはいった。「フィンクに事情聴取しよう。他にもなにかあるか？」

カトリーンとケムが押収した箱から見つけた靴箱をだし、そこに入っていた写真や新聞の切り抜きなどを見せた。

「ヴェルシュは几帳面になんでも取っておいてましたね」カトリーンがいった。「リビングと屋根裏で大量のアルバムを見つけました。二〇一〇年まで毎年のアルバムがあります。写真をコーナーシールできちんと固定し、その下にコメントを書き、入場券やメニューカードやコンサートのプログラムなども糊《のり》で貼っていました。それからもっと古いアルバムもありました。たぶん母親が作ったものでしょう。ですから、ここにある写真の束をアルバムに貼らなかったのが気になります」

ピアたちにはあるルールがあった。だれかの情報が欲しいときは、パターンからはずれるものを捜せというものだ。

写真の束は一九七八年から一九八三年にかけて撮影されたもので、いつも若い男性四人と若い女性三人が写っていて、一九八三年から新しく女性がひとり加わり、男性がひとりいなくなっている。

〝アレックス、ゲッツ、スティーヴ、ヨージー、ヴァルディ、ミア、ハイケ、ノワールムティエ島、一九八一年夏〟

カトリーンは岩場と青い海が見える浜辺にいる若者たちの写真をとって、裏側のメモを読みあげた。なにごとも綿密に記す性格らしく、ヴェルシュはすべての写真にメモを書いていた。一九八三年からいなくなった若者はヴァルディで、代わりに写真に写るようになった若い女性はネコと呼ばれていた。写真の背景にはいつも、空色のよろい戸のあるきれいな白亜の家が写り込んでいた。たまにヨットや浜辺やプールが写っていることもあった。

「永遠の友人たちのバカンスですかね？」ターリクがいった。

「ヴァルディというのは使用人のヴァルデマール・ベーアかな？」オリヴァーがいった。「年齢は合いそうだ」

「ハイケは当然ハイケ・ヴェルシュですね」カトリーンはいった。「昔は本当に赤毛だったんですね。アレックスはアレクサンダー・ロート。巻き毛とメガネで間違いないでしょう」

「ヨージーはヨゼフィン・リントナーだな」ケムは若いロートにいつもくっついている金髪の娘を指先で突《つつ》いた。「ミアはマリア・ハウシルトかな。そしてゲッツはゲッツ・ヴィンターシャイト」

「早世したドロテーアの兄ですね」ピアはいった。

「ドロテーアは写っていないの？」エンゲル署長がたずねた。

「彼らより少し若いドロテーアは仲間じゃなかったからでしょう」ケムがいった。「仲間だったのは旦那のほうです。スティーヴはシュテファン・フィンクでしょう。この写真の右端にいる背の高い金髪の若者がそれです」

「うまく当てはまりますね」ピアは数枚の写真をじっと見比べてから、一枚ずつオリヴァーに渡した。「ヴァルディはたしかにあの使用人。でも、ネコはだれでしょう？」

ピアは、カメラから視線をはずして脇を向いている女性の顔をよく見た。その女性が写っている写真はそれ一枚だけだった。

「ゲッツ・ヴィンターシャイトはどんな死に方をしたの？」エンゲル署長が口をはさんだ。

カイがノートパソコンに向かい、ゲッツの氏名を検索した。

「ウィキペディアによると、アンリ・ヴィンターシャイトとその妻マルガレーテの長男で、一九八三年の夏休みに事故死しています。当時二十一歳でした。その後、両親は彼を記念してゲッツ＝ヴィンターシャイト財団を設立しています」カイがそこで首を横に振った。「これは！財団の理事長はだれだと思いますか？　あっ、だれだったかと訊くべきですか」

「アレクサンダー・ロート」ピアは靴箱を引き寄せて、ヴェルシュがロートに宛てたEメールの言葉を口にだしていった。「毒蛇を懐に飼っていることをヴィンターシャイト家が知ったら、どうなることか？」

ようやくすべてがつながり、像を結びはじめた。最初のパズルのピースはこれでしかるべき場所に収まった。

「ロートはずっと禁酒していたのに、酒を飲みはじめた」オリヴァーはいった。「引き金は部長に抜擢《ばってき》されたことではないかもしれないな。ヴェルシュがなにか致命的なことをばらすかもしれないと恐れていたんだ。自分の人生もキャリアも嘘の上に築かれたものだといっていた」

みんながさまざまに議論しているあいだ、ピアは靴箱に入っていた別のものを見ていた。小さな丸いオレンジジュースの空き瓶に砂が詰めてあってコルクとシールで封がしてある。貝殻や小石が入っている瓶もある。それからビニール袋に入った枯れ枝。一九八〇年代にカルト的な人気があったヘルマン・ヘッセの『荒野の狼』のかなりすり切れたポケットブック版。ビールのコースターや黄ばんだレシートが数枚。鳥の羽根が一枚。一部に布を張ったきれいな彫り物を施した木製の小箱。その小箱にはレンズがひび割れた古いメガネが入っていた。今はもうないフランスのスーパーの名入りのビニール袋にはなにか布が入っていた。ピアが袋を振ってみると、シミがついたライトグレーのTシャツがテーブルに落ちた。ピアははっとした。

「一九八三年の写真をくれない?」とケムにいった。ケムから写真の束をもらうと、ピアは急いで写真をめくり、白亜の家を背景に、六人の若者が外階段にすわっている写真を目の前に置いた。そしてリュックサックからラテックスの手袋をだしてはめた。みんな、話すのをやめて、ピアの行動を興味津々に見守った。ピアはTシャツを広げた。色はライトグレーで、「フルーツ・オブ・ザ・ルーム」のロゴが入っていて、黒ずんだシミがついている。

「このTシャツ、ゲッツ・ヴィンターシャイトが死んだときに着ていたものですよ!」ピアは興奮していった。「この写真を見てください!」

「そのTシャツは当時流行っていたから、たいていの人が着ていたわよ」エンゲル署長がいった。「いわゆる定番」

「それはわかっています。でも問題はなぜヴェルシュがそういうTシャツを大事に持っていたかです」ピアはいった。「彼女にとって重要な意味があったはずですよ」

そのとき他のことに気づいて、ピアの体をアドレナリンが一気に駆けめぐった。真実に近づける手がかりを思いがけず見つけたときは、いつもそうなる。小箱からメガネをだすと、写真の横に置いた。

「ヴェルシュが保管していたのは、Tシャツだけじゃないですね。このメガネも」ピアは勝ち誇っていった。「これはどうやらセンチメンタルな理由で取っておいたのではないようです。

証拠品ですよ」ピアの頭が急速に回転した。そしてすべてがはっきりした。「ロートはゲッツ・ヴィンターシャイトの死に関係していたに違いありません。ヴェルシュはそのことを知っていて、脅迫したんですよ！」

「なにを得るために？」エンゲル署長がたずねた。

「ヴィンターシャイト出版を辞めさせて、新しい出版社に引き込むためです」ピアが答えた。「それはヴェルシュにとってこの世でなによりも重要なことだったんでしょうね。彼女は、重要視されず、影響力を行使できないことに我慢できない人でした。ヴィンターシャイト出版にちょっかいをだし、社長に地団駄を踏ませたかったのでしょう」

「ゲッツの両親はロートを財団の理事長にした」オリヴァーが付け加えた。「本当だったらゲッツに用意されるべきキャリアを積んだ。嘘で塗り固められたキャリアか。ゲッツの死と関係があるなら、ロートが自分に価値がないと思うのは当然だ」

しばらく静寂に包まれた。事件の中身が変わったことを、みんなが感じていた。

「これからどうしますか？」カイがたずねた。

「証拠固めをしなくては。時間が経っているので難しいだろうがな」オリヴァーは盛りあがっているみんなに冷や水を浴びせた。「慎重に捜査をすすめる必要がある。事を急《せ》いてはだめだ。第一被疑者が死んでいるとはいえ、証拠に穴があってはならない。まずゲッツがどのようにして死んだか突き止めよう。当時その場にいた人たちに事情聴取をする。もし彼の死に疑わしい点があれば、バカンスに参加した友人たちは全員、ロートと同じように疑わしいことになる」

「みんな、ヴェルシュに脅迫されていた可能性があるわね」エンゲル署長が口をはさんだ。

「全員に殺人の動機があることになる」

「シュテファン・フィンク、マリア・ハウシルト、ヨゼフィン・リントナー、そしてネコと呼ばれている女性」ターリクが数えあげた。「ヴェルシュとロートは死んでいますね」

「Tシャツとメガネをラボに送ろう。まだDNAを検出できるかもしれない」カイがいった。

「ロートのDNAはある」ケムがいった。

「他の人たちのDNAも入手しましょう」ピアはキツネのにおいを嗅ぎつけた猟犬のようだった。

胸高のキャビネットにのせていたファックスが動きだし、紙を三枚吐きだした。カトリーンが身を乗りだし、その三枚を手に取っていった。

「貸金庫の捜索令状が届きました」

「よし」オリヴァーは立ちあがった。「ピアとターリク、バート・ゾーデンの銀行に行って貸金庫を開けてくれ。ケム、わたしたちはパウラ・ドムスキーに会いにいく。カトリーン、きみはマルセル・ヤーン夫人にエングリッシュの写真を見せてくれ。別の動機がある可能性があるから、そっちも疎《おろそ》かにしたくない。それからフィンク印刷所の財務状況を調べてくれ。カイ、思いつくところに電話をかけまくって、ゲッツ・ヴィンターシャイトについての情報をかき集めてくれ」

「ヴェルシュの父親と話すのはどうでしょうね?」ピアはたずねた。「今入院中です」

「わたしがします」カトリーンが名乗りでた。

「よし」オリヴァーはうなずいた。「試す価値はある。では仕事にかかってくれ。午後三時にまたここに集合だ」

＊

オリヴァーはひさしぶりに狩猟本能に目覚めていた。刑事の仕事は彼にとって天職だ。根っからの捜査官で、署長になる野心などまったく持ち合わせていなかった。昇進の打診は何度もあったが、毎回断って、まったく欲がないとエンゲル署長から小言を食らっていた。

オリヴァーが警官になったのは、正義と規律の存在を信じているからで、キャリアを積んで政治力を手に入れたり、収入を増やしたり、五十歳半ばで年金生活をしたりするためではない。数年前、カロリーネの母親が狙撃されるという事件（既刊『生者と死者に告ぐ』の事件）で心身ともに疲労困憊《こんぱい》したときは、さすがに職を辞すことが脳裏をよぎった。義理の母ガブリエラ・フォン・ロートキルヒ伯爵夫人から財産の管理をしてくれと頼まれて、食指が動いたこともあったが、仕事を忘れることはできなかった。その後、生まれた村ルッペルツハインで起きた事件（既刊『森の中に埋めた』）で自分の過去と向き合うことになったときは長期休暇《サバティカル》を取らざるをえなかった。だがサバティカルが終わりに近づくと、結局古巣に戻る決心をした。オリヴァーが不在のあいだ課長代理を務めたピアがすすんでその役を降り、エンゲル署長は彼を課長職に戻した。サバティカルは彼にいい結果をもたらした。自分の仕事に対して、それまでとは違う、もっと健全な見方ができるようになった。刑事という職業と捜査十一課は間違いなく、私生活が波乱に富んでいる彼の生きるよりどころだ。

ケムはホーフハイム市内に入らずにすむよう国道六六号線を走った。環状交差点でリーダーバッハ方面へ曲がり、ヘーヒスト通りからミュンステラー・ヴェーク通りに入ると、少ししてよく手入れされたテラスハウスの前で停車した。カーポートにシルバーのスコダが止まっている。

「着きました」ケムがいった。

オリヴァーはシートベルトをはずした。

「事情聴取はきみに任せる、ケム。わたしは先入観があるので」

「わかりました」ケムはうなずいて、ベルを鳴らした。

パウラ・ドムスキーはすぐに玄関を開けた。顔が蒼白く、目に隈《くま》ができていた。だが着ているのは黒い服ではなく、土曜日と日曜の朝と同じようなパンツスーツに黄色いシルクのショールを首に巻き、カラフルな木製ビーズのネックレスをかけていた。

「どうぞ入ってください」ドムスキーはオリヴァーに気づくなりいった。「コーヒーはいかがですか？」

「ありがとうございます」ケムは話をする雰囲気作りのためにそう答えた。

ふたりはドムスキーの案内でキッチンに入って食卓についた。システムキッチンはあまり見ない真っ赤なものだった。事件の証人や被疑者を訪ねると、たいていキッチンに通される。なにか心理的な理由がある、とオリヴァーは思っていた。キッチンはリビングほどかしこまった場所ではないし、個人的な情報をそれほど見られずに済むからかもしれない。ケムがコーヒーをだしてもらい、意外なほど気をしっかり保っているドムスキーに解剖の結果と夫の死因を説明するあいだ、オリヴァーは自分が刑事を迎えたらどこに通すだろうと考え、今はホテル住まいなのを思いだして、思わずにやっとしてしまいそうになった。

「これは？」ドムスキーはケムがだした肉たたきの写真を見て、けげんそうにした。

「この肉たたきをご存じですか？」ケムがたずねた。

「いいえ、知りません」ドムスキーは引き出しから金属製の道具をだした。「うちの肉たたきはこれです。でも、わたしたちは今ベジタリアンなので、まったく使っていません」

「ご主人のオフィスの冷蔵庫で発見しました」ケムがいった。「現在、検査にまわしていますが、ヴェルシュさん殺害に使われた凶器だと思われます」

ドムスキーはぎょっとして、オリヴァーを見た。

「まさか夫がハイケを殺したというんですか？」

「そうは思っていません」オリヴァーが答えた。「しかし先週の月曜の午後、ヴェルシュさんを訪ねたことはわかっています。それから警察に保護されるまで、なにをしていたか裏を取りたいと思っています」

「金曜日に事情聴取したとき、ご主人は記憶がないといっていました」ケムがいった。「調べたところ、バート・ゾーデンのバーでウォッカトニックを二杯飲んでいます。そのため記憶が飛んだのでしょう」

「ありえません。ウォッカトニック二杯で記憶が飛ぶなんて」ドムスキーはむっとして答えた。

「なにが知りたいんですか？　火曜の朝、警察から電話があるまで、夫がどこにいるかも知りませんでした」

「あらためてうかがいますが、月曜の夜、あなたはどこにいましたか？」ケムがたずねた。

「いっても信じないでしょうね」ドムスキーはときどき言葉を途切れさせ、うんざりだとでもいうように首を横に振った。「どうせなにも信じないでしょう。わたしは月曜の夜ここにいました。証人はいません。もしかしたらお隣がテラスからわたしを見たかもしれません。翌日の放送の準備をしていました」

「以前ヴェルシュさんといっしょにやっていた番組ですね？」

「ええ、そうです。『パウラが読む』といいます。文芸畑のゲストに出演してもらって新作について話をする文芸トーク番組です」

「ヴェルシュさんはなぜレギュラーをやめたんですか？　そしていつのことですか？」

「昨年です。ハイケは自分からやめたわけじゃありません。局が降板させたんです」

「その後、番組の視聴率が急降下しましたね」ケムは準備していた。「一番いいときの視聴者数二百万人に対して、最近は十五万人。それで放送時間は日曜の午前から火曜日の遅い時間に移されました。視聴者はヴェルシュさんを見たかったのではないですか？」

「そう解釈したければどうぞ」ドムスキーはきつい口調で返した。ケムの指摘は図星だった。「視聴者は本や作家や批評家をぼろくそに貶《けな》したり、賞賛するのを見たいんです。古代ローマの戦車競走と同じです。問題はハイケの歯に衣着《きぬ》せぬ物言いに多くの出版社が恐れをなしたことです。販売部数に直接影響しますからね。だから作家が出演したがらなくなったわけです。局がハイケをお払い箱にしたのは、それが理由です。それがいい判断かどうかは二の次だったんです」

ドムスキーはヴェルシュについて否定的なことは一切いわなかった。ヴェルシュは情熱的で雄弁で高い教養のある闘士だったと讃《たた》え、信頼が置け、正確でいつも用意万端整えていたといった。そしてついでのように、三十年以上にわたってアンリ・ヴィンターシャイト社長の愛人だったと漏らした。

「みんな、知っていました。奥さんのマルガレーテも」そういうと、ドムスキーはコーヒーをティースプーンでかきまわしたが、飲みはしなかった。

「ヴィンターシャイト出版の出版企画をまとめているのがハイケだったことも、みんな、知っています。アレクサンダーはナンバー2に甘んじていました。財団で采配を振り、自分が担当する作家の世話をするほうがよかったんです。彼とハイケにライバル意識はありませんでした。ふたりは友人、それも旧友でした」

オリヴァーは咳払いしていった。

「あなたは誤解しているようです、ドムスキーさん。ヴェルシュさんとご主人のEメールを読みましたが、ご主人は脅迫されていたようです」

「脅迫?」ドムスキーの反応が変わった。

オリヴァーはジャケットの内ポケットからメールのプリントアウトをだし、広げてから、メガネをかけた。

「ヴェルシュさんは八月二十三日にこう書いています。〝あんたこそ、気をつけるのね、この腰抜け！　よりによってカールの後ろに隠れるとは。冗談としか思えないわ！　作家たちを補遺で釣れとそそのかしたのは、あんたでしょう。小心者のささやかな復讐ってわけね！　毒蛇を懐に飼っていることをヴィンターシャイト家が知ったら、どうなることか。せいぜい怯えているがいい〟」

ドムスキーは唖然としてオリヴァーを見つめ、笑みをこぼそうとするかのように口をふるわせた。

「ご主人が自分には価値がないといったとおっしゃっていましたね」オリヴァーはつづけた。

「一九八三年の夏にご主人にとって都合のいいなにかが起きたとにらんでいます」

「一九八三年の夏にゲッツ・ヴィンターシャイトが亡くなっています」ドムスキーはまた口をひらいた。「夫は幼稚園の頃から親友でした。ゲッツが亡くなったあと、アンリとマルガレーテはわたしの夫を息子のように扱い、二十二歳でゲッツを記念する財団の理事長にしました。そして夫は出版社に正社員として採用され、その直後、大学を中退しました。あれは異例中の異例でした。普通なら期限つきの見習い期間からはじめるものですから」

「当時なにがあったか聞いていますか？」ケムがたずねた。

「ほとんど聞いていません。具体的なことはなにも」ドムスキーが苦笑した。「そして本当のことはなにも話してくれなかったようですね。夫が心の中でなにを考えていたか、わたしはまったく知らなかったわけです。他人同然だったとは」

「ヴィンターシャイト夫妻とご主人の友人たちのことを話してくれますか？」ケムがいった。

「アンリとマルガレーテは親同然でした。本当の両親とはずっと音信不通でした。なぜそうなったのか、理由は聞いていません。わたしたちの結婚式や娘の洗礼式にはヴィンターシャイト家の人たちを招待しましたが、本当の家族は呼びませんでした。もしかしたらヨージーのほうが詳しいかもしれません。わたしよりも夫との付き合いが長いですから」

「ヨージー？」

「ヨゼフィン・リントナー。土曜日にやはり病院にいた金髪の女性です。マイン＝タウヌス・センターにある書店〈ハウス・オブ・ブックス〉を夫婦で営んでいます。昔、わたしの夫と彼女は恋人同士でした」

「ヴィンターシャイト夫妻やご主人の他の友人たちと、あなたはどういう関係ですか？」オリヴァーはたずねた。

「あなたは仲間に加えてくれない人とどういう関係を築きますか？」ドムスキーは訊き返した。「わたしは一生懸命愛想よくしました。でもそのうち、気に入られようと努力するのをやめました。その必要もありませんでしたし。自分の友人と家族がいますから。ハイケとの仕事上の関係は良好でしたが、プライベートなことは一切話しませんでした。プライベートはタブーでしたから」

オリヴァーはコージマとのことを思いだして、この女性に本気で同情した。そのうちどこかに分岐点があって、泣き寝入りするか、荷物をまとめて去るか選択を迫られる。そこに子どもが絡むと、さらにややこしくなり、ややもすると、自己否定が嵩《こう》じて憎しみに変わることもある。どちらか一方が隠れて別のパートナーに乗り換えようとしていたりすれば尚更だ。オリヴァーのように我慢強い人間でも、切れてしまうことはある。実際コージマに浮気されたときには、ボーデンシュタイン城の駐車場で彼女の首をしめてしまいそうになった。あのままコージマを殺していたら、今頃刑務所に入っているだろう。それ以来、どんな人間でも感情を爆発させて犯罪を起こしうると確信している。

「解剖所見によると、ご主人はメタノール中毒で死亡しました」オリヴァーはいった。

「メタノール中毒？」ドムスキーは信じられないというように訊き返した。「今どきどうしてそんなことに？」

「度数の高い酒にメタノールを混ぜて飲んだのだろうと見ています」ケムが説明した。

「なるほど」ドムスキーは苦笑した。「ストレスを抱えると、あの人はすぐ酒に手をだしましたから」

「ご主人がメタノールを摂取したのは木曜日だと思われます。その日どこにいたかご存じですか？」

「出版社だと思いますけど。わたしよりも先に帰宅して、わたしが帰ったときにはもう寝ていました。しかしどういうことですか？　主人は誤ってメタノールを摂取したのですか？」

「それを突き止めようとしているところです」オリヴァーはいった。「最後にもうひとつ。ご主人は遺書を残していますか？」

「なぜですか？」ドムスキーは本当に驚いたようだ。

「ご主人がみずから命を絶った可能性が排除できませんので。ご主人はあきらかに大きな不安を抱えていましたから」

「まさか、ありえません」ドムスキーはきっぱりといった。「どんなに不安を抱えていようと、あの人には自殺する勇気なんてありません」

故人をさげすむようなその言葉を聞いて、オリヴァーはドムスキーが夫に手を貸して、ヴェルシュを殴り殺したはずはないと確信した。これでドムスキーの名を被疑者のリストから削除できる。

＊

午前十時三十分、会社で一番広い部屋である図書室に社員全員が集まった。経営陣から全員にメールがあったが、社長たち経営陣が喪服で図書室に入ると、全員が神妙になり、悲しみに暮れた。ユーリアはすぐ出られるように、入口の近くに立っていた。夜中にカタリーナの原稿をもう一度読み直した。読みながら、おぼろげに既視感があって、目の前を飛んでいる蝶《ちょう》がどうしても捕まえられないようなもどかしい思いがした。頭の片隅にあるなにかの記憶とつながる気がするのだが、それがなにかわからない。物語全体ではなく、なんらかの細部だ。だがそれがなにか思いつかなかった。

「みなさん、長いあいだ社に多大な貢献をしてくれたアレクサンダー・ロート部長が昨日の早朝、自転車事故が元で他界しました」カール・ヴィンターシャイトがいった。文芸部のジルヴィア・ブランケ、クリスティーネ・ヴァイル、マーニャ・ヒルゲンドルフをはじめ、多くの人がすすり泣きながら抱き合った。それも、日頃、それほど親しくない者まで。危機的状況ではスキンシップに救いを求めるものだ。社長はつづいてハイケ・ヴェルシュが死んだことに触れた。だが彼の言葉はユーリアの心には届かなかった。さっきから気になっていることで、心の中がいっぱいだ。

「ブレモーラさん」ユーリアの横でだれかが声をかけてきた。ユーリアは左を向いて小声で挨拶した。

「こんにちは、ベーアさん」

ベーアはロートやヴェルシュと昔からの知り合いだ。ユーリアは使用人に哀悼の意を表そうかと思ったが、なんだか違う気がした。だが黙っているのもなんなので、こういった。

「ひどいことになりましたね」

「ええ、本当にそうです。ひどいことになりました」ベーアはそう答えた。だが彼の無表情な顔からは、本当に悲しんでいるのかうまく読み取れなかった。

亡くなった同僚に黙禱《もくとう》を捧げたあと、社員は解散した。ユーリアはカール・ヴィンターシャイトに声をかけられるよりも早く、図書室を出た。昨日、追いだされるようにして社長室を出てから、さっぱり連絡がなく、がっかりする気持ちと、ほっとする気持ちが相半ばしていた。

上司とは仕事上の関係にとどめるほうがいいに決まっている。

自分の部屋に戻ると、ユーリアはいくつものエージェントから送られてきたメールに意識を集中させた。ブックフェアまであと一ヶ月ということもあって、みんな、売り込みのための作品リストを送ってくる。ポートフォリオにどんな新作が並んでいるか、興味は尽きない。とくにドイツでは未紹介のふたりのアメリカ人作家が興味深い。

それなのに、どうしても集中が切れ、カタリーナ・ヴィンターシャイトのことが脳裏をよぎる。ユーリアはカタリーナが死んだときの年齢が、今の自分と近いことを意識した。愛する六歳の息子がいて、命を絶ったりするだろうか。〝いつものように、永遠に。わたしの大事な宝物カールに捧ぐ〟この献辞からふたつのことがわかる。カタリーナは、今手元にある未完成原稿の他にも小説を書いていたということがひとつ。そしてもうひとつは幼い息子が世界で一番大切な存在だったということだ。意図的ではなく、うっかりバルコニーから落ちたのではないだろうか。不幸な事故だったが、それが自殺だと勘違いされてきたとか。どうしてだれもそのことを疑わなかったのだろう。

ユーリアの固定電話が鳴った。電話機の画面にヘニング・キルヒホフの電話番号が映っていた。折り返し電話をくれるようメッセージを残してあったのだ。いくつか打ち合わせることがあった。ドイツ、オーストリア、スイスを巡る朗読会の日程はすでに決まっているが、新しい朗読会の打診やフェスティバルへの招待などが入ってきていた。とくにアルゴイ地方とルール地方の書店は販売上重要なのでぜひ検討してほしいと営業からいわれていた。それにヘッセン放送からキルヒホフに文化番組「ドッペルコップフ」への出演依頼が来ていた。しかも放送は来週だという。またトークショーへの出演依頼もある。

「もうひとつうかがいたいことがあるんですが」ユーリアは用件が済むといった。「自殺の場合も、法医学的な検査は行われるんですか?」

「担当検察官次第だね」ヘニングが答えた。「刑事訴訟法第百五十九条で警察は変死体については捜査を行うよう義務づけられている。だから死亡証明書で死因が不自然とか不明という欄にチェックがつくと、検察に連絡され、警察は死因究明を行う。たいていは遺族や隣人、職場の同僚といった自殺者に近しい人物への事情聴取をする。もちろん遺体を検査し、写真撮影する。遺体発見現場、住居も捜索されて写真を撮る。日記や遺書といった証拠品は警察に押収されて、捜査終了後、遺族に返還される」

「自殺した遺体も解剖されるのですか?」ユーリアがたずねた。

「絶対ではない。検察は警察の捜査結果に基づいて遺体を返却するかどうかを決定し、疑問が残れば検案や死体解剖を指示する。事故でないことや、第三者が関わっていないことが判明した場合、捜査は中止される」

「自殺の場合、捜査記録はどのくらいの期間、保存されるのですか?」ユーリアはたずねた。

「遺体に関する検査記録、もっというと死因捜査記録は三十年間、検察局で保管されることになっている。これには警察の調書、事件現場と死体の写真、解剖所見などが含まれる。今度はこちらが好奇心をそそられるね、ブレモーラさん。なにか具体的な事情があるのかな?」

「ええ、まあ。次作のネタになるかなと思いまして」ユーリアは答えた。「ずいぶん前にフランクフルトで起きたことにたまたま興味を持ったんです。知り合いの母親が一九九〇年に自殺したとされているんですが、本当に自殺だったかどうか疑わしいと思いまして」

「ほう、それはまたなぜ?」

「そんな気がしているだけです」ユーリアはヘニング・キルヒホフが人気ミステリ作家というだけでなく、フランクフルト大学付属法医学研究所の所長であり、法医人類学の権威であることをうっかり忘れそうになる。あいまいな話で無駄な時間を使わせたくなかった。

「警官もよく勘を働かせる」ヘニングにそういわれて、ユーリアはびっくりした。「そしてそれが真相を解明するきっかけになることもすくなくない」

そこでユーリアははじめはためらいがちに、だがそれから流れるように、差出人不明の小包で届いた原稿の話をした。作者は偶然にも社長の母親であったこと。献辞の内容に引っかかりを覚えたこと。そして原稿の内容がきわめて自伝的であることまで話した。

ヘニングはときどきちょっとした質問をした。ユーリアは立場が逆転して、自分が編集者に新作のあらすじを話している作家になったような気がした。

「記憶にある」ヘニングがいきなりいった。「わたしがフランクフルト大学の医学部に入ったのは一九八二年だ。医学部で一九八三年夏に、バカンス先で事故死したゲッツ・ヴィンターシャイトを追悼した」

「知り合いだったんですか?」ユーリアは背筋が寒くなった。

「顔見知り程度だ。一学年上の先輩だった。当時、新聞の一ページ丸々を使った死亡告知がのったので印象に残っている。家族はもちろん、学校や大学、友人の連名だった。中央墓地で行われた盛大な葬儀もしばらく語り草になった。そのすぐあと、たしか彼の名を冠した財団が設立されたはずだ。今でも存在しているんじゃないかな」

ユーリアは興奮して、腰をもぞもぞさせた。カタリーナ・ヴィンターシャイトは『友情よ、永遠《とわ》に』の原稿の中でルッ・フォーゲルザングの葬儀の様子を克明に描いていたからだ。連邦大統領が死んだときみたいに特大の死亡告知が新聞に掲載されたことも書いている。

「ええ、財団は今でもあります」ユーリアはいった。「日曜日に自転車事故で亡くなったロート部長が理事長でした。彼はゲッツ・ヴィンターシャイトの親友でした。先生のエージェントのマリア・ハウシルトも旧友ですから、先生も会っているのではないでしょうか」

「ああ、会っている。ただしわたしの解剖台でだが」ヘニングは淡々といった。ユーリアは思わず、ひっと声を上げそうになった。もし作家がこんな偶然の連続を作品にするといったら、きっと現実的でないといって却下するだろう。

「じゃあ、カタリーナ・ヴィンターシャイトの自殺についても記憶がありますか?」ユーリアは勢い込んでたずねた。「ルッが死んだ七年後。一九九〇年のことですが」

「一九九〇年といえば、六月にピアとわたしは結婚した。医学部を卒業して、ベルリンの医大病院で専門医の研修を受けていた頃だ。記憶はないな」

「奥さんは?　いえ、元奥さんということですけど、すでに警官だったのですか?」

「ヴィースバーデンの警察大学に入学したのは一九八九年だ。まだ刑事ではなかった」ヘニングはすばらしい記憶力の持ち主だ。ユーリアは編集作業中に何度も舌を巻いた。「フランクフルト警察にその件を記憶していたり、実際に捜査に関わった者が今でもいるとは思えないな。といっても……数年前、法医学研究所のアーカイブを学生に手伝ってもらって完全にデジタル化した。立ち寄ってくれるなら、その件に関する記録があるかどうか調べてみよう」

「ありがたいです！」ユーリアは感激して叫んだ。「いつなら都合がいいですか？」

「これから解剖を行って、今日じゅうに解剖所見を作成する必要がある。だがわたしはここに住んでいるから、大したことはない。退社したら、こっちに寄ったらいい」

「すばらしい！　そちらへ向かうとき、メッセージを送ります」ユーリアは感謝しつつ通話を終えた。もう仕事どころではなくなった。他のことを考えようとしても、すぐカタリーナ・ヴィンターシャイトのことが頭に浮かんでしまう。社長が母親の原稿についてなにも知らなかったなんて変ではないだろうか。社長の母親が書いた他の原稿はどこに行ったのだろう。そもそも亡くなったあと、私物はどうなったのだろう。疑問が疑問を呼ぶ。だが一番気になるのは、原稿を社長に送ったのはだれかということだ。そしてなぜこの時期なのか。今晩、疑問のいくつかに答えが見つかるかもしれない。見つからなければ、自力で調べてみるつもりだ。とにかくこの物語がどこに行き着くのか知りたい。

＊

「銀行によると、ヴェルシュが最後に貸金庫を開けたのは八月三十一日金曜日午前十一時二十分だそうよ」ピアはいった。ターリクとピアが驚くべき発見をし、捜査をまったく違う角度からやり直す可能性が生じたため、捜査十一課のみんなを署に呼び戻した。

「ありとあらゆるものが見つかったわ。ハイケ・ヴェルシュ本人と父親の診断書、土地台帳の写し、宝飾品、現金、ハイケ・ヴェルシュの遺書。そしてこの遺書が興味深い。父親が死ぬ前にハイケ・ヴェルシュ本人になにかあった場合に備えて、ケーニヒシュタインの司法書士フィリップ・エーバーヴァインを父親の後見人に指定している。そしてすべての財産の相続人は無条件にヴァルデマール・ベーアを指名している」

ピアは、クリアファイルに入れた遺書を高く掲げた。

「ベーアって、あのヴィンターシャイト出版の使用人か？」オリヴァーは驚いてたずねた。これはたしかに意外だ。というのも、ベーアは昨日、ヴェルシュのことをよくいわなかったからだ。ふたりにはどういうつながりがあるのだろう。

「ヴァルディ」そういうと、カトリーンはテーブルに広げてあった写真を引き寄せた。「友人の名前にあったわ」

「どうしてヴァルデマール・ベーアなんだ？」オリヴァーはそういいながら、カトリーンが見つけだした一九八一年夏の写真を見つめた。痩せた褐色の髪の彼は真面目《まじめ》な目つきをしていて、他の者たちと少し離れている。だれとも抱き合っていないし、だれも彼と抱き合おうとしていない。写真には収まっているが、本当の仲間ではないようだ。じつに興味深い。

「その遺書はいつ頃作成されたものなんだ？」オリヴァーがたずねた。

「二〇一五年十一月」ピアは答えた。「遺書を作成した司法書士事務所にも連絡をとってみました」ターリクはいった。「ヴェルシュは遺書を変更したいといって、明日の十一時に予約を入れていました」

「ベーアは自分がヴェルシュの遺産相続人であることを知っていたのかな?」ケムがたずねた。

「相続人であることを知っていて、しかもヴェルシュが遺産の内容を変更するかもしれないと恐れていたら、面白いことになりますね」カトリーンがいった。

「バート・ゾーデンの家と土地を相続するんですからね」ターリクが口をはさんだ。「不動産は今高騰《こうとう》しています。売りにだせば百五十万から二百万ユーロになるでしょう。もっとすくない額でも、殺人は起きます」

「想像を逞《たくま》しくする前に、ベーアに事情聴取するべきね」ピアはいった。「彼の現住所は遺書に記載されている」

「待ってほしい」カイが発言した。「クレーガーがラボの検査結果を持ってここに向かっている。それからロートのスマートフォンの移動記録がプロバイダーから提出された」

「それで?」

「先週の月曜日、午後四時からバート・ゾーデン市内の基地局につながっていた。翌日の午前二時五十四分までバート・ゾーデン市内の様々な基地局につながり、その後ニーダーヘーヒシュタットの基地局に移動している。こっちは警察署に保護されたからだろう。というわけで、彼はバート・ゾーデンから離れていない」

「あくまでも彼のスマートフォンはということですね」ターリクが口をはさんだ。

「まあね」カイはうなずいた。「彼がスマートフォンを持ち歩いていたことが前提になる。そうでなければ、意味をなさない」

「いったいどこで泥酔するほど飲んだんでしょうね？」カトリーンは疑問を呈した。

「酒を自分で持っていたんじゃないかな」ケムがいった。「あるいはどこかで調達して、ベンチで飲んだ。バート・ゾーデンのスーパーやキオスクに聞き込みをする必要があるな」

「いいアイデアだ」オリヴァーはいった。「やってくれ」

「それから金曜の夜」カイがつづけた。「ロートのスマートフォンは十一時半までフランクフルト市内の基地局につながっていた。おそらく会社にいたのだろう。それからヴェストエント、見本市会場のタワー、レーデルハイムを通ってニッダ川に出ている。そのあとフランクフルト西ジャンクションの下をくぐってニッダ川沿いに移動し、ヘーヒストとウンターリーダーバッハを抜け、国道六六号線の高架をくぐって、シュマルカルデン通りに入っている。午前一時十二分から午前五時四十四分まではリーダーバッハの手前の基地局につながっていた」

「そこの側溝で発見されて、救急車でバート・ゾーデン病院に搬送《はんそう》されました」カトリーンはいった。「全部符合しますね」

「肉たたきからヴェルシュのDNAが検出された」カイは事件簿をひらいていった。「あれが凶器に間違いない。ヘニングも、ヴェルシュの陥没《かんぼつ》骨折と肉たたきの形状が一致することを確認した」

いくつかの事実が確認できて問題が解決したが、そこからまた新たな謎が生まれた。肉たたきはどこから来たのか？　殺人犯が携《たずさ》えてきたのか、それとも被害者のキッチンにあったのを犯人が偶然、凶器として利用したのか。

「肉たたきには他に手がかりはなかったの？」ピアはたずねた。「指紋とか」

「あいにくなにも検出できなかった」カイが残念そうにいった。

会議室のドアをノックする音がして、クレーガーが入ってきた。鑑識班はロートのオフィスで役に立ちそうなものを見つけることができなかった。遺書もなかった。予定表によると、今後数週間の彼の予定はびっしり埋まっていた。ブックフェアの前と期間中は十指に余る招待を受けていて、複数の対談にも出席することになっていたという。彼のEメールにも事件に関係しそうなものはなかった。

「だがうちの部下は仕事熱心だった」そういうと、クレーガーは誇らしげな笑みを作って紙切れをつなぎ合わせた二枚のコピーをみんなに見せた。「ロートのシュレッダーから回収した紙切れをつなぎ合わせることに成功した。これだ。見てくれ」クレーガーはコピーをオリヴァーに渡した。「ロート宛の手紙だ。プリンターで印字した文章と日記らしきものだ」

「〝一九八三年夏におまえがなにをしたか知っている。おまえもわかっているな〟」オリヴァーが音読した。「〝一九八三年八月十二日、フランクフルト。昨日、ゲッツの葬儀があった。まったくとんでもないことになった。バカンスになんかついていかなければよかった。マルガレーテは大声で泣き叫び、墓の前で卒倒した。アンリも立ち尽くして、ずっと泣いていた。みんな、涙を流した。かわいそうなドーロを気にかける人はひとりもいなかった。ぞっとする光景だった。あの救いようのないおべっか使いのアレックスはついに望みを叶えた。親友への歯の浮くような弔辞を読んだ彼を、アンリは抱きしめたまま離そうとしなかった。魂の友？　聞いて呆れる。ゲッツはアレックスのことなんて全然相手にしていなかったのに。ゲッツがフランスでアレックスのことを罵ったのを今でもよく覚えている。いや、彼だけじゃない。ハイケ、ヨージー、それからいつも渋い顔ばかりしているミアのことも。お前たちにはもう耐えられないといって、ゲッツが連中を追い払ったとき、連中はなにもいわなかった。わたしはそのことをシュテファンから聞いて知っている。でもシュテファンは臆病風に吹かれて、口をつぐんでいる。まあ、当たり前だ。彼はドーロの恋人だし、彼の両親の印刷会社はアンリの出版社の世話になっているんだから！　わたしはときどきアンリとマルガレーテに本当のこと（ゲッツとシュテファンの関係）を洗いざらいぶちまけてやりたくなる。ヨーンがわたしのことを信じてくれるのがせめてもの慰《なぐさ》め。だけど、わたしたちの愛はこれからどうなるんだろう？　彼の兄に当たるアンリとその奥さんはわたしを憎んでいる。ゲッツが死んだ責任はわたしたちにあるといわれた！　わたしたちに！　もちろんわたしに一番責任があるという！　マルガレーテはヨーンとわたしが付き合っていることを知ってから、わたしのことをレディ・マクベスと呼んでいる。わたしがヨーンといっしょになってゲッツを騙《だま》したから、ゲッツは心が折れたと本気で信じている。きっとアレックスがあることないことゲッツの両親に吹き込んだんだろう！　あのダニは、フランスから帰ってそのままお邸《やしき》に住んでいる。でも、わたしもうかつなことをしてしまった。ゲッツとシュテファンのお遊びに付き合ってしまったのだから。そしてヨーンが合流して、わたしは彼とヨットのクルージングに出てしまった。なにをいっても、信じてもらえるわけがない。悔しいったらない！　たしかに、連中がいったように見ようと思えば、そう見えるのだから泣きたくなる〟」

「書いたのはネコですね」カトリーンが静寂を破った。「彼女は新しい仲間だから」

「レディ・マックってなんですか？　それともバーガーキングでしたっけ？」ターリクがたずねた。

「それ、教養がなさすぎよ！」カトリーンが馬鹿にした。「『マクベス』はシェイクスピアの戯曲。マクベスは妻といっしょにスコットランド王を殺害して、自分が王座につく。レディ・マクベスは恥知らずで強欲なキャラクターよ。それに譬《たと》えられるのは、最悪ね」

「なるほど。わかりました」ターリクは小声でつぶやいた。

「ヨーンというのはだれかな？」ケムがたずねた。

「書いてあるじゃないか！」頭の回転が速いカイがオリヴァーの手から日記のコピーを奪った。「ヨーンはアンリの弟だ。日記の筆者は明らかにヨーンの恋人だな。カール・ヴィンターシャイトはアンリのおいで、ウィキペディアによると一九八四年生まれ。だからヨーンと日記の筆者がカールの両親ということになる」

「ゲッツとシュテファンのお遊びってなにかしらね？」ピアは疑問を口にした。

「それはこれから突き止めよう」オリヴァーは腰を上げた。「よくやってくれた、クレーガー。

きみの部下にも感謝する。ピア、ふたりでベーアを訪ねるぞ。ケム、きみはシュテファン・フィンクを頼む。ただし彼だけだ。奥さんのいないところで、彼だけに事情聴取したい」

「カトリーンとわたしはなにをしますか？」ターリクがたずねた。

「バート・ゾーデンのスーパーとキオスクの聞き込みだ。それからロートを保護した警官から話を聞いてくれ。本当に記憶が飛ぶほど泥酔していたか確認してほしい。それから、もしわかれば、酒の入手方法もな」

＊

「なにこれ」ピアはベーアの現住所に着いて、鍛鉄《たんてつ》製の両開きの門の前で車を止めた。「ヴァルディはすごいところに住んでますね。使用人になるなら、こういうお宅でないと」

「といっても、使用人用の住居をあてがわれているだけだろう」オリヴァーが答えた。

インターホンの横の表札にゴシック体で「ヴィンターシャイト」と書かれていて、その下にゲッツ＝ヴィンターシャイト財団とリープマン文庫の表札もあって、「要事前予約」と記されている。

ピアは車のサイドウィンドウを下げると、身を乗りだして、インターホンを押した。

「なんでしょうか？」という声がした。

ピアは用件をいって、刑事章をカメラにかざした。すぐに門が自動でひらいた。庭園がすばらしかった。古い樹木、きれいに刈り込まれた灌木《かんぼく》、ありとあらゆる色と大きさのアジサイが咲き誇っている。そして砂利を敷いた進入路が邸までつづいていた。大きな邸はクリーム色で、幅のある外階段と円柱に支えられた玄関がある。ピアはすてきな建物だと思ったが、どの時代のどういう様式かわからなかった。旧友のミリアムの祖母で、フランクフルト社交界の顔ともいえるシャルロッテ・ホロヴィッツが高級住宅街ホルツハウス地区でこんな構えの邸に住んでいる。若い頃、よくそこに出入りしたことを思いだした。だがヴィンターシャイト邸の立地はもっといい。都会のオアシスといっても過言ではない、この広大な敷地は不動産業者の垂涎《すいぜん》の的だろう。

黒服に身を包んだマルガレーテ・ヴィンターシャイトが玄関を開けた。オリヴァーは貴族の称号フォンのついた名刺をだした。それにふさわしい言葉遣いもし、丁寧にお辞儀をしたが、名刺の効果はなかった。マルガレーテは外階段を下りて、ふたりを建物側面の勝手口に案内した。だがベルを鳴らし、ノックをしても中からは応答がなかった。

「不在のようですね」マルガレーテがいった。

「ベーアさんは携帯電話を持っていますか?」ピアはたずねた。

「もちろん持っていますよ。でも番号を覚えていません。娘に電話をして、彼が会社にいるかどうか見てもらいましょうか?」

「それはありがたいです」オリヴァーが答えた。

「それで、ベーアにどういうご用件なのですか?」マルガレーテがたずねた。

普段はそういう質問には答えないが、オリヴァーは今回、あえて話すことにした。もしかしたらベーア本人が話さないようなことを、マルガレーテから聞けるかもしれない。

「ハイケがベーアに遺産を残していた？」マルガレーテはびっくりして眉をひそめた。声の調子が変わり、目つきが鋭くなった。「それは驚きです」

「わたしたちも驚いています」オリヴァーは答えた。「お時間をいただけるなら、奥さまとご主人からも話をうかがいたいのですが。いくつかよくわからないことがありまして、もしかしたらそのことをご存じかもしれませんので」

「もちろん協力します」マルガレーテは好奇心をくすぐられたようだ。「夫はふたりが亡くなったという知らせにショックを受けています。アレクサンダーとハイケとは三十年以上お付き合いしていましたから。それに、アレクサンダーは夫にとって息子のような存在だったんです」

マルガレーテはピアとオリヴァーを連れて表玄関に戻り、外階段で少し待つようにいって、ゲッツ＝ヴィンターシャイト財団という真鍮《しんちゅう》の表札が取りつけられた扉を開けて、中に入った。だれもすわっていないデスクが二台見え、マルガレーテが電話で話す声が聞こえた。二分ほどして、彼女が戻ってきた。

「ベーアは会社にいないそうです」マルガレーテがいった。「娘が携帯に電話をかけてみるといっています」

「ご親切にどうも」オリヴァーはいった。「ベーアさんはどのくらいお宅で働いているのですか？」

「親の代からうちで働いています。ヴァルデマールはうちの子どもたちとここで育ちました。兵役のあと電気工の資格を取りましたが、そのすぐあと義父がうちに雇い入れたのです。もう三十年にはなるでしょう」

「あなたのご家族とバカンスもいっしょに?」ピアがたずねた。

「ええ。子どものときは毎年夏にフランスにあった別荘に連れていきました。喘息《ぜんそく》だったので。海の気候がよかったようです。そのあとは、息子たちと別荘に行っていましたね」

「ベーアさんにご家族は?」オリヴァーはたずねた。

「ありません。両親は亡くなりましたし、十年前に離婚して、今はひとりです」

マルガレーテはふたりを家の中に招き入れ、二階に上がった。

「ベーアはよく働いていて、頼りになっています。出版社とここの雑事をこなし、庭の手入れや運転手も任せています。事実上、すべてを一手に引き受けていて、彼がいなかったら、うちは立ちゆきません」

マルガレーテは明るく笑いながら、天井に漆喰《しっくい》装飾が施された広いサロンにオリヴァーとピアを通した。ガラス扉つきの書架が並び、壁面にはアイビーグリーンの壁紙が張られていた。脚の低いテーブルに白いアジサイが描かれた花瓶が飾られ、掃き出し窓からは庭園越しに銀行街の高層ビル群が見えた。隅に置かれたテーブルに痩せた老人がチェス盤を前にしてすわっていた。鋭い鷲鼻《わしばな》とこけた頬が目立つ。骨張った片手を少しふるわせながら杖を握っている。髪の毛はうなじにかかっていた。自宅なのに、アンリ・ヴィンターシャイトはこれから外出するかのように身だしなみを整えていた。ライトグレーのスーツ、ワイシャツ、黒いネクタイ。喪に服しているということらしい。

「アンリ、刑事さんが来たわ。ハイケのことで」マルガレーテが夫に話しかけた。アンリはチェス盤から顔を上げ、赤くなった目でオリヴァーとピアの順に見てから腰を上げた。アンリは大柄で、ゆっくりと動いた。妻と比べると老衰している感じだ。どうやらこの家を仕切っているのはマルガレーテのほうらしい。

「どうぞそのままで、ヴィンターシャイトさん」オリヴァーはあわてていった。「長居はしません」

「どうぞすわってください」アンリは手を力なく動かし、色褪《いろあ》せた布ばりのソファを指差して、自分も腰を下ろした。マルガレーテはそのまま窓辺に立っていた。オリヴァーとピアはクッションが少しへたっているそのソファに並んですわった。

「アレクサンダーはふたり目の息子のような存在だったのです」オリヴァーがロートの死を悼《いた》むと、アンリがいった。「あいつまで逝《い》ってしまった」

「あなたの愛妾もね」マルガレーテの声にはどこかしら勝ち誇ったような響きがあった。妾《めかけ》をついに打ち負かしたとでも思っているようだ。ちらっと微笑《ほほえ》んで、白い歯を見せたが、夫のほうは反応しなかった。

「だれのことでしょうか？」ピアがたずねた。

「ハイケ・ヴェルシュは二十七年間、夫の愛人だったんです」マルガレーテが嫌味ったらしくいった。「おまけに彼女の新しい出版社にまで投資をしようとしたんです。この家から追いだされることも考えずに。ここはヴィンターシャイト出版の所有ですので」

「結局、投資はしなかったじゃないか！」アンリがいきりたった。目が怒りに燃えていた。「検討しただけだ！」

「自分の持ち株をカールに買わせようとしたくせに」マルガレーテは夫の傷口に塩を塗るような真似をした。彼女は長年、内助の功を尽くし、どんな理不尽な目にあってもニコニコして、夫と若い娘に騙されても耐えてきたのだろう。だが、夫が老いて、病を抱えた今、ねちねちと復讐しているのだ。長年溜め込んだうらみつらみは相当なもののはずだ。オリヴァーとピアがそういう夫婦関係を目《ま》の当たりにするのは珍しいことではない。互いに親愛の情を失い、人生を地獄にしている。関係に終止符を打って、節度をもって離婚すればいいものを。この夫婦もまさにそういう状況らしい。どんなことがあっても外面《そとづら》が大事なのだ。

「ロートさんがあなたのふたり目の息子さんというのはどういうことでしょうか？」ふたりが取っ組み合いの喧嘩をはじめそうだったので、オリヴァーが口をはさんだ。アンリは体の自由がだいぶ利かなくなっていたが、頭は明晰《めいせき》なようだ。

「息子のゲッツが事故死したことはご存じでしょう？」マルガレーテは夫が口をひらく前にいった。「アレクサンダーは息子の親友だったんです。それも小さい頃から。彼とゲッツの婚約者だったマリアはあの辛い時代にわたしたちを支えてくれました。それで、わたしたちはあのふたりを自分の子どものように思ってきたんです」

ピアは土曜日に病院でマリア・ハウシルトがマルガレーテに歓迎されていたことを思いだした。

「マリア？　エージェントのマリア・ハウシルトさんですか？」

「ええ、そうです。マリアはゲッツの初恋の相手で、ただひとりの恋人でした。ふたりは学校がいっしょで、大学に進学してから恋人同士になりました。わたしたちは……」

そのとき、よれよれの空色のスーツを着た、白髪頭の小柄な男性がサロンに入ってきた。男性は興味なさそうにオリヴァーとピアをちらっと見たが、ふたりは相手がだれかすぐに気づいた。

「どうだ、アンリ？　もうなにをやってもチェックメイトだと納得したか？」男性はその場の雰囲気などおかまいなしにいった。

「作家のヘルムート・エングリッシュさんでしょうか？」オリヴァーはソファから立った。

「ああ、そうだが」男性はメンドリに囲まれたチビのオンドリのように胸を張った。オリヴァーの顔を見るのに、見上げなければならなかったのは気に食わなかったようだ。だがオリヴァーはお追従笑《ついしょう》いをして、平気でこういった。

「お会いできてとてもうれしいです。あなたの小説を崇拝しています」

ピアは腹を抱えて笑いそうになるのをじっと堪《こら》えた。ボスはエングリッシュの本を読んだこともなければ、触れたこともないはずだ。「オリヴァー・フォン・ボーデンシュタイン首席警部と申します。いっしょにいるのは同僚のザンダーです。ぜひいろいろお話をうかがいたいのですが」

「なんの話だね？」エングリッシュは愛想がよくなった。「文学談義でもしたいのかね？」

「いいえ、ハイケ・ヴェルシュさんについてです」ピアも立ちあがっていった。「わたしたちは殺人課の刑事でして」

人前ではあまり殺人課と名乗らなくなっていたが、年配の人間への効き目は絶大なはずだった。しかしエングリッシュは一瞬、身構えただけで、すぐに普段の態度に戻った。自分のことしか考えない人間の典型だ。

「ハイケ・ヴェルシュについて、なにが訊きたいんだね？」エングリッシュは不機嫌そうにたずね、目をキョロキョロさせた。

「最後に会ったのはいつでしょうか？」ピアがたずねた。

「覚えているわけがないだろう。そんなことカレンダーにつけていない」エングリッシュはつっけんどんに答えた。愛想のよさが微塵もなくなった。「だがあいつに騙されたことはいっておこう。あんなやつ、地獄に落ちればいいんだ。まったくずる賢い奴で、わたしの本を三冊出版したいといって、契約するからヴィンターシャイト出版とは縁《えん》を切れといってきたんだ！　約束は違《たが》えないといった。ヘルムート・エングリッシュの名が新しい出版社に箔をつけるとわかってたんだ。あいつは二十五年間、わたしの小説の編集をしてきた。ところが、あの小賢しいカール・ヴィンターシャイトがわたしとの契約を破棄して、前払い金の返還を求めてくると、このわたしを有象無象の作家みたいに扱い、新作は出版しないとぬかした。どういう了見だとわたしは訊いた。あ……あいつは、ヘルムート・エングリッシュがだれかわかっているはずだ！　ビューヒナー賞を受賞して、ノーベル文学賞の候補にも何度も名を連ねている作家だ！

このヘルムート・エングリッシュをあっさり手放すなんて、ありえない」彼の声は一オクターブ高くなったが、自分のことを第三者として話すのをやめなかった。

ピアは滔々《とうとう》と話す彼にかまわずこういった。

「先週の日曜日、あなたとヴェルシュさんが口論するのが目撃されています。殺すと脅《おど》したそうですが、本当ですか？　刑事警察がそういう発言に注目するのはおわかりですよね。とくにその脅迫された人物が次の日に、本当に暴力犯罪の犠牲になったわけですから」

エングリッシュが言葉を詰まらせ、咳き込んだ。

「だれだ、そんな馬鹿げたことをいったのは？」エングリッシュは顔面筋を痙攣《けいれん》させた。首が紅潮し、ますますオンドリのように見えた。「フランクフルトに来たのは先週の水曜日だ！」

「それは違うわ」マルガレーテが背後からいった。「シュタルンベルクから出てきたのは八月二十九日だったわ。ベーアが正午に中央駅で出迎えたでしょう」

エングリッシュはマルガレーテをじろっとにらんで、肩をすくめた。

「ああ、そうだったかもな。だが、そんなことはどうでもいい」

「どうでもよくはありませんね。先週の月曜の夜、どこにいましたか？」ピアが追い打ちをかけた。

「月曜の夜、月曜の夜！」エングリッシュが興奮した。「そんなこと、覚えているものか。わたしにそんな瑣末《さまつ》なことを覚えている暇があると思うのかね？」

ピアはこの自己愛の塊《かたまり》のようなオンドリをギャフンといわせ、緊急逮捕をにおわせるにはどうしたらいいか考えていると、アンリが口をだした。

「妻とわたしはその夜、文学館のイベントに出席していた。エングリッシュ氏もいっしょだった。わたしたちは午後六時にベーアの運転で会場に行き、午後十時四十五分にまた迎えにきてもらった。わたしたちがそこにいたことは、多くの人が見ているし、報道写真にも写っている。これでいいかね？」

アンリの傲慢《ごうまん》な言い方には、知り合いがふたりも死んでいるのに同情すらしないエングリッシュ同様、オリヴァーはうんざりした。三人が被疑者からはずれ、逃走したり、証拠隠滅を図ったりする恐れがなくなったが、オリヴァーはピアがぶっきらぼうな返事をするよりも先にいった。

「ありがとうございます。ひとまず満足しました」そういってから、次にエングリッシュのほうを向いた。「ヴィンターシャイト夫妻とだけ話したいのです。ご理解いただけますか？」

なにをいわれたか理解するのに数秒かかったが、エングリッシュは鼻息荒くサロンから出ていき、きかんきな子どものようにドアをバタンと乱暴に閉めた。

「すわりましょう」オリヴァーはマルガレーテが肘《ひじ》掛《か》け椅子に腰かけるのを待って、ロートが受け取った日記のコピーのことを話した。

「だれの日記なんですか？」マルガレーテが訝《いぶか》しんでたずねた。

「確信はありません」オリヴァーはいった。「しかしヴェルシュさんの家で一九八三年の写真を見つけまして、そこにネコと呼ばれていた女性が写っているんです。日記の中身から推測して、ヨーン氏の妻、つまりカール・ヴィンターシャイト氏の母親のものだろうと考えています」

「カタリーナ？」マルガレーテが素っ頓狂な声をあげた。「死んだ彼女が？」

「そういう名前なら、その方です」オリヴァーはうなずいた。「このコピーをだれがなぜ送ったのかまだわかっていません。しかしご子息の死を巡る内容を含んでいます。コピーには別に添え書きがあって、そこには〝一九八三年夏におまえがなにをしたか知っている。おまえもわかっているな〟と書かれています」

「なんてこと」そうささやくと、マルガレーテは胸をつかんだ。

アンリも愕然《がくぜん》としていたが、なにもいわなかった。

「内容から察するに、その夏、ご子息はシュテファン・フィンクさんと恋愛関係にあったようです。カタリーナさんはそのことを知っていて、ふたりに味方していたようです」

ヴィンターシャイト夫妻は目が点になって、オリヴァーを見つめた。

「そんな、嘘よ！」マルガレーテが腹を立てた。「息子がホモセクシャルだったなんて！　婚約者がいたんですよ。結婚するつもりでした！　それにシュテファンはうちの娘と三十年間も結婚していて、子どもまでいるんですよ！　どうしてそんなことをいうんですか？　ゲッツはカタリーナがあらわれるまで、マリアと幸せでした。遊び半分でゲッツをのぼせあがらせ、心を打ち砕いたのはあの娘なんですよ！」マルガレーテは確信を持っていった。

「どうやら、それは誤解のようです、ヴィンターシャイト夫人」オリヴァーはそういって、ロートのシュレッダーから押収した紙切れの画像をスマートフォンにだすようピアに合図した。

ピアはそのテキストを音読した。夫妻はじっと聞いていた。ふたりの呆然とした顔が、信じられないという表情に変わり、最後には拒絶する顔つきに変わった。ピアが読み終わると、マルガレーテは何度も首を横に振った。

「嘘よ！　ありえないわ！　そんなはずがない。だれかのでっちあげよ。弁解できない人間をそんなふうに貶《おとし》めるなんて、卑怯なことだわ！」

「どうしてこれがでっちあげだといえるのですか？」ピアがたずねた。

「わかっているからよ！　母親ですもの」マルガレーテは夫を見た。「そうでしょ、アンリ？　ゲッツとマリアは結婚するつもりだったわよね！　生きていれば、今頃ゲッツが社長になって、あのカールなんかに！」

マルガレーテは腐った魚を吐き捨てるように、おいの名をいった。

アンリは返事をしなかった。

「あなたがカタリーナさんをレディ・マクベスと呼んだというのは本当ですか？」ピアがたずねた。

「ええ、そう呼んだわ。恋人のいる息子にいいよったからよ。そしてゲッツが死んだら、今度はヨーンをたらしこんで、子どもを作った。あの……あの女狐《めぎつね》！」いまだに癒《い》えていない古傷がひらいたようだ。「わたしは、カタリーナがうちの一族の中で大きな顔をするのが許せなかった。大きなおなかを見せびらかしてたときのあの女。うちの息子はあの女のせいで死んだというのに！　そんな女が息子を産んで、こともあろうに、祖父にちなんでカール・アウグストと名付けるなんて。祖父はそれが自慢で、わたしのゲッツのことを忘れた！」

マルガレーテの声が途切れた。顔の前で手を合わせてすすり泣いた。何年経ってもうずきつづける痛みの激しさに、ピアは圧倒された。だが気になるのはアンリだ。妻を慰めるでもなく、ただショックを受けている。顔は土気色だ。粉々になり、元に戻らない世界を目の当たりにして呆然としているようなまなざしだ。三十五年前、永遠の友人たちはなにをしたのだろう。シュテファン・フィンク、アレクサンダー・ロート、マリア・ハウシルト、ヨゼフィン・リントナー、そしてハイケ・ヴェルシュは、仲間のゲッツを亡くして悲嘆に暮れている両親にどんな嘘をついたのだろう。ゲッツの死で得をするという理由で、彼らは本当に口裏を合わせて、それをいままで秘密にしてきたのだろうか。それなら、なぜカタリーナはそのデマに反論しなかったのだろう。試みたけれど、だれも聞く耳を持たなかったのだろうか。長い歳月のあいだに、その作り話はヴィンターシャイト夫妻の心にしっかり刻み込まれ、事実になってしまった。これでは嘘だったといってもそう簡単には信じないだろう。しかし今になって、その真実を知る者があらわれ、偽りの伽藍《がらん》が突き崩されようとしている。永遠の友人のうちすでにふたりが死んだ。まだだれか死ぬのだろうか。

「ロート氏はまた酒を飲むようになりました。当時の真相を知る者がいて、自分の人生とキャリアが嘘の上に築かれていることが白日の下にさらされるのを恐れたためだと思われます」オリヴァーは静寂を破ったが、日記の細部に立ち入ることはしなかった。夫妻を不必要に苦しめたくなかったからだ。ふたりに確信を持たせられれば今は充分だ。肝心なのは殺人犯を見つけることだ。そしてそのためには夫妻が望まないことでも、真実を暴く必要がある。「ロート氏は自分には価値がないといったそうです」

価値がない。その言葉がサロンの壁に反響した。

マルガレーテは立ちあがった。サロンから出ていくのか、とピアは思ったが、マルガレーテはサイドボードに立ててある銀製の額に収まった一枚の写真を手に取った。

「ヴェルシュさんはロート氏宛のメールで、〝毒蛇を懐に飼っていることをヴィンターシャイト家が知ったら、どうなることか〟と書いています」オリヴァーがつづけた。「わたしたちから見れば、これはロート氏があなた方を騙していた明確な手がかりになります。ヴェルシュさんはそのことを知っていて、ロート氏を脅迫したのです」

アンリがうめき声とも、ため息ともつかない声を発した。もうこれ以上は耐えられないように見えた。涙がひと粒、しわだらけの頰を伝ってシャツの襟《えり》に落ちた。全身がふるえている。そういう反応をする気持ちが、ピアにはよくわかった。ピアたちが死んだ息子の思い出を汚《けが》そうとする悪党に見えるのだろう。

「ゲッツさんの友人たちは、自分たちに大きなチャンスがあると見て、嘘をついたのです」ピアは容赦なくつづけた。「ゲッツさんの死を利用したのです。ロート氏は息子さんの代わりを演じました。ゲッツさんはじつはシュテファン・フィンクさんのせいで酔っ払ったのに、みんなはカタリーナさんのせいにしたのです。カタリーナさんは嘘偽りと憎しみに耐えながら生きなければならなかったのです」

マルガレーテの顔が凍りついた。

「もう帰ってくれませんか」と冷ややかにいった。

「ヴェルシュさんの家で他にもふたつのものを発見しまして、そのことでもお話を聞かなければなりません」ピアはいった。「屋根裏に保管してあった靴箱から血痕のついたグレーのTシャツとメガネが出てきたのです。おそらくゲッツさんのものではないかと思うのです。同じ押収した写真の中で、ゲッツさんがそっくりのものを身につけていましたので。どちらも今はラボでDNAの検出をしているところです。DNAの比較をしたいので、奥さまかご主人の唾液のサンプルをいただきたいのです」

マルガレーテはとうとう顔面蒼白になって、写真を胸に抱きしめた。日記のコピーの信憑性《しんぴょうせい》ならまだ疑いを差しはさめるが、ラボの検査結果となれば、動かぬ証拠となる。

「帰ってください！」マルガレーテはささやいた。「このまま帰って、わたしたちだけにしてください」

＊

「ロートが怯えていたのも無理はないですね」車で邸の門をくぐって、グリューネブルク通りに曲がったとき、ピアがいった。「当時なにがあったかはともかく、ロートと仲間たちは示しあわせて真実をいわず、あの夫婦に作り話をしたんですよ」

ピアはスマートフォンをちらっと見た。ケムから、シュテファン・フィンクが取調室にいるという知らせだった。ピアは返信で、フィンクを電波の届かない地下からださないようにと指示した。事情聴取をする前に、義理の母と電話で話させたくなかったのだ。

「ロートの人生とキャリアは嘘の上に築かれていた。三十五年間、良心の呵責《かしゃく》に苛《さいな》まれていたはずだ」オリヴァーが答えた。「妻に一切いわなかったのもうなずける」

「すべてを不正な方法で手に入れたわけですよね。新しい両親までも」ピアは首を横に振った。「よく平気な顔をして生きてこられましたね」

「いや、生きてこられなかったのさ。だから酒に逃げたんだ。それにしても、日記はだれが送ったんだろう?」

「ハウシルトならわかるかもしれません。カタリーナ・ヴィンターシャイトと仲がよかったですから。息子の代母になるくらいに。亡くなったあと、遺品がどうなったか知ってるはずです」

「そうだ。カタリーナ・ヴィンターシャイトがなんで死んだか訊くのを忘れたぞ。まだとても若かったはずだ」

「それもハウシルトに訊いてみます」ピアは手帳をだすと、電話番号を確かめて、ハウシルトに電話をかけた。

「話し中ですね。マルガレーテ・ヴィンターシャイトから電話があって、説明に窮《きゆう》しているところかもしれませんね」

「あるいは、とっくの昔に別の嘘を用意しているかもしれない」オリヴァーはウィンカーをだして、ジースマイヤー通りに曲がった。数百メートル進むと、ボッケンハイム街道に出る。

「ヴェルシュとロートは死んだ。気兼ねなくふたりのせいにできる。わたしにいわせれば、ハウシルトも連中のひとりだ」

「まあ、そうですね。でも、ハウシルトが絡んでいるとしたら、動機はなんでしょう。ヴィンターシャイト出版とは関係ないですよね。ゲッツの死でなにひとつ得をしていません。キャリアは自分で築いたものだし、なに不自由ないでしょう。友だちの身を案じてわざわざ訪ね、ヘニングにまで電話をかけています。それでわたしが知ることになったわけです」

「だからといって無実だという証明にはならないぞ。犯人が事件現場に戻りたがることはよく知っているだろう。あるいは、犯人捜しに積極的なところは、放火魔の消防隊員に似ている」

「でも、友だちを殴り殺してから、鬘《かつら》をかぶって変装し、死体を森に捨てて、キッチンを磨くと思いますか？」

「世の中、なにが起こるかわからない」ふたりの車が連邦銀行のそばを通り、国道六六号線に乗ったとき、オリヴァーがいった。「ハウシルトは被疑者の上位ではないが、目を離していいとは思えない。だから捜査の進捗を彼女に話さないようにヘニングに釘《くぎ》を刺しておいてくれ」

「そのくらいわかっていますよ」ピアはうなるようにいった。

「それでもだ」

「もう一度はっきりそう伝えます」

そのときピアのスマートフォンが鳴った。

「あら、噂をすれば」ピアはブルートゥースに切り替えて電話に出た。

「もしもし、ハウシルトさん。電話をくださってありがとうございます。今フランクフルト市内にいまして、これからそちらにうかがいたいのですが」

「こんにちは、ザンダーさん」車内スピーカーからハウシルトの声が聞こえた。「あいにく今マールブルクにいます。夜にはフランクフルトに戻ります。どのような……わたし……これから人と……でも……お役に……変ですね……接続が……」

「では、手短に」ピアはいった。「ロートさんのところで、日記の抜粋のコピーを発見しました。添え書きがあって、〝一九八三年夏におまえがなにをしたか知っている。おまえもわかっているな〟という文面でした。ゲッツ・ヴィンターシャイトさんが亡くなったフランスでのバカンスのことを指していると思うのですが、そういうものをあなたも受け取っていませんか？」

「はい……とっています。……三週間前です。差出人不明の……びっくりし……というのも……カタリーナの日記だったからです」

「カール・ヴィンターシャイトさんの母親ですね？」ピアは少し声を大きくした。

「そうです。わたしは……とても親し……いました」接続がますます悪くなった。「……いったいだれが……不思議でした」

「ハウシルトさん？　もしもし。聞こえますか？」ピアは叫んだ。

「接続が……あとで連絡を……」そこで接続が切れた。

「そんなに叫ばなくても」オリヴァーがにやっとした。「聞こえ方は変わらないだろう」

「思わず声が大きくなっちゃったんです」ピアもにやっとした。

遠くにマイン＝タウヌス・センターが見えてきた。

「そうだ。ヨゼフィン・リントナーに会ってみないか」オリヴァーがいった。彼女も永遠の友人のひとりだが、まだ話を聞いていなかった。

「いいアイデアです。シュテファン・フィンクは待たせておけばいいでしょう」

オリヴァーはガソリンスタンドを過ぎたところで、国道八号線に降り、二キロ走って、マイン＝タウヌス・センターに着いた。車を立体駐車場に残して、ふたりはイタリア料理のキッチンカーでハムとトマトとモッツァレラチーズをはさんだパニーニを買って、近くのベンチで軽い昼食にした。食事をしながら、ふたりは日記のコピーを送ったのがだれか推理した。

「一九八三年夏におまえがなにをしたか知っている」ピアが添え書きを声にだして読んだ。

「なんだかハリウッドの昔のホラー映画みたいですね。主人公がそういう手紙をもらう映画があったような」

「もしかしたらそれを真似たのかもな」オリヴァーが答えた。

「差出人不明というところが、ただでさえ古傷を抱えていたロートに恐怖を与えたでしょうね。リントナーにもそういう郵便が届いているか気になるところですね」ピアはパニーニを食べながらいった。「だれかが永遠の友人たちに圧力をかけていますね。当時本当はなにがあったか明るみにだしたいのかもしれませんよ。でも、どうして今になってなのでしょう。もっと早く行動してもよさそうなのに」

「ふむ」オリヴァーも考えながらパニーニをかんだ。「なにかが引き金になったに違いない。ヴェルシュの死ではない。コピーはその前にロートに届いていたはずだ。受け取ったのは三週間前、つまりハウシルトと同時期かもしれないな」

少しのあいだ、ふたりは黙って食事をつづけ、物思いに耽《ふけ》った。

「どうやらまだ駒が揃っていないようだ」オリヴァーは紙ナプキンで口をふいた。「まるでチェスのようだな。重要な駒が消えて、ゲームのダイナミズムが激変した。変わったのは遅くともヴェルシュが死んだときからだ」

「またそういう隠喩《いんゆ》を使うんですか」ピアはパニーニの包み紙を丸めて、ベンチの横のゴミ箱に投げ捨てた。ピアは食事をすると、いつもタバコを吸いたくなるが、ここはぐっと堪えた。

「さあ、行きましょう」

〈ハウス・オブ・ブックス〉はもう十年以上、マイン＝タウヌス・センターの中央に店を構えているが、広い売り場は公共施設のようにいつも閑散としていた。売れ線の本が平積みになっている島のあたりに客が数人いるだけで、あとはベビーカーを押しながら児童書コーナーのあたりを歩くふたりの若い女性と、店員になにか相談している男性がひとりいるくらいだ。ピアはレジのところで、受話器を耳にあてながらコンピュータで注文をしているヨゼフィン・リントナーを見つけた。ピアたちはリントナーが電話を切るのを待って、刑事章を呈示した。

「あら」リントナーはふたりに挨拶した。「土曜日に病院で会いましたね」

アッシュブロンドの髪をうなじのあたりで軽く結んでいて、メガネをかけている。紺色のV

ネックTシャツには店のロゴがプリントされていて、ジーンズとブロックヒールの靴をはいている。一日じゅう、立ったり歩いたりしているのだから、いい判断だ。

「ロートさんとヴェルシュさんのことで話をうかがいにきました」オリヴァーはいった。「少しお時間をいただけますか?」

「もちろんです」リントナーは従業員に合図を送り、レジを任せると、児童書と健康関連本のあいだにあるドアへオリヴァーとピアを案内した。リントナーはさっそうと歩き、機嫌よさそうに、そこここで笑顔を見せたり、手を振ったりすることに余念がなかった。ドアの奥には箱が積んであって、若い女性がふたり、本をだして検品していた。リントナーはふたりと少し話してから、親しげだが、きっぱりとした口調でなにか指示した。

「問屋から毎日、本が届くんです」リントナーはそういって、オフィスのドアを開けた。そこも本であふれかえっていた。デスクが二台向かい合わせに置いてあり、その上にコンピュータとトレーがのっている。他にファイルがびっしり並ぶ棚と、二台のプリンターとファックスがのっているサイドボードがあった。什器《じゅうき》がないところには、本や各出版社のカタログが積んである。

「椅子にのっているものを床に置いてもらってけっこうです」リントナーはいった。「少し狭いですが、テナント料を考えると、一センチでも多く売り場に使いたいので」

「どうぞおかまいなく」そういうと、オリヴァーはカタログの束を床に置いた。

「ふう。すわるのは今日はじめてです」リントナーはデスクチェアに腰を下ろし、顔をしかめながら足を伸ばした。年齢は五十代半ばのはずだが、ずっと老けて見える。そばかすの目立つ、化粧をしていない顔には、日を浴びすぎ、タバコを吸いすぎた影響が如実にあらわれていた。

ピアがスマートフォンで話を録音する許しを得てから、オリヴァーが口火を切った。

「ロート氏のことはお悔やみ申しあげます」

「ありがとう」リントナーが答えた。「本当に悲しいできごとでした」

「ロート氏とは昔、交際していたと聞きましたが」

「やだ。大昔の話です」リントナーは少し驚いているようだった。「三十五年以上前のことです。ケルクハイムの基礎学校と私立高等中学校《ギムナジウム》でいっしょでした。多くの生徒が大学入学資格試験でいい成績をとるために上級学年でその私立高等中学校《ギムナジウム》に転校してきました。ハイケとわたしは十一学年のときにケーニヒシュタインの聖アンゲラ校から。アレックスとゲッツ・ヴィンターシャイトはフランクフルトから。マリアとシュテファンははじめからその学校にいました」

「マリア・ハウシルトさんも？」ピアがたずねた。

「当時の名前はマリア・モリトールでした。わたしたちの関心は同じで、ドイツ語と社会科の特別コースを受けていました」

「ロートさんはゲッツ・ヴィンターシャイトさんの親友だったのですよね？」ピアはたずねた。

「ええ、もっと小さい頃から」リントナーはうなずいた。「でも、性格は正反対でしたね。ゲッツは愛嬌があって、ハンサムで、冗談が好きで、太っ腹でした。よく邸に招いてくれて、アルバイトの世話もしてくれました。パーティや〈暖炉の夕べ〉や作家の朗読会での給仕とか、ブックフェアのブースでの手伝いとか。ヴィンターシャイト出版に出入りする有名な作家や芸術家や哲学者に会えて感動ものでした。わたしたちにとってはまったく新しい、魅力的な世界だったんです。アレックスとシュテファンはその世界をすでに知っていましたが、ハイケとマリアとわたしは大作家と知り合えて舞いあがったものです」リントナーは思いだし笑いをした。「わたしたちはフランクフルト学派の人たちに憧れていたのですが、個人的に知り合う機会があって、議論したり、飲食を共にしたりしました。わたしたちはその人たちの覚えめでたくなりたくて、互いに議論をふっかけ合い、本を片端から読みました。アルフリート・ケンパーマンやフォルカー・ベームやマリーナ・ベルクマン＝イッケスに評価されたときは騎士に叙任されたような心持ちになりました。あれは作家グルーピーという感じでしたね。今から見ると、いかれていましたが、十八、九歳のわたしたちにとっては恰好いいことだったんです。グンナール・ガンテンベルクが大きな賞を取って、ホテル・フランクフルターホーフのプレジデントスイートに宿泊したときは、一夜を共にしました。何十年もたって、ここで朗読会をひらきたいと打診したら、本当に来てくれて、あのときの思い出話で花を咲かせました」リントナーはそのときのことを思いだして、ふっと笑みを漏らし、それからまた話をつづけた。「でもゲッツは父親の出版社を継ぐ気がまったくなかったんです。いい成績で大学入学資格試験を終えると、フランクフルト大学の医学部に進学しました。本当はミュンヘン大学かハンブルク大学に行きたがっていましたが、マリアのためにここにとどまったんです」

「どうしてですか?」ピアはたずねた。

「マリアは悲劇的な形で父親を亡くしていたんです。父親は自宅のサウナで心筋梗塞を起こし、マリアが翌朝、死んでいるのを見つけたんです」

「ロート氏のことを少し教えてください」オリヴァーがいった。「奥さんの話では、両親とは連絡を取っていないということですが、どうしてなのでしょうか?」

リントナーはため息をついて首を横に振った。

「アレックスは、親が大学卒ではなかったので、劣等感を抱いていたんです。父親はガソリンスタンドのチェーンを経営していました。金回りはよかったし、いい人でした。母親は父親の会社で経理を担当していました。わたしはふたりが好きでした。でもアレックスはふたりのことを恥ずかしいと思っていたんです。ゲッツとの友情が彼に野心を持たせたのだと思います。アレックスはアンリ・ヴィンターシャイトと出版社の創業者であるその父親を神のように崇め、なんとしてもあの人たちのようになりたいといっていました。ゲッツは彼にとって幸福への切符だったんです」リントナーは唇をなめて、ふたたび笑みを浮かべた。だが、口調には皮肉がにじんでいた。

「今はそう見えないでしょうが、当時のわたしは学校で一番かわいかったのです。男の子はよりどりみどりでした。でも、わたしはアレックスに夢中でした。まったく合わない相手でしたけど。たぶん彼の知的なオーラにやられたんだと思います。他の子と違っていて、ミステリアスだったんです。アレックスは近眼でもないのに、ゲッツがかけているからといって、メガネをかけ、興味もないのに、ゲッツの両親に誉めてもらいたくて、ヴィンターシャイト出版から出ている本を片端から読んでいましたね。ハイケには本当に知性がありましたが、アレックスはいつも無理をしていました。特別コースを選択するときも、わたしはアレックスに合わせました。本当をいうと、わたしの得意分野は自然科学だったんですけど。アレックスへの憧れは一年くらいつづいて、ようやく彼がわたしのほうを向いてくれたんです。知的に見せたくて、わたしもメガネをかけました」リントナーがまた笑った。「でもわたしは知的でもないし、ずるく立ちまわることもできませんでした。有名な作家や哲学者への興味も長つづきしませんでした。たいてい口臭がひどくて、退屈で、自慢ばかりしていましたから。みんな、自分のことや自分の本や理論の話しかしなくて、女の子にべたべた触るんです。アレックスがいなかったら、仲間から抜けていたと思います」リントナーは咳払いした。「ハイケは仕切り屋でした。ハイケとアレックスが熱弁をふるっているあいだ、シュテファンとマリアとわたしは黙って聞いていました。ハイケにバカだと思われているのは明らかで、わたしはひどく落ち込みました。だから彼女みたいにしゃべろうと一生懸命努力しました。それから当時は、よく泣きました。アレックスはゲッツのいいなりで、彼が指を鳴らすと、わたしを置き去りにしたんです。アレックスにとって、出版社やすごい有名人との接点であるゲッツは大事な存在でした。ゲッツが死んでから数週間後、彼はわたしと別れました。電話でひと言、それだけでした。ゲッツの両親が彼とマリアを実の子のように扱うようになって、忙しかったんです。そしてハイケはアンリ・ヴィンターシャイトと不倫関係になりました。アンリはどうしようもないスケベ親父だったんです」リントナーはそのことを思いだして怖気《おぞけ》をふるった。「カタリーナはしばらくしてゲッツのおじのヨーンと結婚しました。それからシュテファンとドロテーアも。それで仲間はばらばらになりました」

「でもカタリーナさんはみなさんとそんなに長い付き合いではなかったんですよね？」オリヴァーが確認した。ピアは名前と人間関係をメモするのに忙しかった。

「ええ、そうです。一九八二年秋にフランクフルト大学に移ってきました。わたしたちよりも何歳か上でしたね。マリアが学内に掲示した同居人募集に応じてきました。わたしたちのシェアルームにもうひとり同居人を探していたんです。でも、マリアはあとでカタリーナを住まわせたことを後悔しました。ゲッツがカタリーナに首ったけになったからです。ゲッツは彼女を邸であったなにかのイベントに招待しました。ゲッツはふられました。カタリーナとヨーンは一目惚れでしたね」

「カタリーナさんにあだ名はありましたか？」

「ええ。『ネコ《カッツェ》』と呼ばれていました。理由は覚えていません。カタリーナの略称だったかもしれません。でも、彼女は実際、猫好きでもありました。ノワールムティエ島でバカンスを過ごしていたとき、港で子猫を四匹拾ってきたことがありました。三匹は死んでしまいましたが、最後の一匹は助かって、いつも連れてあるき、フランクフルトに連れて帰りました」

「ゲッツ・ヴィンターシャイトさんが亡くなった一九八三年の夏休みになにがあったんですか？」ピアはたずねた。

「わたしたちはあそこで四回バカンスを過ごしました。ヴィンターシャイト家が海の見える大きな別荘を持っていたんです。使用人までいる至れり尽くせりの家でした。ゲッツはいつも両親が帰る七月の後半にわたしたちを招待してくれました。一九八三年は七人で過ごしました。でもあのときは、はじめから険悪な雰囲気でした。数ヶ月前にゲッツにふられたばかりのマリアがいっしょだったからです。よくついてこれたな、とみんなびっくりしていました。ですから、みんなピリピリしていて、飲みすぎることが多かったんです。ゲッツはカタリーナといちゃつき、ふたりとシュテファンはいつも三人で出歩き、マリアは絶えず嫉妬していました。でもそのあとヨーンが合流して、カタリーナとセーリングに出たんです。ゲッツはその晩ひどく酔っ払って、みんなにからんでいきました。アレックスとハイケが何時間も文学や哲学や政治の話をしているのにいらついて、わたしたちを罵り、アレックスとハイケの将来設計を馬鹿にしたんです。ゲッツは酔っ払うと、すごく辛辣《しんらつ》になりました。おまえらは俺を利用しているだけだ。吐き気がする。明日帰れと怒鳴りちらしました。そういうことがよくあったので、わたしたちはたいして気にしませんでした。しらふになると、たいてい自分が悪かったとあやまったからです。でもあの夜は、たががはずれていました。ゲッツはまずわたしを侮辱して、それからわたしたち全員を寄生虫呼ばわりしたんです。わたしはうんざりして、荷物をまとめようと部屋に引きあげました。あまりに腹が立って、泣き叫びました。なにより、アレックスがかばってくれなかったのが悔しかったんです。翌朝、わたしたちは警察に起こされました。浜辺でゲッツの死体が見つかったといわれました。ショックでした。幸いヨーンとカタリーナが昼前にセーリングから帰ってきました。ヨーンはフランス語が流暢《りゅうちょう》で、警察との話を引き受けてくれました。夕方、アンリとマルガレーテが到着しました。マルガレーテは気が変になっていました。人があんなに泣き叫ぶところを見るのははじめてでした。刑事警察が島に来て、捜査がはじまりました。わたしたちは全員、事情聴取されました。捜査官たちは、ゲッツはアルコールの血中濃度が三ミリグラムあって、頭蓋骨を骨折していました。ゲッツはつまずいて頭を岩にぶつけ、意識を失って海に落ちたと結論づけました。夜中はちょうど満潮で、風が出ていたので、海は荒れていました。あれはドラマでした。悪夢だったというしかありません。わたしは翌朝、ハイケとシュテファンといっしょに家に帰りました。帰りはみんな、黙っていました。そのあとも、あの日のことは二度と話題にしませんでした」

「そのあと、アレックスさんはヴィンターシャイト家で息子のような扱いを受けたわけですね」

「そうです。ゲッツの代わりということです。忠実で善良な友だちとして。ヴィンターシャイト家の人たちは彼にべったりでした。アレックスにはぴったりの役どころでした。ゲッツは絶対に出版社を継がなかったでしょうけど、アレックスはアンリとマルガレーテの期待にすべて応えました。ふたりは財団を設立すると、アレックスとマリアに運営を任せました。マルガレーテはマリアを義理の娘のように見ていましたね。ゲッツとマリアがすでに別れていたことを、マルガレーテは今でも知らないのではないでしょうか」

「そしてヴェルシュさんはゲッツさんの父親と密かに交際していたのですね」

「密かじゃありません」リントナーは軽く首を横に振った。「みんな、知っていることでした。彼女が自分で話していましたから。心の友で、いつもおしゃべりしているだけだといっていましたが、嘘にきまってます。アンリは女の子というと見境なくいいよっていましたから。若くて、すぐ寝る子を物色していました。でもハイケはあの人の助けがなくても、頭角をあらわしていたでしょうね。仕事のできる人でしたから。気づいてみると、みんな本の世界にいます。わたしの場合は、どちらかというと偶然ですが。わたしはあるワイン祭りで夫と知り合ったんです。そのときは、彼が本屋を経営しているとは知りませんでした。わたしはちゃんとした書店員の教育を受けていません。ベーカリーや料理屋の女将になっていても不思議じゃありませんでした」リントナーは微笑んだ。「マリアは比較的早く、財団を辞めましたが、アンリが出版社に引き入れました。はじめは版権室。アレックスとハイケは文芸部のポストをもらいました。シュテファンは親の印刷所を受け継ぎました。カタリーナはヨーンが亡くなったあと、出版社の株を相続して、文芸エージェントに転職したマリアの仕事を引き継ぎました。マリアはその後、エージェントの社長ハウシルトと結婚しました。出版業界は狭いですからね、どこかで顔を合わせることがありました。毎年、ブックフェアでも集まりました。木曜日の夜に開催されていたヴィンターシャイト出版のパーティとかでも。あいにくカールの再建策でパーティは中止になりましたので、今はブックフェア中の金曜日に開催されるフィッシャー出版のパーティやエージェントのヨーゼフ・モースブルッガーのフィナーレパーティで会っています」

ピアは録音がつづいているか、スマートフォンを確かめた。情報が膨大《ぼうだい》すぎて、とてもではないがメモしきれなかった。だがひとつはっきりしたことがある。ロートとヴェルシュはゲッツ・ヴィンターシャイトの死でとんでもない得をしたということだ。ロートは出世することに成功し、ヴェルシュと彼は文学の世界で名をなした。

「ドロテーア・ヴィンターシャイトはどうなのですか?」オリヴァーはたずねた。「どうして財団の運営を任されなかったのですか?」

「まだ若すぎたのだと思います。十八か十九でしたから」

「良好でした。ヴィンターシャイト出版が催すイベントではいつも本の即売をさせてくれました。とてもいい副収入でした。この店でもよく朗読会やサイン会を企画させてもらいました。この立地ですので、よくイベントをするんです。ハイケとわたしは親友というほどではありませんでしたが、彼女はわたしをライバルとは見ていなかったので」リントナーはそこではっとした。「そういえば、彼女のお父さんはどうなるんですか?」

「ヴェルシュ氏には後見人がいて、介護施設に入ります。ヴェルシュさんが手配していました」ピアが答えた。どうやらヴェルシュの家の事情を知る友人はリントナーだけのようだ。

「ハウシルトさんとヴェルシュさんは仲がよかったのですよね。どうしたわけなのでしょう?」

「ふたりは昔から仲がよかったです。なぜかはわかりません。ふたりは水と油なんですけどね。ハイケは支配欲が強くて、感情的で、皮肉屋でした。マリアは猪突猛進型ですが、まわりがよく見えていて、バランス感覚があります。たぶん性格が違うから引かれあったのかもしれませんね。マリアが夫を亡くしてから、ハイケとの友情が濃くなりました」

「ハウシルトさんはご主人を亡くしているのですか？」オリヴァーは訊き返した。

「ええ。夫のエーリクは二〇〇五年のブックフェア開催中に低血糖で亡くなりました」

「ヴェルシュさんは新しい出版社への資金援助をあなたにも持ちかけましたか？」

「ええ、声がかかりました。仲間全員に声をかけたはずです。設立資金が必要だったんです。わたしたちに夢のような利回りを約束しました。でも、わたしは断りました。面白いと思わなかったからではありません。単純にまわせる資金がなかったからです。うちは自転車操業なんです。一万ユーロでも、ない袖は振れません。それもあんなどう転ぶかわからない事業に。わたしの知るかぎり、マリアとアンリ以外、みんな、断ったはずです。といっても、アンリは偉大な出版人に返り咲く夢を見たのでしょうけど、ハイケはカールに悔しい思いをさせたくてアンリの名前が欲しかっただけでした。それと、もちろん彼のお金も」

「ヴァルデマール・ベーアという名はご存じですか？」オリヴァーはたずねた。

「ええ、もちろん。ヴィンターシャイト家のよろず屋ですから」

「よろず屋？」ピアが聞き慣れない言葉に反応した。

「使用人、庭師、運転手、なんでもやってますから」リントナーはデスクに置いていたスマートフォンをちらっと見た。「他に知りたいことは？　そろそろ店に戻らないといけません」

「もうすぐ終わります」オリヴァーはいった。「ロート氏のオフィスで日記の抜粋のコピーを見つけました。そこに添え書きがありまして」

「一九八三年夏におまえがなにをしたか知っている」リントナーが先にいった。「わたしのところにも送られてきました。差出人不明の郵便で。三週間くらい前です。夫とわたしは首を傾げました。なにを意味するのかも、だれが送ってよこしたのもわからなかったので」それからトレーを探って二枚の紙を見つけると、オリヴァーに渡した。「カタリーナの日記ですね」

「コピーをいただいてもいいですか？」オリヴァーがたずねた。

ピアはボスから紙を渡してもらって、さっと目を通した。

「どうぞ、持っていってください」リントナーは答えた。

ヨゼフィン・リントナー様
〈ハウス・オブ・ブックス〉気付
マイン＝タウヌス・センター
六五八四三　ズルツバッハ

一九八三年夏におまえがなにをしたか知っている。おまえもわかっているな。

一九八三年七月十八日　ノワールムティエ島

昨日の晩、わたしはひとりで断崖まで行ってみた。灯台のある小島の向こうに日が沈むのを見たかったからだ。戻ってみると、連中はテーブルの片付けもしていなかった。ああ、早くヨーンが来ないかな！　彼がいっしょなら夢のような生活になるだろう。頭でっかちの幼稚園児たちは本当に癇《かん》に障る。わたしが、このわたしが！（おばあちゃんが聞いたら、腹を抱えて笑うだろう）率先して料理や食器洗いをするなんて。といっても、それはハントケとかグラスとかベルンハルトの話を延々と聞かされたくなかったからだけど。連中は頭から湯気を上げながら、夢中で議論して、なにかの本の一節を引用したり、枝葉末節にこだわったりして偉ぶってみせる！　アレックスの大好きな言葉は「両義性」。ハイケは「美的原則」とか「自己参照」なんて言葉をやたらに振りまわす。お馬鹿なガチョウのヨージーはふたりに頭が上がらない。三人はマリファナをやって、赤ワインをがぶ飲みし、ものすごく知的な人間のつもりになっている。お粗末もいいところ。夜遅くまでくだらないおしゃべりをつづけて、毎晩お酒をがぶ飲みして、昼まで寝ている。アレックスとヨージーは毎夜、よがり声をあげる。わたしは隣の部屋だからたまらない。ヨーンとタイプライターが欲しい！　紺碧《こんぺき》の大西洋を見ながら執筆するなんて最高。

ミアはまったくどうかしている。ゲッツのあとをつけて、愚痴《ぐち》ばかりいっている。でも彼がわたしにいいよるのは形だけ。本当はだれを愛しているか知られないようにしているだけだ。わたしはあのふたりのことがばれないようにしている。でもやる気はない。疲れるったらない。

ヨージーはヨーンのことで四六時中、馬鹿なことをいっている。だけど、意外とそんなに間抜けじゃない。ゲッツはもっと気をつけたほうがいいだろう。まったく、面倒くさい！　これから二週間も、耐えられるだろうか。

「ゲッツさんは、亡くなった日にどうしてそんなに酒を飲んだんですか？」オリヴァーはたずねた。

リントナーは一瞬ためらった。

「もう昔の話です。ゲッツはカタリーナに恋をしてふられて、やけ酒を飲んだんです」

「それは違うでしょう。ご存じのはずです」ピアは当てずっぽうにいってみた。「そのことを話さないとだれに約束したんですか？　ロートさん？　それともヴェルシュさん？　ふたりとももう亡くなりました」

「だれにも約束なんてしていません！」リントナーは大きく首を横に振ったが、頭に血が上るのを防ぐことはできなかった。「どうしてそんなことをおっしゃるんですか？」

「ロートさんが受け取った日記の抜粋は別の箇所だったんです」ピアはスマートフォンにテキストの画像をだした。「そこにこんな文章があります。〝きっとアレックスがあることないことをゲッツの両親に吹き込んだんだろう！　あのダニは、フランスから帰ってからそのままお邸に住んでいる。でも、わたしもうかつなことをしてしまった。ゲッツとシュテファンのお遊びに付き合ってしまったのだから〟」

リントナーはぎょっとしてピアを見つめ、ごくりと唾を飲み込んだ。

「マリアが嫉妬していたのはカタリーナではありませんね。マリアはカタリーナのことを気に入っていたようです。たぶん逆もそうでしょう。さもなければ、カタリーナがマリアを息子の代母にするわけがありません」

リントナーはたじたじとなり、大きなため息をついた。

「そのとおりです。ゲッツとシュテファンの仲については、みんな、薄々気づいていました。ゲッツがカタリーナにいいよったのはカモフラージュでした。ゲッツが死んだ晩、シュテファンと彼が喧嘩したのを知っています。話の内容はよくわかりませんでしたけど。ふたりは下の浜辺にいて、わたしは砂丘の上にいました。ゲッツが急に叫びだして、シュテファンがなにか頼み込んでいました。それからシュテファンは家に戻って、車で出かけました。その夜は最悪でした。そのことは話しましたね。マリアとわたしはそれぞれ自分の部屋にいて、翌日帰るために荷造りをしていました。バスでナントに出て、そこからは電車かなと思いながら。わたしたちはもう、そこにとどまる気が失せていました。わたしは自分の荷物をマリアの部屋に持っていきました。アレックスにほとほと愛想が尽きたからです。あれは午前零時頃だったと思います。マリアはとっくに眠っていて、わたしは眠れずベッドに横たわっていました。一階が急に静かになりました。わたしは足音を忍ばせながら、アレックスといっしょに泊まっていた部屋に行って、窓の外を見ました。満月の夜で、風が吹き荒れていました。そのとき、砂丘の道に沿って岩場へ向かうアレックスとハイケが見えたんです」

リントナーが口をつぐんだ。ピアとオリヴァーは彼女が話しだすのをじっと待った。

「ふたりはセックスするんだな、とわたしは思いました。嫉妬心が沸き起こって、わたしはふたりを追いかけました。現場を押さえたら、なにをして、なにをいったらいいか思い描きながら。でも、思ったものとは違っていました。ゲッツが岩場にすわって、頭を腕に乗せていたんです。泣いているようでした。アレックスとハイケは彼に声をかけて、慰めるつもりかなと思いました」リントナーは唇をきゅっと引きしめた。「満潮の時間で、波が大きくうねっていました。あっと思ったとき、アレックスが……ゲッツの背中を蹴《け》ったんです。いきなりでした。次の瞬間、岩場にいたのはハイケとアレックスだけでした。ふたりは下を覗いていました。魔女の大鍋のように沸き立つ海を。ふたりがゲッツを殺したんです。無慈悲に。警察はあとで、岩場でゲッツの指紋がついたウィスキーの瓶を発見し、ゲッツがそこにすわって飲んでいた証拠だとされました。カタリーナのせいでやけ酒を飲んでいたと」リントナーは息をついて、首を横に振った。「わたしは必死に家に駆けもどりました。死ぬほど恐くて、夜のあいだ目を閉じることができませんでした。でもマリアを起こして、見たことを話す勇気もありませんでした。結局だれにも話しませんでした。ゲッツの死体が発見されて、警察が来たとき、シュテファンは気絶しそうになるほど我を忘れ、ゲッツが死んだのは自分のせいだといいました。ゲッツと愛し合っていたことは口が裂けてもいうな、とわたしたちは彼を説得しました。それからわたしたちは作り話をでっちあげて、それを警察とゲッツの両親に話したんです。ちなみにそれはゲッツがカタリーナに恋をしていたという話です。マリアとシュテファンはハイケとアレックスがなにをしたか、今も知りません」

「それはたしかですか?」オリヴァーはたずねた。

「いずれにしても、わたしは話していませんよね」ピアがいった。「カタリーナさんの日記を持っている人がいるわけで」

「しかし他のだれかが知っているかもしれません」

「カタリーナさんはどうして真相を明かさなかったのでしょうね?」オリヴァーはたずねた。

「結婚してヴィンターシャイト家の一員になったわけで、マルガレーテさんに疎《うと》まれていることはわかっていたのでしょう?」

「シュテファンのために悪者になったんだと思います」リントナーはいった。「でも、わたしたち四人が揃って、ゲッツはカタリーナを愛していたといったので、真実を証明するのは無理だと思ったのかもしれません」

「ヴェルシュさんとロートさんがやったことを知っていて、どうしてふたりへの義理を果たしたのですか?」ピアはたずねた。「忘れられるものですか?」

「いいえ、忘れられるもんじゃありません。でも、思いださないようにすることはできます。それなりに」リントナーは下唇をかんだ。「あの夏のあと、わたしは大学をやめて、ザクセンハウゼンの酒場で働きました。ドラッグにも手をだしました。最初はピル、それからコカイン、そしてヘロイン。あるアメリカ兵と知り合って、三週間後に結婚しました。夫といっしょにアメリカに行きましたが、半年後に追いだされました。ドラッグを買うために、金を盗んだことを知られてしまったからです。わたしたちは離婚しました。わたしは薬物依存症になり、家宅侵入で捕まり、イリノイ州の女性刑務所で一年過ごしました。そのあとドイツに帰りましたが、わたしにはなにもありませんでした。仕事も、金も、住む家も。三十歳になっていて、昔の美しさはもうなくなっていました。両親も家に入れてくれませんでした。わたしに失望していたのです。フランクフルトの駅界隈《かいわい》でホームレスになりました。どん底の人生でした。そんなときに、偶然アレックスと出会ったんです。出勤の途中で、わたしをハイケのところに連れてきました。ハイケは迷わずわたしをアパートに住まわせてくれました。そしてマリアがわたしを更生施設に入れて、費用も払ってくれました。シュテファンは出版社に働き口を見つけてくれて、疾病保険にも入れて、わたしは薬物依存のホームレスから足を洗えたのです。仲間の助けで、まともな人生が歩めるようになったのです。もう何年も〈白い輪〉（ドイツの犯罪被害者支援団体）で犯罪の被害にあった人のためにボランティアをしています。罪滅ぼしのつもりです。ゲッツは死んでしまいました。なにをしても生き返りません。ゲッツを殺したとしても、あの人たちはわたしの命を救ってくれたんです。見返りも求めず。それが友だちというものでしょう」

＊

「しまった。カタリーナ・ヴィンターシャイトがどうして死んだのか、また訊くのを忘れました」十五分後、署にもどる車の中で、ピアがいった。

ピアはスマートフォンをだした。「ハウシルトにショートメールを送って、訊いてみます」

ピアは急いでタップした。

「予感は的中しましたね。ロートがゲッツ・ヴィンターシャイトを殺していたとは」

「そしてゲッツが恋に敗れて泥酔し、事故にあったという作り話もそうだ。ロートがいってい
た嘘とはそのことだな」オリヴァーはうなずいた。「息子を殺した犯人を家族に迎えていたと
知られるのが死ぬほど恐かったのだろう」
「ヴェルシュは、ヴィンターシャイト夫妻にそのことを明かすといって脅迫したのでしょう
ね」ピアは眉間《みけん》にしわを寄せた。「だけどそうしたら、自分も罪に問われますよね。その場に
いて、傍観していたわけですから」
「リントナーが話したことが本当ならな」オリヴァーがいった。「どうも怪しい気がする。彼
女はロートを愛していて、なんでもいうことを聞いていた。ゲッツを岩場から突き落とせとロ
ートにいわれたら、やるだろう。ゲッツのことを憎んでもいたし」
オリヴァーは真実に尾鰭《おひれ》がつくことを経験から知っていた。人は必要に応じて、真実を改変
し、飾りたてたり、細部を削ったりする。しかもたいていの場合、知覚は主観的だから、話し
ている本人に自覚がないし、ときには意図的にそうすることがある。
「リントナーは、ロートがゲッツのほうを大事にしていたから、嫉妬していたんですよね」
「もしかしたら自分の犯行が明るみに出るのを恐れて、アメリカに逃げたのかもしれない。そ
してドイツに戻ってから、殺人をそそのかした友人たちに支援を求めたとか」
「でもアメリカで投獄され、薬物依存症のホームレスになったのでしょう。生半可ではできま
せんね。彼女がゲッツを殺したことをヴィンターシャイト家と警察にいうとヴェルシュにいわ
れて、殴り殺したということでしょうか」

「とはいえ、リントナーにはアリバイがある」オリヴァーがいった。「それもかなりたしかなアリバイが」

リントナーは先週の月曜の夜八時にフランクフルトで書籍商協会の委員会に出席し、それからアディッケスアレー通りのギリシアレストランで食事をしていた。そのあと委員会のメンバーを車に乗せて、ゾッセンハイムで降ろして、午前二時少し前に帰宅した。

「しまった」ピアはいった。「そうでした。ヴェルシュを殴り殺す時間はあっても、死体を遺棄するのは無理ですね。やはり犯人はロートでしょうか?」

「まずシュテファン・フィンクの話を聞いてからだな」オリヴァーは速度を時速六十キロに落とした。今走っている州道三〇一八号線の高速道路出口からホーフハイムまでの区間は地元で「イチゴ街道」と呼ばれている。事故多発区間のため、定期的に速度違反の取り締まりをしている。「フィンクも絶対、日記のコピーを受け取っているはずだ」

オリヴァーは署の警察車両用駐車場に車を止めた。そこでドネルケバブの店の袋を持ったケムとカトリーンに会った。おいしそうなにおいをかいで、ピアはよだれが出た。ピアは歩きながら、ヴィンターシャイト夫妻とヨゼフィン・リントナーから聞いた話をし、カトリーンはマルセル・ヤーン夫人が先週の日曜日にヴェルシュと喧嘩していたのはヘルムート・エングリッシュに間違いないと証言したことを報告した。

「ハイケの父親のヴェルシュ氏には会いましたが、残念ながら会話は一方通行でした」カトリーンがいった。「わたしのことをずっとギゼラと呼んで、なんとも要領を得ませんでした」

「残念だな」オリヴァーはそんなことだろうと思っていた。「リントナーとロートに届いたのと同じような郵便はヴェルシュの家で見つからなかったか？」

「ええ」ケムは首を横に振った。「日記のコピーらしきものはなかったです。同じように三週間前に届いたのだとしたら、捨てたんじゃないですかね」

「あるいは侵入した奴が持っていったかだな」オリヴァーはいった。「不法侵入したのはそれが目当てだったかもしれない」

「えっ？　日記のコピーですか？」ケムは首を横に振った。「ずいぶん変わった理由ですね」

「ロートとリントナーに届いた日記の抜粋は別々の箇所だった」オリヴァーは表玄関でケムたちを止めた。「もしかしたら送り主は、受け取る者にとってとくにデリケートな箇所を選んだのかもしれない。悪事がばれるような」

「殺人ですものね」カトリーンはいった。

「いや、どちらかというと、息子のお上品な友人たちが嘘をついていたとヴィンターシャイト夫妻に知られるのがまずいのだと思うわ」ピアはいった。

「だけど三十五年も前のことじゃないか！」ケムはエントランスの強化ガラスの向こうにいる巡査に会釈した。「いまさらだろう」

「かなり時間が経っているが、だれかが良心の呵責を覚えたのかもな」オリヴァーはいった。「犯人が判明したと思う。アレクサンダー・ロートには動機があり、犯行に及ぶ機会があった。肉たたきは被害者の家にあったものだろう」

手荷物検査場のドアが開いて、オリヴァーたちは建物に入った。

「でも使用人のベーアも気になるんですよね」ピアは飲みものの自動販売機の前を通って階段に向かいながらいった。「午後六時にヴィンターシャイト夫妻を文学館に送りとどけてから、十時四十五分に迎えにいくまで時間がありました。四時間あれば、バート・ゾーデンに行ってヴェルシュを殺害し、死体を森に遺棄して、キッチンをきれいにすることができるでしょう」

「でも動機はどうなんですか？」カトリーンはたずねた。

「ヴェルシュが相続人からはずそうとしていることを知ったからではだめかしら」

「どうでしょうね。それに近所の人がヴェルシュを目撃したという時間と合いませんよ」

「ロートはゲッツ・ヴィンターシャイトの死で一番得をしている」オリヴァーは自分が一番怪しいと思っている人物に固執した。「彼は会社でのキャリアにこだわっていた。ゲッツを通して知った世界で大物になりたがっていた。そのためなら親友を犠牲にしても平気だろう」

四人は捜査十一課のある二階に上がり、会議室に入った。会議室にはターリクがいるだけだった。テーブルの真ん中にはピンクの箱が置いてあった。

「ずいぶん遅いじゃないですか！」ターリクはさっと立った。目がキラキラしている。なにか突き止めたようだ。「ちょっと気づいたことがあるんです！」

「いきなり署に帰るっていいだして、スーパーとキオスクの聞き込みをわたしひとりにさせておいて！」カトリーンはお冠《かんむり》だった。「それも、よりによって今日」

「よりによって今日？」ピアはたずねた。

めでとう！」


「誕生日なんですよ」タ—リクがカトリーンの代わりにいって、箱を彼女に差しだした。「お
「あら、本格的なバースデーケーキじゃない！」箱を開けたカトリーンが顔を輝かせ、怒っていたことを忘れた。「タ—リク、大好きよ！」

タ—リクはニコニコし、誕生日を忘れていたピアは申し訳なさそうにおめでとうといった。

オリヴァーはカトリーンの誕生日をスケジュールアプリに入力してあったのに、朝、おめでとうというのを忘れたことを、言葉を尽くして詫《わ》びた。

「いいんです。ボスにはもっと大事なことがあったんですから」カトリーンは寛大さを示したが、ピアとケム、そしてちょうど入ってきたカイのことはじろっとにらみつけた。「でも、あなたたちのことは許さないわ！　わたしはいつもあなたたちの誕生日を祝っているのに。わたしの誕生日を忘れるなんて！」

「つべこべいわずに、そのくだらないバースデーケーキをさっさと食べたらいいじゃないか」

カイが臆せずいった。「小さな子どもみたいに騒ぐなよ！　お金を集めて、バースデーカードを用意して、きみが一年前からあれ、あれ、といっていたケーキを予約したのはだれだと思ってるんだ、えっ？　オマリさんでないことだけはたしかだな」

今度はカトリーンが困惑する番だった。

「お皿を取ってくる」そういって、カトリーンは給湯室に走った。

「それより、みんな、昨夜プログラムを作って、それで」

カイがそういいかけると、ターリクが興奮して叫んだ。

「ロートが飲んだメタノール入りのウォッカの瓶を見つけたんです！」

「なんだって？」オリヴァーは驚いてターリクのほうを向いた。「どこでだ？」

「ロートの解剖所見を読んでいて、思いだしたんです。隣にヘーヒスト病院の救急病棟の医局員が住んでいるんですが、日曜の朝にジョギングをしていたとき、金曜から土曜の夜に三人のホームレスがおかしな中毒症状を起こして病院に担ぎ込まれたと話していたんです。ふたりは比較的早く快方に向かったのですが、最後のひとりは集中治療室にいました。失明して、ひどいありさまでした。三人とも、血中から大量のメタノールが検出されていたんです！　快復したふたりは消えていましたが、三人目から話を聞くことができました。三人はウンターリーダーバッハの聖ステファヌス教会のそばの子どもの遊び場にいたそうです。そこへ自転車に乗った男性が通りかかった。ふらふらしながら自転車を漕いでいたので、三人が声をかけると、男性は自転車を止めてひっくり返りました。そのとき自転車の籠《かご》からウォッカの瓶が落ちて、三人の足元に転がってきたそうです。男性の風体はアレクサンダー・ロートと完全に一致しました。それで、男性はもうたっぷり飲んだから、おまえたちにやるといったそうです。そして男性はやっとの感じで自転車を起こして、走り去りました。瓶にはウォッカが半分くらい残っていたそうです。安酒じゃありません。三人は回し飲みをしました。そして数時間後、体調がおかしくなったんです。そのホームレスは空き瓶を遊び場の茂みに捨てたといったので、ウンターリーダーバッハに行って、空き瓶を見つけたんです！」

「どこにあるんだ?」ケムがたずねた。

そのときカトリーンが戻ってきて、テーブルに皿を置き、ケーキを切り分けた。

「ラボに持っていきました」ターリクは答えた。「ロートのお気に入りだというブラック・ウォッカでした。メタノールが検出されれば、ロートが毒を盛られたことになると思います。そう思いませんか、ボス?」

「そうだな。よくやったぞ、オマリ」オリヴァーはターリクを誉めた。ターリク・オマリは物事の連関に気づくのがうまく、奇抜な発想をするので、捜査でもよく決定打をもたらす。

「ちなみにロートは先週の月曜の夜、バート・ゾーデンのスーパーでウォッカをひと瓶買っていました」カトリーンが口をはさんだ。「でも巡回中のパトカーに保護されたときは持っていませんでした。そのときに巡査が彼のバッグを調べましたが、中に血のついた肉たたきは入っていなかったそうです」

「わかった」オリヴァーは少しがっかりしながらうなずいた。ロートは罪を犯してはいるが、ヴェルシュの死とは関係ないようだ。瑣末なことに振りまわされることなく、ヴェルシュ殺しの犯人を捜すという本来の目的に集中しなければならない。

カトリーンがケーキを配り、ケムがドネルケバブとラフマジュン（薄いパン生地の上に、挽肉、刻んだ野菜、タマネギやトマトなどをのせてオーブンで焼いた料理）やブレク（肉やチーズなどを詰めたトルコ発祥のパイに似た料理）を袋からだして、テーブルに広げた。

「宴会がはじまる前に俺も発言していいですか?」カイがまた口をひらいた。

「ああ、すまない。もちろんだ」そういうと、オリヴァーは羊のチーズとほうれん草を詰めた、まだ温かいブレクをかんだ。

「この数日、先週の月曜日の問題の時間にバート・ゾーデンの基地局につながったモバイルの電話番号を調べていました」カイがいった。「あいにく数千件に上り、埒《らち》が明かないので、プログラムを作りました。これがうまくいったんです。九月四日火曜日の深夜零時五分まで基地局48701E-332につながっていた番号はふたつで、それから基地局48701W-334に移動した番号はひとつだけでした」

オリヴァーのスマートフォンが鳴った。

「ちょっと待った、カイ。署長からだ」オリヴァーは口をもぐもぐさせながら、電話に出た。そしてしばらく聞いてから「みんなで行く」といって、電話を切った。

「署長によると」オリヴァーはみんなにいった。「フェルテンから話があるそうだ。なにかきわめて興味深い情報があるらしい。下に行くぞ」

「オリヴァー！　あと十五秒だけ聞いてくれませんか？」カイが腹を立てた。「こっちだってきわめて興味深い情報なんです！」

「わかった。聞くよ。途中で話してくれ」

みんな、食事を後回しにして、会議室を出ると、階段へ向かった。

「俺のプログラムが抽出したその電話番号ですが、基地局48701E-332に戻っているんだ。正確には九月四日火曜日午前一時七分」カイは階段を下りていくみんなに向かっていった。「その電話番号をさらに調べてみたら、月曜の夜十時二十四分にはじめてその基地局につ

いた。
オリヴァーは鶴がなにを話すか気になって、急ぎ足でピアとケムとターリクの三人を追って
「なるほど。それは面白い」オリヴァーはカイの報告を上の空で聞いていた。
ながって、火曜の午前一時五十七分に離れていました」

「ボス！　ちゃんと聞いてください！」カイはオリヴァーの行手をさえぎった。いつもはのんびりしていて、おとなしいカイの突然の行動にオリヴァーはびっくりした。一階で防火扉が閉まり、カイの声が階段に響いた。「その番号は鶴のエージェント、モースブルッガーのものだったんです！　彼は犯行時刻にヴェルシュの家にいました。しかもスマートフォンの電源を入れたまま、遺体を森に運んでいます！　これでもまだ興味を引かれないんですか？　たしか、なんて訊いたら承知しませんよ！」

オリヴァーはこの新しい情報がなにを意味するか理解するのに数秒かかった。憶測と誤解の連続だった暗中模索という藪《やぶ》が急にひらけて、犯人までの視界がぱっとひらけるのを感じた。これは突破口だ！　そのことに気づいて、体じゅうに電気が走り、安堵したせいか、膝《ひざ》から力が抜けた。スマートフォンの移動記録は犯行時刻に事件現場にいた動かぬ証拠だ。否定はできないだろう。彼にはフェルテンのために復讐するという動機もある。オリヴァーは深呼吸して、右手でうなじをなでた。これで事件簿を検察局に渡し、プライベートなことに気持ちを切り替えられる。良心が痛むこともない。事件は解決したからだ。

「そんなことを訊くわけがないだろう、カイ。信頼しているさ」オリヴァーはいった。「感謝

する」

「これが仕事ですから」カイははにかんだ。「逮捕状を請求しますか？」

「ああ、そうしてくれ」オリヴァーはカイの肩を叩いた。

下の扉が開いた。

「ボス？」ピアの声がした。

「来てくれ、ピア！」オリヴァーは呼びかけた。「カイが事件を解決したようだ」

ピアがすぐ階段を上ってきた。

「どうしたんですか？」

「なんですって？　いきなりどういうことですか？」ピアは驚いていた。

「ヨーゼフ・モースブルッガーがドジにも、殺しの遠足に出たときにスマートフォンを持っていたんだ」カイが自慢そうにいって、突き止めたことをピアに話した。

「モースブルッガーが犯人だ」オリヴァーは満足そうにいった。「電話の移動記録でしょっぴくことができる。動機もある」

「だけど、凶器はどうやってロートの冷蔵庫に入ったんでしょうか？」ピアはたずねた。

せっかく事件が解決したと舞いあがっていたのに、それが失望に変わった。カイの顔からも笑みが消えた。

「くそっ」オリヴァーはうなった。有頂天になって、そのことを失念していた。

「しかしあいつはバート・ゾーデンにいた」カイはそういったが、自信が揺らいでいた。

「カイ、個人情報保護法があることは知っているでしょう」ピアはさらに追い打ちをかけた。

「証拠はモースブルッガーのスマートフォンがバート・ゾーデンにあったということだけよね。他の証拠がなければ、利口な弁護士がすぐ彼を無罪にするわ」

「奴にはそのことを黙っていればいいんだ」

オリヴァーはピアの懸念を無視していった。

「カイ、それでも逮捕状を請求してくれ。ピア、鶴の話を聞いてから、彼のエージェントを連行する」

「フィンクはどうしますか？」カイがたずねた。「今日の午前中から取調室にいるんですが」

「モースブルッガーは、ケムとターリクに連行させよう」オリヴァーはいった。「彼が来るまで、ピアとわたしでフィンクと話す」

そのときピアのスマートフォンが振動した。

「あら！　ハウシルトから返事がありました」ピアはそういって、足を止めた。メッセージを読んで、目を丸くしている。

「どうした？」オリヴァーがたずねた。

「意外でした」そういって、ピアは顔を上げた。「いいですか。カタリーナは一九九〇年八月に自殺しています！」

＊

ユーリアは法医学研究所にいるヘニングを訪ねることをカール・ヴィンターシャイトにはいわないことにした。ただでさえ忙しいはずだし、彼の母親の死についてなにかわかってからでも、話すのは遅くない。午後六時きっかりに退社すると、足早にシラー通りを歩き、ハウプトヴァッヘ駅でダルムシュタット行きの都市鉄道S3号線に乗った。時間帯が時間帯だったので、ものすごく混雑していた。立っているしかなかったが、気にならなかった。どうせ五駅で降りる。スキャンしておいた原稿を会社で数ページ印刷し、ヘニングに訊きたいことをメモした。シュトレーゼマンアレー駅で降り、ヴァイトマン通りを歩く。ケネディアレー通りを渡ると、映画の『サイコ』に出てくるモーテルのような法医学研究所の建物が見えてきた。法医学研究所を訪ねるのははじめてではないが、神経が高ぶった。もし建物が殺風景で、病院っぽく見えれば、地下の霊安庫に死体がたくさんあっても耐えられるだろう。だが洒落《しゃれ》た建物と板張りの内壁と桟《さん》つき窓と漆喰装飾のある天井が、冷たい蛍光灯の光、ステンレスの解剖台と消毒剤とホルムアルデヒドのにおいに包まれた死者の世界とあまりに対照的なため、どうにも居心地が悪かった。

白衣を着たヘニング・キルヒホフが玄関のドアを開け、オフィスに案内してくれた。本棚は天井まで届く高さで、大きな顕微鏡がのっているデスクはものであふれていた。

「アーカイブを漁って、探しものを見つけた」そういって、ヘニングは肘掛け椅子の横にある来客用の椅子にユーリアを手招きした。ユーリアがそこにすわると、ヘニングは解剖所見をコンピュータ画面にだした。

「思ったとおり、解剖されていた。日付は一九九〇年八月十八日。ふたりの法医学者によって行われている。ひとりは当時の法医学研究所所長だ。解剖はプロの手で行われたといって差し支えない」

〝カタリーナ・ヴィンターシャイト、旧姓コモロウスキー、一九五九年九月十四日ボーフム生まれ。フランクフルト市シュタールブルク通り八二番地の六階のバルコニーから転落して、一九九〇年八月十七日に死亡〟ユーリアは所見を読んで鳥肌が立った。

死因は重度の頭部外傷及び内臓破裂。血液検査で微量のアルコールを検出。血中アルコール濃度は〇・〇二パーセント。薬理学検査は反応なし。

「胃の内容物はパンとチーズとトマトですか」カタリーナは息子と夕食を食べ、息子を寝かしつけたあと、バルコニーから飛び降りたことになる。想像しただけで、ユーリアは息が詰まった。「血中からは向精神薬や抗鬱薬《こううつやく》は検出されなかったんですか？」

「ああ。なにも書かれていない」ヘニングはうなずいた。

「では、死ぬ前に薬は服用しなかったんですね？」

「そうなる。血中アルコール濃度〇・〇二パーセントということは、夕食にワインを一杯飲んだのだろう」

「自殺したなんて信じられません。子どもが住まいにいて、どこの母親がそんなことできますか？　それに原稿を執筆中でした！　チーズをのせたパンとトマトを食べて、ワインを一杯飲んでいた。そんな人が自分の命を絶ちますか？」

「わたしはいろいろ見てきた。ありえないことをする人間はいる」ヘニングは二十八年前の所見を仔細に調べた。ユーリアはヘニングの角張った横顔を見つめた。唇を動かしながら所見を読んでいる。ヘニングはハンサムだ。しかも仕事で成功し、高い教養がある。どうして狭苦しい屋根裏の住居で隠遁《いんとん》生活をしているのだろう。どうして女性の影がないのだろう。過去に二度結婚して、二度離婚したことは知っている。自分は女性に向かないとどこかで踏ん切りをつけたのだろうか。カタリーナの小説のプロットがユーリアの脳裏をかすめた。登場人物のルッツ・フォーゲルザングはゲッツ・ヴィンターシャイトだ。だとすれば、禁断の恋の相手マルクのモデルはシュテファン・フィンクになる。ドロテーアは、自分の恋人がじつは自分の兄の恋人だったと知っているのだろうか。そしてカタリーナはふたりをかばっていた。友情からだろうか、それとも気持ちがわかったからか。あるいはゲッツに頼まれたから。そのことがあとになって明るみに出て、カタリーナは嫉妬や怒りの対象になって、バルコニーから突き落とされたのだろうか。

「変だな」ヘニングがつぶやいた。

「なにがですか？」ユーリアは無理やり現実に引きもどされて、たずねた。

「肺、脾臓、肝臓、腸、心臓の破裂の他に骨折と打撲、それから左の腰部と背中の下部に擦《す》り傷があったと記録されている。わたしが知る墜落死のパターンに合わない。担当した法医学者は、すべて墜落の結果としていて、別の視点から検討していない。どうも解《げ》せない」

ヘニングは椅子の背にもたれかかって、メガネをはずし、親指と人差し指で鼻の付け根をもんだ。

「高所からの墜落死の場合、つねに他殺であることを考慮する必要がある。ただし階段から突き落とされた場合は、事件の再現に使える手がかりが被害者の体に残されていることがすくないがな」

「自殺の場合はそういうことが考慮されないのですね」

「そうだ。担当した法医学者はそういう結論に達した」ヘニングはまたメガネをかけた。「高所から墜落させて人を殺害するケースはきわめて珍しい。まず事前に計画することが難しい。それから不意をつく必要があるし、被害者が無抵抗でなければならない。それに目撃者にも注意が必要だ。夏場の六階となれば、地域の住人が夜遅くまでバルコニーにいて、事件を目撃する恐れがある」

ヘニングは解剖所見を最後まで読んだ。

「警察が聞き込みをしたことや住居に遺書がなかったことも記されていますか？」ユーリアがたずねた。

「いいや、これは解剖所見だからな」ヘニングはモニターから目を離さずに答えた。「他の情報は検察局にある。遺族であれば、弁護士を通して閲覧申請ができる。ヴィンターシャイト氏は至急申請すべきだと思う。状況を判断するには、転落した事情を正確に把握する必要がある」

ヘニングはユーリアのほうを向いて、じっと見つめた。本の打ち合わせで会ったときとは雰囲気がまったく違った。プロとしての矜持《きょうじ》がびしびし伝わり、魅力を感じた。

「自殺に懐疑的なのはわかる、ブレモーラさん」ヘニングがいった。

「なぜですか?」ユーリアはどきどきした。

ヘニングはためらった。

「所見といっしょに死体解剖の写真が保管されている。見て楽しいものではない。耐えられるか?」

「ええ……たぶん」そう答えて、ユーリアは身構えた。

ヘニングが画像データをクリックして、説明をはじめた。

「高所から墜落した場合、死体には激突した痕が残る。だがそのメカニズムはよくわかっていない。落下した身体がどういう激突の仕方をするかは、落下中の筋肉の動きによって違ってくる。途中で別のところに衝突する可能性もある。それに自殺者が滑落したか、ただ落下したか、飛び降りたかを知ることも重要だ。当然だが、それは建物の外壁と落下地点までの距離の違いにもなる。そういう情報は担当した法医学者に提出された警察の報告書からしかわからない」

カタリーナ・ヴィンターシャイトの潰れた顔を接写した写真は見るに堪《た》えなかった。だがヘニングはとくに遺体の左半分を写した写真に注目していた。

「これが見えるか?」ヘニングが指差した擦り傷を見て、ユーリアはうなずいた。「どうやら死亡する前についたもののようだ。内出血ではない」

「なにか気になるんですか?」ユーリアはたずねた。

ヘニングはユーリアを見た。ヘニングの顔は、灰色の虹彩に褐色の点が見えるほど近かった。

「当時の法医学者はこの擦り傷が建物の外壁か階下のバルコニーの手すりに接触してできたも

のだと考えたようだ」ヘニングが答えた。「だが階下のバルコニーの手すりなら、擦り傷の下に骨折や組織破壊があってしかるべきだが、それが見られない」

「先生の考えは？」ユーリアは緊張して息をのんだ。

「わたしにはざらざらしているか、尖ったもので体の側面をこすったように見える。たとえばバルコニーの手すり。意図してバルコニーから飛び降りたのなら、なにかに乗って、手すりを乗り越え、頭から落下するか、手すりに乗って落ちるかする。体の側面を手すりにこすりつけたりはしないだろう。解剖学的にも、そういう体勢を取るのは難しい」

　ヘニングは緊張した面持ちで他の写真を見ていった。

「なにを探しているんですか？」ユーリアは気になってたずねた。

「これだ！」ヘニングが勝ち誇って微笑んだ。「わかるかな？」

「上腕ですね」ユーリアはおずおず答えた。

　ヘニングがぱっと立ちあがった。

「立ってくれ！」

　ユーリアは驚いて、いわれたとおりにした。

「わたしのデスクがバルコニーの手すりだとする。きみがカタリーナ・ヴィンターシャイトで、わたしが……もうひとりのだれかだ！　わたしはあなたを手すりの向こうに落とそうとする。もちろんあなたは抵抗する。そこでわたしはあなたの上腕をつかむ」ヘニングは実践した。

「こうやって強くつかむ」

「痛いっ！」ユーリアがいった。

「振りほどこうとするんだ！」ヘニングは目を輝かせながらいった。「さあ！　わたしはあなたをバルコニーから突き落とそうとする！」

ユーリアは歯を食いしばって身をよじったが、ヘニングの両手を払いのけることはできなかった。ヘニングが手を離すと、ユーリアはあえぎながら上腕の赤くなったところを指でさすった。

「わたしはカタリーナ・ヴィンターシャイトをつかんだ奴ほど力を入れなかった。すぐに消えるから心配ない。しかし、きみが十分以内に死んだ場合、跡が残る」

ヘニングはふたたびコンピュータに向かってすわり、写真を拡大して、かろうじて見えるくらいの四つの半月形の圧迫痕を指し示した。

「これは爪の痕だ。他殺である証拠だ」

「すごい！」ユーリアは感心してつぶやいた。「どうして当時は見落としたのでしょう？」

「わからない」ヘニングは首を横に振った。「たぶん他殺であることを考慮しなかったのだろう。あるいは遺体の複雑な状況のため見落としたのかもしれない」

ヘニングはまたユーリアを見た。顔が近すぎて、ユーリアは戸惑いを覚え、顔に血が上るのを感じた。

「わたしは検察局につながりがある」ヘニングはいった。「警察の報告書を閲覧申請するなら近道がある」

「明日すぐに社長に話します」ユーリアはできるだけ落ち着いていった。

ヘニングがまたユーリアを見た。真剣な顔だった。

「それからわたしの元妻にもこのことを話すべきだ。これが本当に誤った判断だった場合、再捜査されると思う。知っていると思うが、ドイツでは殺人に時効はない」

＊

シュテファン・フィンクは窓のない小部屋に数時間閉じこめられていたが、ピアとオリヴァーが前の席についても、苦情すらいわなかった。見張っていた巡査によると、フィンクははじめ部屋を歩きまわってしきりに電話をかけようとしたり、メッセージを送信しようとしたりしたらしい。もちろん署の地下室にはＷｉ－Ｆｉがなく、基地局にもつながらない場所だった。無理だと観念してからは椅子にすわって考え込んだ。

「フィンクさん」ピアは必要な情報をボイスレコーダーに吹き込んでからいった。「三週間ほど前、差出人不明の郵便で、カタリーナ・ヴィンターシャイトさんの日記のコピーが届きませんでしたか？」

オリヴァーとピアは直接対峙《たいじ》する作戦を取ることにした。前振りなしに、いきなり攻めの姿勢を取った。

「ええ」フィンクは答えた。背筋を伸ばしてすわり、真剣な顔をしていた。金色のまつ毛に囲まれた空色の目は鋭かった。「一九八三年七月の日記の一部でした。どういう関係のものか、すでにご存じなのでしょうね」

「ええ、わかっています」ピアはうなずいた。「つづけてください」

「カタリーナはゲッツについてわたしと話し合って、真実をいうよう説得したのです。わたしとゲッツのことを知っていたのは、彼女とマリアだけでした」

「そうですか」ピアはメモを取った。マリア・ハウシルトが当時どんな役を演じたか、あとで本人に確かめることにした。

「わたしはバイセクシャルなのです」フィンクがつづけた。「長年秘密を抱えてきた人の多くがそうであるように、フィンクも秘密が発覚したとわかって肩の荷が下りたようにみずから話しだした。「わたしにとってゲッツとのことは一種の火遊びだったんです。でも、彼にとってはもっと真剣なものでした。彼が自分の性的指向を隠していることに苦しんでいるのを、わたしは理解してやれなかったんです。彼の両親は、彼が医者になりたくて医学を学んでいることも知りませんでした。ゲッツはいつも愉快で、ユーモアがあるように振る舞っていましたが、じつはとても不幸な人間でした。一九八三年夏のバカンスで彼はわたしに、自分と妹のどっちを取るつもりだと迫ったんです。彼はホモセクシャルであることを公表し、将来、出版社を継ぐつもりがないことを両親にいうつもりだったんです。カタリーナもそうしたほうがいいと彼を応援していました。しかしわたしには、そこまでの覚悟がありませんでした。家族がどういう反応をするか不安だったのです。わたしの両親は権威主義的で古い考えの持ち主でしたから、絶対に理解してもらえないとわかっていました。わたしは小さい頃から父の会社を継ぐつもりでした。そのために長期休暇や放課後に父の元で働きましたし、好きでもない経営学を専攻したんです。カタリーナとわたしは、どうすべきか長い時間をかけて話し合いました。わたしのところに届いた日記には、そのときのことが記されていました」

「一九八三年夏、ゲッツさんが亡くなったとき、なにがあったんですか？」オリヴァーはたずねた。

フィンクはいい淀《よど》んだ。

「わたしは、ゲッツとの関係を、断《た》ったんです。わたしの事情を理解してくれると思ったのですが、だめでした。彼は頭に血が上って泣きだし、わたしを臆病者と呼んだんです。わたしは逃げだして、他の仲間には〈塩壺《ボワット・ア・セル》〉に行くといって、車で家を出ました。〈塩壺《ボワット・ア・セル》〉というのは島にあったディスコです。でも実際には、ダンスをする気分ではありませんでした。わたしはゲッツを失いたくなかったんです。ずっと友だちでいたかった。だから喧嘩別れして、死ぬほど悲しかったんです。夜が白む頃まで浜辺にすわって考えました。そして勇気をだそうと決心したんです。ゲッツはやはり両親や父の会社よりも大事でした。そしてドーロよりも。彼はいずれ医者になりますし、わたしもビジネスエコノミストになれば、だれにも頼らず、充分に稼げると踏んだんです。わたしは別荘に戻ることにしました。途中、夜中にディスコに繰りだしていた近所の息子と友人を拾いました。家に帰り着いたわたしは幸せな気分になっていました。ゲッツの部屋に行って、気持ちを伝えようとしました。けれどもベッドはもぬけの殻で、使った形跡がありませんでした。わたしは隣にあった自分の部屋に行って、ベッドに横たわり、彼の帰りを待ちました。でも、そのうち眠ってしまったんです」フィンクは間を置いた。

当時を正確に語れるのは、おそらくあれから何度もあのときのことを思いだしていたからだろう。「わたしは騒ぐ声で目を覚ましました。だれかがドアを勢いよく開けました。マリアでした。泣きながら、警察が来て……海岸でゲッツの死体が発見されたといったんです」

フィンクはごくんと唾をのみ込み、何度か目を閉じた。

「あとになって、わたしが家を出てから、ゲッツがひどく酒を飲んだことを知りました。ゲッツは……みんなを罵って、出ていけ、顔も見たくないと怒鳴り散らして、そのあと岩場に下りていったそうです。そこはわたしたちの秘密の待ち合わせ場所でした。わ……わたしたちはよくそこに腰かけて、海を眺めました。とくに嵐の夜とか、高潮のときとかに。波が岩に当たって砕けるところは……見飽きませんでした。ゲッツ……酔っていた彼はよろけて、海に落ちたと聞きました。彼が死んだのはわたしのせいなんです。わたしが悪いんです……二十一歳で人生が終わるなんて。ゲッツはわたしのせいで不幸になったんです。わたしはずっと自分を責めていました」

言葉にならない苦悩、三十五年ものあいだつづいてきた心の痛みと自責の念が彼の表情と体からにじみでていた。

「でも、あなたは当時、ゲッツさんがカタリーナさんに恋をして、ふられたせいで泥酔したといいましたね。なぜそんな作り話をしたんですか?」ピアはたずねた。

「その作り話を考えたのはハイケとアレクサンダーです」フィンクは声を絞りだすようにいった。ピアは、やっとの思いで話しているのだと思った。

「ふたりがいったんです。ゲッツが死んだことは、もう取り返しがつかない。だけど、彼の両親や妹をこれ以上悲しませることはないだろう。息子が同性愛者で、相手が妹の恋人だと知ったら、彼の両親と妹は立ち直れないだろう、と。わたしは臆病者だったので、その言葉のとおりにしたんです」

「しかしカタリーナさんはなぜ罪をかぶったんですか？　真実を告げればよかったのに」オリヴァーはたずねた。

「噂が広まれば、消しようがありませんから」フィンクは肩をすくめた。「ゲッツにいいよられたカタリーナがふったという作り話をすることにみんなで決めた、とハイケがカタリーナに引導を渡したんです」

「なぜ？　ハイケさんになんの得があったんですか？」

フィンクは一瞬考えた。

「あのですね。すごく我が強くて、目的のためなら死体でも踏み越える人間と関わったことがありますか？」フィンクはいきなりきつい口調になった。「ハイケとアレクサンダー、あのふたりはそういう人間だったんです。ヴィンターシャイト家の宇宙の一部になること、それしか頭になくて、すべての序列はそれで決まっていました。ふたりはゲッツに罵られ、さげすまれても我慢していました。ゲッツはあのふたりを笑い物にしていましたが、そういう権力があることを気に入っているふしがありました」

「ハウシルトさんはゲッツさんとあなたの関係を知っていたんですか？」

「ええ、知っていました」フィンクはうなずいた。「彼女はいつもゲッツのアリバイになっていましたから。ゲッツが死んだあとも、その役をこなしていました。そのうち、その役から降りることができないと気づいたようです。わたしの義母は彼女を完全にそういう目で見ていますから」

そして今でもその役を演じている。ピアとオリヴァーは土曜日に病院でそれを見た。

「わたしも自分の役から降りることができなくなっていました」フィンクがいった。「ドーロは当時十九歳でした。わたしたちは数年前から交際していました。でもあの夏、ドーロはノワールムティエ島に来ていませんでした。ふたりの女友だちとインターレイルパスでスペインとポルトガルを周遊していたんです。両親がゲッツの死を知った日の前の晩に家に帰ってきていました。両親は眠っているドーロを車に乗せて、ノワールムティエ島へ向かいました。理由も告げずに！　その後、両親はアレクサンダーとマリアにべったりになりました。ハイケはアンリと情を結びました。ドーロのことを気にかける人間はわたししかいませんでした。彼女があわれでなりませんでした。それに、わたしとゲッツは彼女を騙していたわけで、わたしには良心の呵責もありました。永遠の友情は壊れてしまいました。ヨージーは大学をやめて、知り合ったばかりのアメリカ人とアメリカへ行ってしまい、アレクサンダーとマリアはヴィンターシャイト家に居候するようになり、カタリーナはヨーンと結婚して、妊娠しました。わたしたちは二度とあの夏の話をしませんでした」

「ヴェルシュさんが出版社設立のために、みなさんを脅迫するまでですね」ピアはいった。

「いいえ」フィンクは驚いてピアを見た。「脅迫されていません。彼女は資金を必要としていましたが、わたしには持ち合わせがなかったので断りました。カールが社長になってから、経費節減のために印刷を国外に発注するようになったんです。うちは競争力をつけるために融資を受けて最新の印刷技術に投資したところだったのです」

「ヴェルシュさんに資金の融通を頼まれたことを、なぜ奥さんに話さなかったのですか？」

「ハイケにそう頼まれたからです。ドーロはヴィンターシャイト出版の役員です。ハイケはカールに計画を知られたくなかったのです」

「それで内緒にしたのですか。いつか知られてしまうと思わなかったのですか？」オリヴァーはたずねた。

「そうしたら怒るでしょうね。でもいつか許してくれると思います」フィンクはそのことを心配していないようだった。

「土曜日に病院の前で、ヴェルシュさんが自宅で父親の世話をしていたことが話題になったとき、あなたは驚いたような表情をしましたね」ピアはいった。「なぜですか？」

「そのことを知らなかったからです。ドーロはわたしよりも、ハイケといっしょに働くことが多かったですから、そういう話もしたのだと思います。ただ、それほど重要なことではないので、ドーロはわたしに話すのを忘れたのでしょう」

「あなたが受け取った日記に話を戻します」オリヴァーは足を組んだ。「奥さんはそのことも知らないのですか？」

「ええ」フィンクはふっとため息をついた。「どういったらいいかわからなかったので。妻の知らないことがいくつかあります」

「パウラ・ドムスキーさんがいろいろ知らないことがあるようにですか」

「たしかにパウラはそのことでいつも腹を立てていました。自分だけ仲間はずれにされていると感じていたのです。でもドーロは違います。ハイケ、アレクサンダー、ヨージー、マリア、そしてわたしに共通の過去があることをわかってくれていて、知らなくても気にしません。わたしたちが本当の友だちでないことも、ドーロは知っています。はじめは目的共同体。そして今は運命共同体なのです」

その言葉に、ピアは合点がいった。だがドロテーアが本当にそう見ているか気になった。彼女は土曜日に、わたしたちはいっしょに祝いごとをしたり、仕事をしたりして、だれかが壁にぶつかると、助け船をだし合うと強調していたじゃないか。

「日記のコピーを送ったのはだれだと思いますか?」オリヴァーは身を乗りだしてたずねた。

「カタリーナ・ヴィンターシャイトさんが亡くなったあと、日記を持ちだした人になりますよね」

「そのことはさんざん考えました」フィンクは認めた。「最初はマリアかなと思いました。カタリーナと仲がよかったので。しかしマリアもコピーを受け取っていて、日記のことはなにも知らないといっています。次に思い当たったのは義母のマルガレーテです。当時、カールを引き取って、カタリーナの住居の片付けをしました。マリアとヴァルデマール・ベーアのふたりといっしょに。ドーロではないのはほぼ間違いないです。共感しやすい彼女の性格からして、こんなに長いあいだ秘密にしておくことはできないはずです。残るはヴァルデマールです。彼はカタリーナをとても敬愛していました。それにヴィンターシャイト家に並はずれて忠誠を尽くしています」

「しかしあなただって、家族の一員でしょう」

「いいえ。わたしは婿養子みたいなものです」フィンクの花崗岩《かこうがん》のようなごつごつした顔にふっと笑みがこぼれた。「ヴァルデマールにとっては大きな違いです」

「しかしなぜ今になって日記の抜粋を送る必要があるのでしょうか？」オリヴァーはさらに掘り下げて質問した。「なぜもっと早く行動を起こさなかったのでしょう？　目的はなんなのでしょう？」

「わかりません。見当もつきません」

ピアは、フィンクの体に緊張が走ったことに気づいた。これまで見せなかった態度だ。嘘をついている。フィンクは理由を知っていると直感した。嘘をつくのがどんなにうまい者でも、自分に嘘をつくのがうまいとはかぎらない。フィンクは三十五年前から自分に嘘をついてきた。自分の役から降りられないので、妻と結婚した、とついさっきいわなかったか。

その瞬間、ピアの頭にある推測が浮かんで、興奮のあまり鳥肌が立った。カタリーナが自殺したあと、ヴィンターシャイト家の忠僕ベーアが彼女の日記を自分のものにして、記念品のように保管していたとしたらどうだろう。きっと内容を理解できないまま、何度もページを繰《く》ったはずだ。出版社でも働いているわけだから、彼ならいろいろと立ち聞きしてきただろう。たとえばヴェルシュがゲッツ殺害をめぐってロートを脅迫したときとか。ベーアはそのあと、娘としてないがしろにされてきたドロテーアに日記を渡し、盗み聞きしたことを話したかもしれない。ふたりが結託して、日記のコピーで永遠の友人たちを不安に陥れることにしたのだとしたら。ヴェルシュとロートを殺したのもふたりかもしれない。ゲッツを殺されたことへの復讐！　兄の死はドロテーアの人生を狂わせた。ベーアとドロテーアなら凶器をロートの冷蔵庫に隠し、ウォッカにメタノールを混入させることくらい造作もない！

ピアはテーブルの下で、ボスを軽く蹴って、話したいことがあると合図した。取調室の外で、ピアは推理したことを話した。隣の部屋のドアが開いて、エンゲル署長とカイが出てきた。

「どうしたの？　中断させたのはなぜ？」エンゲル署長がたずねた。

ピアはもう一度、自分の推理を披露した。

「マルガレーテ・ヴィンターシャイトは今日の午前中、娘のドロテーアに電話をかけて、ベーアが会社にいるかたずねました。刑事が話をしたがっているといって」ピアは興奮していった。「今会社にいないという返事でしたが、ドロテーアがベーアを守ったのではないですかね」

「永遠の友人たちの関係は当初思っていたのとだいぶ違うようだ」オリヴァーは考え込んだ。「フィンクトナーもゲッツ殺害に関わっている可能性がある。彼が告白したゲッツとの喧嘩は、ヨゼフィン・リン・リントナーの目撃証言もあるので間違いないだろう。

じつは浜辺にいたという。もし家から出ずに、ゲッツが岩場へ行くのを待っていたとしたらどうだろう。ゲッツは彼にホモセクシャルであることを公表しようと迫ったが、フィンクにはその勇気がなかった」

四人はそこからいろいろと考えを巡らし、さまざまな可能性を検討したが、結局事件の解決には一歩も近づけないことを認めるほかなかった。むしろその逆だ。リントナーは、ロートがゲッツを岩場から蹴落とし、その場にはハイケもいたといったが、ふたりに気に入られたくて、リントナー自身が犯行に及んだかもしれない。グループ内の力関係が人間の心理に影響を与えることを甘く見てはいけない。「わたし」という感覚が「わたしたち」という感覚に変わったとき、個人の責任感は希薄になり、共通の敵に対してあっさり共闘してしまう。

「これからどうします？」ピアはたずねた。「リントナーから聞いた話をぶつけてみますか？」

「それはだめだ！」オリヴァーは首を横に振った。「一晩ここに留め置いたほうがいい。わたしたちがドロテーアとベーアから話を聞く前に、マルガレーテやドロテーアに連絡されないようにしないと」

「それは無理よ。どういう理由でフィンクを逮捕するの？」エンゲル署長がたずねた。

「先週の月曜の夜に納得のいくアリバイがなければ、ヴェルシュ殺害の容疑で緊急逮捕する」

オリヴァーが答えた。

「ちょっと、それは規則違反になるわよ！」署長は首を横に振った。「わたしの立場が悪くなるじゃない」

「気にするのはそっちか？」オリヴァーはたずねた。「ネットにつながったら、なにが待ち受けているかフィンクは知らない。義母は今日の午前中、彼が息子とホモセクシャルな関係だったことを知った。おそらく妻のドロテーアもすでに知っているだろう！」

「保護措置というわけか」そういって、カイはにやっとした。

「モースブルッガーはどうなった？」オリヴァーはたずねた。

「三十分前に着いてます」カイが答えた。「指紋とDNAを採取し、そこの第二取調室で待っています」

オリヴァーは眉間にしわを寄せて、時計を見た。もうすぐ七時半だ。

「よし、それじゃこうしよう」オリヴァーは決断した。「今日は全員残業だ。モースブルッガーにはもう少し待ってもらって、わたしたちはまず食事をとる。そのあとピアとわたしでモースブルッガーを取り調べる。カイ、きみはフィンクに先週の月曜の夜のアリバイがあるか訊いてくれ。それからドネルケバブを食べたいかどうかも。なんならタバコを吸ってもいいといってもかまわない。火災報知器を切った人がいるからな。喫煙は今のところ許されているらしい」

オリヴァーはちらっとエンゲル署長を見た。署長は肩をすくめてうなずいた。「そのあとフィンクを自宅に送り届けて、妻のドロテーアと話してみる。遅くとも明日の早朝には出版社とヴァルデマール・ベーアの自宅の捜索令状が欲しい。ターリクに手配してもらおう。カトリーンにはカタリーナ・ヴィンターシャイトの自殺についてできるだけ多くの情報を集めてもらう」

＊

ヨーゼフ・モースブルッガーはタバコが吸えず、禁断症状を起こしていた。二時間前、オストエントのビアガーデンでケムとターリクに逮捕され、それから窓のない取調室の中を歩きまわり、神経を高ぶらせていた。被疑者としての権利を伝え、弁護士を呼ぶようにすすめたが、彼は必要ないといって断った。

オリヴァー、ピア、カイ、ケムの四人はマジックミラーを設置した隣室に陣取って、電子レンジで温め直したドネルケバブとラフマジュンを食べながら、フェルテンのエージェントの様子を観察した。フェルテンのほうもなかなか厄介だった。ここ数日、留置場を書斎に改造して、鶴というには名ばかりの貪欲《どんよく》なカッコーと化していた。署のトップを顎《あご》で使って、食事や飲みものや衣服やタバコを持ってこさせ、急に重要な情報を思いだして、好きなときに刑事を呼びつける。たとえば、先週の月曜の夜、彼がエージェントのオフィスで執筆に勤しんでいると、エージェントが外出して、翌日の早朝に戻ってきたこととか。もっと早くいってくれていれば、カイは何千もの電話番号を調べ、プログラムまで作成する羽目に陥《おちい》らずにすんだのだ。

ドアが開いて、エンゲル署長が顔を覗かせた。

「いつまで焦らすつもり？」意外なほど穏やかなたずね方だ。フェルテンがオリヴァーたちの不興を買っていることを知っていたので、署長はフェルテンのために愛想を振りまいているのだ。

「すぐにはじめる」オリヴァーはドネルケバブをかじると、キッチンペーパーで口をふいた。ここしばらく野菜ばかり食べていた。脂《あぶら》ぎった肉を食べるのは数週間ぶりだ。「もうすぐ食事を終える」

「もう少しのあいだ、殺人で裁かれることを実感させたほうがいいでしょう」ピアが付け加えた。「今頃、これから十五年間、独房で暮らすのがどういう感じか考えているはずです」

「当然の報いだ」ケムがうなるようにいった。

午後九時きっかりにオリヴァーとピアは取調室に入った。モースブルッガーはもう見る影もなかった。

「すわってください」そういうと、ピアはさりげなくタバコの箱をテーブルに置き、ボイスレコーダーとビデオカメラのスイッチを入れて、調書の番号と場所と日時とその場にいる人間の氏名をマイクに向かっていった。

「わたしはハイケを殺していません」いきなりモースブルッガーがいった。頬がこけ、顔が土気色で、額《ひたい》に冷や汗が浮かんでいた。「本当です。信じてください！ わたしが行ったとき、すでに死んでいたんです」

「順番に話してもらいましょう」オリヴァーは椅子の背にもたれて、腹の上で両手を重ねた。「二〇一八年九月三日の夜のことを正確に話してください」

モースブルッガーはすすんで自白した。作家のフェルテンは午後八時半頃、彼のところにあらわれて、ヴェルシュを彼女のノートパソコンで殴り殺してしまったと興奮していったという。モースブルッガーは話しているあいだ、努めてタバコの箱を見ないようにしていた。ピアはわざとタバコの箱をいじった。モースブルッガーはこの一週間、フェルテンとヴェルシュの喧嘩がエスカレートするのではないかと心配していた。だがフェルテンが彼女を殺すとまでは思わなかった。さっそくヴェルシュに電話をかけたが、なしのつぶてで、フェルテンはというと、なにかに憑《つ》かれたようにノートパソコンのキーを叩いていたので、車でバート・ゾーデンに向かった。

「ハイケは頭を怪我して、かんかんになって怒っていると思っていました。ところがキッチンに入ってみると、彼女は血だらけになって床に横たわっていたのです。わたしは衝撃を受けました」モースブルッガーはむせびながらいった。「どこもかしこも血だらけだったんです！　頭部が……ぐしゃぐしゃに……砕かれていました！　あんなの見たことがありません！」

「どうして警察に通報しなかったんですか？」オリヴァーはたずねた。

「わ……わかりません」モースブルッガーは肩をすくめた。「勝手に体が動いたんです。ゼヴェリンのことしか頭にありませんでした。温厚で、生活力のない人なんです。ハイケに追い詰められて、それしか方法がなかったのでしょう。わたしはゼヴェリンを守ろうと思ったんです。だから事故に見せかけることにしました。外は嵐でした。彼女がノルディックウォーキングを日課にしていると聞いていたので、森で倒木が頭に当たったとか、そういう事故を演出すればいいと考えました。死んだことには変わりないと思ったんです。どういうふうに死んだかなんてどうでもいいでしょう？」

賛同を得られると思ったのか、彼はピアとオリヴァーを交互に見た。

「生物学的にはそのとおりですが」オリヴァーは淡々と答えた。「法的に見ると、複数の犯罪行為をしたことになります」

モースブルッガーはため息をつき、しばらくのあいだ黙ってすわったまま顎をなでた。オリヴァーとピアは、彼がまた話しだすのを待った。

「はじめにハイケの頭にビニール袋をかぶせ、それから体を二枚のゴミ袋で包みました。そのあいだ、わたしは泣きどおしでした。彼女の顔と頭がおぞましいことになっていて、気の毒になりました。彼女のことでは腹を立てていましたが、あんな目にあうなんてあんまりでした。野良犬みたいに殴り殺されていたわけですから！　庭を通って死体をガレージに運ぶ勇気がなかったので、彼女の鬘をかぶり、掃除用のビニール手袋をはめて、ゴミコンテナーを取ってきました。中は空っぽでした。そこで死体をそのゴミコンテナーに入れて、ガレージに引っ張っていったんです。ガレージでハイケの車のキーを忘れたことに気づきました。外はどしゃ降りでした。わたしは先にキッチンをきれいにすることにしました。一時間くらいかかったと思います。そのあとガレージに行きました。車のトランクは買いもの袋と飲みもののケースでいっぱいでした。まずそれをだしてから、死体を入れることにしました。ところがそこで問題が起きました。たしか死後硬直というのでしたっけ。それがはじまったらしく、ハイケの体はかなり硬かったんです」

＊

オリヴァーとピアは啞然としながら話を聞いていた。信じられないほどおぞましい話なのに、滑稽《こっけい》でさえあった。

「幸い、外では雷が鳴っていました」シュテファン・フィンクと同じように、モースブルッガーも告白して胸のつかえが取れたようだった。ずるい奴かもしれないが、犯罪者ではない。ピアは、フェルテンを守るためだったという言い訳を信じた。といっても、身勝手な思惑が働いていたことは否めない。なぜならフェルテンが刑務所に入れば、次のベストセラーをだして儲けることができなくなるからだ。

「ゴミコンテナーを倒して、ハイケを引っ張りだしたとき、ゴミ袋が破けました」モースブルッガーは少し血色がよくなっていた。「でもなんとかトランクに押し込んで、ストックを忘れていたことに気づいたんです。それにクロックスで森に入るはずがないと思って、他の衣服と靴を家から取ってきました。ああ、それからスマートフォンも。キッチンから外に通じるドアを内側から閉めて、玄関から出ると、鍵の束を服のポケットに突っ込みました。ハイケをまた車のトランクからだして、ゴミ袋からだし、着替えさせました。あれは難しかったです」

オリヴァーとピアは視線を交わした。細かい描写はあまりにグロテスクだが、これまでわかっている手がかりに照らし合わせても信憑性があった。それにしても、モースブルッガーがヴェルシュの死体をゴミコンテナーに入れて、ガレージまで運んだせいで、あやうく深さが二十四メートルもある焼却炉を引っかきまわす羽目に陥るところだった。とんでもないことだ！　この男が黙っていたせいで、時間と金を浪費し、おそらくロートの死を招いた。

「なんとかハイケをトランクに戻すと、使った雑巾すべてと、買いもの袋と前に着ていた服をゴミコンテナーに入れ、ガレージから車をだしました。そのとき犬を連れた人をひきそうになりました」モースブルッガーはしだいに早口になった。雨が降る真っ暗闇の中、ケーニヒシュタインに向けて車を走らせ、土地勘のなかった彼は最初の林道に入ると、森の中で死んだヴェルシュをトランクからだし、ストックを手首にかけ、スマートフォンと鍵の束をズボンのポケットに押し込んだ。そしてさんざん苦労して、死体を峡谷に落とした。

「わたしはバート・ゾーデンに戻って、ハイケの車をガレージに入れ、車のキーをキッチンにあったキーハンガーにかけました」

「家にはどうやって入ったんですか？」ピアはたずねた。「鍵の束はヴェルシュさんのズボンのポケットに入れたのでしょう」

「そうです」モースブルッガーはうなずいた。「そのためにスペアキーを持ってでました」

「その鍵は今どこにあるんですか？」

「ゴミコンテナーに入れて、そのゴミコンテナーを道端に置きました」

「鬘はどうしました？」

「フランクフルトに戻る途中、窓から捨てました。わたしが帰ったとき、ゼヴェリンは執筆に勤しんでいました。わたしはシャワーを浴びて、気持ちを静めるためにウィスキーをダブルで飲んで、ベッドに入りました」

「そして犯行をごまかすために、何度もヴェルシュさんにメッセージを送ったんですね。あとでスマートフォンが確認されると思って」

「そうです」モースブルッガーはうつむいた。

「先週話してくれればよかったのに」ピアはいった。「フェルテンさんはヴェルシュさんを殺していません。それは判明しています。しかし同じ犯人がロートさんの死に関わっていると見ています。モースブルッガーさん、あなたはそれを止めることができたかもしれないのです」

顔からふたたび血の気が失せて、モースブルッガーはうなだれた。

「まったく馬鹿な真似をしました」

「わかってくれてよかったです」オリヴァーは立ちあがった。「愚《おろ》かで、恐ろしいだけでなく、犯罪行為です。ツケを払うことになります。処罰妨害罪と死体遺棄で責任を取ることになるでしょう」

「覚悟してます」

「帰ってけっこうです」オリヴァーはいった。「ただし国外には出ないでください」

ピアはドアのところへ行って、ノックした。廊下に待機していた巡査がドアを開けた。

「出ません」モースブルッガーはそういって腰を上げた。

「ああ、もうひとつ」ピアはいった。「ヴェルシュさんの認知症の父親が二階にいることを知っていましたか?」

「いいえ。あっ、いえ、知っていました」モースブルッガーの声が小さくなった。「あのとき、そのことを思いつきませんでした。……焦っていたので」

「ヴェルシュさんの父親が無事でよかったですね」ピアも立ちあがっていった。「無力な人を死なせた罪で刑務所に入るところでした」

ヴェルシュ殺害の犯人を逮捕したと色めきたったが、期待外れだった。モースブルッガーが連れていかれると、ケム、カトリーン、ターリクの三人は帰宅し、オリヴァーはピア、エンゲル署長、カイの三人と会議室でテーブルを囲んだ。四人とも眠気を吹き飛ばすためにコーヒーを飲んでいた。窓の外はすでに真っ暗だ。署の明かりはほとんど消え、一階の警備室にだけまだ人がいて、明かりがともっていた。

「ふりだしに戻ってしまいましたね」ピアは不満そうに手帳をぱらぱらめくった。「いえ、もっと悪い状況ですね。これまでにわかったことを検討し直さなければ」

ヴェルシュを殺害して、森に遺棄したのは同一人物だと考えていた。その結果、被疑者はかなり絞り込まれていたし、年齢や身体的な事情から除外された者もいる。だがそういう人々を別の角度からもう一度検討する必要が生じた。

「肉たたきの重さは一キロほど。女性でも老人でも凶器になりうるわね」署長がいった。

「それに被害者はすでに頭部外傷で気力をなくしていたから、ほとんど抵抗できなかった」オリヴァーが付け加えた。

「マルガレーテ・ヴィンターシャイトは、夫が三十年以上ヴェルシュと不倫関係にあったことを知っています。夫の元愛人を面白く思っていなかったはずですね」ピアはいった。「話したときも、夫が気に喰わないようでした。夫のアンリが本当に出版社の持ち株を売却していたら、マルガレーテは自分の影響力やステータス、そして住む家を失っていました」

「それなら殺す相手は夫だ。ヴェルシュじゃない」カイが応じた。

「でも、新しい出版社の話が立ち消えになれば、アンリは持ち株を売却する理由を失う」エンゲル署長が口をはさんだ。「好都合じゃない」

カイは立ちあがって、ホワイトボードのところへ行った。「アレクサンダー・ロートだった可能性もありますね」

「それはないということになったでしょ。凶器の件で」ピアはいった。

「ああ、そうでした」カイは頭をかいた。「犯人はどうして肉たたきを持ち帰ったんでしょうね。事件現場に置いていってもよかったのに」

「ヴィンターシャイト夫妻とヘルムート・エングリッシュではないな」オリヴァーがきっぱりいった。「問題の時間である午後六時から十時四十五分までフランクフルトの文学館でイベントに出ていたといっていた。目撃者もいるはずだ。書店店長のリントナーも会合に出ていた。もちろん明日確認する必要があるが、アリバイはあるということになる」

「ほかの被疑者のアリバイはどうなの？」エンゲル署長がたずねた。

「それはこれから訊くところだ」オリヴァーは答えた。「もっとも重要な手がかりはロートの冷蔵庫にあった凶器だ。ロートのオフィスに出入りできる人間はだれだろう？」

「それは確認していますよ」ピアはあくびをした。「ドロテーア・ヴィンターシャイト＝フィンク、ヴァルデマール・ベーア。もちろんカール・ヴィンターシャイトも」

「ヴァルデマール・ベーアが怪しいな。ヴェルシュの唯一の遺産相続人だ」オリヴァーはいった。「遺書の中身を知っていたなら、本当に強い動機になる」

「明日の早朝、ケーニヒシュタインの司法書士に会うことになっています。もっと詳しい話が聞けるでしょう」ピアはまたあくびをした。「ボス、フィンクを家に送って、奥さんと話してみましょう」

「もうひとつ」カイがいった。「モースブルッガーの話では、ヴェルシュの死体はすでに死後硬直がはじまっていました。どうしてそんなことが？」

「暖かいと、死後硬直が早まるでしょう」エンゲル署長が答えた。

「それでも死後硬直は死後八時間から十時間に起きます」ピアは口をはさんだ。「モースブルッガーの勘違いではないでしょうか」

「あるいは勘違いではなく、想定よりも前に死んでいたとか」カイがいった。「殺されたのが午後七時半なら、四時間後、首と腕の硬直がはじまってもおかしくないです」

「それでなにがいいたいの、オスターマン？」署長はするどい目をしてカイを見つめた。

「鶴が犯人ということです」カイが答えた。

「ナンセンスよ！」署長は眉間にしわを寄せ、左右の眉がくっつきそうだった。「凶器がロートのオフィスにあった説明はつくの？」

「モースブルッガーは文芸エージェントだから、出入りは可能じゃないですかね。聞いた話では文芸エージェントは担当する作家の出版社によく顔をだすそうです。フェルテンの今後をどうするか話し合うために頻繁《ひんぱん》にヴィンターシャイト出版を訪ねていたんじゃないですかね。カール・ヴィンターシャイトやドロテーア・ヴィンターシャイト＝フィンクは事情を知っていて、ロートに捜査の目を向けさせようとしたとか？」

「そしてフェルテンを殺し屋に仕立てたというの？」署長が馬鹿にしたようにいった。

「フェルテンが肉たたきでヴェルシュを殴り殺したんですよ」カイがいった。「名声を傷つけ、けんもほろろにあしらうヴェルシュに怒り心頭に発していたでしょう。犯行後、モースブルッガーのところへ行き、モースブルッガーは後片付けをして、凶器を持ち帰った。ひとりだけの秘密にしておけなかったモースブルッガーはヴィンターシャイト家のふたりに打ち明けた。三人にとってベストセラー作家が編集者殺しの犯人になって刑務所に入るのは望ましいことじゃない。だれに罪をなすりつけるか相談し、ロートに白羽の矢を立てた。そして取り調べに答えられないように、ウォッカにメタノールを混入させて、ロートに致死量を飲ませた。そのあとは様子見。ロートの死を受けて、だれかが凶器をロートの冷蔵庫に隠して、一丁上がりです」

しばらくのあいだ、だれも口をひらかなかった。この仮説の是非について、みんな、頭の中で考えた。

「大胆な仮説だ」オリヴァーが沈黙を破った。「だが可能性はある」

「ロートを犠牲にしたってこと？」ピアは眠気が吹き飛んで、頭が冴えていた。「カール・ヴィンターシャイト自身、ロートを部長に抜擢したのは下心あっての決断だったといっています。ロートのことはそれほど高く買っていなかったようです」

「彼ならロートに毒を盛るのは簡単です」カイがいった。

「でも毒殺は男のやり方ではないわね」エンゲル署長が反論した。「その仮説は荒唐無稽《こうとうむけい》よ。テレビドラマの台本にはうってつけね、オスターマン！」

「それって誉め言葉ですか？　それとも馬鹿にしてます？」カイはそうたずねたが、署長は手を横に振ってはっきりとは答えなかった。

「いくつか弱点はあるが、それほど的外れではなさそうだな」オリヴァーはいった。「明日、クレーガーを出版社に行かせる。メタノールの瓶がどこかで見つかれば、カイの仮説は一考に値することになる」

「わたしはやっぱりドロテーアが怪しいと思いますね」ピアは熱く語った。「ヴェルシュとロートのことを怒っているから動機があります。両親は彼女よりもヴェルシュとロートに目をかけていました。アンリ・ヴィンターシャイトはヴェルシュの出版社を資金面で援助するために持ち株を売却しようとまでしました。ヴェルシュとロートが兄の死に関わっていることも知ったかもしれません」

「とにかくカタリーナ・ヴィンターシャイトの日記のコピーを送ったのがだれか突き止めなくては」オリヴァーがいった。「そいつはなにか秘密を知っているはずだ。そしてそのことで一番失うものが多く、人を殺してでもそれを隠しておこうとするのはだれかだ」

ピアは被害者と被疑者の写真をざっと見た。

「なにか見落としていますね」ピアはいった。「しかしそれがわからない」

「なにではなく、だれを見落としているかだな」オリヴァーは眉間にしわを寄せた。「コピーの元になっている日記を捜しださなくては」

「そしてヴェルシュとロートを殺害した動機がなにかね」署長がみんなにいった。

「なにもわかってないのも同然ですね」カイが暗い面持ちでいった。「犯人はまだ殺人を犯すような気がします」

「明日、もう一度カール・ヴィンターシャイトから話を聞こう。わたしたちはこれからドロテーアと話をする。明日の早朝、ヴァルデマール・ベーアを連れてきて取り調べをしよう。行方がわからなければ、指名手配する」オリヴァーは背筋を伸ばし、口に手を当ててあくびをした。「よし、ピア。行くぞ！」

外階段に出て、ネットにつながっても、シュテファン・フィンクのスマートフォンは不思議と静かだった。妻のドロテーアから何度か電話がかかってきていたが、それ以外はなく、オリヴァーは驚いた。ピアとオリヴァーは、マルガレーテ・ヴィンターシャイトがすぐフィンクに電話をかけて、罵るだろうと思っていたのだ。だがそれはなかった。その代わりに、オリヴァーのスマートフォンにたくさんのメッセージが届いていた。ローレンツがポルシェを塗装にだしたという。ゾフィアからも暗号のようなメッセージが届いていた。マジなになにとか、バリなになにとか、若者言葉で埋めつくされていた。コージマからも、留守番電話によくわからない表現のメッセージがあった。ゾフィアよりはましだったが。オリヴァーは足を止めて、ピア、ニコラ、カイ、フィンクを先に行かせて、留守番電話を再生した。医者がもうすぐ手術ができるといったらしい。化学療法が終わって一週間、血液値が大幅に改善したという。うれしい知らせだが、事件を早く解決しなければという焦りを覚えた。だが解決の目処《めど》は一向に立っていなかった。

「ボス！」カトリーンが階段を下りてきた。「ちょっと待ってください！」

「あれ、まだいたのか？」オリヴァーは驚いていった。

「ええ。インターネットでカタリーナ・ヴィンターシャイトの情報を集めていました！」

「よし、他の者にも聞いてもらおう」オリヴァーはみんなに声をかけた。フィンクは手荷物検査場を通ったところで、ピアとカイは署長といっしょにオリヴァーを待っていた。オリヴァーはカトリーンを手招きした。

「まだ詳細はわからないので、保存されていれば調書を取り寄せる必要がありますが、カタリーナ・ヴィンターシャイトという名の女性は一九九〇年八月十七日から十八日にかけての夜、フランクフルトのシュタールブルク通り八二番地の中庭で死体で発見されています。自殺と判断されています」

それを聞いて、オリヴァーの記憶が蘇《よみがえ》った。一九九〇年六月、彼はフランクフルト刑事警察署の詐欺横領課に配属された。だが人手が足りなかったため、四週間後、殺人課に異動した。課長は伝説のメンツェル上級警部で、その昔気質《むかしかたぎ》の刑事からオリヴァーは多くを学んだ。若いこともあって、よく夜勤についていた。ボスから学ぶには捜査に参加するのが一番いいからでもあった。

「それなら覚えている」オリヴァーがそういったので、みんなが驚いた。「新人で夜勤についていて、はじめて捜査した自殺だった。たぶん感じることがあったので覚えているんだと思う。というのも、その女性の子どもがうちのローレンツと同じ六歳だったからだ。子どもがいるのに、どうしてバルコニーから飛びおりたのか不思議に思った」オリヴァーは眉間にしわを寄せて、詳しく思いだそうとしたが、それは無理だった。

「それで?」エンゲル署長は話がつづくものと思って待っていた。

「それでって?」

「それは自分だけで思ったの? それともボスに話したの? ボスはだれだった? メンツェル? 詳しく調べたわけ?」

「覚えていない。ああ、メンツェルはわたしの最初のボスだった。彼が調べたはずだ。わたしはそのあと別の捜査にまわされたのかもしれない。新入りの場合はよくあることだろう。もう昔の話だし、あれからたくさんの自殺を調べた」

「それじゃ、急いで調書を取り寄せて」ピアはいった。「カタリーナについてもっと調べないと。わたしだったら、犬を住まいに残しているとわかっていて、自殺したりできません。それが六歳の子だったらなおさらです!」

「わたしが手配する」エンゲル署長がいった。「明日一番に検察局に電話をする」

＊

ドロテーア・ヴィンターシャイト＝フィンクには、ヴェルシュが殺害された夜のアリバイがなかった。エッシュボルンでヨガの講習を受ける予定だったが、販売代理人から電話があって、会社から直接帰宅したという。シュテファン・フィンクも遅くまで印刷会社にいた。彼の会社は廃棄物発電所に近いレデルハイムの工業団地にあった。ヴィンターシャイト出版と違って、印刷所の敷地には最新式の防犯カメラが設置されているので、こちらは九月三日の映像を確認できるかもしれない。だがもっと興味深かったのは、ドロテーアから得られた情報で彼女の両親とヘルムート・エングリッシュのアリバイが崩れたことだ。彼らが出席したイベントは先週の日曜の夜だったのだ。月曜日ではない。モースブルッガーの証言によって、ヴィンターシャイト夫妻とあの怒りっぽい作家がいきなり被疑者に浮上した。すくなくともマルガレーテ・ヴィンターシャイトとヘルムート・エングリッシュが腹に据えかねて殴り殺した可能性がある。

フィンク夫妻の家は、寄せ棟屋根のかわいらしい家だった。窓は桟つきで、二台用ガレージがあった。シュヴァルバッハの村外れの四車線の州道三〇〇五号線沿いに建っているせいか、テラスを開け放っていると、防音壁があっても車の走行音がときどき聞こえた。

ドロテーアは、オリヴァーとピアが来てもとくに驚くでもなく、遅い時間だからと嫌がるでもなく、家に通した。おそらく夫が途中でメッセージを送ったのだろう。ピアたちは広いリビングキッチンの食卓を囲んですわった。ドロテーアはまだ仕事をしていたのか、閉じたノートパソコンの横にワイングラスがあり、パン屑《くず》がのった皿が置いてあった。室内はモダンで、居心地がよかった。壁の絵はさまざまなスタイルで、カウチの上には、今はもういない愛犬も含む大判の家族写真がかかっていて、フィンク夫妻は仲睦《なかむつ》まじく見える。

「わたしはハイケを殺していません」アリバイを訊かれたドロテーアがいった。「なんで殺す必要があるんですか？」

「あなたがいずれ相続する予定の出版社の持ち株を、お父さんがヴェルシュさんのために売却しようとしたからとか」ピアはわざとそういってみた。

「たしかにあれには失望したし、腹が立ちました」ドロテーアは快適そうな黒いジョギングパンツをはき、グレーのフードつきスウェットシャツを着て、シンプルな黒いメガネをかけていた。「たしかに、わたしはいつもないがしろにされてきました。両親はわたしよりも血縁じゃない人間に目をかけました。わたしは祖父から出版社の株を十二パーセント相続しました。多いとはいえませんが、少数株主権があります。わたしの承諾なしに、大口株主は株を売却できないのです。父が本当に売ろうとしたら、わたしが拒否するだけのことです」

これは納得がいく返答だった。殺人の動機のひとつが雲散霧消した。

「ヴェルシュさんと最後に話したのはいつですか？」ピアはたずねた。

「少し前になります」ドロテーアはわずかに考えた。「たしかあの人が解雇された日だったと思います。あの人は会社をさんざん振りまわしましたからね。あの人と話す気など起きませんでした。ゼヴェリン・フェルテンをさらし者にしたのが最たるものです。元はといえば、あの人に問題の小説を真似ろといったのは、彼女なんですよ。わけがわかりません。もしわたしがあの人を殺すとしたら、もっと前にしたでしょう。カールとフェルテンについてひどいことをいう前に」

「ヴェルシュさんやロートさんに嫉妬していましたか？」オリヴァーはたずねた。「あのふたりが面白くなかったと思いますが」

「ええ、昔は面白くなかったですね。でも今はなんとも思っていません。アレクサンダーとハイケだけじゃなく、マリアもうまく取り入っていました。母から義理の娘扱いされていました。両親がアレクサンダーをわたしの兄の代わりにしていたのが気に入りませんでした。若い作家や詩人を育成するための財団。偽善です！ 兄は出版社になんの興味も持っていませんでした。文学などどうでもよかったんです。医者になりたくて、親には内緒で医学を専攻していました。父がそれを知ったら、逆上したでしょうね！ 医学を志す苦学生を支援する財団なら、ゲッツも喜んだでしょう！」

「飲みものはいかがですか？」夫がいった。オリヴァーとピアは丁重に断ったが、ドロテーアはうなずいて、中身が空のワイングラスを指差した。夫はキッチンへ行って、白ワインの瓶を持ってきた。グラスに半分くらいワインを注ぐと、ドロテーアにそのグラスを渡した。

「わたしの両親は外面《そとづら》ばかり気にするのです」ドロテーアはワインをひと口飲むと、話をつづけた。「昔からそうだったし、今も変わりません。ふたりは互いに嫌っているのに、別れないのです。父がおおっぴらに浮気をしていてもね。父は母に嫌な思いをさせるために、ハイケのことを『第二夫人』なんて呼んだんです！ まったくね。母は兄を亡くした悲しみをずっと胸にしまって、兄を理想化しました。そして兄が死んだあと数ヶ月、アレックスとマリアがうちに住んで、母を慰めたんです。わたしは両親にとってどうでもいい存在でした」

ドロテーアはそこで黙って、ワインを揺らした。夫は立って、テラスに出た。引き戸を開けたままテラスでタバコに火をつけた。

「ゲッツが死んだあと、両親はわたしが愛してやまなかったノワールムティエ島の家を売り払って、そのお金であのくだらない財団を作ったんです。ハイケとアレクサンダーはわたしの父の指示で文芸部に入り、マリアは版権室で働きました。わたしは、文学のことがわかっていないといわれて、会社でポストをもらうことがありませんでした。だから大学には進学しないで、卸売業の職業教育を受けて、書店チェーンで働きました。両親は一度も、仕事はどうだとわたしにたずねたことがありません」

「でもあなたとご主人は少しのあいだ、ご両親の邸に住んだのではないですか？」オリヴァーはたずねた。

「ええ。でも両親のためではなく、祖父とおじのためでした」ドロテーアの顔が曇《くも》った。「ふたりが亡くなってからは、邸にいる意味がありませんでした。おじの奥さんも息子を連れてノルトエントに引っ越しました」

「カタリーナさんですね？」

「ええ。カタリーナです」

「自分で命を絶ったと聞きましたが」

「ええ。ヨーンが亡くなったあと、鬱病になったと聞いています。おじのヨーンとは大恋愛でした。おじは四十一歳になったばかりのとき、心筋梗塞で亡くなりました。カタリーナは出版社の株の半分を相続しました。父にとっては悪夢だったでしょうね。でもカタリーナは根性で役員になり、マリアの代わりに版権室にポストを得ました。彼女が落ち込んでいた時期、気づかったのはヴァルデマールでした。彼が買いものの手伝いなどをしたのです。カールにはオーペアガール（外国人留学生で、宿泊や食事の代償に育児などを手伝う）がいました」

オリヴァーとピアは顔を見合わせた。想像は当たっていたということか。日記のコピーを送って寄こした謎の人物はヴァルデマール・ベーアなのだろうか。

「ベーアさんはカタリーナさんと関係を持っていたんですか？」ピアはたずねた。

「まさか！」ドロテーアは首を横に振った。「彼はヨーンをとっても尊敬していました。そしておじの死後、その気持ちはカタリーナに向けられたのです」

「カタリーナさんの遺品はどうなったのですか？」ピアはたずねた。「だれかが住居の片付けをしたはずですよね」

「どうだったかしら」ドロテーアは夫のほうを向いた。「あなた、覚えてる？」

「マルガレーテが片づけたはずだ。マリアとヴァルデマールに手伝ってもらって。きみはカールをずっと家政婦に預けておくわけにいかないといって、世話をしていた」

「ああ、そうだったわね」ドロテーアはうなずいた。「家政婦というのはヴァルデマールの母親で、カールはあの人を恐がっていました。カールは気が動転していましたから」

「それで、遺品はどうなったんですか？　衣類、家具、本など」

「服はすべて古着回収にだしました。家具のほとんどはそのあとその住宅に入居した人がもらい受けました。他の私物がどうなったかは知りません。マリアに訊いたほうがいいでしょう」

「子どもはどうなったのですか？」

「わたしはカールを引き取りたいと思っていました。その頃はまだ自分の子がいなかったので。

マリアも引き取るつもりだったでしょう。代母でしたから。だけど母がカールを無理矢理引き取ったんです。カタリーナを嫌っていたんですけどね。ゲッツが死んだのは彼女のせいだといって、ずっと憎んでいました」

「では、なぜ引き取ったのでしょう？」ピアはたずねた。

「カールの母親がわたしの子どもを奪ったのだから、自分にはカールを育てる権利があるといっていたことがあります。でもカールはわたしの両親とうまくやっていけませんでした。両親はカールを出版社から遠ざけ、十歳のとき寄宿学校に放り込みました。カールがアメリカにいる代父のところへ行きたいというと、両親はカールと縁が切れるとかえって喜んだくらいです。そのカールが戻ってきて、出版社の経営を引き継いだのは運命の皮肉です」ドロテーアはグラスを飲み干した。「テラスについてきてもらってもいいですか？　うちは家の中でタバコを吸わないことにしているんです。一服したいので」

オリヴァーとピアはドロテーアについて、屋根つきのテラスに出た。すわり心地のよさそうなラウンジ家具が角に設置されてあり、もう一方の角にはガスグリルが蓋《ふた》をして置いてあった。ドロテーアは夫からタバコを一本もらって、火をつけてもらうと、深々と吸った。

「わたしたちはカールと連絡を取りつづけました。夫とわたしは彼を訪ねて、何度もアメリカに行きました。彼と共に働けるのはすばらしいことです。彼はビジネスや経営学に明るいです。父はいつも俗物でした。ハイケも」

「ロートさんは？」ピアがたずねた。

「アレックスが一番の俗物でしたね。ステータスを上げることしか頭にない人でした。わたしがまだ学校に通っていた頃、彼はわたしと結婚して、ヴィンターシャイトを名乗るつもりだといったことがあります。そうすれば名実共に家族の一員になれますからね。それで彼の本性がわかるでしょう？」

ドロテーアは煙草の煙を鼻からだした。

「それに彼は軟弱でした。軟弱者はどこかにかじりつくものでしょ。彼の夢はいつかヴィンターシャイト出版の社長になって、社長室でパイプをくわえながら、天金加工（本の背以外の三方の断面に金などで色をつける加工）のショーペンハウアーの初版本をぱらぱらめくることでした。その夢のためだったから、わたしの両親にもあれだけおもねったんです」ドロテーアは嘲笑《あざわら》った。「マリアとはそこが違いました。彼女は財団の職を数ヶ月で放棄しました。アレックスとハイケは喜んでいましたけど。アレックスは二十二歳で財団の理事長になり、ハイケは準社員の期間なしでいきなり文芸部に職を得ましたからね。父もゲッツの代わりをふたりも得られて喜んでいました。実際、ふたりは本当のゲッツよりも都合がよかったですし」

ドロテーアはラウンジコーナーのテーブルにのっていた灰皿でタバコをもみ消した。

「でも、ふたりは結局、幸せになれませんでした。アレックスもハイケも。あの人たちのために自分の人生を台無しにするなんて愚の骨頂ですよ。どうでもいい連中をわざわざ殺すなんて。わたしにはすばらしい夫と、よくできたふたりの息子と、すてきな家と、充実した仕事があります。父が天に召されて、出版社の持ち株が遺産贈与されようと大きな差はありません。すでに会社の一部はわたしのものなのですから。わかります?」

「ええ」オリヴァーはうなずいた。「わかりました」

ピアのスマートフォンが鳴った。バッグからスマートフォンをだすと、マリア・ハウシルトからのメッセージを受信していた。

〝ザンダーさん、今帰宅したところです。わたしが三週間ほど前に受け取った封筒と日記のコピーを添付します。念のため、ミアはわたしです。ハイケはいうまでもないですね。アレックスはアレクサンダー・ロート、ヨージーはヨゼフィン・リントナー、シュテファンはシュテファン・フィンクです。明日は一日、連絡がつきます。電話をくださってもいいし、オフィスに寄ってくださってもいいです。では〟

ピアは読書メガネをかけて、最初の画像をひらいて、読みはじめた。

マリア・ハウシルト様
文芸エージェント・ハウシルト気付
ウンターマインアンラーゲ二一番地
六〇三一一　フランクフルト・アム・マイン

一九八三年夏におまえがなにをしたか知っている。おまえもわかっているな。

一九八三年七月二十四日　ノワールムティエ島

ゲッツが死んだ。あのかわいくて、冗談ばかりいう、チャーミングで愉快なゲッツが！　わたしは呆然としている。あの連中の中でただひとりまともな人だったのに、今はもう生きていない。今はどこにいるんだろう？　彼の魂はどこ？　彼の中にあったもの、彼の考え、感情、計画、アイデア、そういうものが一瞬にして存在しなくなるなんて！　溺《おぼ》れたのだろうか？　それとも海に落ちる前にすでに死んでいたのだろうか？　自分の身になにが起きるか気づいただろうか？　死の恐怖を覚えただろうか？　酒に酔って意識はなかっただろうと医者がいっていた、とヨーンが教えてくれた。でも、どうしたらそういうことがわかるのだろう？　ヨーンがいて、いろいろ手配してくれてよかった！　ゲッツのことを思って泣いたり、嘆いたりしたいのに、ショックでなにもできない。これって……

一九八三年七月二十五日午前三時五十五分　ノワールムティエ島

みんな、いなくなった。やっと冷静に考えることができる。ミアとアレックスはついさっきゲッツの両親と車で出発した。ミアは悲しみに暮れているふりをしている。ゲッツとの本当の関係を考えたら、見ているだけで反吐《へど》が出る。ゲッツの両親はふたりがぜんぜん付き合っていなかったことを知らないようだ。だれもそのことを両親にいわなかった。ヨージーはシュテファンの車に同乗して、わたしにあいさつもせず走り去った。ふたりはあやうくハイケを忘れるところだった。ハイケも急いでここを離れたがっていたんだ。これが友情。そんなものよね。実際はみんな、互いを気に喰わないと思っていた。フランクフルトではそれほど意識しなかった。そもそもめったに全員が揃うことがなかったから。でも連中はゲッツに気に入られようと必死で、ゲッツのいないところでは嫉妬心をまるだしにして反目し、お互いの足を引っ張っていた。あんなの友情じゃない。最悪なのはハイケだ。ねたみそねみの塊で、打算で行動している。このバカンスから戻ったら、すぐ自分の住居を探すつもり。連中とはもう一日もいっしょにいたくない。

ピアは次の画像をひらいた。

こうなるとわかっていたと、わたしがいったら、それは嘘になる。でも、こうなると予見しなければいけなかった。言葉にならない敵意。わたしが行くと、みんなが黙る。ハイケとアレックスが視線を交わすときの意味ありげなまなざし。それでも、あのふたりがゲッツを殺すとまでは思わなかった。でもあのふたりがやったんだ。確信がある。ふたりはこれまでとまったく違う。あのふたりが見せる悲しみとショックは偽物だ。ヨージーとミアとシュテファンの場合もそうだ。もちろん証拠はない。あの夜、わたしはその場にいなかったから。みんな、嘘をついている。シュテファンまでが。わたしは完全に打ちのめされている。あの五人は口裏を合わせている。警察は連中の証言を信じた。そのくらいあいつらの演技は真に迫っていた。連中は前から演技がうまかった。ゲッツは、彼らが出版業界にどれほど執心しているか見誤って、命を代償に払ったんだ。わたしのいうことを聞いて、あんなにお酒を飲まなければよかったのに！　わたしにはゲッツがなにに不満だったかわかっている。でも彼のジレンマを解決する方法はあったはずだ。出版社なんてどうだってよかったはずなのに、どうして連中を何度も罵倒《ばとう》したんだろう？　愚かとしかいいようがない。なんでわたしはその場にいなかったんだろう？　わたしがヨーンと最高の時間を過ごしているあいだに、ゲッツは死んだ。わたしは死ぬまで自分を許せそうにない。ヨーンの兄のアンリと恐ろしい彼の奥さんもわたしを非難するだろう。ゲッツがわたしに恋をして、わたしがヨーンを選んで、ゲッツを振ったと思っている！　もちろんわたしにも非はある。ゲッツに頼まれて、彼とシュテファンのお遊びに付き合ったのだから（それにあれはそれなりに面白かった）。それがなにを招くかなんてわかるわけがなかった。ヨーンとわたしがこの恐ろしい悲劇を乗り越えられることを祈るのみだ！　わたしはヨーンを愛している。別れるなんていわれたら、わたしは死ぬだろう。三日間、わたしは最高の幸せを味わった。でももう二度と幸せにはなれそうにない。ああ、ゲッツ、ゲッツ、どうしてこんなことになったの？

ピアはオリヴァーにスマートフォンと読書メガネを渡した。フィンク夫妻は黙ってそれを見ていた。

「あなたは先週の木曜日、なにをしていましたか？」ピアはドロテーアにたずねた。

「木曜日は営業会議の最終日でした。午後八時頃までずっと会社にいました」

「そのあとは?」

「車で帰宅しました。長男が帰っていて、バーベキューをしました」

「木曜日にロートさんに会いましたか?」

「ええ、もちろん。営業会議でしたから。編集者たちが二〇一九年春の新作を販売代理人にプレゼンテーションし、部長クラスの人間は全員出席するように、わたしが要請していました」

オリヴァーは画像のテキストを読み終え、ピアの読書メガネをはずし、スマートフォンといっしょにピアに返すと、顔を上げた。

「ベーアさんと最後に会ったのはいつですか?」

「今日ですね。そう、今日の朝、カールがハイケとアレクサンダーの死を社員全員に伝えたときにいました。それから会っていません」

「今日、お母さんとは話をしましたか?」

「昼前にちょっとだけ。ベーアが会社にいないかと訊かれました」ドロテーアは首をかしげた。「なにかわたしに話すはずだったというんですか?」

「ご両親は今日、三十五年ものあいだ騙されていたことを知ったのです」オリヴァーはいった。「あなたのお兄さんが死ぬ前に酔っていたのは、カタリーナさんのせいではなく、愛する男性のせいだったのです」

「なんですって?」夫がテーブルに置いたタバコにちょうど手を伸ばそうとしていたドロテー

アが固まった。視線を夫に向けた。なにを考えているかは、その表情から明らかだった。これまでの情報を思い返して結論に達した。

「嘘！　ありえない。シュテファン、わたしの勘違いだといって。わたしたちを騙したりしていないといってちょうだい！」

夫は妻の目の前で縮こまった。罪の意識でうなだれ、弁解しようとさえしなかった。

「すまない」

「ゲッツと……あなたが？」ドロテーアがささやいた。

夫はうなずいて、仕方がないとでもいうように腕を動かした。

「はじめは遊び半分だったんだ。本気じゃなかった。まさかゲッツが本気で……その……わたしを愛してしまうなんて」

ドロテーアはじっと夫を見つめ、必死で気をしっかり持とうとした。その嘘がなにを意味するかじわじわと実感したようだ。彼女は執念深くはないが、こうまで信頼を裏切られてはそう簡単に夫を許すことはできないだろう。

「知っていたのはだれ？」

「そ……そのことはあとで話しても」

「いいえ、今教えて」ドロテーアは必死に気持ちを抑えながらいった。「あなたが兄さんと寝ていたことを知っていたのはだれなの？　あなたも兄を愛したわけ？　夜中に高速道路のパーキングエリアで逢瀬を楽しむ隠れ同性愛者というわけ？　兄さんが死ななかったら、わたしとは別れていたの？　もしかしてあなたが兄さんを殺したわけ？」

最後の問いは叫び声になっていた。今にも夫に飛びかかっていきそうだ。夫はあきらかに不快らしく、顔色がどす黒くなっていた。

「ふたりだけにしてくれませんか？」フィンクはオリヴァーとピアのほうを向いていった。だがピアは首を横に振った。

「あなたの返答を、わたしたちも聞きたいです」そう答えて、ピアは胸元で腕組みした。

ドロテーアの荒い息づかい以外なにも聞こえなかった。防音壁の向こうの州道を走る車の走行音もしなかった。フィンクは自分と過去の亡霊の二者と格闘した。

「カタリーナとマリアは知っていた。マリアは何年も前からゲッツのアリバイだった。ゲッツは女の子が好きになれないことに早くから気づいていたんだ。カタリーナもすぐに気づいた。他の連中は……ゲッツが、その……ゲッツが死んでから知った」

「つづけて！」ドロテーアは歯のあいだから声を絞りだすようにいった。

「問題の晩、わたしはゲッツと別れたんだ。ドーロ、きみを愛しているからといって！」フィンクはささやいた。肩を落とし、まるで老人のようだ。「だからゲッツは泥酔し、その結果、岩場から海に落ちた。ゲッツが死んだのはわたしのせいだったんだ。もちろんそんなことは望んでいなかった。三十五年間ずっと罪悪感に苛まれてきた。ゲッツを思いださない日は一日としてなかった」

ドロテーアは夫を見た。

「じゃあ、なんであなたたちはカタリーナのせいだといったの？」ドロテーアも、自分の声が信じられないとでもいうようにささやいた。「どうして本当のことをいわなかったの？　カタリーナは母の敵意をどうして耐えたの？」

フィンクはいまだに気を取りなおせないのか、ドロテーアから目をそらした。

「ハイケとアレクサンダーがいったんだ。きみときみの両親にこれ以上酷なことはいえない、わたしたちは……家族の気持ちをわかってあげないといけないってね。わたしたちが口裏を合わせたから、カタリーナがいくら弁解しても、きみの両親は信じなかっただろう」

ドロテーアはしばらく黙っていた。手を繰り返し握ったり、ひらいたりした。今の話だけでもショックなのに、夫は許しがたい裏切りをしていたのだ。

「この最低の嘘つき」ドロテーアがいった。「もうあなたたちの顔も見たくない。卑怯者のあなたの顔もね、もうあなたのことは信じない」

ドロテーアはそう言い残して、家に入った。

フィンク家から出たとき、オリヴァーは弟から三回も電話がかかってきていたことに気づいて、衝撃を受けた。こんな遅い時間に電話がかかってくるなんて、八十歳になる両親になにかあったのかと思ったのだ。オリヴァーはピアに車のキーを預けて、弟に電話をかけた。クヴェンティンが電話に出るのを待ちながら、オリヴァーはゾフィアになにかあったのかもしれないと思った。

「早く出ろ」オリヴァーがそうつぶやくと、それが聞こえたかのように弟が電話に出た。

「兄さんのあのしょうもない義理の娘とふたりの少年がうちの厩舎《きゅうしゃ》に放火したところを捕まえた！」クヴェンティンが電話口で興奮しながらいった。オリヴァーは耳を疑った。「三人は通路に置いてあった牧草のロールベールに火炎瓶のようなもので火をつけたんだ。見つけたときはすでに燃えあがっていた。幸い、犬が異変に気づいて吠え、父が犬を放した。消火装置も作動した。わたしは畑から戻ったところだった。今日からトウモロコシの収穫がはじまっていたんだ。あやうく三人をトラクターでひくところだった！」

「火は消せたのか？」オリヴァーはたずねた。

「ああ、なんとか。牧草のロールベール三本が燃えて、通路の上の天井が黒く煤《すす》けたが、修繕できないほどの被害はなかった。しかし三人をどうしたらいい？」

オリヴァーはほっと安堵した。両親に別状はない。ゾフィアも無事だ。だがそれから怒りの炎が燃えあがった。これは自分とゾフィアに対するテロだ。間違いない。グレータがなんど電話をかけ、メッセージを送ってきても、無視しつづけた。そうやって無視されたことで、切れたのだろう。だがゾフィアのポニーがいる厩舎に放火までするとは。

「警察に通報してくれ！」オリヴァーは弟にいった。「これは放火だ。罰を受けてもらう。二十分で行く！」

「どうしたんですか？」ピアはたずねた。オリヴァーが事情を話した。

「あの子は精神科病院に入院させるべきだ！　社会にとって危険だ！　考えてみてくれ。犬が吠えなかったら、厩舎だけでなく、母屋《おもや》にまで引火していたかもしれない！」

オリヴァーは我を忘れていた。服を切り刻んだり、車に傷をつけたりすることは、まだひどいいたずらですませられる。だが火炎瓶のようなものを使って放火したとなれば、もはや冗談ではすませられない。

「いっしょに行きますか？」ピアはたずねた。

「いや、いい。ホーフハイムへ行ってくれ」オリヴァーが答えた。

「だめですよ。わたしは病院で降りますから、このまま家へ行ってください。明日はクリストフに署へ送ってもらいます。問題ありません」

「それじゃ、暗い森を抜けることになるぞ」オリヴァーはピアの提案に感謝しつつも、悪いなと思っていた。「こんな夜更けに！」

「せいぜい五百メートルです。歩道には照明がありますし、拳銃も携行しています。大丈夫ですよ」

ピアは十字路を右折して、一分ほど走り、救急車用進入路で車を止めた。ふたりは車を降りて、オリヴァーが運転席に乗り込んだ。

「こんなときにこんな騒ぎに巻き込まれるとは！」オリヴァーは両手で髪をなでた。「コージマはよくなっていて、いつ手術になってもおかしくない。それなのに捜査がまったく進展しない」

「いいえ、解決させてみせます」ピアがオリヴァーを落ち着かせた。「今日、相当に波風を立てましたから、なにか動きがあるはずです。明日は司法書士とマリア・ハウシルトから話を聞きます。出版社で家宅捜索をして、ベーアを見つけます。彼が犯人でしょう。わたしの勘がそういっています」

「彼は庭師だ（ドイツの人気歌手ラインハルト・メイの曲「殺人犯はいつも庭師」をもじったもの）」そう答えると、オリヴァーは笑えない情況なのに、つとめて笑みを浮かべてみせた。「ある意味、典型的だ」

「典型的なのは、そこによく真実が潜んでいるからでしょう」ピアはにやっとした。「さあ、行ってください。明日の朝七時にまた署で」

ユーリアは夜中にはっと目を覚ました。夢の中の光景が目の前にはっきりと見えた。カタリーナ・ヴィンターシャイトの原稿を読んでからずっと引っかかっていたことがなにか突然わかったのだ。原稿に登場する猫だ！　塩の精華《フルール・ド・セル》、脚だけ白い黒猫！　なにを思いだしていたかはっきりした。偶然のはずがない。何年も前に本の中でその猫に会っている！　ベッドサイドのライトをともして、ベッドから飛びでると、本棚の前に立った。あの本はどこだろう。そもそも引っ越したときに持ってきただろうか。ベルリンから引っ越すときに、手放してしまったかもしれない。未明の三時半に起きだし、四本ある本棚から十年以上前に読んだ本を探しながら、ユーリアは法医学研究所で聞いたヘニングの話を考えていた。ヘニングの本業を目の当たりにして圧倒された。カタリーナ・ヴィンターシャイトの解剖所見を読んで、ヘニングにいくつか質問をした。すでに彼のミステリを二冊読んで、法医学者の仕事をそれなりに知っていたが、それはあくまで机上《きじょう》のものだった。実際には死体すら見たことがなかった。そのことをいうと、ヘニングが法医学研究所の地下にユーリアを連れていき、霊安庫を開けた。腐臭が流れだし、おぞましい光景が待っているとユーリアは身構えたが、目にしたのはドラッグのオーバードーズで死んだ若者だった。まるで静かに眠っているかのようだった。それが永遠の眠りだとわかるのは血色のない肌と青白い唇だけだった。

「ヴェルシュさんとロートさんもここに?」ユーリアは少し恐い気持ちも手伝って訊いてみた。ヘニングはうなずいて、見たいかとたずねた。ユーリアは断った。知らない人の死体ならいいが、いっしょに働いたことのある人の死体は無理だ。それに、美しい状態ではないという。

一階に戻るとき、ユーリアは、ミステリには元妻の刑事が週末や祭日を解剖室で過ごしたと書かれていたが、あれは本当かとたずねてみた。ヘニングは妻よりも仕事を優先したために結婚が破綻したとも書いてあった。そのとおりだ、とヘニングは答えた。そのときの彼の口調から、今でもあの女性刑事が好きなのだろう、とユーリアは思った。ヘニングはその後、元妻の旧友だった女性と再婚したが、そちらも不幸な結末を迎えたらしい。ヘニングは小説の中の刑事イナ・グレーフェンカンプのモデルであるピア以外の女性にはうんざりしているようだ。だから法医学研究所の屋根裏にある小さな住居でひとり暮らしをしているのだろう。ユーリアはリアルとフィクションの区別がだんだんとつかなくなった。カタリーナ・ヴィンターシャイトの原稿の登場人物たちとそのモデルの場合も同じだ。

「あっ、見つけた!」ユーリアはそういって、本棚の上のほうの棚からその本を取りだした。

読み古してあって、手垢《てあか》がつき、著者の署名入りのカードがはさんであった。そういうカードには普通、著者近影がプリントされているものだが、そのカードには書影が印刷されていた。その本を持ってキッチンへ行くと、コーヒーメーカーにコーヒーの粉を入れて、コーヒーがはいるのを待ちながら本をぺらぺらめくった。探していた箇所を見つけるのにさして時間はかからなかった。ユーリアは舞いあがった。やはり黒猫だ！　その箇所を二度、三度と読み直す。やはり、勘違いではない。舞いあがった気持ちはやがて深い満足感に変わった。ユーリアはスマートフォンをつかんで、社長にメッセージを送った。未明の四時でも関係ない。このことを早く伝えたかった。なぜなら今発見したことが社長の人生を変えるからだ。いや、社長の人生だけではすまない。

六日目

二〇一八年九月十一日（火曜日）

「なんですって？　嘘でしょう！」五十代半ばで、顔の肉づきがよく、髪が薄い司法書士、フィリップ・エーバーヴァインは依頼人の殺害を知らされて、クルージングで日焼けしていた顔から色を失った。

「あいにく本当のことです」オリヴァーは複雑な気持ちでそういった。じつは十年前、まさにこの部屋で医師のダニエラ・ラウターバッハに友人のリタ・クラーマーが歩道橋から突き落とされたことを伝えたことがあるからだ（既刊『白雪姫には死んでもらう』の事件）。エーバーヴァイン・シュトラウマン・ヒュープナー法律事務所はケーニヒシュタインの歩行者天国にあるこの事務所を九年前に引き継いだが、内装は当時とさほど変わっていなかった。広くて明るい部屋、高い天井。ピカピカしている寄せ木張りの床は歩くたびにミシミシ鳴る。ただ廊下の壁には、当時の暗い絵の代わりにポスターや名画の複製が額装してかけてあり、かつて医学書が並んでいた収納棚には、法律書が収まっている。それでもデスクの向こうの窓から温泉保養施設の先に見える古城跡の景色は健在だった。

「ハイケから十日前に電話がありました。わたしは家族とバリの港にいました」司法書士は思いだしながら首を横に振った。「大至急、遺書の内容を変更したいといっていました。わたしがハイケと長い付き合いなのはご存じでしょうね。学校がいっしょでした」

「そうなんですか？」ピアは興味を覚え、あらためてエーバーヴァインを見た。「どちらですか？」

「ケルクハイムのフリードリヒ＝シラー高等中学校《ギムナジウム》です」

「ではアレクサンダー・ロートさんとも知り合いだったということですか？」

「ええ、もちろん知っています。しかしなんで過去形なのですか？」

「ロートさんは日曜日に亡くなったのです」ピアが答えた。

「なんですって？」エーバーヴァインが顔をこわばらせた。相当ショックなようだ。

「ヴェルシュさんやロートさんとは仲がよかったのですか？」ピアがたずねた。

「数年前、アレックスの家の登記をしたのはわたしです。ハイケとはもっと親しかったです。自分になにかあったときは、父親の後見人になってくれと頼まれていました」

「それが実行に移されることになりますね」ピアはいった。

「残念ですが」エーバーヴァインは気を取りなおしていた。「しかし負担ではありません。ヴェルシュ氏のことも好きでしたので、喜んで引き受けるつもりです」

遺書を読み終えていたピアは彼の言葉を信じた。ハイケ・ヴェルシュの遺産からエーバーヴァインに報酬が充分に支払われることになっていた。ヴェルシュ氏は認知症で、介護施設に入所するわけだから、クリスマスに訪ねたり、誕生日に電話をしたりする必要もない。少しの仕事で実入りは多いことになる。

「ヴェルシュさんがベーアさんを遺産相続人に指名したのはなぜなのですか?」オリヴァーがたずねた。

「ハイケがもっと前に手書きした遺書ではゲッツ＝ヴィンターシャイト財団が遺産相続人でした。それを変更したのです。そのとき、わたしに相談がありました。ハイケには子どももパートナーも代母になった子どももいませんので。彼女には本当に信頼できる人が周囲にひとりもいないようでした。ベーアさんは昔からの知り合いで、ハイケをよく手伝い、夫がいたらやりそうなことをしてくれていました。家の修繕や庭仕事やランプの取りつけとか、そういうことです。ハイケはただ働きをさせたくなかったので、手間賃を払っていましたが、それでもベーアさんのことを高く評価していました。だから彼を遺産相続人に指名することにしたのです」

オリヴァーはこっそりあくびをした。ベッドに入ったのは未明の四時で、ほとんど眠っていなかった。クヴェンティンは警察に通報し、捕まった三人はケルクハイム署に連行され、指紋やDNAを採取されてから、留置場の別々の居室に入れられ、親に連絡された。ふたりの少年は地元では不良として知られていた。未成年だが、万引きや無免許運転、傷害、麻薬法違反などで何度も補導されていた。どちらの親もこのどうしようもない少年を引き取りにこようともしなかった。カロリーネはもちろん警察署まで行って、娘を連れ帰ろうとした。だがグレータは成人で、刑事責任年齢に達していたので、そうはいかなかった。午前二時半であるのもかまわず、カロリーネはオリヴァーに電話をかけ、彼との関係を利用しようとした。オリヴァーは彼女の頼みを断った。どうせ数時間すれば、グレータは釈放されるとわかっていたからだ。しばらく留置場で頭を冷やせばいいと思っていた。今度ばかりは深刻な結果をもたらすだろう。放火は犯罪行為として訴追される。

「ハイケさんには友人がいましたよね。どうしてその人たちではなかったのでしょうか?」ピアが疑問を口にした。オリヴァーははっと我に返った。「たとえば親友のマリア・ハウシルトさんや長年同僚だったアレクサンダー・ロートさんとか」

「ハイケの話では、ふたりとも財産があるそうです」エーバーヴァインが答えた。「ハウシルトさんはとても裕福ですし、ロート夫妻もそれなりに資産があります。ハイケはたぶん、ベーアさんが将来困らないようにしたかったんだと思います」

「ずいぶん人がいいんですね」ピアは皮肉に聞こえないようにした。「でも考えを変えたんですね。なぜでしょうか?」

エーバーヴァインは少しためらった。この質問に答えたら守秘義務に抵触しないか考えているようだった。だが発言は録音されていない。

「ハイケが自分の出版社を設立して、作家を引き抜こうとしていることを、ベーアさんが会社の経営陣に告げ口したらしいのです。わたしは出版社設立の相談を受けて、社員であるうちはそういうことをすべきではないとハイケに忠告しました。しかし彼女は、いつものごとく聞く耳を持ちませんでした。ベーアさんに腹を立て、裏切者、糞野郎《くそやろう》などと罵《ののし》っていました」

オリヴァーとピアはエーバーヴァインに礼をいって、事務所をあとにした。

「カール・ヴィンターシャイトはヴェルシュの計画をだれから聞いたか、ケムとわたしにいおうとしませんでした」ピアは駐車場に向かって歩いた。「なぜだったんでしょう?」

「本人に訊こう。これから彼を訪ねる」オリヴァーが答えた。「それからマリア・ハウシルトにも事情聴取する」

出版社とヴァルデマール・ベーアの自宅に対する捜索令状は発付されていた。クレーガーは捜索開始の合図を待っていた。ラボではシミのついたTシャツからロートのDNAが検出され、ゲッツ・ヴィンターシャイトではなく、ロートのTシャツだったという疑いが浮上した。ただし検出された血痕はロートのものではなかった。血痕がゲッツのものであれば、ヴェルシュが脅迫するためにロートのTシャツを保管していた可能性が高まる。永遠の友人はやはり名ばかりの友人だった。お互いに嘘をつきあい、全員が、他の友人が知らない秘密を抱えていたのだ。だが今、その秘密がひとつずつ明るみに出てしまった。フィンク夫妻は大変な夜を過ごしただろう。ヴィンターシャイト老夫妻も悩ましい思いをしたはずだ。

オリヴァーがハンドルを握り、渋滞がひどいケーニヒシュタイン市内を走った。早く事件を解決したいのはやまやまだが、拙速は避けねばならない。医師が移植手術を行うと決断したら、すべてを置いて、病院へ向かうことになるだろう。必要なものを入れたバッグはすでにホテルの客室に置いてある。

コージマを救いたい一念で手術を受ける覚悟をしたが、その時が迫ってくると、麻酔をかけられて、腹部を切開されると思うだけで気分が悪くなる。若い頃、ひどい落馬をして、病院に何週間も入院し、何度も手術を受けたことがある。あのときは必要なことだったが、今は自分からそういう状況を作っている。いや、全身麻酔から目が覚めないとか、手術で大量出血して帰らぬ人になるかもしれない。本当にこれでいいのか。肝臓提供までしても、コージマが助からず、結局死んでしまったらどうする。多くの人がこのことを知っているという事実だけでも、嫌な気分になる。

このまま大きな騒ぎにならずに、すべてが済んでしまえばいいのだが。家族は彼を無私の心を持った勇敢な救命者と見るだろう。同僚は献身的なとんまだと思うだろう。事実、コージマが絡《から》んだとき、いつもとんまな姿を晒《さら》してきた。だれの考えが正解だろう。この期《ご》に及んで中止したら、みんなどう思うだろう。なにをやってるんだ。他人にとやかくいわれたくない。病院でカウンセラーにかかったとき、生体肝移植は自分の意志でするといったが、本当にそうだろうか。コージマ本人だって、自分から裏切って離婚した元夫なのだから、そんなことを期待していない。癌《がん》になったのがオリヴァーだったら、コージマは同じことをするだろうか。

スマートフォンが鳴って、ピアが出た。少し聞いてから礼をいうと、通話を終えた。

「カイでした。ターリクが見つけたウォッカの瓶と出版社のゴミコンテナーから押収した瓶の一本からメタノールが検出されたそうです」ピアが報告した。オリヴァーはちょうど町から出るところに設置された速度監視カメラのそばを通ったところだ。「それもかなりの濃度で、二、三回口にすれば致死量になるとのことです」

「つまりロートは毒を盛られたということか」オリヴァーはいった。

「そうなります」ピアはうなずいた。「これでメタノール入りのウォッカの瓶を二本確保しました。ロートは木曜日に致死量を摂取したに違いありません。だれかがウォッカを差し入れしたのでしょう。しかも二本も。彼が確実に飲むように」

「ウォッカの出所を突き止めなくては」オリヴァーは眉間《みけん》にしわを寄せて、アクセルを踏んだ。

「ターリクとケムに頼みましょう。カトリーンには生きている永遠の友人たち全員の情報を収集してもらいます。それからカタリーナ・ヴィンターシャイトの情報も。犯人の動機は過去にあります。わたしたちはなにかを見落としています。決定的ななにかを」

*

「お願いだ、ブレモーラさん。今は本当に時間がないんだ」行く手をさえぎったユーリアに、カール・ヴィンターシャイトはいった。「頭がパンクしそうなんだ。あとにしてくれないか?」

「忙しいのはわかっています。それでも、これは大事なことなんです!」ユーリアは引き下がらなかった。未明の発見から、折り返し電話をくれるように何度も社長にメッセージを送ったが、なしのつぶてだった。そこで攻勢に出る決心をした。会社に着くと、まっすぐ六階に上がったが、社長秘書のアレアから、社長は十時にならないと出社しないと聞いて、社長が泊まっているホテルが見える街角で待ち伏せた。待つこと十五分。社長は十時五分前に道路を横切った。ここでなら無下《むげ》に追いはらうことはできないはずだ。

「わかった。聞こう」カール・ヴィンターシャイトはため息をついた。「だが本当に時間がないんだ」

ユーリアは、三分で一冊の本のあらすじをいわなければならない状況に似ていると思った。そこでもっと詳しく説明すべき話の核心をたった二文で伝えることにした。

「社長のお母さんは自殺ではありません。バルコニーから突き落とされたんです」

究極の短縮だが、今思いつく最良の方法だった。カール・ヴィンターシャイトは足を止め、腹立たしさと、信じられないという思いがないまぜになった目つきでユーリアを見つめた。

「なんだって？」

「それから送られてきた原稿以外にも小説を書いていた可能性があります」ユーリアは急いでつづけた。「〝いつものように、永遠に。わたしの大事な宝物カールに捧ぐ〟という献辞に引っかかっていたんです。いつものように、ですから！　繰り返してなければ、そうは書かないでしょう。はじめてすることに、いつものように、とは絶対にいいません」

「ああ、それはわかった。だが母がバルコニーから突き落とされたなんて、どうしていえるんだ？」

ユーリアは深呼吸した。

「社長のお母さんが書いた原稿は登場人物の名前を変えただけの実話です。そして書きかけです。タイプライターをそのままにして立ちあがり、バルコニーから飛びおりたなんて信じられなかったんです。ですからキルヒホフ教授に協力を仰ぎました。法医学研究所のアーカイブに社長のお母さんの解剖所見が残っていました。そこにあった写真で左腰の擦《す》り傷と上腕の爪痕にキルヒホフ教授が気づいたんです」

　カール・ヴィンターシャイトは下唇を突きだして考え込んだ。

「つづけて」

「キルヒホフ教授によると、当時担当した法医学者はそれを見逃したか、正しく評価しなかったというんです。なぜならお母さんの死体、あ、いえ、体は……六階からの墜落でひどく損傷していたからです。しかも血中からは薬を服用した形跡がなく、微量のアルコールが検出されたそうです。ワイン一杯分だそうです。もちろんわたしたちは解剖所見を見ただけです。検察にはそうした死因捜査記録が三十年間保存されている、とキルヒホフ教授はいっています。親族は調書の閲覧を申請できるそうです。ぜひすべきです！　それから当時の捜査で見落としがあったと判明すれば、再捜査されるそうです。そのときは、わたしたちで、ああ、もちろん社長の手で刑事警察を動かすべきです。それから」

「考えてみる」カール・ヴィンターシャイトはユーリアの言葉をさえぎって会社に向かって歩きだした。「だが今は別の問題がある。二十八年も経っているんだ、数日延ばすくらいはいいだろう」

　会社が見えるところまで来ると、社長がいう問題がなにか、ユーリアにもわかった。表玄関の前にパトカーが二台とシルバーのオペルと青いワーゲンバスが三台止まっていたのだ。背中に〝POLIZEI（警察）〟とプリントされた白いつなぎに身を包んだたくさんの人がトランクや段ボール箱をワーゲンバスから下ろしている。

その様子をおろおろしながら見ていた社長秘書のアレア・シャルクが、社長の姿を見つけて、ほっとしたように駆けてきた。不思議そうにユーリアを見てから、アレア・シャルクは社長に話しかけた。「家宅捜索」「鑑識」という言葉がユーリアの耳に入った。ユーリアは足を止めて、社長と秘書が歩いていくのを見送った。

「たしかに数日延ばすことになりそうですね」そうつぶやくと、ユーリアもあとにつづくことにした。だが、たいして歩かないうちに声をかけられた。

「ブレモーラさん！」

ユーリアは振り返った。

「おはようございます、ハウシルトさん」ユーリアは驚いて、ヘニング・キルヒホフのエージェントに挨拶した。「わたしにご用ですか？　約束していましたっけ？」

「いいえ。ハイケの件を捜査している刑事さんと会う約束になっているんです」ハウシルトが答えた。「今、カールがその刑事さんたちと話しています。ほら、あそこ」

ユーリアは社長のほうを見た。社長は背の高い褐色の髪の男性と金髪を後ろで結んでいる女性のふたりと話している。

「あら！　トリスタン・ブーフヴァルトとイナ・グレーフェンカンプ！」

「本当の名前はオリヴァー・フォン・ボーデンシュタインとピア・ザンダーよ」ハウシルトがにやっとしながらいった。「キルヒホフ先生が描く登場人物たちは実物そっくりですね」

「本当ですね」ユーリアはヘニングの推理小説の中に迷い込んだような気がして、ヘニングが新作を捧げた元妻ピアを見つめた。かなり背が高く、痩せていて、洗いざらしのぴったりしたジーンズと白いスニーカーをはき、グレーのVネックTシャツを着ている。そして腰のホルスターに拳銃を差している。彼女の姿勢からはさりげなさと自信が感じられる。まさにイメージどおりの女性刑事だ。腕を組んで社長の話を聞いている貴族出身のボスも、ヘニングが描いたとおりの人物だ。背が高く、髪が褐色で、なかなかハンサムな顔立ちで、うっすら髭《ひげ》を生やし、サングラスをかけている。やはりジーンズをはいていて、ワイシャツにジャケット、茶色の革靴という出で立ちだ。

なにが起きたのだろう。警察がこんなに大挙して押しかけるなんて。鑑識までいる。青いワーゲンバスもヘニングの『悪女は自殺しない』と『死体は笑みを招く』でおなじみだ。つなぎを着た鑑識官のひとりがクリス・クリューガー課長に違いない。本当の名前は知らないが。

通行人たちが立ち止まって、好奇の目を向けている。

「警察はなにをしているのかしら？」ユーリアはハウシルトにたずねた。

「わたしもわからないわ。わたしからも話を聞きたいといわれているの。ハイケとアレクサンダーのことだと思う。ザンダー刑事に、ここへ来てくれと頼まれたのよ」

ユーリアはいい機会だから、カタリーナ・ヴィンターシャイトの原稿のことをハウシルトに訊こうかと思った。だが社長に断りなく話していいものだろうか。土曜日には〝あなたを信じている〟といわれたのに、今はなぜかそっけない。忙しいのはわかる。だけど話を聞きたくないのなら、どうして原稿を預けたりしたのだろう。アレアから耳にしているが、ロート部長の事故死によって、目前に迫っているブックフェアをキャンセルするべきかどうかで、役員会はもめているらしい。フェルテンの件もまだほとぼりが冷めていない。それよりフェルテンが今どこにいるのかだれも知らない状況だ。しかしヘニング・キルヒホフ教授はカタリーナ・ヴィンターシャイトの死が自殺でない公算が高いことを警察に伝えるべきだといっていた。社長のお母さんと友だちだったというハウシルトなら、社長のお母さんが他にも小説を書いていたか知っているのではないだろうか。

「ロート部長の件は本当にびっくりです」ユーリアはいきなり原稿の話をするのもなんなので、差し障りのない話題を口にした。

「ええ、ほんとうに」ハウシルトが応えた。「ハイケと同じで小さい頃からの知り合いなんです」

「わたし、たぶん生前の部長を最後に見たかもしれません。金曜日の夜遅く、会社でだれかと会っていたんです。事故にあったのはその数時間後のはずです」

「それ、警察にいったの？　重要な情報じゃない」

「いいえ、だれにもいっていません。こっそり会っていたところを見ると、愛人だったかもしれませんし。この期に及んで、そんなことを知らされたら、奥さんがかわいそうですもの」

「アレックスが内緒でだれかと付き合うなんて想像できないわ。そういうタイプじゃなかったもの」ハウシルトは首を横に振りながらいった。「あら、カールとの話は終わったみたい。刑事さんたちのところに行ってみましょう。ヘニング・キルヒホフ先生の小説のモデルを紹介するわ。今のことを話したらどうかしら」

ユーリアはピア・ザンダーに面と向かい合った。

「あのろくでもない献辞を無事に変更してくれたのはあなたですね」しっかりとした握手。鋭いまなざし。微笑《ほほえ》み。

「ええ、そうです」ユーリアは急に興奮した。「お会いできてうれしいです。元ご主人から、お噂はかねがね」

「いい噂だといいですが」ピアは親しげに微笑んだ。

「ブレモーラさんは金曜の夜に、目撃したことがあるそうです」ハウシルトが口をはさんだ。

「それを話したいそうです」

「そうなんですか？」親しげな表情が消え、ピア・ザンダーはユーリアをしげしげと見つめた。

「では中に入りましょう。ヴィンターシャイト社長が親切にも、だれにも邪魔されず話ができるように部屋を用意してくれました」

＊

カール・ヴィンターシャイトが金曜日に、ハイケの計画を漏らした人物をいわなかったことに深い意味はなかったようだ。ほぼ同時期に複数の人からヴェルシュの計画を知らされたらしい。使用人のヴァルデマール・ベーアもそのひとりだったという。

その話には信憑性《しんぴょうせい》があった。それでもマリア・ハウシルトとユーリア・ブレモーラのふたりと会社のロビーに足を踏み入れたとき、ピアはまだ少し引っかかりを覚えていた。

社長本人は、忽然《こつぜん》と姿を消したベーアの仕事場をクレーガーに見せた。社長も昨日の朝からベーアの姿を見ていなかった。ベーアのスマートフォンは電源が切られていた。オリヴァーは、ピアが金曜日に訪ねたときに会ったのとは別の受付嬢と話していた。受付カウンターに立ててある名札によると、シュテフィ・ロッツ。そしてこのあいだの若い受付嬢よりも有能そうだ。
ピアはマリア・ハウシルトとユーリア・ブレモーラに少し待っているようにいうと、ボスのところへ歩いていった。ピアがベーアのことをたずねようとしたとき、営業部長のドロテーア・ヴィンターシャイト＝フィンクがスマートフォンを手にして、階段を下りてきた。腕には書類の束を持っていた。オリヴァーとピアに気づいて近づいてきた。見るからに寝不足のようだ。

「おはようございます。なにか手伝うことはありますか？」ドロテーアは笑みを浮かべることなくたずねた。

「ベーアさんと話したいのですが」ピアはいった。「出勤しているでしょうか？」

「さあ、どうでしょう」ドロテーアは受付嬢のほうを向いた。「ロッツさん、ベーアさんを見かけた？」

「いいえ、今日は見かけていません」受付嬢は首を横に振った。「昨日も見かけませんでした。休暇を取ったのかと思っていました」

「そんな馬鹿な。電話をかけてみるわ」ドロテーアはスマートフォンをだして、よく使う項目をタップし、数秒待って、呼び出しをやめた。

「申し訳ありません。電源を切っているようです。彼になんの用でしょうか？」

「どこにいるのでしょうか？」オリヴァーは質問に答えず、たずねた。「電話番号を教えてください。モバイルと、もし持っていれば固定電話の番号も。それから最近撮った写真はありますか？」

「彼がどこにいるかは知りません。たぶん自宅ではないでしょうか」ドロテーアは受付カウンターに身を乗りだして、メモ用紙とボールペンを取ると、スマートフォンを確かめることなくふたつの電話番号をメモした。「どうぞ。あいにく写真は持っていません。他になにかできることはありますか？」

ドロテーアは昨日の夜のことにまったく触れなかったが、顔を見れば、ひどくまいっていることがわかる。いつも見せている元気な姿は影をひそめ、にこやかな笑顔も消えている。一夜にして十歳は歳を取った感じだ。

「ご両親と話しましたか？」オリヴァーはたずねた。

「あなたには関係のないことでしょう。家族のことですので」ドロテーアは鋭い口調で答えた。ピンクのメガネの奥で目がきらりと恐そうに光った。「両親のことは放っておいてください。ふたりとも高齢ですし、父は病気です。いろいろしたかもしれませんが、悪意があったわけではありません」

「わたしたちもそう信じています」ピアはいった。うまくいっていれば、ヴィンターシャイト老夫婦とヘルムート・エングリッシュはパトカーでホーフハイムに向かっているはずだ。「しかし役立つ情報を持っていると思われる人全員から話を聞く必要があるのです」

「そういえば通ると思うのですか？」ドロテーアはピアのほうに一歩近づいて、腰に手を当てた。「あなたは自分がなにをしているかわかっているんですか？　人のプライバシーを嗅ぎまわって、人の人生を無闇に破壊しているんですよ。疑わしければなにをしてもいいと思っているんですね！　巻き添えになる人のことなんてどうでもいいのでしょう。結婚が破綻《はたん》し、家族が崩壊しようと気にしないのですね。事件簿を閉じて、同僚と肩を叩きあえればそれでいい。あなたが同じような状況に陥《おちい》らないといいですね。やる気満々の警官に遠慮会釈なくあなたの家族や友人の人生が台無しにされても知りませんよ」

「気が済みましたか？」

「ええ。もちろん。あなたにいいたいことはもうありません」ドロテーアは冷ややかに答えた。

「わたしは仕事に戻ります。これ以上時間を奪わないでください」

「わたしたちにも自分の仕事があります」ピアは答えた。「殺人事件を解明するのが仕事です。ちなみに自分に都合が悪いからといって人を殺害することは許されていません。別にどこも嗅ぎまわりたくはありませんが、絶えず嘘をつかれるので、そうするほかないのです。わたしたちの日常がどういうものか想像してみていただきたいですね。あなただって、ずっと嘘をつかれていたわけでしょう。お兄さんから、ご両親から、お兄さんの友人たちから、さらにご主人からも」

ドロテーアはぐうの音もでなかった。ピアは別に楽しくてそういったわけではない。だが、精神的にまいっている人にはもっとプレッシャーをかけないと、なかなか本音を見せないからだ。

「ご主人はあなたをあまり信用できなかったのでしょう。さもなければヴェルシュさんが出版社設立を計画していると打ち明けたはずです。ヴェルシュさんはあなたに黙っているように頼んだらしいですね。ご主人はそのとおりにしました」

　ドロテーアの目が泳いだ。

「ご主人に送りつけられた日記のコピーについてもご存じないのではないですか？」ピアはドロテーアの顔をじっと見つめた。なにか本音をうかがわせるシグナルが見つかると思ったが、ドロテーアは目をそむけることも、目を白黒させることもなかった。

「ええ、知りません」ドロテーアは歯ぎしりしながらいった。「ところで、わたしはハイケを殺していません。嘘ではありません。自業自得ですけどね！　彼女が死んで、清々しています。有頂天なくらいです！　アレクサンダーのこともそうです！　一滴も涙なんか出ません！　わたしをどう考えようとかまいません。どうぞご勝手に」

　ドロテーアはきびすを返し、マリア・ハウシルトに気づいた。

「こんにちは、ドーロ」ハウシルトは無邪気に挨拶した。

「わたしに声をかけないで。この卑怯な嘘つき！」ドロテーアは憎しみを込めて怒鳴った。

「今後一度でもわたしの両親に話しかけたり、邸《やしき》に足を踏み入れたりしたら、容赦しないから。死んだ兄にかけて誓う。なにが友人よ！」

ドロテーアは階段のほうへずんずん歩いていった。マリア・ハウシルトとユーリア・ブレモーラは呆気にとられて彼女を見送った。受付嬢が咳払いした。

「ええと、部屋にご案内しますか?」受付嬢がおずおずとたずねた。

「ああ、それは助かります」オリヴァーはいった。

受付嬢はオリヴァーたちを一階の面談室に通した。ピアは先にユーリア・ブレモーラと話すからといって、マリア・ハウシルトに少し待つように頼んだ。ユーリアの氏名と電話番号をメモしてから、ピアは話を聞いた。ユーリアは先週の金曜午後九時半頃、会社の裏口から出て帰宅しようとしたとき、エレベーターの作動音がしたので、なんとなく郵便集荷所に通じる廊下に身を隠した。そのとき、だれかに「来てくれてありがとう」というロートの声を聞いたと証言した。ロートはそのあとそのだれかとエレベーターに乗って、彼のオフィスに向かったが、あいにく来訪者が男性か女性かはわからないという。興味深い情報だが、あまり役に立たなかった。それでも、ピアはユーリアに感謝して、名刺を渡し、別れの挨拶をしてから、ハウシルトに部屋に入ってもらった。

「来てくださってありがとうございます」そういうと、ピアは椅子をすすめた。「これからうかがう話を録音してもいいですか?」

「もちろんです」ハウシルトはドロテーアに罵倒《ばとう》されてまだショックなようだった。顔から血の気が引いていて、バッグから水筒をだして、栓をあけるとき、手がふるえていた。

ピアがスマートフォンをテーブルに置くと、ハウシルトはいった。

「彼女、全部知ってしまったんです」

「どういうことでしょうか？」

「ゲッツのことです。嘘に次ぐ嘘」ハウシルトは深いため息をついて目を閉じた。「三十五年間、この日が来るのをずっと恐れていました。いつか明らかになるとわかっていましたから」

「どうしてもっと早く打ち明けなかったのですか？」オリヴァーがたずねた。「いつ落ちるともしれないダモクレスの剣の下にいるなんて楽ではなかったでしょう。嘘をついている相手と頻繁《ひんぱん》に会っていれば尚更だと思いますが」

ハウシルトが目を開けて、オリヴァーを見た。

「ええ、そのとおりです。地獄でした。今度はいおう。今度こそ打ち明けて、あらいざらい話してしまおうとずっと考えていました。そうやって一週間、一ヶ月、一年が経っていったんです。三十五年が過ぎていました。嘘は腫瘍《しゅよう》と同じです。どんどん大きくなって、転移して、すべてを毒にまみれさせるんです。そうなったらもう簡単には除去できません」

「どうしてすぐゲッツさんの両親に本当のことをいわなかったのですか？」ピアはたずねた。

「ゲッツさんの死とは無関係だったのでしょう？」

「そんなことはありません」ハウシルトが答えた。「わたしは彼が同性愛者だということを隠すために恋人を、いえ、婚約者まで演じていたんです。高等中学校《ギムナジウム》時代は本当に付き合っていました。でも大学入学資格試験のあとパリに旅行したとき、ゲッツは物理学特別クラスの生徒がかわいくてならないと告白したんです。はじめは愕然《がくぜん》としました。恋人だと思っていた相手から、自分はホモセクシャルだと告白されるなんて間抜けでしょう。でも、それがなんだという気になって、それからは兄妹みたいな関係になりました。ゲッツはわたしの人生最悪のときに寄りそってくれました。どんな話も真剣に聞いてくれました。最高の友だちであり、信頼できる存在でした」

「お父さんがなくなったことですか?」ピアが口をはさんだ。

「ええ、そうです」ハウシルトはうなずいた。「十六歳のときでした。その週末、母はわたしの妹を連れて旅行に出ていました。父は遅くに仕事から帰ってきて、サウナに入りました。冬には毎週何回も入っていました。朝になって、家じゅうの明かりがついていて、車がガレージにあったので、不思議に思って父を探しました。そしてサウナで死んでいる父を見つけたんです。あの光景は一生忘れません。父は四十九歳になったばかりでした。どうしてそうなったのかだれにもわからず、司法解剖もされませんでした。心筋梗塞だったのだと思います」

「のちにご主人も亡くしていますね」

「二〇〇五年十月のことです。エーリクは糖尿病でした。ブックフェアのときでした。イベントがいろいろあり、ストレスがいっぱいで、酒もたくさんだされます。夫はいったん事務所に戻り、シルン美術館で開催される出版社のパーティで落ち合うことにしていました。でも、夫は来なかったんです。わたしは深く考えませんでした。ブックフェア中はたくさんイベントがあるので、どこかで引っかかっているのだろうと思ったんです。翌朝、従業員がインスリンを保管している冷蔵庫の前で死んでいる彼を見つけました。まだ五十三歳でした」

ハウシルトは気をしっかり持とうとしているような声だった。

「ゲッツさんはなぜホモセクシャルであることを隠そうとしたのですか？」オリヴァーはたずねた。「ご両親はたくさんの芸術家と親交がありましたよね。ホモセクシャルであることをカミングアウトした人も多かったはずです。そういうことをご両親が気にしたとは思えませんが」

「とんでもない。表面上そう振る舞っていただけです。あのふたりは基本的に俗物です。ゲッツはいずれ出版社を引き継ぐことになっていました。マルガレーテははじめから、わたしの母親になると思っていました。あれは本当に奇妙でした。でも、だからその役を演じることをなんとも思いませんでした。仲間たちもわたしたちのことを疑いませんでした。でもそうしたら、ゲッツがシュテファンに恋をしてしまったんです。それで、すべてが変わりました。わたしはゲッツのアリバイになり、あのふたりを一生懸命かばったんです」

「カタリーナ・ヴィンターシャイトさんはあなたたちのことにすぐに気づきましたね」

「ええ」ハウシルトは思いだし笑いをした。「カタリーナは一九八二年の秋にわたしたちのシエアルームに来たんです。もともとヨゼフィンとハイケがいっしょでした。その前に同居していた人は夏に引っ越していったんです。その頃、ゲッツとわたしは恋人のふりを徐々にやめようとしていました。ゲッツが、わたしを利用しているようでいやだといいだしたからです。カタリーナはゲッツとシュテファンとわたしがどういう関係かすぐに気づいて、ゲッツとシュテファンにふたりの関係を明らかにするように勇気づけたんです。でも、ふたりにはその勇気がありませんでした。シュテファンの両親はヴィンターシャイト家よりも保守的でした。それに両親の印刷所はヴィンターシャイトの出版社に依存していました。そんなときにカタリーナとヨーン・ヴィンターシャイトが相思相愛になったんです。年齢が上で、人生経験があったヨーンはふたりにカミングアウトするなとすすめました。ヨーンは兄夫妻を知っていたからです。それに父親もまだ健在で、発言権を持っていました。そこでわたしたちはごまかしつづけたんです。悲惨な最期を迎えるまで」

「あなたはカタリーナさんに嫉妬していたのですか?」ピアはたずねた。

「嫉妬?」ハウシルトは驚いた。「とんでもない。わたしたちは仲よしでした。ゲッツが死んだあと、わたしの唯一の本当の友でした。ヨーンと彼女が邸から引っ越すと、よく家に遊びにいって、カールの相手をしました。だからヨーンと彼女はわたしをカールの代母にしたんです」

「そしてカタリーナさんのご主人が亡くなったんですね」

「ええ、一九八八年五月のことです。出張にいったアメリカで心筋梗塞を起こして亡くなりました。青天の霹靂《へきれき》でした。それまで彼はこれといって病気をしたことがなかったんです。カタリーナはすっかり落ち込んで、以前とは別人になりました。ヨーンを深く愛していたんですね。彼女はヨーンから出版社の株の半分を相続し、彼女を気に入っていたヨーンの父親カール・アウグストからリープマン文庫の管理権を相続しました。でもカタリーナは出版社と関わりを持っていませんでした。アンリとマルガレーテが望まなかったからです。ヨーンの死後、彼女は役員のポストをもぎとったんです」

「そしてあなたがついていた仕事を引き継いだんですね」

「そうです。彼女に版権室に入ってもらうというのは、わたしのアイデアでした。あそこは退屈だったんです。高尚な文学は好きではなかったですし。わたしはもっといろいろなものに興味がありました。ちょうどそんなときに、ハウシルトから誘いがありまして。これでヴィンターシャイトの呪縛から完全に解き放たれると思ってかなりうれしかったです。財団の仕事は数年前にすでに終わらせていました」

「カタリーナさんが命を絶ったあと、どうなりましたか？　住居の片付けはだれがしたのでしょう？　それからカタリーナさんの私物はどうなったのでしょうか？」

「わたしは何度か愛する人を失いました。でもカタリーナの死が一番辛かったです」ハウシルトの顔が曇《くも》った。話をつづけるまでしばらくかかった。「彼女はヨーンが亡くなってから鬱《うつ》になっていました。家に閉じ籠《こ》もって、だれにも会おうとしなかったんです。何週間もベッドの中で脱力していることもありました。わたしにせっつかれて、医者の診察を受け、抗鬱薬を処方してもらいました。それからはしばらくうまくいっていたんです。でもあの日、なにかとんでもないことがあったのでしょう。わたしはすでに眠っていたんですが、マルガレーテから電話で、カタリーナが亡くなったと聞かされました。わたしにはわけがわかりませんでした。カタリーナの住居に着いたときは、ドロテーアがカールを邸に連れていったあとでした。警察が来ていました。わたしたちは住居に入れてもらえませんでした。入ることが許されたのは、二日後のことです。わたしはドロテーアといっしょにカールの服やおもちゃを取りにいきました。マルガレーテはカタリーナの持ちものを処分していました。カタリーナが亡くなってわずか二日後に！　わたしには為す術《すべ》がありませんでした。遺されたのは家具だけでした」

「カタリーナさんが書いたものは？」ピアは訊き直した。

「日記のことですか？」ハウシルトは軽く首を横に振った。「知りません。ヴァルデマールが持ち去ったのではないでしょうか。カタリーナのことを敬愛していましたから。でも、マルガレーテが全部、持ち帰って、中身を読んで、大部分を捨てたのかもしれません」

「日記のコピーを送ったのはマルガレーテ・ヴィンターシャイトさんだというのですか？」オリヴァーはたずねた。

「いいえ、そんなはずはありません。ドロテーアだと思います。あの人はわたしたちのことをよく思っていませんから。人生を台無しにされ、両親からは顧《かえり》みられず、ハイケは二十五年ものあいだ父親の愛人だったわけですから」

「土曜日に病院で会ったとき、ドロテーアさんはあなたのことを友人と思っているという印象を受けましたが」ピアはいった。「あの方はあなたについていいことしかいいませんでした」

「ドロテーアは相手を見て態度を変えるんです。自動的にそうするんです。一種の自己防衛なのでしょうね」

「でもなぜ今になってドロテーアさんが日記のコピーを送ったと思うんですか？」

「ええと」ハウシルトはバッグからクリアファイルをだして、ピアとオリヴァーに渡した。

「これが日記のコピーと封筒です。投函日は八月十三日。ハイケは六月末にヴィンターシャイト出版を解雇され、そのあと労働裁判所に訴えて、八月はじめにカールと会社に対するネガティブキャンペーンをはじめました。ドロテーアにとってそれが最後のひと押しになったのではないでしょうか。そして全員に復讐することにした」

「日記について他の友人と話しました？」

「ハイケとシュテファンとは。シュテファンはわたしが日記を持っていると思っていました。ヨージーとはほとんど連絡を取っていません。ハイケも、やったのはドロテーアだと思っていました」

「ヴェルシュさんが受け取った抜粋はどういう内容だったのでしょうか？」

「知りません」ハウシルトは肩をすくめた。「ハイケはすぐゴミにだしたみたいです。差出人不明の手紙なんて、卑怯者のすることだといっていました」

「ロートさんも日記のコピーですっかり気が動転したようですね」オリヴァーはいった。「奥さんの話ですと、ある夜、泥酔して、ガレージで泣いているところを発見したそうです。自分のキャリアが嘘の上に築かれていることが知られるのを恐れていたようです」

「彼の立場なら、わたしでも不安になったでしょう。日記のどの部分が送られてきたのか知りませんが、ゲッツが死んだあの夏のことに触れていたのは間違いないですね。わたしたちはみんなで、とんでもない嘘をつきましたから」

「ロートさんと最後に会ったのはいつですか？」

「初夏です。カールが彼を部長に抜擢《ばってき》した直後でした。彼がちょっとした祝いの席をもうけたんです。そこに招待されました。仕事ではつながりがありませんでした。うちには彼が担当している作家がいませんので」

「先週の月曜の夜はどこにいましたか？」

「わたしのクライアントであるアメリカ人作家の作品の版権をめぐってオークションがありましたので、遅くまでオフィスにいました」ハウシルトはピアの質問に腹を立てるでもなく、思いだしながらいった。「午後九時半頃オフィスを出て帰宅しました。わたしはクローンベルクに住んでいます。それから十一時半頃まで自宅で仕事をしていました」

ドアをノックする音がして、クレーガーが顔を覗かせた。

「ピア、オリヴァー、ちょっといいかな？」

「失礼します」そういうと、ピアはスマートフォンを手に取って、ボスのあとから廊下に出た。

「どうした？」オリヴァーはクレーガーにたずねた。答えるかわりに、クレーガーはにこにこしながら証拠品を入れるビニール袋を三袋差しだした。

ひとつの袋にはジップロックのプラスチック・バッグの箱が入っていて、もうひとつにはメタノールの瓶、三つ目には漏斗《ろうと》とピペットが収まっていた。

「ベーアの作業場で見つけた」クレーガーがいった。「箱に微小の血痕が付着していた。肉たたきが入っていたプラスチック・バッグはきっとここから抜いたものだろう」

「よくやった」オリヴァーはうなずいた。「手がかりになるな」

「ここの捜索はほぼ終わった。ひきつづきベーアの住宅に取りかかるか？」

「ああ。ベーアが不在だったら、鍵屋に依頼してくれ。それからカイに、ベーアを指名手配するようにいってくれ。自宅に彼の写真があるかもしれない。それを使うといい。ここが済んだら、そちらへ向かう」

「わかった」クレーガーはうなずいて、押収品を持って立ち去った。

「ハウシルトさんの話は信憑性がありますね」ピアはいった。「どう思いますか？」

「ベーアとドロテーアが協力して犯行に及んだというきみの推理に一理あるように思えてきたよ」オリヴァーが答えた。「ドロテーアはヴェルシュをひどく憎んでいる。日記で脅《おど》してもはかばかしくないので、ベーアと彼女はヴェルシュのところへ行き、ベーアが殺したのだろう」

「ふたりとも、はっきりしたアリバイがないですね。ロートも、あのふたりには邪魔でした。ふたりはロートに毒を盛って、彼が犯人だと思われるように手がかりを残したのでしょう」

「しかしベーアはどうしてプラスチック・バッグとメタノールの瓶を始末しなかったのだろう？　そこが引っかかるな」

「プロではないですからね。捜査の対象になると思っていなかったのでしょう」

「そうかもしれないが。これだけ綿密に計画を立てる人間がそんなうかつなことをするだろうか？」

「とにかくハウシルトの事情聴取を終わらせましょう。ベーアの住居を見てみたいです」ピアはドアノブに手をかけたところで、ふと思いついた。「ロートが金曜の夜に出迎えた人ってだれだったんでしょうね？」

「だれだろうな。きっと電話で会う約束をしたはずだ。ターリクにいって、ロートのスマートフォンとオフィスの固定電話の通話記録を細かく調べさせよう」

「わかりました。わたしから頼んでおきます」

「ベーアの動機はなんだろうな？」オリヴァーが疑問に思った。

「忠誠心でしょう」ピアが答えた。「日曜日にベーアがいっていたことを覚えていますか？〝ヴェルシュさんには失望していました。長年餌をくれていた手にかみつくものではありません〟それにヴェルシュが遺言の内容を変更するつもりだと知ったのかもしれません。ヴェルシュ殺害は感情にまかせた犯行ですので、犯人はドロテーアかもしれませんが、ロート毒殺は周到に計画されたものです。ベーアには動機があります。手段も機会もありました」

「ではロート殺害に関しては、彼が第一被疑者になるな」オリヴァーはうなずいた。「それじゃ、部屋に入ろう。ハウシルトが、一九八三年に起きたことを本当に知らないかどうかたしかめてみようじゃないか」

ふたりは面談室に戻って、ハウシルトの正面にすわった。ピアは録音を再開して、スマートフォンをテーブルに置いた。

「一九八三年夏」ピアはいった。「なにがあったか教えてください」

ハウシルトはそのことを質問されると思っていたようだ。

「ノワールムティエ島にあるヴィンターシャイト家の別荘で過ごすのは四度目でした。ちょっとした伝統だったんです。でもあの夏は、はじめからおかしな雰囲気でした。友情なんてまるで感じられず、ストレスばかりが溜まりました。アレックスとハイケは四六時中、文学や作家の話ばかりして、ゲッツの神経に障っていました。彼はたぶんシュテファンとふたりだけでノワールムティエ島に行きたかったんだと思います。でもそれは目立つことですから、仲間を全員招待するほかなかったんです。けれどもそれが間違いの元でした。ゲッツはもうステファンとの関係を内緒にしていることに耐えられなくなっていました。内緒といえば、医学を専攻していることも親には秘密にしていました。だからいつ知られてしまうかとびくびくしていたんです。ゲッツは医者になって、シュテファンといっしょに暮らしたいと思っていました。カミングアウトしようとしたら、シュテファンが怖じ気づいたんです。そこから悲劇がはじまりました」

「ゲッツさんが亡くなった夜、なにがあったんですか?」オリヴァーはたずねた。

「ゲッツは泥酔してました。シュテファンに、別れよう、ドロテーアが好きだといわれて、憤《ふん》慨《がい》していました。悲しかったんだと思います。ひどく荒れていました。ハイケ、ヨージー、アレックスにひどいことをいいましたね。家に帰れ、もう顔も見たくない、出版社にも邸にも来るなとか。ハイケとアレックスの病的なほどの功名心にうんざりしたんでしょう。わたしがなだめてもだめでした。いつもは気持ちを静めてくれたんですが」

ハウシルトは間を置いて、記憶を探った。

「わたしはあきらめて二階の部屋に戻りました」ハウシルトの声がかすれていた。「それが、ゲッツを見た最後です。それからヨージーも二階に上がってきました。泣いていて、わたしのところで寝てもいいかと訊かれました。彼女はアレックスにがっかりしていました。しばらく交際していたんですが、ゲッツがヨージーを貶《けな》しても、アレックスがかばってくれなかったからです。わたしはいっしょに寝てもいいといいました。ヨージーは荷物をまとめて、わたしの部屋に来ました。翌朝、家に帰るといっていました」

「あなたも?」

「いいえ」ハウシルトは首を横に振った。「ヨージーが家に帰って、ハイケとアレックスもいなくなればいいと思っていましたから」

ピアはメモを取った。ヨゼフィン・リントナーの話と少し食い違っている。

「カタリーナとヨーンはセーリングに出ていて、翌日戻ってくることになっていました。あのふたりとゲッツだけになれば、きっと楽しい思いができると思っていたんです。わたしはあの晩、飲みすぎて、早くベッドに入りました。ゲッツは一階でまだいろいろ怒鳴っていました。そのうちにわたしは眠ってしまい、目を覚ますと……ゲッツが死んでいたんです。死体が海岸に打ちあげられたんです」ハウシルトはそこで黙って、下唇をかんだ。「警察が来ていました。家政婦も。わたしたちはだれもフランス語がうまくなかったので、ヨーンとカタリーナが戻ってきてほっとしました。シュテファンは、自分とゲッツの関係をだれにもいわないでくれとわたしたちに懇願《こんがん》しました。すくなくともハイケとアレックスは二人の関係に薄々気づいていたのだとわかりました。ゲッツの両親はすでにノワールムティエ島に向かっていました。家のまわりには人だかりができていました。近所の人たち、警官、医者。ハイケとアレックスは、ゲッツがカタリーナにふられて泥酔していたという話にしよう、口裏を合わせてくれとわたしたちに頼んできました。わたしたちはみんな、ショックを受けていたんだと思います。わたしたちはもうあのことは二度と話題にしないと誓い合って、実際その約束を守ってきました。わたしたちはそういう契約を結んで、それを違《たが》えずにきたんです」

「リントナーさんから聞いた話とすこし違いますね」オリヴァーがいった。「あなたが眠ったあと、リントナーさんはまた起きだして、ヴェルシュさんとロートさんが岩場へ歩いていくのを見たそうです。リントナーさんはふたりのあとを追って、ロートさんがゲッツさんを海に蹴《け》落《お》とすのを見たといっています」

ハウシルトの顔面が蒼白になり、目を丸くした。

「わたしたちは、ロートさんが出版社設立に資金をだすのを断ったためにヴェルシュさんがそのことを公表すると脅迫し、ロートさんに殺されたと見ています」

「アレックスが?」ハウシルトが愕然としてささやいた。「まさか。ありえません! 彼が……そんな」

ハウシルトの目が泳いだ。また話そうとして、口をつぐんだ。祈るように両手を合わせ、その手を唇に当てた。思い出が過去に飛んで、この数十年を一気に現在まで総まくりしたようだ。信じられないという顔つきが茫然自失に変わり、ついには驚愕の表情になった。ピアはヴェルシュの死ではなく、ゲッツの死について考えているなと思った。昨晩のドロテーアと同じように、とんでもない嘘をつかれていたことに気づき、彼女の世界が瓦解したのだ。

「ゲッツの葬儀のとき、アレックスは弔辞を読んだんですよ」ハウシルトは小声でいった。

「ゲッツの死を悲しんでいました。アンリとマルガレーテと交わした言葉。財団を作る話。それからこれまで長年にわたってゲッツについて口にした彼の言葉……全部嘘だったんですか？」

ハウシルトは目を上げた。「なんでそんなことを？　それにハイケ！　彼女はアンリの愛人でした。あの三人はこの三十年間、毎日顔を合わせて、いっしょに働き、祝いごとを共にしてきたんですよ。人間にできることですか？」

ハウシルトは咳払いして、必死に気を取りなおそうとした。

「すみません。その……あまりに……ショックで。それが本当なら、この三十五年間にあったことの意味がすべて変わってしまいます。わたしにとってゲッツがどんな意味を持つか、ハイケは知っていて、真実をいわなかったことになります！　わたしは彼女にとって重要じゃなかったんですね！　そんな人の出版社に投資するところだったなんて！　友だちだと思うから援助しようとしたのに」

「ヴェルシュさんの家で、血痕のついたTシャツとメガネを発見しました。どちらもロートさんのものだったろうと思われます。そしておそらく血痕はゲッツさんのものです」ピアはまた判明したことを口にしたが、ハウシルトはまともに聞いていなかった。

「アレックスはゲッツの葬儀で涙を誘う弔辞を読んで、泣きながらアンリと抱擁《ほうよう》したんです。そしてゲッツの代わりになりました。ヴィンターシャイト家からうまく信頼を勝ち取った。ハイケが秘密を明かさないとわかっていたからなんですね。信じられません」

ハウシルトがようやく顔を上げた。

「ヨージーも一枚かんでいたんじゃないでしょうか。彼女はアレックスのいうことをなんでも聞きましたから。アレックスやハイケと違い、罪の意識があって、きっと彼女が今回の発端です」

ゲッツを海に蹴落としたのがロートだったのか、ヴェルシュだったのかは、もう問うだけ無駄だ。だがドロテーアと、ヴィンターシャイト家に忠誠を誓うベーアがゲッツ殺害の復讐をした可能性が高まった。

＊

「……それで刑事さんから聞いたのよ。アレックスがゲッツを岩場から海に蹴落としたって。ハイケはそばで見ていたらしいわ。あのふたりがゲッツを、わたしのゲッツ、わたしの親友を殺したなんて。それもこの出版社にうまく入り込むために！そしてゲッツの家族に取り入って、この出版社で大きい顔をしていた。罪の意識も持たずに！」に！」マリア・ハウシルトは顔が蒼白で、喉に手を当て、かすかに体を揺らしていた。罪の意識も持たずハウシルトが気絶するのではないかとユーリアは心配になった。「絶句だわ。本当にショック。ドロテーアはさっきみんなの前でわたしを罵倒して、嘘つき呼ばわりしたけど、フォン・ブーフヴァルト刑事から真相を聞かされるまで、本当になにも知らなかったのよ」

「本当の名前はボーデンシュタインさんです」ユーリアはいった。「とにかくすわってください、ハウシルトさん」

ユーリアはふるえているハウシルトの腕を取って、社長室の椅子にすわらせた。

「なにか飲んだほうがいい。ジントニックはどうですか?」カール・ヴィンターシャイトがいった。

「ジンをストレートで。トニックはいらないわ」ハウシルトは二、三度深呼吸し、テーブルに肘《ひじ》をついて、顔を手で覆った。カールは戸棚に組み込まれたバーコーナーの扉をひらいた。ユーリアは彼と目が合った。カールは軽く首を横に振り、ユーリアはカールがいわんとすることを察してうなずいた。ハウシルトが今話したことは、カールの母が書いた未完成原稿のプロットと瓜二つだ。カールがジンを差しだすと、ハウシルトは一気に飲み干した。アルコールのおかげでハウシルトの血色がよくなり、ふるえが収まった。

ユーリアはさっき、カールが受け取った青いミニカーと原稿のことを警察に話すつもりだったが、ドロテーアの激昂に驚いて、ピア・ザンダーに打ち明けるのを忘れてしまった。ロビーでピアとそのボスがハウシルトへの事情聴取を終えるのを待っていると、カールが来て、さっきは失礼なことをしたから詫《わ》びたいといって社長室に呼んだ。カールは夜のうちに母親の原稿を読んでいて、自殺だったのではないというユーリアの疑いに同意した。だから、検察から調書を取り寄せたヘニング・キルヒホフをいっしょに訪ねようと説得するのはさして難しくなかった。そしてちょうどユーリアが社長室から出たとき、ハウシルトが幽霊のようにエレベーターから出てきて、ユーリアの腕の中に倒れかかってきたのだ。

カールはハウシルトのグラスに二杯目を注いだ。彼女はまた水のように飲み干した。

「警察はゲッツ殺害の件で脅迫されたアレックスがハイケを殺したと見ていますね。自分の出版社を設立しようなんて考えるから！　自分勝手に見栄を張っただけでしょ！」ハウシルトはいつもの声に戻っていた。「考えてもみて。長年、友だち付き合いしていた人間がそんなことをするなんて！」

ユーリアも今の話には耳を疑った。あのやさしくて、人なつこかったロートがあの魔女のようなヴェルシュを殺したとは。自分もジンが欲しいくらいだった。この四十八時間に起きたことはどれもこれも悪夢を見ているようだ。まるで映画の中みたいだ。これではアーノルド・シュワルツェネッガー主演の『ラスト・アクション・ヒーロー』に登場する少年と同じだ。

カールはハウシルトの隣にすわった。

「マリア、わたしの母をよく知っていたんだよね？」

「もちろんよ。親友だった。ゲッツが……あんなことになったあとも」

「じゃあ、母が物書きをしていたことも知っているかな？」

「物書き？」ハウシルトはきょとんとしてカールを見つめ、空のグラスをテーブルに置いた。

「どういう意味？　日記？」

「小説だよ。本、物語、そういうものだ」カールがそういったので、ユーリアもハウシルトの返事に耳をそばだてた。

「小説を書いていたはずはないけど」ハウシルトはそういってから、ふっと笑みを浮かべた。

「でも文章を書くのはお母さんの趣味だったわね。シェアルームでいっしょに暮らしていたとき、暇さえあれば古い携帯用タイプライターをパチパチ打っていたわ。あれはずいぶん神経に障ったわね。どうしてそんなことを訊くの？」

「書いたものはどうなったのかな？」カールはハウシルトの質問には答えずたずねた。

「たいていはすぐに捨てていたわね。つまらないことを垂れ流す最近の作家と比べると、とても自分に厳しくて、次は大ベストセラーになるものを書くといっていたわ。当時はキッチンに直火のコンロがあって、書いた原稿はみんなそこで燃やしていた。お母さんは一度も読ませてくれなかった。あるとき、ヨーン・ヴィンターシャイトと交際するのは自分の原稿がだせる出版社がほしいからだろうとハイケにいわれて、お母さんは書くのをやめたわ。その直後、シェアルームを出ていって、二度と書かなかったはずよ」

ハウシルトはカールからユーリア、そしてまたカールへと視線を移した。

「なんでそんなことを訊くの？　わたしがお母さんの話をしようとすると、いつもいやがっていたのに」

「じつは」カールはまたユーリアの目を見た。「ブレモーラさんとヘニング・キルヒホフ教授は母の死についてすこし調べたんだ。そして……なんというか……おかしなことが判明した。キルヒホフ教授は母の自殺を疑っている」

ユーリアは、ハウシルトの表情ががらっと変わったことに気づいた。

「疑っている？」ハウシルトが信じられないというようにたずねた。「どうして？　じゃあ、どういうふうに死んだというの？」

「キルヒホフ教授は、だれかに突き落とされたと見ているんです」ユーリアが代わりに答えた。「嘘っ！」ハウシルトは驚いていった。「だ……だけど、当時捜査されたはずでしょ？わたし……ずっとおかしいと思っていたのよ。カタリーナは自殺するような人じゃなかったもの。それに聞きたくないかもしれないけど、カール、あなたをとても愛していた。あなたはお母さんにとって世界で一番大事な存在だった。学校に入学するのをあんなに喜んでいたのに、その数日前に自殺するわけがないわ！それにお母さんは出版社を改革する計画を立てていたのよ。専門家に依頼して、会計監査をすすめていた。それでアンリがどんぶり勘定で会社運営をしていることがわかってきていた」ハウシルトはそこで口をつぐみ、眉間にしわを寄せた。「ヴァルデマールがなにか絡んでいるんじゃないかと思っていたのよね」

「ヴァルデマール・ベーア？」カールとユーリアが異口同音に訊き返した。カールは呆気にとられ、ユーリアは愕然とした。ハウシルトはうなずいた。

「あの人はカタリーナを気にかけていた。でも、カタリーナは彼を友だちとしてしか見ていなかった。あなたのお父さんを忘れられなかったのよ。ヨーンとは本当に大恋愛だったから、他の男が割り込む余地なんてなかった」

「ベーアさんがなにかしたというんですか？」ユーリアは啞然とした。いつも落ち着いていて、信頼できる使用人のことが気に入っていた。そんな暴挙に出るとは到底考えられない。

「恋に破れるというのは動機になるのよ」ハウシルトは放心したようにいった。「お母さんが死んだ夜のことはともかく、家を片づけたときのことはよく覚えている。マルガレーテ、ドロテーア、ヴァルデマール、そしてわたしの四人で、雇ったポーランド人に手伝ってもらって片づけた。ヴァルデマールは泣きどおしだった」ハウシルトの顔が曇った。「あのアレックスだって、ゲッツの葬儀で大泣きしてみせた。でもそれが本心とはかぎらないってことよね。ヴァルデマールはなかなか本心を見せない。静かな水は深いというでしょ」

ユーリアはカールの横顔を見ながら、今どんな気持ちだろうと思った。自分にはまだ家族を亡くした経験がない。それがどんな痛みを伴うか知らない。ユーリアの家族はごく普通で、秘密なんてない、家族関係にひびが入ったこともない。六歳の息子を残して自殺した母親をカールはどう思ってきたことだろう。カールは一従業員であるユーリアにもっともプライベートな面を見せている。ユーリアはそこに感動した。

「ヴィンターシャイト家の人はどうしてカールに、あっ、ええとヴィンターシャイト社長に……お母さんの話をしなかったんですか？」ユーリアはたずねた。

「カールでいい」社長にちらっと見られて、ユーリアはドギマギしてしまった。自分を好いてくれているのだろうか。それとも、すぐにまたよそよそしくされるのだろうか。ユーリアは自分がカールに惹かれていることを自覚した。だがやはりカールとは呼べそうにない。

「マルガレーテはずっとカタリーナに嫉妬していたのよ」ハウシルトがいった。「愛してやまなかった自分の息子が死んで、義理の弟の嫁に男の子が生まれ、しかも父親の名にあやかった。カタリーナはできた女性だった。マルガレーテなど足元にも及ばないくらいに。アンリがマルガレーテと結婚したのがお金目当てだったことは知れわたっていた。それにカタリーナは美人で知性があって、温かい心の持ち主だった。だからみんなに好かれていた。あなたの祖父のカール・アウグスト翁も、女性に関しては堅物だったのに、カタリーナにはぞっこんだった。カール・アウグスト翁は何時間もカタリーナとおしゃべりして、ありとあらゆる作家に引き合わせ、〈暖炉の夕べ〉ではいつも隣にすわらせていた。マルガレーテはお酒を注いだり、コートを脱ぐ手伝いをさせてもらえるのがせいぜいだった。とにかくカール・アウグスト翁はカタリーナを賛美していた。リープマン文庫の管理権もカタリーナに引き継がせると遺言したほど。そしてマルガレーテをさげすんでいた。マルガレーテがカタリーナの話をしたがらないのはそういう事情も手伝っていると思うわ。ドロテーアの場合も同じ。ふたりはいつも不満を抱えていた」

ハウシルトは手を伸ばしてカールの手に置いた。

「よかったらお母さんの話をたくさんするわ」

「ああ、ぜひ聞きたい」カールはしわがれた声で答えた。「だがその前にキルヒホフ教授のところへ行こうと思っている。解剖所見になにが書かれているか読んでみたい」

＊

「マルガレーテ・ヴィンターシャイトもヴェルシュ殺害に関わっている可能性がありますね」

出版社から出たところで、ピアはオリヴァーにいった。クレーガーはすでに部下を連れて、ヴィンターシャイト邸へ向かっていた。「長年みじめな思いをさせられていたはずでしょ！　そしてヴェルシュとロートに自分の息子が殺されたことを知ったわけですし！」

「どうやって知ったというんだ？」オリヴァーがたずねた。

「カタリーナの遺品の中にあった日記でですよ！」

「そしてこんなに時間が経ってから読んだというのか？」オリヴァーは首を横に振った。「信じられないな」

「それならだれか別の人間が所持していて、最近マルガレーテに渡したとか」

そのとき電話が鳴って、オリヴァーはハンズフリーのボタンをタップした。

「わたしです」ターリクだった。「もうしわけない、ボス。ヴィンターシャイト夫妻を署に連れていくことができません。ふたりとも、家から出るのを拒《こば》んでいるんです。無理矢理パトカーに押し込むわけにもいかず」

「今どこだ？」

「夫婦が住む邸にある財団のオフィスです。巡査を監視につけています。ケムとわたしはフランクフルト警察に応援を頼んでいました」

「例の作家は？」

「いません。ヘルムート・エングリッシュは昨晩、家に帰った、とヴィンターシャイト夫人がいっています」

「わかった。どこにいるかわかったわけだ。クレーガーは着いてるか？」

「いいえ。でもついさっきドロテーア・ヴィンターシャイト＝フィンクが夫とあらわれました。

ドロテーアが母親と話させろと要求しています。ひどく興奮しています」

「わたしたちが行くまで絶対に会わせちゃだめよ！」ピアは叫んだ。「ふたりを別の部屋に連れていって、使用人の部屋に入らないように監視して！」

「オーケー。そうします。ああ、鑑識が到着しました」

「わたしたちも数分で着く」オリヴァーはいった。「それまで四人をばらばらにしておけ。スマートフォンを預かり、固定電話に触れないようにしろ」

家の者のだれかがすでにヴァルデマール・ベーアに電話をかけて、警告しているかもしれないが、まだしていない可能性もある。

工事現場のせいで、エッシャースハム街道が渋滞していた。オリヴァーはフランクフルト大学ヴェストエントキャンパスに通じるロイター通りに曲がった。そこから目的地までは目と鼻の先だ。

「やっぱりわたしの勘が当たっていましたね」ピアはいった。狩りの獲物を目の前にすると、気持ちが高ぶる。数分後、オリヴァーは大きくひらかれたヴィンターシャイト家の門をくぐり、そのままの速度で邸に向かって走った。砂利がはじかれ、車の下でバチバチと音を立てた。邸の前にはパトカーが二台とケムとターリクが乗ってきたシルバーのオペルとボルボの黒塗りのSUVが止まっていた。SUVのナンバーはF-WV889。ドロテーアの社用車らしい。オリヴァーは邸をまわり込んで、鑑識のワーゲンバスが並んで止めてあるところに駐車した。

「ベルを鳴らしても、ドアをノックしても、応答がない」クレーガーが会うなりいった。「これからドアを開ける」

「そうしてくれ」オリヴァーもピアと同じくらい緊張していた。これで正解だろうか。事件はもうすぐ解決するだろうか。緑色に塗られた木のドアの奥でなにが待っているだろう。姿を消した人間の住居に押し入るときは、死体とか銃を乱射する男とか、あらゆるケースを想定しておかなければならない。

ピアとオリヴァーはドアをひらくとき、拳銃を構えた。目で合図しあうと、息を吸って、背中合わせになりながら住居に入った。ふたりはゆっくり前進した。部屋は三つ、それにトイレ、バスルーム、キッチン、納戸。どこでなにが待ち受けているかわからない。

「異状なし」そういうと、オリヴァーは拳銃をしまった。「もぬけの殻だ」

ピアも拳銃をホルスターに戻して、家の中を見まわした。玄関は板張りの廊下に通じていて、右側の最初の部屋は台所だった。外光がたっぷり差し込んでいて、快適な感じだ。

「わたしは左、きみは右でいいか？」オリヴァーがたずねた。ピアはうなずいた。ふたりはラテックスの手袋をはめて、ヴァルデマール・ベーアの住居を調べはじめた。クレーガーたち鑑識班はそのあいだ外で待機していた。台所には、流し台にすすいだマグカップが置かれていた。三分割されたゴミ箱のひとつに野菜くずとコーヒー滓《かす》が入っていて、ほかのふたつのゴミ箱は空っぽだった。窓台には磁器の植木鉢があって、ランが紫色と白色の花を咲かせていた。作業台にはリンゴを入れた籠《かご》がのっている。引き出しはきれいに整頓されていて、納戸には掃除機やバケツが置いてあり、棚に長期保存できる食品や缶詰が並んでいた。どれもごく普通の生活のひとコマだ。浴室にも怪しいところはなかった。ベーアはじつに几帳面なようだ。なにひとつ出しっぱなしにはせず、洗面台のボウルには歯磨き粉やアフターシェイブローションの跡すら見られなかった。浴室のゴミはきれいに片づいていて、シャワーコーナーもバスタブもピカピカだった。

「ピア？」オリヴァーが叫んだ。「こっちへ来てくれ！」

「どこですか？」

「左の一番奥の部屋だ」

ピアは廊下を奥まですすみ、天井が黒っぽい板張りで、ガレージと作業小屋を兼ねた離れに通じる掃きだし窓のある大きな部屋に入った。暖炉の前にはすり減った革製のカウチが置いてあり、寄せ木張りの床には、すり切れて、色褪《いろあ》せているが、今でも美しいペルシア絨毯《じゅうたん》が敷いてあった。アルミ製の脚とガラスでできたモダンなテレビラックにはテレビとDVDプレイヤーとステレオセットが収まっていた。デスクは脚部に彫り物があるマホガニー製だ。その部屋にはあまりに大きすぎ、ごつすぎる。おそらく元は邸のサロンで使われていたものだろう。

「ベーアはスマートフォンを置いていった」オリヴァーは旧世代のスマートフォンがのっているデスクを指差した。「充電ケーブルもある。忘れたとは考えにくいな」

「わたしもそう思います。あわてて逃げたのではないですね。逃亡しましたね。そして居場所を特定されないように置いていったのでしょう」ピアはうなずいた。腰高のオーク材でできた収納箱の上には銀製や木製の額に入った写真がずらっと並べてある。

「あのう、うちのボスがそろそろはじめていいかといってるんですが」

フードつきの白いつなぎを着た鑑識官がドア口に姿を見せた。

「ああ、はじめてくれ」オリヴァーが答えた。「まずはこのリビングだ」

ピアは読書メガネをかけて、写真を見た。どれもかなり古い写真だ。

「これってカタリーナ・ヴィンターシャイトですかね？」そうたずねると、ピアはうっすら口髭を生やし、髪を七三に分けた若い頃のヴァルデマール・ベーアととても美しい褐色の髪の女性の写真を指差した。女性は一歳くらいの子どもを腕に抱いている。女性の写真は他にもあって、たいていはハンサムな男性といっしょに写っている。きっとカールの父親だろう。カールの写真もいくつかあった。母親といっしょに写っている子どものときのもの、若いダークブロンドの髪の女性と写っているもの、ペダルカーに乗っているもの、生真面目《きまじめ》な表情の若い頃のもの、黒いガウンを羽織り、角帽をかぶっているもの。さまざまな機会に撮影されたらしい夫婦のモノクロ写真もある。ヴァルデマール・ベーアの両親だろうか。社長室の壁に肖像写真がかかっている男性と並んで誇らしげに微笑む若いヴァルデマールの写真もあった。

オリヴァーはデスクの引き出しを開けてみた。使用者の几帳面さをよく反映している。鉛筆まできれいに削って、長さごとに分類されている。

「だめだな」オリヴァーはがっかりして上体を起こした。「日記はない」

ピアは部屋を見まわして、よく使うが、他人に見られたくないものはどこに隠すだろうと考えた。

「収納箱ですね」そういうと、ピアは写真を全部デスクにどかし、オリヴァーにも手伝ってもらって収納箱の蓋《ふた》を持ちあげた。ギギギとものすごい音がした。ピアはたたんだ膝掛《ひざか》けとソファのクッションをだした。その下には箱に入ったままのコーヒーメーカーとジューサーと靴が数組入っていた。それから肩ひものついたすり切れたバッグ。ヴァルデマール・ベーアに逮捕状を請求する根拠になる証拠品はなかった。

「寝室を見てくる」オリヴァーはピアの肩を叩いて、リビングから出た。

「まいったな！」ピアは悔しくて、バッグを拾いあげた。ここになにか手がかりがあると思ったのに！　錆《さ》びついた留め具が引っかかる。ピアが無理矢理引っ張ると、中身が飛びだして、絨毯に落ちた。黒くて角が赤い雑記帳が数冊。Ａ４サイズの茶色の分厚いノートが三冊、それから写真が数枚。そして金の指輪が絨毯から床に転がりでて、かちっと小さな音を立てて幅木にぶつかった。ピアはどきどきした。事件の鍵となる手がかりを見つけたのだろうか。神経衰弱ゲームで片割れのカードを引いたときの感覚に似ている。幅のあるゴムバンドでとめてある黒い雑記帳を拾った。ピアも昔、こういう雑記帳を日記帳代わりにしたことがある。以前はプレゼントとしても人気があった。ピアは友だちとロス広場にあった〈クリクリ〉という雑貨店に行って、よくそういう雑記帳を数マルクで買ったものだ。

ピアはふるえる指先でゴムバンドをはずし、雑記帳をためつすがめつして眺めた。古い屋根裏のようなにおいがしている。表紙の左上の角にピンクのマニキュアでＫＫというイニシャルが書かれていた。背クロスとメーカーのロゴのあいだに活字体で〝一九八三年／一九八四年〟

とある。ピアは雑記帳をひらいてみた。日記のコピーで見慣れた筆記体で〝カタリーナ・コモロウスキーの日記 一九八三年一月十三日から〟と黒いボールペンで書かれていた。最後の日付は別のペンで〝一九八四年七月二十六日〟。

「ボス！」ピアは叫んだ。「クレーガー！ 日記を見つけました！」

＊

「これはカタリーナ・ヴィンターシャイト、旧姓コモロウスキーの死因捜査記録だ。記されたのは一九九〇年八月。今朝、フランクフルト検察局から預かってきた。わたしたちが今ここですることは規則違反であることを断っておく」ヘニング・キルヒホフはデスクに向かって立っていて、正面にはユーリア・ブレモーラ、カール・ヴィンターシャイト、マリア・ハウシルトの三人が、ヘニングの秘書が運んできた椅子にすわっていた。

「なぜ死因捜査記録があるんですか？」カールがたずねた。「普通のことなのですか？」

「すでにブレモーラさんに説明したことだが」そう答えて、ヘニングは椅子にすわった。「自然死かどうか怪しい場合は原則的に死因捜査記録が作成される。自殺の場合も必ず作られる。警察は死体発見現場で手がかりを確保し、目撃者や家族に事情聴取する。この初動捜査で他殺だという疑いが生じた場合、検察は解剖を指示する。外貌をはじめとして、死体の状態に異状がないか精査される。他者の介入が認められると、殺人事件として捜査が開始される。しかしあなたの母親の場合は、自殺と認定され、報告書が作成され、遺体は遺族に引き渡された」

「それならなぜ先生は自殺ではないと思うんですか？」ハウシルトがたずねた。

ヘニングはためらった。

「報告書に記されているのとは違うことが起きていたふしがある」ヘニングは気をつけながら表現した。「しかしこれはあくまで推測の域を出ない。写真と目撃証言だけで判断するのはつねに困難を伴う」

ユーリアはがっかりした。ヘニングは昨日、違う言い方をしていた！　どうして急に控え目な表現をするのだろう。死因捜査記録になにが書かれていたのだろう。

「なるほど」カールはそういっただけで、なにを考えているかそぶりも見せなかった。きっとユーリアと同じようにがっかりしているのだろう。社長に変な期待を抱かせてしまったと思い、ユーリアは居心地が悪かった。

「でも昨日、擦り傷はだれかに押された結果で、自分で飛びおりたとは考えにくいとおっしゃいましたよね」ユーリアは、カールに大げさなことをいったと思われたくなくて、そういった。

「そのとおりだ」ヘニングはうなずいた。「だがつねに全体像を押さえておく必要がある。わたしは今でも自殺を疑っている。再捜査される可能性はあると思っている」

これで望みがつながった！

「報告書を見せてもらえますか？」カールがいった。

「検察に正式に申請することをおすすめする」ヘニングは丁寧だったが、はっきりといった。

「遺族には閲覧の権利がある」

「ヴァルデマール・ベーアという人物の目撃証言があるかどうかだけでも教えてもらえません

か?」ユーリアはここで尻尾を巻く気になれなかった。なぜヘニングが心変わりしたのかがわからなかった。

「どうして?」ヘニングがたずねた。

「ヴァルデマール・ベーアがカタリーナを殺した可能性があると思っているからです」ハウシルトが口をはさんだ。「カタリーナはわたしの親友でした。自殺したなんて信じられませんでした。ヴァルデマールは彼女に思いを寄せていました。彼女の家もよく訪ねて、カタリーナが忙しかったり、鬱がひどくなったりしたときに、彼女とカールの世話をしていました。でもカタリーナは彼を友人としてしか見ていませんでした。彼のほうが若かったですし」

ヘニングは唇をなめながら考えた。報告書の表紙をしきりに指で叩いた。

「申し訳ないが、それは教えられない」

「ちょっと覗いてみるだけでいいんです」ユーリアはせっついたが、ヘニングは応じなかった。

「気になるのはわかる。しかしわたしの判断に基づいて警察が捜査をすることになった場合、今あなた方に情報を与えたりしたら、わたしは大変な問題を抱えることになる。今いったように、弁護士を通して検察に申請をだすべきだ、ヴィンターシャイトさん」ヘニングはユーリアを見つめた。「あなたはわたしに話してくれた原稿をできるだけすみやかに刑事警察に提出するべきだ、ブレモーラさん」

「原稿?」ハウシルトが驚いてたずねた。

「数日前、だれかから未完成原稿が送られてきたんだ」カールが説明した。「ユーリアとわたしは、わたしの母が書いたものだと思っている。ノワールムティエ島でバカンスをしていた若者たちの物語だ。そして物語の中でそのひとりが命を落とす……」

「三週間前にも……ええと……カールのところに……青いミニカーが送られてきたんです」ユーリアはまずいと思った。なんだかんだいいながら、結局社長を名前で呼んでしまった！

「それも差出人不明だったんです」

「だからあなたのお母さんが物書きをしていたかって訊いたのね」ハウシルトはようやく合点がいったようだ。

「ああ」カールはうなずいた。「本当によく書けている。未完なのが残念だ。だからユーリアとわたしは、母が自殺したはずがないと考えているんだ。その物語を最後まで書くつもりだったはずだ」

「カタリーナの原稿」ハウシルトは小声でいった。「信じられない！　わたしはひとつも読ませてもらったことがないわ。読ませてもらえるかしら、カール？」

「いいとも」カールは悲しげに微笑んだ。「すばらしい作品だ。母には本当に才能があった」

「だれが持っていたんでしょう？」ユーリアはハウシルトにたずねた。「そして、なぜいままでカールに送らなかったのでしょう？」

今回は違和感なくカールと呼ぶことができた。そのとき、ハウシルトのハンドバッグの中でスマートフォンが鳴った。

「すみません」ハウシルトはそういって画面を確かめた。「作家からだわ。しまった。会う約束だったのに、すっかり忘れていた。わたしは失礼しないと」

ハウシルトは立ちあがると、スマートフォンを耳に当てながらヘニングのオフィスから出ていった。

「ブレモーラさん。ヴィンターシャイトさん」ヘニングがいった。「とにかく刑事警察に連絡をしたほうがいい。ザンダーかフォン・ボーデンシュタインがいいだろう！　すぐにすべきだ！　あなた方がしなければ、わたしがすることになる」

＊

「自分の家で軟禁されて、弁護士にも電話できないなんて、とんでもないわ！　これは自由の剝奪よ。責任を取ってもらいますからね！」ドロテーア・ヴィンターシャイト＝フィンクは目を吊りあげてピアをにらんだ。

「落ち着いてください」オリヴァーはいった。「不便をかけて申し訳ないと思っています」

ドロテーアとその夫は一階の財団事務所にいた。すでに数時間前からドロテーアの両親はそこで文句もいわずにすわっていた。ターリクがロートのTシャツについていた血痕のDNAがゲッツ・ヴィンターシャイトのものか検査するためだといったので、口腔内の粘膜を採取するのも黙って受け入れた。アンリはそのあいだ杖の握りに両手を置いて、じっと目を閉じていた。今も黙っている。だがシュテファン・フィンクが部屋に入ってくるのを見て、マルガレーテが冷たくいい放った。

「この人間には二度と会いたくないわ。わたしの目が届かないところに行って。汚《けが》らわしい」

「少しのあいだ耐えてもらいましょう」ピアが答えた。「みなさん、席についてください。みなさんのお話を録音させていただきます」

だれもいやだとはいわなかった。四人の巡査と四人の刑事に囲まれて、ドロテーアもさすがに萎縮《いしゅく》して、いわれたとおりに椅子に腰かけた。

「ベーアさんのオフィスと作業場を捜索して、ヴェルシュさんとロートさんを殺害したと思われる手がかりを押収しました」オリヴァーが口火を切った。「それからベーアさんの住まいで日記をはじめ、亡くなったカタリーナ・ヴィンターシャイトさんの私物と思われるものを発見しました」

オリヴァーが話しているあいだ、ピアはマルガレーテの様子を観察した。マルガレーテは娘のドロテーアと同じように驚いていた。アンリ・ヴィンターシャイトも体を動かした。目が恐怖に戦《おのの》いたように見えた。なぜだろう？

「三週間ほど前、その日記の抜粋のコピーがロートさん、ハウシルトさん、リントナーさん、そしてあなた、フィンクさんに送りつけられていました。そこには〝一九八三年夏におまえがなにをしたか知っている〟と記した紙も添えられていました。日記の内容はゲッツ・ヴィンターシャイトさんの死を巡るものです」

ドロテーアが唇を引き結んだ。顎《あご》の筋肉がふるえている。

「ロートさんがゲッツさんを岩場から海に蹴落とすところを目撃した人がいます」オリヴァーがつづけた。「ヴェルシュさんもその場にいたそうです。そして」

「嘘！」マルガレーテがうめき声を上げた。床に膝をついて天を仰ぎ、人間のものとは思えない叫び声を上げて泣きだした。そのすさまじい声に、ピアは背中に鳥肌が立った。あまりの魂の叫びに、見ていられないほどだ。家族がひとりとして、マルガレーテを慰《なぐさ》めようとしないので、ピアがしゃがんで助け起こそうとした。マルガレーテはピアの手を払い、八十歳とは思えないほどの素早さでぱっと立ちあがると、夫に飛びかかった。数十年にわたって内に溜め込んできた苦悩と憎悪が一気に噴出した形になった。

「この悪党、この悪党！」マルガレーテは金切り声を上げ、老いさらばえた夫を拳骨で叩いた。夫は身を守ろうともしなかった。「あなたはゲッツを殺した人間を息子代わりにしたのよ！　そしてあの赤毛の性悪女のところに毎日通っていた。本当に見下げ果てた男だわ！」マルガレーテは夫のメガネをはじきとばし、涙をこぼしながら狂ったように殴りつづけた。それを見て、ピアはヴェルシュにも肉たたきで怒りをぶつけたかもしれないと思った。

「母さん、やめて！　お願いだから、もうやめて！」ドロテーアが立ちあがって、母親の上半身に腕をまわし、父親から引きはがして、落ち着かせようとした。怒りの発作は起きたときと同じようにいきなり収まった。マルガレーテは叫ぶのをやめ、ぐったりして、娘に導かれるようにして椅子にすわった。

「なんてことをするんですか？」ドロテーアはオリヴァーを非難した。「もうすこし言い方があるんじゃないですか？」

「放して！」マルガレーテは娘を怒鳴りつけた。「マリアを呼んでちょうだい！　マリアはわたしと同じようにゲッツを愛してた。あの人ならわたしをわかってくれる。いつもわたしをわかってくれていた」

「あの人も母さんに嘘をついていたのよ！」ドロテーアは母親を放して、声を張りあげた。

「まだわからないの？　ゲッツがカタリーナを好きだったというのは、あの連中がでっちあげた嘘だったのよ。そして母さんたちは愚《おろ》かにも、それを鵜呑《うの》みにした！」

「嘘よ。そんなはずないわ！」マルガレーテはぼそっといって、床を見つめた。「マリアがわたしに嘘をつくなんて。わたしから息子を奪い、マリアから婚約者を奪ったのはカタリーナなのよ」

「母さん！」ドロテーアがきつい声でいった。「ゲッツが愛していたのはシュテファンだったのよ。同性愛者で、ふたりは母さんたちとシュテファンの両親に知られるのを恐れていた！　カタリーナはシュテファンを守るために、敢《あ》えて泥をかぶったのよ。ハイケとアレクサンダーはゲッツを殺して、後釜にすわった。いいかげんに理解して！」

　マルガレーテは押し黙ったが、いつまでも唇を動かしていた。

「ヴィンターシャイト夫人」ピアがマルガレーテに声をかけた。「あなた方とエングリッシュさんは先週の月曜日に文学館にいませんでしたね。イベントがあったのは日曜日です。月曜の夜はどこにいましたか？」

「いいかげんにして！」ドロテーアは割って入り、オリヴァーとピアをじろっとにらんだ。

「母もわたしもハイケを殺してなんかいません！　母の具合が悪いのが見てわかりませんか？

愛する息子が殺されたと、今はじめて知ったんです！　しかもずっと信頼していた人たちに殺されたと！　少しは遠慮したらどうなんですか！　人殺しを捜すのなら、なにをしてもいいというわけではないでしょ！」

オリヴァーはうなずいた。ピアも引き下がった。刑事という仕事にはそういう残酷なところがある。沈黙している人の口をひらかせるためにそういう美しくないやり方をすることも多い。

「あなたは本当にいい子ね、ドーロ」マルガレーテは顔を上げ、涙で濡れた目で娘を見た。「あなたには苦労をかけたわ。でも、だれもあなたのことを顧みなかった。わたしも含めてね。あなたの父親はわたしたちを一度も愛さなかった。わたしはお金のために利用されたのよ。わたしのことは持参金目当てだったからまだしもだけど、あなたのことはどうでもよかった」

「わかっているわ、母さん」ドロテーアはそう答えると、母親の前にしゃがんで、母親の手首をやさしくつかんだ。「でも、なんとも思っていない。父親なんていないも同じ。カールとわたしで出版社を切り盛りしている。それが楽しいの。カールは彼の父親と同じように仕事熱心で、母親と同じように頭が切れて、人を惹きつける才に長《た》けている。わたしたちは成功するでしょう。作家も従業員もみんなすばらしい」

母と娘はこの瞬間、心を通わせた。ドロテーアは警官たちに囲まれていることを忘れ、夫と父親に一瞥《いちべつ》もくれなかった。「我が家の男たちは臆病者よ。アレクサンダーも同じだった。男たちはわたしたちのように強くないの。臆病だから嘘をつくのよ」

「そうよね、ドーロ」マルガレーテのしわだらけの顔を涙がひと粒流れ落ちた。ドロテーアは母親の頬に頬を当てた。「あなたにはひどいことをしてしまったわ」

「いいのよ。過ぎたことだから」そこには正真正銘の親愛の情と温かい心があった。「やり直しましょう。カールとわたしにはたくさんの計画があるんだから」

オリヴァーは咳払いした。マルガレーテが少し気を取りなおしたところで質問をつづけた。カタリーナが死んだあと、私物がどうなったかたずねたが、マルガレーテには覚えがなかった。日記も見たことがなかった。またマルガレーテがベーアを最後に見たのは、昨日の午後五時半頃で、ベーアは暗色系のBMWに乗って、出ていったという。オリヴァーは他の三人にもベーアのことで質問をした。ピアはそのあいだ、シュテファン・フィンクにもそれほど強くないものの、ヴェルシュの口を塞ごうとする動機があることに気づいた。だがフィンクに、凶器をロートの冷蔵庫に入れる機会はあるだろうか。そもそもロートのオフィスに冷蔵庫があることを知っているだろうか。ピアはそのとき、ロートが金曜の夜遅く、だれかを会社で出迎えたというヘニングの担当編集者の話を思いだした。

「フィンクさん、先週の金曜の夜はどこにいましたか？ 午後九時半頃です」ピアは、フィンクに質問した。彼はかろうじてドロテーアの夫といったところだ。この二十四時間でドロテーアが知った夫の秘密の数々を考えると、結婚がつづく見込みはないだろう。

「うちの社員と高速道路を移動していました」フィンクが答えた。「午後、エアフルトで用事があり、午後八時にそこを出発しました」

「母にスマートフォンを返してもらえますか？」ドロテーアがオリヴァーのほうを向いていっ

た。「マリアに電話をして、ここに来てもらいたいといっていますので」

「ええ、どうぞ」オリヴァーはターリクに合図した。ターリクはマルガレーテにスマートフォンを返した。そのあとオリヴァーは額に入った写真をだした。にこにこ笑っている若い頃のヴァルデマール・ベーアが、褐色の巻き毛が肩にかかる、大きな黒い目の美しい娘といっしょに写っていた。娘はベーアに寄りそうようにしてカメラを見ている。その女性の写真は他にもたくさん額に入れて飾ってあった。たいていはカタリーナと小さなカールのふたりと写っていた。

「この写真はベーアさんの寝室にありました。この女性がだれかご存じですか?」

「ヴァルデマールがあの子の写真を寝室に?」マルガレーテが信じられないというようにたずねた。「どうして?」

「ヴァルデマールはあの子が好きだったのよ」ドロテーアがいった。「そしてあの子もヴァルデマールが好きだった」

「だれなのですか?」オリヴァーはたずねた。

「カタリーナが雇っていたオーペアガールです」ドロテーアが答えた。「名前はたしかセゴレーヌ。三、四回見かけたことがあります。ヨーンおじさんが亡くなって、邸を出たカタリーナが呼びよせたんです。でも話をしたことはありません」

「ありがとうございます」

「もう帰ってもいいですか?」ドロテーアがさげすむような口調でたずねた。「わたしの嘘つきの夫も今度は本当のことをいったと思いますので。母もわたしも、人を殺したりしていません」

そのとき、アンリがはじめて反応した。背筋を伸ばし、杖に体を預けた。

「だがわたしは人を殺した。あれは事故だった。殺すつもりはなかったんだ」かすれた声だった。顔が自己嫌悪でゆがんでいた。「わたしはカタリーナをバルコニーから突き落とした」

＊

「ヴァルデマール・ベーアがわれわれの追う犯人だ」オリヴァーは自信を持っていった。車で見本市会場の前を走り、ヴィースバーデン方面に向かっていた。クレーガーがすでにカイに連絡して、ベーアの車をドイツ国内で指名手配してある。見つかるのは時間の問題だろう。

洗いざらい自供したアンリ・ヴィンターシャイトは、高齢で病気だということもあって、カッセル拘置所内の病院に移送された。本人の話では、一九九〇年八月十七日の夜遅く、かなり深酒をしてカタリーナを訪ねたという。カタリーナは会社の不正会計に気づいて、外部に過去数年のデータを監査するよう依頼し、アンリにとってかなり都合が悪い事態になっていた。犯罪ではないにせよ、公《おおやけ》になれば社長の職を引かざるをえなくなる。カタリーナは容赦がなく、ふたりは争い、その中でカタリーナはバルコニーから転落死した。彼はパニックになって、だれにも見られずその場から逃げた。

カイはすでにカタリーナ・ヴィンターシャイトの死因捜査記録を検察に請求し、ターリクは日記が入っていた収納箱を署に持ち帰り、ゲッツ殺害を巡るヨゼフィン・リントナーの証言の裏付けになる証拠がないか調べることになった。

ヴィンターシャイト家の忠実な使用人ベーアは、ヴェルシュが出版社とカールに損害を与えようとしていると知って腹を立て、失望したはずだ。日記を読んで、ヴェルシュが一九八三年になにをしたかも知っていただろう。ベーアはゲッツをよく知っていて、兄弟のように育った。それにマルガレーテの悲しみを何年にもわたって見てきた。ヴェルシュとベーアのあいだで口論になったとき、ヴェルシュがベーアに遺産を遺すのをやめるといったかもしれない。それでベーアはヴェルシュを殴り殺したのだろうか。差出人不明の手紙で圧力をかけたのもベーアだ。アレクサンダーはその圧力に耐えかねて、ベーアに本当のことをいい、それで毒を盛られることになったのかもしれない。だがこの推理にはまだいくつか難点があった。具体的な証拠がなく、あるのは間接証拠だけだったからだ。

「ベーアの動機はなんだろう？」オリヴァーが疑問を口にした。

「忠誠心ですね」同じことを考えていたピアが答えた。「日曜日にベーアがいったことを覚えていますか？　ヴェルシュに失望していて、長年餌をくれていた手にかみつくものではないといっていました。ベーアとドロテーアはヨゼフィン・リントナーが話したことを突き止めたんでしょうね。ロートが酔っ払って、告白したのかもしれません。そしてヴェルシュが談判しにきたベーアを遺産相続人からはずすといって」

「そうだとして、ベーアはバッグと日記をなぜ二十八年間も隠し持っていたのかな？　オーペアガールが好きだったということだが、カタリーナの遺品は彼にどんな意味があったのだろう？」

考えた。

「あれが母親の遺品なら、どうしてカールに渡さなかったのでしょうね？」ピアは声にだして考えた。

「彼が社長になって一年半が経つ」

「アンリ・ヴィンターシャイトも日記のコピーを受け取っているんですよね？　受け取ってすぐベーアがシュレッダーにかけたといってました」

「それも忠誠心のなせる業《わざ》かな」

「糞《くそ》っ！」オリヴァーは平手でハンドルを叩いた。いい気分が一気に萎《しぼ》んだ。なにかしら矛盾が見つかって、砂粒が混入したギアのようにきしむ。

「ロートが金曜の夜に迎えた訪問者はいったいだれだったんでしょうね？」

そのときピアのスマートフォンが鳴った。カイだった。

「今、検察に電話をかけたんだが、なんと、カタリーナ・ヴィンターシャイトの死因捜査記録に関心を寄せている者がいて、報告書は検察になかった」

「あら、いったいだれ？」ピアはたずねた。

「きみの元夫ヘニング教授が今朝、持っていったそうだ」

「えっ？　どういうこと？」ピアはびっくりしたが、すぐに腹立たしくなった。「なにがどうなってるの？」

「本人に訊いてくれ。署にはいつ戻る？　アンリ・ヴィンターシャイトが逮捕されて、カッセル拘置所に送られたと知って、エンゲル署長が大騒ぎしている。自宅軟禁にして、発信機つきの足枷《あしかせ》を装着すれば充分だったろうって」

「それはだめ。自殺の恐れがあるから」ピアが答えた。「そうだ、カイ、グーグルアースでヴィンターシャイト出版がある通りと中庭を調べてくれる？　道路のライブカメラか防犯カメラに出版社の中庭の入口が写っているとありがたいんだけど」

「わかった。時間帯は？」

「金曜の夜。午後九時からロートが退社する時間まで。その夜、だれかが彼を訪ねているはずなのよ」そのとき割込音がして、ピアはさっと画面を見た。ヘニングだ！

「やってみる」そういうと、カイは電話を切った。

「ヘニング！」ピアは怒鳴りそうになるのをぐっと堪《こら》えた。

「聞いてくれ、ピア」ヘニングがいった。「オリヴァーときみに大至急こっちに来てもらいたいんだ」

「ええ、すぐに行くわ！　思いっきり蹴飛ばすために！」

「カール・ヴィンターシャイトと編集者がここにいる」ヘニングはかまわず話をつづけた。

「きみたちに話があるんだ」

「十五分で行く」それだけいって、ピアは通話を終えた。

「法医学研究所か？」オリヴァーがたずねた。ピアはうなずいた。オリヴァーは後続車がクラクションを鳴らすのもかまわず、一気に車線を二本変えて西ジャンクションで高速道路五号線のダルムシュタット方面線に入った。前方に四車線全体に広がる赤いテールランプの海が見えた。いつもの帰宅ラッシュだ。

「ついてない！　青色回転灯をだしてくれ。さもないと、一時間はかかる」

「気が引けるわね」ピアがうなるようにいった。

「どうして？」

「ミステリを読んだり、古い調書を読んだりして、自分もわたしたちと同じことができると思われたら困るじゃないですか。元夫がいい例です！」

サイレンと青色回転灯のおかげでスムーズに走れた。多くのドライバーは道をあけてくれた。だがスマートフォンを見ていて、気づかない者もいた。五分でフランクフルト・インターチェンジに着いて、そこから国道四三号線を走った。

「そうだ！」オリヴァーがいきなり叫んだので、ピアは驚いた。

「びっくりするじゃないですか。どうしたんですか？」

「まだチェスの駒が揃っていないようだ、とわたしがいったのを覚えているか？」

「チェスの比喩《ひゆ》でしょ。覚えてます」そしてピアもはっとした。「オーペアガールですね？」

「そうだ！」オリヴァーは興奮してにやっとした。「オーペアガールの役目はなんだ？」

「さあ。雇ったことがないので」

「普通は主婦の手伝いをする。家事、それから」

「……子どもの世話」

「そのとおり。その女性は、カタリーナが仕事に出ているあいだ、カールの面倒を見ていた。

ベーアはカタリーナをプラトニックな意味で敬愛していた。本当に好きだったのはオーペアガールだ」

「そしてオーペアガールのほうもベーアのことを」

「だが結婚していない」オリヴァーはいった。

「どうしてわかるんですか？」

「ベーアの住居にあった写真の彼女はせいぜい二十歳までだ」

「いいところに目をつけますね！」ピアはにやっとした。

「どうも。わかってる」オリヴァーもまたにやっとした。「それでこうだ。カタリーナが亡くなると、マルガレーテは子どもを引き取り、オーペアガールは職を失った。自分の雇い主がバルコニーから転落して死に、外国でひとりぼっちになったら、二十歳の娘はどうするかな？」

オリヴァーがたずねた。

「わたしだったら荷物をまとめて、家に帰ります」

「セゴレーヌは姿を消した」オリヴァーはつづけた。「一九九〇年にはまだ携帯電話が普及していなかった。メールを送ることはできなかったし、スナップマップもなかった」

「スナップマップ？」

「スナップチャットの機能のひとつさ。子どもたちはそれで、友だちがどこにいるか見てるんだ。ゾフィアが使ってる。それはともかく、セゴレーヌはすぐにドイツを去ったはずだ」

「ベーアになにもいわず？」

「おそらく」

「じゃあ、バッグを持ちだしたのは彼女でしょうか？　でも、なんでそんなことを？」

「わたしに訊かないでくれ！」オリヴァーは赤信号で車を止めた。「もうすこし考えてみよう」

「青になりましたよ」ピアはいった。オリヴァーはアクセルを踏んだ。

「そうだ。ルーフの青色回転灯を片づけましょうよ」

「セゴレーヌがバッグを持ってでた」オリヴァーはサイレンを消した。もうすぐケネディアレー通りだ。「だがそれがあそこにあった」

「どうしてでしょうね？」

「知るもんか」オリヴァーはため息をついた。「糞っ。ピースがうまくはまったと思ったのに、また別のピースが足りない」

＊

「これは？」ピアはたずねた。カール・ヴィンターシャイトがオリヴァーの前に紙の束を置いたのだ。みんな、ヘニングのオフィスの来客用テーブルを囲んでいた。

「母が書いた原稿です」カールが答えた。「金曜日に郵便で受け取りました。差出人不明の封筒に入っていて、この写真も同封されていました」

カールはその写真をテーブル越しにピアたちに差しだした。ヴェルシュの遺品にあったものと同じ写真だ。白い家の前の外階段に立つ六人の若者。ピアは写真を裏返した。ボールペンで「ノワールムティエ島」と書かれていた。

「二、三週間前にも、差出人不明の郵便でこれが届きました」カールはジャケットのポケットから青いミニカーをだした。「このミニカーは昔、いとこのドロテーアからもらったものです。五歳の頃のお気に入りのおもちゃでした」

四角いテーブルの一方にヘニング、ユーリア・ブレモーラ、カール・ヴィンターシャイトの三人がすわり、その真向かいにオリヴァーとピアが腰を下ろしていた。

「原稿は、同じ大学に通う若者たちの物語です。若者たちは夏期休暇をノワールムティエ島で過ごしていました」ユーリアが説明した。彼女には独特の魅力があって、気取ったところがない。化粧もせず、長い暗褐色の髪を三つ編みにしている。「カタリーナ・ヴィンターシャイトさんの実人生と重なる点が多いです。フランクフルトにある出版社が出てきて、社長の息子が休暇中に死んで、死体が浜に打ち上げられます」

「しかしページ数はわずか百三十四」カールがいった。「執筆が中断されています。母はその物語をわたしに捧げています」

カールは身を乗りだして、原稿の二枚目をピアとオリヴァーに見せた。「〝いつものように、永遠に。わたしの大事な宝物カールに捧ぐ〟」

「ですから、わたしは自殺したと思えなかったんです」ブレモーラがいった。目が光っていた。「息子を大事な宝物と呼ぶ女性が、しかも執筆の途中でバルコニーから飛びおりるはずがありません！」

「それでブレモーラさんはわたしのところに来た」今度はヘニングがいった。「わたしたちはまずデジタル化した解剖所見を見て、内容におかしなところを見つけたんだ」

ヘニングはノートパソコンをひらいて、死体の写真をだし、左の腰の擦り傷と、上腕内側の半月形の圧迫痕を示した。その傷がどうついたか、ヘニングは納得のいく説明をした。

「だから検察から死因捜査記録を借りだしたんだ」

「ヘニング、ちょっと話があるんだけど」ピアは椅子から立った。「ちょっと外に出て」

ヘニングはノートパソコンを閉じてピアに従った。オリヴァーも廊下に出た。

「正気なの？」ピアはまずドアを閉めて、それから声を殺してヘニングに食ってかかった。「ミステリを書いたからって、刑事になったつもりになって、編集者と出版社社長にちょっとしたアドバイスをしたってわけ？　霊安庫にいるふたりのお客がどうして死ななければならなかったか、この数日ずっと頭を悩ませている。あの原稿は動機になりうるわ！　わたしたちに断りもなく、検察から死因捜査記録を持ち帰るなんて。これは越権行為よ！」

「ブレモーラさんには、はじめからきみたちに話すようすすめたさ！」ヘニングは弁解した。「でも、問題は社長の母親のことだから、社長の意向をないがしろにできなかったんだ」

「ヘニング！」ピアは叫びそうになるのをぐっと堪えた。「もし死体を見つけて、その人間がなぜ死んだか知りたいとき、わたしはいきなりキッチンバサミで死体を解体したりしないわよ。必ずあなたに電話をする！」

ヘニングは渋い顔をして、また弁解しようとしたが、ピアはなにもいわせなかった。

「すでに死んだか、殺人の疑いがある六人に、カタリーナ・ヴィンターシャイトの日記のコピーを同封した差出人不明の手紙が届いている」ピアがつづけた。「ヴィンターシャイトが同一人物からさっきのミニカーと原稿を受け取ったのは間違いない。そこからなにが推理できる？」

「結論を導きだすのはわたしの役目ではない」ヘニングは認めた。

「そういうこと。だからそういうことはわたしたちに任せて。いい？」

「わかった」ヘニングはうなずいて、両手を上げた。「すまなかった。二度としない」

それからヘニングはオリヴァーを見た。

「ところで、報告書にはきみの名前がのっている」

「ああ。あの件を覚えている。亡くなった人の息子がローレンツと同じくらいの年齢で、かわいそうに思ったからな」

「当時、なにかが見落とされた。わたしは他殺だと確信している」

「ああ、殺人事件だった」オリヴァーは答えた。「カタリーナ・ヴィンターシャイトは義理の兄のアンリと争って、バルコニーから突き落とされた。ついさっきアンリが自白して、カッセル拘置所に連行された」

ヘニングは絶句して、オリヴァーを見つめた。

「そ、それは」ヘニングは口ごもってから、すぐ気を取りなおした。「自分が正しければうれしいものだが、カール・ヴィンターシャイトは深く傷つくだろう。アンリ・ヴィンターシャイトとその妻に育てられた！　そのことをわたしが伝えなくてすんで、ほっとしている」

「残念だけど、ここ数日、たくさんの人の心を傷つけている」そういうと、ピアはため息をついた。「これは最低の事件よ。嘘と巻き添え被害だらけ」

「ヘニング、きみに先入観がないことは知っている」オリヴァーは仕事の口調でいった。「きみのエージェントと出版社社長も今回の事件に絡んでいる。すくなくとも、死んだふたりを知っている。ヴェルシュ殺害に使われた凶器はロートのオフィスで見つかった。その凶器を入れたプラスチック・バッグの箱とメタノールの瓶が使用人の作業場にあった。出版社に、とくに上階のオフィスと冷蔵庫にアクセスできる人間は限られている。そのうちの何人かは除外できた。しかしカール・ヴィンターシャイトはどうだ？　きみのほうがわれわれよりも彼を知っているだろう。彼が使用人と組んで、ヴェルシュとロートを殺した可能性はあると思うか？」

「本気でいっているのか？」ヘニングは愕然とした。「あの人は子どものときに母親を亡くしている。孤児として育った。それでも自分の道を切りひらき、祖父が起こした出版社を見事に立て直した。そして彼のいとこが殺されたとわかった」

今列挙したことがカール・ヴィンターシャイトの無実を証明しないことに気づいて、ヘニングは押し黙った。眉間に深いしわを寄せた。

「ヴェルシュを殴り殺した犯人は右利きだった」ヘニングはゆっくりいった。「被害者の頭と体に凶器を叩きつけた角度で明らかだ。だがヴィンターシャイトは左利きだ。感情のままに行動する人間は自動的に利き手を使う。あとで叩きつける角度が検証されるなんて考えない。ヴェルシュ殺害の残忍さは感情のなせる業だ。そういう状況で、手がかりをごまかすために利き手ではない手を使うなんて考えられない」

「カール・ヴィンターシャイトはロートのウォッカにメタノールを混入させることができるわよ」ピアはいった。

「ブレモーラさんもだ」ヘニングがいい返した。「出版社の人間ならだれでもできる」

「あなたのエージェントは？　ロートと親しかった。彼のオフィスに冷蔵庫があることを知っているかもしれない。エージェントは出版社で編集者や社長と打ち合わせをするわよね」

「もちろんマリアもロートに毒を盛れる。ヴェルシュを殺害した可能性もある。腹を立てていて、適切な凶器があれば、犯行は女性でも可能だ」ヘニングはピアを見ながら考え込んだ。

「マリアなら、わたしの新作についてブレモーラさんと打ち合わせをするついでに、だれにも気づかれずにロートのところに立ち寄ることができる。しかし動機がない。きみたちのほうがいろいろ詳しいだろうが、わたしには彼女がふたりを殺す動機が見つけられない」

「わたしたちにもわからない」オリヴァーがいった。「部屋に戻ろう。二十八年前、おじに人生を破壊されたことをヴィンターシャイトに伝えなくては」

オリヴァーはドアを開けた。ヘニングはピアの腕をつかんで引き止めた。

「まだわたしを怒っているか？」ヘニングがたずねた。

「残念だけど怒っていないわ」ピアはそういって微笑んだ。「わたしを知っているでしょ。怒りを溜めない性分なの。相手があなたでもね」

三人はヘニングのオフィスに入った。カールが窓辺に立って、スマートフォンを手にしていた。顔面蒼白だ。ユーリア・ブレモーラは来客用テーブルに向かってすわっていて、斧を持った殺人鬼に襲われようとしているかのように驚愕していた。

「いとこから電話がありました」カールがかすれた声でいった。「いとこの話では、わたしのおじが母を殺した廉《かど》で逮捕されたそうですが、本当ですか？」

＊

ユーリアは居心地が悪かった。ここは自分のいる場所ではない。今問題なのは自分とは関係のないことだ。だが部屋から出ようとしたとき、カールに引き止められ、いっしょにいてくれと頼まれた。だからいまだに大きなテーブルに向かってすわっていた。マリア・ハウシルトとドロテーアもいっしょだった。時間が刻々と過ぎていくのを、みんな、肌で感じていた。だれも口をひらかなかった。すでにすべてが話され、これ以上いくら言葉を重ねようと、起きたことを元に戻すことなどできないからだ。今日明らかになったとんでもない真実は、全員の想像力を超えていた。二時間前にユーリアが旧オペラ座のそばの回転寿司で買ってきた食べものは手つかずのままテーブルに置いてある。窓の外の日の光がしだいに翳《かげ》って、街に夜の帳《とばり》が下りようとしている。

カールはこの三十分、デスクにつき、身を強《こわ》ばらせたままじっと祖父の肖像写真を見ている。なにを考えているのだろう。祖父からなにか答えをもらえると思っているのだろうか。なにに対する返答だろう。その様子を見て、ユーリアは心が張り裂けそうだった。だが今は慰めの言葉も行動も思いつかない。おじが二十八年前、自分の母親を殺した。そのことを午後に知ってから、カールは鉄のような自制心で感情を表にださないように努めている。カールは刑事の話と、刑事が読んでくれた一九九〇年八月の死因捜査記録を顔色も変えず、質問もせずじっと聞いていた。カールははたしてすべて理解したのかどうか。ベーアの住居から謎のバッグが見つかった。あきらかにカールの母親の遺品だ。日記についても話題になった。ベーアがそれをコピーして、差出人不明の形で何人もの人に送ったらしい。その中にはヴェルシュとロートもいる。ミニカーと小説原稿もベーアが送ったものだろう、と警察はにらんでいた。だがなぜそんなことをしたのか、警察もわからないといっていた。しかも警察はベーアがヴェルシュを殴り殺し、ロートを毒殺したと考えている。ユーリアはそれがショックだった。警察はその根拠を詳しく説明してくれなかった。知り合いで、いっしょに仕事もした人が殺されるというのは恐ろしいことだ。だがその人を殺した人を気に入っていたという事実はもっと恐ろしいことだ。ユーリアは、ベーアが殺人犯だと思いたくなかった。だがよく知っていると思っていた人物が殺人の疑いをかけられるなどということはめったにあることではない。

法医学研究所を出たあと、カールはいとこと代母に電話をかけて、会社に来るよう頼んだ。ふたりはよくしゃべり、泣いて、カールを抱きしめた。だが、カールが距離を置きたがっているることにすぐ気づいた。それからずっと黙ってすわっている。そしてその沈黙で霧が晴れたようだった。ユーリアは考えを整理し、情報の断片にそれまで意識していなかった意味を見いだした。

使用人のオフィスで紙袋を見たことがある。あれはいつだっただろう。紙袋にはフランス語でモットーが印刷されていた。〝Le dernier espace de liberté sur la terre, c'est la mer（地球最後の自由な空間、それは海）〟ユーリアはいい言葉だと思った。次の日、袋はきれいにたたまれて、ユーリアのデスクに置いてあった。彼女はあとでベーアに礼をいった。そんなに前のことではない。三週間前、せいぜい一ヶ月前。ヴェルシュがゼヴェリン・フェルテンの剽窃《ひょうせつ》をメディアに暴露する前だった。

「フランスに行ったことがあるんですか？」ユーリアはそのときベーアにたずねた。

「ええ、ちょっとだけ」ベーアはそう答えて、微笑んだ。「重い病気になった昔のガールフレンドを訪ねていました」

昔のガールフレンド。フランス。ボーデンシュタイン刑事はさっきなんといっていただろう。ベーアはカタリーナのところで働いていたオーペアガールのセゴレーヌが好きだった。昔のガールフレンド。しかしハウシルトは、ベーアがカタリーナを愛していたといわなかったか。オーペアガールのことをひと言もいわないなんて、おかしい。

「オーペアガールのセゴレーヌは当時、何歳だったんですか？」ユーリアの声は静寂の中、奇妙に聞こえた。

「二十代はじめだったと思うけど」ハウシルトはなにか話せてほっとしているようだった。

「いいえ、十九だった」ドロテーアもいった。「どうして？」

「いいえ、なんとなく」ユーリアはすぐにもあの紙袋を探しにいきたいと思った。ロゴの下に店のウェブアドレスが印刷されていたような気がする。警察はベーアをドイツ国内で捜索しているが、たぶんもうドイツにはいない。いるのはフランス。重病になった昔のガールフレンドのところだ。

「覚えている」カールが突然いった。「よくフランス語の歌をうたってくれた。わたしは彼女の変なドイツ語を直した。彼女は自分の名前はドイツ語でいうと『ジークリンデ』になると話してくれて、わたしはとても面白いと思った。いっしょによくプールにも行った。彼女は七メートルの飛び込み台からジャンプした。お城や立体駐車場でいっしょに遊んだこともある」カールはそこで口をつぐみ、ユーリアの目を見た。「変だな。母のことを考えないように自分に強《し》いてきたが、それをやめたらいきなりいろんなことを思いだす」

カールは立ちあがって伸びをした。元気が戻ったようだ。重い肩の荷から解放されたかのようだ。事実を知った。恐ろしい事実ではあるが、そのおかげで母親が自分勝手な事情でカールを見放したわけではなかったことがわかった。

「わたしに捧げられたあの原稿を読んだとき、母がわたしに話しかけているような気がした」

カールは寿司のパックに手を伸ばして、カリフォルニアロールを口に運んだ。

「原稿ってなに？」ドロテーアが驚いてたずねた。

「タイプライターで打った原稿だ。母の文体はすばらしい。そうだろう、ユーリア？」

「そのとおりです。それに」ユーリアはそこで黙った。カタリーナの原稿から連想した本を本棚で見つけ、探していた箇所を見つけたことを思いだした。「小説に猫が出てくるんです。脚だけが白い黒猫」

「……うちで飼っていた猫と同じフルール・ド・セルという名前だった」カールが付け加えた。

「マリア、きみならセリを覚えているだろう？」

「セリ！　もちろん覚えているわ！」ハウシルトは感極まった様子でいった。「カタリーナが港で拾ったのよ」

「わたしも覚えている」ドロテーアもいった。「長生きしたわ。あなた、邸に連れてきたわよね」

ユーリアは、その猫を巡る驚くべき発見を報告すべきか考えて、今はやめておくことにした。話すならカールとふたりだけのときにしたい。ユーリアはカタリーナが他にも小説を書いていたと確信していた。そしてその原稿がどうなったか、かなり具体的な疑いを抱いていた。

「わたしに読ませてくれなかったなんて」ハウシルトは悲しげにいった。「カール、お母さんのことをたくさん話すわね。今でも彼女が亡くなったことが悲しいわ」

「わたしもよ」そうささやくと、ドロテーアは涙をこぼした。「本当にごめんなさい！」そこですすり泣いた。「父がしたことの罪滅ぼしがしたいわ！」

カールは立ちあがって、ドロテーアのところへ行くと、彼女をやさしく抱いた。

「罪滅ぼしなんて必要ないよ、ドーロ」カールは小声でいった。「きみのせいじゃない。わたしたちはふたりでこの出版社を盛り立てるんだ。今、頭の中で祖父と話していた。祖父はわたしのアイデアに賛同してくれた」

「アイデア？」ドロテーアはティッシュをくれたユーリアにうなずいて、感謝の気持ちをあらわした。

「社名を変えようと思っている」カールは微笑んだ。「リープマン出版に戻すんだ」

＊

「日記はどこまで読んだ？」会議室に入ると、ピアはターリクにたずねた。

「どんだけ多筆かわかります？　名前と略語がたくさん出てきて、それをまず特定しなくちゃならないんです」ターリクは悲鳴を上げていた。「カトリーンが手伝ってくれても、何日もかかります。カタリーナが死んで終わっている最後の日記からはじめています」

「わたしは読むのが速いほうですけど、今晩中に読み終えるのは絶対に無理です！」カトリーンもいった。「最初の日記は通読しましたけど、メモを取りながらですからね」

「解決策があるわよ」エンゲル署長が口をはさんだ。「ゼヴェリン・フェルテンは映像記憶能力の持ち主よ。下に行って、手伝ってくれないか相談してみる」

署長はコーヒーカップをテーブルに置くと、会議室から出ていった。

「猫の手も借りたいくらいですからね」ターリクがいった。「これでBSULがここにいてくれてよかったってことになりますね」

オリヴァーは自分の部屋に戻って、死因捜査記録を読んだ。読むうちに、当時の記憶が生々しく蘇《よみがえ》り、写真を見て細部まで思いだした。生暖かい夏の夜。たくさんのバルコニーがあるアパートの中庭。遅い時間だったが、野次馬が何人も見下ろしていた。サーチライトの光で浮かびあがった若い女性の血だらけの死体。腕や脚をあらぬ方に向けて石畳に横たわった姿は、壊れた球体関節人形のようだった。泣いている少年がいた。若い女性が車で連れていった。近所の人はなにも見聞きしなかったという。オリヴァーは目撃証言の記録に目を通した。あまり徹底していない。証言をとった相手はマルガレーテとドロテーア・ヴィンターシャイト、当時はまだモリトールと名乗っていたマリア、ヴァルデマール・ベーア、同じアパートに住む三人の住人、ヴィンターシャイト出版の同僚数人、亡くなった女性のホームドクター。オーペアガールの存在は、読みかえして、ようやく当時の上司メンツェル上級警部の短いメモに「オペラ・ガール?」という言葉を見つけただけで、事情聴取はしていなかった。ベーア以外の全員が、カタリーナは夫が死んだあと酷《ひど》い鬱病になり、医者にかかっていたと証言していた。だが医者は一度、軽い鎮静剤を処方しただけだといっている。それも夫を亡くした直後に。自宅に遺書はなかった。当夜は会社でイベントがあり、カタリーナは頭痛がするといって、午後九時四十五分に会場をあとにしたと同僚が証言している。

オリヴァーは、当時のボスにこの状況がどう見えていたか想像してみた。今わかっていることを踏まえて報告書を読むと、どうしても捜査不足のそしりは免《まぬが》れない。母親がイベントに出ているあいだ、だれが子どもの面倒を見ていただろう。オーペアガールだ。どうしてだれも彼女に話を聞かなかったのだろう。

オリヴァーはもう一度、住居の写真を見つめた。オリヴァーは当時、その住居に足を踏み入れなかった。アンリ・ヴィンターシャイトはどうやって住居に入ったのだろう。どうしてそんなに遅く、彼女を訪問したのだろう。午後九時四十五分にマイン川の左岸で開かれたイベント会場をあとにしたのなら、カタリーナは午後十時三十分頃、帰宅したはずだ。オリヴァーは報告書の前のほうに戻った。隣人が緊急通報したのは午後十時四十二分。カタリーナはそのときバルコニーから墜落した。通報した一階の住人は、彼女の体が石畳に激突するのを見て、すぐ電話で通報したと記されている。アンリ・ヴィンターシャイトがカタリーナをバルコニーから突き落とすまで十分ちょっとしかかかっていないことになる。オーペアガールはこのときなにをしていたのだろう。ふたりの喧嘩を止めようとしたのだろうか。それとも自分の部屋にいたのだろうか。あるいはカール・ヴィンターシャイトのそばにいたのだろうか。

「ボス？」ピアがドアから顔を覗かせた。「クレーガーが戻りました。ベーアの住居で興味深いものを見つけたそうです」

「こっちも死因捜査記録に引っかかる箇所を見つけた」オリヴァーは立ちあがった。「当時の捜査はかなりいい加減だった。オーペアガールのことが気になる。事情聴取をしていないし、そもそも名前も記録されていない」

ふたりは会議室に入った。捜査十一課の面々が揃っていた。エンゲル署長もフェルテンを連れてきていた。オリヴァーは開けっぱなしになっただれもいない部屋で紙の山に囲まれているフェルテンに目をとめた。横には日記の束と水のペットボトルが一本置いてあった。

「彼はなにを読んでいるんだ？」オリヴァーは署長にたずねた。

「あなたたちが押収した原稿よ。残りの日記も読んでくれるそうよ」

「そんなに早く読めるのか？」

「原稿は二十分、日記を全部読むのに二時間あればいいといってるわ」エンゲル署長が答えた。「本当にすごいのよ。新聞を十五分で通読して、すべての記事を一字一句間違えずに覚えているんだから」

「ほう」そういってから、オリヴァーは同僚たちのほうを向いた。

「ベーアは送った手紙をすべてコピーして、寝室に保管していた」そういうと、クレーガーはクリアファイルにはさんだ紙をオリヴァーに渡した。「これはナイトテーブルの引き出しで見つけた」

「マリア・ハウシルトが昨日、画像で送ってくれた封筒と日記を見せましたよね」ピアがいった。興奮して声がふるえていた。「ベーアが残したものによると、それはハイケ・ヴェルシュに宛てたもので、マリア・ハウシルトは別の抜粋をもらっていました。それがこれです！」

マリア・ハウシルト様
文芸エージェント・ハウシルト気付
ウンターマインアンラーゲ二一番地
六〇三一一　フランクフルト・アム・マイン

一九九〇年夏におまえがなにをしたか知っている。おまえもわかっているな。

一九九〇年八月五日　フランクフルト

マリアには本当に頭にくる！　彼女に原稿を見せたのは一生の不覚だった！　あのエーリクなにがしにわたしの原稿を渡すなんて。彼はなんとしても出版したいといってる！　マリアはわたしの原稿をこっそり持ちだしたんだ。それでいて、わたしに「よかれと思ってした」なんていってる！　わたしの本を別の出版社から偽名でだすなんて絶対にお断りだ。エーリクとも話さない。あいつはマリアと同じくらいうるさい！　これは裏切りだ。本当に腹が立つ！　あれはわたしの物語よ！　わたしが許可するまでだれにも読ませたくない！　マリアは毎晩、うちに来て、つぶらな瞳でわたしを見つめる。昨日なんて、泣き落とそうとまでした。ハウシルトに雇ってもらう邪魔までするのかって文句をいった。いい加減にしてほしい。それならエージェントを探している作家を見つけてくればいいじゃないか！　わたしはうちの鍵を返してくれといった。カールの世話をするといわれても、もう遅い。すくなくとも九月まではセゴレーヌがいてくれる。そのあとはまた様子を見る。でもマリアのことは顔も見たくない。彼女のことを思いだすと、鳥肌が立つ……。

「これじゃ、友だちだったとは思えないな」オリヴァーはいった。

「そうなんです。わたしに嘘をついていました。よく考えて見ると、ヴェルシュを心配していたときもなんとなく大げさな感じでした。いきなりキッチンのドアの窓を割りましたからね！　キッチンで彼女が驚いていたのも、キッチンがきれいになっていて、死体がどこにもなかったからじゃないでしょうか。もっと違う状況を想定していたのだと思います」

ピアはその紙をオリヴァーから奪いとった。「ヴェルシュに送られたコピーをハウシルトが持っていたということは、なにを意味するかわかります？」

「もちろんだ。ヴェルシュは手紙を捨てていなかった」オリヴァーはうなずいた。「家宅侵入。あれはハウシルトだな。あの手紙を盗みに入ったんだ」

「それって、どうでしょうね、ボス」ケムがいった。

「なんで？」ピアは眉間にしわを寄せた。「前の日記にはハウシルトについてあまりいいことを書いてなかったけど、それだけでしょ？」

「アンリ・ヴィンターシャイトにはどんな抜粋が送られていたんだ？」オリヴァーがたずねた。

「これだ」クレーガーが別の紙をオリヴァーに渡した。

アンリ・ヴィンターシャイト様
アウグスト＝ジーベルト通り六一番地
六〇三二三　フランクフルト・アム・マイン

一九九〇年夏におまえがなにをしたか知っている。おまえもわかっているな。

一九九〇年七月十一日　フランクフルト

アンリは本当にゲスな奴！　すぐ女に手をだす。セゴレーヌは困惑している。かわいそうに！　今日はもう黙っていない。最後通牒だ。わたしは本気だ。マルガレーテとも話す。わたしはあの子に責任がある。もう一度わたしがいないときにわたしの家に上がり込んで、あの子に手をだしたら、訴えてやる。なんであんなに節操がないんだろう。

エンゲル署長が顔をしかめた。

「よくわかったわ。たしかに発信機つきの足枷をつけて自宅軟禁するなんて論外ね」

「ベーアにとっては世界が崩壊したようなものだな。そんな人間に何年も忠誠を尽くしていたなんて」オリヴァーはいった。

「一九八三年の最初の日記でも、マリアについていろいろ微妙なことを書いています」カトリーンが発言した。「シェアルームにマリアが入居したとき、カタリーナはハイケ・ヴェルシュから、マリアが仲間と出かけるのを禁じられたため、父親をサウナに閉じこめたらしいという話を聞いたと書いています。ちょっと待ってください。ああ、ここです。〝ここの連中は変だ。親友のように振る舞っているけれど、その場にいない人の悪口をすぐにいう。ハイケの話が本当なら、マリアは自分の父親を殺したことになる。まさか。信じられない。それとも事実だろうか。彼女には恐いところがある。すごく計算高い。そしてわたしがゲッツと楽しく話していると、嫉妬する。ゲッツが今度の夏にわたしをフランスに誘ったと知ると、マリアは本気で泣き叫んだ。ここはまるで幼稚園だ！〟」

オリヴァーは深呼吸した。ピアと目が合った。これは突破口になるだろうか。追っていた犯人はマリア・ハウシルトということか。被疑者から除外してはいなかったが、動機が定かではなかったので、被疑者リストのずっと下のほうだった。今もまだひとり、ないしはふたりをなぜ殺害したのか、理由が今ひとつわからずにいた。

「ケム」オリヴァーはいった。「マリア・ハウシルトが今どこにいるか調べて、ここに連れてきてくれ。もう一度彼女に話を聞く必要がある」

「わかった。ボス」ケムは電話をかけるために会議室を出て、自分の部屋に向かった。

「信じられません！」ピアはつぶやいた。

「カイ、マリア・ハウシルトのスマートフォンの移動記録をできるだけ早く入手してくれ」オリヴァーが指示した。「そういえば、出版社の中庭への入口が写っている防犯カメラの映像はどうした？」

「調べているところです」カイが答えた。「ところでヴァルデマール・ベーアが契約している電話会社は早く反応してくれました。彼のスマートフォンの過去四週間の通話記録を入手しました。フランスの同じ電話番号に七回かけています。最後は月曜の午前十一時三十七分。受信側は固定電話で、電話帳にのっていました。ノワールムティエ島ド・ラ・ペ通り、ボネール建築会社。会社はもう存在しないが、電話はまだ生きています」

「これでセゴレーヌの姓がわかりましたね」ピアはいった。

「彼女はバッグを持ってフランスに戻っていたようだな。その前に、アンリが……」オリヴァーはいい淀《よど》んだ。「あんなに遅く住居を訪ねたのは、カタリーナが不在で、カールが寝ている時間だからだ」

「狙いはセゴレーヌ」エンゲル署長がいった。

「だがカタリーナは思ったよりも早く帰宅した」オリヴァーはいった。「問題は不正会計じゃなかった。アンリがセゴレーヌにひどいことをし、カタリーナがそのことを知った」

「最低」カトリーンがいった。「セゴレーヌを見つけて、証言が得られれば、アンリは一生刑務所から出られないでしょうね」

ドアの上の時計の針が午後十一時を指していたが、だれも家に帰ろうとしなかった。

「月曜日にベーアはフランスに電話をかけている。きっかり十五秒」カイが顔を上げた。「十五秒でなにがいえるかな？」

「もしもし、セゴレーヌ、元気か？ ふたりは殺した。これから潜伏するが、ノワールムティエ島のきみのところに行っていいか？」ピアがすかさずいった。「そんな感じですかね」

ターリクはテーブルに向かってすわると、大急ぎで黒い雑記帳をめくった。

「どこかにありました！ どこかで絶対その名前を読んでいます！ どの年だったろう？ なんの関連だったかな？ あった！」ターリクが勝ち誇ったように叫んだ。「カタリーナが一九八七年七月二十三日に書いています。〝マリー＝エレーヌとエルベとその子どもたちといっしょにボートに乗った。すてきな一日だった！ わたしたちは海水浴場のプラージュ・デ・ダムでピクニックをした。ヨーンとエルベが子どもたちを乗せて、ボートを漕いだ。といっても、セゴレーヌはもう子どもとはいえない。すでにちゃんとした乙女だ！　あと二年して学校を卒業したら、わたしたちのところで一年間過ごすことになっている〟」

ターリクが読みあげているあいだに、カイがノートパソコンのキーを叩いた。

「エルベ・ボネールは建築会社の社長だった」カイはみんなに報告した。「会社のウェブサイトは大昔のままだ。最後に更新したのは二〇〇七年」

「ベーアは若いときの恋人のところにいますね」ピアはいった。「スマートフォンを置いていって、居場所をつかまれないようにしたところは利口でしたが、通話記録まで調べられるとは思わなかったようですね」

「どうする？」オリヴァーはたずねた。「フランスの警察に協力を求めるか？」

「根拠は？」エンゲル署長がたずねた。「そんなあいまいな状況証拠で国際逮捕状は取れないわよ」

「マリア・ハウシルトの逮捕状はもっと取りづらいでしょうね」そういって、ピアは椅子にすわった。

＊

「そんな、いかれてます！　これからフランスに行くんですか？」笑いごとではないが、ユーリアは笑うほかなかった。

「もちろんだ！」カールはにやっとして、ユーリアが目的地を設定した車のナビを指差した。

「千三十七キロ、走行時間十時間三十八分。朝の九時には海に着く！」

「でも、ベーアさんをどうやって探すんですか？」

「訊いてまわればいい。きみのフランス語は完璧だ」

カールは黒いボルボのウィンカーをだして、高速道路五号線に向かった。

「ええ、まあ」とうとう社長に「きみ」と呼ばれた！

「だろう。他のことはわたしのクレジットカードがあるから心配ない」

こんな突飛な行動に出るなんて。あんな恐ろしい話を聞いてしまったせいだろうか。多くの人はショックを受けると、突飛な行動をして、そのうちに卒倒するという。

「急にいろいろ思いだしたんだ」カールはいった。ユーリアはダッシュボードの照明を受けて緑色に光る彼の顔を観察した。微笑んでいる。まるでスイッチが切り替わったみたいに、彼の人を寄せつけない雰囲気が消えていた。「セゴレーヌを最後に見たのは六歳半だったのに、彼女の顔と声を思いだす。母は顔のないシルエットしか思いだせないのに。母のことで覚えているのはタイプライターの音と香水のにおいだけだ。母はエルメスのカレーシュをよく使っていた。あのにおいを嗅ぐと包まれるような安心感を覚える。セゴレーヌはわたしにとって楽しい存在だった。出版社で働く母を訪ねるとき、わたしたちはよくシラー通りで駆けっこをした」

「わたしの勘違いだったらどうします？」ユーリアはたずねた。「セゴレーヌさんがあっちにいなかったら？　ベーアさんもいなかったら？」

ドロテーア・ヴィンターシャイト（今後、フィンクの名は削るといっていた）とマリア・ハウシルトが帰るのを待って、ユーリアはカールを連れて自分のオフィスに向かい、例の紙袋を見せ、ベーアから重い病気にかかっている昔の恋人の話を聞いたといった。カールはすぐにそのつながりに気づいた。

「ベーアは昔好きだったセゴレーヌのところへ行ったな！」カールは眉間にしわを寄せた。「病気なのか。ぜひ一度彼女と話がしたい」カールはユーリアを見た。「今晩、なにか予定はあるかい？」

「ありませんけど」ユーリアは答えた。「なぜですか？」

すると、カールは少年のようにげらげら笑った。

「いっしょに来てくれ！　いいことを思いついた！」

ユーリアは、なにかさらに調べるとか、ベーアにメールを送るとかするのだろうと思った。まさかいっしょにフランスまでドライブすることになるとは。いかれているが、なんともどきどきする。

「ふたりがそこにいなければ、冒険をしたってことでいいじゃないか。そうしたら、裸足《はだし》で浜辺を散歩して、いっしょにカキを食べよう」ユーリアの質問にそう答えて、カールはふっと微笑んだ。「小さい頃、一度だけノワールムティエ島に行ったことがある。わたしのおじとおばは、ゲッツが死んだあと別荘を売り払って二度とあの島に行かなかったが、わたしの両親はその後も、その島に住む父の友人を訪ねた。それがセゴレーヌの両親だ。この数日いろいろあって、ぜひ島を見てみたくなった」

遅く到着した旅客機が着陸態勢で頭上を飛び越え、フランクフルト空港の照明がちらっと見えた。カールはアクセルを踏んだ。片側四車線の高速道路にトラックが数台走っているだけだった。

「わたしは突飛な行動をする柄《がら》じゃない」カールはユーリアに告白した。「ずっと他人の世話を受けてきて、つねに安心感を得られなかったから、わたしはいつも冷静であろうとしてきた。大人になって、そういう感情に支配される必要がなくなっても、一定期間、それも若い頃に自分の性格に刻みつけたことはなかなか消えないものだ。自分だけを信じ、危険を早期に察知する癖《くせ》がついた。だから物事を終わりから考える理屈っぽい人間になったんだと思う。すべてを克明に分析し、問題を論理と冷静さで解決する。感情はあいだにはさまない。両親を早くに亡くしたと知ると、たいていの人が同情を示す。それが相手の弱点だと思うからだ。しかしわたしは逆だと思っている。ひとりで生きていくしかないから強くなれる」カールはユーリアをちらっと見て微笑んだ。「でも、ときどきこういういかれたことがしたくなる」

「わたしにもそういうところがあります」ユーリアが答えた。

「わかってる」カールがそういったので、ユーリアはびっくりした。「だからきみのことを信頼しているんだろう。きみは強くて、自尊心があって、勇敢だ。それでも人を顧みないエゴイストではない」

「わたしはそんなに勇敢ではありません」ユーリアは答えた。

「いいや、勇敢さ」カールは微笑んだ。「ヘルムート・エングリッシュをやりこめた。それも担当する作家たちのために。立派だったよ」

「まあ、そうですけど」ユーリアはまだ社長をどう呼んだらいいか迷っていた。だがこれからずっといっしょにドライブするのだ。堅苦しい言い方は窮屈だ。「あなたに個人的なことを訊いてもいいかしら?」

「もちろん」カールに見られて、ユーリアは熱くなった。カールを見られなかった。

「今日はひどい経験をしたでしょう」ユーリアは声がふるえませんようにと祈った。「それでもめげないなんて、どうしてできるの?」

カールは一瞬考えてから答えた。

「選択肢はいつだってふたつしかない。めげるか、めげないかだ。わたしはいまだかつてめげるほうを選んだことがない。孤児になったから、もう人生最悪の体験をした。たいていの人は両親が死んだらどうしようという不安を抱えながら生きている。わたしにはそういう不安がない。変に聞こえるかもしれないが、おじがわたしの母を殺したと知って、心が軽くなった。おじのことはどうでもいい。彼はわたしにとって存在しないも同然だ。ただの役立たずな操り人形で、自分がそういう人形だと彼自身も自覚している。わたしはうれしいんだ。母にとってわたしがどうでもいい存在ではなかったとわかったからね。それが肝心だ」カールは車を右車線に移動させた。「変えようのないことにエネルギーを使っても無駄だ。わたしにとって意味のない人間に人生を邪魔されるなんてごめんだ。両親はわたしにあの出版社を残した。そこからわたしはいろいろなことができる」

ふたりは少しのあいだ、なにもいわずドライブをつづけた。沈黙していると、逆にカールの存在感が増した。カールの落ち着いた態度。カールのパワー。あのいかれたレナールトとは違う。

「そういえば、さっき母の原稿のことでなにかいおうとして、口をつぐんだね」カールがたずねた。「なんで話すのをやめたんだ？」

「だって」ユーリアはためらった。そんなことに気づくとは！「まずはあなただけに伝えたかったから。じつはすごいことに気づいたのよ」

夜の闇の中を時速百六十キロで疾走する車の中で、ユーリアは発見したことをカールに伝えた。

＊

「分かっていることをもう一度すべて教えて」エンゲル署長がいった。

オリヴァーとカイが交互にこれまでの成果を整理して説明した。そのあいだピアは読書メガネをかけ、ベーアの自宅で押収したバッグの中身をあらためた。結婚指輪が入っていた。〝ヨハネス　いつまでもあなたのもの　一九八三年十一月十四日〟と文字が入っている。茶封筒のひとつには結婚したときに役所でもらう「家族の本」が入っていた。ヨハネスとカタリーナの名が記され、一九八三年十一月十四日にフランクフルト・アム・マインの戸籍役場で発行されていた。それからカール・アウグスト・ヴィンターシャイトの出生証明書、ヨハネス・カール・ヴィンターシャイトの死亡証明書、ヨハネス・カール・ヴィンターシャイトと祖父カール・アウグスト・ヴィンターシャイトの遺言状の公的写し。二通目の封筒にはタイプライターで打たれた原稿が入っていた。タイトルは『ヴィンターシャイト家』カタリーナ・ヴィンターシャイト著。ページ数は三百八十四ページ。さらにクリップでとめた六枚の紙があった。タイプライターで清書した作品リストだ。

『カマルグの風』二百八十三ページ、一九七九年から一九八〇年執筆。『プロヴァンスの神々』三百十七ページ、一九八〇年執筆。『トロカデロ広場の女』三百六十二ページ、一九八二年執筆。あきらかに小説だ。そしてそれぞれのタイトルに半ページほどの内容紹介が添えられている。ピアは最後の紙をめくった。リストの一番下には〝『友情よ、永遠《とわ》に』一九九〇年開始〟とあった。

たいてい新しい認識を意識するまでは時間がかかるものだが、今回は頭からバケツの水をかけられたような感覚を味わった。ピアはわかっている事実を反芻《はんすう》し、矛盾点をひとつひとつ取り除いた。残ったのは信じられないような真実だった。

「みんな」ピアはいったが、だれも聞いていなかった。そこで手を叩いた。

オリヴァーが口をつぐみ、エンゲル署長が振り返り、カイがノートパソコンから顔を上げた。ターリクとカトリーンも日記をめくるのをやめた。

「マリア・ハウシルトの動機がわかりました」ピアはタイトルがリストされた紙の束を高く掲げた。「彼女は友人のカタリーナ・ヴィンターシャイトから合計十五本の原稿を盗んで、たぶん出版しているんです。文芸エージェントとしては簡単なことだったはず。ヴェルシュはそのことを知っていて、脅迫したんだと思います。だからハウシルトはヴェルシュを殺害した。ロートは神経がまいって、すべて白状しそうになったから死ぬことになったんですよ」

「原稿のために人を殺したのか？」オリヴァーは懐疑的だった。

「ただの原稿じゃなかった」だれかの声がした。みんな、驚いてドアのほうを向いた。ゼヴェリン・フェルテンがドア口に立っていた。無精髭を生やし、髪がぼさぼさだ。だが充血した目がらんらんと光っていた。「何百万ユーロもの金をもたらす原稿だ。そこに正当な遺産相続人があらわれたとなれば、話は違ってくる」

「何百万ユーロ？」エンゲル署長が驚いて訊き返した。「どういうこと？」

「今読んだ原稿はベストセラー作家アニタ・カールの筆致だからだ。この手を賭けてもいい。まったく同じ語り口だ。文体も、プロットの作り方も瓜二つ。トーンも。ステレオタイプなキャラクター設定も。美男美女。波瀾万丈《はらんばんじょう》。大衆受けすること間違いなしだ。貶《けな》しているわけじゃない。アニタ・カールは見事に成功したのだから。彼女は一九九〇年代半ばから十五年間、ドイツでもっとも成功してきた作家のひとりだ。作品は二十四ヶ国語に翻訳され、アメリカとイギリスでも成功を収め、映画化もされている」

ピアは、フェルテンの意見が自分の印象を補強してくれたので、うれしくてにやっとした。

「ヘニングと結婚して、主婦に専念していたときたくさん本を読みました。とくに夢中になったのはアニタ・カール。作品は全部読んでます」

「わたしも」カトリーンがいった。「切ないんですよね！」

「たしかに」署長も同意した。「わたしも全部読んでる。映画版はいまいちだったけど」

「わたしは低俗だと思っている」フェルテンがいった。「彼女の作品を読んだのは、母が夢中だったからだ。わたしには手当たり次第に本を読むという習性がある。今でもそうだ」

「アニタ・カールの本の舞台はすべてフランスですよね」ピアはつづけた。「そして覆面作家」

「そのとおり」フェルテンはうなずいた。「本にも顔写真がないし、朗読会をしないし、インタビューも受けない。謎の多い女性だ。あれには困った。わたしは本を読むとき、作者のイメージを思い浮かべたいほうなんでね」

ピアはまだ空白のあるホワイトボードの前に立って、マーカーでANITA KAHR（アニタ・カール）と書いた。同僚たちとフェルテンがそれをじっと見た。カイがはじめに気づいた。

「嘘だろう！」カイはいった。

「とんでもないですね！」ターリクもにやっとした。

「あきれたわ」と署長。

「ペンネームだ」フェルテンはつぶやいた。

「いいえ、ただのペンネームではないでしょう」ピアはいった。「窃盗あるいは着服を隠すためのアナグラムよ」

「まだわからないんですけど」カトリーンが文句をいった。

「待って！」ピアは作家の名前の文字列を変えて、新たな名前をホワイトボードに書いた。

KATHARINA（カタリーナ）。

そのときケムが会議室に戻ってきた。

「ハウシルトはもうすぐ到着します」ケムは手をもんだ。「クローンベルクの自宅にいました。ベッドに入っていたのですが、すぐに着替えてこっちへ来るそうです」

オリヴァーはため息をついた。

「一杯食わされたな。ここに来るわけがない。パトカーを向かわせろ！　フランクフルトのオフィスにも！　カイ、彼女と彼女の車の指名手配をしてくれ」

「どういうことです？」ケムは困惑して、みんなを見まわした。

ピアが新しくわかったことをケムに教えた。

「ちくしょう！　なんで信じてしまったんだ！」

「わたしもそう思うわ」エンゲル署長が不満そうにいった。「これからどうするの？」

オリヴァーは眉間にしわを寄せながら、ピアがホワイトボードに書いた名前を見つめた。

〝考えろ！〟かつてボスだった刑事の声が聞こえた。カタリーナ・ヴィンターシャイトの件では手抜かりがあったが、それ以外では有能な刑事で、彼からは多くを学んだ。〝手がかりを追え。手がかりはどこへ通じている？〟

手がかりを追う！　そうだ！　なんてうかつだったんだ！　手がかりは高速道路のように幅広く、まっすぐノワールムティエ島へ通じているじゃないか！

「ハウシルトがなにかする前に、オーペアガールから話を聞く必要がある」オリヴァーは気持ちを抑えながらいった。「ベーアはセゴレーヌと電話で話している。彼はセゴレーヌのところだ。ハウシルトは、ベーアが当時その娘に恋をしていたことを思いだすはずだ。日記に名前が出てきたときは思いつかなかったかもしれない。だがひとつひとつ情報をたぐれば」

「カール・ヴィンターシャイトと編集者がヘニングを訪ねたとき、いっしょにいました！」ピアは叫んだ。「ヘニングなら、もっとなにか知っているかも！」

「じゃあ、ベッドから叩き起こして、質問してくれ」オリヴァーはいった。「カール・ヴィンターシャイトとその編集者にも電話をしろ。ヘニングが電話番号を知っているはずだ。ターリク、最速で島に行く方法を調べてくれ」

「ノワールムティエ島？　本当に行く気？」署長がたずねた。「人捜しなら、現地の警察に頼めばすむでしょう」

「いや、原稿の存在を知っているのは、ハウシルト以外ではセゴレーヌだけということになる。カタリーナが死んだときに原稿を着服することができたのはふたりのどちらかだ。そしてやったのはハウシルトだろう」

「ハウシルトはずる賢く、出版するまで数年待っています」ピアが付け加えた。「それに彼女のエージェントのサイトにはアニタ・カールについてなにも書かれていません」

「アニタ・カールの本はかつてほとんど知名度のなかったルクセンブルクの出版社から出版された」フェルテンがいった。「エディシオン・ギー・マネス」

「マリア・ハウシルトはルクセンブルク生まれだ」カイがいった。「父親のジャン・モリトールはフランクフルトに来る前、そっちで弁護士をしていた」

ピアはパズルのピースが次々にはまって、いきなり像を結ぶ瞬間が好きだ。

「ハウシルトはカール・ヴィンターシャイトの代母です」ピアはいった。「自分がしたことをカールに知られたくなかったはず」

「これが正しければ、ハウシルトはすでにふたりの人間を殺害している」オリヴァーは署長を見た。「おそらく自分の父親と夫も。彼女に恐いものはない。セゴレーヌ・ボネールが危険だ。そしていっしょにいるなら、ヴァルデマール・ベーアも」

「ノワールムティエ島に一番早く行けるのはナント空港へ飛ぶルートです」ターリクがインターネットで調べていた。「午前七時五分にエール・フランスの便があります。午前九時二十分にナント着。そこから島までは車でおよそ七十五キロ。ヘリコプターなら二十分ですね」

「ピアとわたしのチケットを予約してくれ」オリヴァーはターリクに指示した。

「ナントから島までヘリがいるわね」署長がいった。「わたしがなんとかする。現地に対応できる警察署があるはず」

予算にうるさい署長にしては、思いの外すばやい判断だ。ピアは二等列車に乗っている自分を想像していた。

「他のみんなは朝の五時三十分にここに集合して」署長が指示をだした。「クレーガー、あなたとあなたの部下も全員ね。ハウシルトに対する国際逮捕状と彼女の自宅と事務所の捜索令状はわたしが手配する」

「そんな面倒なことをしても仕方がないと思うな」フェルテンがいった。

「そうはいうけど、フェルテンさん。警察のやり方はそんなにご存じないでしょう」署長が答えた。

「よくしてくれたのに、無礼なことをいうつもりなどないさ。しかしその人がずる賢くて、二十年にわたって架空のベストセラー作家の素顔を隠しつづけてきたのなら、自宅やオフィスに手がかりを残すはずがない」

オリヴァーはにやっとした。鶴は意外に世間知らずではないようだ！

「では、どうしろというの？」署長がたずねた。どことなくさげすむ響きがあった。だが、フェルテンはそのことに気づかなかった。

「この事件がミステリのプロットだったら、わたしならルクセンブルクに隠れ家がないか捜してみる」フェルテンは大真面目にいった。「わたしがハウシルトなら、隠れ家の手がかりはドイツに残さない。たぶんルクセンブルクに住み、そこで納税している作家の存在を利用するだろう。作家の存在はフィクションでも、納税さえされていれば、税務署はたいして詮索しない」

「なるほど」エンゲル署長は腕を組んで、あらためて感心しながらフェルテンを見た。「信憑性があるわね」

「そういえば、ハウシルトは夫が死ぬ直前、離婚されそうになっていた」フェルテンがさらにいった。「あれはわたしが文学的に成功した年だった。そしてブックフェアはエーリク・ハウシルトの死で話題沸騰《ふっとう》した。マリアとエーリクがアニタ・カールを巡って争っていたか調べることをおすすめする。あれだけ成功を収めたわけだから、エーリクは個人的に知り合いたいといいだしたはずだ」

一瞬、会議室が静寂に包まれた。署長がどう反応するか、みんな、固唾《かたず》をのんで見ていた。

「よかったら明日、捜査に同行してくれるかしら」署長はいった。「あなたの映像記憶能力が役立ちそうだから」

「いいとも。では朝の五時半に」フェルテンはうなずいた。「よければ、日記を持って下りてもいいかな。留置場ならタバコを吸いながら読めるので」フェルテンは立ち去ろうとして、なにか思いついたらしく足を止めた。「そうだ。自分がハイケを殺していないことを納得した。彼女はあんなに血を流したのに」

＊

午前零時をすこしまわったとき、オリヴァーはローレンツが乗ってきて刑事警察署の駐車場に置いていったポルシェのところへ歩いていった。街灯の光で、塗り立ての黒い塗装が輝いていた。

「オリヴァー」だれかが背後から声をかけた。オリヴァーは心臓が止まりそうなほどびっくりして振り返った。目の前に妻がいた。

「カロリーネ！　どうしたんだ！　ここでなにをしているんだ？」

「あなたのいるところはいつでも把握しているわ」カロリーネはふっと微笑んだ。「お互いのスマートフォンに位置情報アプリを入れているじゃない」

「そうか」オリヴァーは今晩中にアプリを削除することにした。カロリーネに居場所を確認されるのは痛くも痒《かゆ》くもない。だが母親のスマートフォンでグレータに居場所を把握されるのはごめんだ。「なんの用だ？　もう夜遅い。明日の早朝にはフランスへ飛ぶんだ」

「今日、ロートキルヒ伯爵夫人に仕事を辞めると伝えたわ」カロリーネはいった。「伯爵夫人はあなたが家を出たことを知らなかったので、びっくりしていた。それから伯爵夫人から聞いたけど、コージマに肝臓を提供するのね」

「ああ、そのつもりだ」

「急にそんなことを決めたわけ？」カロリーネの顔は青白くこわばっていて、仮面のようだった。

「いいや。しばらく前に決めていた」オリヴァーは正直に答えた。「きみに伝えたかったが、コージマの名前をだすだけで騒ぎだすからいえなかった」

「なるほどね」カロリーネは不思議と素直だった。「あなたはまたコージマを選ぶだろうと思っていたわ。そのとおりだったわね」

「いいや、彼女を選んでなんかいない」オリヴァーは首を横に振った。ピア、つづいてケムが車でそばを通ったので、手を振った。「きみがわたしを選ばなかった。問題はそこだよ。わたしはグレータも、あの子の父親とその妻もはじめから受け入れたが、きみはわたしの家族と一度も知り合おうとしなかった」

「グレータにはわたしが必要なのよ。わかってくれると思ったのに」

「わかろうとしたさ。しかしグレータときみの関係は普通の母娘とは違う。不健全なほどの共依存だ。そこにわたしの居場所はない」

「グレータは今朝、自殺しようとしたのよ」カロリーネの声がふるえた。オリヴァーは、またか、といいそうになったが、我慢した。グレータは母親が自分のほうを向かないと、すぐ自殺未遂をする。すでに常習化していて、カミソリでリストカットする。だが本当に命の危険があるほど深くは切らない。

「あの子を精神科病院に入院させたか？」答えはわかっていたが、オリヴァーは訊いてみた。

「いいえ。すんでのところで見つけた。睡眠薬を飲んでいた。だいぶ快復したわ」

当然だ。グレータは母親を自分のほうに向かせられたのだから。

「カロリーネ、きみを助けられないし、その気も失せた。わたしの忠告に耳を貸さなかったし、これからも耳を貸さないだろう。グレータはきみを好きなように振りまわす。あの子の面倒を見るのはやめるんだ！　もう成人なのだから、自分の行動には責任が伴うことを学ぶべきだ」

「でもわたしの子よ！　わたしは母親なの！　わたし以外のだれがあの子を助けるというの？」

オリヴァーはため息をついて、首を横に振った。どうにもならない。「きみの娘に必要なのは専門家だ」もう百回はいったことを繰り返した。「きみには助けられない。きみは事態をどんどん悪くしている。それがわからないのか？」

「どうしろというの？」カロリーネは絶望していた。いつものことだ。

「カウンセリングを受けなければ、家に入れず、金も与えない」

「あの子がだめになっていくのを見ていられないのよ！」カロリーネが叫んだ。

「とっくにだめになっている」オリヴァーは車のリモコンを押して、ロックを解除した。「学校を中退し、仕事にもつかず、地元のごろつきとつるんで、厩舎《きゅうしゃ》に火炎瓶を投げ込んだ！」

「あの子には父親が必要なのよ。あの子がああなった責任はわたしにある」

「あの子には実の父親がいるじゃないか。一生懸命あの子の面倒をみていた。もっともグレータが彼の奥さんから金を盗み、腹違いの弟にタバコを教え、万引きをさせるまではな」オリヴァーは忍耐の限界に達した。「そして五年間、わたしがいた。自分の子どものように気にかけ、ときには厳しく対処した。だがきみはそれを禁じた」

「あなたを愛してる。戻ってきて、オリヴァー。お願い。あの子と話をして！」

「それが愛かどうか、あやしいものだな。わたしは戻らない。終わりだ、カロリーネ。それにグレータはわたしを愛していない。自分の欲求を満たしたいだけだ。それも、あらゆる手を使って。わたしはできるかぎりのことをした。これ以上は無理だ。幸運を祈る！」

オリヴァーは車に乗ろうとした。

「オリヴァー！　待って！」

「なんだい？」

「あなたを心から愛しているのよ」

オリヴァーはカロリーネの顔を見つめた。ガラスのような目だ。カロリーネにどんな感情を抱いていたか思いだそうとしたが、もうなにも感じなかった。

「わかっているよ、カロリーネ」

「離婚するの？」

「そういう流れになっていると思うが。だがその話は今度にしてくれないか」

ふたりの仲はだめになったが、それでも辛そうな彼女の声を聞くと、心が痛んだ。

「わかった」カロリーネは無表情にうなずいた。オリヴァーは彼女を見て、背筋が寒くなった。

「では元気で、カロリーネ。電話をするよ」

そして車に乗り込むと、オリヴァーはエンジンをかけ、彼女のそばを通り過ぎた。

七日目

二〇一八年九月十二日（水曜日）

パリを通過したところで、二度目の燃料補給をした。トイレにも行き、甘いものや飲みものやパックされたサンドイッチを買った。とくにおいしくはなかったが、腹の足しにはなった。ユーリアがハンドルを握り、カールは助手席で少しのあいだ目をつむった。ユーリアは疲れ切り、かえって目が冴えていた。

数キロ走ったところで、カールはジャケットを丸めて枕代わりにし、熟睡した。高速道路は空《す》いていて、路面は乾いていた。料金所以外、気分転換になるものはなかった。けれども、ユーリアは夜中のドライブが好きだ。快適な社長用の社用車であれば尚更だ。クルーズコントロールを時速百三十六キロに設定して、ナビの音声を消した。ユーリアは物思いに耽《ふけ》った。パリを通過するまで、ふたりはおしゃべりをした。カールに両親のことを訊かれて、ユーリアはすんで親の話をした。相手がカールだと平気で話せることに驚いた。意識していないと、彼が自分のボスであることを忘れそうだ。ユーリアはヘニング・キルヒホフと彼のタフな元妻のことを思った。元妻はたいした人だ。ふたりはどうして別れたのだろう。仲がいい人間の関係が壊れるのはなぜだろう。ユーリアは寝息を立てているカールをちらっと見た。寝ているカールは信じられないほど若く見える。それに無防備だ！　カールは本当にユーリアを信用してくれている。ユーリアの胸が熱くなった。

夜を徹したこのいかれたドライブの先になにが待ち受けているのだろう。ヴァルデマール・ベーアとセゴレーヌに本当に会えるのだろうか。着くのが遅すぎて、セゴレーヌが死んでいたらどうする。彼女が重い病気にかかっているといったとき、ベーアは心配そうだった。ユーリアは、カールがこれ以上失望しないですむようにと祈った。というのも、ハウシルトとセゴレーヌが組んでカールの母親の原稿を悪用した可能性だってある。アニタ・カールがペンネームなのは間違いない。一九九〇年の終わり頃なら、インターネットもソーシャルメディアもまともになかったから、そういうインチキも簡単にまかり通っただろう。

ル・マンを過ぎたところで、高速道路は二手に分かれた。左は高速道路一一号線。アンジェとナントを通って大西洋に出る。右はレンヌを抜けて、ブルターニュへ向かう。

ナントで高速道路を下りると、カールが目を覚ました。背後に見える東の空が明るくなっていた。ユーリアはバックミラーで地平線に延びるピンクの帯を見た。目の前はまだ夜に支配されているが、背後の空はみるみる明るくなった。

「起こしてくれればよかったのに！　パリからずっとひとりで運転するなんて！」カールはあくびをしながら体を起こし、グローブボックスを開けた。

「眠気冷ましはいるかい？」

「ええ、ぜひ」ユーリアはうなずいた。カールは冷蔵設定にしたグローブボックスから冷えた缶をだして、ユーリアに渡した。グミベアのにおいが車内に広がった。グミベアはユーリアの好物ではなかったが、しっかりその役目を果たし、頭と手足に広がっていた疲れを吹き飛ばしてくれた。ふたりは運転を替わった。ユーリアは自分のリュックサックからスマートフォンをだした。

「あら！　キルヒホフ先生から二度電話がかかっています！　昨夜、午後十一時半頃に！」

「わたしもスマートフォンを見ていなかった」カールはセンターコンソールにあるボックスからスマートフォンをだしたが、電池が切れていた。「しまった！　充電しておくべきだった」

ユーリアは設定をひらいて、電話のアイコンをタップして、データローミングを「オン」にした。すぐにたてつづけに着信音が鳴った。たくさんの着信とメッセージがあり、ヘニング・キルヒホフや送信者不明のボイスメッセージがあった。最初のボイスメッセージを聞こうとしたとき、ピーという音がして、スマートフォンの画面が消えた。

「充電ケーブルを持ってますか？」ユーリアはカールにたずねた。

「いいや、忘れたようだ」カールは苦笑いした。「いきなり出発したからな」

「わたしもです」ユーリアはスマートフォンをリュックサックに戻した。「わたしたち、ふたりともオフラインですね」

電話連絡ができなくなり、インターネットにもアクセスできないというのは奇妙な感覚だ。だが解放感があった。もちろんこんな状態で島についても、セゴレーヌとベーアをどうやって探したらいいかわからない！　ふたりはおしゃべりに夢中になって、ドライブの目的を忘れ、取っかかりになるヴィンターシャイトの別荘の住所をカールのいとこに訊くことまで失念していた。

そのときユーリアは、原稿を読んだときのメモをリュックサックに入れてあることを思いだした。サイドポケットにそのメモがあったので、ほっとした。物語の登場人物はフィクションだが、土地の描写はリアルだった。読みながら調べたので、たしかだ。ノワールムティエ島には実際に〈カフェ・ノワール〉がある。別荘があった集落はレルボディエールという名だ。これならなんとかなりそうだ！

「見ろ！」カールは道路標識を指差した。「ノワールムティエ島、六十五キロ！　一時間半で着く」

＊

ニコラ・エンゲル署長は約束どおり、すべて完璧に手配していた。エール・フランス機が九時十分にナント空港に着陸し、駐機場にすすむと、ピアはスマートフォンの電源を入れた。カイが連絡をしてきていた。イヤホンを耳につけて、カイに電話をした。機内放送で、乗客は全員、席から立たないように要請された。旅客機が止まり、エンジン音が聞こえなくなると、客室乗務員がオリヴァーとピアについてくるようにいった。ふたりは最初にタラップを下りた。

「カール・ヴィンターシャイトとユーリア・ブレモーラの行方がわからない」カイがピアにいった。「ふたりのスマートフォンは電源が切られている。ヴィンターシャイトは夜、ホテルに戻らなかったし、ブレモーラも自宅にいなかった。そして社長の車がない。ふたりがハウシルトに誘拐された恐れがある。ハウシルトの行方も相変わらず不明のままだ。彼女の車は事務所の中庭に止めてあり、スマートフォンも電源が切られている」

「なんてこと」ピアはヘニングの担当編集者と社長が無事であることを祈った。ふたりはハウシルトを尾行して、気づかれたのかもしれない。夜中に、カイとヘニングが何度もふたりに連絡を取ろうとしたという。はじめのうち、ふたりのスマートフォンは電源が切られていなかった。それはなにを意味するだろう。マリア・ハウシルトは証拠隠滅のためにルクセンブルクに向かったかもしれない！　ハウシルトが本当にアニタ・カールの裏に隠れているのなら、何百万ユーロも稼いでいることになる。それだけあれば、車を複数所有していても不思議はない。

「ドロテーアに電話をかけてみた？」

「ああ、かけたさ」カイが答えた。「昨日、三人に会っている。みんな、社長室に集まった。だがどうでもいいような話をしただけで、ハウシルトといっしょに会社を出たそうだ」

「わかった。それじゃ」

「待ってくれ、ピア！　まだ話すことがある。ついさっき、マリア・ハウシルトが指名手配されたことを知ったタクシーの運転手から連絡があった。先週金曜の夜九時頃、運転手はハウシルトのオフィスで本人から分厚い小包を預かったそうだ。百ユーロ渡され、領収書を請求されなかったので覚えていたそうだ。小包はクローンベルクのハウシルトの自宅に運び、玄関ドアの横の植木鉢の裏に置いておくようにいわれたという話だ」

ピアの頭が働いた。「ユーリア・ブレモーラは午後九時半頃、ロートがだれかを会社に招き入れたといっていた」

カイがいった。「ハウシルトはスマートフォンをタクシーで自宅に運ばせて、われわれがスマートフォンの移動記録を調べたときのアリバイにしたんだ。あの女は本当に頭がまわるぞ、ピア！　あらゆるケースを想定している！　ところで、ハウシルトの妹の居場所が判明した。これから電話をかけてみる」

「なにかわかったら電話をちょうだい。　ありがとう、カイ」

「いいってことさ。ふたりとも気をつけて！」

滑走路の端に、パトカーが一台止まっていた。司法警察の刑事がふたり乗っていた。名前はオリヴァーにも、ピアにもよく聞き取れなかったが、女性刑事のほうが片言のドイツ語を話せた。男の警官はイヴ、彼女はレジーヌという名で、ノワールムティエ島まで同行するという。

さっそくパトカーに乗って、広々とした空港の別の一角へ向かった。金網で囲まれたエリアでヘリコプターが待っていた。すでにローターがゆっくり回転している。オリヴァーとピアが後部座席に乗って、シートベルトをしめると、パイロットが会釈した。

「およそ二十分でノワールムティエ島に着きます！」パイロットの隣にすわったレジーヌが大きな声でいった。彼女は華奢《きゃしゃ》な体つきで、顔にはそばかすがいっぱいあり、褐色の巻き毛をショートカットにして、にこやかに微笑《ほほえ》んでいた。忍耐力がありそうで、元気溌剌《はつらつ》としている。いっしょにいる男性の刑事とは好対照だ。イヴのほうはおっとりしている。背が高く、がっしりしていて、動きがゆったりしている。だがそれは見かけだけだろう。目つきが鋭く、注意深そうだ。

「自治体警察の者が出迎えることになっています」レジーヌが説明した。「国家警察は観光客が多い夏場しか島にいません」

「行先はわかっているのですか？」オリヴァーが多少まともなフランス語でいった。隣にすわっていたイヴが急にフランス語でまくしたてた。

「はい、住所はわかっています」レジーヌがピアのために通訳してくれた。

パイロットは操縦桿《かん》を前に倒した。ゆっくり回転していたローターが耳をつんざく音を立てた。

＊

ふたりは橋を渡って島に着いた。二車線の道路が島の中心地ノワールムティエ＝アン＝リルへとまっすぐつづいていたが、何度も環状交差点にさえぎられた。道路の左右にはジャガイモ畑とトウモロコシ畑が広がり、「オイスターバー」「貝の試食」「島特産のジャガイモ」という看板がいたるところに立っていた。

「もうすぐ九時ね」ユーリアはいった。「この時間帯なら、だれかに道を訊いてもいいわよね？」

「まず人を見つけないとな」カールが答えた。「ノワールムティエ＝アン＝リルまで行って、どこかでクロワッサンとコーヒーを注文しよう。それからセゴレーヌの住んでいるところを訊こう」

「クロワッサンとコーヒーはいいわね」ユーリアのお腹が鳴った。高速道路のサービスエリアでサンドイッチを食べてからもうかなりの時間が経っている。島には少しがっかりしていた。今のところ殺風景で荒れ果てている。カタリーナの原稿を読んで、期待値が上がっていたせいかもしれない。蝶々公園の案内板と、スーパーのインターマルシェなどが出店している商業地区の前を通った。急にむっとするにおいがしてきたので、なんだろうと訝《いぶか》しんだとき、塩田で働く人の姿が目にとまった。水をたたえた塩田の縁《ふち》に立って、柄《え》の長い道具で塩を引き寄せている。塩田と塩田のあいだには真っ白な塩の小さなピラミッドができていた。

「あれを見て！」ユーリアが興奮して叫んだ。「塩の精華《フルール・ド・セル》！」

つづいて島の周回道路をレルボディエールに向けて走った。巨大な駐車場があった。夏の盛りにはキャンピングカーであふれかえっていただろう。そして唐突に、島はユーリアが期待していた顔を見せた。空色や灰色のよろい戸をつけた白亜の家並み。道路の左右にひろがる塩田。白い給水塔、古い風車。日に焼けた草地で草を食《は》む馬、その草地の中を流れる水路。ドイツでは考えられない木製の電柱もいかにもフランスらしい。

レルボディエールの港は島の西端にあった。カールは駐車場を見つけた。ふたりは車から降りて伸びをした。港の右側はモーターボートとヨット用で、左側は漁船用になっていた。ちょうど漁船が一隻、ポンポンとエンジン音を響かせながら港に入ってきた。そのまわりをカモメが鳴きながら飛び交っている。

ユーリアはあたりを見まわした。みやげものやヨット用品や海水浴用品を売る小さな商店が並び、カフェとレストランが港のそばにひしめいている。

「あっちの街角にベーカリーがある」そういって、カールは港の少し上にあるプロムナードを指差した。その瞬間、ユーリアは広い駐車場の反対側に建つ灰色の四角い建物の看板に気づいた。

「ここで間違いないわ！　あそこの店が〈海のカウンター《ル・コントワール・ドゥ・ラ・メール》〉よ！」ユーリアはいった。「ベーアさんが持っていた紙袋はあの店に違いないわ」

「それなら、ここまで車を走らせた甲斐があったというものだ」カールは微笑んだ。「よし、まず腹ごしらえだ。それからベーカリーでたずねてみよう。だれか助けてくれるかもしれない」

ベーカリーには行列ができていたが、すぐに短くなった。人々が焼きたてのバゲットを腕に抱えて出てくる。ユーリアは店に入ると、おいしそうなパンが並んでいるのを見て、よだれが出た。

「ぜひチョコエクレアを食べなくては」ユーリアはカールのほうを振り返った拍子に、バゲットを数本買ったばかりのだれかにぶつかってしまった。

「すみません！」ユーリアはそう詫《わ》びて、その人に微笑みかけたが、そのとたん目を丸くした。

「ベーアさん！」

＊

ヘリコプターは垂直上昇し、軽く左にカーブしながら機首を下げ、南西へ向けて飛行した。

右端にすわっていたピアは遠くの朝靄の中に海が見えたような気がした。晩夏の美しい一日がはじまろうとしている。クリストフがいっしょにいて、のんびり海辺で過ごし、カキに舌鼓《したつづみ》を打ちながらサンセールワインを一、二杯飲めたら最高なのにと思った。だが今は三十五年前の犯罪の舞台となった島に向かっている。そこでなにが待ち受けているかわかったものではない。マリア・ハウシルトは失うものが多い。対立は望まないだろう。それに、警察に追われていることにまだ気づいていないはずだ。それともどうだろう。もう知っているだろうか。本当に父親と夫も殺したのだろうか。

ピアのスマートフォンが振動した。ヘニングだ！ ピアは電話に出た。ヘリコプターの音がうるさくて、声がよく聞き取れない。向こうには聞こえているといいのだが。ピアは、カール・ヴィンターシャイトと編集者とハウシルトの行方がわかっていない、重要なことがあったら、ワッツアップでメッセージを送ってくれとヘニングに伝えた。

ヘリコプターは水の流れが日の光を反射する湿地帯を飛んだ。あちこちに風車がそびえている。尖った教会の塔を囲んだ村や白い家や商業施設をいくつも飛び越えた。それからパイロットは進路を少し右に向けた。目の前に海があらわれた。青々としていて、はるか西まで広がっている。めざす島は大陸からそれほど離れていなかった。橋でつながっていて、引き潮のときにだけ姿を見せる道路もあった。ヘリコプターは高度を下げ、数分後、草が短く刈られた草地に建つ平らな白い建物の上に着陸した。イヴがドアを開けて、オリヴァーを降ろし、紳士らしくピアに手を貸した。

「Merci（ありがとう）」そういって、ピアは微笑んだ。

「Avec plaisir（どういたしまして）」そう答えて、イヴはピアの笑みに応えた。

空気は清々しかった。乾燥した草と松のにおいがする。出迎えた若い男はレミーと名乗った。紺色の制服に身を包んでいる。年齢は二十五歳くらい。立ち耳で、幼く見える顔が日焼けしていた。

〝わたしの子どもといってもいい歳ね〟ピアはそう思うなり、自分の歳を意識した。三人の警官と話すのはオリヴァーに任せ、ピアはスマートフォンをチェックした。ヘニングからも、カイからもメッセージはなかった。十時五分前。結婚して姓がボネールからティボーに変わったセゴレーヌを早く訪ねなくては。

*

セゴレーヌが住む家はレルボディエールの町はずれにあった。自然石を積んだ腰高の塀に囲まれた敷地には、崩れかけた小屋と建物が何棟も建っていた。かつて倉庫だったらしい建物の前面に色褪《いろあ》せた看板があり、よく見れば、「ボネール建築会社　島一番の店」と読める。扉がかろうじて蝶番《ちょうつがい》に引っかかっている門、錆《さび》だらけの建設機械、壊れた工具、何百となくある古タイヤ、それからクレーンもある。そういうものが雑草に囲まれていた。かつては羽振りのいい家族経営の会社だったのだろうか、その凋落《ちょうらく》ぶりは目を覆わんばかりだった。

「どこかの僻地《へきち》みたいでしょう。わかっています」ベーアはこの惨状が自分の責任でもあるかのようにカールに詫びた。「徹底的に片づける必要がありますが、セゴレーヌにはもうその力がなくて。昨年、母親を葬るために島に戻ったときは、もうこの有様だったそうです」

カールは干上がった井戸とゴミの山のあいだの空き地に車を止めた。多少住めそうに見える唯一の建物は、この島特有の様式の二階建てだった。といっても、その家も外壁や窓のよろい戸のペンキがはがれ、巨大なモントレー松が落とした針葉と苔《こけ》が屋根を覆っていた。

「父親はずいぶん前に亡くなり、セゴレーヌに兄弟姉妹はいません」ベーアは話した。「彼女はカリブ海に浮かぶマルティニーク島で夫とホテルを営んでいました。でも結婚は破綻《はたん》して、離婚した直後、病に冒されたんです。二ヶ月前、末期癌《がん》だと医者に告げられました。医者は死ぬために彼女を家に帰しました。しかしここに住む家はありません。だから両親の家で暮らしているんです。彼女は屋根裏で、フランクフルトから持ってきたバッグを見つけました。社長のお母さま、カタリーナさんから預かったものでした。バッグは二十八年間そこに置きっぱなしになっていたのです。セゴレーヌはその存在を記憶から消していました。どうしてそうなったかは本人からお聞きください。彼女はそのバッグをあなたに返そうと思いたちましたが、どうすればいいかわからず、わたしに手紙を書いてよこしたんです」ベーアはそこでいい淀んだ。次に話しだしたとき、その声はかすれていた。「わたしは彼女と二十八年間会っていませんでした。社長のお母さまが……亡くなったあと、彼女は忽然《こつぜん》と姿を消したんです。わたしに別れの挨拶もせずに。わ……わたしは何度も手紙を書いたんです。でも、返事はありませんでした。それが突然、こんなに時間が経って、彼女から手紙が届いたんです。そこには、〝重病でもうすぐ死ぬ。その前にもう一度だけ会いたい、あなたのことを一度も忘れたことがない〟と書かれていました」

ジーンズとポロシャツ姿でいつもと違って見えるベーアがバゲットを車のルーフに置いて、洟《はな》をかんだ。ハッピーエンドにもならない、なんと悲しい物語だろう！

「わたしは矢も楯《たて》もたまらず、すぐここへ来ました。八月のはじめでした」ベーアがつづけた。彼の顔にふっと笑みが浮かんだ。「まさかセゴレーヌに再会できるとは思っていませんでした。彼女はわたしにとって命の次に大事な人です。彼女のことを忘れたことは一日としてありません。なぜわたしの元を去ったのかずっと問いつづけてきました。そういう問いに答えを得られないのは、本当に辛いことです」

「よくわかります」ユーリアは同情していった。

ベーアは何度か深呼吸した。

「再会できたことはうれしかったですが、彼女は病気で、わたしたちにはやり直す時間がないのです。ショックでした。それから、彼女が渡してくれたバッグですが、中には社長のお母さまの日記が入っていました。すぐに社長に渡そうと思いました。あなたが受け取るべきものですから。しかしわたしがフランクフルトに戻ったとき、ヴェルシュさんが復讐をはじめました。わたしは日記を渡す時期ではないと思いました。そのときバッグの中に原稿を見つけ、夢中で読み、それからその原稿を社長に送ったのです」

「じゃあ、青いミニカーを送ったのもあなただったのか？」カールがいった。

「そのとおりです。あのミニカーもバッグの中にありました。セゴレーヌが当時、持ってでたのです」ベーアはうなずいた。「わたしが子どもの頃、毎年夏に島で過ごさせてもらっていたことをご存じですね。ゲッツさんやドロテーアさんと兄弟姉妹のように育ちました。小児喘息《ぜんそく》だったので、ヴィンターシャイト家の方々は親切にも夏のバカンスにわたしを伴ってくれたのです。原稿を読むと、当時のことをありありと思いだしました。もちろんそれがなんの物語か察しがつきました。日記を読むのは躊躇《ためら》っていましたが、誘惑に負けました。申し訳ありません、ヴィンターシャイト社長」

「かまわないさ」カールが答えた。

「あの事件が聞いていた話とまったく違うことに気づいて、腹立たしい思いがしました。前から信じられないと思っていたんです。愕然《がくぜん》としました。わたしはずっと騙《だま》されていたんです。それもヴィンターシャイト老夫妻に。茫然自失しました。その一方で、ヴェルシュが出版社をだめにしようとしているのをただ見ているしかありませんでした。それで、あの人たちにお仕置きをしようと思いたったんです。あの人たちを……罰して、不安に陥《おとしい》れようと。そこで日記の抜粋を送ったんです。ヴェルシュ、ロート、ハウシルト、リントナー、フィンク。でも、あの人たちが悔い改めるなんて甘い考えでした。不安を抱いたのはロートさんだけでした」

ベーアが口をつぐむと、カールがたずねた。

「おじにも日記の抜粋を送ったね。なぜだ？」

「アンリには一番がっかりさせられました」ベーアは首を横に振った。彼の目が急にうるんだ。悲しみのせいではない。冷たい怒りのせいだった。そしてこう語りだした。「あの人が善良な人ではないことくらいわかっていましたが、わたしは忠誠を誓っていました。社長のおじいさま、先々代のヴィンターシャイト翁の死の床《とこ》で、あの方の家族を見捨てないと誓ったんです。その誓いを守って、意にそまないことでもしてきました。し……しかし……あの……あの悪党がしたことと、その罪を償《つぐな》わずにのうのうとしていることには……我慢がならなかったんです」

ユーリアがびっくりするほど、ベーアはむせび泣いた。

「ベーアさん」カールはそっとベーアの肩に手を置いた。「おじがなにをしたか知っている。昨日、おじはわたしの母をバルコニーから突き落としたことを警察に自白した。今、拘置所に入っている」

ベーアは信じられないとでもいうようにカールを見つめた。言葉も失うほど心がざわついているのが、上下する喉仏からわかる。

「あの悪党はセゴレーヌを襲ったんです！」ベーアは涙声でささやいた。「彼女は十九歳になったばかりで、まだそういう経験がなかったんです……でも、あの悪党にはどうでもいいことだったんです！　……あなたが隣の子ども部屋で寝ているあいだに！　あ……あいつは、カタリーナさんの帰宅はもっと遅いと思っていたんです。……でも……予定よりも早く帰宅して」

「なんてこと」そうつぶやくと、ユーリアはカールの手をつかんだ。カールはユーリアの手をしっかり握りしめた。カールも愕然としていた。

「カタリーナさんは……アンリをセゴレーヌから引きはがしました」ベーアがつづけた。「カタリーナさんは……本当に勇気があったんです！　カタリーナさんが警察に通報しようとすると、あの……あの人非人がカタリーナさんの手から電話を奪いました。そ……それでカタリーナさんはバルコニーに出て、助けを呼ぼうとしたんです。でも……でも……あの悪党がカタリーナさんをバルコニーから突き落としたんです。逃げる前に、あいつはセゴレーヌの首をつかんで、もしこのことをだれかにいったら……おまえの家族を生きていけなくしてやると脅《おど》したそうです。あの島の市長や大物が知り合いだし、彼女の父親がよからぬことをしていることも知っているんだからなといって」

ベーアは肩を落とした。苦痛で顔をくしゃくしゃにして自分の車にもたれかかった。

「かわいそうなセゴレーヌは不安に駆られて家に逃げ帰り……フランクフルトで起きたことを忘れようとしました！　それから新聞でマルティニーク島での求人を見て応募し、そこで彼女を好きになった男と結婚しました。わたしを愛しながら」ベーアが黙った。前屈みになって両手で顔を覆って泣いた。

「わたしがずっと忠義を尽くしていた男がカタリーナさんを殺し、あなたの人生をめちゃくちゃにしたんです。そしてセゴレーヌの人生とわたしの人生も台無しにしました。そのことを知ったときは、殺してやりたいと思いました。でも、その勇気がありませんでした。人がよすぎたのかもしれません。そこで日記の抜粋をあいつに送りました。セゴレーヌと同じ死の恐怖を味わえばいいと思って！」

ユーリアは泣くほかなかった。そのくらいひどい話だった。カールはベーアの肩に腕をまわして手を握った。アンリ・ヴィンターシャイトが一生刑務所から出られなくなっても、ほとんど慰《なぐさ》めにならないだろう。ベーアとセゴレーヌが失った時間は戻らない。カタリーナも生き返らない。それでも、この恐ろしい秘密を吐きだして、ベーアはほっとしていた。深呼吸すると、もう一度、洟をかんで、涙で濡れた頬をぬぐった。

「来てください」そういって、ベーアは車のルーフからバゲットを取った。「セゴレーヌはあなたに会えて喜ぶと思います」

カールとユーリアはベーアについて、二階建ての家へ向かった。近づいてみると、思った以上に傷んでいることがわかった。ベーアがドアを開け、三人は小さなキッチンに入った。ベーアは作業台にバゲットを置いた。

「Je suis de retour!（ただいま！）」ベーアが叫んだ。「Et j'ai emmené des visiteurs!（お客さんだ！）」

三人は隣の広い応接室に足を踏み入れた。明るい日の光が窓から差し込み、花柄のカバーをかけたソファを照らしていた。ガリガリに痩せ細った女性がすわっていた。顔には死相があらわれていた。その女性は青いフードをかぶっている。肌は不健康そうな黄色を帯び、目を丸くして不安そうに三人を見た。ユーリアは、前を歩くカールの鋭い息づかいを聞いた。カールがいきなりドアのところで立ち止まったので、ユーリアはぶつかってしまった。

「マリア！　やめろ！　やめてくれ！　彼女にようやく……」ベーアが口ごもった。

「うるさいわね、ヴァルディ」マリア・ハウシルトがいった。「あなたがここに来るだろうと思ったわ、カール。でも、もっと時間がかかって、すべて済んでいると思っていたのに」

ユーリアは両手でカールの腕をつかんだ。はじめ、なにがどうなっているのかわからなかった。どうしてハウシルトがここにいるのだろう。それからハウシルトが拳銃をセゴレーヌの頭部に向けていることに気づいて、心臓が口から飛びでるかと思った。頭に血が上って、冷静に考えられない。

「馬鹿なことはやめろ、マリア」自分の代母が拳銃を手にしているというのに、カールの声は落ち着いていた。「銃を置け。話せばわかる」

「その過《あやま》ちだけは絶対にしないわ」ハウシルトはせせら笑った。「引き金を引く前におしゃべりをする場面を映画で見るたび、腹が立ったのよね。わたしはそんなことをしない」

ハウシルトの指が引き金にかかった。ユーリアはカールの肩に顔を押しつけた。セゴレーヌが撃たれるところを見たくなかった。ベーアやカールが撃たれるところも見たくない！　そして自分が死ぬときに、最後に聞くのがハウシルトの嘲笑《あざわら》う声というのも絶対に嫌だ。そのとき、作業台にのっているバゲットが目に飛び込んできた。ユーリアはカールの腕から離れると、バゲットの一本をつかんで振りかぶった。次の瞬間、同時にいろいろなことが起きた。ユーリアはカールの脇をすり抜けて、叫び声と共にバゲットをハウシルトの顔に投げつけた。ベーアはセゴレーヌをかばって、ソファに身を投げた。カールはユーリアを追い越して、拳銃を握ったハウシルトの手をつかみ、もみ合いになった。そのとき銃声が轟《とどろ》いた。

＊

ピアは掃き出し窓から広い応接室を覗いて、血が凍りそうなほど驚いた。カール・ヴィンターシャイトが二枚のうち一枚が大きく開いている掃き出し窓の奥で拳銃を持ち、ソファにいるふたりの人間に銃口を向けていた。ピアははっとして、拳銃をつかもうとした。だが腰にホルスターをつけていなかった。しまった！ 拳銃はドイツに置いてきてしまった！ 心臓をばくばくさせながら、目の前で起きていることがなにか理解しようとした。

「Que se passe-t-il là-dedans?（どうしました？）Est-ce que quelqu'un a une arme?（だれか武器を持っているんですか？）」隣でしゃがんでいたレジーヌがささやいた。だが、ピアはなんといわれたのかわからなかった。

カールのボルボとフランクフルトナンバーの別の車が建材のゴミと錆《さ》びついた機械のあいだに駐車してあるのを見たとき、ピアは腰を抜かしそうになった。オリヴァーは状況を把握していないフランスの刑事たちに警告を発した。おそらくマリア・ハウシルトも家の中にいるはずだ。だが今、拳銃を手にしているのはカールだ！ なにか勘違いしたのだろうか。事件の真相は想像とまったく違うものなのだろうか。

「ピア！」オリヴァーがささやいた。「中はどうなってる？」

「カール・ヴィンターシャイトが拳銃を持っています！」ピアは声をひそめて答えた。オリヴァーはフランスの刑事たちに状況を説明した。イヴとレジーヌは即座に反応した。ふたりは前に飛びだすと、防弾チョッキをつけていないのに家の中に突進した。なんて無茶な、とピアは思った。

「Lâchez l'arme!（銃を捨てなさい！）Lâchez l'arme! Immédiatement!（今すぐ！）」レジ

ーヌとイヴの怒鳴り声が聞こえた。

ふたりは拳銃を抜いて、カールに銃口を向けていた。カールは部屋の真ん中で両手を上げ、ふたりの警官を見た。そのとき、キッチンに通じる開け放ったドアから一陣の風が吹き抜けた。ソファには使用人のベーアがいて、病気らしい女性を抱いていた。床にはヘニングの担当編集者ユーリアが目を見ひらいてしゃがんでいた。そのユーリアがフランス語でなにか叫び、ピアとオリヴァーに気づいて、ドイツ語に切り替えた。

「カールの銃じゃありません！」声はほとんど裏返っていた。「マリアから奪い取ったんです！」

「マリア？　マリア・ハウシルトか？」オリヴァーがたずねた。「今どこに？」

「わたしたちを撃とうとしました！　ついさっきそこから逃げていきました！」ユーリアはキッチンに通じるドアを指差した。体がぶるぶるふるえている。

イヴとレジーヌは拳銃を構えたまま一階を見てまわり、他にだれも隠れていないことを確かめてから拳銃をしまった。イヴは手袋をはめると、床に置いてある拳銃を拾い、弾倉を抜き、安全装置をかけると、証拠品用の袋にしまった。カールはユーリアを抱いて、背中をやさしくさすった。ベーアはあわててソファから立ちあがった。三人がそろってまくしたてたので、オリヴァーはなにがあったのかカールに説明を求めた。だがカールが口をひらくより先に、若い地元の警官が掃きだし窓から応接室に駆け込んできて、両手を振りまわしながらイヴとレジーヌになにか報告し、何度も外を指差した。

「マリアに車でひかれそうになったそうです」すこし落ち着いたユーリアが通訳した。「車の型とナンバーを覚えているそうです」

それからしばらくドイツ語とフランス語のやりとりがあって、イヴとレジーヌもレミーをひきそうになった女性が国際逮捕状が出ている被疑者だと理解した。

「Venez, venez!（さあ、行くわよ！）」レジーヌがそういって、ピアとオリヴァーを手招きした。「すぐ戻ります」オリヴァーはカールにいった。「ここは大丈夫ですか？」

「ええ」カールはうなずいた。「彼女は戻ってこないでしょう」

一分後、オリヴァーたちはパトカーに乗り込んだ。レミーがハンドルを握り、イヴが助手席に乗った。パトカーはものすごい速度で狭い道路を疾走した。レミーは無線に向かって怒鳴り、応援要請をした。

「応援が来ます。すくなくとも同僚三人」レジーヌの説明を、オリヴァーはピアに通訳した。

「問題の女性はこのあたりに詳しいですか？」

「それなりに知っていると思う」オリヴァーが答えた。「以前、何度もこの島で夏を過ごしている」

「車で島から出るにはふたつの方法があります」レジーヌがいった。「ひとつは橋ですが、そこはフロマンティーヌ憲兵隊が封鎖しました。残るは引き潮のときだけ使える海床路です」

「一番潮が引いたのは二時間前だ」イヴがスマートフォンで干満の時間を調べた。「道路は無理だろう。橋を使うしかない」

「うちの署長が対岸のボーヴォワール警察署に連絡しました」レミーはトラクターを追い越し、サイレンを鳴らし、青色回転灯をつけた。唇のあいだから舌先をだし、耳を真っ赤にしている。こんな本格的な追跡劇はおそらく夢に見たことしかないのだろう。しかも追っているのは殺人犯かもしれない女性だ！　きっとこれからしばらく行きつけの酒場で自慢話をするに違いない。

「どうするつもりでしょうね？」ピアはボスにいった。「逃げ切るのは無理だとわかるでしょうに」

「それでも逃げようとあがくだろう」オリヴァーは答えた。「ハウシルトは容易《たやす》く諦めるタイプじゃない」

「他に武器を持っていなければいいですが」ピアはいった。

レミーは環状交差点を一気に走り抜けた。ピアは遠心力で隣のレジーヌにのしかかった。レジーヌは行動力がある上、思慮深いようだ。刑事にうってつけといえる。直接会話できないことが、ピアは少し残念だった。通信機を通してさっきからいろいろな声が聞こえていた。同僚からなにか連絡があったようだ。レミーは速度を落として、島の中心地を通りぬけた。その先の道路もカーブが多かった。そのうち、ハウシルトがフランスナンバーのレンタカー、シルバーのルノー・メガーヌに乗っていることが周知された。

「地元警察は道路封鎖して逃走中の女性を止めることはしないらしい」オリヴァーがイヴの言葉を通訳した。「拳銃を携行していないからだ。大陸で待機している国家憲兵隊がこういう場合は対処するそうだ」

そのとき、ハウシルトはツキに見放された。バルバトル近郊の環状交差点で、トラクターがカキの殻を満載したトレーラーごと横転し、橋へ通じる道をふさいだ。ハウシルトは干潮のときだけ通れる道路を選ぶほかなくなった。

「あそこ！」レミーが叫んだ。「まさか海床路を行く気か！　今日は満月だから、満潮時にはとくに海面が高くなる！」

道路の左右にはたくさんの車が駐車していた。バケツや網をもった人たちが歩いてくる。そこへシルバーのルノー・メガーヌが突っ込んでいった。みんな、あわてて道をあけた。なかには数人、車を止めようとして、手を振る猛者もいたが、ハウシルトは気にもかけずにアクセルを踏みつづけた。レミーは複数の言語で書かれた掲示板の前でブレーキを踏んだ。ドイツ語もあって、〝満潮時には道路が海面下に沈む　危険〟と書いてあった。

オリヴァーたちはパトカーから降りた。ピアは目に手をかざした。銀色の車は水を弾き飛ばしながらみるみる遠ざかっていく。

「通りぬけそうですね！」ピアは叫んだ。「逃げられてしまいます！」

「いや、無理ですね」地元の人間であるレミーが答えた。「潮はギャロップする馬並みに一気に押し寄せます。あの道路は四キロほどありますから、途中で立ち往生するでしょう」

「そうしたらどうなる？」オリヴァーはたずねた。

「車は潮に流されます」レミーが関心なさそうにいった。「道路の横には深さ六メートルから八メートルの穴が口を開けています。残念ながら、潮を甘く見た人や潮干狩りに夢中になっていた人が毎年、命を落としています」

「だけど溺《おぼ》れるのを、手をこまねいて見ているわけにはいかないわ！」ピアは叫んだ。

「でも、助けるのはもう無理です」

レミーの同僚たちも合流し、パトカーから降りてきた。満潮の光景を見にきた観光客も、なにかただならぬ雰囲気に気づいて、海に没していく道路を見つめた。中にはスマートフォンをだして、撮影をはじめる者までいた。イヴはレミーから双眼鏡をもらって突堤に上がり、親指を立てた。

「どういうこと？」ピアはたずねた。人が死ぬところを黙って見ているなんてひどいと思った。

「なんていっているの？」

「ご心配なく」年配の地元警官がピアとオリヴァーのほうを向いていった。「あの女性は避難タワーに逃げ込みました。海床路には一キロごとに避難タワーがあるんです。あれのおかげでたくさんの人が命拾いしています。危険なことを知っている地元の人でも、満潮から逃げそびれることがあるんです」

「それで、これからどうするんです？」

潮が近くに迫ってきたので、ピアたちも後ろに下がった。

「潮が引くまで六時間待つか」そういって、年配の警官はにやっとした。「あるいはポルニックの沿岸警備隊を呼んで、避難タワーから救いだすか。自力ではもうあそこから逃げられませんよ」

ピアはほっとした。ハウシルトがなにをしたにせよ、法廷に立たせて、罰を受けさせたい。大西洋で溺死《できし》するのではなく、ふさわしい裁きを受け、刑務所に入るべきだ。二件の殺人事件が彼女のしわざであると証明できれば、そうなるのは確実だ。

オリヴァーのスマートフォンが鳴った。エンゲル署長が、状況が知りたくて電話をかけてきたのだ。オリヴァーは状況を説明した。

「ハウシルトを逮捕して、島を離れるまで数時間待つことになりそうだ。運がよければ、ナントからミュンヘン経由でフランクフルトへ飛ぶ午後八時三十分発の夜の便に乗れるだろう。だがその前にヴァルデマール・ベーア、元オーペアガール、カール・ヴィンターシャイト、ユーリア・ブレモーラの四人に事情聴取する」

「フェルテンはいい嗅覚をしているわ」署長の声がピアにもはっきり聞こえた。ヨーロッパの西の端のほうが、ライン＝マイン地域よりも接続がいいとは。「ハウシルトのクライアント名簿にルクセンブルク在住の女性作家を見つけた。年齢は九十七歳で、高級な老人ホーム住まい。うまい具合に重度の認知症。これからアニタ・カールの印税の流れを追うわ。ところで、ハウシルトは七人の作家としかエージェント契約をしてなくて、掃除婦を雇っているだけで、従業員はひとりもいない」

「さもないとアニタ・カールのことがばれる恐れがあったからだな」オリヴァーがいった。

「ハウシルトがどうやったのかわからないけど、今、ルクセンブルクの警察に照会している」署長はいった。「彼女が犯行を認めれば、あっちも協力を惜しまないでしょう。そうそう、オスターマンがハウシルトの妹と話をした。マリア・ハウシルトが父親をサウナに閉じこめ、夫のインスリンに細工をしてふたりを殺した可能性があるといったそうよ。エージェントにかつて勤めていた人も見つけたけど、エーリク・ハウシルトが死ぬ数週間前、夫妻が離婚するしないで大喧嘩したことをよく覚えていたわ」

「ヴェルシュとロート殺害の証拠は充分に揃っているか？」オリヴァーはたずねた。

「ヴィンターシャイト出版の中庭への門が写り込んでいる靴店の防犯カメラの映像を、オスターマンが確保したわ。金曜の夜九時半少し前に門を入り、午後十一時二十五分に自転車を押すロートといっしょに出てきたのはマリア・ハウシルトだった」

「それは証拠にならないだろう」オリヴァーは眉間《みけん》にしわを寄せた。

「そうね。でも、ヴェルシュが受け取った日記のコピーをなぜ持っていたのか説明するのは難しいでしょうね」エンゲル署長はいつになくさばさばしていた。「でも一番いい情報は最後に取ってあるわ。わたしのことはわかっているでしょ。ロートは嘘がばれると観念していたようね。奥さんが今日の昼、死んだ夫の六枚にわたる手書きの遺書を持ってきた。書いたのは九月五日、つまりヴェルシュ殺害の二日後で、死後に開封することと指示して弁護士に預けていた。その遺書の中で、ゲッツ・ヴィンターシャイト殺害を告白している。そしてそのとき直接手を下さなかったヴェルシュから脅迫されていたことも。それからハウシルトがカタリーナ・ヴィンターシャイトの原稿を着服して、偽名で出版していたことにも触れていた。月曜日にロートはヴェルシュを訪ね、もう一度訪れるために勇気を奮い起こそうとしてウォッカを飲んだと書いている。ふたたびヴェルシュの家に戻って、敷地に侵入すると、キッチンに明かりがついていた。キッチンの窓から覗き込むと、ヴェルシュとハウシルトがいい争っていた。ドアは閉まっていたので、話の中身まではわからなかったけど、そのうちハウシルトがキッチンの引き出しを次々に開けて、なにか銀色に光るものを手に取り、それでヴェルシュを殴った。ロートはそこで逃げだした」

「信じられない」オリヴァーは首を横に振った。

「ケムとわたしが事情聴取したとき、そわそわしていたのも当然ですね」ピアはいった。「記憶がないなんてよくいえたものです！」

「金曜の夜、出版社を訪れたハウシルトが、おそらく隙を見て凶器をロートの冷蔵庫に入れたのね」エンゲル署長がつづけた。

「そしてメタノールの瓶とプラスチック・バッグの箱をベーアの作業場に残した」オリヴァーが付け加えた。「だがなぜロートを殺す必要があったんだ？」

「神経がまいって、自白しそうだったからじゃないかしら」エンゲル署長がいった。

「でも木曜日にはすでにメタノールを飲んでいますよ」ピアが口をはさんだ。

「ああ、それなんだけどね！」エンゲル署長が微笑んでいるのが見えるようだった。「公開捜査も馬鹿にならないわ。ロート家の隣人が九月五日水曜日の晩、ハウシルトとアレクサンダー・ロートがテラスにいるのを目撃していた。酒を飲んでいたそうよ！　その人がいつも使っている駐車スペースにフランクフルト・ナンバーの白いスマートが止めてあるのを覚えていた」

「それでもな！」オリヴァーはまだ懸念を抱いているようだった。

「心配はいらないわ。明日ハウシルトを締めあげる。自白させるわよ」エンゲル署長は自信満々だった。

「クレーガーに家宅捜索させるから、運がよければ家の中か、服に付着している血痕が見つかるでしょう。そうなれば、ぐうの音もでないでしょうね」

キラキラと日の光を反射する海原の彼方から、猛スピードでボートが近づいてきて、オリヴァーたちの近くで止まった。

「話はあとだ」オリヴァーはいった。「ハウシルトを救助するため、沿岸警備隊が来てくれた。今日中に帰れるようなら連絡する」

オリヴァーは通話を終えて、ピアを見た。

「どうしたのかな？　あんなに機嫌のいいニコラは久しぶりだ」

「鶴が関係してるんじゃありませんか？」ピアが答えた。「あのふたり、いい感じじゃないですか。すくなくともニコラは幸せそうです。いいことです」

沿岸警備隊のボートは数メートル離れたところで向きを変えた。自治体警察の警官が大きな声で沿岸警備隊員になにか叫んだ。

そのときオリヴァーのスマートフォンが鳴った。オリヴァーは画面を確かめた。ショートメールだ。さっそくメッセージを見たが、表情を変えなかった。オリヴァーがそのままスマートフォンをポケットにしまったので、ピアはたずねた。

「大丈夫ですか？」

「まあな」オリヴァーはため息をついて、海面を見た。「明日、病院に行く。コージマが安定しているので、午後、手術をするそうだ」

「あら」ピアはオリヴァーのそばに立った。「それならハウシルトを牢屋につないで、ヴィンターシャイト家の人々に事情聴取するところまではいっしょにやれそうですね」

沿岸警備隊のボートがゆっくりと動きだし、ハウシルトが逃げ込んだ避難タワーへ向かった。

「すごいな」オリヴァーが感動してつぶやいた。「道路がもう見えない！ 十分もかからなかった！」

「潮はギャロップする馬並みに一気に押し寄せるといってましたから」ピアはようやく緊張が解けるのを感じた。

ハウシルトはもう逃げられないだろう。一件落着だ。

エピローグ

二〇一八年九月二十二日（土曜日）　フランクフルト

「これはなかなか壮観だ」クリストフが驚いて声を上げた。ケム・アルトゥナイとターリク・オマリは夫人同伴で、クリスティアン・クレーガーはカトリーン・ファヒンガーを伴い、フランクフルト大学のＩＧファルベンハウス記念館へとヴェストエントキャンパスの広い敷地を歩いていた。その背後では気持ちのいい晩夏の中、数百人の人々が期待に目を輝かせながら入場開始の時間を待っている。

「これからこのあたりでコンサートでもあるのかな？」クリストフがにやにやしながらいった。

「クリストフ！」ピアは首を横に振った。午後四時にヘニングの新作ミステリ『死体は笑みを招く』の発表会がはじまる。公式の発売日には早くもベストセラーリストの四位に躍りでていた。

「みんな、物見高いだけさ！」クレーガーがいった。

「あそこの人たちは違うでしょう」ケムは長い行列を見ながらいった。それから前方を顎《あご》でしゃくった。「でもあそこの連中はそうでしょうね」

会場の入口の前に、報道関係者が大勢たむろしていた。テレビクルーまで来ている。ヘニングの新作ミステリだけなら、こうはならなかっただろう。アンリ・ヴィンターシャイトが三十年近く前に弟の嫁を殺害したというニュースはドイツ中を騒然とさせ、彼の名声が地に墜ちたのだ。しかもアニタ・カールの正体が明らかになり、ベストセラー作家ヘニング・キルヒホフのエージェントが二件の殺人を犯したというおまけつきだ。

「死体解体人は次はこの事件をネタにするんじゃないかな」クレーガーがいった。「彼に想像力はないからな。事実を写して、関係者の名前を変えるだけでいい」

「どうかしら。そんなお手軽なことをしてないですよ」カトリーンがピアの元夫の肩を持った。「かなり面白く書けているし、真に迫っています。それに、わたしたちが登場するなんてクールじゃないですか」

「ニコラ・エンゲル（天使）がナタリー・トイフェル（悪魔）！」ターリクはくすくす笑った。「あれはいけてる」

ヴィンターシャイト出版は人が殺到すると見込んで、柵を設置して、黒服の警備員に入場を管理してもらっていた。ヘニングがくれた招待券のおかげで、みんなは会場のロビーに入った。もうすぐシャンパンが出て、レセプションがはじまろうとしている。出張してきた書店が大きなテーブルにヘニングの本を並べて、即売会の準備も万端だ。そしてその横には、このイベントの収入の一部が寄付される犯罪被害者支援団体〈白い輪〉の活動を紹介するコーナーもできていた。カイ・オスターマンはすでに来ていた。森林管轄主任のヴォータン・ヴェラスケスの姿もある。約束どおり招待券をもらったらしい。ピアはフランクフルトと西ヘッセンの両警察本部長がいることに気づいた。それから法医学研究所の人々、フランクフルト大学の学長や学部長もいる。さらに驚いたことにエラルド・ツァイトリッツ＝ラウエンブルク（旧姓カルテンゼー）とパートナーのマルクス・ノヴァクのふたりとも顔を合わせた。かつて被疑者だった人たちに再会するのはめずらしいことだが、ピアはすぐエラルドとヘニングが知り合いに決まっていると気づいた。エラルドも以前はこの大学の教授だった。今は名誉教授で、こういうイベントには常に招待されている。それに十一年前ポーランドの城館の廃墟で大立ちまわりを演じたときにヘニングもいっしょだった。

ヴェーラ・カルテンゼーは二年前に死に、ジークベルトもすでに他界している。ユッタ・カルテンゼーはブリュッセルで欧州議会議員になっている。マルレーン・リッターはカルテンゼー機械製作所の経営に腕をふるっている。エラルドとマルクス・ノヴァクは水車屋敷《ミューレンホーフ》に住んでいて、オイゲン・カルテンゼー財団も今なお活動している。ふたりともリラックスしている。あの恐ろしい出来事はすでに過去のことだ。ドーベンゼー湖の城館の地下でピアは死にかけたが、その城館も修復されて、今はホテルになっている。

「ピア」だれかが耳元で声をかけた。振り返ると、そこにエンゲル署長がいた。「ちょっと来て」

ピアはクリストフの手を取って、エンゲル署長のあとから人込みをかきわけた。本の即売コーナーの横に同僚たちが集まっていた。

「どうしたの？」ピアはたずねた。

「ボスにライブ中継しようと思ってね」そういって、カイがタブレットを高く掲げた。「きみがいなくちゃはじまらない」

「わかったわ」ピアはうれしくて微笑《ほほえ》んだ。

オリヴァーとコージマの手術は成功していた。先週の水曜日、ピアとオリヴァーはナントに辿《たど》り着き、その日最後のフランクフルト行きの便に乗った。ふたりがセゴレーヌ・ティボーに事情聴取し、一九九〇年八月に本当はなにがあったか聞くあいだ、マリア・ハウシルトは自治体警察の留置場にいた。カール・ヴィンターシャイトは事情聴取を映像に記録し、ヘニングの担当編集者が通訳した。証言が真実であることは疑いようがなかった。

婦女暴行罪は時効になっていたが、カタリーナ・ヴィンターシャイト殺害に時効はない。検察はアンリ・ヴィンターシャイトを起訴するだろう。ハウシルトはもうすっかり観念していた。オリヴァーは彼女の取り調べには同席しなかったが、ピアが後日、詳しく報告した。カタリーナ・ヴィンターシャイトの原稿を着服し、アニタ・カールのペンネームで、順次出版したことを自白した。彼女が原稿で稼いだ印税は正当な遺産相続人カール・ヴィンターシャイトのものになり、本はすべて改訂されて、作家名は本名でヴィンターシャイト出版から出版し直されるはずだ。ハウシルトが自白したのは原稿の着服までだったが、状況証拠は充分揃っていたので、検察はヴェルシュ及びロート殺害の罪で起訴に踏み切った。ただし十六歳のときに父親をサウナに閉じこめて殺害したことと、インスリン注射に細工をして夫を死に至らしめたことについては証拠不十分で起訴されなかった。

カール・ヴィンターシャイトは数日前、記者会見をひらき、本当の創設者の名前を取って社名をリープマン出版に変更すると発表した。カールはいとこのドロテーアと共に大きな計画を構想していて、ユーリア・ブレモーラもそこで大きな役割を担うだろう。またカールはアニタ・カールの印税でノワールムティエ島にあるかつての別荘を買いもどし、印税の一部をゲッツ＝ヴィンターシャイト財団に寄付して、医学生への奨学金に充てることにした。

カイがタブレットをタップしているあいだ、ピアはロビーを見まわした。ヘニングがヨーゼフ・モースブルッガーと話している。ヘニングが助けてくれというようにちらっとピアのほうを見た。ヘニングを担当するエージェントがいなくなったので、当然のごとくドイツじゅうのエージェントが鵜の目鷹の目なのだ。声をかけてくるのはモースブルッガーが最後ではないだろう。

ピアが手招きすると、ヘニングはほっとした様子で歩いてきた。朗読の前に上がってはいなかった。数百人の学生を前に講義をしているから、大勢の前で話すことには慣れているし、脚光を浴びるのは好きだ。だがレセプションでいろんな人とおしゃべりするのが苦手なのだ。

「ありがとう、ピア。助かったよ」ヘニングはいった。

「準備できたぞ！」そういうと、カイがみんなのほうにタブレットを向けた。

画面にオリヴァーの笑顔が映っていた。

「やあ、ボス、元気ですか？」ターリクとカトリーンが声をかけた。

「やあ、オリヴァー!」ヘニングがグラスを上げた。「健康を祈って!」

「ありがとう、ヘニング」オリヴァーが答えた。「ここに飲みものがあったら、きみのために乾杯するところだ。新作発表会の成功を祈っている!」

「新作に乾杯!」みんな、グラスを上げて、ヘニングに向かって乾杯した。ピアの肩を抱いていたクリストフもこのときだけはいっしょに乾杯した。

「みんな、感謝する」ヘニングは感無量といった様子でいった。「ここに集まって、祝ってくれてありがとう。わたしにとってとても重要なことだ。きみたちがいなければ、新作は誕生しなかった」

「よくいった!」ケムが叫んだ。

「来てくれてとてもうれしいよ、クリストフ」ヘニングはピアの夫のほうを向いた。「不満があることは知っている。だがきみを不快にさせるつもりはなかった」

「キルヒホフ先生、そろそろ開場したいのですが」ユーリア・ブレモーラがヘニングのそばにやってきた。「いいでしょうか?」

「もちろん」ヘニングがにこっとした。「オリヴァー、楽しんでくれ。そして早く元気になるよう祈っている! もちろん他のみんなも楽しんでいってほしい」

ヘニングは人込みをかきわけた。ピアたちもそのあとにつづいて、用意された席についた。カイはオリヴァーによく見えるように最前列にすわった。新作発表会の客が全員着席するのに二十分かかった。はじめにフランクフルト大学学長の祝辞があり、つづいてカール・ヴィンターシャイトが短い挨拶をしたあと、ヘニングが登壇し、席につくと、本をひらいて朗読をはじめた。

「二〇〇六年六月十五日木曜日。朝の七時四十五分。トリスタン・フォン・ブーフヴァルト首席警部は携帯電話の呼び出し音でせっかくの自由な一日を台無しにされた」

「おい、おい」クリストフはピアの耳元にささやいた。「まさか動物園園長が吐くところまで読まないよな！」

「いいえ、絶対に読むわね」そう答えて、ピアはにやっとした。

謝辞

数年前から温めていたアイデアが、こうしてピアとオリヴァーたちの十番目の事件になりました。すでにお気づきでしょうが、本書の一部は子どもの頃から第二の故郷のように愛してやまないノワールムティエ島で生まれました。

執筆中のわたしと同じように、みなさんに本書を読んで楽しんでいただけることを祈っています！

本書を書くに当たって支援してくれたすべての人に感謝します。なによりもわたしの夫マティアス・クネスと義理の娘ツォーエに。わたしの父ベルンヴァルト・レーヴェンベルクと母カローラにはわたしに道義的な支援を惜しまず、じっくり話を聞いてくれたことに感謝します。声にだして考える必要に迫られることがよくありますが、そういうとき、両親は最高の聞き手です。パパ、ママ、ノワールムティエ島でいっしょに過ごした、あのすばらしかった夏をありがとう！

草稿を早々に夢中で試し読みしてくれた人からは有益な指摘をもらい、感激の言葉に励まされました。姉のクラウディア・レーヴェンベルク＝コーエン、妹のカミラ・アルトファーター、友人のジモーネ・ヤコービ、そしていつでも助言を求めることができたカトリーン・ルンゲ、ありがとう。

なかでも一番感謝したいのは、わたしのエージェント、アンドレア・ヴィルトグルーバーです。積極的に各所に電話をかけ、理解を示し、刺激を与えてくれました。とくに出版社全般と文芸エージェントの仕事についての調査は彼女に大いに助けられました。十冊目のミステリである本書に全身全霊で打ち込んでくれた担当編集者のマリオン・ヴィヒマンにもお礼をいいます。二〇〇八年一月にわたしをウルシュタイン社と引き合わせ、わたしの人生を変えた人です。彼女ははじめからわたしを信じてくれました。長くすばらしい道のりを共に歩んできました。これからもきっといっしょに歩みつづけるでしょう。

ウルシュタイン社のすべての社員にも、わたしを固く信じてくれたこと、円滑にすてきな共同作業ができたことを感謝します。

わたしの本にはいつもたくさんの人物が登場します。ですからいつも人名を探しています。わたしに名前を使わせてくれた人たちの信頼には頭が下がります。ユーリア・ブレモーラ、アーニャ・デラムーラ、ゲオルゲ・ドラゴン、シュテファン・フィンク、アンドレ・グレンダ、マティーアス・ハース、マーニャ・ヒルゲンドルフ、クリスティーナ・ヤーゴフ、マルセル・ヤーン、ダニエル・クレー、ヨゼフィン・リントナー、シュテフィ・ロッツ、ペトラ・マリア・マイヤー＝ビューヘレ、クラウス＝ペーター・シュニーホッタ、ジルヴィア・ヴィッティヒ、マリーナ・ベルクマン＝イッケス、ロベルト・ザハトレーベン、シャノン・シュヴァルツ、アレア・シャルク、クリスティーネ・ヴァイル、クラウス・ヴィーデブッシュ、フィリップ・エーバーヴァイン、ミリー・フィッシャー。みんな、ありがとう。

そして最後にもちろんすべての書店員と読者に感謝します。みなさんがいなかったら、わたしたち作家は無に等しいのですから。

ネレ・ノイハウス

二〇二一年九月

参考文献

Ingo Wirth, Hansjörg Strauch: Rechtsmedizin: Grundwissen für die Ermittlungspraxis. 2., neu bearbeitete Auflage 2006. Kriminalistik-Verlag, Heidelberg https://www.gesund-vital.de/kompakt/azidose

解説

吉野仁

〈ドイツミステリの女王〉ネレ・ノイハウスによる〈刑事オリヴァー&ピア〉シリーズ第十作『友情よここで終われ』(*In ewiger Freundschaft*, 2021)の登場である。

シリーズの基本は、主人公の刑事、オリヴァー・フォン・ボーデンシュタインとピア・ザンダーのふたりが、彼らの所属するホーフハイム刑事警察署の面々とともに難事件を捜査し、意外な犯人をつきとめるというもので、きわめて伝統的な形式による警察ミステリだ。オリヴァーとピアの私生活やロマンスの相手が巻を重ねるうちに変化したり、新たな刑事が仲間に加わったりするなど、シリーズを通して時系列的な展開はあるものの、作品ごとにあつかう事件そのものは独立している。そのため、いちおうどこから読んでも(もちろん、本作から読んでも)かまわない。サブストーリーが気になったら、さかのぼって読んでいただきたい。

また、ホーフハイム刑事警察署は、大都市フランクフルトの中心部ではなく、西隣りのマイン=タウヌス郡にあるため、これまで郊外や田舎で起きた事件を取りあげることが多かった。そこで暮らす、一見ごく普通の人たちが引き起こす犯罪を扱っているのも、シリーズの特徴といえよう。事件に関わる複雑な人間関係、もしくは過去の悲劇との関連などを地道な捜査で解きほぐしていくのだ。派手さや外連味《けれんみ》はないが、近しい者たちが繰りひろげる愛憎劇はいつも生々しい。嫌味ばかり口にするいけすかない人物が出てくる一方、主役陣の情けない面もしっかりと描かれている。作者は、どこまでも現実的な社会に生きる人物、そして現実に起こりうる事件を物語のなかで構築しているのだ。ときに被害者や容疑者の多さに戸惑い、登場人物表をなんども見返すことがあるものの、それでも個性の強い視点人物の描写や語り、短い章立てによる場面の切り替えなどによって全体にテンポよく読ませていく。登場人物それぞれの人生や人柄がていねいに描かれており、彼らは単に物語を動かすための駒《こま》ではない。世界的なベストセラーとして人気を誇るのも当然だ。

だが、前作『母の日に死んだ』は、それまでの作品とはいささか異なる趣向が取り入れられており、驚かされた。ラップフィルムにくるまれ死蠟化《しろうか》した死体が発見されるというショッキングな連続殺人をあつかい、アメリカ人のプロファイラーが捜査に加わるといった、かつてアメリカで流行したサイコスリラーの要素がふんだんに盛りこまれていたのである。しかも驚きはそれだけにとどまらない。作品のラスト近くで、オリヴァーが、自分はまるでハリウッド映画のキャストのような気がしていた、ともらしている。アメリカの大作映画で見かける、大がかりなシーンがクライマックスとして待ち構えていた。それだけに第十作となる本作は、どんな物語を見せるのか、期待は高まるばかりだった。

プロローグは、一九八三年の夏、フランスの大西洋岸にあるノワールムティエ島へバカンスに訪れた女性の文章からはじまる。つづいて二〇一八年九月三日、ある男性作家の視点で語られていく。十二年前にデビューしたその作家は、一時期スランプに陥ったものの、女性編集者のアドバイスにしたがい盗作まがいの作品を書き、それがベストセラーとなったことで復活したのだが……。

本編は、二〇一八年九月六日からはじまり、事件の発覚から解決までの日々をたどっていく。なんといっても今回最初の驚きは、ピアの元亭主で法医学研究所所長のヘニングがミステリ作家として活躍しているということに尽きる。思えば、第八作『森の中に埋めた』はオリヴァーの子ども時代からの人間関係が中心となった物語であり、第九作『母の日に死んだ』はピアのよく知る人物が事件にからんでいた。主役ふたりと関係する人物が事件と直接つながっている形がつづいている。しかも『母の日に死んだ』で、事件現場にヘニングが登場したとき（56ページ）、書いていた推理小説を脱稿したばかりで、この秋、ヴィンターシャイト出版から刊行される、とピアに話しているではないか。本作はこうした伏線の単なる回収ではなく、ヘニングの本を出版した会社内を中心に、どろどろの人間模様が暴かれ、それが複数の殺人事件につながっている。

そのヘニングが発表した小説は、フランクフルトの法医学者と別れた妻である首席警部のふたりが主人公をつとめるミステリだ。当然これは彼とピアをモデルにしたもの（という設定）である。しかも驚いたのは、刊行された本の内容とタイトルだった。こうした小説内小説が登場することで、読み進めるうちに物語と現実の一部が重なっていく効果を生み出している。ここで蛇足《だそく》気味な逸話を紹介すると、『友情よここで終われ』に登場する主要人物ふたりの名前は、作者の友人の名をそのまま使用しているらしい。ノイハウスは執筆中にそのひとりから電話がかかってきて、「自分の登場人物からの電話だ」と一瞬思ったと、あるインタビューで語っていた。読者には分からないお遊びながら、そうしたことで愉《たの》しんで書いているのだろう。しかし、本作で小説内小説として登場するのはヘニングの書いたミステリだけではないのだから、ノイハウスは意識してメタフィクションの手法や感覚をここに取り入れようとしているのかもしれない。

今回、事件が発覚するきっかけは、ヘニングの文芸エージェントであるマリア・ハウシルトからの依頼にあった。彼女の四十年来の友人ハイケ・ヴェルシュに連絡しても返事がないばかりか、ハイケの家のドアに血痕があったことから心配して、ヘニングに相談したのだ。そこでピアが代わりにハイケの家に向かうことになった。だが、発見したのはハイケ本人ではなく、二階の廊下で右足首が鎖につながれた老人だった。

行方不明となったハイケは、もともとヴィンターシャイト出版のベテラン文芸部長だった。ドイツ文壇で影響力をもつ彼女だが、自分の出版社を立ちあげて、ヴィンターシャイト社の作家と従業員を引き抜く計画をたてていたところ、それが会社に知られて即時解雇となったのだ。またハイケの家にいた老人は、彼女の父で認知症にかかっていた。ドアにあった血痕はたしかにハイケのものだったことから事件性が疑われた。まず容疑者としてあがったのは、重要な現代作家のひとりとされるフェルテンだった。ハイケは解雇の意趣返しに、フェルテンがヴィンターシャイト出版から出したベストセラーが、チリの無名作家のプロットをそっくり真似て自分の作品にしたものだと暴露したのだ。また彼女は、解雇されたのちにインタビューで、ヴィンターシャイト社の社長カールについて「文学のことをなにもわかっていない。儲けのことしか頭にない俗物で、いい本を出版するセンスも能力もない」とこきおろしている。やがてハイケの死体が発見され、事件は新たな展開を見せていく。

今回の主な舞台は、フランクフルトにある老舗《しにせ》の出版社であり、登場するのは、出版業界の人間が大半をしめている。これまでシリーズで扱われた事件は、ある種の〈ムラ社会〉ゆえに起きた悲劇が少なくなかった。それはドイツにかぎらず、どこの国や土地でも、閉じた集団は、つねに対立や軋轢《あつれき》などをはらみ、問題を生む土壌となっているにちがいない。出版業界もその例にもれず、狭い人間関係によって築かれた危うい面をもっているのだ。たとえば日本でも、名だたる老舗出版社の多くは、創業者の一族によって代々経営されている。さらには、日本の有名な出版社の名物編集者が、会社を飛び出して自ら新しく出版社を立ちあげた例もある。また専門の知識やゆたかな教養などが求められることから、大手出版社の就職では高学歴の学生が採用される傾向があるだろう。名門大学出身者が集まっているのだ。本作を読むと、なんだドイツも日本も出版業界や文芸の世界はよく似ているじゃないか、と思うばかりだ。

また、カール・ヴィンターシャイト社長のもとに、差出人不明で青いミニカーと謎の原稿が届くなど、奇妙な出来事はつづき、過去の悲劇とのつながりが次第に表《おもて》にあらわれてくる。前作同様、本作もまたラストの展開に驚かされ、ひどく印象に残った。本作品テーマのひとつは、題名からうかがえるとおり〈友情〉である。かつては親しかった者たちが、さまざまな行き違いで不仲となり、果ては殺意を抱くほど憎しみあう関係となったという例は、世間で数え切れないほどあるだろう。楽園の地でバカンスを愉しんだ若者たちの未来に残ったのは、淡いノスタルジックな青春の思い出だけではなかったのだ。そんな感傷を覚える物語だった。

そのほか、詳しくは書かないでおくが、オリヴァーのプライベートもなかなか波瀾万丈《はらんばんじょう》なもので、最後まで気をもむことになった。また出版業界の内幕ネタなど、さまざまなエピソードが興味深く、それがユーモアにつながっていたわけだが、もうひとつ、言葉遊びの趣向が意外な形で盛りこまれていることにも感心した。

さて、本国ではすでに第十一作となる*Monster*（二〇二三年）が発表されている。十六歳の少女の遺体が野原で発見され、彼女は何者かに絞殺されたことが判明する。DNA鑑定で、あるアフガニスタン人亡命希望者との関係が浮かびあがった。また、同時期に、田舎道で男が車にはねられ死亡した。男は裸足《はだし》で、犬による嚙《か》み傷や拷問の痕があった。一連の不可解な事件はどこでつながっているのか、という物語のようだ。この何作か、それまでのシリーズに埋め込まれた伏線を回収しながら、さまざまな面で予想を裏切る展開を見せているが、次はどのように驚かせてくれるのか、愉しみでならない。

検印
廃止

訳者紹介　ドイツ文学翻訳家。主な訳書にイーザウ〈ネシャン・サーガ〉シリーズ、フォン・シーラッハ「犯罪」「罪悪」「刑罰」、ノイハウス「深い疵《きず》」「白雪姫には死んでもらう」「穢《けが》れた風」「悪しき狼」「生者と死者に告ぐ」「森の中に埋めた」「母の日に死んだ」他多数。

友情よここで終われ

2024年2月9日　初版

著者　ネレ・ノイハウス

訳者　酒《さか》寄《より》進《しん》一《いち》

発行所　（株）東京創元社
代表者　渋谷健太郎

162-0814/東京都新宿区新小川町1-5
電話　03・3268・8231-営業部
03・3268・8204-編集部
URL　http://www.tsogen.co.jp
晩印刷・本間製本

乱丁・落丁本は、ご面倒ですが小社までご送付ください。送料小社負担にてお取替えいたします。

ISBN978-4-488-27614-0　C0197

創元推理文庫

別れを告げるということは、ほんの少し死ぬことだ。

THE LONG GOOD-BYE◆Raymond Chandler

長い別れ

レイモンド・チャンドラー　田口俊樹 訳

◆

酔っぱらい男テリー・レノックスと友人になった私立探偵フィリップ・マーロウは、テリーに頼まれ彼をメキシコに送り届けて戻ると警察に拘留されてしまう。テリーに妻殺しの嫌疑がかかっていたのだ。その後自殺した彼から、ギムレットを飲んですべて忘れてほしいという手紙が届く……。男の友情を描くチャンドラー畢生の大作を名手渾身の翻訳で贈る新訳決定版。（解説・杉江松恋）

創元推理文庫

小説を武器として、ソ連と戦う女性たち!

THE SECRETS WE KEPT◆Lala Prescott

あの本は読まれているか

ラーラ・プレスコット　吉澤康子 訳

◆

冷戦下のアメリカ。ロシア移民の娘であるイリーナは、CIAにタイピストとして雇われる。だが実際はスパイの才能を見こまれており、訓練を受けて、ある特殊作戦に抜擢された。その作戦の目的は、共産圏で禁書とされた小説『ドクトル・ジバゴ』をソ連国民の手に渡し、言論統制や検閲で人々を迫害するソ連の現状を知らしめること。危険な極秘任務に挑む女性たちを描いた傑作長編!

創元推理文庫

余命わずかな殺人者に、僕は雪を見せたかった。

THE LIFE WE BURY◆Allen Eskens

償《つぐな》いの雪が降る

アレン・エスケンス　務台夏子 訳

◆

授業で身近な年長者の伝記を書くことになった大学生のジョーは、訪れた介護施設で、末期がん患者のカールを紹介される。カールは三十数年前に少女暴行殺人で有罪となった男で、仮釈放され施設で最後の時を過ごしていた。カールは臨終の供述をしたいとインタビューに応じる。話を聴いてジョーは事件に疑問を抱き、真相を探り始めるが……。バリー賞など三冠の鮮烈なデビュー作！